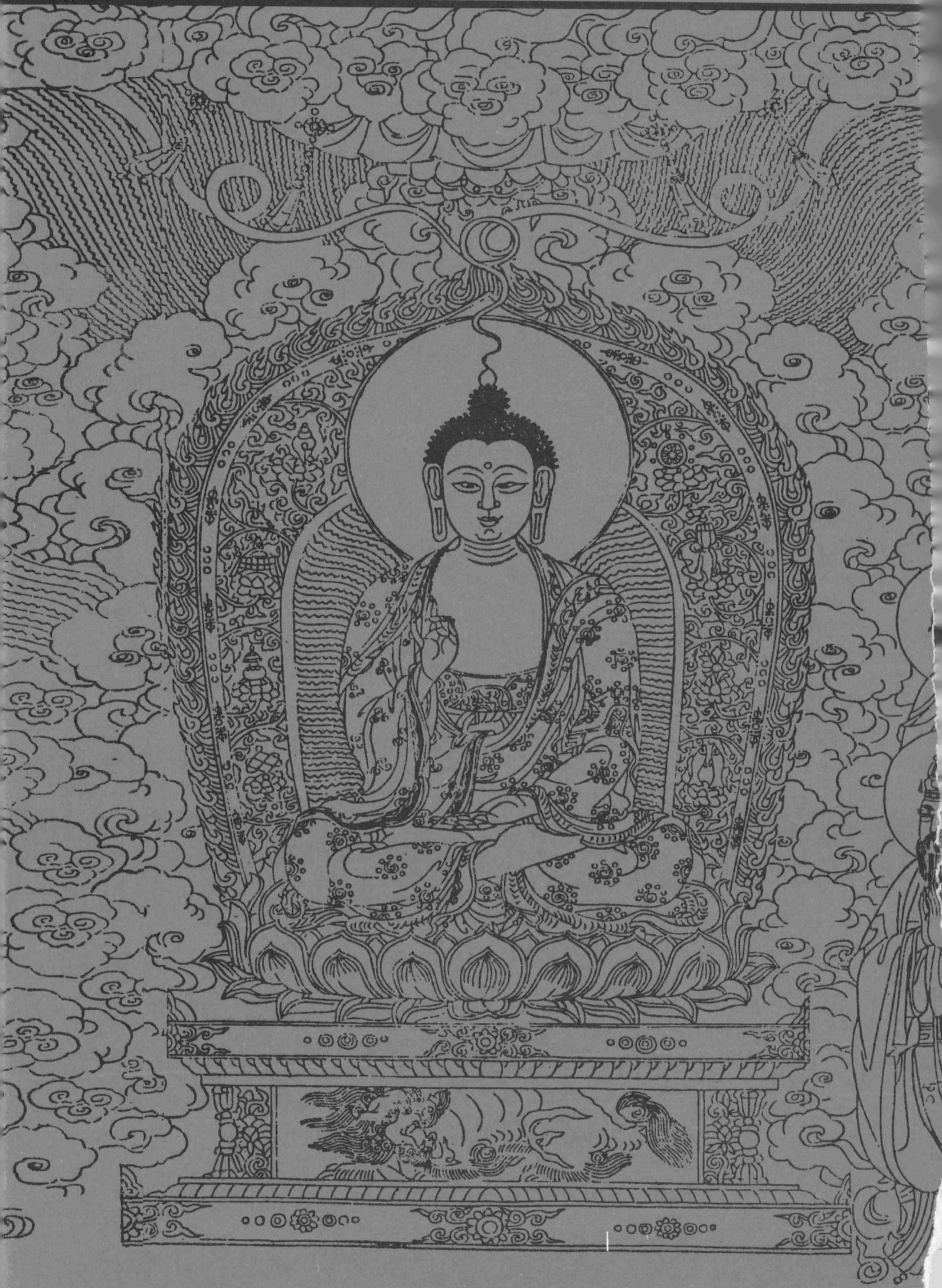

御製

佛光恩照　三千大千　隨緣徧滿
恒沙法界　普度衆生　悉證菩提
身心安泰　年時豐稔　風雨調順
日月升恒　乾坤清寧　百昌蕃熾
上下樂利　中外協和　庶物咸亨
萬善圓成　情與無情　同登正覺

大清雍正十三年四月初八日

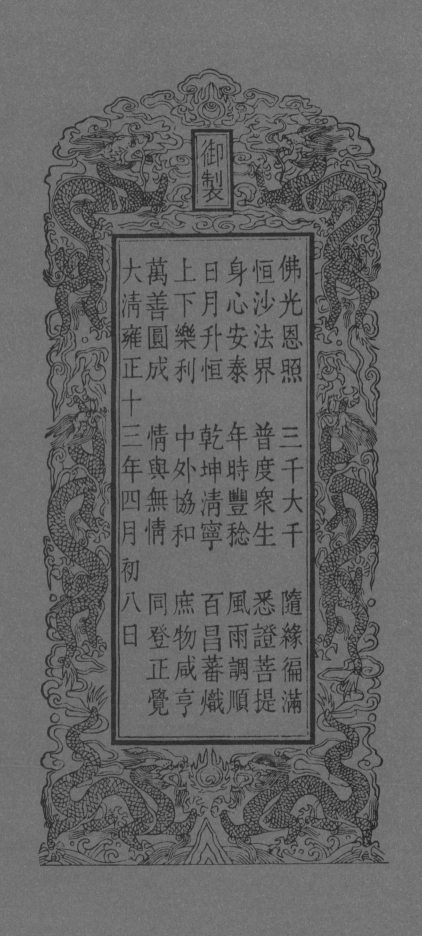

第一一一册　此土著述（一）

維摩詰所說經註

姚秦三藏法師鳩摩羅什　譯

清刻龍藏佛說法變相圖

註維摩詰經序

後秦釋僧肇述

維摩詰不思議經者蓋是窮微盡化絕妙之稱也其旨淵玄非言象所測道越三空非二乘所議超羣數之表絕有心之境眇莽無爲而無不爲罔知所以然而能然者不思議也何則夫聖智無知而萬品俱照法身無象而殊形並應至韻無言而玄籍彌布冥權無謀而動與事會故能統濟羣方開物成務利見天下於我無爲而或者覩感照因謂之智觀應形則謂之身覩玄籍便謂之言見變動而謂之權大道之極者豈可以形言權智而語其神域哉然羣生長寢非言莫曉道不孤運弘之由人是以如來命文殊於異方召維摩於他土爰集毗耶共弘斯道此經所明統萬

行則以權智爲主樹徳本則以六度爲根濟蒙惑則以慈悲爲首語宗極則以不二爲門凡此衆說皆不思議之本也至若借座燈王請飯香土手接大千室包乾象不思議之跡也然幽關難啓聖應不同非本無以垂跡非跡無以顯本本跡雖殊而不思議一也故命侍者標以爲名焉大秦天王雋神超世玄心獨悟弘至治於萬機之上揚道化於千載之下每尋翫茲典以爲棲神之宅而恨支竺所出理滯於文常恐玄宗墜於譯人北天之運運通有在也以弘始八年歲次鶉火命大將軍常山公右將軍安成侯與義學沙門千二百人於長安大寺請羅什法師重譯正本什以高世之量冥心真境既盡環中又善方言時手執梵文口自宣譯道俗虔虔一言三復陶冶精求務存聖意其文約而詣其旨婉而彰微遠之言於茲顯然矣余以闇短時預聽次雖思乏參玄然粗得文意輙順所聞爲之註解略記成言述而無作庶將來君子異世同聞焉

維摩詰所說經卷第一

姚秦三藏法師鳩摩羅什　譯

什曰維摩詰秦言淨名即五百童子之一也從妙喜國來遊此境所應既周將還本土欲顯其淳德以澤羣生顯跡悟時要必有由故命同志詣佛而獨不行獨不行則知其有疾也何以知之同志五百共遵大道至於進德修善動靜必俱今淨國之會業之大者而不同舉明其有疾有疾故有問疾之會問疾之會由淨國之集淨國之集由淨名方便然則此經始終所由良有在也若自說而觀則衆聖齊功自本而尋則功由淨名源其所由故曰維摩詰所說也肇曰經者常也古今雖殊覺道不改羣邪不能沮衆聖不能異故曰常也

一名不可思議解脫

肇曰微遠幽深二乘不能測不可思議也縱任無礙塵累不能拘解脫也此經自始于淨土終于法供養其中所明雖殊然其不思議解脫一也故總以爲名焉上以人名經此以法名經以法名經所以標榜旨歸以人名經所以因人弘道者也

佛國品第一

什曰經始終由於淨國故以佛國冠於篇首也

如是

肇曰如是信順辭夫信則所言之理順順理則師資之道成經無豐約非信不傳故建言如是

我聞

什曰若不言聞則是我自有法我自有法則情有所執情有所執則諍亂必興若言聞則我無法我無法則無所執得失是非歸於所聞我既無執彼亦無競無執無競諍何由生此經稱我聞也

一時

什曰説經時也

佛在毗耶離

什曰據佛所在方也毗言稻土之所宜也耶離言廣嚴其地平廣莊嚴

菴羅樹園

什曰菴羅樹其果似桃而非桃也

與大比丘衆八千人俱

肇曰比丘秦言或名淨乞食或名破煩惱或名淨持戒或名能怖魔天竺一名該此

四義秦無一名以譯之故存義名焉

菩薩三萬二千

肇曰菩薩正音云菩提薩埵菩提佛道名也薩埵秦言大心衆生有大心入佛道名菩提薩埵無正名譯也

衆所知識

肇曰大士處世猶日月之升天有目之士誰不知識

大智本行皆悉成就

肇曰大智一切種智也此智以六度六通衆行爲本諸大士已備此本行

諸佛威神之所建立

肇曰天澤無私不潤枯木佛威雖普不立無根所建立者道根必深也

爲護法城受持正法

什曰法城即實相法也肇曰外爲護法之城内有受持之固
能師子吼
肇曰師子吼無畏音也凡所言說不畏羣邪異學喻師子吼衆獸下之師子吼曰美演法也
名聞十方
肇曰行滿天下稱無不普
衆人不請友而安之
肇曰直友不待請譬慈母之赴嬰兒也
紹隆三寶能使不絶
什曰非直顯明三寶宣通經法之謂也謂能積善累功自致成佛成佛則有法有法則有僧不絶之功事在来刼今言不絶則必能也又於其中間自行化人我既化人人亦化物物我俱成三寶彌隆衆生無盡故三寶亦不絶也
降伏魔怨制諸外道
什曰魔四魔得無生忍煩惱永斷故降欲魔得法身則更不得身故降身魔無身則無死故降死魔無三魔則波旬不得其便故降天魔也伏外道如舍利弗與外道議論七晝夜然後得勝斯其類也
悉巳清淨永離盖纒
肇曰盖五盖纒十纒亦有無量纒身口意三業悉淨則盖纒不能累也
心常安住無閡解脫
肇曰此解脫七住所得得此解脫則於諸法通達無閡故心常安住
念定總持辯才不斷

肇曰念正念定正定總持謂持善不失持惡不生無所漏忘謂之持持有二種有心相應持不相應持辯才七辯也此四是大士之要用故常不斷

布施持戒忍辱精進禪定智慧及方便力無不具足

什曰上言道念不斷然後具行六度六度具足則自事已畢自事已畢則方便度人度人之廣莫若神通神通既具乃化衆生如是次第如後淨國中説也

逮無所得不起法忍

什曰有識以来未甞見法於今始得能信能受忍不恐怖安住不動故名爲忍

已能隨順轉不退輪

肇曰無生之道無有得而失者不退也流演圓通無繫于一人輪也諸佛既轉此輪諸大士亦能隨順而轉之

善解法相知衆生根

肇曰諸法殊相無不解羣生異相無不知也

蓋諸大衆

什曰梵本云衆不能蓋衆不能蓋明其超出今言蓋衆其言亦同也

得無所畏

什曰菩薩自有四無畏非佛無畏也恐畏之生生於不足無不足故無畏能説而不能行亦所以畏也今能説而能行故無畏唯能説而又能行故名無畏也

功德智慧以修其心相好嚴身色像第一

肇曰心以智德爲嚴形以相好爲飾嚴心

所以進道飾形所以靡俗

捨諸世間所有飾好

什曰色相瓔珞飾好已備故不假外飾也

名稱高遠踰於須彌

肇曰名自有高而不遠遠而不高前聞十方取其遠也今踰須彌取其高也高謂高勝也

深信堅固猶若金剛

肇曰七住已上無生信不可壞也

法寶普照而雨甘露

肇曰法寶光無不照照癡冥也澤無不潤潤生死也喻海有神寶能放光除冥亦因光能雨甘露潤枯槁也

於衆言音微妙第一

肇曰殊類異音既善其言而復超勝

深入緣起斷諸邪見有無二邊無復餘習

肇曰深入謂智深解也解法從緣起則邪見無由生有無二見羣迷多惑大士久盡故無餘習也

演法無畏猶師子吼

什曰上明一切時無畏此明說法無畏上師子吼明德音遠振此明能說實法衆咸敬順猶師子吼威懾羣獸也

其所講說乃如雷震

肇曰法音雷震開導萌芽猶春雷動於百草也

無有量已過量

肇曰既得法身入無爲境心不可以智求形不可以像取故曰無量六住已下名有量也

集衆法寶如海導師
肇曰引導衆生入大乘海採取法寶使必獲無難猶海師善導商人必獲夜光也
了達諸法深妙之義
肇曰如實義也
善知衆生往来所趣及心所行
肇曰六趣往来心行美惡悉善知也
近無等等佛自在慧十力無畏十八不共
什曰諸佛智慧無有等者而此佛與等復次實相法無有等比唯佛與等菩薩鄰而未得故言近也
關閉一切諸惡趣門而生五道以現其身
肇曰法身無生而無不生無生故惡趣門閉無不生故現身五道也
爲大醫王善療衆病應病與藥令得服行
肇曰法藥善療喻醫王也
無量功德皆成就
肇曰無德不備也
無量佛土皆嚴淨
肇曰羣生無量所好不同故修無量淨土以應彼殊好也
其見聞者無不蒙益
肇曰法身無形聲應物故形聲耳豈有見聞而無益哉
諸有所作亦不唐捐
肇曰功不可虛設
如是一切功德皆悉具足其名曰等觀菩薩不等觀菩薩等不等觀菩薩
什曰等觀四等衆生也不等智慧分別諸法也等不等者兼此二也

定自在王菩薩法自在王菩薩法相菩薩光相菩薩光嚴菩薩大嚴菩薩寶積菩薩辯積菩薩寶手菩薩寶印手菩薩常舉手菩薩常下手菩薩常慘菩薩喜根菩薩喜王菩薩辯音菩薩虛空藏菩薩執寶炬菩薩寶勇菩薩寶見菩薩帝網菩薩明網菩薩無緣觀菩薩慧積菩薩寶勝菩薩天王菩薩壞魔菩薩電得菩薩自在王菩薩功德相嚴菩薩師子吼菩薩雷音菩薩山相擊音菩薩香象菩薩白香象菩薩常精進菩薩不休息菩薩妙生菩薩華嚴菩薩觀世音菩薩得大勢菩薩梵網菩薩寶杖菩薩無勝菩薩嚴土菩薩金髻菩薩珠髻菩薩彌勒菩薩文殊師利法王子菩薩如是等三萬二千人復有萬梵天王尸棄等

肇曰尸棄梵王名秦言頂髻也

從餘四天下来詣佛所而聽法復有萬二千天帝

什曰舉其從四天下来者據此四天以明梵耳復次天有二種一者地天二者虛空天帝釋處須彌頂即是地天又爲地主舉釋則地天斯攝舉梵王則虛空天盡攝復次帝釋得道迹梵王得不還常来聽法衆所共知故序經衆所知識以爲會證也復次一切衆生宗事梵天所宗尚来則知餘人必至矣

亦從餘四天下来在會坐

肇曰一佛土有百億四天下一四天下各有釋梵故言餘亦或從他方佛土来

并餘大威力諸天

肇曰除上梵釋餘大天也

龍

什曰龍有二種一地龍二虚空龍也

神

什曰神受善惡雜報似人天而非人天也

夜叉

什曰秦言貴人亦言輕捷有三種一在地二在虚空三天夜叉也地夜叉但以財施故不能飛空天夜叉以車馬施故能飛行佛轉法輪時地夜叉唱空夜叉聞空夜叉唱四天王聞如是乃至梵天也

乾闥婆

什曰天樂神也處地上寶山中天欲作樂時此神體上有相出然後上天也

阿修羅

什曰秦言不飲酒不飲酒因縁出雜寶藏此是六趣男醜女端正有大勢力常與天共鬬也

迦樓羅

什曰金翅鳥神

緊那羅

什曰秦言人非人似人而頭上有角人見之言人也非人耶故因以名之亦天伎神也小不及乾闥婆

摩睺羅伽等悉來會坐

肇曰摩睺羅伽大蟒神也此上八部皆有大神力能自變形在坐聽法也

諸比丘比丘尼

肇曰尼者女名也已上八千比丘别稱得道者也

優婆塞
肇曰義名信士男也
優婆夷
肇曰義名信士女也
俱來會坐彼時佛與無量百千之衆恭敬圍繞而爲説法譬如須彌山王顯于大海安處衆寶師子之座蔽於一切諸来大衆
肇曰須彌山天帝釋所住金剛山也秦言妙高處大海之中水上方高三百三十六萬里如来處四部之中威相超絶光蔽大衆猶金山之顯溟海者也
爾時毘耶離城有長者子名曰寶積
肇曰寶積亦法身大士常與淨名俱諸如来共弘道教而今獨與里人詣佛者將生問疾之由啓茲典之門也

與五百長者子俱持七寶蓋来詣佛所頭面禮足各以其蓋共供養佛
肇曰天竺貴勝行法各別持七寶蓋即以供養佛
佛之威神令諸寶蓋合成一蓋徧覆三千大千世界
什曰現此神變其旨有二一者現神變無量顯智慧必深二者寶積獻其所珎必獲可珎之果来世之所成必若如此之妙明因小而果大也
而此世界廣長之相悉於中現
肇曰蓋以不廣而彌入極土亦不狹而現蓋中
又此三千大千世界諸須彌山
什曰秦言妙高山也凡有十寶山須彌處

其中餘九圍之也
雪山目真鄰陀山摩訶目真鄰陀山香山寶山金山黒山鐵圍山大鐵圍山大海江河川流泉源
別本云顯彼大海
什曰山金色海水清淨相映發也緣相顯發金光亦復如是
及日月星辰天宫龍宫諸尊神宫悉現於寶蓋中
肇曰此佛世界
又十方諸佛諸佛説法亦現於寶蓋中
肇曰將顯佛土殊好不同故遍現十方也諸長者子皆久發道心而未修淨土欲以來供之情啓發淨土之志故因其蓋而現之

爾時一切大衆覩佛神力歎未曾有合掌禮佛瞻仰尊顏目不暫捨
什曰信樂發中相現於外
長者子寶積即於佛前以偈頌曰
什曰上以身力供養今以心口供養上以財養今以法養復次衆雖見其變未知變之所由欲令推宗有在信樂彌深故以偈讃也
目淨修廣如青蓮
肇曰五情百骸目最爲長瞻顏而作故先讃目也天竺有青蓮華其葉修而廣青白分明有大人目相故以爲喻也
心淨已度諸禪定
肇曰形長者目德主者心故作者標二爲頌首也禪定之海深廣無際自非如来清

淨真心無能度者
久積淨業稱無量
肇曰於無數刦積三淨業故名稱無量
導衆以寂故稽首
肇曰寂謂無爲寂滅道也
既見大聖以神變普現十方無量土其中諸
佛演説法於是一切悉見聞
肇曰既見合蓋之神變已不可測方於中
現十方國及諸佛演法於是忍界一切衆
會悉遥見聞更爲希有也
法王法力超羣生常以法財施一切
肇曰俗王以俗力勝民故能澤及一國法
王以法力超衆故能道濟無疆
能善分别諸法相
肇曰諸法殊相能善分别也自此下至業
不忘盡歎法施也
於第一義而不動
肇曰第一義謂諸法一相義也雖分别諸
法殊相而不乖一相此美法王莫易之道
也動謂乖矣
已於諸法得自在是故稽首此法王
肇曰世王自在於民法王自在於法法無
定相隨應而辯爲好異者辯異而不乖同
爲好同者辯同而不乖異同異殊辯而俱
適法相故得自在
説法不有亦不無
肇曰欲言其有有不自生欲言其無緣會
即形會形非謂無謂無非謂有且有有故
有無無有何所無有無故有有無無何所
有然則自有則不有自無則不無此法王

之正說也

以因緣故諸法生

肇曰有亦不由緣無亦不由緣以法非有無故由因緣生論曰法從緣故不有緣起故不無

無我無造無受者

肇曰諸法皆從緣生耳無別有真主宰之者故無我也夫以有我故能造善惡受禍福法既無我故無造無受者也

善惡之業亦不亡

肇曰若無造無受者則不應有為善獲福為惡致殃也然衆生心識相傳美惡由起報應之道連環相襲其猶聲和響順形直影端此自然之理無差毫分復何假常我而主之哉

始在佛樹力降魔

肇曰道力之所制豈魔兵之所能敵自此下至禮法海歎初成如来功徳也

得甘露滅

什曰梵本云寂滅甘露寂滅甘露即實相法也

覺道成

肇曰大覺之道寂滅無相至味和神喻若甘露於菩提樹先降外魔然後成甘露寂滅大覺之道結習内魔於兹永盡矣

已無心意無受行

肇曰心者何也染有以生受者何也苦樂是行至人冥真體寂空虛其懷雖復萬法並照而心未嘗有苦樂是逕而不爲受物我永寂豈心受之可得受者三受也苦受

樂受不苦不樂受行

而悉摧伏諸外道

肇曰無心於伏物而物無不伏

三轉法輪於大千

肇曰始於鹿苑爲拘鄰等三轉四諦法輪

於大千世界也

其輪本來常清淨

肇曰法輪常淨猶虚空也雖復古今不同

時移俗易聖聖相傳道不改矣

天人得道此爲證

肇曰初轉法輪拘鄰等五人八萬諸天得

道此常清淨之明證也

三寶於是現世間

肇曰覺道既成佛寶也 法輪 既轉法寶

也五人出家得道僧寶也於是言其始也

以斯妙法濟羣生一受不退常寂然

肇曰九十六種外道上者亦能斷結生無

色天但其道不真要還墮三途佛以四諦

妙法濟三乘衆生無有既受還墜生死者

故曰一受不退永畢無爲故常寂然

度老病死大醫王

肇曰生老病死患之重者濟以法藥故爲

醫王長者也

當禮法海德無邊

肇曰法輪淵廣難測法海流潤無涯故德

無邊矣

毀譽不動如須彌

肇曰利衰毀譽稱譏苦樂八法之風不動

如来猶四風之吹須彌也

於善不善等以慈

肇曰截手不慼捧手不欣善惡自彼慈覆
不二
心行平等如虛空
肇曰夫有心則有封有封則不普以聖心
無心故平等虛空也
執聞人寶不敬承
肇曰在天爲天寶在人爲人寶寶於天人
者豈天人之所能故物莫不敬承也
令奉世尊此微蓋
什曰自欣所獻小而覩變大也
於中現我三千界諸天龍神所居宮乾闥婆
等及夜叉悉見世間諸所有十力哀現是化
變
肇曰所奉至微所見至廣此是如來哀愍
之所現也十力是如來之別稱耳十力備
故即以爲名自十號之外諸有異稱類耳
衆覩希有皆歎佛今我稽首三界尊
肇曰覩蓋中之瑞也
大聖法王衆所歸淨心觀佛靡不欣各見世
尊在其前
肇曰法身圓應猶一月升天影現百水也
斯則神力不共法
肇曰不與二乘共也
佛以一音演說法衆生隨類各得解皆謂世
尊同其語斯則神力不共法
肇曰密口一音殊類異解
佛以一音演說法衆生各各隨所解普得受
行獲其利斯則神力不共法
肇曰佛以一音說一法衆生各隨所好而
受解好施者聞施好戒者聞戒各異受異

行獲其異利上一音異適此一法異受也
佛以一音演説法或有恐畏或歡喜或生厭
離或斷疑斯則神力不共法
　肇曰衆生聞苦報則恐畏聞妙果則歡喜
聞不淨則厭離聞法相則斷疑不知一音
何演而令歡畏異生此豈二乗所能共也
稽首十力大精進
　肇曰此下一一稱德而致敬
稽首已得無所畏
　肇曰四無畏也
稽首住於不共法
　肇曰十八不共法也
稽首一切大道師稽首能斷諸結縛稽首已
到於彼岸
　肇曰彼岸涅槃岸也彼涅槃豈崖岸之有
以我異於彼故借謂之耳
稽首能度諸世間稽首永離生死道悉知衆
生来去相
　肇曰衆生形往来於六趣心馳騁於是非
悉知之也
善於諸法得解脱
　肇曰我染諸法故諸法縛我我心無染則
萬縛斯解
不著世間如蓮華常善入於空寂行
　肇曰出入自在而不乖寂故常善入
達諸法相無罣礙
　肇曰萬法幽深誰識其涯唯佛無碍故獨
稱達
稽首如空無所依
　肇曰聖心無寄猶空無依

爾時長者子寶積說此偈已白佛言世尊是五百長者子皆已發阿耨多羅三藐三菩提心願聞得佛國土清淨

肇曰阿耨多羅秦言無上三藐三菩提秦言正徧知道莫之上無上也其道真正無法不知正徧知也諸長者子久已發無上心而未修淨土所以寶積俱詣如來現蓋皆啓其萌也既於蓋中見諸佛淨土殊好不同志在崇習故願聞佛所得淨土殊好之事

唯願世尊說諸菩薩淨土之行

肇曰土之所以淨豈校飾之所能淨之必由行故請說行也凡行必在學地故菩薩此問乃是如來現蓋之微旨寶積俱詣之本意也

佛言善哉寶積乃能爲諸菩薩問於如來淨土之行諦聽諦聽善思念之當爲汝說於是寶積及五百長者子受教而聽佛言寶積衆生之類是菩薩佛土

肇曰夫至人空洞無象應物故形形無常體況國土之有恒乎夫以羣生萬端業行不同殊化異彼致令報應不一是以淨者應之以寶玉穢者應之以沙礫美惡自彼於我無定無定之土乃曰眞土然則土之淨穢繫之于衆生故曰衆生之類是菩薩佛土也或謂土之淨穢繫于衆生者則是衆生報應之土非如來土此盖未喻報應之殊方耳嘗試論之夫如來所修淨土以無方爲體故令雜行衆生同視異見異見故淨穢所以生無方故真土所以形若夫

取其淨穢衆生之報也本其無方佛土之真也豈曰殊域異處凡聖二土然後辯其淨穢哉

所以者何菩薩隨所化衆生而取佛土

肇曰此下釋所以衆生即佛土也佛土者即衆生之影響耳夫形修則影長形短則影促豈日月使之然乎形自然耳故隨所化衆生之多少而取佛土之廣狹也是以佛土或以四天下或以三千或以恒沙爲一國者也

隨所調伏衆生而取佛土

什曰梵本云毗尼毗尼言善治善治衆生令棄惡行善也隨所棄惡多少行善淺深以成其國調伏旨同而語隱故存其本

隨諸衆生應以何國入佛智慧而取佛土

什曰修淨國時逆觀衆生來世之心於来世中應現何國而得解脫先於来刼位國優劣然後與衆生共攝三因以成其國使彼来生言攝攝先所期者也此言佛慧下云菩薩根明将来受化有淺深也

隨諸衆生應以何國起菩薩根而取佛土

肇曰上爲入佛慧佛慧七住所得無生慧也今爲菩薩根菩薩根六住以下菩提心也

所以者何菩薩取於淨國皆爲饒益諸衆生故

肇曰法身無定何國之有美惡斯外何淨何取取淨國者皆爲彼耳故隨其所應而取焉

譬如有人欲於空地造立宮室隨意無礙

什曰梵本云空中造立宮室自在無礙空不可用爲宮室如是不離衆生得淨國也又云空中得爲宮室不可用空爲宮室要用材木然後得成如是菩薩雖解於空不可但以空而得要以空因成其國也人意異故經文不同也

若於虛空終不能成菩薩如是爲成就衆生故願取佛國願取佛國者非於空也

肇曰淨土必由衆生譬立宮必因地無地無衆生宮土無以成二乘澄神虛無不因衆生故無淨土也

寶積當知直心是菩薩淨土

肇曰土之淨者必由衆生衆生之淨必因衆行上舉衆生以釋土淨今備舉衆行明其所以淨也夫行淨則衆生淨衆生淨則佛土淨此必然之數不可差也土無洿曲乃出于心直故曰直心是菩薩淨土也隨因説果猶指金爲食直心者謂質直無諂此心乃是萬行之本也故建章有之

菩薩成佛時不諂衆生來生其國

肇曰不諂直心一行異名也菩薩心既直化彼同已自土既成故同行斯集此明化緣相及故果報相通則佛土之義顯也自下二句相對或前後異名或前略後廣或前因後果類因行耳凡善行有二種一行善二報善自此以下諸衆生所習者報善也

深心是菩薩淨土

肇曰樹心衆德深固故難拔深心也

菩薩成佛時具足功德衆生來生其國

肇曰深心故德備也

大乘心是菩薩淨土菩薩成佛時大乘衆生来生其國

肇曰乘八萬行兼載天下不遺一人大乘心也上三心是始學之次行也夫欲弘大道要先直其心心既真直然後入行能深入行既深則能廣運無涯此三心之次也備此三心然後修六度

布施是菩薩淨土菩薩成佛時一切能捨衆生来生其國

肇曰外捨國財身命内捨貪愛慳嫉名一切能捨也

持戒是菩薩淨土菩薩成佛時行十善道滿願衆生来生其國

什曰持戒獨言滿願者戒是難行亦兼攝衆善故所願滿也

忍辱是菩薩淨土菩薩成佛時三十二相莊嚴衆生来生其國

肇曰忍辱和顔故繫以容相耳豈直形報而已

精進是菩薩淨土菩薩成佛時勤修一切功德衆生来生其國禪定是菩薩淨土菩薩成佛時攝心不亂衆生来生其國智慧是菩薩淨土菩薩成佛時正定衆生来生其國

肇曰得正智慧決定法相三聚衆生中名正定聚也

四無量心是菩薩淨土菩薩成佛時成就慈悲喜捨衆生来生其國

肇曰此四心周備無際故言無量

四攝法是菩薩淨土

肇曰以四等法攝衆生爲四攝也一者惠施財法二施隨彼所須二者愛語以愛心故和言隨彼所適三者利行隨彼所利方便利之四者同事遇惡同惡而斷其惡遇善同善而進其善故名同事也

菩薩成佛時解脱所攝衆生来生其國

什曰或有見佛而不解脱者由功慧淺也能行四攝必慧深而功重故於佛前解脱也亦四攝能令衆生得解脱故行者後致解脱報

方便是菩薩淨土菩薩成佛時於一切法方便無礙衆生来生其國

肇曰方便者巧便慧也積小德而獲大功功雖就而不證處有不乖寂居無不失化無爲而無所不爲方便無碍也

三十七品是菩薩淨土菩薩成佛時念處正勤神足根力覺道衆生来生其國

肇曰念處四念處正勤四正勤神足四神足根五根力五力覺七覺意道八正道合三十七義在他經

廻向心是菩薩淨土

肇曰二乘三界各有别行若情無勝期則隨行受報大士標心佛道故能廻彼雜行向于一乘此廻向心也

菩薩成佛時得一切具足功德國土

肇曰遇善廻向何德不備此下三句雖不言衆生言國則在矣

説除八難是菩薩淨土菩薩成佛時國土無有三惡八難

肇曰説除八難之法故土無八難也

自守戒行不識彼闕是菩薩淨土菩薩成佛
時國土無有犯禁之名
肇曰犯禁惡名出於識彼而不自守
十善是菩薩淨土菩薩成佛時命不中夭
什曰迴向善向佛道故曰迴向迴向則已
兼舉衆生故説具足功德具足功德則無
八難故復説除八難除八難爲行故受無
難之報既無八難則無衆惡無衆惡則無
犯禁故次説無犯戒上説戒度今復言戒
者義不在戒也欲因戒以明不識彼闕不
識彼闕故莫知其闕莫知其闕則無犯禁
之名以此爲行故獲此爲果獲此爲果則
衆惡都息故以十善次也肇曰不殺報也
大富
肇曰不盜報也

梵行
肇曰不婬報也
所言誠諦
肇曰不妄語報
常以軟語
肇曰不惡口報
眷屬不離善和諍訟
肇曰不兩舌報
言必饒益
肇曰不綺語報
不嫉不恚正見衆生來生其國
肇曰嫉恚邪見心患之尤者故別立三善
如是寶積菩薩隨其直心則能發行
肇曰夫心直則信固信固然後能發迹造
行然則始於萬行者其唯直心乎此章明

行之次漸微著相因是以始于直心終于淨土譬猶植栽絲髮其茂百圍也直心樹其萌衆行因而成故言隨也

隨其發行則得深心

肇曰既能發行則得道情彌深

隨其深心則意調伏

肇曰道情既深則意無麤鑛也

隨意調伏則如説行

肇曰心既調伏則聞斯能行也

隨如説行則能迴向

肇曰聞既能行則能迴其所行標心勝境也

隨其迴向則有方便

肇曰既能迴向是乘則大方便之所由生

隨其方便則成就衆生

肇曰方便之所期在成衆生也

隨成就衆生則佛土淨

肇曰衆生既淨則土無穢也

隨佛土淨則説法淨

肇曰既處淨土則有淨説

隨説法淨則智慧淨

肇曰既有淨説則淨智慧生也

隨智慧淨則其心淨

肇曰　智既生則淨心轉明矣

隨其心淨則一切功德淨

什曰直心以誠心信佛法也信心既立則能發行衆善衆善既積其心轉深其心轉深則不隨衆惡棄惡從善是名調伏心既調伏則遇善斯行遇善斯行則難行能行難行能行故能如所説行如所説行則萬

善兼具萬善兼具故能迴向佛道向而彌進是方便力也方便大要有三一善於自行而不取相二不取證三善化衆生具此三已則能成就衆生成就衆生則三因具足三因具足則得淨土土既清淨則衆生純淨衆生純淨則不說雜教故言說清淨受法則具下三淨具下三淨則與化主同德故曰一切淨也上章雖廣說淨國行而未明行之階漸此章明至極深廣不可頓超宜尋之有途履之有序故說發迹之始始於直心終成之美則一切淨也肇曰積德不已者欲以淨心心既淨則無德不淨生曰功德者殊妙果也本其所從故以名之焉

是故寶積若菩薩欲得淨土當淨其心隨其心淨則佛土淨

肇曰結成淨土義也淨土蓋是心之影響耳夫欲響順必和其聲欲影端必正其形此報應之定類也

爾時舍利弗承佛威神作是念若菩薩心淨則佛土淨者我世尊本為菩薩時意豈不淨而是佛土不淨若此

肇曰土之淨穢固非二乘所能及也如來將明佛土常淨美惡生彼故以威神發其疑念以生言端故言承也

佛知其念即告之言於意云何日月豈不淨耶而盲者不見對曰不也世尊是盲者過非日月咎舍利弗衆生罪故不見如來佛國嚴淨非如來咎

肇曰日月豈不明不見自由瞽目佛土豈

不淨罪穢故不覩
舍利弗我此土淨而汝不見
肇曰向因此土生疑故即此土明淨也
爾時螺髻梵王語舍利弗勿作是念謂此佛
土以爲不淨所以者何我見釋迦牟尼佛土
清淨譬如自在天宫
什曰佛土清淨階降不同或如四天王乃
至如六天或如梵天乃至如淨居或有過
淨居天過淨居天者唯補處菩薩生此國
也稱適衆心故現國不同螺髻所見如自
在天宫者復是見其所應見耳而未盡其
淨也下言譬如寶莊嚴佛國始是釋迦真
報應淨國淨國即在此世界如法華經壽
量品中云此淨穢同處而不相雜猶如下
一器中有二種食應二種衆生

舍利弗言我見此土丘陵坑坎荊棘沙礫土
石諸山穢惡充滿
肇曰各以所見而爲證也
螺髻梵王言仁者心有高下不依佛慧故見
此土爲不淨耳
肇曰萬事萬形皆由心成心有高下故丘
陵是生也
舍利佛菩薩於一切衆生悉皆平等深心清
淨依佛智慧則能見此佛土清淨
肇曰若能等心羣生深入佛慧淨業既同
則所見不異也
於是佛以足指按地即時三千大千世界若
干百千珎寶嚴飾譬如寶莊嚴佛無量功德
寶莊嚴土一切大衆歎未曾有而皆自見坐
寶蓮華

肇曰佛土常淨豈待變而後飾按地者盖是變衆人之罪所見耳寳莊嚴土淨土之最故以爲喻

佛告舍利弗汝且觀是佛土嚴淨舍利弗言唯然世尊本所不見本所不聞今佛國土嚴淨悉現

肇曰顯淨土於未聞猶開聾瞽於形聲也

佛語舍利弗我佛國土常淨若此爲欲度斯下劣人故示是衆惡不淨土耳

什曰若隨其罪福自致淨穢者非示之謂也而言示之者有示義也諸佛能爲衆生現淨而隱不淨現淨而隱不淨則無益衆生任而不隱義示同也

譬如諸天共寳器食隨其福德飯色有異如是舍利弗若人心淨便見此土功德莊嚴

肇曰始生天者欲共試知功德多少要共一寳器中食天上飯至白無白可喻其福多者舉飯向口飯色不異若少者舉飯向口飯色變異在器色一在手不同飯豈有異異自天耳佛土不同可知也生曰喻梵天舍利弗也慧心明淨則見功德莊嚴以暗心而取故謂之穢耳非佛土然也

當佛現此國土嚴淨之時寳積所將五百長者子皆得無生法忍八萬四千人發阿耨多羅三藐三菩提心

肇曰佛國之與其正爲此無生忍同上不起法忍法忍即慧性耳見法無生心智寂滅堪受不退故名無生法忍也

佛攝神足於是世界還復如故

肇曰非分不可以久處故還彼所應見也

求聲聞乘
肇曰下乘道非獨覺要師而後成故名聲聞乘亦名弟子乘也
三萬二千天及人知有爲法皆悉無常遠塵離垢得法眼淨
肇曰國土穢而可淨淨而復穢因悟無常故得法眼淨法眼淨須陀洹道也始見道跡故得法眼名塵垢八十八結也
八千比丘不受諸法漏盡意解
肇曰無著之道於法無受無染漏盡九十八結漏既盡故意得解脱成阿羅漢也
維摩詰所説經卷第一

音釋
洿音汚 麤音粗 鑛音拱 儁子峻切智過千人曰儁 鶉常倫切

維摩詰所說經卷第二

姚秦三藏法師鳩摩羅什　譯

方便品第二

什曰此品序淨名德者非集經者之意其方便辯才世尊常所稱嘆故集經者承其所聞以序德耳

爾時毘耶離大城中有長者名維摩詰已曾供養無量諸佛深植善本得無生忍辯才無閡遊戲神通

什曰因神通廣其化功亦以神通力證其辯才如龍樹與外道論議外道問曰天今何作答曰天今與阿修羅戰復問云何爲證菩薩即爲現證應時摧戈折刃及阿修羅身首從空中墜落又見天與阿修羅於虛空中列陣相對外道見證已乃伏其辯才神通證辯類如此也肇曰菩薩得五通又云具六通以得無生忍三界結盡方於一乘故言六方於如來結習未盡故言五也

逮諸總持獲無所畏降魔勞怨入深法門善於智度通達方便大願成就

什曰初發心之時其願未大或大而未成大而成者唯法忍菩薩也如無量壽四十八願是大願之類也肇曰大願將無量壽願比也

明了衆生心之所趣又能分别諸根利鈍久於佛道心已純熟決定大乘諸有所作能善思量住佛威儀心大如海

什曰海有五德一澄淨不受死屍二多出妙寶三大龍注雨滴如車軸受而不溢四

風日不能竭五淵深難測大士心淨不受毀戒之屍出慧明之寶佛大法雨受而不溢魔邪風日不能虧損其智淵深莫能測者故曰心大如海也

諸佛咨嗟弟子釋梵世主所敬欲度人故以善方便居毘耶離資財無量攝諸貧民奉戒清淨攝諸毀禁以忍調行攝諸恚怒以大精進攝諸懈怠一心禪寂攝諸亂意以决定慧攝諸無智雖爲白衣奉持沙門清淨律行雖處居家不著三界示有妻子常修梵行現有眷屬常樂遠離雖服寶飾而以相好嚴身雖復飲食而以禪悦爲味若至博奕戲處輒以度人受諸異道不毀正信雖明世典常樂佛法一切見敬爲供養中最

肇曰含齒無不敬淨養無不恭故曰爲供養中之最

執持正法攝諸長幼

肇曰外國諸部曲皆立三老有德者爲執法人以决鄉訟攝長幼也淨名現執俗法因此通達道法也

一切治生諧偶雖獲俗利不以喜悦遊諸四衢饒益衆生入治政法救護一切入講論處導以大乘入諸學堂誘開童蒙

肇曰學堂童蒙學書堂也誘開如太子入學現梵書比也

入諸婬舍示欲之過

什曰外國有一女人身體金色有長者子名達慕多羅以千兩金要入竹林同載而去文殊師利於中道變身爲白衣身著寶衣衣甚嚴好女人見之貪心内發文殊言

欲得衣者當發菩提心女曰何等爲菩提心答曰汝身是也問曰云何是答曰菩提性空汝身亦空以此故是此女曾於迦葉佛所宿植善本修智慧聞是說即得無生法忍得無生法忍已將示欲之過還與長者子入竹林入竹林已自身現死膖脹臭爛長者子見巳甚大怖畏往詣佛所佛爲說法亦得法忍示欲之過有如是利益也

肇曰外國婬人別立聚落凡豫士流目不暫顧而大士同其欲然後示其過也

入諸酒肆能立其志

肇曰酒致失志開放逸門

若在長者長者中尊爲說勝法

什曰長者如今四姓豪族也聲聞於凡夫爲勝如是展轉佛法最勝也肇曰凡人易以威順難以理從故大士每處其尊以弘風靡之化長者豪族望重多以世教自居不弘出世間勝法也

若在居士居士中尊

什曰外國白衣多財富樂者名爲居士

斷其貪著若在刹利刹利中尊

什曰梵音中含二義一言忍辱二言瞋恚言此人有大力勢能大瞋恚忍受苦痛剛強難伏因以爲姓也

教以忍辱

肇曰刹利王種也秦言田主刧初人食地味轉食自然粳米後人情漸僞各有封殖遂立有德者處平分田此王者之始也故相承爲名焉其尊貴自在多強暴怒意不能忍和也

若在婆羅門婆羅門中尊
什曰廣學問求邪道自恃智慧驕慢自在名婆羅門
除其我慢
肇曰婆羅門秦言外意其種別有經書世世相承以道學爲業或在家或出家苦行多恃己道術自我慢人
若在大臣大臣中尊教以正法若在王子王子中尊示以忠孝若在内官内官中尊化正宮女
什曰非如今内官也外國法取歷世忠良耆長有德者用爲内官化正宮女也
若在庶民庶民中尊令興福力
什曰昔有一賤人来入城邑見一人服飾嚴淨乘大馬執寶盖唱言不好乃至再三彼人怪而問曰我嚴淨如是汝何言不好耶賤人曰君宿植德本獲此果報威德被服人所宗仰我昔不種福鄙陋如是以我比君猶如禽獸故自言不好耳非毀君也賤人因是感厲廣修福業形尊悟物所益已弘況以道法化人哉肇曰福力微淺故生庶民也
若在梵天梵天中尊誨以勝慧
什曰小乘中初梵有三種大乘中有四種餘上三地亦如是梵王雖有定慧而非出要誨以佛慧故言勝
若在帝釋帝釋中尊示現無常
什曰梵垢薄而著淺故爲現勝慧釋愛重而著深故爲現無常
若在護世護世中尊護諸衆生

什曰護世四天王也諸惡鬼神残食衆生護世四王護之不令害也今言尊者道力所護兼及十方

長者維摩詰以如是等無量方便饒益衆生

肇曰法身圓應其跡無端故稱無量上略言之耳

其以方便現身有疾

什曰上諸方便以施戒攝人施戒攝人則人感其恵聞其有疾則問疾者衆問疾者衆則功化弘矣是以廣現方便然後處疾也

以其疾故國王大臣長者居士婆羅門等及諸王子并餘官屬無數千人皆往問疾

肇曰雖復變應殊方妙迹不一然此經之起本于現疾故作者别序其事

其往者維摩詰因以身疾廣爲説法

什曰欲明履道之身未免斯患况無德而可保耶肇曰同我者易信異我者難順故因其身疾廣明有身之患

諸仁者是身無常

什曰諸佛常法要先以七事發人心然後説四諦何等爲七一施二戒三生天果報四説味味樂味也五果報過患雖有少樂而衆苦無量衆生迷於少樂而不覺衆苦猶以芥子置於山頂唯見芥子而不覩大山也六教厭離世間七歎涅槃功德今不説七法直説無常者將以此會積德已淳慧性修明故也復次無常是空之初相將欲説空故先説無常所以但説身不説餘法餘法中少生著故也

無強無力無堅速朽之法不可信也爲苦爲惱衆病所集諸仁者如此身明智者所不怙是身如聚沫不可撮摩是身如泡不得久立是身如炎從渴愛生是身如芭蕉中無有堅是身如幻從顛倒起是身如夢爲虛妄見是身如影從業緣現是身如響屬諸因緣是身如浮雲須臾變滅是身如電念念不住是身無主爲如地

肇曰夫萬事萬形皆四大成在外則爲土木山河在内則爲四肢百體聚而爲生散而爲死生則爲内死則爲外内外雖殊然其大不異故以内外四大類明無我也如外地古今相傳強者先宅故無主也身亦然爾衆緣所成緣合則起緣散則離何有真宰常主之者主壽人即是一我義立四名也

是身無我爲如火

肇曰縱任有自由謂之我而外火起滅由薪火不自在火不自在火無我也外火既無我内火類亦然

是身無壽爲如風

肇曰常存不變謂之壽而外風積氣飄鼓動止無常動止無常風無壽也外風既無壽内風類可知

是身無人爲如水

肇曰貴於萬物而始終不改謂之人而外水善利萬形方圓隨物洿隆異適而體無定體無定則水無人也外水既無人内水類可知也

是身不實四大爲家是身爲空離我我所

什曰離我衆生空離我所法空也上四句說空無我喻此直說空無我義也肇曰我身我所主也我所自我之外身及國財妻子萬物盡我所有智者觀身身内空寂二事俱離也

是身無知如草木瓦礫

肇曰身雖能觸而無知内雖能知而無觸自性而求二俱無知旣曰無知何異瓦礫

是身無作風力所轉

什曰無作主而有所作者風所轉也從無知至無作更釋空無我義也

是身不淨穢惡充滿是身爲虛僞雖假以澡浴衣食必歸磨滅

什曰此明無常所壞所以苦也自此以下盡說苦喻也爲災病苦也丘井以下總喻生老病死衆苦無量也

是身爲災百一病惱是身如丘井

什曰丘井丘墟枯井也昔有人有罪於王其人怖罪逃走王令醉象逐之其人怖急自投枯井半井得一腐草以手執之下有惡龍吐毒向之傍有五毒蛇復欲加害二鼠嚙草草復將斷大象臨其上復欲取之其人危苦極大恐怖上有一樹樹上時有蜜滴落其口中以著味故而忘怖畏丘井生死也醉象無常也毒龍惡道也五毒蛇五陰也腐草命根也黑白二鼠白日黑月也蜜滴五欲樂也得蜜滴而忘怖畏者喻衆生得五欲蜜滴不畏苦也

爲老所逼是身無定爲要當死是身如毒蛇如怨賊如空聚

什曰昔有人得罪於王王欲密殺篋盛四毒蛇使其守護有五怨賊拔刀守之善知識語之令走其人即去入空聚落便於中止知識復言此處是惡賊所止若住此者須臾賊至喪汝身命失汝財寶宜速捨離可得安隱其人從教即便捨去復見大水縛筏而渡渡已安隱無復衆患王喻魔也篋喻身也四蛇四大也五怨賊五陰也空聚落六入也惡賊六塵也河生死也善知識教令走者謂佛菩薩教衆生離惡魔弃四大捨五陰衆生從教雖捨遠三患而未出諸入聚落未免怨賊復教令乘八正筏度生死流度生死流已坦然無爲無復衆患也肇曰六情喻空聚皆有誠證喻在他經是故涅槃經云觀身如四大毒蛇是身無常常爲無量諸蟲之所唼食是身臭穢貪欲獄縛是身可畏猶如死狗是身不淨九孔常流是身如城血肉筋骨皮裹其上手足以爲郤敵樓櫓目爲孔竅頭爲殿堂心王處中如是身城諸佛世尊之所弃捨凡夫愚人常所味著貪婬瞋恚愚癡羅刹止住其中是身不堅猶如蘆葦伊蘭水流芭蕉之樹是身無常念念不住猶如電光暴水幻炎亦如畫水隨畫隨合是身易壞猶如河岸臨峻大樹是身不久虎狼鵄梟鵰鷲餓狗之所食噉誰有智者當樂此身寧以牛跡盛大海水不可具說是身無常不淨臭穢寧團大地使如棗等漸漸轉小如亭歷子乃至微塵不能具說是身過患是故當捨如棄涕唾也

陰界諸入所共合成諸仁者此可患厭當樂
佛身所以者何佛身者即法身也
肇曰經云法身者虛空身也無生而無不
生無形而無不形超三界之表絕有心之
境陰入所不能攝稱讚所不能及寒暑不
能爲其患生死無以化其體故其爲物也
微妙無象不可爲有備應萬形不可爲無
彌綸八極不可爲小細入無間不可爲大
故能入生出死通洞乎無窮之化變現殊
方應無端之求此二乘之所不識補處之
所不覩況凡夫無目敢措思於其間哉聊
依經誠言粗標其玄極耳然則法身在天
而天在人而人豈可近捨丈六而遠求法
身乎
從無量功德智慧生從戒定慧解脫解脫知
見生從慈悲喜捨生從布施持戒忍辱柔和
勤行精進禪定解脫三昧
肇曰禪四禪定四定解脫八解脫三昧三
三昧此皆禪度之別行也
多聞智慧諸波羅蜜生
肇曰諸即上六度也波羅蜜秦言到彼岸
彼岸實相岸也得無生以後所修衆行盡
與實相合體無復分別也
從方便生從六通生
肇曰七住以上則具六通自非六通運其
無方之化無以成無極之體也
從三明生
肇曰天眼宿命智漏盡通爲三明也
從三十七道品生從止觀生
什曰始觀時係心一處名爲止靜極則明

明即慧慧名觀也肇曰止觀定慧
從十力四無所畏十八不共法生從斷一切
不善法集一切善法生從真實生從不放逸
生從如是無量清淨法生如来身諸仁者欲
得佛身斷一切衆生病者當發阿耨多羅三
藐三菩提心如是長者維摩詰爲諸問疾者
如應説法令無數千人皆發阿耨多羅三藐
三菩提心

維摩詰所説經卷第二

音釋

洿哀都切濁水不流也　諧胡皆切和合也調偶也　撮倉括切丨摩也
櫓力覩切望樓也

維摩詰所説經卷第三

姚秦三藏法師鳩摩羅什　譯

弟子品第三

肇曰上善若水所以洿隆斯順與善仁故能曲成無恡動善時至所以會幾不失居衆人之所惡故能與彼同疾世尊大慈必見垂問因以弘道所濟良多此現疾之本意也

爾時長者維摩詰自念寢疾于牀世尊大慈寧不垂愍佛知其意即告舍利弗汝行詣維摩詰問疾

什曰聲聞法中諸羅漢無漏智慧勝菩薩世俗智慧大乘法中菩薩二事俱勝今用聲聞法明大小故先命弟子舍利弗於弟子中智慧第一故先命之知其不堪而命之者欲令其顯維摩詰才辨殊勝發起衆會也復命餘人者欲令各稱其美名兼應辯慧無方也

舍利弗白佛言世尊我不堪任詣彼問疾所以者何憶念我昔曾於林中宴坐樹下時維摩詰來謂我言唯舍利弗不必是坐爲宴坐也夫宴坐者不於三界現身意是爲宴坐

肇曰夫法身之宴坐形神俱滅道絶常境視聽之所不及豈復現身於三界脩意而爲定哉舍利弗猶有世報生身及世報意根故以人間爲煩擾而宴坐樹下未能神形無跡故致斯呵凡呵之興意在多益豈存彼我以是非爲心乎

不起滅定而現諸威儀是爲宴坐

肇曰小乘入滅盡定則形猶枯木無運用

之能大士入實相定心智永滅而形充八極順機而作應會無方舉動進止不捨威儀其爲宴坐也亦以極美上云不於三界現身意此云現諸威儀夫以無現故能無不現無不現即無現之體也庶參玄君子有以會其所以同而同其所以異也

不捨道法而現凡夫事是爲宴坐

肇曰小乘障隔生死故不能和光大士美惡齊旨道俗一觀故終日凡夫終日道法也淨名之有居家即其事也

心不住内亦不在外是爲宴坐

什曰賢聖攝心謂之内凡夫馳想謂之外言不内不外者等心内外也

於諸見不動而修行三十七道品是爲宴坐

肇曰諸見六十二諸妄見也夫以見爲見者要動捨諸見以脩道品大士觀其諸見真性即是道品故不近捨諸見而遠脩道品也

不斷煩惱而入涅槃是爲宴坐

什曰煩惱即涅槃故不待斷而後入也

若能如是坐者佛所印可時我世尊聞是語默然而止不能加報故我不任詣彼問疾

佛告大目犍連

什曰目連婆羅門姓也名拘律陁拘律陁樹神名也以求神得故因以爲名生便有大智慧故名大目犍連神足第一者也

汝行詣維摩詰問疾目連白佛言世尊我不堪任詣彼問疾所以者何憶念我昔入毘耶離大城於里巷中爲諸居士說法

什曰居士智慧利根應直聞實相而目連

未覩人根依常説法先以施戒七事發悟居士居士聞施戒及生天受福則起衆生想起衆生想已則於諸法妄生衆相故建章明無衆生後破衆相乃可以返其所迷應其本識也

時維摩詰來謂我言唯大目連爲白衣居士説法不當如仁者所説夫説法者當如法説法無衆生離衆生垢故

肇曰自此以下辯真法義也夫存衆生則垢真法若悟法無衆生則其垢自離衆生自我習著偏重故先名其無

法無有我離我垢故法無壽命離生死故

肇曰生死命之始終耳始終既離則壽命斯無諸言離者空之别名也

法無有人前後際斷故法常寂然滅諸相故法離於相無所緣故法無名字言語斷故法無有説離覺觀故法無形相如虛空故法無戲論畢竟空故法無我所離我所故法無分别離諸識故法無有比無相待故法不屬因不在緣故法同法性入諸法故法隨於如無所隨故法住實際

什曰此三同一實也因觀時有深淺故有三名始見其實謂之如轉深謂之性盡其邊謂之實際以新學爲六情所牽心隨物變觀時見同出則見異故明諸法同此三法

諸邊不動故

什曰故有無非中於實爲邊也言有而不有言無而不無雖諸邊塵起不能轉之令異故言諸邊不動也

法無動揺不依六塵故法無去來常不住故法順空隨無相應無作

肇曰同三空也

法離好醜法無增損法無生滅法無所歸法過眼耳鼻舌身心法無高下法常住不動法離一切觀行唯大目犍連法相如是豈可説乎夫説法者無説無示其聽法者無聞無得譬如幻士爲幻人説法當建是意而爲説法當了衆生根有利鈍善於知見無所罣閡以大悲心讚于大乘念報佛恩不斷三寶然後説法維摩詰説是法時八百居士發阿耨多羅三藐三菩提心我無此辯是故不任詣彼問疾

佛告大迦葉

什曰先佛出家第一頭陀者也昔一時從山中出形體垢膩著獘衣來詣佛所諸比丘見之起輕賤意佛欲除諸比丘輕慢心故讚言善來迦葉即分牀坐迦葉辭曰佛爲大師我爲弟子云何共坐佛言我禪定解脱智慧三昧大慈大悲教化衆生汝亦如是有何差別諸比丘聞已發希有心咸興恭敬迦葉聞是已常學佛行慈悲救苦濟人有是慈悲而捨富從貧意將何在耶將以貧人昔不植福故致斯報今不度者來世益甚亦以造富有名利之嫌故又不觀來世現受樂故亦以富人慢恣難開化故亦以貧人覺苦厭此心易得故從捨之生必由異見故譏其不普誨以平等也

汝行詣維摩詰問疾迦葉白佛言世尊我不堪任詣彼問疾所以者何憶念我昔曾於貧

里而行乞時維摩詰來謂我言唯大迦葉有
慈悲心而不能普捨豪富從貧乞
肇曰迦葉以貧人昔不植福故生貧里若
今不積善後復彌甚愍其長苦多就乞食
淨名以其捨富從貧故譏迦葉不普也
迦葉住平等法應次行乞食
肇曰生死輪轉貴賤無常或今貧後富或
今富後貧大而觀之苦樂不異是以凡住
平等之爲法應次第行乞不宜去富而就
貧也
爲不食故應行乞食
什曰即食之實相應以此心乞食也
爲壞和合相故應取揣食
什曰和合相即揣食食有四種一曰揣食
二曰願食如見沙囊命不絶是願食也三
曰業食如地獄不食而活由其罪業應久
受苦痛也四曰識食無色衆生識想相續
也壞和合相即是實相令其以是心行乞
也
爲不受故應受彼食
肇曰不受亦涅槃法也夫爲涅槃而行乞
者應以無受心而受彼食然則終日受而
未嘗受也
以空聚相入於聚落
肇曰空聚亦涅槃相也凡入聚落宜存此
相若然則終日聚落終日空聚也
所見色與盲等
肇曰二乘惡厭生死怖畏六塵故誡以等
觀也盲謂不見美惡之異非謂閉目也
所聞聲與響等

肇曰未有因山響而致喜怒也

所齅香與風等

肇曰香臭因風風無香臭又取其不存也

所食味不分別

什曰法無定性由分別取相謂之爲味若不分別時則非味也雖食當如本相也

受諸觸如智證

肇曰得漏盡智無生智自證成道舉身柔軟快樂而不生著身受諸觸宜若此也

知諸法如幻相無自性無他性

什曰指會成拳故無自性指亦如是故無他性

本自不然今則無滅

生曰從他生故無自性也既無自性豈有他性哉然則本自不然有何滅乎故如幻

迦葉若能不捨八邪入八解脫

肇曰八邪八解本性常一善觀八邪即入八解曷爲捨邪更求解脫乎若能如是者名入解脫也

以邪相入正法

肇曰若本性常一者則邪正相入不乖其相也

以一食施一切供養諸佛及衆賢聖然後可食

肇曰因誨以無閡施法也若能等邪正又能以一食等心施一切衆生供養諸佛賢聖者乃可食人之食也無閡施者凡得食要先作意施一切衆生然後自食若得法身則能實充足一切如後一鉢飯也若未得法身但作意等施即是無礙法施也

如是食者非有煩惱非離煩惱
肇曰有煩惱食凡夫也離煩惱食二乘也若能如上平等而食者則是法身之食非有煩惱而食非離煩惱而食也
非入定意非起定意
肇曰小乘入定則不食食則不入定法身大士終日食而終日定故無出入之名也
非住世間非住涅槃
肇曰欲言住世間法身絶常俗欲言住涅槃現食同人欲
其有施者無大福無小福不爲益不爲損
生曰施平等人應得平等報故施主亦不見有大小福也
是爲正入佛道不依聲聞
肇曰平等乞食自利利人故正入佛道不依聲聞道也
迦葉若如是食爲不空食人之施也
生曰言必能福彼也然則非徒拔其貧苦而已乃所以終得大乘之果也
時我世尊聞說是語得未曾有即於一切菩薩深起敬心復作是念斯有家名辯才智慧乃能如是其誰不發阿耨多羅三藐三菩提心
肇曰時謂在家大士智辯尚爾誰其不發無上心也
我從是來不復勸人以聲聞辟支佛行是故不任詣彼問疾
佛告須菩提
什曰秦言善業解空第一善業所以造居士及致失者有以而往亦有由而失請以

喻明之譬善射之人發無遺物雖輕翼迅逝不能翔其舍猶維摩詰辯慧深入言不失會故五百應真莫敢闚其門善業自謂智能深入辯足應時故直造不疑此往之意也然當其入觀則心順法相及其出定則情隨事轉致失招屈良由此也維摩以善業自謂深入而乖於平等故此章言切而旨深者也諸聲聞體非兼備則各有偏能謂之第一故五百弟子皆稱第一也肇曰須菩提秦言善吉弟子中解空第一也

汝行詣維摩詰問疾須菩提白佛言世尊我不堪任詣彼問疾所以者何憶念我昔入其舍從乞食時維摩詰取我鉢盛滿飯

生曰維摩迹在居士有吝惜之嫌若未與食便詰之者物或謂之然也故先取鉢盛滿飯而不授之者恐須菩提得鉢便去不盡言論勢也

謂我言唯須菩提若能於食等者諸法亦等

生曰苟恃定而來者於定爲不等矣即以食詰之者明於食亦不等也不等於食豈等定哉是都無所等也既無所等何有等定而可恃乎

諸法等者於食亦等如是行乞乃可取食

肇曰須菩提以長者豪富自恣多懷貪悋不慮無常今雖快意後必貧苦愍其迷惑故多就乞食次入淨名舍其即取鉢盛飯未授之間譏其不等也言萬法同相一一可知若於食等諸法亦等諸法等者於食亦等以此行乞乃可取食耳曷爲捨貧從富自生異想乎

若須菩提不斷婬怒癡亦不與俱
肇曰斷婬怒癡聲聞也婬怒癡俱凡夫也大士觀婬怒癡即是涅槃故不斷不俱若能如是者乃可取食也
不壞於身而隨一相
肇曰萬物齊旨是非同觀一相也然則身即一相豈待壞身滅體然後謂之一相乎身五陰身也
不滅癡愛起於明脱
肇曰聲聞以癡曀智故癡滅而明以愛繫心故愛解而脱大士觀癡愛其相即是明脱故不滅癡愛而起明脱也
以五逆相而得解脱亦不解不縛
肇曰五逆真相即是解脱豈有縛解之異耶五逆罪之尤者解脱道之勝者若能即五逆相而得解脱者乃可取人之食
不見四諦非不見諦非得果非凡夫非離凡夫法
肇曰果諸道果也不見四諦故非得果非不見諦故非凡夫雖非凡夫而不離凡夫法此乃平等之道也
非聖人非不聖人
肇曰不離凡夫法非聖人也道過三界非不聖人也
雖成就一切法而離諸法相
肇曰不捨惡法而從善則一切諸法于何不成諸法雖成而離其相以離其相故則美惡斯成矣
乃可取食若須菩提不見佛不聞法
肇曰猶誨以平等也夫若能齊是非一好

醜者雖復上同如来不以爲尊下等六師不以爲卑何則天地一旨萬物一觀邪正雖殊其性不二豈有如来獨尊而六師獨卑乎若能同彼六師不見佛不聞法因其出家隨其所墮而不以爲異者乃可取食也此蓋窮理盡性極無方之說也善惡反論而不違其常邪正同辯而不喪其真斯可謂平等正化莫二之道

彼外道六師富蘭那迦葉

什曰迦葉母姓也富蘭那字也其人起邪見謂一切法無所有如虛空不生滅也肇曰姓迦葉字富蘭那其人起邪見謂一切法斷滅性空無君臣父子忠孝之道也

末伽梨拘賒梨子

什曰末伽梨字也拘賒梨是其母也其人起見云衆生罪垢無因無緣也

刪闍夜毘羅胝子

什曰刪闍夜字也毘羅胝母名也其人起見謂要久經生死彌歷劫數然後自盡苦際也肇曰其人謂道不須求經生死劫數苦盡自得如轉縷丸於高山縷盡自止何假求耶

阿耆多翅舍欽婆羅

肇曰阿耆多翅舍字也欽婆羅麁弊衣名也其人著弊衣自拔髮五熱炙身以苦行爲道謂今身併受苦後身常樂者也

迦羅鳩馱迦旃延

什曰外道字也其人應物起見若人問言有耶即荅言有問言無耶荅言無也

尼犍陀若提子等

什曰尼犍陀字也若提母名也其人起見謂罪福苦樂盡由前世要當必償今雖行道不能中斷此六師盡起邪見裸形苦行自稱一切智大同而小異耳凡有三種六師合十八部第一自稱一切智第二得五通第三誦四韋陀經上所説六師是第一部也

是汝之師因其出家彼師所墮汝亦隨墮乃可取食

什曰因其見異故誨令等觀也若能不見佛勝六師從其出家與之爲一不壞異相者乃可取食也

若須菩提入諸邪見不到彼岸

肇曰彼岸實相岸也或者以邪見爲邪彼岸爲正故捨此邪見適彼岸耳邪見彼岸本性不殊曷爲捨邪而欣彼岸乎是以入諸邪見不入彼岸者乃可取食也自六師以下至乎不得滅度類生逆談以成大順庶通心君子有以標其玄旨而遺其所是也

住於八難不得無難

肇曰夫見難爲難者必捨難而求無難也若能不以難爲難故能住於難不以無難爲無難故不得於無難也

同於煩惱離清淨法

肇曰夫能悟惱非惱則雖惱而淨若以淨爲淨則雖淨而惱是以同惱而離淨者乃所以常淨也

汝得無諍三昧

什曰無諍有二一以三昧力將護衆生令

不起諍心二隨順法性無違無諍善業常自謂深達空法無所違諍令不順平等而云無諍者則與衆生無差也

一切衆生亦得是定

肇曰善吉之與衆生性常自一曷爲善吉獨得而衆生不得乎此明性本不偏也善吉於五百弟子中解空第一常善順法相無違無諍内旣無諍外亦善順群心令無諍訟得此定名無諍三昧也

其施汝者不名福田

肇曰我受彼施令彼獲大福故名福田耳猶大觀之彼我不異誰爲種者誰爲田者

供養汝者墮三惡道

肇曰五逆之損供養之益大觀正齊未覺其異若五逆而可墮供養亦可墮也

爲與衆魔共一手作諸勞侶汝與衆魔及諸塵勞等無有異

肇曰旣爲其侶安得有異夫以無異故能成其異也

於一切衆生而有怨心謗諸佛毀於法

肇曰怨親之心毀譽之意美惡一致孰云其異苟曰不異亦何爲不同焉

不入衆數終不得滅度

生曰爲害之由由乎謗佛毀法斯人則爲不入四衆矣順在親友之義以歎佛譽法爲體亦不異謗故云謗也

汝若如是乃可取食

肇曰犯重罪者不得入賢聖衆數終不得滅度若能備如上惡乃可取食也何者失捨惡從善人之常情耳然則是非經心猶

未免于累是以等觀者以存善爲患故捨善以求宗以捨惡爲累故即惡而反本然則即惡有忘累之功捨善有無染之勲故知同善未爲得同惡未爲失淨名言意似在此乎

時我世尊聞此茫然不識是何言不知以何荅便置鉢欲出其舍維摩詰言唯須菩提取鉢勿懼於意云何如來所作化人若以是詰寧有懼不

肇曰淨名欲令善吉弘平等之道無心以聽美惡斯順而善吉本不思其言迷其所説故復引喻以明也

我言弗也維摩詰言一切諸法如幻化相汝今不應有所懼也

肇曰若於弟子中解空第一既知化之無心亦知法之如化以此而聽曷爲而懼

所以者何一切言説不離是相

肇曰是相即幻化相也言説如化聽亦如化以化聽化豈容有懼

至於智者不著文字故無所懼何以故文字性離

肇曰夫文字之作生於惑取法無可取則文字相離虚妄假名智者不著

無有文字是則解脱

肇曰解脱謂無爲真解脱也夫名生於不足足則無名故無有文字是真解脱也

解脱相者則諸法也

肇曰名生於法法生於名名既解脱故諸法同解也

維摩詰説是法時二百天子得法眼淨故我

不任詣彼問疾

佛告富樓那彌多羅尼子

什曰富樓那秦言滿也彌多羅尼秦言善知識即其母名也其人於法師中第一善説阿毘曇也

汝行詣維摩詰問疾富樓那白佛言世尊我不堪任詣彼問疾所以者何憶我昔於大林中在一樹下爲諸新學比丘説法

什曰近毘耶離城有園林林中有水水名獼猴池園林中有僧房是毘耶離三精舍之一也富樓那於中爲新學説法

時維摩詰来謂我言唯富樓那先當入定觀此人心然後説法

肇曰大乘自法身以上得無礙真心心智寂然未嘗不定以心常定故能萬事並照不假推求然後知也小乘心有限礙又不能常定凡所觀察在定則見出定不見且聲聞定力深者見衆生根極八萬劫耳定力淺者身數而已大士所見見及無窮此新學比丘根在大乘應聞大道而爲説小法故誨其入定也

無以穢食置於寶器

肇曰穢食充饑小乘法也盛無上寶大乘器也

當知是比丘心之所念無以琉璃同彼水精

汝不能知衆生根源無得發起以小乘法彼自無瘡勿傷之也

肇曰彼大乘之體自無瘡疣無以小乘之刺損傷之也

欲行大道莫示小徑無以大海内於牛跡

肇曰大物當置之大處曷爲田龍象於兎徑注大海於牛跡乎

無以日光等彼螢火富樓那此比丘久發大乘心中忘此意如何以小乘法而教導之我觀小乘智慧微淺猶如盲人不能分别一切衆生根之利鈍時維摩詰即入三昧令此比丘自識宿命曾於五百佛所植衆德本迴向阿耨多羅三藐三菩提

肇曰淨名將開其宿心成其本意故以定力令諸比丘暫識宿命自知曾於五百佛所植衆德本曾已回向功德向無上道此其本也

即時豁然還得本心於是諸比丘稽首禮維摩詰足時維摩詰因爲説法於阿耨多羅三藐三菩提不復退轉我念聲聞不觀人根不應説法是故不任詣彼問疾

佛告摩訶迦旃延

什曰南天竺婆羅門姓也善解契經者也

汝行詣維摩詰問疾迦旃延白佛言世尊我不堪任詣彼問疾所以者何憶念昔者佛爲諸比丘畧説法要我即於後敷演其義謂無常義苦義空義無我義寂滅義

肇曰如来言説未甞有心故其所説法未甞有相迦旃延不諭玄旨故於入室之後皆以相説也何則如来去常故説無常非謂是無常去樂故言苦非謂是苦去實故言空非謂是空去我故言無我非謂是無我去相故言寂滅非謂是寂滅此五者可謂無言之教無相之説而迦旃延造極不同聽隨心異聞無常則取其流動至聞寂

滅亦取其滅相此言同旨異迦旃延所以致惑也

時維摩詰來謂我言唯迦旃延無以生滅心行說實相法

什曰若無生滅則無行處無行處乃至實相也因其以生滅爲實故譏言無以生滅說實相法也通非下五句也

迦旃延諸法畢竟不生不滅是無常義

什曰凡說空則先說無常無常則空之初門初門則謂之無常畢竟則謂之空旨趣雖同而以精粗爲淺深者也何以言之說無常則云念念不住不住則有以繫住雖去久住而未明無住是麁無常耳未造其極也今此一念若令繫住則後亦應住若今住後住則始終無變始終無變據事則不然以住時不住所以之滅住即不住乃真無常也本以住爲有今無住則無有無有則畢竟空畢竟空即無常之妙旨也故曰畢竟空是無常義迦旃延未盡而謂之極者故自招妄計之譏也

五受陰洞達空無所起是苦義

肇曰有漏五陰受染生死名受陰也小乘以受陰起則衆苦生爲苦義大乘通達受陰內外常空本自無起誰生苦者此真苦義也

諸法究竟無所有是空義

肇曰小乘觀法緣起內無真主爲空義雖能觀空而於空未能都泯故不究竟大乘在有不有在空不空理無不極所以究竟空義也

於我無我而不二是無我義
　肇曰小乘以封我爲累故尊於無我無我既尊則於我爲二大乘是非齊指二者不殊無我義也
法本不然今則無滅是寂滅義
　肇曰小乘以三界熾然故滅之以求無爲夫熾然既形故滅名以生大乘觀法本自不然今何所滅不然不滅乃真寂滅也
説是法時彼諸比丘心得解脱故我不任詣彼問疾
佛告阿那律
　肇曰阿那律秦言如意刹利種也弟子中天眼第一
汝行詣維摩詰問疾阿那律白佛言世尊我不堪任詣彼問疾所以者何憶念我昔於一處經行時有梵王名曰嚴淨與萬梵俱放淨光明来詣我所稽首作禮問我言幾何阿那律天眼所見
　肇曰梵王聞阿那律天眼第一故問所見遠近
我即荅言仁者吾見此釋迦牟尼佛土三千大千世界如觀掌中菴摩勒果
　肇曰菴摩勒果形似檳榔食之除風冷時手執此果故即以爲喻也
時維摩詰来謂我言唯阿那律天眼所見爲作相耶無作相耶
　什曰色無色相若見色有遠近精麁即是爲色爲色則是邪惑顛倒之眼故同於外道也若不爲色作相色則無爲無爲則不應見有遠近而言遠見三千則進退無可

故失會於梵天受屈於二難也
假使作相則與外道五通等若無作相即是無爲不應有見世尊我時黙然彼諸梵聞其言得未曾有即爲作禮而問曰世孰有真天眼者
什曰以阿那律天眼爲色作相非真天眼若不作相則是真眼未知誰有故問言孰也
維摩詰言有佛世尊得真天眼常在三昧悉見諸佛國不以二相
什曰言不爲色作精麁二相也肇曰真天眼謂如来法身無相之目也幽壤微形巨細兼覩萬色彌廣有若目前未嘗不見而未嘗有見故無眼色之二相也二乘在定則見出定不見如来未嘗不定未嘗不見故常在三昧也
於是嚴淨梵王及其眷屬五百梵天皆發阿耨多羅三藐三菩提心禮維摩詰足已忽然不見故我不任詣彼問疾
佛告優波離
什曰長存誓願世世常作持律故於今持律第一也
汝行詣維摩詰問疾優波離白佛言世尊我不堪任詣彼問疾所以者何憶念昔者有二比丘犯律行以爲耻不敢問佛
什曰以佛尊重慙愧深故亦於衆中大恐怖故復次將以如来明見法相決定我罪陷於重殘則永出清衆望絶真路也
来問我言唯優波離我等犯律誠以爲耻不敢問佛願解疑悔得免斯咎

肇曰愧其所犯不敢問佛以優波離持律第一故從問也疑其所犯不知輕重悔其既往廢亂道行故請持律解免斯咎也

我即爲其如法解説時維摩詰来謂我言唯優波離無重增此二比丘罪當直除滅勿擾其心

什曰犯律之人心常戰懼若定其罪相復加以切之則可謂心擾而罪增也若聞實相則心玄無寄罪累自消故言當直除滅也

所以者何彼罪性不在内不在外不在中間如佛所説心垢故衆生垢心淨故衆生淨

什曰以罪爲罪則心自然生垢心自然生垢則垢能累之垢能累之則是罪垢衆生不以罪爲罪此即淨心心淨則是衆生淨也

心亦不在内不在外不在中間如其心然罪垢亦然

肇曰逆知其本也夫執本以知其末守母以見其子佛言衆生垢淨皆由心起求心之本不在三處心既不在罪垢可知矣

諸法亦然不出於如

肇曰萬法云云皆由心起豈獨垢淨之然哉故諸法亦然不離於如如謂如本相也

如優波離以心相得解脱時寧有垢不

什曰心相謂羅漢亦觀衆生心心實相得解脱也今問其成道時第九解脱道中觀實相時寧見此中有垢不

我言不也維摩詰言一切衆生心相無垢亦復如是唯優波離妄想是垢無妄想是淨

什曰罪本無相而横爲生相是爲妄想妄想自生垢耳非理之咎也

顛倒是垢無顛倒是淨取我是垢不取我是淨優波離一切法生滅不住

什曰此已下釋罪所以不可得也

如幻如電諸法不相待乃至一念不住

肇曰成前無相常淨義也諸法如電新新不停一起一滅不相待也彈指頃有六十念過諸法乃無一念頃住况欲久停無住則如幻如幻則不實不實則爲空空則常淨然則物物斯淨何有罪累於我哉

諸法皆妄見如夢如炎如水中月如鏡中像以妄想生

肇曰上明外法不住此明内心妄見俱辯空義内外爲異耳夫以見妄故所見不實所見不實則實存于所見之外實存于所見之外則見所不能見見所不能見故無相常淨也上二喻取其速滅此四喻取其妄想也

其知此者是名奉律

什曰奉律梵本云毗尼毗尼秦言善治謂自治婬怒癡亦能治衆生惡也

其知此者是名善解

肇曰若能知法如此乃名善解奉律法耳不知此法而稱持律第一者何耶令知優波離謬教意也

於是二比丘言上智哉是優波離所不及持律之上而不能説我荅言自捨如來未有聲聞及菩薩能制其樂説之辯其智慧明達爲若此也時二比丘疑悔即除發阿耨多羅三

藐三菩提心作是願言令一切衆生皆得是辯故我不任諸彼問疾

佛告羅睺羅

什曰阿脩羅食月時名羅睺羅羅睺羅秦言覆障謂障月明也羅睺羅六年處母胎母胎所障故因以爲名聲聞法中密行第一菩薩出家之日諸相師言若令夜不出家明日七寶自至爲轉輪聖王王四天下王即於其夜更增伎樂以悦其心於時菩薩欲心内發羅睺羅即時處胎耶輸陀羅其夜有身於是淨居諸天相與悲而言曰菩薩爲欲所纒迷於女色衆生可愍誰當度者即時變諸妓女皆如死人甚可怖畏令菩薩心厭即勸出家車匿牽馬四天王接足踰城而去到菩提樹下思惟苦行六年已夜成佛時羅睺羅乃生生已佛乳母問言悉達出家於是六年汝今何從有身若六年懷姙世所未聞諸釋聞之相與議言此是不祥毁辱釋門必是私竊欲依法殺之耶輸曰願見大王爾乃就死王於是隔幔與語具與事詰問其所由耶輸如實自陳我非私竊是太子之亂耳自太子出家我嘗愁毒寢卧冷地故此兒不時成就耳語王言自看此兒顔貌色相爲是孫子不王即抱而觀之見其色相與太子相似王乃流淚而言曰真是吾孫子也佛欲證明化作梵志来入王宫見兒問言汝名何等答言我名羅睺羅梵志讚言善哉汝以業因緣故處胎六年所覆障故應名此也王問何業因緣荅曰我知業因緣不知何

業佛後還國羅睺羅見佛身相裝嚴敬心内發願欲出家其母語言此人出家得成聖道道非汝分何用出家羅睺羅言若令一人得道我要當得使人剃髮髮已垂盡唯有頂上少許復言若髮都盡則與死人無異決定汝心無從後悔荅言國位有珎寶無量妙樂我能棄之況惜少髮耶道心堅固遂棄國出家以舍利弗爲和尚羅睺羅因縁及出家事以聲聞法畧説也弟子中密行第一

汝行詣維摩詰問疾羅睺羅白佛言世尊我不堪任詣彼問疾所以者何憶念昔時毘耶離諸長者子來詣我所稽首作禮問我言唯羅睺羅汝佛之子捨轉輪王位

什曰轉輪王亦有不入胎者如頂生王是也昔轉輪王頂上生瘡王患其痒痛婆羅門欲以刀破之王時怒曰云何以刀著大王頂上耶更有婆羅門以藥塗之至七日頂瘡乃壊視瘡中見有小兒威相端正取而養之後遂爲王因從頂生故名頂生王或有從肩臂手足等生此皆從男生也佛若不出家則大轉輪王王四天下羅睺羅不出家王一閻浮提地下十由旬鬼神空中十由旬鬼神皆屬羅睺羅爲其給使羅睺羅夫會其旨有四一不見人根應非其藥二出家功德無量而説之以限三即是實相而以相説之四出家法本爲實相及涅槃出家即是二法方便今雖未得已有其相羅睺羅雖説出家之美而不説其終之相故違理喪真受屈當時也二人雖俱

説出家功徳而羅睺羅以四失乖宗維摩以四得應會其得失相及差别若此也

出家爲道其出家者有何等利我即如法爲説出家功徳之利

肇曰不善知其根爲説有爲功徳利也生曰世榮雖樂難可久保出家之理是樂無爲豈可同年語其優劣

時維摩詰来謂我言唯羅睺羅不應説出家功徳之利所以者何無利無功徳是爲出家

肇曰夫出家之意妙存無爲無爲之道豈容有功徳利乎

有爲法者可説有利有功徳夫出家者爲無爲法無爲法中無利無功徳

肇曰夫有無爲之果必有無爲之因果因同相自然之道也出家者爲無爲即無爲之因也無爲無功無功徳當知出家亦然矣

羅睺羅出家者無彼無此亦無中間

肇曰僞出家者惡此生死尊彼涅槃故有中間三處之異眞出家者遺萬累亡彼此豈有是非三處之殊哉

離六十二見處於涅槃

肇曰既無彼此則離衆邪見同涅槃也上直明出家之義自此下明出家之事雖云其事然是無事事耳何則出家者以去累爲志無爲爲心以心無爲故所造衆徳皆無爲也

智者所受

什曰一切賢聖大人悉讃歎受持出家法也

聖所行處

什曰衆聖履之而通也肇曰賢智聞之而從衆聖履之而通可謂真出家之道

降伏衆魔度五道

什曰凡夫能出四趣不能出於天道出家求滅則五道斯越物我通度也

淨五眼

肇曰淨五眼如放光說也

得五力立五根不惱於彼

什曰在家雖行善然有父母妻子眷屬之累若物來侵害必還加報是故在家是惱彼因緣出家無此衆累則惱因自息故言不能惱彼也

離衆雜惡

什曰凡以雜心而興福業皆名雜惡也出家修善則滅除妄想又爲涅槃故離衆雜惡

摧諸外道

肇曰日月不期去闇而闇自除出家不期摧外道而外道自消也

超越假名

什曰緣會無實但假空名耳若得其真相即於假不迷故名超越也

出淤泥無繫著

肇曰出生死愛見之淤泥無出家受道之繫著也

無我所無所受

肇曰無四受也欲受我受戒受見受

無擾亂

什曰凡心有在方便不息是名擾亂出家

無事一切求離也
內懷喜
肇曰夫擾亂出于多求憂苦生於不足出家寡欲擾亂斯無道法內充故懷喜有餘
護彼意
什曰謂能奬順衆生不乖逆其心也
隨禪定離衆過
肇曰諸長者子應聞出家無爲之道而示以有爲功德之利是由不隨禪以觀其根不審法以奬其意衆過之生其在此乎故
因明出家以誡之也
若能如是是眞出家於是維摩詰語諸長者子汝等於正法中宜共出家所以者何佛世難值諸長者子言居士我聞佛言父母不聽不得出家維摩詰言然汝等便發阿耨多羅三藐三菩提心是即出家
什曰若發無上道心心超三界形雖有繫乃真出家
是即具足
生曰出家本欲離惡行道若在家而能發意即具足矣亦爲具足其道者也
爾時三十二長者子皆發阿耨多羅三藐三菩提心故我不任詣彼問疾
佛告阿難
什曰秦言歡喜也問曰阿難持佛法藏即其所聞足知無病今云何不達荅曰真實及方便悉是佛語故二說皆信又云阿難亦共爲方便也肇曰阿難秦言歡喜弟子中總持第一
汝行詣維摩詰問疾阿難白佛言世尊我不

堪任詰彼問疾所以者何憶念昔時世尊身小有疾當用牛乳我即持鉢詣大婆羅門家門下立時維摩詰来謂我言唯阿難何爲晨朝持鉢住此

生曰晨非乞食時必有以也

我言居士世尊身小有疾當用牛乳故来至此維摩詰言止止阿難莫作是言如来身者金剛之體

什曰小乘人骨金剛肉非金剛也大乘中内外金剛一切實满有大勢力無病處故諸惡已斷衆善普會當有何疾當有何惱

肇曰夫病患之生行業所爲耳如来善無不積惡無不消體若金剛何患之有

黙往阿難勿謗如来莫使異人聞此麁言無令大威德諸天及他方淨土諸来菩薩得聞斯語阿難轉輪聖王以少福故尚得無病

什曰有羅漢名薄拘羅往昔爲賣藥師語夏安居僧言若有須藥就我取之衆竟無所須唯一比丘小病受一訶梨勒果因是九十刼生人天中受無量快樂但聞病名而身無微患於此生年已九十亦未曾有病況佛積善無量病何由生問曰善惡相對報應宜同五逆重罪億劫受苦云何一果之善受福無量耶荅曰罪事重而力微善事輕而勢强譬若惡蛇將取人食先吐毒沫在地人践其上即時昬熟不能起去然後以氣吸之三寶中作功德亦復如是初作功德時其事雖微冥益已深然後方便引入佛道究竟涅槃其福乃盡

豈況如来無量福慧普勝者哉行矣阿難勿

使我等受斯耻也外道梵志若聞此語當作
是念何名爲師自疾不能救而能救諸疾人
可容速去勿使人聞
肇曰正士聞則謂汝不達邪外道聞則謂
佛實有疾何名爲法之良醫身疾不能救
而欲救人心疾乎
當知阿難諸如来身即是法身
什曰法身有三種一法化生身金剛身是
也二五分法身三諸法實相和合爲佛實
相亦名法身也
非思欲身
肇曰三界有待之形名思欲身也
佛爲世尊過於三界佛身無漏諸漏已盡
肇曰夫法身虛微妙絶常境情累不能染
心想不能議故曰諸漏已盡過於三界三
界之内皆有漏也生曰雖出三界容是最
後邊身猶是漏法漏法豈得無病哉佛既
過之無復斯漏何病之有耶
佛身無爲不墮諸數
生曰雖曰無漏或有爲也有爲是起滅法
雖非四大猶爲患也佛既以無漏爲體又
非有爲何病之有哉爲則有數也
如此之身當有何疾時我世尊實懷慚愧得
無近佛而謬聽耶
肇曰受使若此致譏若彼進退懷慚或謂
謬聽也
即聞空中聲曰阿難如居士言但爲佛出五
濁惡世
什曰五濁劫濁衆生濁煩惱濁見濁命濁
多歳數名由泓多由泓名爲劫大劫如賢

劫比也大劫中有小劫多諸惡事總名劫
濁善人既盡淳惡衆生衆生濁也除邪見
已諸煩惱結三毒等增上重者不以道理
能障聖道必入惡趣如是結使煩惱濁也
除四見已唯取邪見謗無因果罪福及聖
道涅槃是名見濁也大劫初時人壽無量
爾時佛未出世後壽命漸短人壽六萬歲
爾時拘留孫佛出世乃至百二十歲時釋
迦牟尼佛出現於世自後漸短乃至人壽
三十歲百二十歲已下盡名命濁也彌勒
生時小劫更始人壽更長也
現行斯法
什曰梵本云貧法現病行乞等是貧法也
度脫衆生
生曰解阿難意使得取乳也實如維摩詰

語但佛應五濁惡世自應爾
行矣阿難取乳勿慚
肇曰以其媿感故空中聲止之如居士言
何有無漏之體嬰世之患但爲度五濁群
生故現斯疾耳取乳勿慚也
世尊維摩詰智慧辯才爲若此也是故不任
詣彼問疾如是五百大弟子各各向佛說其
本緣稱述維摩詰所言皆曰不任詣彼問疾
果報因緣經云如來無疾但爲婆羅門自
恃智慧廣求邪道慳貪嫉妬驕慢佛乘於
是如來善巧方便假名有疾權現三聖誘
婆羅門先令菩薩向婆羅門家化一乳牛
復産二子心性狠狭好傷人命佛遣阿難
而往乞乳婆羅門未諳佛意見阿難來嗔
心頓起便語妻言我今正欲令牛踐害阿

難故言尊者尊者可往牛所任意自覓牛見阿難存踞告言尊者佛欲我乳可當搆左乳留右乳搆右乳留左乳何以故我有二子以我乳爲命爾牛二子亦復存踞啓告尊者我今甘當受彼水草此我母乳盡當奉佛婆羅門見牛如是深生敬仰嘆未曾有即將種種妙寶及諸眷屬持往佛所散花供養求佛悔過佛與說法證無生忍此佛化婆羅門之本意也

維摩詰所說經卷第三

音釋

觕 音粗 揣 初委切度量也 内 南入聲 泓 烏宏切水深也

狠 語斤切犬鬭聲 戾 力置切乖也罪也 諳 烏含切記憶也

維摩詰所説經卷第四

姚秦三藏法師鳩摩羅什　譯

菩薩品第四

於是佛告彌勒菩薩

什曰彌勒既紹尊位又當於此土而成佛衆情所宗故先命之彌勒維摩大小之量未可定也或云維摩雖大或有以而取成佛或云彌勒雖大将有爲而故辭行或此是分身彌勒非其正體以此三縁故有致屈之跡也彌勒不堪便應召命文殊而兼命餘人者将以一雖不堪衆不可抑故推衆求能廣命之也亦欲令各稱所聞以盡維摩之美也

汝行詣維摩詰問疾

肇曰五百弟子皆已不任故復命菩薩者将備顯淨名難酧德也

彌勒白佛言世尊我不堪任詣彼問疾所以者何憶念我昔爲兜率天王及其眷屬

什曰是人中説法也此天以彌勒将上爲天師豫懐宗敬故常來聽法也

説不退轉地之行

什曰即無生法忍也維摩詰不先遣忍心而先遣受記者良由諸天見彌勒授記故有補處之尊遂係心成佛希想受記故先明無受記受記必由心生故尋生以求記生壞則記亡故推世以去生也

時維摩詰来謂我言彌勒世尊授仁者記一生當得阿耨多羅三藐三菩提

生曰阿耨多羅者無上也三藐三者正徧也菩提者彼語有之此無名也實則體極

居終智慧也然有三品聲聞也辟支佛也佛也二乘各於其道爲菩提耳非所謂菩提也唯佛菩提爲無上正徧菩提也一生者無復無量生餘一生也則無兩向義矣

爲用何生得受記乎

生曰彌勒向説行意以受記引之耳不爲説受記也而彼生著情便貪記以存行斯則復是見菩提可得也是以維摩詰即推彌勒受記爲無以呵其説行之意遣彼著也然後乃更釋其見菩提心焉夫受記者要以四事合成一一推之皆無也四事者一以人受記爲主二以體如爲本三無無量生四在一生中得佛交在一生中而以之受記要應先推一生也一生者舉八萬歲生八萬歲生唯一念現在餘皆過去未來也故言爲用何生得受彌勒記乎

過去耶未來耶現在耶若過去生過去生已滅

肇曰别推三世明無生也過去生已滅已滅法不可謂之生也

若未来生未来生未至

肇曰未来生未至未至則無法無法以何爲生

若現在生現在生無住

肇曰現法流速不住以何爲生耶若生滅一時則二相俱壞若生滅異時則生時無滅生時無滅則法無三相法無三相則非有爲也若盡有三相則有無窮之咎此無生之説亦備之諸論矣三世既無生於何而得記乎

如佛所説比丘汝今即時亦生亦老亦滅

肇曰證無住義也新新生滅交臂已謝豈待曰首然後爲變乎

若以無生得受記者無生即是正位

什曰實相常定故名正位向以因緣明生非真實故無無生今明生既非真則無生無生則常定常定中無受記也

於正位中亦無受記亦無得阿耨多羅三藐三菩提

生曰次推無無量生也夫無無量生者體生是無故得之矣苟體生是無而無無量生者無無量生復何有哉斯乃爲正位者也正位者永與邪判也然則既以無無量生爲正位者無有受記理自明也以得菩提故得受記復云亦無得菩提耳前推生直推其體今推無無量生以正位推之者生本根於癡愛是有者之所惑故宣於外推其體也無無量生原在悟理是得者之所達自應以正位於内明之也

云何彌勒受一生記乎

肇曰上推有生無記此推無生亦無記也無生即七住無相真正法位也此位爲理無記無成彌勒於何受一生記乎

爲從如生得受記耶爲從如滅得受記耶

肇曰如雖無生滅而生滅不異如然記莂起于生滅寘會由于即真故假如之生滅以明記莂之不殊也

若以如生得受記者如無有生若以如滅得受記者如無有滅

肇曰如非不生滅非有生滅非不生滅故

假以言記非有生滅以知無記

一切衆生皆如也一切法亦如也衆聖賢亦如也至於彌勒亦如也

肇曰萬品雖殊未有不如如者將齊是非愚智以成無記無得義也

若彌勒得受記者一切衆生亦應受記所以者何夫如者不二不異

肇曰凡聖一如豈有得失之殊哉

若彌勒得阿耨多羅三藐三菩提者一切衆生皆亦應得所以者何一切衆生即菩提相

肇曰無相之相是菩提相也

若彌勒得滅度者一切衆生亦當滅度所以者何諸佛知一切衆生畢竟寂滅即涅槃相不復更滅

肇曰本性常滅今復何滅也

是故彌勒無以此法誘諸天子實無發阿耨多羅三藐三菩提心者亦無退者

肇曰平等之道實無發心亦無退者而以不退之行誘其發心示其受記者何耶

彌勒當令此諸天子捨於分別菩提之見

肇曰菩提以寂滅爲相生死同相而諸天卑生死尊菩提雖曰勝求更生塵累宜開以正路令捨分別㫖爲示以道記增其見乎

所以者何菩提者不可以身得不可以心得

肇曰自此下大明菩提義也道之極者稱曰菩提秦無言以譯之菩提者蓋是正覺無相之真智乎其道虛玄妙絶常境聰者無以容其聽智者無以運其知辯者無以措其言像者無以狀其儀故其爲道也微

妙無相不可爲有用之彌勤不可爲無故能幽鑑萬物而不耀玄軌超駕而弗夷大包天地而罔寄曲濟群惑而無私至能道達殊方開物成務玄機必察無思無慮然則無知而無不知無爲而無不爲者其惟菩提大覺之道乎此無名之法固非名所能名也不知所以言故強名曰菩提斯無爲之道豈可以身心而得乎

寂滅是菩提滅諸相故

肇曰妙會真性滅諸法相故菩提之道與法俱寂也

不觀是菩提離諸緣故不行是菩提無憶念故斷是菩提捨諸見故離是菩提離諸忘想故

肇曰諸見斷妄想離乃名菩提也

障是菩提障諸願故

肇曰真道無欲障諸願求也

不入是菩提無貪著故

肇曰入謂受入可欲

順是菩提順於如故住是菩提住法性故至是菩提至實際故

肇曰不異三空菩提義也隨順本相謂之如故繫之以順常住不變之謂性故繫之以住到實相彼岸謂之際故繫之以至

不二是菩提離意法故

肇曰意與法爲二菩提無心何法之有哉

等是菩提等虚空故

肇曰無心於等而無不等故謂若虚空也

無爲是菩提無生住滅故知是菩提了衆生心行故

肇曰菩提不有故無生滅菩提不無故了知衆生心

不會是菩提諸入不會故

肇曰諸入内六入也内外俱空故諸入不會諸入不會即菩提相也

不合是菩提離煩惱習故

肇曰生死所以合煩惱之所纏離煩惱故無合無合即菩提也

無處是菩提無形色故假名是菩提名字空故

肇曰外無形色之處内無可名之實也

如化是菩提無取捨故

肇曰菩提無取捨猶化人之無心也

無亂是菩提常自靜故

肇曰内心既常靜外亂無由生

善寂是菩提性清淨故

肇曰性無不淨故寂無不善善寂謂善順寂滅常淨之道也

無取是菩提離攀緣故

肇曰情有所趣故攀於前緣若離攀緣則無所取也

無異是菩提諸法等故

肇曰萬法同體是非一致不異於異者其惟菩提乎

無比是菩提無可喻故

肇曰第一大道無有兩四獨絶群方故以無喻

微妙是菩提諸法難知故

肇曰諸法幽遠難測非有智之所知以菩提無知故無所不知無無知而無不知者微

妙之極也

世尊維摩詰説是法時二百天子得無生法忍故我不任詣彼問疾

佛告光嚴童子汝行詣維摩詰問疾光嚴白佛言世尊我不堪任詣彼問疾所以者何憶念我昔出毘耶離大城時維摩詰方入城我即爲作禮而問言居士從何所来荅我言吾從道場來

什曰以光嚴心樂道場故言從道場來以發悟其心也光嚴雖欲得道場而未知所以得得必由因故爲廣説萬行萬行是道場因而言道場者是因中説果也復次佛所坐處於中成道故名道場善心道場亦復如是廣積衆善故佛道得成是以萬善爲一切智地乃真道場也

我問道場者何所是荅曰直心是道場無虚假故

肇曰直心者謂内心真直外無虚假斯乃基萬行之本坦進道之場也自此以下備列諸行盡是修心之閑地弘道之淨場也

發行是道場能辦事故深心是道場增益功德故菩提心是道場無錯謬故

肇曰直心入行轉深則變爲菩提心也此心真正故所見不謬凡弘道者要始此四心四心既生則六度衆行無不成也

布施是道場不望報故持戒是道場得願具故忍辱是道場於諸衆生心無閡故精進是道場不懈退故禪定是道場心調柔故智慧是道場現見諸法故慈是道場等衆生故悲是道場忍疲苦故喜是道場悦樂法故

肇曰以已法樂樂彼同悦喜行也
捨是道場憎愛斷故
肇曰夫慈生愛愛生著著生累累生悲悲生憂憂生惱惱生憎慈悲雖善而累想已生故兩捨以平等觀謂之捨行也
神通是道場成就六通故解脱是道場能背捨故
肇曰解脱八解脱也觀青爲黄觀黄爲青捨背境界從心所觀謂之背捨
方便是道場教化衆生故四攝是道場攝衆生故
什曰一惠施惠施有二種施下人以財施上人以法施二愛語愛語復有二種於下人則以軟言將悦於上人則以法語慰諭皆以愛心作愛語也三利語利語亦有二種下人則爲作方便令得俗利上人則爲作方便令得法利四同事同事亦有二種同惡人則誘以善法同善人則令增善根隨類而入事與彼同故名同事也
多聞是道場如聞行故
肇曰聞而不能行與禽獸同聽也
伏心是道場正觀諸法故
什曰或以事伏心或以理伏心令正觀則以無常等觀制伏其心也
三十七品是道場捨有爲法故
什曰道品斷受生故名捨有爲亦以空空三昧等捨三三昧及一切善法故名捨也
諦是道場不誑世間故
什曰小乘中説四諦大乘中説一諦今言諦是則一諦一諦實相也俗數法虚妄謂

言有而更無謂言無而更有是誑人也見餘諦謂言必除我惑而不免妄想亦是誑也今一諦無此衆過故不誑人也從一諦乃至諸法無我是諸法實相即一諦中異句異味也由此一諦故佛道得成一諦即是佛因故名道場也

縁起是道場無明乃至老死皆無盡故諸煩惱是道場知如實故衆生是道場知無我故一切法是道場知諸法空故

肇曰煩惱之實性衆生之無我諸法之空義皆道之所由生也

降魔是道場不傾動故三界是道場無所趣故師子吼是道場無所畏故

肇曰此即是佛所得也總名爲佛佛即道也上以菩薩行爲場今果中以佛爲道衆事爲場也

力無畏不共法是道場無諸過故三明是道場無餘閡故

肇曰降魔兵而不爲所動遊三界而不隨其趣演無畏法音而無難具佛三十二業而無一缺三明通達而無礙斯皆大道之所由生也

一念知一切法是道場成一切智故

什曰三乘法以三十四心成道大乘中唯以一念則豁然大悟具一切智也

如是善男子菩薩若應諸波羅蜜教化衆生諸有所作舉足下足當知皆從道場中來住於佛法矣

肇曰若能應上諸度以化天下者其人行則遊道場止則住佛法舉動所之無非道

場也

説是法時五百天人皆發阿耨多羅三藐三菩提心故我不任詣彼問疾

佛告持世菩薩汝行詣維摩詰問疾持世白佛言世尊我不堪任詣彼問疾所以者何憶念我昔住於靜室時魔波旬

什曰波旬秦言殺者常欲斷人慧命故名殺者亦名惡中惡惡有三種一曰惡二曰大惡三曰惡中惡若以惡加己還以惡報是名爲惡若人不侵己無故加惡是名大惡若人来供養恭敬不念報恩而反害之是名惡中惡惡中惡魔王最甚也諸佛當欲令諸衆生安隱而反壞亂故言甚也

從萬二千天女状如帝釋鼓樂弦歌来詣我所與其眷屬稽首我足合掌恭敬於一面立我意謂是帝釋

肇曰魔以持世宴靜欲亂其心若現本形恐不與言故變爲釋相時持世不以通觀故謂是帝釋也

而語之言善来憍尸迦

什曰憍尸姓也字摩迦陀肇曰憍尸迦帝釋姓也

雖福應有不當自恣

生曰以供養而来故善之也從如弦歌是自恣法也福有而自恣者復爲罪之根也

當觀五欲無常以求善本

生曰五欲者五情所欲也夫用爲自恣實之必深若覺其無常然後能以之求善本也

若身命財而修堅法

肇曰堅法三堅法也身命財實也若忘身命棄財寶去封累而修道者必獲無極之身無窮之命無盡之財也此三天地焚而不燒刼數終而不盡故名堅法以天帝樂著五欲不慮無常故勸修堅法也

即語我言正士受是萬二千天女可備掃灑

生曰因其說法故可詭以從善實欲以女亂之

我言憍尸迦無以此非法之物要我沙門釋子此非我宜所言未訖時維摩詰來謂我言非帝釋也是爲魔來嬈固汝耳即語魔言是諸女等可以與我如我應受

肇曰以持世未覺故發其狀也將化諸女故現從其索我爲白衣應受此女曷爲以與沙門釋子乎

魔即驚懼念維摩詰將無惱我欲隱形去而不能隱盡其神力亦不得去即聞空中聲曰波旬以女與之乃可得去魔以畏故俛仰而與爾時維摩詰語諸女言魔以汝等與我汝今皆當發阿耨多羅三藐三菩提心

肇曰在魔故從欲教在我宜從道教也生曰既以與我便屬於我不得不從我教也

即隨所應而爲說法令發道意復言汝等已發道意有法樂可以自娛不應復樂五欲樂也

什曰夫魚之爲性唯水是依女人之性唯樂是欲初發道意自厲修善未能樂也積德既淳則欣樂彌深經難不變履苦愈篤內心實愛外無餘懽令其以此自娛則厭天樂自此以下列萬法者皆取法中之樂

不取法也

天女即問何謂法樂荅曰樂常信佛樂欲聽法樂供養衆樂離五欲

什曰是信戒也得四信時先信法次信佛後信僧及戒也問曰四信云何先信法次信佛後信僧及戒耶荅曰譬如人重病服藥若病愈則信藥妙藥妙必由師則信師也雖師妙藥良要由善看病人則信看病人也三事雖妙要由我能消息則信我也法中四信亦復如是觀實相見諦時煩惱即除則信法妙也三寶雖妙要行之由我戒業清淨故累病得除則信戒也深信四法心常悅豫可以諧神適性故非天樂所擬也

樂觀五陰如怨賊樂觀四大如毒蛇樂觀內入如空聚樂隨護道意樂饒益衆生樂敬養師樂廣行施樂堅持戒樂忍辱柔和樂勤集善根樂禪定不亂樂離垢明慧樂廣菩提心樂降伏衆魔樂斷諸煩惱樂淨佛國土樂成就相好故修諸功德樂嚴道場

肇曰道場如釋迦文佛菩提樹下初成道處三千二百里金剛地爲場諸佛各隨國土之大小而取場地之廣狹無定數也

樂聞深法不畏樂三脱門不樂非時

肇曰三脱空無相無作也縛之以解謂之脱三乘所由謂之門二乘入三脱門不盡其極而中路取證謂之非時此大士之所不樂也

樂近同學樂於非同學中心無恚閡

什曰我學大乘彼亦如是是名同學所習

不同名不同學處同則樂處異亦夷其心
平等無增减也
樂将護惡知識樂近善知識樂心喜清淨樂
脩無量道品之法是爲菩薩法樂於是波旬
告諸女言我欲與汝俱還天宫諸女言以我
等與此居士有法樂我等甚樂不復樂五欲
樂也魔言居士可捨此女一切所有施於彼
者是爲菩薩維摩詰言我已捨矣汝便将去
令一切衆生得法願具足
什曰居士以女還魔則魔願具足故因發
願願令衆生願得法願具足此是維摩詰
願也肇曰因事興願菩薩常法也以女還
魔魔願具滿故因以生願願一切衆生得
法願具足如魔之願滿足也
於是諸女問維摩詰我等云何止於魔宫

肇曰昔在魔宫以五欲爲樂今在菩薩以
法樂爲樂復還魔天當何所業耶
維摩詰言諸姊有法門名無盡燈汝等當學
無盡燈者譬如一燈然百千燈冥者皆明明
終不盡如是諸姊夫一菩薩開導百千衆生
令發阿耨多羅三藐三菩提心於其道意亦
不滅盡隨所説法而自增益一切善法是名
無盡燈也汝等雖住魔宫以是無盡燈令無
數天子天女發阿耨多羅三藐三菩提心者
爲報佛恩亦大饒益一切衆生爾時天女頭
面禮維摩詰足隨魔還宫忽然不現世尊維
摩詰有如是自在神力智慧辯才故我不任
詣彼問疾
佛告長者子善德汝行詣維摩詰問疾善德
白佛言世尊我不堪任詣彼問疾所以者何

憶念我昔自於父舍設大施會
什曰大施會有二種一不用禮法但廣布施二用外道經書種種禮法祭祀兼行大施令善德禮法施也生曰婆羅門法七日祀梵天行大施期生彼也言已承嫡繼業於父舍然也寄之可以致明法施之大矣
供養一切沙門
什曰佛法及外道凡出家者皆名沙門異學能大論議者名外道也
婆羅門及諸外道貧窮下賤孤獨乞人
什曰乞人有三種一沙門二貴人三下賤隨其所求皆名為乞人也
期滿七日時維摩詰來入會中謂我言長者子夫大施會不當如汝所設當為法施之會何用是財施會為
什曰見其布施不行隨喜而反譏嫌者施有三種一財施二心施三法施以財施人名為財施慈心等心與人樂名為心施説法利人名為法施亦菩薩所行衆善皆為饒益衆生饒益衆生有二種一即時饒益二為未來饒益因此二者皆名法施今欲欲令善德行法施心施故去其財施也
我言居士何謂法施之會法施會者無前無後一時供養一切衆生是名法施之會
肇曰夫以方會人不可一息期以財濟物不可一時周是以會通無隅者彌綸而不漏法澤冥被者不易時而同覆故能即無疆為一會而道無不潤虛心懷德而萬物自賓曷為存濡沫之小惠捨夫江海之大益置一時之供養而設前後之俗法乎

何謂也謂以菩提起於慈心

什曰起慈心也有三種凡夫爲生梵天二乗則爲求功徳菩薩則爲求佛度脫衆生令欲令其求佛道而起慈自此以下隨文求義不必盡類但令不乖法施耳

以救衆生起大悲心以持正法起於喜心以攝智慧行於捨心以攝慳貪起檀波羅蜜以化犯戒起尸波羅蜜以無我法起羼提波羅蜜以離身心相

什曰遠離有二種身棲事表名身遠離心無累想名心遠離於身心不著亦名遠離也

起毘梨耶波羅蜜以菩提相起禪波羅蜜以一切智起般若波羅蜜教化衆生而起於空

肇曰存衆生則乖空義存空義則捨衆生善通法相空虛其懷者終日化衆生終日不乖空也

不捨有爲法而起無相

什曰無相則絶有爲故誨令不捨也

示現受生而起無作

肇曰作謂造作生死也爲彼受生者非作生而生也是以大士受生常起無作

護持正法起方便力以度衆生起四攝法以敬事一切起除慢法於身命財起三堅法於六念中起思念法於六和敬起質直心

什曰欲令衆和要由六法一以慈心起身業二以慈心起口業三以慈心起意業四若得食時減鉢中飯供養上座一人下座二人五持戒清淨六漏盡智慧若行此六法則衆常和順無有乖諍昔有二衆共行

諍佛因是說六和敬也
正行善法起於淨命心淨歡喜起近賢聖不憎惡人起調伏心以出家法起於深心以如說行起於多聞以無諍法起空閑處
肇曰忿競生乎衆聚無諍出乎空閑也
趣向佛慧起於宴坐解衆生縛起修行地
肇曰已行不修安能解彼也
以具相好及淨佛土起福德業
什曰一切善法分爲二業謂福德慧明業也六度中前三度屬福德業後三度屬慧明業二業具足必至佛道譬如兩輪能有所至福業則致相好淨土諸果報也慧明業得一切智業也
知一切衆生心念如應說法起於智業
肇曰大乘萬行分爲二業以智爲行標故別立智業諸行隨從故總立德業凡所修立非一業所成而衆經修相好淨土繫以德業知念說法繫以智業此蓋取其功用之所多未始相無也
知一切法不取不捨入一相門起於慧業
肇曰決定審理謂之智造心分別謂之慧上決衆生念定諸法相然後說法故繫之以智令造心分別法相令入一門故繫之以慧也別本云智業慧業
斷一切煩惱一切障礙
什曰還總福德慧明二業二業具則罪閡悉除下二句亦總二業也
一切不善法起一切善業以得一切智慧一切善法起於一切助佛道法
肇曰一切智慧即智業也一切善法即德

業也助佛道法大乘諸無漏法也智法二
業非有漏之所成成之者必由助佛道法
也
如是善男子是爲法施之會若菩薩住是法
施會者爲大施主亦爲一切世間福田世尊
維摩詰說是法時婆羅門衆中二百人皆發
阿耨多羅三藐三菩提心我時心得清淨歎
未曾有稽首禮維摩詰足即解瓔珞價直百
千而以上之不肯取我言居士願必納受隨
意所與維摩詰乃受瓔珞分作二分持一分
施此會中一最下乞人持一分奉彼難勝如
來一切衆會皆見光明國土難勝如來又見
珠瓔在彼佛上變成四柱寶臺四面嚴飾不
相障蔽
生曰分作二分者欲以明等也現神力驗

法施也變成四柱寶臺豈財施能爲之乎
是法施會然也故能無不周耳
時維摩詰現神變已作是言若施主等心施
一最下乞人猶如如來福田之相無所分別
等于大悲不求果報是則名曰具足法施
肇曰若能齊尊卑一行報以平等悲而爲
施者乃具足法施耳
城中一最下乞人見是神力聞其所說即發
阿耨多羅三藐三菩提心故我不任詣彼問
疾如是諸菩薩各各向佛說其本緣稱述維
摩詰所言皆曰不任詣彼問疾
文殊師利問疾品第五
爾時佛告文殊師利
肇曰文殊師利秦言妙德經云曾已成佛
名曰龍種尊也

汝行詣維摩詰問疾文殊師利白佛言世尊
彼上人者難爲訓對
肇曰三萬二千何必不任文殊師利何必
獨最意謂至人變謀無方隱顯殊跡故迭
爲脩短應物之情耳孰敢定其優劣辯其
得失乎文殊將適群心而奉使命故先歎
淨明之德以生衆會難遭之想也其人道
尊難爲訓對爲當承佛聖旨行問疾耳
深達實相善説法要辯才無滯智慧無礙一
切菩薩法式悉知諸佛秘藏無不得入
肇曰近知菩薩之儀式遠入諸佛之秘藏
秘藏謂諸佛身口意秘密之藏也
降伏衆魔
肇曰衆魔四魔也
遊戲神通
什曰神通變化是爲遊引物於我非真故
名戲也復次神通雖大能者易之於我無
難猶如戲也亦言於神通中善能入住出
自在無礙
其慧方便皆已得度雖然當承佛聖旨詣彼
問疾
肇曰其德若此非所堪對當承聖旨然後
行耳
於是衆中諸菩薩大弟子釋梵四天王等咸
作是念今二大士文殊師利維摩詰共談必
説妙法即時八千菩薩五百聲聞
什曰餘聲聞專以離苦爲心不求深法故
不同舉耳五百弟子智慧深入樂聞深法
所以俱行也
百千天人皆欲隨從於是文殊師利與諸菩

薩大弟子衆及諸天人恭敬圍繞入毘耶離大城

肇曰菴羅園在城外淨名室在城内也

爾時長者維摩詰心念今文殊師利與大衆俱來即以神力空其室内除去所有

竺道生曰發斯念者因以空室示有虛納之懷有去故空留在用標宗致也現神力者念之使也

及諸侍者唯置一床以疾而卧

肇曰現疾之興事在今也空室去侍以生言端事證於後唯置一床借座之所由也

文殊師利既入其舍見其室空無諸所有獨寢一床時維摩詰言善来文殊師利不来相而來不見相而見

肇曰將明法身大士舉動進止不違實相實相不来以之而来實相無見以之相見不來而能来不見而能見法身若此何善如之

文殊師利言如是居士若来已更不来若去已更不去所以者何来者無所從来去者無所至所可見者更不可見

肇曰明無来去相成淨名之所善也夫去来相見皆因縁假稱耳未来亦非来来已不更来捨来已未来復於何有来去見亦然耳其中曲辯當來之諸論也

且置是事居士所疾寧可忍不療治有損不至增乎世尊殷懃致問無量居士是疾何所因起

什曰外道經書唯知有三大病不知地大佛法中説四大病病之所生生於四大增

損四大增損必有所因而然故問其因起也

其生久如當云何滅

肇曰使命既宣故復問疾之所由生也是疾何因而起起來久近云何而得滅乎

維摩詰言從癡有愛則我病生

肇曰答久近也菩薩何疾悲彼而生疾耳群生之疾癡愛爲本菩薩之疾大悲爲源夫高由下起是因非生所以悲疾之興出于癡愛而癡愛無緒莫識其源吾疾久近與之同根此明悲疾之始不必就已言也

以一切衆生病是故我病若一切衆生得不病者則我病滅

肇曰答滅也大士之病因彼生耳彼病既滅吾復何患然以群生無邊癡愛無際大悲所被與之齊量故前悲無窮以癡愛爲際後悲無極與群生俱滅此因悲所及以明悲滅之不近也

所以者何菩薩爲衆生故入生死有生死則有病若衆生得離病者則菩薩無復病

肇曰夫法身無生況復有形既無有形病何由起然爲彼受生不得無形既有形也不得無患故隨其久近與之同疾若彼離病菩薩則無復病也

維摩詰所説經卷第四

音釋

俛與俯同府仰也 莂波列切種穊移時也 濡音儒潤也

維摩詰所説經卷第五

姚秦三藏法師鳩摩羅什　譯

菩薩品第五

譬如長者唯有一子其子得病父母亦病若子病愈父母亦愈菩薩如是於諸衆生愛之若子衆生病則菩薩病衆生病愈菩薩亦愈又言是疾何所因起菩薩疾者以大悲起文殊師利言居士此室何以空無侍者維摩詰言諸佛國土亦復皆空

肇曰平等之道理無二途十方國土無不空者曷爲獨問一室空耶

又問以何爲空

肇曰室中以無物爲空佛土以何爲空将辯畢竟空義也

答曰以空空

肇曰夫有由心生心因有起是非之域妄想所存故有無殊論紛然交競者也若能空虚其懐冥心真境妙存環中有無一觀者雖復智周萬物未始爲有幽塗無照未始爲無故能齊天地爲一旨而不乖其實鏡羣有以玄通而物我俱一物我俱一故智無照功不乖其實故物物自周故經曰聖智無知以虚空爲相諸法無爲與之齊量也故以空智而空於有者則即有而自空矣豈假屏除然後爲空乎上空智空下空法空也直明法空無以取定故内引真智外證法空也

又問空何用空

肇曰上空法空下空智空也諸法本性自空何假智空然後空耶

荅曰以無分別空故空

肇曰智之生也起於分別而諸法無相故智無分別智無分別即智空也諸法無相即法空也以智不分別於法即知法空也豈別有智空假之以空法乎然則智不分別法時亦時智法俱同一空無復異空故曰以無分別爲智空也

又問空可分別耶

肇曰上云以無分別爲智空故知法空無復異空雖云無異而異相已形異相已形則分別是生矣若智法無異空者何由云以無分別爲智空故知法空乎問智空法空可分別耶智法俱空故單言一空則滿足矣

荅曰分別亦空

肇曰向之言者分別於無分別耳若能無心於分別而分別於無分別者雖復終日分別而未嘗分別也故曰分別亦空

又問空當於何求

肇曰上因正智明空恐惑者將謂空義在正不在邪故問空義之所在以明邪正之不殊也

荅曰當於六十二見中求

肇曰夫邪因正生正因邪起本其爲性性無有二故欲求正智之空者當於邪見中求也

又問六十二見當於何求荅曰當於諸佛解脫中求

肇曰捨邪見名解脫背解脫名邪見然則邪解相靡孰爲其源爲其源者一而已矣

故求諸邪見當本之解脱也
又問諸佛解脱當於何求荅曰當於一切衆
生心行中求
肇曰衆生心行即縛行也縛行即解脱之
所由生也又邪正同根解縛一門本其真
性未甞有異故求佛解脱當於衆生心行
也
又仁所問何無侍者一切衆魔及諸外道皆
吾侍也
肇曰世之侍者唯恭已順命給侍所須謂
之侍者菩薩侍者以慢已違命違背道者
同其大乗和以冥順侍養法身謂之侍者
所以衆魔異學爲給侍之先也
所以者何衆魔者樂生死菩薩於生死而不
捨外道者樂諸見菩薩於諸見而不動
什曰言不見其有異相也肇曰魔樂著五
欲不求出世故繫以生死異學雖求出世
而執著已道故繫以邪見大士觀生死同
涅槃故能不捨觀邪見同正見故能不動
不動不捨故能即之爲侍也
文殊師利言居士所疾爲何等相
什曰即事而觀若無病而云有又未見其
相故求其相也
維摩詰言我病無形不可見
肇曰大悲無緣而無所不緣無所不緣故
能應物生疾應物生疾則於我未甞疾也
故能同衆疾之相而不違無相之道何者
大悲無緣無緣則無相以此生疾疾亦無
相故曰我病無形不可見也
又問此病身合耶心合耶

肇曰或者聞病不可見將謂心病無形故云不可見或謂身病微細故不可見爲之生問也病於身心與何事合而云不可見乎

荅曰非身合身相離故亦非心合心如幻故

肇曰身相離則非身心如幻則非心身心既無病與誰合無合故無病無病故不可見也

又問地大水大火大風大於此四大何大之病

什曰此將明病所由起病所由起不以一事必由四大假會而生假會而生則病無自性無自性則同上不可見也此雖明病所因起乃明所以無病也

荅曰是病非地大亦不離地大水火風大亦復如是

肇曰四大本性自無患也衆緣既會增損相尅患以之生耳欲言有病本性自無欲言無病相假而有故病非地亦不離地餘大類爾也

而衆生病從四大起以其有病是故我病

肇曰四大本無病亦不有而衆生虚假之疾從四大起故我以虚假之疾應彼疾耳逆尋其本彼我無實而欲觀其形相當何有耶

爾時文殊師利問維摩詰言菩薩應云何慰喻有疾菩薩

肇曰慰喻有疾應自文殊而逆問淨名者以同集諸人注心有在又取證於疾者乃所以審慰喻之會也此將明大乘無證之

道以慰始習現疾菩薩故生此問也

維摩詰言說身無常不說厭離於身

什曰凡有三種法有世間法有出世間法觀無常而厭身者是聲聞法也著身而不觀無常法者是凡夫法也觀無常而不厭身者是菩薩法今爲病者說菩薩法以此處病則心不亂也肇曰慰喻之法應爲病者說身無常去其貪著不應爲說厭離令取證也不觀無常不厭離者凡夫也觀無常而厭離者二乘也觀無常不厭離者菩薩也是以應慰喻初學令安心處疾以濟群生不厭生死不樂涅槃此大士慰喻之法也

說身有苦不說樂於涅槃說身無我不說教導衆生說身空寂不說畢竟寂滅

什曰隨其利鈍故說有廣畧譬如大樹非一斧所傾累根既深非一法能除或有雖聞無常謂言不苦則爲說苦既聞苦便謂有苦樂之主故說無我及空也肇曰雖見身苦而不樂涅槃之樂雖知無我不以衆生空故闕於教導雖見身空不取涅槃畢竟之道故能安住生死與衆生同疾是以慰喻之家宜說其所應行所不應行不宜說也

說悔先罪而不說入如過去

什曰利根者聞上四句則能處疾不亂自此已下更爲鈍根者也說近切之言喻其心也今日之病必由先罪故教令悔先罪也既言有先罪則似罪有常性入於過去故爲說不入過去去其常想也肇曰教有

疾菩薩悔既往之罪往罪雖繫人不言罪有常性從未来至現在從現在入過去也以巳之疾愍於彼疾

什曰令其推巳而悲物也當念言我今微疾苦痛尚爾況惡趣衆生受無量苦也當識宿世無數劫苦當念饒益一切衆生

什曰無數劫来受苦無量未曽爲道爲道受苦必獲大利既以此自喻又當念饒益衆生令得利也肇曰當尋宿世更苦無量今苦須臾何足致憂但當力疾救彼苦耳憶所修福

什曰外國法從生至終所作福業一一書記若命終時傍人爲説令其恃福心不憂畏也念於淨命

什曰淨命即正命也自念從生至今常行正命必之善趣吾將何畏也肇曰勿爲救身疾起邪命也邪命謂爲命諂飾要利存生也勿生憂惱常起精進

什曰雖身逝命終而意不捨也當作醫王療治衆病

什曰念其因病發弘誓如是諸病無能救者當作法醫療治衆病也菩薩應如是慰喻有疾菩薩令其歡喜文殊師利言居士有疾菩薩云何調伏其心

肇曰上問慰喻之宜今問調心之法外有善喻内有善調則能彌歷生死與群生同疾辛酸備經而不以爲苦此即淨名居疾之所由也將示初學處疾之道故生斯問

維摩詰言有疾菩薩應作是念今我此病皆從前世妄想顛倒諸煩惱生無有實法誰受病者

肇曰處疾之法要先知病本病之生也皆由前世妄想顛倒妄想顛倒故煩惱以生煩惱既生不得無身既有身也不得無患逆尋其本虚妄不實本既不實誰受病者此明始行者初習無我觀也

所以者何四大合故假名爲身四大無主身亦無我

肇曰釋無我義也四大和合假名爲身耳四大既無主身我何由生譬一沙無油聚沙亦然也主我一物異名爾

又此病起皆由著我

什曰病起有二事一者由過去著我廣生結業結業果熟則受於苦二者由現在著我心惱著我心惱故病增也矣

是故於我不應生著

生曰復原此病本空而有病者皆由著我起也若能於我不著病何有栽

既知病本即除我想及衆生想

肇曰病本即上妄想也因有妄想故見我及衆生若悟妄想之顛倒則無我無衆生

當起法想

肇曰我想患之重者故除我想而起法想法想於空爲病於我爲藥畢隆相靡故假之以治也

應作是念但以衆法合成此身起唯法起滅唯法滅

肇曰釋法想也五陰諸法假會成身起唯

諸法共起滅唯諸法共滅無別有真宰主其起滅者也既除我想唯見緣起諸法故名法想

又此法者各不相知起時不言我起滅時不言我滅

肇曰萬物紛紜聚散誰爲緣合則起緣散則離聚散無先期故法法不相知也

彼有疾菩薩爲滅法想

什曰向以法遣我自此以下以空遣法也

當作是念此法想者亦是顛倒顛倒者是即大患我應離之

肇曰法想雖除我於真猶爲倒未免于患故應離之也

云何爲離離我我所

肇曰我爲萬物主萬物爲我所若離我我所則無法不離

云何離我我所謂離二法云何離二法謂不念内外諸法行於平等

肇曰有我我所則二法自生二法既生則内外以形内外既形則諸法異名諸法異名則是非相傾是非相傾則衆患以成若能不念内外諸法行心平等者則入空行無法想之患内外法者情塵也

云何平等謂我等涅槃等

肇曰極上窮下齊以一觀乃應平等也

所以者何我及涅槃此二皆空

肇曰即事無不異即理無不一

以何爲空但以名字故空如此二法無決定性

肇曰因背涅槃故名吾我以捨吾我故名

涅槃二法相假故有名字而生本其自性性無決定故二俱空也

得是平等無有餘病唯有空病空病亦空

什曰上明無我無法而未遣空未遣空則空爲累累則是病故明空病亦空也肇曰羣生封累深厚不可頓捨故階級漸遣以至無遣也上以法除我以空除法今以畢竟空空於空者乃無患之極耳

是有疾菩薩以無所受而受諸受

什曰受謂苦樂捨三受也若能解受無受則能爲物受生而忍受三受也

未具佛法亦不滅受而取證也

肇曰善自調伏者處有不染有在空不染空此無受之至也以心無受故無所不受無所不受故能永與羣生同受諸受諸受謂苦受樂受不苦不樂受也佛法未具衆生未度不獨滅三受而取證也

設身有苦念惡趣衆生起大悲心

什曰我功德智慧之身尚苦痛如是況惡趣衆生受苦無量耶即起悲心志拔苦也

我既調伏亦當調伏一切衆生

肇曰要與羣生同其苦樂

但除其病而不除法

什曰謂妄見者所見常樂淨等法也所以説言無者不以有樂淨法而以無除之直爲除妄想病耳無法可除故能處之不除其法也

爲斷病本而教導之

肇曰諸法緣生聚散非已會而有形散而無像法自然耳於我何患患之生者由我

妄想於法自爲患耳法豈使我生妄想乎然則妄想爲病本法非我患也故教導之興但除病本不除法也

何謂病本謂有攀緣從有攀緣則爲病本

什曰上説菩薩自尋病本以理處心故能取病不亂今明爲斷衆生病故推其病源然後應其所宜耳機神微動動則心有所屬心有所屬名爲攀緣攀緣取相是妄想之始病之根也

何所攀緣謂之三界

肇曰明攀緣之境也三界外法無漏無爲其法無相非是妄想所能攀緣所能攀緣者三界而已耳

云何斷攀緣以無所得若無所得則無攀緣

肇曰所以攀緣意存有取所以有取意存有得若能知法虛誑無取無得者則攀緣自息矣

何謂無所得謂離二見何謂二見謂内見外見是無所得

肇曰内有妄想外有諸法此二虛假終已無得

文殊師利是爲有疾菩薩調伏其心爲斷老病死苦是菩薩菩提若不如是已所修治爲無惠利

肇曰若能善調其心不懷異想而永處生死斷彼苦者是菩薩菩提之道若不能尔其所修行内未足爲有惠外未足爲有利也

譬如勝怨乃可爲勇如是兼除老病死者菩薩之謂也彼有疾菩薩應復作是念如我此

病非真非有衆生病亦非真非有

什曰解病非真故能處之不亂也云若以病爲真有則病不可除衆生無邊病亦無盡無盡之病其性實有云何可度即時迷亂心生退轉若病非真易可除耳悲心即生弘誓兼濟也

作是觀時於諸衆生若起愛見大悲即應捨離

什曰謂未能深入實相見有衆生心生愛著因此生悲名爲愛見大悲愛見大悲虚妄不淨能令人起疲厭想故應捨離也肇曰若自調者應先觀己病及衆生病因緣所成虚假無實但以此心而起悲也若此觀未純見衆生愛之而起悲者名愛見悲也此悲雖善而雜以愛見有心之境未免爲累故應捨之

所以者何菩薩斷除客塵煩惱而起大悲

肇曰心遇外緣煩惱横起故名客塵菩薩之法要除客塵而起大悲若愛見未斷則煩惱彌滋故應捨之

愛見悲者則於生死有疲厭心若能離此無有疲厭在在所生不爲愛見之所覆也

什曰若能除愛見即棄捨結業受法化生自在無礙也肇曰夫有所見必有所滯有所愛必有所憎此有極之道安能致無極之用若能離此則法身化生無在不在生死無窮不覺爲遠何有愛見之覆疲厭之勞乎

所生無縛能爲衆生説法解縛

肇曰愛見既除法身既立則所生無縛亦

能解彼縛也
如佛所説若自有縛能解彼縛無有是處若自無縛能解彼縛斯有是處是故菩薩不應起縛何謂縛何謂解貪著禪味是菩薩縛
什曰貪著禪味有二障障涅槃及菩薩道
肇曰三界受生二乘取證皆由著禪味所以爲縛
以方便生是菩薩解
肇曰自既離生方便爲物而受生者則彼我無縛所以爲解也
又無方便慧縛有方便慧解無慧方便縛有慧方便解
肇曰巧積衆德謂之方便直達法相謂之慧二行俱備然後爲解耳若無方便而有慧未免於縛若無慧而有方便亦未免於縛
何謂無方便慧縛謂菩薩以愛見心莊嚴佛土成就衆生於空無相無作法中而自調伏是名無方便慧縛
什曰觀空不取涉有不著是名巧方便也今明六住已還未能無礙當其觀空則無所取著及其出觀淨國化人則生見取相心愛著拙於涉動妙於淨觀觀空慧不取相雖是方便而從慧受名此中但取涉有不著爲方便故言無方便而有慧也七住已上其心常定動靜不異故言有方便慧也肇曰六住已下心未純一在有則捨空在空則捨有未能以平等真心有無俱涉所以嚴土化人則雜以愛見此非巧便修德之謂故無方便而以三空自調故有慧

也
何謂有方便慧解謂不以愛見心莊嚴佛土成就衆生於空無相無作法中以自調伏而不疲厭是名有方便慧解
肇曰七住已上二行俱備遊歷生死而不疲厭所以爲解
何謂無慧方便縛謂菩薩住貪欲瞋恚邪見等諸煩惱而殖衆德本是名無慧方便縛
什曰六住已還又優劣不同也此明新學不修正觀不制煩惱故言無慧也能修德迴向仰求大果故言有方便也若能修四念處除四顛倒是名離煩惱慧也又善能迴向心不退轉是能求方便也六住已還雖通在縛境若能具此二法則是縛中之解也上說無相慧及涉有不著方便是二門出世間法也此說有相慧及能求方便是二門世間法也
何謂有慧方便解謂離諸貪欲瞋恚邪見等諸煩惱而殖衆德本迴向阿耨多羅三藐三菩提是名有慧方便解
肇曰上有方便慧解今有慧方便解致解雖同而行有前後始行者自有先以方便積德然後修空慧者亦有先修空慧而後積德者各隨所宜其解不殊也離煩惱即三空自調之所能積德向菩提即嚴土化人之流也前後異說互盡其美耳
文殊師利彼有疾菩薩應如是觀諸法又復觀身無常苦空非我是名爲慧
什曰上四句雜說世間出世間慧方便今此四句偏明出世間慧方便亦云上統慧

方便此旨明處疾中用慧方便故能不滅身取證也若以身爲有病至則惱若知身非實則處疾不亂出世間慧亦有深淺無常則空言初相故先説無常無常是出世間淺慧也

雖身有疾常在生死饒益一切而不厭倦是名方便

什曰生死可厭而能不厭善處嶮難故名方便也

又復觀身身不離病病不離身

什曰離身則無病故不相離又云身病一相故不相離也

是病是身非新非故是名爲慧設身有疾而不永滅是名方便

肇曰新故之名出於先後然離身無病離病無身衆緣所成誰後誰先既無先後則無新故新故既無即入實相故名慧也既有此慧而與彼同疾不取涅槃謂之方便自調初説即其事也慰喻自調略爲權智權智此經之關要故會言有之也

文殊師利有疾菩薩應如是調伏其心不住其中亦復不住不調伏心

肇曰大乘之行無言無相而調伏之言以形於前文今將明言外之旨故二俱不住二俱不住即寄言之本意寄言之本意即調伏之至也

所以者何若住不調伏心是愚人法若住調伏心是聲聞法是故菩薩不常住於調伏不調伏心離此二法是菩薩行

肇曰不調之稱出自愚人調伏之名出自

聲聞大乘行者並無名相欲言不調則同愚人欲言調伏則同聲聞二者俱離乃應菩薩處中之行也在於生死不爲汙行住於涅槃不永滅度是菩薩行

肇曰欲言在生死生死不能汙欲言在涅槃而復不滅度是以處中道而行者非在生死非住涅槃

非凡夫行

什曰凡夫行者有三種善不善無動行無動行色無色界行也上二界壽命劫數長久外道以爲有常有常不動義也佛亦因世所名而名之也

非賢聖行

什曰謂行三脫而不證也是菩薩行非垢行非淨行是菩薩行雖過魔行而現降伏衆魔是菩薩行

肇曰不可得而有不可得而無者其唯大乘行乎何則欲言其有無相無名欲言其無萬德斯行萬德斯行故雖無而有無相無名故雖有而無然則言有不乖無言無不乖有是以此章或説有行或説無行有無雖殊其致不異也魔行四魔行也久已超度而現降魔者示有所過耳

求一切智無非時求是菩薩行

什曰功行未足而求至足之果名非時求也肇曰一切智未成而中道求證名非時求也

雖觀諸法不生而不入正位是菩薩行

什曰觀無生是取證法不入正位明不證

也肇曰正位取證之位也三乘同觀無生慧力弱者不能自出慧力強者超而不證也

雖觀十二緣起而入諸邪見是菩薩行

肇曰觀緣起斷邪見之道也而能及同邪見者豈二乘之所能乎

雖攝一切衆生而不愛著是菩薩行

什曰四攝法也四攝是愛念衆生法令明愛而不著也

雖樂遠離而不依身心盡是菩薩行

什曰心識滅盡名爲遠離遠離即空義也不依者明於空不取相也肇曰小離離世憒閙大離離身心盡菩薩雖樂大離而不依恃也

雖行三界而不壞法性是菩薩行

肇曰三界即法性處之何所壞也

雖行於空而殖衆德本是菩薩行

肇曰行空欲以除有而方殖衆德也

雖行無相而度衆生是菩薩行

肇曰行無相欲除取衆生相而方度衆生也

雖行無作而現受身是菩薩行

肇曰行無作欲不造生死而方現受身也

雖行無起而起一切善行是菩薩行

肇曰行無起欲滅諸起心而方起善行也

雖行六波羅蜜而遍知衆生心心數法是菩薩行

什曰六度是自行法自行既足然後化人化人乃知衆生心令雖自行而已能知彼復次第六度觀法無相不以無相爲礙亦

能知衆生心也肇曰六度無相行也無相則無知而方遍知衆生心行

雖行六通而不盡漏是菩薩行

肇曰雖具六通而不爲漏盡之行也何者菩薩觀漏即是無漏故能永處生死與之同漏豈以漏盡而自異於漏乎

雖行四無量心而不貪著生於梵世是菩薩行

什曰四無量行則應生四禪地今偏言梵者以衆生宗事梵天舉其宗也亦四禪地通名梵也

雖行禪定解脱三昧而不隨禪生是菩薩行

什曰禪四禪也定四空也解脱八解脱也三昧空無相無作也肇曰取其因而不取其果可謂自在行乎

雖行四念處而不永離身受心法是菩薩行

肇曰小乘觀身受心法離而取證菩薩雖觀此四不永離而取證也

雖行四正勤而不捨身心精進是菩薩行

肇曰小乘法四正勤也功就則捨入無爲菩薩雖同其行而不同其捨也

雖行四如意足而得自在神通是菩薩行

肇曰雖同小乘行如意足而久得大乘自在神通如意足神通之因也

雖行五根而分別衆生諸根利鈍是菩薩行

肇曰小乘唯自修己根不善人根菩薩雖同其自修而善知人根令彼我俱順也

雖行五力而樂求佛十力是菩薩行雖行七覺分而分別佛之智慧是菩薩行雖行八聖道而樂行無量佛道是菩薩行

肇曰雖同聲聞根力覺道其所志求常在佛行也

雖行止觀助道之法而不畢竟墮於寂滅是菩薩行

肇曰繫心於緣謂之止分别深達謂之觀止觀助涅槃之要法菩薩因之而行不順之以墮涅槃也

雖行諸法不生不滅而以相好莊嚴其身是菩薩行

肇曰修無生滅無相行者本爲滅相而方以相好嚴身也

雖現聲聞辟支佛威儀而不捨佛法是菩薩行

肇曰雖現小乘威儀而不捨大乘之法也

雖隨諸法究竟淨相而隨所應爲現其身是菩薩行

肇曰究竟淨相理無形象而隨彼所應現若干象也

雖觀諸佛國土永寂如空而現種種清淨佛土是菩薩行

肇曰空本無現而爲彼現

雖得佛道轉于法輪入于涅槃而不捨于菩薩之道是菩薩行

肇曰雖現成佛轉法輪入涅槃而不永滅還入生死修菩薩法如上所列豈二乘之所能乎獨菩薩行耳

説是語時文殊師利所將大衆其中八千天子皆發阿耨多羅三藐三菩提心

維摩詰所説經卷第五

維摩詰所說經卷第六

姚秦三藏法師鳩摩羅什　譯

不思議品第六

什曰法身大士身心無倦聲聞結業之形心雖樂法身有疲厭故發息止之想身子於弟子中年耆體劣故先發念不用現其累迹又以維摩必懸得其心故直念而不言也尋下言諸大人當於何坐似是推己之疲以察衆人之體恐其須故發念之也

肇曰獨寢一床旨現於此舍利弗獨領懸機故扣其興端淨名將辯無求之道故因而語之也

爾時舍利弗見此室中無有床座作是念斯諸菩薩大弟子衆當於何坐長者維摩詰知其意語舍利弗言云何仁者爲法來耶求床座耶舍利弗言我爲法來非爲床座維摩詰言唯舍利弗夫求法者不貪軀命何況床座夫求法者非有色受想行識之求非有界入之求

肇曰界十八界入十二入也

非有欲色無色之求

肇曰無三界之求也

唯舍利弗夫求法者不著佛求不著法求不著衆求夫求法者無見苦求無斷集求無造盡證修道之求所以者何法無戲論若言我當見苦斷集證滅修道是則戲論非求法也唯舍利弗法名寂滅若行生滅是求生滅非求法也法名無染若染於法乃至涅槃是則染著非求法也法無行處若行於法是則行處非求法也法無取捨若取捨法是則取捨

非求法也法無處所若著處所是則著處非求法也法名無相若隨相識是則求相非求法也法不可住若住於法是則住法非求法也法不可見聞覺知

肇曰六識畧爲四名見聞眼耳識也覺鼻舌身識也知意識也

若行見聞覺知是則見聞覺知非求法也法名無爲若行有爲是求有爲非求法也是故舍利弗若求法者於一切法應無所求

肇曰法相如此豈可求乎若欲求者其唯無求乃爲求耳

説是語時五百天子於諸法中得法眼淨

爾時長者維摩詰問文殊師利言仁者遊於無量千萬億阿僧祇國何等佛土有好上妙功德成就師子之座

什曰自知而問者欲令衆會取信也借座彼國其義有二一者欲現諸佛嚴淨功德致殊勝之座令始行菩薩深其志願也二者欲因往返之跡使化流一國也

文殊師利言居士東方度三十六恒河沙國有世界名須彌相其佛號須彌燈王今現在彼佛身長八萬四千由旬

肇曰由旬天竺里數名也上由旬六十里中由旬五十里下由旬四十里也

其師子座高八萬四千由旬嚴飾第一

於是長者維摩詰現神通力即時彼佛遣三萬二千師子座高廣嚴淨来入維摩詰室諸菩薩大弟子釋梵四天王等昔所未見其室廣博悉包容三萬二千師子之座無所妨閡於毘耶離城及閻浮提四天下亦不迫迮悉

見如故

爾時維摩詰語文殊師利就師子座與諸菩薩上人俱坐當自立身如彼座像其得神通菩薩即自變形爲四萬二千由旬坐師子座諸新發意菩薩及大弟子皆不能昇

爾時維摩詰語舍利弗就師子座舍利弗言居士此座高廣吾不能昇

什曰維摩神力所制欲令衆知大小乘優劣若此之懸也亦云諸佛功德之座非無德所昇理自冥絶非所制也

維摩詰言唯舍利弗爲須彌燈王如來作禮乃可得坐於是新發意菩薩及大弟子即爲須彌燈王如來作禮便得坐師子座

舍利弗言居士未曾有也如是小室乃容受此高廣之座於毗耶離城無所妨閡又於閻浮提聚落城邑及四天下諸天龍王鬼神宫殿亦不迫迮維摩詰言唯舍利弗諸佛菩薩有解脱名不可思議

肇曰夫有不思議之跡顯於外必有不思議之德著於内覆尋其本權智而已乎何則智無幽而不燭權無德而不修無幽不燭故理無不極無德不修故功無不就功就在于不就故一以成之理極存于不極故虚以通之所以智周萬物而無照權積衆德而無功冥漠無爲而無所不爲此不思議之極也巨細相容殊形並應此蓋耳目之麁迹遽足以言乎然將因末以示本託麁以表微故因借座畧顯其事耳此經自始于淨土終于法供養其中所載大乘之道無非不思議法者也故囑累云此經

名不思議解脫法門當奉持之此品因現外迹故别受名耳解脫者自在心法也得此解脫則凡所作爲内行外應自在無閡此非二乘所能議也七住法身已上乃得此解脫也别本云神足三昧解脫

若菩薩住是解脫者以須彌之高廣内芥子中無所增減須彌山王本相如故

什曰須彌地之精也此地大也下説水火風地其四大也或者謂四大有神亦云最大亦云有常今制以道力明不神也内之纖芥明不大也巨細相容物無定體明不常也此皆反其所封拔其幽滯以去其常習令歸宗有塗焉

而四天王忉利諸天不覺不知已之所入唯應度者乃見須彌入芥子中是名不可思議解脫法門又以四大海水入一毛孔不嬈魚鼈黿鼉水性之屬而彼大海本相如故諸龍鬼神阿修羅等不覺不知已之所入於此衆生亦無所嬈

又舍利弗住不可思議解脫菩薩斷取三千大千世界如陶家輪著右掌中擲過恒沙世界之外其中衆生不覺不知已之所往又復還置本處都不使人有往來想而此世界本相如故

又舍利弗或有衆生樂久住世而可度者菩薩即演七日以爲一劫令彼衆生謂之一劫或有衆生不樂久住而可度者菩薩即促一劫以爲七日令彼衆生謂之七日又舍利弗住不可思議解脫菩薩以一切佛土嚴飾之事集在一國示於衆生又菩薩以一佛土衆

生置之右掌飛到十方徧示一切而不動本處
又舍利弗十方衆生供養諸佛之具菩薩於一毛孔皆令得見又十方國土所有日月星宿於菩薩一毛孔普使見之
又舍利弗十方世界所有諸風菩薩悉能吸著口中而身無損外諸樹木亦不摧折又十方世界劫盡燒時以一切火内於腹中火事如故而不爲害又於下方過恒河沙等諸佛世界取一佛土舉著上方過恒河沙無數世界如持鍼鋒舉一棗葉而無所嬈
又舍利弗住不可思議解脱菩薩能以神通現作佛身或現辟支佛身或現聲聞身或現帝釋身或現梵王身或現世主身或現轉輪王身又十方世界所有衆聲上中下音皆能變之令作佛聲演出無常苦空無我之音及十方諸佛所説種種之法皆於其中普令得聞舍利弗我今畧説菩薩不可思議解脱之力若廣説者窮劫不盡是時大迦葉聞説菩薩不可思議解脱法門歎未曾有謂舍利弗譬如有人於盲者前現衆色像非彼所見一切聲聞聞是不可思議解脱法門不能解了爲若此也智者聞是其誰不發阿耨多羅三藐三菩提心我等何爲永絶其根於此大乘已如敗種一切聲聞聞是不可思議解脱法門皆應號泣聲震三千大千世界
肇曰所乖處重故假言應號泣耳二乘憂悲永除尚無微泣況震三千乎
一切菩薩應大欣慶頂受此法
肇曰迦葉將明大小之殊抑揚時聽故非

分者宜致絶望之泣已分者宜懐頂受之歡也

若有菩薩信解不可思議解脱法門者一切魔衆無如之何大迦葉説是語時三萬二千天子皆發阿耨多羅三藐三菩提心

爾時維摩詰語大迦葉仁者十方無量阿僧祇世界中作魔王者多是住不可思議解脱菩薩以方便力教化衆生現作魔王

肇曰因迦葉云信解不可思議者魔不能嬈而十方亦有信解菩薩爲魔所嬈者將明不思議大士所爲自在欲進始學故現爲魔王非魔力之所能也此亦明不思議亦成迦葉言意

又迦葉十方無量菩薩或有人從乞手足耳鼻頭目髓腦血肉皮骨聚落城邑妻子奴婢象馬車乘金銀瑠璃硨磲瑪瑙珊瑚琥珀真珠珂貝衣服飲食如此乞者多是住不可思議解脱菩薩以方便力而往試之令其堅固

什曰結業菩薩於施度將盡而未極是以不思議菩薩強從求索令其無惜心盡具足堅固亦令衆生知其堅固亦使其自知堅固

所以者何住不可思議解脱菩薩有威德力故行逼迫示諸衆生如是難事凡夫下劣無有力勢不能如是逼迫菩薩

肇曰截人手足離人妻子強索國財生其憂悲雖有目前小苦而致永劫大安是由深覩人根輕重相推見近不及遠者非其所能爲也

譬如龍象蹴蹋非驢所堪是名住不可思議

解脱菩薩智慧方便之門
肇曰智慧遠通方便近導異迹所以形衆
庶所以成物不無由而莫之能測故權智
二門爲不思議之本也

觀衆生品第七

爾時文殊師利問維摩詰言菩薩云何觀於
衆生
什曰衆生若有真實定相者則不思議大
士不應徒行過試令其受苦以非真實易
可成就故行惱逼也復次佛法有二種一
者有二者空若常在有則累於想著若常
觀空則捨於善本若空有迭用則不没二
過猶日月代用萬物以成上已説有故今
明空門也觀衆生爲若此衆生神主我是
一義耳如一癡人行路遇見遺匣匣中有
大鏡開匣視鏡自見其影謂是匣主稽首
歸謝捨之而走衆生入佛法藏珎寶鏡中
取相計我棄之而去亦復如是亦如一盲
人行道中遇值國王子堅抱不捨須臾王
宮屬至加極楚痛強逼奪之然後放捨如
邪見衆生於非我見我無常苦至隨緣散
壞乃知非我亦復如是如空中雲近之則
無也真實慈觀諸法空則是真實慧真實
慧中生無緣慈名爲真慈亦以慈爲本爲
人説真實法名真慈亦慈爲本然後行布
施等衆行爲名或以自性爲名或以所因
爲名自此以下例可尋也肇曰悲疾大士
自調之觀微言幽旨亦備之前文矣然法
相虚玄非有心之所覩真觀冥嘿非言者
之所辯而云何不證涅槃與群生同疾又

現不思議其跡無端或爲魔王逼迫初學斯皆自調大士之所爲也自調之觀彼我一空然其事爲喻乃更彌甚至令希宗者惑亡言之致彼已者增衆生之見所以無言之道難爲言也將近取諸喻遠況真觀以去時人封言之累故生斯問也

維摩詰言譬如幻師見所幻人菩薩觀衆生爲若此

肇曰幻師觀幻知其非真大士觀衆生有若此也

如智者見水中月如鏡中見其面像如熱時炎如呼聲響如空中雲如水聚沫如水上泡如芭蕉堅如電久住如第五大如第六陰如第七情如十三入如十九界菩薩觀衆生爲若此

如無色界色如焦穀牙如須陁洹身見如阿那含入胎

肇曰阿那含雖有暫退必不經生也

如阿羅漢三毒

什曰大乘法中云通三界直輕微耳

如得忍菩薩貪恚毀禁

肇曰七住得無生忍心結永除況毀禁麁事乎

如佛煩惱習

肇曰唯有如來結習都盡

如盲者見色如入滅盡定出入息

肇曰心馳動於内息出入於外心想既滅故息無出入也

如空中鳥跡如石女兒如化人煩惱如夢所見已寤如滅度者受身

肇曰未有入涅槃而復受身者
如無煙之火菩薩觀衆生爲若此
文殊師利言若菩薩作是觀者云何行慈
肇曰慈以衆生爲緣若無衆生慈心何寄
乎將明真慈無緣而不離緣成上無相真
慈義也
維摩詰言菩薩作是觀已自念我當爲衆生
說如斯法是即真實慈也
肇曰衆生本空不能自覺故爲說斯法令
其自悟耳豈有我彼哉若能觀衆生空則
心行亦空以此空心而於空中行慈者乃
名無相真實慈也若有心於衆生而爲慈
者此虛誑慈耳何足以稱乎
行寂滅慈無所生故
肇曰七住得無生忍已後所行萬行皆無
相無緣與無生同體無生同體無分別也
真慈無緣無復心相心相既無則泊然永
寂未嘗不慈未嘗有慈故曰行寂滅慈無
所生也自此下廣明無相慈行以成真實
之義名行雖殊而俱出慈體故盡以慈爲
名焉
行不熱慈無煩惱故
肇曰煩惱之興出于愛見慈無愛見故無
熱惱也
行等之慈等三世故行無諍慈無所起故行
不二慈内外不合故
什曰内外内外入也内外爲二相對爲合
行不壞慈畢竟盡故行堅固慈心無毁故
肇曰上明外無能壞此明内自無毁
行清淨慈諸法性淨故

肇曰真慈無相與法性同淨也
行無邊慈如虛空故
肇曰無心於覆而心無不覆也
行阿羅漢慈破結賊故
什曰秦言殺結使賊也此從除結中生因以爲名亦能除結故因能受名也
行菩薩慈安衆生故
肇曰菩薩之稱由安衆生慈安衆生可名菩薩
行如来慈得如相故
肇曰如来之稱由得如相慈順如相可名如来
行佛之慈覺衆生故
肇曰自覺覺彼謂之佛也慈既自悟又能覺彼可名爲佛也

行自然慈無因得故
肇曰大乘之道無師而成謂之自然菩薩真慈亦無因而就可名自然乎
行菩提慈等一味故
什曰唯佛菩提能解一切法一相一味也今無相解中生慈故遠同菩提也肇曰平等一味無相之道謂之菩提無相真慈亦平等一味可名菩提也
行無等慈斷諸愛故
肇曰二乘六住已下皆愛彼而起慈若能無心愛彼而起慈者此慈超絶可名無等
行大悲慈導以大乘故
肇曰濟彼苦難導以大乘大悲之能慈欲彼樂亦導以大乘可名大悲也
行無厭慈觀空無我故

肇曰疲厭之情出于存我以空無我心而爲慈者與生死相畢無復疲厭也

行法施慈無遺惜故

肇曰未有得真實慈而悋法財者可名法施也

行持戒慈化毀禁故

肇曰未有得真實慈而爲殺盜不兼化者可名持戒

行忍辱慈護彼我故

什曰若能行忍則内不自累外不傷物故言護彼我也凡此中慈上行字梵本中無

行精進慈荷負衆生故

肇曰未有得真實慈而不荷負衆生者可名精進也

行禪定慈不受味故

肇曰未有得真實慈而以亂心受五欲味者可名禪定也

行智慧慈無不知時故

什曰行未滿而求果名不知時也

行方便慈一切示現故

肇曰未有得真實慈而不權現普應者可名方便也

行無隱慈直心清淨故

肇曰未有得真實慈而心有曲隱不清淨者可名無隱耳

行深心慈無雜行故

什曰直心中猶有累結今則深入佛法無雜想也

行無誑慈不虛假故

肇曰未有得真實慈而虛假無實者可名

無誑也
行安樂慈令得佛樂故
肇曰未有得真實慈而不令彼我得佛樂者可名安樂
菩薩之慈爲若此也
文殊師利又問何謂爲悲答曰菩薩所作功德皆與一切衆生共之
肇曰因觀問慈備釋四等也哀彼長苦不自計身所積衆德願與一切先人後已大悲之行也
何謂爲喜答曰有所饒益懽喜無悔
肇曰自得法利與衆同懽喜於彼已俱得法悅謂之喜
何謂爲捨答曰所作福祐無所希望
什曰現世不求恩未来不求報也聲聞行四等不能實益衆生令菩薩行四等已實能利益衆生故四等皆名大也
文殊師利又問生死有畏菩薩當何所依
肇曰生死爲畏畏莫大之大悲疾大士何所依恃而能永處生死不以畏爲畏乎
維摩詰言菩薩於生死畏中當依如来功德之力
什曰如来功德如是深妙我當得之寧可以此微苦而生疲厭一心求佛道直進不迴則衆苦自滅恐畏斯除亦以念爲依亦以求趣爲依
文殊師利又問菩薩欲依如来功德之力當於何住答曰菩薩欲依如来功德力者當住度脱一切衆生
肇曰住化一切則其心廣大廣大其心則

所之無難此住佛功德力之謂也
又問欲度衆生當何所除荅曰欲度衆生除其煩惱
肇曰將尋其本故先言其末也
又問欲除煩惱當何所行荅曰當行正念
生曰夫有煩惱出於戀情耳便應觀察法理以遣之也然始觀之時見理未明心不住理要須念力然後得觀也念以不忘爲用故得存觀而觀焉别本云正憶念
又問云何行於正念荅曰當行不生不滅又問何法不生何法不滅荅曰不善不生善法不滅
什曰惡法生則滅之不起不令生也善法不滅令其增廣也
又問善不善孰爲本荅曰身爲本
什曰身謂五陰也
又問身孰爲本荅曰欲貪爲本
什曰由欲著情深故廣生結業亦以愛潤所以受生是以於諸結中偏舉欲貪也
又問欲貪孰爲本荅曰虚妄分别爲本
肇曰法無美惡虚妄分别謂是美是惡美惡既形則貪欲是生也
又問虚妄分别孰爲本荅曰顛倒想爲本
肇曰法本非有倒想爲有既以爲有然後識其美惡謂之分别也
又問顛倒想孰爲本荅曰無住爲本
什曰法無自性緣感而起當其未起莫知所寄莫知所寄故無所住無所住故則非有無非有無而爲有無之本無住則窮其源更無所出故曰無本無本而爲物之本

故言立一切法也肇曰心猶水也靜則有照動則無鑒癡愛所濁邪風所扇湧溢波蕩未始暫住以此觀法何往不倒譬如臨面湧泉而責以本狀者未之有也倒想之興本乎不住義存於此乎一切法從衆緣會而成體緣未會則法無寄無寄則無住無住則無法以無法爲本故能立一切法也

又問無住孰爲本荅曰無住則無本

肇曰若以心動爲本則有有相生理極初動更無本也若以無法爲本則有因無生無不因無故更無本也

文殊師利從無住本立一切法

肇曰無住故想倒想倒故分別分別故貪欲貪欲故有身既有身也則善惡並陳善惡既陳則萬法斯起自茲以往言數不能盡也若善得其本則衆末可除矣

時維摩詰室有一天女見諸大人聞所說法便現其身即以天華散諸菩薩大弟子上

肇曰天女即法身大士也常與淨名共弘大乘不思議道故現爲宅神同處一室見大衆集聞所說法故現身散華欲以生論也

華至諸菩薩即皆墮落至大弟子便著不墮

什曰天以此未曾有室室無雜教故毀賤小乘顯揚大道所以共爲影響發明勝致也

一切弟子神力去華不能令去

肇曰將辯大小之殊故使華若此

爾時天問舍利弗何故去華荅曰此華不如

法是以去之
肇曰香華著身非沙門法是以去之一義
華法散身應墮不墮非華法也
天曰勿謂此華爲不如法所以者何是華無
所分別
什曰華性本不二故無分別也生曰華性
無實豈有如法不如法之分別哉
仁者自生分別想耳
肇曰華豈有心於墮不墮乎分別之想出
自仁者耳
若於佛法出家有所分別爲不如法若無所
分別是則如法
肇曰如法不如法在心不在華
觀諸菩薩華不著者已斷一切分別想故
生曰非直不致著亦不能使著也

譬如人畏時非人得其便
什曰如一羅刹變形爲馬有一士夫乘之
不疑中道馬問士夫馬爲好不士夫拔刀
示之問言此刀好不知其心正無畏竟不
敢加害若不如是非人得其便也
如是弟子畏生死故色聲香味觸得其便已
離畏者一切五欲無能爲也結習未盡華著
身耳結習盡者華不著也
什云問曰菩薩結習亦未盡云何不著耶
荅曰有二種習一結習二佛法中愛習得
無生忍時結習都盡而未斷佛法愛習亦
云法身菩薩雖有結習以器淨故習氣不
起也肇曰著與不著一由内耳華何心乎
舍利弗言天止此室其已久如
肇曰止淨名大乘之室久近妙辯若此乎

荅曰我止此室如耆年解脱

肇曰將明第一無久近之義故以解脱爲論解脱即無爲解脱也

舍利弗言止此久耶

生曰舍利弗前問意雖云止室而語交在久於不達者耳之便謂向荅是矣茍荅其語則云如舍利弗解脱来久也今舍利弗解脱来實久止室得不久乎止室既已有久便不復得同解脱也是以不得不以久爲問焉

天曰耆年解脱亦何如久

肇曰逆問其所得令自悟也耆年所得無爲解脱豈可稱久乎

舍利弗默然不荅

肇曰言久於前責實於後故莫知所荅也

天曰如何耆舊大智而默荅曰解脱者無所言説故吾於是不知所云天曰言説文字皆解脱相

肇曰舍利弗以言久爲失故默然無言謂順真解未能語默齊致觸物無閡故天説等解以曉其意

所以者何解脱者不内不外不在兩間文字亦不内不外不在兩間是故舍利弗無離文字説解脱也

肇曰法之所在極於三處三處求文字解脱俱不可得如之何欲離文字而別説解脱乎

所以者何一切諸法是解脱相

生曰無不是解脱相故也

舍利弗言不復以離婬怒癡爲解脱乎

肇曰二乘結盡無為為解脫聞上等解乖其本趣故致斯問
天曰佛為增上慢人説離婬怒癡為解脫耳若無增上慢者佛説婬怒癡性即是解脫
肇曰畢生死尊已道謂增上慢人也為此人説離結為解脫若不畢生死不尊已道者則為説三毒諸結性即解脫無別解脫也二乘雖無結慢然畢生死尊涅槃猶有相似慢結慢者未得道言已得以生慢
舍利弗言善哉善哉天女汝何所得以何為證
什曰有為果言得無為果言證
辯乃如是
肇曰善其所説非己所及故問得何道證何果辯乃如是乎
天曰我無得無證故辯如是
肇曰夫有閡之道不能生無閡之辯無閡之辯必出于無閡之道道有得有證者必有所不得有所不證以大乘之道無得無證故無所不得無所不證從此生辯故無所不辯也
所以者何若有得有證者則於佛法為增上慢
肇曰若見己有所得必見他不得此於佛平等之法猶為增上慢人何能致無閡之辯乎
舍利弗問天汝於三乘為何志求
肇曰上直云無得無證未知何乘故復問也
天曰以聲聞法化眾生故我為聲聞以因緣

法化衆生故我為辟支佛以大悲法化衆生故我為大乘

生曰隨彼為之我無定也

舍利弗如人入瞻蔔林唯齅瞻蔔不齅餘香

什曰非謂有而不齅謂足於所聞不復外求耳依諭義可知也

如是若入此室但聞佛功德之香不樂聞聲聞辟支佛功德香也

肇曰無乘不乘乃為大乘故以香林為諭明淨名之室不雜二乘之香止此室者豈他齅哉以此可知吾志何乘也

舍利弗其有釋梵四天王諸天龍鬼神等入此室者聞斯上人講說正法皆樂佛功德之香發心而出舍利弗吾止此室十有二年初不聞說聲聞辟支佛法但聞菩薩大慈大悲不可思議諸佛之法

肇曰大乘之法皆名不可思議上問止室久近欲生論端故荅以解脫今言十年以明所聞之不雜也

舍利弗此室常現八未曾有難得之法何等為八此室常以金色光照晝夜無異不以日月所照爲明是為一未曾有難得之法此室入者不為諸垢之所惱也

什曰其室清淨無逆惡氣神垢緣絶故垢不生也惡神起如十頭羅刹入一王體怒害即生是其類也

是為二未曾有難得之法此室常有釋梵四天王及他方菩薩來會不絶是為三未曾有難得之法此室常說六波羅蜜不退轉法是爲四未曾有難得之法此室常作天人第一

之樂絃出無量法化之聲是爲五未曾有難得之法此室有四大藏衆寶積滿周窮濟乏求得無盡是為六未曾有難得之法此室釋迦牟尼佛阿彌陀佛阿閦佛寶德寶炎寶月寶嚴難勝師子響一切利成如是等十方無量諸佛是上人念時即皆為來廣說諸佛秘要法藏說已還去是為七未曾有難得之法此室一切諸天嚴飾宮殿諸佛淨土皆於中現

什曰如有方寸金剛數十里內石壁之表所有形色悉於是現此室明徹其喻如此

是為八未曾有難得之法舍利弗此室常現八未曾有難得之法誰有見斯不思議事而復樂於聲聞法乎

舍利弗言汝何以不轉女身天曰我從十二年来求女人相了不可得當何所轉

肇曰止此室來所聞正法未覺女人異於男子當何所轉天悟女相豈十二年而已乎欲明此室純一等教無有雜聲故齊此為言耳天為女像為生斯語矣

譬如幻師化作幻女若有人問何以不轉女身是人為正問不舍利弗言不也幻無定相當何所轉天曰一切諸法亦復如是無有定相云何乃問不轉女身

肇曰萬物如幻無有定相誰好誰醜而欲轉之乎

即時天女以神通力變舍利弗令如天女天自化身如舍利弗而問言何以不轉女身舍利弗以天女像而荅言我今不知何轉而變為女身

肇曰吾不知所以轉而為此身如之何又欲轉之乎

天曰舍利弗若能轉此女身則一切女人亦當能轉

肇曰仁者不知所以轉而轉為女身衆女亦不知所以轉而為女也若仁者無心於為女而不能轉女身者則衆女亦然不能自轉如何勸人轉女身乎

如舍利弗非女而現女身一切女人亦復如是雖現女身而非女也

肇曰如舍利弗實非女而今現是女像衆女亦現是女像實非女也男女無定相類已可知矣

是故佛說一切諸法非男非女即時天女還攝神力舍利弗身還復如故天問舍利弗女身色相今何所在舍利弗言女身色相無在無不在

肇曰欲言有在今見無相欲言無在向復有相猶幻化無定莫知所在也

天曰一切諸法亦復如是無在無不在夫無在無不在者佛所說也

舍利弗問天汝於此沒當生何所

肇曰既知現相之無在又問當生之所在

天曰佛化所生

什曰不直說無生而說生者欲據有生相結而理無生滅者也

吾如彼生

肇曰此生身相既如幻化沒此更生豈得異也

曰佛化所生非沒生也天曰衆生猶然無沒

生也
肇曰豈我獨如化物無非化也
舍利弗問天汝久如當得阿耨多羅三藐三菩提
肇曰身相没生可如幻化菩提真道必應有實故問久如當成
天曰如舍利弗還爲凡夫我乃當成阿耨多羅三藐三菩提舍利弗言我作凡夫無有是處
肇曰聖人還爲凡夫何有是處耶
天曰我得阿耨多羅三藐三菩提亦無是處
肇曰彼聖人爲凡夫我成菩提道無處一也
所以者何菩提無住處是故無有得者
肇曰菩提之道無爲無相自無住處誰有得者
舍利弗言今諸佛得阿耨多羅三藐三菩提已得當得如恒河沙皆謂何乎天曰皆以世俗文字數故説有三世非謂菩提有去來今
肇曰世俗言數有三世得耳非謂菩提第一真道有去來今也
天曰舍利弗汝得阿羅漢道耶
肇曰羅漢入無漏心不見得道入有漏心則見有得今問以第九解脱自證成道時見有得耶欲令自悟無得義也
曰無所得故而得
肇曰推心而荅也無得故有得有得則無得此明真得乃在於不得
天曰諸佛菩薩亦復如是無所得故而得
什曰二乘取證無得俱同但大乘悟法既

深又無出入之異耳

爾時維摩詰語舍利弗是天女曾已供養九十二億佛已能遊戲菩薩神通所願具足得無生忍在不退轉以本願故隨意能現教化衆生

維摩詰所説經卷第六

音釋

内南八聲　遽其去切急也懍也　黿魚袁切似皮可爲鼓

蹵七六切丨蹋也　迭徒結切遞也更也道也

維摩詰所説經卷第七第八同卷

姚秦三藏法師鳩摩羅什　譯

佛道品第八

爾時文殊師利問維摩詰言菩薩云何通達佛道

肇曰如上所云諸佛之道以無得爲得此道虚玄非常行之所通通之必有以故問所以生曰應化無方爲佛之道也既能體之爲通達矣

維摩詰言若菩薩行於非道

什曰非道有三種一者惡趣果報二者惡趣行業三者世俗善業及善業果報也凡夫非其本實而處之皆名非道處非而不失其本故能因非道以弘道因非道以弘道則斯通達矣譬如良醫觸物爲藥故醫術斯行遇病斯治

是爲通達佛道

肇曰夫以道爲道非道爲非道者則穢惡並起垢累兹彰何能通心妙旨達平等之道乎若能不以道爲道不以非道爲非道者則是非絶於心遇物斯可乘矣所以處是無是是之情乗非無非非之意故能美惡齊觀履逆常順和光塵勞愈晦愈明斯可謂通達無礙平等佛道乎

又問云何菩薩行於非道荅曰若菩薩行五無間而無惱恚

肇曰五逆罪必由惱恚生此罪捨身必入地獄受苦無間也菩薩示行五逆而無惱恚是由不以逆爲逆故能同逆耳若以逆爲逆者孰敢同

至於地獄無諸罪垢

肇曰罪垢地獄因也示受其報實無其因

至于畜生無有無明憍慢等過

肇曰癡慢偏重多墮畜生

至于餓鬼而具足功德

肇曰慳貪無福多墮餓鬼

行色無色界道不以爲勝

什曰梵本云至色無色界凡夫生彼則謂爲涅槃第一最勝今有爲而生不以爲勝也

示行貪欲離諸染著示行瞋恚於諸衆生無有恚礙示行愚癡而以智慧調伏其心

肇曰示行三毒而不乖三善也

示行慳貪而捨内外所有不惜身命示行毀禁而安住淨戒乃至小罪猶懷大懼示行瞋恚而常慈忍示行懈怠而勤修功德示行亂意而常念定示行愚癡而通達世間出世間慧

肇曰示行六蔽而不乖六度也

示行諂僞而善方便隨諸經義

什曰雖迹與諂同而實不乖正所謂善方便而隨經義也

示行憍慢而於衆生猶如橋梁

什曰言其謙下爲物所陵賤忍受無慢猶如橋梁也

示行諸煩惱而心常清淨示入於魔而順佛智慧不隨他教示入聲聞而爲衆生説未聞法

肇曰聲聞不從人聞不能自悟況能爲人説所未聞也

示入辟支佛而成就大悲教化衆生
肇曰大悲大乘法非辟支之所能行
示入貧窮而有寶手功德無盡示入形殘而
具諸相好以自莊嚴示入下賤而生佛種姓
中具諸功德
什曰佛種姓即是無生忍得是深忍名曰
法生則已超出下賤而生佛種姓入佛境
界也
示入羸劣醜陋而得那羅延身一切衆生之
所樂見
肇曰那羅延天力士名也端正殊妙志力
雄猛
示入老病而永斷病根超越死畏示有資生
而恒觀無常實無所貪示有妻妾婇女而常
樂遠離五欲淤泥現於訥鈍
什曰如太子慕魄比之也
而成就辯才總持無失示入邪濟而以正濟
度諸衆生
肇曰津河可度處名正濟險難誑處名邪
濟佛道名正濟外道名邪濟也
現遍入諸道而斷其因縁
肇曰遍入異道豈曰慕求欲斷其縁
現於涅槃而不斷生死
肇曰現身涅槃而方入生死自上所列於
菩薩皆爲非道而處之無閡乃所以爲道
故曰通達佛道
文殊師利菩薩能如是行於非道是爲通達
佛道
於是維摩詰問文殊師利
什曰自相遇以來維摩獨説似是辯慧之

功偏有所歸令令彼説欲顯其德音也亦
云推美以爲供養
何等爲如來種
肇曰既辯佛道所以通又問其道之所出
也維摩文殊迭爲問荅應物而作孰識其
故
文殊師利言有身爲種
肇曰有身身見也夫心無定所隨物而變
在邪而邪在正而正邪正雖殊其種不異
也何者變邪而正改惡而善豈別有異邪
之正異惡之善超然無因忽爾自得乎然
則正由邪起善因惡生故曰衆結煩惱爲
如來種也
無明有愛爲種
什曰向總説此開爲二門也一切結屬二
門故偏舉二門也自此以下次第廣開也
貪恚癡爲種四顛倒爲種五蓋爲種
什曰四倒爲因五蓋爲果是則名曰生死
兩輪兩輪既具六趣斯遊
六入爲種
什曰義言六情愛也愛爲生本故偏廣開
七識處爲種
什曰初禪中除劫初梵王及劫初諸小梵
自後合爲一識住劫初唯有梵王未有餘
梵梵王念欲有餘梵餘梵爾時遇會來生
梵王因起邪見謂是已造餘梵亦自謂從
梵王生雖有精麄其邪想不異是名異身
一想第二識住也二禪形無優劣而心有
若干除入解脱種種異念是名一形異想
是第三識住也三禪形無精麄心無異想

所謂一樂想是第四識住也并無色前三地是名七識住也識住識得安住也識念分明無有惱患無壞者是名爲住惡趣别苦痛壞四禪則無想壞非想滅定壞亦彼地心想微眛念不分明故識不安住也問曰欲界亦惡趣所壞云何立識住也答曰取地壞不取界壞欲界惡趣善趣趣乖地異苦樂殊致義不相涉故不相壞也又義云何應爲七住

八邪法爲種九惱處爲種

什曰愛我怨家憎我知識惱我已身一世則三三世爲九又義云九結也

十不善道爲種以要言之六十二見及一切煩惱皆是佛種

肇曰塵勞衆生即成佛道更無異人成佛故是佛種也

曰何謂也

肇曰夫妙極之道必有妙極之因而曰塵勞爲種者何也

答曰若見無爲入正位者

什曰若法忍至羅漢無生至佛皆名正位也言無爲而入者由取相見故入正位而取證又言見無爲無爲者盡諦盡諦是其證法決定分明見前二諦時雖無反勢未決定分明言據其決定取證處也

不能復發阿耨多羅三藐三菩提心

生曰以現事明之也見無爲入正位者若法忍以上結使已斷既至其所始爲見之以本欲捨生死求悟悟則在生死外矣無復不捨即悟之義故不能復發菩提心也

譬如高原陸地不生蓮華卑濕淤泥乃生此華如是見無爲法入正位者終不能復生於佛法煩惱泥中乃有衆生起佛法耳

生曰喻入正位

又如殖種於空終不得生糞壤之地乃能滋茂如是入無爲正位者不生佛法起於我見如須彌山猶能發於阿耨多羅三藐三菩提心生佛法矣

生曰喻見無爲也此二喻以明萌發其事

是故當知一切煩惱爲如來種譬如不下巨海不能得無價寶珠如是不入煩惱大海則不能生一切智寶

肇曰二乘既見無爲安住正位虛心靜漠宴寂恬怡既無生死之畏而有無爲之樂淡泊自足無希無求孰肯蔽以大乘爲心乎凡夫沉淪五趣爲煩惱所蔽進無無爲之歡退有生死之畏兼我心自高唯勝是慕故能發迹塵勞摽心無上樹根生死而敷正覺之華自非凡夫沒命洄淵遊泳塵海者何能致斯無上之寶乎是以凡夫有反復之名二乘有根敗之耻也

爾時大迦葉歎言善哉善哉文殊師利快説此語誠如所言塵勞之疇爲如來種我等今者不復堪任發阿耨多羅三藐三菩提心乃至五無間罪猶能發意生於佛法而今我等永不能發譬如根敗之士其於五欲不能復利如是聲聞諸結斷者於佛法中無所復益永不志願

肇曰迦葉自知已心微弱不能發大道意至於勝求乃後五逆之人傷已無堪故善

文殊之說也
是故文殊師利凡夫於佛法有反復而聲聞無也所以者何凡夫聞佛法能起無上道心不斷三寶正使聲聞終身聞佛法力無畏等永不能發無上道意
肇曰凡夫聞法能續佛種則爲報恩有反復也聲聞獨善其身不弘三寶則於佛法爲無反復也又法華云二乘中止終必成佛而此經以根敗爲喻無復志求夫涅槃者道之眞也妙之極也二乘結習未盡闇障未除如之何以垢累之神而求眞極之道乎以其三有分盡故假授涅槃非實涅槃也此經將以二乘疲厭生死進向已息潛隱無爲綿綿長久方於凡夫則爲永絕又抑揚時聽卑鄙小乘至人殊應其教不

一故令諸經有不同之說也
爾時會中有菩薩名普現色身問維摩詰言居士父母妻子親戚眷屬吏民知識悉爲是誰奴婢僮僕象馬車乘皆何所在
肇曰淨名權道無方隱顯難測外現同世家屬内以法爲家屬恐惑者見形不及其道故生斯問
於是維摩詰以偈答曰
智度菩薩母方便以爲父
肇曰智爲内照權爲外用萬行之所由生諸佛之所因出故菩薩以智爲母以權爲父
一切衆導師無不由是生
什曰菩薩如來通名導師以新學謂其未離受生應有父母今欲顯其以法化生絕

於受身故荅之以法也
法喜以爲妻
肇曰法喜謂見法生内喜也世人以妻色
爲悦菩薩以法喜爲悦
慈悲心爲女
什曰慈悲性弱從物入有猶如女之爲性
弱而隨物
善心誠實男
什曰誠實之心於事能辦猶男有貞固之
性成於家業也
畢竟空寂舍
什曰障蔽風雨莫過於舍滅除衆想莫妙
於空亦能絶諸問難降伏魔怨猶密宇深
重寇患自消亦云有非真要時復蹔遊空
爲理宗以爲常宅也

弟子衆塵勞
什曰衆塵即塵勞衆生化使從巳令受正
道也
隨意之所轉
什曰轉令從巳化也肇曰塵勞衆生隨意
所化無非弟子
道品善知識
什曰三十七品三乗通用菩薩兼以六度
爲道品取其親附守護利益成就義同三
益故類之知識
由是成正覺諸度法等侶
什曰或有雖爲知識不必能爲克終之伴
或有雖爲伴而不爲善知識又言伴侶明
善始令終必至道場也
四攝衆妓女

什曰四攝聚衆猶妓之引物也

歌詠誦法言以此爲音樂

肇曰口詠法言以當音樂

總持爲園苑

什曰總持廣納爲衆妙之林竒翫娛心猶

如園苑也

無漏法林樹

生曰夫無漏之法既根深不可拔又理高

而扶踈爲樹之像也漏法不復得間錯其

間林之義也

覺意淨妙華

什曰華之體合則不妙開過則毀開合得

適乃盡其妙也調順覺意亦復如是高則

放散下則沉没高下得中乘平直往開合

之相其猶淨華也

解脱智慧果

什曰解脱無爲果也智慧有爲果也

八解之浴池

什曰水之爲用除垢去熱解脱之性亦除

熱去閡也

定水湛然滿

生曰止則能鑒水之義也既定意足湛然

滿矣

布以七淨華

什曰一戒淨始終淨也身口所作無有微

惡意不起垢亦不取相亦不願受生施人

無畏不限衆生二心淨三乘制煩惱心斷

結心乃至三乘漏盡心名爲心淨三見淨

見法眞性不起妄想是名見淨四度疑淨

若見未深當時雖了後或生疑若見深疑

斷名度疑淨五分別道淨若能見是道宜行非道宜捨是名分別道淨六行斷知見淨行謂苦難苦易樂難樂易四行也斷謂斷諸結也學地中盡未能自知所行所斷既得無學盡智無生智悉自知見所行所斷通達分明是名行斷知見淨七涅槃淨也

浴此無垢人

什曰無垢而浴者爲除熱取適也菩薩無結而入八解者外特爲衆生内自娱心也

肇曰總持強記萬善之苑也於此苑樹無漏之林敷七覺之華結解脱之果嚴八解之池積禪定之水湛然充滿布七淨之華羅列水上而後無垢之士游此林苑浴此華池閑宴嬉遊樂之至也豈等俗苑林水之懽乎覺意七覺意也解脱有爲無爲果也智慧即果智也

象馬五通馳

什曰駕大乘車遊於十方自在無閡兼運衆生俱至道場也

大乘以爲車調御以一心

什曰一心梵本云和合道品心中有三相一發動二攝心三名捨若發動過則心散散則攝之攝之過則没没則精進令心發動若動靜得適則任之令進容豫處中是名爲捨捨即調御調御即和合也譬如善御遲則策之疾則制之舒疾得宜則放之令去縱步夷塗必之所往也

遊於八正路

肇曰五通爲象馬大乘爲上車一心爲御

者遊於八正道也

相具以嚴容衆好飾其姿慙媿之上服

什曰旨取其防非止惡猶衣服可以禦風寒也

深心爲華鬘

什曰深心信樂故能修善處善之先猶鬘之在首又云深心發明衆善亦如華鬘飾形服也

富有七財寶

什曰信戒聞捨慧慚愧也處家則能捨財出家則能捨五欲及煩惱也由信善故持戒持戒則止惡止惡已則應進行衆善進行衆善要由多聞聞法故能捨能捨則慧生故五事次第説也五事爲寶慙媿爲守人守人於財生亦是財故七事通名財也

教授以滋息如所説修行廻向爲大利

什曰行自行也以七財爲本又彼我兼利復以此福廻向佛道七財彌增則利之大也

四禪爲床座從於淨命生

肇曰四禪高牀修淨命之所成

多聞增智慧以爲自覺音

什曰向説牀則致其安寢安寢則覺之有法故次説樂外國貴人眠時要先勅樂人明相出時微奏樂音然後乃覺今以多聞法音覺其禪寢也

甘露法之食

什曰諸天以種種名藥著海中以寶山摩之令成甘露食之得仙名不死藥佛法中以涅槃甘露令生死永斷是眞不死藥也

亦云劫初地味甘露食則長生佛法中則實相甘露養其慧命是眞甘露食也
解脱味爲漿
什曰味有四種一出家離五欲二行禪離憒亂煩惱三智慧離妄想四涅槃離生死亦有二種解脱一解脱煩惱二解脱於閡也亦云愛性無厭名之爲渴愛斷則得解脱解脱止愛渴故名漿四味亦以除愛渴故爲漿也
淨心以澡浴
什曰心淨則無染無染即爲浴亦名遊八解脱也
戒品爲塗香
什曰淨戒除穢不假香也
摧滅煩惱賊
什曰煩惱有二種斷一遮斷二永斷摧滅遮斷也下降伏四魔永斷也上説資養四體四體既平健則廣興事業自此以下是説其事業
勇健無能踰降伏四種魔勝幡建道塲
什曰外國破敵得勝則竪勝旛道場降魔亦表其勝相也
雖知無起滅示彼故有生悉現諸國土如日無不見
肇曰知無起滅則得法身無復生分爲彼有生故無往不見自此以下盡歎菩薩變應之德以法爲家故其能若此
供養於十方無量億如來諸佛及已身無有分別想雖知諸佛國及與衆生空而常修淨土教化於羣生諸有衆生類形聲及威儀無

畏力菩薩一時能盡現覺知衆魔事而示隨
其行以善方便智隨意皆能見或示老病死
什曰如佛欲化弗迦沙王故現作老比丘
亦如四城門所化比也
成就諸羣生了知如幻化通達無有閡或現
劫盡燒天地皆洞然衆生有常想照令知無
常
什曰或實燒或不實燒不實燒者二日乃
至三四日出時衆生見燒相即悟無常還
攝不燒也
無數億衆生俱來請菩薩一時到其舍化令
向佛道經書禁呪術工巧諸伎藝盡現行此
事饒益諸羣生世間衆道法悉於中出家
什曰以同習相感先同而後乖也出家人
有德爲物所宗故現入出家修德引物也
因以解人惑而不墮邪見
肇曰九十六種皆出家求道隨其出家欲
解其惑不同其見也
或作日月天
什曰劫初時未有日月亦未有衆生幽冥
處初不見日月故爲作日月令得照明也
梵王世界主或時作地水或復作風火
什曰劫初地未成以神力令六方風來吹
水結而成地或見人入海船欲没時爲化
作地令得安隱至須水火風處皆應其所
求也或化作或以身作也食及藥中亦如
是也
劫中有疾疫現作諸藥草
什曰或令除病或得昇仙因而化之使入
正道外國有奇妙藥草或似人形或似象

馬形似象馬者有人乘之徑凌虛而去或
但見聞此藥衆病即消也
若有服之者除病消衆毒劫中有饑饉現身
作飲食先救彼饑渴却以法語人劫中有刀
兵爲之起慈悲
什曰將來世劫盡時刀兵起人壽十歲婆
須蜜從忉利天下生王家作太子化衆人
言我等祖父壽命極長以今瞋恚無慈故
致此短壽是故汝等當行慈心衆人從命
惡心漸薄此後生子壽二十歲如是轉續
至彌勒時八萬四千歲也
化彼諸衆生令住無諍地若有大戰陣立之
以等力菩薩現威勢降伏使和安
什曰兩陣相對助其弱者二衆既均無相
勝負因是彼此和安矣

一切國土中諸有地獄處輒往到于彼勉濟
其苦惱一切國土中畜生相食噉皆現生於
彼爲之作利益
什曰如過去世時人無禮義欲殘害長老
猴象及鳥推敬長老令人獸修善咸相和
順如大智度論中說
示受於五欲亦復現行禪令魔心憒亂不能
得其便
肇曰欲言行禪復受五欲欲言受欲復現
得禪莫測其變所以憒亂也
火中生蓮華是可謂希有在欲而行禪希有
亦如是
肇曰自非靜亂齊旨者孰能兩之者也
或現作婬女引諸好色者先以欲鈎牽後令
入佛智或爲邑中主或作商人導國師及大

臣以祐利衆生諸有貧窮者現作無盡藏因以勸導之令發菩提心我心憍慢者爲現大力士消伏諸貢高令住無上道

肇曰慢心自高如山峰不停水菩薩現爲力士服其高心然後潤以法水

其有恐懼者居前而慰安先施以無畏後令發道心或現離婬欲爲五通僊人開導諸羣生令住戒忍慈

什曰世無賢聖衆生下劣不入深法故化以戒忍也

見須供事者現爲作僮僕既悦可其意乃發以道心隨彼之所須得入於佛道以善方便力皆能給足之如是道無量所行無有涯智慧無邊際度脱無數衆假令一切佛於無數億劫讃歎其功德猶尚不能盡誰聞如是法不發菩提心除彼不肖人癡冥無智者

維摩詰所説經卷第七

維摩詰所說經卷第八

姚秦三藏法師鳩摩羅什 譯

入不二法門品第九

爾時維摩詰謂衆菩薩言諸仁者云何菩薩入不二法門

什曰有無迭用佛法之常前品說有故次說空門復次從始會以來唯二人相對餘皆黙然今欲各顯其德故問令盡說亦云情或不同發悟有因令各說悟廣釋衆迷夫勝會明宗必以令終爲美今法座將散欲究其深致廣說不二乃盡其妙也問曰亦有三四乃至無量法門云何獨說不二耶荅曰二事少而惑淺餘門事廣而累深二尚應破則餘可知也復次萬法之生必從緣起緣起生法多少不同極其少者要從二緣若有一緣生未之聞也然則有之緣起極於二法二法既廢則入於玄境亦云二法門攝一切法門云何不破一耶荅曰若名數之則非一也若以一爲一亦未離於二遣二則一斯盡矣復次無相之一名假而實亡實亡則體與相絶故直置而自無也

各隨所樂說之

肇曰自經始以來所明雖殊然皆大乘無相之道無相之道即不可思議解脫法門不可思議解脫法門即第一義無二法門此淨名現疾之所建文殊問疾之所立也凡聖道成莫不由之故事爲篇端談爲言首究其所歸一而已矣然學者開心有地受習不同或觀生滅以反本或推有無以

體眞或尋罪福以得一或察身口以冥寂其塗雖殊其會不異不異故取衆人之所同以證此經之大旨也

會中有菩薩名法自在説言諸仁者生滅爲二法本不生今則無滅得此無生法忍是爲入不二法門

肇曰滅者滅生耳若悟無生滅何所滅此即無生法忍也此菩薩因觀生滅以悟道故説已所解爲不二法門也下皆類耳萬法云云離眞皆名二故以不二爲言

德守菩薩曰我我所爲二因有我故便有我所若無有我則無我所是爲入不二法門

肇曰妙主常存我也身及萬物我所也我所我之有也法旣無我誰有所也

不眴菩薩曰

什曰不眴有三義一如天二愛敬佛身諦觀不眴三心無塵翳慧眼常開

受不受爲二

什曰受不受取相不取相也亦有漏五陰名爲受無漏名不受也亦云受心不受心如阿毘曇心説

什曰遣受也

若法不受則不可得以不可得故無取

無捨

什曰遣不受也

無作

什曰言不復作受生業也

無行

什曰心行滅也

是爲入不二法門

肇曰有心必有所受有所受必有所不受此爲二也若悟法本空二俱不受則無得無行爲不二也

德頂菩薩曰垢淨爲二見垢實性

什曰如洗穢物至盡乃淨淨則盡盡則無淨也

則無淨相順於滅相是爲入不二法門

肇曰淨生於垢實性無垢淨何所淨

善宿菩薩曰是動是念爲二

什曰或心微起名爲動取相深著名爲念始終爲異耳

不動則無念無念即無分別通達此者是爲入不二法門

善眼菩薩曰一相無相爲二若知一相即是無相亦不取無相入於平等是爲入不二法門

肇曰言一欲以去二不言一也言無欲以去有不言無也而或者聞一則取一相聞無則取無相故有二焉

妙臂菩薩曰

什曰以施報故手能出無盡寶物如五河流故名妙臂也

菩薩心聲聞心爲二觀心相空如幻化者無菩薩心無聲聞心是爲入不二法門

弗沙菩薩曰

什曰二十八宿中鬼星名也生時所直宿因以爲名也

善不善爲二

什曰一切有漏善心及善身口業無漏乃至涅槃名爲善一切煩惱所作身口業名

不善也

若不起善不善入無相際而通達者是爲入

不二法門

師子菩薩曰罪福爲二

什曰三界煩惱煩惱相應及煩惱所作身

口業盡名罪一切有漏善盡名爲福

若達罪性則與福無異以金剛慧決了此相

什曰金剛置地下至地際然後乃止實相

慧要盡法性然後乃止也

無縛無解者是爲入不二法門

師子意菩薩曰

什曰師子度水要截流直度曲則不度此

大士以實智慧深入諸法直過彼岸故借

以爲名也

有漏無漏爲二若得諸法等則不起漏不漏

想不著於相亦不住無相是爲入不二法門

淨解菩薩曰有爲無爲爲二若離一切數則

心如虛空以清淨慧無所閡者是爲入不二

法門

那羅延菩薩曰世間出世間爲二

什曰世間三界也出世間一切無漏有爲

道品法也

世間性空即是出世間於其中不入不出

什曰出義生於入也無入生死故無出世

間也

不溢

什曰梵本云流也

不散

肇曰夫有入則有出有出必有溢有溢必

有散此俗中之常數

是爲入不二法門

善意菩薩曰生死涅槃爲二

什曰上言無爲三無爲也今明究竟涅槃也

若見生死性則無生死無縛無解不然不滅如是解者是爲入不二法門

肇曰縛然生死之别名解滅涅槃之異稱

現見菩薩曰盡不盡爲二法若究竟盡

什曰無常是空之初門破法不盡名爲不盡名乃至一念無有生無有生則生盡生盡則畢竟空是名爲盡也

若不盡皆是無盡相無盡相即是空空則無有盡不盡相如是入者是爲入不二法門

肇曰有爲虛僞法無常故名盡實相無爲法常住故不盡若以盡爲盡以不盡爲不盡者皆二法也若能悟盡不盡俱無盡相者則入一空不二法門也

普守菩薩曰我無我爲二我尚不可得非我何可得見我實性者不復起二是爲入不二法門

肇曰非我出於我耳見我實性者我本自無而况非我也

電天菩薩曰明無明爲二無明實性即是明明亦不可取離一切數於其中平等無二者是爲入不二法門

肇曰明慧明也無明癡冥也見無明性即爲是明若見明爲明即是無明故不可取故

喜見菩薩曰色色空爲二色即是空非色滅空色性自空如是受想行識識空爲二識即

是空非識滅空識性自空於其中而通達者是爲入不二法門

肇曰色即是空不待色滅然後爲空是以見色異於空者則二於法相也

明相菩薩曰四種異空種異爲二

什曰外道法中有五大佛法中有四大此四種於作法中最大故稱爲大

四種性即是空種性如前際後際空故中際亦空若能如是知諸種性者是爲入不二法門

肇曰四種四大也空種空大也此五衆生之所由生故名種然四大之性無前後中無異空大也

妙意菩薩曰眼色爲二若知眼性於色不貪不恚不癡是名寂滅如是耳聲鼻香舌味身觸意法爲二若知意性於法不貪不恚不癡是名寂滅安住其中是爲入不二法門

肇曰存於情塵故三毒以生若悟六情性則於六塵不起三毒此寂滅之道矣

無盡意菩薩曰布施迴向一切智爲二布施性即是迴向一切智性如是持戒忍辱精進禪定智慧迴向一切智爲二智慧性即是迴向一切智性於其中入一相者是爲入不二法門

肇曰以六度爲妙因迴向一切智者二也若悟因果同性入於一相乃應不二

深慧菩薩曰是空是無相是無作爲二空即無相無相即無作若空無相無作即無心意識於一解脱門即是三解脱門者是爲入不二法門

肇曰三行雖異然俱是無緣解脱故無心意識也無緣既同即與三解脱無異

寂根菩薩曰佛法衆爲二

生曰有相則有對有對則爲二不繫一與二也

佛即是法

生曰以體法爲佛不可離法有佛也若不離法有佛佛是法也然則佛亦法矣

法即是衆

生曰亦以體法爲衆

是三寶皆無爲相

肇曰無相眞智佛寶也實相無爲法寶也修無爲道僧寶也三寶雖異皆無爲相也

與虛空等一切法亦爾能隨此行者是爲入不二法門

心無閡菩薩曰身身滅爲二

什曰身五受陰也身滅涅槃也

身即是身滅所以者何見身實相者則不起見身及見滅身身與滅身無二無分別於其中不驚不懼者是爲入不二法門

肇曰諸法生時空生滅時空滅身存身亡亦何以異而懷驚懼於其中乎

上善菩薩曰身口意業爲三是三業皆無作相身無作相即口無作相口無作相即意無作相是三業無作相即一切法無作相能如是隨無作慧者是爲入不二法門

肇曰三業雖殊無作一也諸法之生本于三業三業既無誰作諸法也

福田菩薩曰福行罪行不動行爲二

什曰福行欲界善行能得樂報也罪行十

不善道能得苦報也無動行色無色界行不動義如通達佛道中説也

三行實性即是空空即無福行無罪行無不動行於此三行而不起者是爲入不二法門

肇曰福欲界善行罪十惡之流不動色無色界行也

華嚴菩薩曰從我起二爲二見我實相者不起二法若不住二法則無有識無所識者是爲入不二法門

肇曰因我故有彼二名所以生若見我實相則彼我之識無由而起

德藏菩薩曰有所得相爲二若無所得即無取捨無取捨者是爲入不二法門

肇曰得在於我相在於彼我不得相誰取誰捨

月上菩薩曰闇與明爲二無闇無明即無有二所以者何如入滅受想定

什曰旨明此中知照滅無有明闇也

無闇無明一切法相亦復如是於其中平等入者是爲入不二法門

肇曰二乘入滅盡定六根盡廢心想都滅雖經晝夜不覺晦明之異喻菩薩無心于明闇耳

寶印手菩薩曰樂涅槃不樂世間爲二若不樂涅槃不厭世間則無有二所以者何若有縛則有解若本無縛其誰求解無縛無解則無樂厭是爲入不二法門

肇曰世間無縛曷爲而厭涅槃無解曷爲而樂

珠頂王菩薩曰正道邪道爲二住正道者則

不分別是邪是正離此二者是爲入不二法門

樂實菩薩曰實不實爲二實見者尚不見實何況非實所以者何非肉眼所見慧眼乃能見而此慧眼無見無不見是爲入不二法門

肇曰實相慧眼之境非肉眼所見慧眼尚不見實而況非實雖曰無見而無所不見此眞慧眼之體

如是諸菩薩各各說已問文殊師利何等是菩薩入不二法門文殊師利曰如我意者於一切法無言無說無示無識離諸問答是爲入不二法門

生曰前諸菩薩各說不二之義似有不二可說也若有不二可說者即復是對一爲不二也是以文殊明無可說乃爲不二矣

於是文殊師利問維摩詰我等各自說已仁者當說何等是菩薩入不二法門時維摩詰默然無言

什曰自佛泥洹後六百年有一人年六十出家未幾時頌三藏都盡次作三藏論議作論已思惟言佛法中復有何事唯有禪法我當行之於是受禪法自作要誓若不得道不具一切禪定功德終不寢息脇不着地因名脇比丘少時得成阿羅漢具三明六通有大辯才善能論議有外道師名曰馬鳴利根智慧一切經書皆悉明練亦有大辯才能破一切論議聞脇比丘名將諸弟子往到其所唱言一切論議悉皆可破若我不能破汝言論當斬首謝屈脇比丘聞是論默然不言馬鳴即生憍慢此人

徒有空名實無所知與其弟子捨之而去中路思惟已語弟子言此人有甚深智慧我墮負處弟子恠而問曰云何爾荅曰我言一切語言可破即是自破彼不言則無所破即還到其所語脇比丘言我墮負處則是愚癡愚癡之頭非我所須汝便斬之若不斬我我當自斬脇比丘言不斬汝頭當斬汝結髪比於世間與死無異即下髪爲脇比丘作弟子智慧辯才世無及者廣造經論大弘佛法時人謂之爲第二佛夫默語雖殊明宗一也所會雖一而迹有精麤有言於無言未若無言於無言故默然之論論之妙也肇曰有言於無言未若無言於無言所以默然也上諸菩薩措言於法相文殊有言於無言淨名無言於無言此三明宗雖同而迹有淺深所以言後於無言知後於無知信矣哉生曰文殊雖明無可説而未明説爲無説也是以維摩默然無言以表言之不實言若果實豈可默哉

文殊師利歎曰善哉善哉乃至無有文字語言是眞入不二法門

肇曰默領者文殊其人也爲彼待言所以稱善也

説是入不二法門品時於此衆中五千菩薩皆入不二法門得無生法忍

香積佛品第十

於是舍利弗心念日時欲至此諸菩薩當於何食

什曰舍利弗獨發念者其旨有三一者結

業之體未能無資二絶意大方樂法不深三推已有待謂衆亦然處弟子之上宜爲衆致供也生曰不念弟子者以其自有乞食法

時維摩詰知其意而語言佛説八解脱仁者受行豈雜欲食而聞法乎

肇曰佛説八解脱乃是無欲之嘉肴養法身之上饍仁者親受謂無多求然方雜食想而欲聽法豈是元舉來求之情乎

若欲食者且待須臾當令汝得未曾有食

時維摩詰即入三昧以神通力示諸大衆上方界分過四十二恒河沙佛土有國名衆香佛號香積今現在其國香氣比於十方諸佛世界人天之香最爲第一彼土無有聲聞辟支佛名唯有清淨大菩薩衆佛爲説法其界一切皆以香作樓閣經行香地苑園皆香其食香氣周流十方無量世界時彼佛與諸菩薩方共坐食有諸天子皆號香嚴悉發阿耨多羅三藐三菩提心供養彼佛及諸菩薩此諸大衆莫不目見時維摩詰問衆菩薩言諸仁者誰能致彼佛飯以文殊師利威神力故咸皆默然

肇曰文殊將顯淨名之德故以神力令衆會默然矣

維摩詰言仁此大衆無乃可恥文殊師利曰如佛所言勿輕未學

於是維摩詰不起于座居衆會前化作菩薩相好光明威德殊勝蔽於衆會而告之曰汝往上方界分度如四十二恒河沙佛土有國名衆香佛號香積與諸菩薩方共坐食汝往

到彼如我辭曰維摩詰稽首世尊足下致敬無量問訊起居少病少惱氣力安不願得世尊所食之餘當於娑婆世界施作佛事令此樂小法者得弘大道亦使如來名聲普聞時化菩薩即於會前昇于上方舉衆皆見其去到衆香界禮彼佛足又聞其言維摩詰稽首世尊足下致敬無量問訊起居少病少惱氣力安不願得世尊所食之餘欲於娑婆世界施作佛事使此樂小法者得弘大道亦使如來名聲普聞彼諸大士見化菩薩歎未曾有今此上人從何所來娑婆世界爲在何許云何名爲樂小法者即以問佛

肇曰彼諸大士皆得神通然不能常現在前又其土純一大乘不聞樂小之名故生斯問也

佛告之曰下方度如四十二恒河沙佛土有世界名娑婆佛號釋迦牟尼今現在於五濁惡世爲樂小法衆生敷演道教彼有菩薩名維摩詰住不可思議解脱爲諸菩薩説法故遣化來稱揚我名并讚此土令彼菩薩增益功德彼菩薩言其人何如乃作是化德力無畏神足若斯佛言甚大一切十方皆遣化往施作佛事饒益衆生於是香積如來以衆香鉢盛滿香飯與化菩薩時彼九百萬菩薩俱發聲言我欲詣娑婆世界供養釋迦牟尼佛并欲見維摩詰等諸菩薩衆佛言可往攝汝身香無令彼諸衆生起惑著心又當捨汝本形勿使彼國求菩薩者而自鄙耻又汝於彼莫懷輕賤而作閡想

所以者何十方國土皆如虚空又諸佛爲欲化諸樂小法者不盡見其清淨土耳時化菩薩既受鉢飯與彼九百萬菩薩俱承佛威神及維摩詰力於彼世界忽然不現須臾之間至維摩詰舍時維摩詰即化作九百萬師子之座嚴好如前諸菩薩皆坐其上化菩薩以滿鉢香飯與維摩詰飯香普熏毘耶離城及三千大千世界時毘耶離婆羅門居士等聞是香氣身意快然歎未曾有

於是長者主月蓋從八萬四千人來入維摩詰舍

什曰彼國無王唯五百居士共治國政令言主衆所推也肇曰毘耶離國無有君王唯有五百長者共理國事月蓋衆所推重故名主自此下皆聞香而後集矣

見其室中菩薩甚多諸師子座高廣嚴好皆大歡喜禮衆菩薩及大弟子却住一面諸地神虚空神及欲色界諸天聞此香氣亦皆來入維摩詰舍時維摩詰語舍利弗等諸大聲聞仁者可食如來甘露味飯

什曰以其向念故敎食之也亦欲因以明食之爲理泥洹是甘露之一法而食此食者必以得之故飯中有甘露味焉

大悲所薰

什曰薰義有三一大悲果報二悲心所念三以慈眼視之

無以限意食之使不消也

什曰食此飯應發大心建大業是名報恩報恩名爲消也

有異聲聞念是飯少而此大衆人人當食化

菩薩曰勿以聲聞小德小智稱量如來無量福慧四海有竭此飯無盡使一切人食摶若須彌乃至一劫猶不能盡所以者何無盡戒定智慧解脱解脱知見功德具足者所食之餘終不可盡於是鉢飯悉飽衆會猶故不儩其諸菩薩聲聞天人食此飯者身安快樂譬如一切樂莊嚴國諸菩薩也又諸毛孔皆出妙香亦如衆香國土諸樹之香

爾時維摩詰問衆香菩薩香積如來以何説法彼菩薩曰我土如來無文字説但以衆香令諸天人得入律行

肇曰其土非都無言但以香爲通道之本

如此因言通道亦有因神變而得悟者

菩薩各各坐香樹下聞斯妙香即獲一切德藏三昧得是三昧者菩薩所有功德皆悉具足

彼諸菩薩問維摩詰今世尊釋迦牟尼佛以何説法維摩詰言此土衆生剛强難化故佛爲説剛强之語以調伏之

什曰如來説法其要有三一軟善語二剛强語三雜説善行樂果軟善語也惡行苦果剛强語也讃善毁惡雜説也

肇曰徧示八難處也

言是地獄是畜生是餓鬼是諸難處是愚人生處是身邪行是身邪行報是口邪行是口邪行報是意邪行是意邪行報是殺生是殺生報是不與取是不與取報是邪婬是邪婬報是妄語是妄語報是兩舌是兩舌報是惡口是惡口報是無義語是無義語報是貪嫉是貪嫉報是瞋惱是瞋惱報是邪見

是邪見報是慳吝是慳吝報是毀戒是毀戒報是瞋恚是瞋恚報是懈怠是懈怠報是亂意是亂意報是愚癡是愚癡報是結戒是持戒是犯戒是應作是不應作是障閡是不障閡是得罪是離罪是淨是垢是有漏是無漏是邪道是正道是有爲是無爲是世間是涅槃以難化之人心如猨猴故以若干種法制御其心乃可調伏

肇曰以其難化故示罪福之若是也

譬如象馬㦬戾不調加諸楚毒乃至徹骨然後調伏

什曰馬有五種第一見鞭影即時調伏第二得鞭乃伏第三以利錐刺皮乃伏第四穿肌乃伏第五徹骨乃伏衆生利鈍亦有五品第一但見他無常其心便悟第二見知識無常其心乃悟第三見兄弟親戚無常其心乃悟第四見父母無常其心乃悟第五自身無常極受苦惱復加以苦言然後乃悟也

如是剛强難化衆生故以一切苦切之言乃可入律彼諸菩薩聞說是已皆曰未曾有也如世尊釋迦牟尼佛隱其無量自在之力乃以貧所樂法度脱衆生

什曰晦跡潛明自同貧乞自同貧乞則與相接接則易鄰故爲貧所信樂也

斯諸菩薩亦能勞謙以無量大悲生是佛土

維摩詰言此土菩薩於諸衆生大悲堅固誠如所言然其一世饒益衆生多於彼國百千劫行

什曰譬如良醫遇疫劫中醫術大行廣施

衆藥所療者衆致供無量菩薩大士處不淨國亦復如是衆惡彌滋兼濟乃弘十事法藥廣濟衆病化廣利深一世超於萬劫所以者何此娑婆世界有十事善法諸餘淨上之所無有何等爲十以布施攝貧窮以淨戒攝毀禁以忍辱攝瞋恚以精進攝懈怠以禪定攝亂意以智慧攝愚癡

什曰癡有二種一者一切法中癡二者於諸佛深法中不能明了不淨國中有二種癡淨國中乃説唯有佛法中不了癡

説除難法度八難者以大乘法度樂小乘者以諸善根濟無德者常以四攝成就衆生是爲十

肇曰夫善因惡起淨由穢增此土十惡法具故十德增長彼土純善故施德無地所以百千劫行不如一世也

彼菩薩曰菩薩成就幾法於此世界行無瘡疣生于淨土

什曰深行菩薩非所疑也今淺行者處不淨國恐其行淺功微未能自拔譬如少湯投之大氷亦如少力之人入水救溺未能兼濟則與彼俱淪故問以何爲法得生淨國也

維摩詰言菩薩成就八法於此世界行無瘡疣生于淨土何等爲八饒益衆生而不望報代一切衆生受諸苦惱所作功德盡以施之等心衆生謙下無閡於諸菩薩視之如佛所未聞經聞之不疑不與聲聞而相違背不嫉彼供不高已利而於其中調伏其心常省已過不訟彼短

什曰如一比丘林中坐禪時至須食持鉢出林路逢惡賊惡賊引弓射之比丘怨已自責不生惡心又指腹語賊汝應射此我爲彼出林故致斯惱此腹之罪耳省已怨物類如此也不訟彼短不如彼鈍根維那就地舐穢求人短也省已過乃至求諸功德通爲一事

恒以一心求諸功德是爲八

肇曰塵垢易增功德難具自非一心專求無以尅成具此八法則行無瘡疣終生淨土矣

維摩詰文殊師利於大衆中説是法時百千天人皆發阿耨多羅三藐三菩提心十千菩薩得無生法忍

維摩詰所説經卷第八

音釋

羸力追切瘦也　訥内骨切語難也　壤如兩切土也　漠慕各切施也茂也　恬徒兼切靜也　怡弋枝切和悦也　洄户恢切逆流也　泳爲命切潛行水中　儔直由切丨侶也　肖私妙切像也似也小也法也　眴野閏切目動也　儩息利切盡也　儱盧紅切丨戾多惡也　揣　疣羽求切結病也　舐神紙切以舌取物

維摩詰所說經卷第九同第十卷

姚秦三藏法師鳩摩羅什　譯

菩薩行品第十一

什曰淨名勸共見佛者一見其誠心欲遂其意二令證明香飯多所發悟三以懷勝遠遊宜令實反故欲共詣請法

是時佛說法於菴羅樹園其地忽然廣博嚴事一切衆會皆作金色

肇曰至人無常所理會是隣如來淨名雖服殊處異然妙存有在所以來往興化共弘不思議道也因遣問疾所明若上今將詣如來封印兹典故先現斯瑞以啓群心者也

阿難白佛言世尊以何因緣有此瑞應是處忽然廣博嚴事一切衆會皆作金色

佛告阿難是維摩詰文殊師利與諸大衆恭敬圍繞發意欲來故先爲此瑞應於是維摩詰語文殊師利可共見佛與諸菩薩禮事供養文殊師利言善哉行矣今正是時

維摩詰卽以神力持諸大衆并師子座置於右掌往詣佛所到已著地稽首佛足右繞七帀一心合掌在一面立其諸菩薩卽皆避座稽首佛足亦繞七帀於一面立諸大弟子釋梵四天王等亦皆避座稽首佛足在一面立

於是世尊如法慰問諸菩薩已各令復座卽皆受教衆坐已定

佛語舍利弗汝見菩薩大士自在神力之所爲乎唯然已見於汝意云何世尊我覩其爲不可思議非意所圖非度所測

肇曰向與文殊俱入不思議室因借寶座

覩其神力兼食香飯乘掌而還莫測其變故自絕於圖度此經大旨所明不思議道故往往多顯不思議跡也

爾時阿難白佛言世尊今所聞香自昔未有是爲何香佛告阿難是彼菩薩毛孔之香於是舍利弗語阿難言我等毛孔亦出是香阿難言此所從來曰是長者維摩詰從衆香國取佛餘飯於舍食者一切毛孔皆香若此阿難問維摩詰是香氣住當久如維摩詰言至此飯消曰此飯久如當消曰此飯勢力至於七日然後乃消

什曰七日乃消有二因緣或有食香飯飯不時消心必厭捨故不令久也亦云應得道者飯氣時熏不過七日必成聖道如道跡七生七步蛇噛等勢不過七步事不須久故不令過七日也

又阿難若聲聞人未入正位食此飯者得入正位然後乃消已入正位食此飯者得心解脫然後乃消

什曰見諦十六心也問曰食香飯云何得道荅曰體安心靜發未曾有意飯尚如此何況道耶有此妙果必有妙因極大信樂深達因果達因果卽解緣起解緣起則見實法

若未發大乘意食此飯者至發意乃消已發意食此飯者得無生忍然後乃消已得無生忍食此飯者至一生補處然後乃消譬如有藥名曰上味其有服者身諸毒滅然後乃消此飯如是滅除一切諸煩惱毒然後乃消阿難白佛言未曾有也世尊如此香飯能作佛

事

肇曰飯本充體乃除結縛未曾聞見也

佛言如是如是阿難或有佛土以佛光明而作佛事有以諸菩薩而作佛事有以佛所化人而作佛事有以菩提樹而作佛事

肇曰佛於樹下成道樹名菩提此樹光無不照香無不熏形色微妙隨所好而見樹出法音隨所好而聞此如來報應樹也衆生遇者自然悟道此土以樹爲化之本也

有以佛衣服臥具而作佛事

什曰昔閻浮提王得佛大衣時世疾疫王以衣著標上以示衆人衆人歸命病皆得愈信敬益深因是解脫此其類也

有以飯食而作佛事有以園林臺觀而作佛事

肇曰衆香國卽其事也一義飲食以舌根通道園觀以眼根通道也

有以三十二相八十隨形好而作佛事

什曰或一相二相乃至衆多相隨所應見而爲現相亦云以佛形像如蓱沙王以佛像與弗迦沙王因是得悟也下言佛身現全身也

有以佛身而作佛事有以虛空而作佛事

什曰除却形色廓然無像令其宅心虛靜累想自滅亦如文殊師利滅衆色像現虛空相以化阿闍世王也

衆生應以此緣得入律行有以夢幻影響鏡中像水中月熱時炎如是等諭而作佛事有以音聲語言文字而作佛事或有清淨佛土寂寞無言無說無示無識無作無爲而作佛

事如是阿難諸佛威儀進止諸所施爲無非佛事阿難有此四魔八萬四千諸煩惱門

什曰煩惱根本有四三毒及等分也二萬一千塵垢屬一病四病故八萬四千也總説則八萬四千别相則無量今言八萬四千則攝無量故爲門也

而諸衆生爲之疲勞諸佛卽以此法而作佛事

什曰佛事有三種一以善作佛事光明神力説法等是也二無記虛空是也三以不善八萬四千煩惱是也譬如藥師或以良藥或以毒藥治人病也佛亦如是以煩惱如佛以愛度難陁也瞋恚化惡龍比也

肇曰衆生皆以煩惱爲病而諸佛卽以之爲藥如婬女以欲爲患更極其情欲然後悟道毒龍以瞋爲患更增其忿恚然後受化此以欲除欲以瞋除瞋猶良醫以毒除毒斯佛事之無方也

是名入一切諸佛法門菩薩入此門者若見一切淨好佛土不以爲喜不貪不高若見一切不淨佛土不以爲憂不閡不没但於諸佛生清淨心歡喜恭敬未曾有也諸佛如來功德平等爲教化衆生故而現佛土不同

肇曰佛無定所應物而現在淨而淨在穢而穢美惡自彼於佛無二曷爲自生憂喜於其間哉是以豫入此門者見淨不貪己分不高覩穢不閡乖情不没故能生眞淨心知佛平等而應跡不同此闚闞之徒非平等信也自不入佛事門者孰能不以淨穢爲心哉

阿難汝見諸佛國土地有若干而虛空無若干也如是見諸佛色身有若干耳其無閡慧無若干也

阿難諸佛色身威相種姓戒定智慧解脫解脫知見力無所畏不共之法大慈大悲威儀所行及其壽命說法教化成就衆生淨佛國土具諸佛法悉皆同等是故名爲三藐三佛陁

什曰三藐三菩提秦言正徧知今言三藐三佛陀言正徧覺也見法無差故言正智無不周故言徧也出生死夢故言覺也

名爲多陁阿伽度

肇曰秦言如來亦云如去如如法而來如法而去古今不改千聖同轍故名如來亦名如去什曰多陁阿伽度秦言如來亦言如去如法知如法說故名如也諸佛以安隱道來此佛亦如是來彼佛安隱去此佛亦如是去也

名爲佛陀

什曰佛陀秦言覺也凡得道名爲覺覺有二種一於四諦中覺二於一切法中覺覺而不盡則非眞覺故無覺名也如佛問舍利弗三問不荅天女問嘿然無言此未免於睡也言徧言如言覺此三名則是體極之稱足以明諸佛同等異於二乘也

阿難若我廣說此三句義汝以劫壽不能盡受正使三千大千世界滿中衆生皆如阿難多聞第一得念總持此諸人等以劫之壽亦不能受如是阿難諸佛阿耨多羅三藐三菩提無有限量智慧辯才不可思議

阿難白佛我從今已往不敢自謂以爲多聞

佛告阿難勿起退意所以者何我說汝於聲聞中爲最多聞非謂菩薩且止阿難其有智者不應限度諸菩薩也一切海淵尚可測量菩薩禪定智慧總持辯才一切功德不可量也阿難汝等捨置菩薩所行是維摩詰一時所現神通之力一切聲聞辟支佛於百千劫盡力變化所不能作

爾時衆香世界菩薩來者合掌白佛言世尊我等初見此土生下劣想今自悔責捨離是心所以者何諸佛方便不可思議爲度衆生故隨其所應現佛國異唯然世尊願賜少法還於彼土當念如來

什曰彼亦不必專以香爲佛事故請言教法也亦將欲徧至十方化不淨國故請雜法也亦以遠遊異剎不宜虛反又以彼諸菩薩必問其上要故稟異聞也亦欲令彼菩薩知恩故請云何令知恩彼諸菩薩處清淨國但食香飯自入律行常樂則忘其樂忘其樂則忘其所由所由者佛而彼昧之是不知恩也若聞不二門若而後得乃悟自然得者因妙而功深也

佛告諸菩薩有盡無盡解脫法門

什曰盡有二種一無爲盡二有爲盡有爲盡無常遷滅盡也無爲盡智慧斷令滅盡也今言盡門是有爲無常盡也

汝等當學何謂爲盡謂有爲法何謂無盡謂無爲法如菩薩者不盡有爲不住無爲

肇曰有爲雖僞捨之則大業不成無爲雖實住之則慧心不明是以菩薩不盡有爲

故德無不就不住無爲故道無不覆至能出生入死遇物斯乘在淨而淨不以爲欣處穢而穢不以爲戚應彼而動於我無爲此諸佛平等不思議之道也夫不思議道必出於盡不盡門彼菩薩聞佛事平等不可思議所以請法故佛開此二門示其不思議無閡之道也言無閡於二事不閡也不盡有爲無凡夫閡也不住無爲無二乘閡也

何謂不盡有爲謂不離大慈不捨大悲

肇曰慈悲乃入有之基樹德之本故發言有之

深發一切智心而不忽忘

肇曰發心不忘是衆行之中心

教化衆生終不厭倦於四攝法常念順行護持正法不惜軀命種諸善根

什曰謂堅固善心深不可動乃名根也如有一人到舍利弗處求出家舍利弗觀其宿命八千大劫不種善根棄而不度往五百弟子所盡皆不受於是到祇桓門下悲泣懊惱佛從外還見而問之其人具以事荅佛即種種責舍利弗汝智慧不深不見人根妄輕賤人耶佛即受其人讚言善來比丘鬚髮自落法衣着身便成沙門佛爲説法即得阿羅漢舍利弗問佛此人何時種泥洹善根佛言乃往昔過去無央數劫有佛名人耳時有一人入林取薪虎從林出欲食其人其人上樹虎在樹下其人極大恐怖時佛從空中飛過其人見已稱南無佛心生信樂極厭生死深心誓願願離

此苦因此善根令得解脫時舍利弗向佛悔過舉身投地深自悲歎佛言譬如石中有金愚人不知棄而不取金師見之知其中有金即以兩囊鼓而出之衆生無明石中有智慧金分汝智慧不深棄而弗度如來深見根本以禪定智慧囊鼓而出之也

無有疲厭

肇曰以慈悲爲根發心爲心然後順四攝化衆生護正法種善根以此衆德茂其枝條道樹日滋不盡有爲也下諸行願枝葉之流取其日滋日茂以成不盡義耳廢捨慈悲道樹不建衆德損耗自隱涅槃謂盡有爲法也

志常安住方便迴向

什曰萬善無常隨意所成故須方便迴向佛道如瓶沙王被繫在獄獄孔中遙見佛於山上往來心大歡喜應生兜率天在中聞毘沙門天王食香以餓死故心甚樂著我今當往生彼食處即時於毘沙門膝上化生小既迴向大亦宜然

求法不懈說法不悋勤供諸佛故入生死而無所畏於諸榮辱心無憂喜不輕未學敬學如佛墮煩惱者令發正念於遠離樂不以爲貴

什曰出家離欲及禪定智慧離諸妄想悉名遠離樂假以求道非所貴也

不著己樂慶於彼樂

什曰凡人見他樂則生嫉見他苦則心安自樂則生著自苦則心動菩薩則不然見他樂不嫉其心隨喜他苦心動欲令解脫

自樂不著自苦心安
在諸禪定如地獄想
什曰禪定有三種一大乘二小乘三凡夫凡夫禪生高慢我心小乘禪獨善求證能燒衆善壞無上道根於菩薩則爲惡趣故視之如地獄也
於生死中如園觀想
肇曰生死雖苦大道之所由菩薩好遊故想如園觀也
見來求者爲善師想
什曰本無施意因彼來求發我施心則於我爲師故起師想如月氏王出行遊觀有數千乞人在路側舉手唱聲各請所須王問大臣此是何人何所陳説荅言乞人也王智慧利根卽解其意語大臣曰彼等我大師非乞人也汝不解其言耳彼所須者爲我説法非爲乞也彼言我等前世亦作國王不修布施故受斯報王今不施後亦當耳以此故當知是我大師也
捨諸所有具一切智想
什曰捨諸所有謂身命及國城妻子悉能棄捨給施衆生給衆生時了知此施必能具足一切智明見因果施而無悔也
見毁戒人起救護想
肇曰戒爲人護毁戒則無護菩薩自已有護故欲護無護者也
諸波羅蜜爲父母想
什曰取其能生法身也亦云子有所須則資之父母菩薩所須則求之六度取其饒益比之父母也

道品之法爲眷屬想
生曰助成我者三十七道品猶人有眷屬相助成者也
發行善根無有齊限以諸淨國嚴飾之事成已佛土
什曰取彼淨國相然後修行稱之故致淨國與彼無異是名以彼成已也
開門大施具足相好
肇曰開四門恣求者所取無閡大施法也此施相好之所因
除一切惡淨身口意故生死無數劫意而有勇
肇曰生死長久苦毒無量自非智勇孰能處生死之際焉
聞佛無量德志而不倦以智慧劍破煩惱賊出陰界入荷負衆生永使解脱以大精進摧伏魔軍常求無念實相智慧
什曰無取相念也凡夫行有念智慧則高慢益甚是故菩薩求無念智也
行少欲知足而不捨世法不壞威儀而能隨俗
肇曰同俗俯仰不失道儀天下皆謂我同已而我獨異人
起神通慧引導衆生得念總持所聞不忘善別諸根斷衆生疑以樂説辯演説無閡淨十善道受天人福修四無量開梵天道
什曰欲使作天請轉法輪處尊引物也亦菩薩自行自生梵天也
勸請説法隨喜讚善得佛音聲
肇曰經云有八種音亦云有六十種音密

迹經云佛不思議音應物無量也
身口意善得佛威儀深修善法所行轉勝以
大乘教成菩薩僧心無放逸不失衆善行如
此法是名菩薩不盡有爲
何謂菩薩不住無爲謂修學空不以空爲證
肇曰自此下皆無爲觀行也觀無爲必覩
惔泊之樂而能不證涅槃永處生死名不
住無爲也空無相無作三乘共行而造觀
不同二乘空觀唯在無我大乘空觀無法
不在以無法不在故空法亦空空法既空
故能不證空
修學無相無作不以無相無作爲證
肇曰二乘無相唯在盡諦大乘無相在一
切法二乘無作不造生死大乘無作萬法
不造也

修學無起不以無起爲證
肇曰諸法緣會而有緣散而無何法先有
待緣而起乎此空觀之别門也
觀於無常而不厭善本
什曰無常則無法不滅滅而不斷故修善
不厭亦觀無常是泥洹道泥洹道則皆善
本今不住無爲故不厭有也
觀世間苦而不惡生死觀於無我而誨人不
倦觀於寂滅而不永寂滅
肇曰二乘以無常爲無常故厭有爲善法
以苦爲苦故惡生死苦以無我爲無我故
怠於誨人以寂爲寂故欲永寂菩薩不以
無常爲無常故能不厭善本不以苦爲苦
故不惡生死不以無我爲無我故誨人不
倦不以寂爲寂故不永寂也

觀於遠離而身心修善

什曰遠離有三一離人間五欲二離煩惱三諸法性空遠離今觀性空遠離而不離善也

觀無所歸而歸趣善法

肇曰諸法始無所來終無所歸雖知無歸而常歸善法也

觀於無生而以生法荷負一切

肇曰雖見無生而處生荷彼也

觀於無漏而不斷諸漏

肇曰凡諸無漏與無爲同體自無相皆無爲行也雖見無漏而與彼同漏同漏有二有爲入生死實未斷漏者有已盡漏而現不斷者

觀無所行而以行法教化衆生

肇曰法性無業何所修行雖知無行而教必以行者也

觀於空無而不捨大悲

肇曰諸法之相唯空唯無然不以空無捨於大悲也

觀正法位

什曰謂無生滅取證法也

而不隨小乘

肇曰正法位者觀無爲取證之地也

觀諸法虚妄無牢無人無主無相本願未滿而不虚福德禪定智慧

肇曰諸法因縁所成虚假無本以何爲實以何爲主雖知如此然本願未滿不以功德定慧虚假而弗修也

修如此法是名菩薩不住無爲

又具福德故不住無爲
肇曰上直明菩薩不盡有爲不住無爲未釋所以不盡所以不住夫大士之行行各有以妙期有在故復對而明之夫德之積也必涉有津若住無爲則功德不具也具智慧故不盡有爲
什曰上一門現一義今明一門中兼具二義若不住無則不盡有不盡有則不住無也
大慈悲故不住無爲滿本願故不盡有爲
肇曰採良藥必在山險非華堂之所出集法藥故不住無爲
法藥必在險有非無爲法之所出也
隨授藥故不盡有爲
肇曰若捨有爲則與群生隔絶何能隨而授藥
知衆生病故不住無爲
肇曰習知衆病必知病所豈住無爲之所能乎
滅衆生病故不盡有爲
肇曰滅衆生病必造有治豈盡有爲之所能乎
諸正士菩薩以修此法不盡有爲不住無爲是名盡無盡解脱法門汝等當學
爾時彼諸菩薩聞説是法皆大歡喜以衆妙華若干種色若干種香散徧三千大千世界供養於佛及此經法并諸菩薩已稽首佛足歎未曾有言釋迦牟尼佛乃能於此善行方便言已忽然不現還到彼國
維摩詰所説經卷第九

維摩詰所説經卷第十

姚秦三藏法師鳩摩羅什　譯

見阿閦佛品第十二

爾時世尊問維摩詰汝欲見如來爲以何等觀如來乎

肇曰向命文殊共來見佛雖復舉目順俗而致觀不同如來逆覩其情將顯其來觀之旨以明佛事不可思議故知而問也

維摩詰言如自觀身實相觀佛亦然

肇曰佛者何也葢窮理盡性大覺之稱也其道虛玄固已妙絶常境心不可以智知形不可以像測同萬物之爲而居不爲之域處言數之内而止無言之鄉非有而不可爲無非無而不可爲有寂寞虛曠物莫能測不知所以名故强謂之覺其爲至也亦以極矣何則夫同於得者得亦得之同於失者失亦失之是以則眞者同眞法僞者同僞如來靈照冥諧一彼實相實相之相卽如來相故經曰見實相法爲見佛也淨名自觀身實相以爲觀如來相義存於是

我觀如來前際不來後際不去今則不住不觀色不觀色如不觀色性不觀受想行識不觀識如不觀識性

肇曰法身超絶三世非陰界入所攝故不可以生住去來而覩不可以五陰如性而觀也

非四大起同於虛空

肇曰法身如空非四大所起造也

六入無積眼耳鼻舌身心已過

肇曰法身過六情故六入無所積

不在三界三垢已離

肇曰旣越三界安得三界之垢

順三脫門明與無明等

肇曰法身無相體順三脫雖有三明而不異無明也

不一相不異相

肇曰無像不像故不可爲一像而不像故不可爲異

不自相不他相

肇曰不自而同自故自而不自不他而同他故他而不他無相之身豈可以一異自他而觀其體耶

非無相非取相

肇曰旣非無物之相又非可取之相

不此岸不彼岸不中流

生曰順三脫門則到彼岸矣若有到則至彼岸矣若無到則不到也無到不到然後爲到耳此岸者生死也彼岸者涅槃也中流者結使也

而化衆生

肇曰欲言此岸寂同涅槃欲言彼岸生死是安又非中流而敎化衆生此蓋道之極也此岸生死彼岸涅槃中流聖賢也

觀於寂滅而不永滅

肇曰觀於寂滅觀卽寂滅滅而不滅豈可形名

不此不彼不以此不以彼

肇曰不此而同此故此而不此不彼而同彼故彼而不彼豈復以此而同此以彼而

同彼乎此明聖心無彼此有以而同也
不可以智知不可以識識
肇曰夫智識之生生於想内法身無相故
非智識之所及
無晦無明
肇曰明越三光誰謂之暗闇踰冥室誰謂
之明然則在闇而暗在明而明能闇能明
者豈明闇之所能故曰無闇無明也
無名無相
肇曰不可以名名不可以相相
無強無弱
肇曰至柔無逆誰謂之強剛無不伏誰謂
之弱
非淨非穢
肇曰在淨而淨誰謂之穢在穢而穢誰謂
之淨然則爲強弱淨穢者果非強弱淨穢
之所爲也
不在方不離方
肇曰法身無在而無不在無在故不在方
無不在故不離方
非有爲非無爲
肇曰欲言有耶無相無名欲言無耶備應
萬形
無示無説
肇曰非六情所及豈可説以示人
不施不慳不戒不犯不忍不恚不進不怠不
定不亂不智不愚不誠不欺
肇曰不可以善善不可以惡惡
不來不去不出不入
肇曰寂爾而往泊爾而來出幽入冥孰識

其動

一切言語道斷

肇曰體絶言徑生曰稍結之也

非福田非不福田非應供養非不應供養

肇曰無相之體莫覩其畔孰知田與非田

應與不應乎

非取非捨

肇曰取之則失真捨之則乖道

非有相非無相

肇曰寂寞無形非有相也相三十二非無

相也

同真際等法性不可稱不可量過諸稱量

肇曰無相之體同真際等法性言所不能

及意所不能思越圖度之境過稱量之域

非大非小

肇曰大包天地不可爲小細入無間不可

爲大能大能小者其唯無大小乎

非見非聞

肇曰非色故非見非聲故非聞

非覺

肇曰非香味觸故非三情所覺也

非知

肇曰非法故非意所知也

離衆結縛

肇曰無漏之體體絶結縛

等諸智同衆生

生曰豈復容智出於群智自異於衆生哉

於諸法無分別

肇曰等實相之智同衆生之性渾然無際

豈與法有別乎

一切無得無失無濁無惱

肇曰無得故無失無清故無濁事外之體何可惱哉

無作無起無生無滅

肇曰法身無爲絶於施造孰能作之令起生之使滅乎

無畏無憂無喜無厭無着無已有無當有無令有

肇曰法身無寄絶三世之有三灾不能爲其患始終無以化其體恬淡寂泊無爲無數豈容憂畏喜厭於其間哉

不可以一切言説分别顯示

生曰都結之也

世尊如來身爲若此作如是觀以斯觀者名爲正觀若他觀者名爲邪觀

爾時舍利弗問維摩詰汝於何没而來生此

什曰見其神德奇絶來處必尊故問其所從也維摩恐人人存没生故下反問以明無没生亦云或有謂維摩生分未盡故問其没生下答不盡善不長惡明生分盡也不直答者一欲屈聲聞二不欲自顯所從之美也

維摩詰言汝所得法有没生乎

肇曰逆問其所得以證無没生也所得法即無爲無相法也三乘皆以無相得果也

舍利弗言無没生也若諸法無没生相云何問言汝於何没而來生此

肇曰以已所得可知法相復問奚爲

於意云何譬如幻師幻作男女寧没生耶舍利弗言無没生也汝豈不聞佛説諸法如幻

相乎答曰如是若一切法如幻相者云何問言汝於何没而來生此

肇曰生猶化存死猶化往物無不爾獨問何爲

舍利弗没者爲虚誑法壞敗之相生者爲虚誑法相續之相

肇曰先定没生之相也

菩薩雖没不盡善本雖生不長諸惡

什曰凡夫死時起惡滅善既生則衆惡增長菩薩則不然復次凡夫善本盡故命終長顛倒惡心然後受生菩薩則不然法化清淨隨意所之故無此一患無此一患則雖迹有去來而非没生之謂也上先以性空明無没生今以法化自在明無没生求之二門則没生無寄而問没生失之遠矣

是時佛告舍利弗有國名妙喜佛號無動是維摩詰於彼國没而來生此

肇曰上答無生此出生處應物而唱未始無益

舍利弗言未曾有也世尊是人乃能捨清淨土而來樂此多怒害處維摩詰語舍利弗於意云何日光出時與冥合乎答曰不也日光出時則無衆冥維摩詰言夫日何故行閻浮提答曰欲以明照爲之除冥維摩詰言菩薩如是雖生不淨佛土爲化衆生不與愚闇而共合也但滅衆生煩惱闇耳

是時大衆渴仰欲見妙喜世界無動如來及其菩薩聲聞之衆佛知一切衆會所念告維摩詰言善男子爲此衆會現妙喜國無動如來及諸菩薩聲聞之衆衆皆欲見

什曰爲不修淨國及往生者現其刹也不遥現而接來者將顯維摩神力故也即事則情悅而悟深故舉令現此事耳

於是維摩詰心念吾當不起於座接妙喜國鐵圍山川溪谷江河大海泉源須彌諸山及日月星宿天龍鬼神梵天等宫并諸菩薩聲聞之衆城邑聚落男女大小乃至無動如來

肇曰屈尊爲難故言乃至

及菩提樹諸妙蓮華能於十方作佛事者

肇曰彼菩提樹及妙蓮華皆能放光明於十方作佛事及華上化佛菩薩亦於十方作佛事皆通取來也

三道寶階從閻浮提至忉利天以此寶階諸天來下悉爲禮敬無動如來聽受經法

肇曰欲天報通足能凌虚然彼土以寶階嚴飾爲遊戲之路故同以往反也

閻浮提人亦登其階上昇忉利見彼諸天

肇曰嚴淨之土福慶所集人天之報相殊未幾故同路往反有交遊之懽娱也

妙喜世界成就如是無量功德上至阿迦膩吒天下至水際以右手斷取如陶家輪

什曰梵本云如斷泥令言如陶家輪明就中央斷取如陶家輪下不著地四邊相絶也

入此世界猶持華鬘示一切衆作是念已入於三昧現神通力

肇曰重爲輕根靜爲躁君非三昧之力無以運神足之動

以其右手斷取妙喜世界置於此土彼得神通菩薩及聲聞衆并餘天人俱發聲言唯然

世尊誰取我去願見救護
肇曰大通菩薩逆見變瑞爲衆而問其餘天人未了而問恐畏未盡故求救護
無動佛言非我所爲是維摩詰神力所作其餘未得神通者不覺不知己之所往妙喜世界雖入此土而不增減於是世界亦不迫隘如本無異
爾時釋迦牟尼佛告諸大衆汝等且觀妙喜世界無動如來其國嚴飾菩薩行淨弟子清白皆曰唯然已見佛言若菩薩欲得如是清淨佛土當學無動如來所行之道現此妙喜國時娑婆世界十四那由他人發阿耨多羅三藐三菩提心皆願生於妙喜佛土釋迦牟尼佛即記之曰當生彼國時妙喜世界於此國土所應饒益其事訖已還復本處舉衆皆見
佛告舍利弗汝見此妙喜世界及無動佛不唯然已見世尊願使一切衆生得清淨土如無動佛獲神通力如維摩詰
世尊我等快得善利得見是人親近供養其諸衆生若今現前若佛滅後聞此經者亦得善利況復聞已信解受持讀誦解説如法修行若有手得是經典者便爲已得法寶之藏若有讀誦解釋其義如説修行則爲諸佛之所護念
肇曰行應於内念護於外理會冥感自然之數耳
其有供養如是人者當知則爲供養於佛
肇曰是人即佛所護念人
其有書持此經卷者當知其室則有如來若

聞是經能隨喜者斯人則爲取一切智若能信解此經乃至一四句偈爲他説者當知此人即是受阿耨多羅三藐三菩提記

法供養品第十三

爾時釋提桓因於大衆中白佛言世尊我雖從佛及文殊師利聞百千經未曾聞此不可思議自在神通決定實相經典

肇曰説經將訖舍利弗已慶美於上帝釋復欣其所遇而致歎也此經言雖簡約而義包群典坐不踰日而倫覩通變大乘微遠之言神通感應之力一時所遇理無不盡又以會我爲妙故歎未曾有也

如我解佛所説義趣若有衆生聞是經法信解受持讀誦之者必得是法不疑何況如説修行斯人則爲閉衆惡趣開諸善門常爲諸佛之所護念降伏外學摧滅魔怨修治菩提安處道場履踐如來所行之跡世尊若有受持讀誦如説修行者我當與諸眷屬供養給事所在聚落城邑山林曠野有是經處我亦與諸眷屬聽受法故共到其所其未信者當令生信其已信者當爲作護

佛言善哉善哉天帝如汝所説吾助爾喜此經廣説過去未來現在諸佛不可思議阿耨多羅三藐三菩提是故天帝若善男子善女人受持讀誦供養是經者則爲供養去來今佛

肇曰善其護持之意也三世菩提不思議道皆陳在此經若受持護養則爲供養三世諸佛故助汝喜

天帝正使三千大千世界如來滿中譬如甘

蔗竹葦稻麻叢林若有善男子善女人或一劫或減一劫恭敬尊重讚歎供養奉諸所安至諸佛滅後以一一全身舍利起七寶塔縱廣一四天下高至梵天表刹莊嚴以一切華香瓔珞幢旛伎樂微妙第一若一劫若減一劫而供養之於天帝意云何其人植福寧爲多不釋提桓因言多矣世尊彼之福德若以百千億劫說不能盡佛告天帝當知是善男子善女人聞是不可思議解脫經典信解受持讀誦修行福多於彼所以者何諸佛菩提皆從此生菩提之相不可限量以是因緣福不可量

佛告天帝過去無量阿僧祇劫時世有佛號曰藥王如來應供正徧知明行足善逝世間解無上士調御丈夫天人師佛世尊世界曰

大莊嚴劫曰莊嚴佛壽二十小劫其聲聞僧三十六億那由他菩薩僧有十二億天帝是時有轉輪聖王名曰寶蓋七寶具足王四天下王有千子端正勇健伏怨敵爾時寶蓋與其眷屬供養藥王如來施諸所安至滿五劫過五劫已告其千子汝等亦當如我以深心供養於佛於是千子受父王命供養藥王如來復滿五劫一切施安

肇曰上以則供養校受持受持即法供養也如來將成法供養義故引成事以爲證焉

其王一子名曰月蓋獨坐思惟寧有供養殊過此者

什曰冀或有大德諸天殊特供養若有過此慕欲及之云雖已所珎不能上悅聖心

奥所珎之外有以暢其誠心故發斯念更
推勝供也
以佛神力空中有天曰善男子法之供養勝
諸供養
什曰若財供養則於佛無用於衆生無益
故非所欣也如來積劫累功本爲衆生若
奉順經典如説修行則稱悦聖心乃真供
養也
即問何謂法之供養天曰汝可往問藥王如
來當廣爲汝説法之供養即時月盖王子行
詣藥王如來稽首佛足却住一面白佛言世
尊諸供養中法供養勝云何名爲法之供養
佛言善男子法供養者諸佛所説深經
什曰三藏及雜藏菩薩藏五藏經也上四
藏取中深義説實相等故得爲深經也從
此至下十方三世諸佛所説盡是廣歎佛
所説深經未明受持修行法供養義也
一切世間難信難受微妙難見清淨無染
肇曰深經謂方等第一義經也其旨深玄
非有心之所得微妙無像非明者之所覩
超絶塵境無染若空欲以有心有明而信
受見者不亦難乎自此下美深經之旨諸
佛所説深經即佛法身也夫財養養四體
法養養法身若能護持斯經令法身增廣
者此供養之上也
非但分別思惟之所能得
肇曰第一義經微遠無相自非明哲孰能
分別業之差別雖由分別然非分別之所
能得得之者其唯無分別乎
菩薩法藏所攝陁羅尼印印之

肇曰菩薩法藏之所攝固非小乘之理總持印之所印固非域中之道總持所印所印必眞法藏所攝所攝必實旣藏以法藏印以總持豈是常人所能開發以明法寶深固難可闚關也生曰陁羅尼者持也若持實相不失於諸天人魔梵之中不復畏有不通之義譬若以王印爲信關津諸禁莫能呵留果是印持所印之經則無有閡矣

至不退轉成就六度善分别義順菩提法衆經之上

肇曰三藏十二部方等爲第一

入大慈悲離衆魔事及諸邪見

肇曰魔四魔見六十二見

順因縁法

什曰若是定有則不生滅若法全無亦不生滅不生不滅則與因縁相違深經所説非有非無非有非無故順因縁法也

無我無人無衆生無壽命空無相無作無起

肇曰法從因縁生縁生則無自性無自性則無主無主則無我人壽命惟空無相無作無起此深經之所順也生曰此則因縁法矣

能令衆生坐於道場而轉法輪諸天龍神乾闥婆等所共歎譽能令衆生入佛法藏攝諸賢聖一切智慧説衆菩薩所行之道依於諸法實相之義明宣無常苦空無我寂滅之法

肇曰不依實相辯四非常者非平等教也

依實相乃曰明也

能救一切毁禁衆生

什曰小乘法中五逆罪及犯四重禁則皆棄而不救大乘深法則無不救也

諸魔外道及貪著者能使怖畏

肇曰毀四禁犯五逆小乘法所不能救衆魔外道貪著豪恣小乘法所不能滅能救能滅者其唯大乘方等深經乎

諸佛賢聖所共稱歎背生死苦示涅槃樂十方三世諸佛所説若聞如是等經信解受持讀誦以方便力爲諸衆生分别解説顯示分明守護法故是名法之供養

肇曰如是等經盡諸佛法身也若聞斯經能信解護持宣示分别令大法增廣者名法之供養成法身也

又於諸法如説修行

什曰上章明奉順經典眞法供養也如説修行通舉六度也十二因緣以下明得無生忍以實智慧隨順實法也

隨順十二因緣離諸邪見得無生忍決定無我無有衆生

肇曰不悟緣起故有邪見之迷封我之惑若如説行則得明慧明見十二因緣根源所由故能斷諸邪見得無生忍無復吾我衆生之想也見緣如緣謂之隨順明白有無謂之決定皆智用之别稱也

而於因緣果報無違無諍離諸我所

肇曰無違無諍即隨順義也五受陰身及家屬所有因緣果報即我所也若能明見因緣果報之性順而無違則離諸我所也上直觀因緣知無造者故離我見今觀因緣果報知無屬者故離我所見也

依於義不依語

肇曰至義非言宣尋言則失至且妙理常一語應無方而欲以無方之語定常一之理者不亦謬哉是以依義不依語者見之明也

依於智不依識

肇曰六識識六塵而已不能分別是非分別是非其惟正智乎是以行者依智不依識也

依了義經不依不了義經

肇曰佛所説經自有義吉分明盡然易了者應依亦有應時之經詭言合道聖意難知自未了者不可依也

依於法不依人

什曰佛言我泥洹後當依止四法以爲大師所謂四依法也明此四法可依止可信受也依於法不依人者法謂經教也當依經法不可以人勝故背法依人也法有二種一文字語言二義法莫依語也義亦有二種一識所知義二智所知義識則唯求虚妄五欲不求實利智能求實利棄五欲故依智所知義不依識所知義爲求智所知義故依智也智所知義亦有二種一了義經二不了義經不了義經如佛説殺父母無罪未分別是不了義也若言無明是父愛是母生死根本故名父母斷其本則生死盡故言殺之無罪既分別是了義經也復次若佛言佛是人中第一涅槃是法中第一如是等皆名了義也是故當依了義經莫依不了義經

隨順法相無所入無所歸
肇曰法即下因緣法也上順因緣知法無生今順因緣知法無盡也法從緣而有從緣而無其有不從未來來其無不歸入過去去故曰無入無歸也
無明畢竟滅故諸行亦畢竟滅乃至生畢竟滅故老死亦畢竟滅
什曰此即四依中如實法也上十二因緣明如說修行隨順因緣故得無生法忍今明行四依依十二因緣如實相也
作如是觀十二因緣無有盡相
肇曰滅盡義一既曰畢竟滅而曰無盡者何耶夫滅生於不滅畢竟常滅則無不滅無不滅則滅無所滅滅無所滅即是無盡義也
不復起見
肇曰上觀因緣無生離常我等諸見今觀因緣無盡離斷滅等諸見
是名最上法之供養
佛告天帝王子月蓋從藥王佛聞如是法得柔順忍
什曰柔謂軟鈍也於實相法未能深入軟智軟信隨順不違故名柔順忍也
即解寶衣嚴身之具以供養佛白佛言世尊如來滅後我當行法供養守護正法願以威神加哀建立令我得降魔怨修菩薩行
什曰四魔合爲三怨一煩惱二天魔三外道也如來滅後月蓋道力未具若不加威神則爲魔所壞不能降伏故請加威神
佛知其深心所念而記之曰汝於末後守護

法城天帝時王子月蓋見法清淨聞佛授記以信出家修集善法精進不久得五神通逮菩薩道得陁羅尼
什曰是聞持也
無斷辯才於佛滅後以其所得神通總持辯才之力滿十小劫藥王如來所轉法輪隨而分布月蓋比丘以守護法勤行精進即於此身化百萬億人於阿耨多羅三藐三菩提立不退轉十四那由他人深發聲聞辟支佛心無量衆生得生天上天帝時王寶蓋豈異人乎今現得佛號寶炎如來其王千子即賢劫中千佛是也從迦羅鳩孫馱爲始得佛最後如來號曰樓至月蓋比丘則我身是如是天帝當知此要以法供養於諸供養爲上爲最第一無比是故天帝當以法之供養供養於佛

囑累品第十四

於是佛告彌勒菩薩言彌勒我今以是無量億阿僧祇劫所集阿耨多羅三藐三菩提法付囑於汝
什曰不付阿難以其無有神力不能廣宣故不付也維摩非此土菩薩故不囑也文殊遊無定方故不囑囑彌勒者以於此成佛故佛自以神力宣布欲成彌勒功業故也
如是輩經於佛滅後末世之中汝等當以神力廣宣流布於閻浮提無令斷絶
肇曰城高則衛生道尊則魔盛自非神力無以制持故勸以神力也
所以者何未來世中當有善男子善女人及

天龍鬼神乾闥婆羅刹等發阿耨多羅三藐三菩提心樂於大法若使不聞如是等經則失善利

什曰若不聞此經或墜二乘則失大乘善利

如此輩人聞是等經必多信樂發希有心當以頂受隨諸衆生所應得利而爲廣說

肇曰法之通塞損益若是故勸彌勒頂受廣說

彌勒當知菩薩有二相何謂爲二一者好於雜句文飾之事二者不畏深義如實能入若好雜句文飾事者當知是爲新學菩薩若於如是無染無著甚深經典無有恐畏能入其中聞已心淨受持讀誦如說修行當知是爲久修道行彌勒復有二法名新學者不能決定於甚深法何等爲二一者所未聞深經聞之驚怖生疑不能隨順毁謗不信而作是言我初不聞從何所來二者若有護持解說如是深經者不肯親近供養恭敬或時於中說其過惡

肇曰一毁法二毁人

有此二法當知是新學菩薩爲自毁傷不能於深法中調伏其心彌勒復有二法菩薩雖信解深法猶自毁傷而不能得無生法忍何等爲二一者輕慢新學菩薩而不教誨二者雖解深法而取相分別是爲二法

肇曰因其所解而取相分別雖曰爲解未合眞解此學者之內患也

彌勒菩薩聞說是已白佛言世尊未曾有也如佛所說我當遠離如斯之惡

肇曰一生大士豈有如斯之惡聞而後離耶發斯言者爲未離者耳奉持如來無數阿僧祇劫所集阿耨多羅三藐三菩提法若未來世善男子善女人求大乘者當令手得如是等經與其念力

什曰以神通加其念力令不忘也問曰昔時魔常來下壞亂學人今何因不來答曰優婆掘恩力故佛在世時有外道薩遮尼犍大聰明能論議心大憍慢知佛法尊妙意欲出家問佛言我若出家智德名聞如佛不佛言不得又問得如舍利弗不佛言不得如是一一問五百弟子乃至問得如羅睺羅不荅言不得於是尼犍言我出家既不得如佛又不得如弟子何用出家又問後當得不佛言後世無諸大人然後當得尼犍命終已佛泥洹後百年阿育王時生出家學道得阿羅漢有大名聲教化國人令得阿羅漢者除度夫不度婦度婦不度夫不在數中但取夫婦俱時得羅漢者以算子數之積算滿屋後泥洹時以算子燒身不假餘物未泥洹時嘗於林中坐禪見一餓狗饑羸將死常與諸比丘共分食與之狗遂腹脹欲死諸比丘各各繩床圍繞守視誦經説法狗以善心視諸比丘又聞法音命終已生第六天有大威德與魔王共坐時狗已臭爛彼魔心念何因有此大人與我共坐觀其本緣乃知是狗即大嗔恚是優婆掘比丘使是臭狗與我共坐當作方便令其毀辱時優婆掘林中坐禪入滅盡定魔以天上嚴飾華鬘繫額上已

廣說四衆將共視之此比丘於空閑處嚴飾如是云何名爲清淨有德須臾優婆掘從定起覺頭有華鬘知是魔爲即指云汝是魔王即取死狗變爲華鬘極大嚴飾語魔言汝以鬘供養我還以鬘報汝可著之便以神力繫鬘著魔王頸繫已還成死狗膖脹蛆爛甚大臭惡魔以神力去之而不能得至帝釋帝釋不受自還六天乃至梵天皆悉不受不能爲解語言汝自還去求彼比丘魔即至優婆掘所求解臭鬘優婆掘即與要誓汝從今日乃至法盡莫復來下壞亂學人又我雖見佛法身不見色身汝今爲我變作佛形若能如是當解汝鬘魔即受其誓便語比丘言我作佛時莫向我禮於大林中變爲佛身相好具足放大光明作諸弟子皆如舍利佛等大衆圍繞從林間來優婆掘歡喜踊躍忘其要誓即爲作禮魔言云何違要而向我禮優婆掘言我自作佛意禮耳於是臭鬘自然得解魔言佛眞大慈悲我種種惱佛佛不報我而今比丘見報如是之甚比丘言佛大慈大悲自能容忍我小乘之人不能如是魔不來因緣略說也

使受持讀誦爲他廣說世尊若後末世有能受持讀誦爲他說者當知是彌勒神力之所建立

佛言善哉善哉彌勒如汝所說佛助汝喜於是一切菩薩合掌白佛我等亦於如來滅後十方國土廣宣流布阿耨多羅三藐三菩提復當開導諸說法者令得是經

爾時四天王白佛言世尊在在處處城邑聚落山林曠野有是經卷讀誦解説者我當率諸官屬爲聽法故往詣其所擁護其人面百由旬令無伺求得其便者

是時佛告阿難受持是經廣宣流布阿難言唯我已受持要者世尊當何名斯經佛言阿難是經名爲維摩詰所説亦名不可思議解脱法門如是受持

佛説是經已長者維摩詰文殊師利舍利弗阿難等及諸天人阿修羅一切大衆聞佛所説皆大歡喜

維摩詰所説經卷第十終

音釋

蔗之夜切甘丨也　掘其月切

晉僧肇法師寶藏論

清刻龍藏佛說法變相圖

晉僧肇法師寶藏論

廣照空有品第一

空可空非眞空色可色非眞色眞色無形眞空無名無名名之父無色色之母爲萬物之根源作天地之太祖上施玄象下列冥庭元氣含於大象大象隱於無形爲識物之靈靈中有神神中有身無爲變化各禀乎自然徵有事用漸有形名形興未質名起未名形名既兆遊氣亂清寂兮寥兮寛兮廓兮分兮別兮上則有君下則有臣父子親其居尊卑異其位起教叙其因然後國分其界人部其家各守其位禮義興行有善可稱有惡可名善人所重惡人所輕於是即是非而競生其智有解其愚有縛上施煩形下無寂樂失自然之志拘物外之約逃無爲之爲動有作之作

其名教既行使上下之應諾爾乃聲立五音色立五色行立五行德立五德差之毫釐過犯山嶽律禁未然令防未欲無放蕩之寬有多方之局所以然者爲人而不知足斯爲濁亂之時有弟有師師有所訓弟有所依天地寥落宇宙寬廓中有烟塵淸虛翳膜巍巍之形內神外靈妄有想慮眞一闇冥其妄有識其眞有惑非取而取非得而得是故理則無窮物則無極動兮亂兮內發三毒視兮聽兮外受五欲其心慌慌其身忙忙觸物動作如火煌煌故聖人立正教置眞謨使無知之侶上下相依修無爲息有餘漸至乎如如如如之理同本眞執不可以修證不可以希冀惟寂滅性耳夫眞也者無洲無渚無伴無侶無涯無際無處無所能爲萬物之祖宗非目視非耳聞非形色非幻魂能爲三界之根門其正者先離形次泯情不依物不拘生可以合大道通神明有用曰神有形曰身無爲曰道無相曰眞應物而號隨物而造常住常存不生不老理合萬德事出千巧事雖無窮理終一道無有證者無有得者然不證不得恒處心惑其心不眞惑亂餘人恍然惚然如有魍魎似有思想究兮推兮了無指掌如空忽雲如鏡忽塵彼此緣起而以妄存有妄曰愚無妄曰眞眞氷釋水妄水結氷氷水之二其體不異迷妄曰愚惺眞曰智其水也冬不可釋其水也春不可結故愚不可即改智不可即待漸釋漸消以通乎大海斯可謂自然之道運用玄玄非念慮所測當可以綿綿不可以勤勤夫進道之由中有萬途困魚止瀝病鳥

棲蘆其二者不識於大海不識於叢林人趨乎小道其義亦然此可謂久功中止不達如理捨大求小半路依止以小安而自安不及大安而安矣其大也愰蕩無涯含識一體萬物同懷應則千變化則衆現不出不没用無有間有心無形有用無人示生無生示身無身常測不測常識不識爲而無爲得而無得鏡象千端水質萬色影分塵界應用無極無形而形無名而名物類相感和合而生生而不生其無有情衆謂之聖衆謂之明種種稱號各任其名然其實也以無爲爲宗無相爲容等清虚同大空究無處所用在其中其得者一其證者寂得則不一證則不寂然非不一然非不寂其體陰離其用陽微言不盡理行不盡儀斯可謂太微夫山草無窮泉水無竭谷風無休鐘聲無歇物尚如斯何况道乎有必速忘無必久長天地雖變虚空獨常夫學道者習無餘不學道者習有餘無餘道近有餘道踈知有有壞知無無敗其知之知有無不計於有不有於無不無有無不見性相如如闃然無物而乃用出若不如是多妄多失中有夢慮主習衆疾非凶爲凶非吉爲吉吉凶之事翳障眞一故爲道者不可以同迷夫學道者有三其一謂之眞其二謂之隣其三謂之聞習學謂之聞絶學謂之隣過此二者謂之眞不學道者亦有三其上謂之祥其次謂之良其下謂之殃極樂謂之良極苦謂之殃不苦不樂謂之祥然此三者皆不入眞常斯爲不道騰神浩浩風海波濤心塵動擾悲哉哀哉三界輪迴出没生死六道去來不

可以道濟不可以眞携衆聖共愍如母念孩所以偃化非時忍待有機大道如此古今同儀不可以率爾不可以驅馳神中有智智中有悲悲救不得徒自困疲然謂可度復事如故察察精勤恒與夢慮惶惶外覓轉失玄路濁辱清虛情存有處哀哉苦哉不離煩務夫日隱雲中雖明而不照智藏惑中雖眞而不道何以然者自未出纏也是故踈不可會親不可離其未道者不可妄爲夫決歸者而不顧於後決戰者而不顧於首決學者而不貴於身決道者而不貴於事其入無跡其出無覔了無所得攀緣自寂寂而不生自體無名無名之朴理無外欲恒沙功德宛然自足夫殼居者不知宇宙之寬大形處者不知虛空之廣大故晦中無明明中無晦諸法念念各不相待物隔情離違情難會夫赤稟含重內壞外隆沙水同流上清下稠國藏於佞天下不政形藏於心萬物皆淫所以然者以其有病也故物有靈靈必有妖妖必有欲欲必有心心必有情情動爲欲妖發爲精精惑於神欲惑於眞故爲道者不可以隣夫古鏡照精其精自形古教照心其心自明夫約天地爲上下約日月爲東西約身爲彼此約心爲是非若無彼此是非何爲但以物隨情變情逐物移內外搖動識物乘馳其生也人其死也魂相似相續夢有形身實彼非此實此非彼鳥跡空文奇持以現難思難議陰報陽施冥道罔象因果自縻其事如幻種種模面談水乾城都無實現斯謂不眞惑亂餘人清虛之理畢竟無身夫神通變化者其猶於龍昇天

覆宇宙者其猶於雲凝斯未可貴斯未可眞若取其爲實者而未爲道也或有形而麗或有語而辯或有智而聰或有用而巧若取以爲道者亦未爲善也有必不眞作必不常乾坤尚壞器物何則唯道無根虚湛常存唯道無體微妙常眞唯道無事古今常貴唯道無心萬物圓備故道無相無形無事無意無心善利羣品率益人倫可謂一切物無不賓夫萬物有侶唯道獨存其外無他其内無腹無内無外包含太一該羅入冥周備萬物其狀也非内非外非小非大非一非異非明非昧非生非滅非麁非細非空非有非開非閉非上非下非成非壞非動非靜非歸非逝非深非淺非愚非慧非違非順非通非塞非貧非富非新非故非好非弊非剛非柔非獨非對所以然者若言其内通含法界若言其外備應形載若言其小包裹彌遠若言其大復入塵界若言其一各任其質若言其異妙體無物若言其明杳杳冥冥若言其昧朗照徹明若言其生無狀無形若言其滅今古常靈若言其麁束入塵盧若言其細小岳之軀若言其空萬用在中若言其有閒然無容若言其開不入塵埃若言其閉義出無際若言其上平等無相若言其下物莫能況若言其成撲散衆星若言其壞鎮古常在若言其動湛然凝重若言其靜忙忙物聳若言其歸往而不辭若言其逝應物還來若言其深萬物同任若言其淺根不可尋若言其愚計用萬途若言其慧寂寞無餘若言其違有信有依若言其順物莫能羈若言其通不達微踪若言其

塞出入虛谷若言其貧萬德千珍若言其富曠絶無人若言其新自古宿因若言其故物莫能汚若言其好無物可保若言其弊物始依然若言其剛摧挫不傷若言其柔力屈不厄若言其獨恒沙物族若言其對眞一孤轂故道不可以一名言理不可以一義宣蓋畧陳其説何能以盡其邊是以斬首灰形其無以損生金丹玉液其無以養生故眞生不滅眞滅不生可謂常滅可謂常生其有愛生惡滅者斯不悟常滅愛滅惡生者斯不悟常生其迷悟二名不見眞成取捨之意隨虛妄情故常空不有常有不空兩不相待句句皆宗是以聖人隨有道有隨空道空空不乖有有不乖空兩語無病二義雙通乃至説我亦不乖無我乃至説事亦不乖無事以故不爲言語之所轉也夫鑄金爲人但觀其人不覩其金其名也迷其相也惑所以然者皆失乎眞然則一切皆幻虛妄不實知幻是幻守眞抱一不染外物淸虛太一其何有失亡心喪意體離衆疾一相不生寂靜凶吉吉猶不隨凶何所爲吉凶之事二俱無依夫入道之徑内虛外淨如水凝澄萬象光映其意不沉其心不浮不出不入湛寂自如内外不干識物不關各任其一復何用言夫火不待日而熱風不待月而凉堅石處水天瞽猶光明暗自爾乾濕同方物尚不相借何況道乎王以萬有爲人人歸於王王依於人合者同一其名曰佛三界獨尊覺了無物非作而作所作已畢天人之師正遍知悉權應形事引導衆疾理靜虛無光超慧日普照十方上同下吉不欲

異人不欲異塵不欲異義不欲異因平等不二圓通一身可謂大象之眞其理難見假説方便數詰言論任物而現夫欲外者塵欲内者身欲聞者心取塵者爲欲界依形身者爲色界依計心者爲無色界滅此二者名爲道諦諦滅者爲道也然此道者權未正也虚兮妄兮三界不實幻兮夢兮六道無物不遺一法不得一法不修一法不證一法性淨天眞而謂大道乎是以遍觀天下莫非眞人孰得此理同其一倫其學者希其得者微可謂渺漠而難知其知者師其化者夷無心動作作而無爲無爲而爲無所不爲和光任物物無所羈夫天地之内宇宙之間中有一寶祕在形山識物靈照内外空然寂寞難見其號玄玄巧出紫微之表用在虚無之間端化不動獨而無雙聲出妙響色吐花容窮覩無所寄號空空唯留其聲不見其形唯留其功不見其容幽顯朗照物理虚通森羅寶印萬象眞宗其爲也形其寂也冥本淨非瑩法爾圓成光超日月德越太清萬物無作一切無名轉變天地自在縱橫恒沙妙用混沌而成誰聞不喜誰聞不驚如何以無價之寶隱在陰入之坑哀哉哀哉其爲自輕悲哉悲哉晦何由明其寶也煥煥煌煌朗照十方閴寂無動應用堂堂應聲應色應陰應陽奇特無根虚湛常存瞬目不見瀏耳不聞其本也冥其化也形其爲也聖其用也靈可謂大道之精其精甚眞萬物之因凝然常住與道同倫故經云隨其心淨則佛土淨任用森羅其名曰聖

離微體淨品第二

其入離其出微知入離外塵無所依知出微内心無所爲内心無所爲諸見不能移外塵無所依萬有不能羈萬有不能羈想慮不乘馳諸見不能移寂滅不思議可謂本淨體自離微也據入故名離約用故名微混而爲一無離無微體離不可染無染故無淨體微不可有無有故無依是以用而非有寂而非無非無故非斷非有故非常夫性離微者非取非捨非修非學非本無今有非本有今無乃至一法不生一法不滅非三界所攝非六趣所變非愚智所改非眞妄所轉平等普遍一切圓滿總爲一大法界應化之靈宅迷之者則歷劫而浪修悟之者則當體而凝寂夫妄有所欲者不觀其離妄有所作者不觀其微不觀其微者即内興惡見不觀其離者即外起風塵外起風塵故外爲魔境所亂内興惡見故内爲邪見所惑既内外緣生眞一宗隱是以迷離妄染者所謂凡夫迷染妄離者所謂二乘達本性離者所謂菩薩了了見知三乘無異者所謂平等眞佛然至理幽邃非言說可顯非相示可知夫欲示其相則迷其無相欲顯其說則迷其無說然欲不說不示復難以通其義故玄道離微至理難顯夫所以言離者體不與物合亦不與物離譬如明鏡光映萬象然彼明鏡不與影合亦不與體離又如虛空合入一切無所染著五色不能汚五音不能亂萬物不能拘森羅不能雜故謂之離也所以言微者體妙無形無色無相應用萬端而不見其容含藏百巧而不顯其功視之不可見聽之不可聞然有恒沙萬德不

常不斷不離不散故謂之微也是以離微二字蓋道之要也六入無跡謂之離萬用無我謂之微微即離也離即微也但約彼根事而作兩名其體一也夫修道者莫不斷煩惱求菩提棄小乘窺大用然妙理之中都無此事體離者本無煩惱可斷無小乘可棄體微者無菩提可求無大用可窺何以故無一法可相應故是以聖人不斷妄不證眞可謂萬用而自然矣夫求法者爲無所求故無名之朴亦將不欲斯可謂之妙覺夫離微者非妄識之所識非邪智之所知何謂妄識爲六識也何謂邪智爲二智也是以體眞一故非二智所知體無物故非六識所識無有一法從外而來無有一法從內而出又無少法和合而生可謂之太清可謂之眞精體離一切諸見故不可以心度體離一切限量故不可以言約是以維摩默然如來寂寞雖説種種諸乘並是方便開示悟入佛之知見夫知者知離見者見微故經云見微名爲佛知離名爲法以知離故即不與一切煩惱合以見微故即不與一切虛妄俱無虛妄故即眞一理顯無煩惱故即明瑩自然夫離微之義非一非二非以言説可顯要以深心體解朗照現前對境無心逢緣不動勿忘離微之道逐識星馳口説心違理將不實可謂無晝無夜無靜無喧專一不移方乃契會若妄有所取妄有所捨妄有所修妄有所得者皆不入眞實皆離微之義壞大道之法也夫眞者所以不合求爲外無所得夫實者所以不合修爲內無所證但無妄想者即顯微之道顯也夫離者虛

也微者冲也冲虚寂冥故謂之離微夫聖人所以無妄想者爲達離也所以有奇特之用者爲了微也微故無心離故無身身心俱喪靈智獨存絶於有無之域泯於我所之居法界自然煌煌盛用而無生也故聖人處無爲而化行不言之教冥理應合寂冥無人是以含通大象包入萬物譬如虚空普徧周備夫迷者無我立我則内生我倒内生我倒故即聖理不通聖理不通故外有所立外有所立即内外生礙内外生礙故即物理不通遂妄起諸流混於凝照萬象沉没眞一宗亂諸見競興乃爲流浪故製離微之論顯體幽玄學者深思可知虚實矣夫色法如影聲法如響但以影響指陳未足封爲眞實故指非月也言非道也會道亡言見月亡指是以迷離者即爲諸魔愛取諸塵樂著生死夫迷微者即爲外道非分推求横生諸見夫諸見根本者莫越有無何謂爲有謂妄有所作何謂爲無爲觀察無所得也是以因有無二見即起種種諸見諸見既起即邪見不眞故名爲外道夫生死根本者所謂存亡身存爲生身亡爲滅計著妄想取外境界具足身見愛彼未來殊勝生處受妙果報故謂之魔若體解離者一切不着無所染愛即超魔境界若體解微者一切寂靜無有妄想即超外道種種邪見故經云微妙甚深離自性也是以微無有見離無有着無見無着寂滅爲樂何謂爲苦以不了微故即内有所思不了離故即外有所依外有所依故即貪内有所思故即緣緣貪既起遂爲魔境所使晝夜煌煌無有暫止具

受塵勞故名爲苦何謂爲樂爲了微故即内無所思爲了離故即外無所依外無所依故即無貪内無所思故即無緣無緣故即不爲萬有所拘及諸塵勞所使淸虛寂寞無所繫縛自性解脱故名爲樂夫離者理也微者容也何謂爲理不離一切物何謂爲容顯用藏術又離者空也微者有也空故無相有故形量是以非有非空萬法之宗非空非有萬物之母出之無方入之無所包含萬有而不爲事應化萬端而不爲至是以小室寬容一念多通非心所測非意所識可謂住不思議解脱之力何謂不思議爲體離微何謂解脱爲無所羈離者法也微者佛也和合不二名爲僧也故三名一體一體三名混無分別歸本無名又離者容也微者用也容故含垢用故無侶無侶故即妙化常行含垢故即萬有能處又無眼無耳謂之離有見有聞謂之微無我無造謂之離有智有用謂之微無心無意謂之離有通有達謂之微又離者涅槃微者般若般若故繁興大用涅槃故寂滅無餘無餘故煩惱永盡大用故聖化無窮若人不達離微者雖復苦行頭陀遠離塵境斷貪恚癡伏忍成就經無量劫終不入眞實何以故皆爲依正所行住有所得故不離顛倒夢想惡覺諸見若復有人體解離微者雖近有妄想習氣及現行煩惱然數數覺知離微之義此人不久即入眞實無上道也何以故爲了正見根本故也又所言離者對六入也所言微者對六識也若混六爲一寂靜無物非五四三非九八七但聖人應機設教對執不同究

竟理中都無名字譬如虛空離數非數離性非性非一非異非境非離境不可言説過於文字出於心量無有去來無有出入夫經論者莫不就彼凡情破彼根量種種方便皆不形住於事者若不住形事即不須一切言説及以離微之義故經云隨宜説法意趣難解雖説種種諸乘皆是權接方便助道之法也然非究竟解脱涅槃譬如有人於虛空中畫作種種色象及作種種音聲然彼虛空實無異相亦無受入變動故知諸佛化身及以説法亦復如是於實際中都無一異是以天地含離虛空含微萬物動作變化無爲夫神中有智智中有通通有五種智有三種何爲五通一曰道通二曰神通三曰依通四曰報通五曰妖通何謂妖通狐狸老變木石之精附傍人身聰慧奇特此爲妖通何謂報通鬼神逆知諸天變化中陰了生神龍變化此爲報通何謂依通約法而知緣身而用乘符往來藥餌靈變此爲依通何謂神通靜心照物宿命既持種種分別皆隨定力此爲神通何謂道通無心應物緣化萬有水月空花影象無主此爲道通何謂三智一曰眞智二曰内智三曰外智何謂外智分別根門識了塵境博覽古今皆通俗事此爲外智何謂内智自覺無明斷割煩惱心意寂靜滅有無餘此爲内智何謂眞智體解無物本來寂靜通達無涯淨穢無二故名眞智故眞智道通不可名目餘所有者皆是邪僞僞即不眞邪即不正惑亂心生迷於體性是以深解離微達彼諸有自性本眞出於羣品夫知有邪正通有眞僞

若非法眼精明難可辯也是以俗間多信邪僞少信正眞大教偃行小乘現用故知妙理難顯也夫離者無身微者無心無身故大身無心故大心大心故即周萬物大身故應備無窮是以執身爲身者即失其大應執心爲心者即失其大智故千經萬論莫不說離身心破彼執着乃入眞實譬如金師銷鑛取金方爲器用若執有身者即有身礙身礙故即法身隱於形殼之中若有心者即有心礙心礙故即眞智隱於念慮之中故大道不通妙理沉隱六神内亂六境外緣晝夜惶惶未有休息夫不觀其心者不見其微不觀其身者不見其離若不見離微者則失其道要也故經云佛說非身是名大身亦復如是此謂破權歸實壞假歸眞譬如金師銷金爲器滅相混融以通大冶言大冶者爲大道也此大道冶中造化無窮流出萬宗若成若壞體無增減故經云有佛無佛性相常住所以言融相者但爲愚夫着有相畏無相也所以言相者爲破彼外道着於無相畏有相也所以言中道者欲令有相無相無二也此皆破執除疑言非盡理若復有人了相無法平等不二無取無捨無此無彼亦無中間即不假聖人言說理自通也夫以相爲無相者即相而無相也故經云色即是空非色滅空譬如水流風擊成泡即泡是水非泡滅水夫以無相爲相者即無相而相也經云空即是色色無盡也譬如壞泡爲水水即泡也非水離泡夫愛有相畏無相者不知有相即無相也愛無相畏有相者不知無相即是相也是故有相及無

相一切悉在其中矣覺者名佛妄即不生妄若不生即本眞實夫無相之相謂之離離體無相也相即無相謂之微微體非無相也是以爲道者生而不喜死而不憂何以故以生爲浮以死爲休以生爲化以死爲眞故經云起唯法起滅唯法滅又此法者各不相知起時不言我起滅時不言我滅夫大智無知大覺無覺眞際理空不可名目是以涅槃大寂般若無知圓滿法身一切限量相寂滅也

本際虛玄品第三

夫本際者即一切衆生無礙涅槃之性也何謂忽有如是妄心及以種種顛倒者但爲一念迷也又此念者從一而起又此一者從不思議起不思議者即無所起故經云道始生一一爲無爲一生二二爲妄心以知一故即分爲二二生陰陽陰陽爲動靜也以陽爲清以陰爲濁故清氣內虛爲心濁氣外凝爲色即有心色二法心應於陽陽應於動色應於陰陰應於靜靜乃與玄牝相通天地交合故所謂一切衆生皆稟陰陽虛氣而生是以由一生二二生三三即生萬法也既緣無爲而有心復緣有心而有色故經云種種心色是以心生萬慮色起萬端和合業因遂成三界種子夫所以有三界者爲以執心爲本迷眞一故即有濁辱生其妄氣妄氣澄清爲無色界所謂心也澄濁現爲色界所謂身也散滓穢爲欲界所謂塵境也故經云三界虛妄不實唯一妄心變化夫內有一生即外有無爲內有二生即外有有爲內有三生即外有三界既內外相應遂生種種諸法及恒沙煩惱

也若一不生即無無爲若有人言我證無爲即是虛妄若二不生即無有爲若有人言我證有爲即是虛妄若三不生即無三界若有人言定有三界即是虛妄是故經云有有即苦果無有即涅槃諸聲聞人取證無爲猶有有餘也乃至十地菩薩皆有住地無明微細障也故以一爲無爲以二爲有爲以三爲三界言無爲者有二種一者證滅無爲二者性本無爲言證滅無爲者所謂一切聖人修道斷障體如如也故經云一切賢聖皆以無爲法而有差别性本無爲者所謂本來法爾非修非證非人所合非法所契人法本空體淨眞諦故經云實相之理非有爲非無爲不此岸不彼岸不中流是以非有爲故即不可修學非無爲故即不可滅證若有修有證者非性本無爲也故經云一切法以不生爲宗宗若不生即無無生無生不生不可爲證何以故若有證即有生若無證即無生依本太冥夫不生者即本際也不出不没猶如虛空無物可比但一切有爲之法虛妄不實緣假相依而有存亡窮其根趣還本實際但一切衆生失本外求跉跰辛苦修習累劫而不悟眞是以將本求末末妄非眞將末求本本虛非實夫本者即不合求何以故本即不求本也譬如金不求金也末即不合修何以故妄不求妄也譬如泥團不可成金夫身心之法虛假不實俗人多以修身心而覔道者同彼泥團而覔金也若約身心即是道者聖人何故説離身心故知非道也若本眞者亦不合修何以故無二法也夫聖人生而不有死而不

無無有妄想取捨之心所謂萬生萬死公正無私法爾自然中無我造但彼愚夫妄想内起惑心種種見生故非眞實不能明了然其本際自性清淨微妙甚深體無塵垢是以千聖萬賢種種言論皆是化説於眞非眞説化非化是以本際無名名於無名本際無相名於無相名相既立惑妄遂生眞一理沉道宗事隱是以無名之朴通徧一切不可名目過限量界一體無二故經云森羅及萬象一法之所印印即本際也然本際之理無自無他非一非異包含一氣該入萬有若復有人自性清淨含一而生中無妄想即爲聖人然實際中亦無聖人法如微塵許而有異也若復有人自性清淨含一而生中有妄想自體濁亂即爲凡夫然實際中亦無凡夫法如微塵許而有異也故經云佛性平等廣大難量凡聖不二一切圓滿咸備草木周遍螻蟻乃至微塵毛髮莫不含一而有故經云了能知一萬事畢也是以一切衆生皆一乘而生故謂之一乘若迷故即異覺故即一經云前念是凡後念是聖又云一念知一切法也是以一即一切一切即一故言一切以一法之功而成萬象故經云一切若有有心即迷一切若無無心即遍十方故眞一萬差萬差眞一譬如海湧千波千波即海故一切皆一無有異也夫言一者對彼異情異既非異一亦非一非一不一假號眞一夫眞一者非名字所説也是以非一見一若有所見即有二也不名爲眞一又不名爲知一若一知一即名爲二亦不名爲一若有所知即有無知有知不知

即有二也是以大智無知而無不知熾然常知常知無知假號爲知非我非所非心非意夫有爲數法即有所知若無爲法猶如虛空無有涯際即無知不知夫聖人所以言知者爲有心有數有爲有法故可知也所以言無知者爲無心無數無爲無法故不可知也若以有知知於無知者無有是處譬如有人終日說空但人說空非空說也若以彼知知無知者亦復如是夫聖人所以或言我知者皆是對迷約事破病除疑實無二者知無知也所以說無知者爲彼愚夫不了眞一著我我所妄計能知所知故說無知無分別彼愚夫聞已即學無知猶如癡人不能分別是以聖人因彼虛妄即言如來了了知見非不知也愚夫聞已即學有知由有有知即有知礙亦

名虛知亦名妄知如是之知轉非道也故經云衆生親近惡知識長惡知見何以故彼諸外道前知未來後知過去中知身心身心不淨故不免生死夫一切學無知者皆棄有知而學無知無知者即是知也然自不覺知復有棄無知而學有知者知即有覺有覺故心生萬慮意起百思還不離苦彼知二見皆不能當體虛融如理冥契遂不能入眞實也夫眞實者離知無知過一切限量也夫見即有方聞即有所覺即有心知即有量不了本際無方無所無心無量即無有見聞覺知也所以眞一無二而現不同或復有人念佛佛現念僧僧現但彼非佛非非佛而現於佛乃至非僧非非僧而現於僧何以故爲彼念心希望現故不覺自心所現聖事緣起一向爲外

境界而有差别實非佛僧而有異也故經云彼見諸佛國土及以色身而有若干其無礙慧無若干也譬如幻師於虛空中以幻術力化作種種色象彼幻人癡故謂彼空中先有此事彼念佛僧亦復如是於空法中以念術力化作種種色相起妄想見故經云心如工伎兒意如和伎者五識爲伴侣妄想觀伎衆譬如有人於大冶邊自作模様方圓大小自稱願彼金汁流入我模以成形像然則鎔金任成形像其眞實融金非像非非像而現於像彼念佛僧亦復如是大智融金者即喻如來法身模様者即喻衆生希望得佛故以念佛和合因緣起種種身相然彼法身非相非非相何謂非相本無定相何謂非非相緣起諸相然則法身非現非非現離性無性非有非無無心無意不可以一切度量也但彼凡夫隨心而有即生見佛之想一向謂彼心外有佛不知自心和合而有或有一向言心外無佛即爲謗正法也故經云聖境界離於非有非無非所稱量若執着有無者即是二邊亦是虛妄何以故妄生二見乖眞理故譬如有人於金器藏中常觀於金體不覩衆相雖覩衆相亦是一金既不爲相所惑即離分别常觀金體無有虛謬喻彼眞人亦復如是常觀眞一不覩衆相雖覩衆相亦是眞一遠離妄想無有顛倒住眞實際名曰聖人若復有人於金器藏中常覩衆相不覩金體分别善惡起種種見而失於金性便有諍論喻彼愚夫亦復如是常覩色相男女好醜起種種差别迷於本性執着心相取捨愛憎起種種顛

倒流浪生死受種種身妄想森羅隱覆眞一是以懷道君子通明達人觀察甚深遠離羣品契合眞一與理相應夫眞一難説約喻以陳究竟首宗非言可示夫眼作眼解即生眼倒眼作無眼解即生無眼倒俱是妄想若執有眼者即迷其無眼由有眼故即妙見不通故經云無眼無色復有迷眼作無眼者即失其眞眼如生盲人不能辨色故經云譬如根敗之士其於五欲不能復利諸聲聞人亦復如是唯其如來得眞天眼常在三昧悉見諸佛國土不以二相故即不同凡夫有所見也悉能見故即不同聲聞無所見也彼二見者妄見有無然眞一之中體非有無但妄想虚立得有無也夫聖人説言我了了見或言不見者但爲破病故説見不見也然眞一理中離見不見過限量界度凡聖位故能了了見非虚妄也是以非色法故即非肉眼所見非證法故即非法眼所見唯有佛眼清淨非見非不見了了而見不可思議不可測量凡夫絶分二乘芥子菩薩羅縠故知佛性難可見也雖然如是故經云佛性普遍無問凡聖但自身中體會眞一何用外覓晝夜深思内心自證故經云觀身實相觀佛亦然夫觀身實相者即一相也一相者即空相也但空無相故即非垢非淨非凡非聖非有非無非邪非正體性常住不生不滅即本際也何以如來法身眼耳鼻舌乃至身意諸根互用者爲體眞一也以無限量無分劑故即法身虚通一切無礙何以凡夫眼耳諸根不通遂無互用者爲妄想分别界隔諸根精神有量分劑不

通眞一理迷遂無互用故經云凡夫想識惑妄不通執着根塵而有種種差別是以聖人通達眞一無有妄心界隔根塵故能同用無有心量夫何謂眞一以眞無異無異故萬物含一而生即彼萬物亦爲一也何以故以本一故即無二也譬如檀生檀枝終非椿木也然彼眞一而有種種名字雖有種種名字終同一義或名法性法身眞如實際虛空佛性涅槃法界乃至本際如來藏而有無量名字皆是眞一異名同生一義盖前三品者亦復如是夫何以名廣照品者所謂知鑑寛通慧日圓照包含物理虛洞萬靈故言廣照何謂離微品者所謂性該眞理究竟玄源實際冲虛本淨非染故曰離微何謂本際品者所謂天眞妙理體瑩非修性本虛通含收萬物故言本際品也是故合前三品一義該收出用無窮總名寶藏是以闡森羅之義府論識物之根由虛洞太淸陰符妙理圓之者體合眞一了之者豁悟玄通故明法界之如如顯大道之要者也

晉僧肇法師寶藏論

法顯傳

東晉沙門法顯自記遊天竺事

清刻龍藏佛說法變相圖

法顯傳一卷

東晉沙門法顯自記遊天竺事

法顯昔在長安慨律藏殘缺於是遂以弘始二年歲在己亥與慧景道整慧應慧嵬等同契至天竺尋求戒律初發跡長安度隴至乾歸國夏坐夏坐訖前行至耨檀國度養樓山至張掖鎮張掖大亂道路不通張掖王慇懃遂留爲作檀越於是與智嚴慧簡僧紹寶雲僧景等相遇欣於同志便共夏坐夏坐訖復進到燉煌有塞東西可八十里南北四十里共停一月餘日法顯等五人隨使先發復與寶雲等別燉煌太守李浩供給度沙河沙河中多有惡鬼熱風遇則皆死無一全者上無飛鳥下無走獸遍望極目欲求度處則莫知所擬唯以死人枯骨爲標幟耳行十七日計

可千五百里得至鄯善國其地崎嶇薄瘠俗人衣服粗與漢地同但以氈褐爲異其國王奉法可有四千餘僧悉小乘學諸國俗人及沙門盡行天竺法但有精麤從此西得所經諸國類皆如是唯國國胡語不同然出家人皆習天竺書天竺語住此一月日復西北行十五日到傷夷國傷夷國僧亦有四千餘人皆小乘學法則齊整秦土沙門至彼都不預其僧例法顯得符行堂公孫經理住二月餘日於是還與寶雲等共爲傷夷國人不修禮義遇客甚薄智嚴慧簡慧嵬遂返向高昌欲求行資法顯等蒙符公孫供給遂得直進西南行路中無居民涉行艱難所經之苦人理莫比在道一月五日得到于闐其國豐樂人民殷盛盡皆奉法以法樂相娛衆僧乃數萬人多大乘學皆有衆食彼國人民星居家家門前皆起小塔最小者可高二丈許作四方僧房供給客僧及餘所須國主安堵法顯等於僧伽藍僧伽藍名瞿摩帝是大乘寺三千僧共揵椎食入食堂時威儀齊肅次第而坐一切寂然器鉢無聲淨人益食不得相喚但以手指麾慧景道整慧達先發向竭叉國法顯等欲觀行像停三月日其國中十四大僧伽藍不數小者從四月一日城裏便掃灑道路莊嚴巷陌其城門上張大幃幕事事嚴飾王及夫人采女皆住其中瞿摩帝僧是大乘學王所敬重最先行像離城三四里作四輪像車高三丈餘狀如行殿七寶莊校懸繒幡蓋像立車中二菩薩侍作諸天侍從皆金銀彫瑩懸於虛空像去門百步王脫天冠易著

新衣徒跣持華香翼從出城迎像頭面禮足散華燒香像入城時門樓上夫人釆女遥散衆華紛紛而下如是莊嚴供具車車各異一僧伽藍則一日行像四月一日爲始至十四日行像乃訖行像訖王及夫人乃還宫耳其城西七八里有僧伽藍名王新寺作來八十年經三王方成可高二十五丈彫文刻鏤金銀覆上衆寶合成塔後作佛堂莊嚴妙好梁柱戸扇窻牖皆以金薄别作僧房亦嚴麗整飾非言可盡嶺東六國諸王所有上價寶物多作供養人用者少既過四月行像僧韶一人隨胡道人向罽賓法顯等進向子合國在道二十五日便到其國國王精進有千餘僧多大乘學住此十五日已於是南行四日入葱嶺山到於麾國安居安居已止行二十五

日到竭叉國與慧景等合值其國王作般遮越師般遮越師漢言五年大會也會時請四方沙門皆來雲集已莊嚴衆僧坐處懸繒旛蓋作金銀蓮華著繒座後鋪淨坐具王及羣臣如法供養或一月二月或三月多在春時王作會已復勸諸羣臣設供供養或一日二日三日五日供養都畢王以所乘馬鞍勒自副使國中貴重臣騎之幷諸白氎種種珍寶沙門所須之物共諸羣臣發願布施布施已還從僧贖其地山寒不生餘穀唯熟麥耳衆僧受歲已其晨輒霜故其王每讃衆僧令麥熟然後受歲其國中有佛唾壺以石作色似佛鉢又有佛一齒國人爲佛齒起塔有千餘僧盡小乘學自山以東俗人被服粗類秦土亦以氈褐爲異沙門法用轉轉勝不可具記

其國當葱嶺之中自葱嶺已前草木果實皆異唯竹及安石榴甘蔗三物與漢地同耳從此西行向北天竺在道一月得度葱嶺葱嶺冬夏有雪又有毒龍若失其意則吐毒風雨雪飛沙礫石遇此難者萬無一全彼土人人即名爲雪山人也度嶺已到北天竺始入其境有一小國名陀歷亦有衆僧皆小乘學其國昔有羅漢以神足力將一巧匠上兜術天觀彌勒菩薩長短色貌還下刻木作像前後三上觀然後乃成像長八丈足趺八尺齋日常有光明諸國王競興供養今故現在於此順嶺西南行十五日其道艱岨崖岸嶮絶其山唯石壁立千仞臨之目眩欲進則投足無所下有水名新頭河昔人有鑿石通路施傍梯者凡度七百度梯已躡懸絙過河河兩岸相去減八十步九驛所記漢之張騫甘英皆不至衆僧問法顯佛法東過其始可知耶顯云訪問彼土人皆云古老相傳自立彌勒菩薩像後便有天竺沙門賫經律過此河者像立在佛泥洹後三百許年計於周氏平王時由玆而言大教宣流始自此像非夫彌勒大士繼軌釋迦孰能令三寶宣通邊人識法固知冥運之開本非人事則漢明之夢有由而然矣度河便到烏萇國烏萇國是正北天竺也盡作中天竺語中天竺所謂中國俗人衣服飲食亦與中國同佛法甚盛名衆僧住止處爲僧伽藍凡有五百僧伽藍皆小乘學若有客比丘到悉供養三日三日過已乃令自求所安常傳言佛至北天竺即到此國已佛遺足跡於此跡或長或短在人心念至今猶

爾及曬衣石度惡龍處亦悉現在石高丈四闊二丈許一邊平慧景道整慧達三人先發向佛影那竭國法顯等住此國夏坐坐訖南下到宿呵多國其國佛法亦盛昔天帝釋試菩薩化作鷹鴿割肉貿鴿處佛即成道與諸弟子遊行語云此本是吾割肉貿鴿處國人由是得知於此處起塔金銀校飾從此東下五日行到揵陀衛國是阿育王子法益所治處佛為菩薩時亦於此國以眼施人其處亦起大塔金銀校飾此國人多小乘學自此東行七日有國名竺刹尸羅竺刹尸羅漢言截頭也佛為菩薩時於此處以頭施人故因以為名復東行二日至投身餧餓虎處此二處亦起大塔皆衆寶校飾諸國王臣民競興供養散華然燈相繼不絶通上二塔彼方人亦

名為四大塔也從揵陀衛國南行四日到弗樓沙國佛昔將諸弟子遊行此國語阿難云吾般泥洹後當有國王名罽膩伽於此處起塔後膩伽王出世出行遊觀時天帝釋欲開發其意化作牧牛小兒當道起塔王問言汝作何等荅曰作佛塔王言大善於是王即於小兒塔上起塔高四十餘丈衆寶校飾凡所經見塔廟壯麗威嚴都無此比傳云閻浮提塔唯此為上王作塔成已小塔即自傍出大塔南高三尺許佛鉢即在此國昔月氏王大興兵衆來伐此國欲取佛鉢既伏此國已月氏王篤信佛法欲持鉢去故興供養供養三寶畢乃校飾大象置鉢其上象便伏地不能得前更作四輪車載鉢八象共牽復不能進王知與鉢緣未至深自愧歎即於此處起塔

及僧伽藍并留鎮守種種供養可有七百餘僧日將中衆僧則出鉢與白衣等種種供養然後中食至暮燒香時復爾可容二斗許雜色而黑多四際分明厚可二分瑩徹光澤貧人以少華投中便滿有大富者欲以多華而供養正復百千萬斛終不能滿寶雲僧景只供養佛鉢便還慧景慧達道整先向那竭國供養佛影佛齒及頂骨慧景病道整住看慧達一人還於弗樓沙國相見而慧達寶雲僧景遂還秦土慧景應在佛鉢守無常由是法顯獨進向佛頂骨所西行十六由延便至那竭國界醯羅城中有佛頂骨精舍盡以金薄七寶校飾國王敬重頂骨慮人抄奪乃取國中豪姓八人人持一印印封守護清晨八人俱到各視其印然後開戶開戶已以香汁洗手出佛頂骨置精舍外高座上以七寶圓碪碪下瑠璃鍾覆上皆珠璣校飾骨黃白色方圓四寸其上隆起每日出後精舍人則登高樓擊大鼓吹螺敲銅鈸王聞已則詣精舍以華香供養供養已次第頂戴而去從東門入西門出王朝朝如是供養禮拜然後聽國政居士長者亦先供養乃修家事日日如是初無懈惓供養都訖乃還頂骨於精舍中有七寶解脫塔或開或閉高五尺許以盛之精舍門前朝朝恒有賣華香人凡欲供養者種種買馬諸國王亦恒遣使供養精舍處方四十步雖復天震地裂此處不動從此北行一由延到那竭國城是菩薩本以銀錢貿五莖華供養定光佛處城中亦有佛齒塔供養如頂骨法城東北一由延到一谷口有佛錫杖亦

起精舍供養杖以牛頭栴檀作長丈六七許以木筒盛之正復百千人舉不能移入谷口四日西行有佛僧伽梨精舍供養彼國土亢旱時國人相率出衣禮拜供養天即大雨那竭城南半由延有石室博山西南向佛留影此中去十餘步觀之如佛真形金色相好光明炳著轉近轉微髣髴如有諸方國王遣工畫師模寫莫能及彼國人傳云千佛盡當於此留影影西百步許佛在時剃髮剪爪佛自與諸弟子共造塔高七八丈以爲將來塔法今猶在邊有寺寺中有七百餘僧此處有諸羅漢辟支佛塔乃千數住此冬三月法顯等三人南度小雪山雪山冬夏積雪山北陰中遇寒風暴起人皆噤戰慧景一人不堪復進口出白沫語法顯云我亦不復活便可時去勿得俱死於是遂終法顯撫之悲號本圖不果命也柰何復自力前得過嶺南到羅夷國近有三千僧兼大小乘學住此夏坐坐訖南下行十日到跋那國亦有三千許僧皆小乘學從此東行三日復渡新頭河兩岸皆平地過河有國名毗荼佛法興盛兼大小乘學見秦道人往乃大憐愍作是言如何邊地人能知出家爲道遠求佛法悉供給所須待之如法從此東南行減八十由延經歷諸寺甚多僧衆萬數過是諸處已到一國國名摩頭羅又經捕那河河邊左右有二十僧伽藍可有三千僧佛法轉盛凡沙河已西天竺諸國國王皆篤信佛法供養衆僧時則脫天冠共諸宗親羣臣手自行食行食已鋪氈於地對上座前坐於衆僧前不敢坐床佛在世時諸王

供養法式相傳至今從是以南名爲中國中國寒暑調和無霜雪人民殷樂無戶籍官法唯耕王地者乃輸地利欲去便去欲住便住王治不用刑罔有罪者但罰其錢隨事輕重雖復謀爲惡逆不過截右手而已王之侍衛左右皆有供祿舉國人民悉不殺生不飲酒不食葱蒜唯除旃荼羅旃荼羅名爲惡人與人別居若入城市則擊木以自異人則識而避之不相搪揬國中不養豬雞不賣生口市無屠估及酤酒者貨易則用貝齒唯旃荼羅獵師賣肉耳自佛般泥洹後諸國王長者居士爲衆僧起精舍供養供給田宅園圃民戶牛犢鐵券書録後王王相傳無敢廢者至今不絶衆僧住止房舍床褥飲食衣服都無缺乏處處皆爾衆僧常以作功德爲業及誦經

坐禪客僧往到舊僧迎逆代擔衣鉢給洗足水塗足油與非時漿須臾息已復問其臘數次第得房舍卧具種種如法衆僧住處作舍利弗塔目連阿難塔并阿毗曇律經塔安居後一月諸希福之家勸化供養僧作非時漿衆僧大會說法說法已供養舍利弗塔種種香華通夜然燈使彼人作舍利弗本婆羅門時詣佛求出家大目連大迦葉亦如是諸比丘尼多供養阿難塔以阿難請世尊聽女人出家故諸沙彌多供養羅云阿毗曇師者供養阿毗曇律師者供養律年年一供養各自有日摩訶衍人則供養般若波羅蜜文殊師利觀世音等衆僧受歲竟長者居士婆羅門等各持種種衣物沙門所須以布施僧衆僧亦自各各布施佛泥洹已來聖衆所行威儀

法則相承不絕自渡新頭河至南天竺迄于南海四五萬里皆平坦無大山川正有河水從此東南行十八由延有國名僧伽施佛上忉利天三月爲母說法來下處佛上忉利天以神通力都不使諸弟子知未滿七日乃放神足阿那律以天眼遥見世尊即語尊者大目連汝可往問訊世尊目連即往頭面禮足共相問訊問訊已佛語目連吾却後七日當下閻浮提目連既還于時八國大王及諸臣民不見佛久咸皆渴仰雲集此國以待世尊時優鉢羅比丘尼即自心念今日國王臣民皆當奉迎佛我是女人何由得先見佛即以神足化作轉輪聖王最前禮佛佛從忉利天上來向下下時化作三道寶階佛在中道七寶階上行梵天王亦化作白銀階在右邊執白拂而侍天帝釋化作紫金階在左邊執七寶蓋而侍諸天無數從佛下佛既下三階俱没於地餘有七級現後阿育王欲知其根際遣人掘看下至黄泉根猶不盡王益信敬即於階上起精舍當中階作丈六立像精舍後立石柱高三十肘上作師子柱内四邊有佛像内外映徹淨若瑠璃有外道論師與沙門諍此住處時沙門理屈於是共立誓言此處若是沙門住處者今當有靈驗作是言已柱頭師子乃大鳴吼見證於是外道懼怖心伏而退佛以受天食三月故身作天香不同世人即便浴身後人於此處起浴室浴室猶在優鉢羅比丘尼初禮佛處今亦起塔佛在世時有剪髮爪作塔及過去三佛并釋迦文佛坐處經行處及作諸佛形像處盡有塔今悉

在天帝釋梵天王從佛下處亦起塔此處僧及尼可有千人皆同衆食雜大小乘學住處一白耳龍與此衆僧作檀越令國內豐熟雨澤以時無諸災害使衆僧得安衆僧感其惠故爲作龍舍敷置坐處又爲龍設福食供養衆僧日日衆中別差三人到龍舍中食每至夏坐訖龍輒化形作一小蛇兩耳邊白衆僧識之銅盂盛酪以龍置中從上座至下座行之似若問訊遍便化去年年一出其國豐饒人民熾盛最樂無比諸國人來無不經理供給所須寺北五十由延有一寺名火境火境者惡鬼名也佛本化是惡鬼後人於此處起精舍以精舍布施阿羅漢以水灌手水瀝滴地其處故在正復掃除常現不滅此處別有佛塔善鬼神常掃灑初不須人工有邪見國王言汝能如是者我當多將兵衆住此益積糞穢汝復能除不鬼神即起大風吹之令淨此處有百枚小塔人終日數之不能得知若至意欲知者便一塔邊置一人已復計數人人或多或少其不可得知有一僧伽藍可六七百僧此中有辟支佛食處泥洹地大如車輪餘處生草此處獨不生及曬衣地處亦不生草衣條著地跡今故現在法顯住龍精舍夏坐坐訖東南行七由延到罽饒夷城城接恒水有二僧伽藍盡小乘學去城西六七里恒水北岸佛爲諸弟子說法處傳云說無常苦說身如泡沫等此處起塔猶在度恒水南行三由延到一林名呵梨佛於此中說法經行坐處盡起塔從此東南行十由延到沙祇大國出沙祇城南門道東佛本在此嚼楊枝

剌土中即生長七尺不增不減諸外道婆羅門嫉妬或斫或拔遠棄之其處續生如故此中亦有四佛經行坐處起塔故在從此南行八由延到拘薩羅國舍衛城城内人民希曠都有二百餘家即波斯匿王所治城也大愛道故精舍處須達長者井壁及鴦掘魔得道般泥洹燒身處後人起塔皆在此城中諸外道婆羅門生嫉妬心欲毀壞之天即雷電霹靂終不能得壞出城南門千二百步道西長者須達起精舍精舍東向開門戸兩廂有二石柱左柱上作輪形右柱上作牛形池流清淨林木尚茂衆華異色蔚然可觀即所謂祇洹精舍也佛上忉利天爲母説法九十日波斯匿王思見佛即刻牛頭栴檀作佛像置佛坐處佛後還入精舍像即避出迎佛佛言還坐吾般泥洹後可爲四部衆作法式像即還坐此像最是衆像之始後人所法者也佛於是移住南邊小精舍與像異處相去二十步祇洹精舍本有七層諸國王人民競興供養懸繒旛蓋散華燒香然燈續明日日不絶鼠銜燈炷燒花旛蓋遂及精舍七重都盡諸國王人民皆大悲惱謂栴檀像已燒却後四五日開東小精舍戸忽見本像皆大歡喜共治精舍得作兩重還移像本處法顯道整初到祇洹精舍念昔世尊住此二十五年自傷生在邊夷共諸同志遊歷諸國而或有還者或有無常者今日乃見佛空處愴然心悲彼衆僧出問顯等言汝從何國來荅云從漢地來彼衆僧歎曰奇哉邊地之人乃能求法至此自相謂言我等諸師和尚相承已來未見漢

道人來到此也精舍西北四里有榛名曰得眼本有五百盲人依精舍住此佛為說法盡還得眼盲人歡喜刺杖著地頭面作禮杖遂生長大世人重之無敢伐者遂成為榛是故以得眼為名祇洹衆僧中食後多往彼榛中坐禪祇洹精舍東北六七里毗舍佉母作精舍請佛及僧此處故在祇洹精舍大園落有二門一門東向一門北向此園即須達長者布金錢買地處也精舍當中央佛住此處最久說法度人經行坐處亦盡起塔皆有名字乃孫陀利殺身謗佛處出祇洹東門北行七十步道西佛昔共九十六種外道論議國王大臣居士人民皆雲集而聽時外道女名旃遮摩那起嫉妬心及懷衣著腹前似若妊身於衆會中謗佛以非法於是天帝釋即化作白鼠齧其腰帶斷所懷衣墮地地即劈裂生入地獄及調達毒爪欲害佛生入地獄處後人皆標識之又於論議處起精舍精舍高六丈許裏有坐佛其道東有外道天寺名曰影覆與論議處精舍夾道相對亦高六丈許所以名影覆者日在西時世尊精舍影則映外道天寺日在東時外道天寺影則北映終不得映佛精舍也外道常遣人守其天寺掃灑燒香然燈供養至明旦其燈輒移在佛精舍中婆羅門恚言諸沙門取我燈自供養佛為爾不止婆羅門於是夜自伺候見其所事天神持燈繞佛精舍三市供養佛已忽然不見婆羅門乃知佛神大即捨家入道傳云近有此事繞祇洹精舍有九十八僧伽藍盡有僧住處唯一處空此中國有九十六種外道皆

知今世各有徒衆亦皆乞食但不持鉢亦復求福於曠路側立福德舍屋宇床卧飲食供給行路人及出家人來去客但所期異耳調達亦有衆在供養過去三佛唯不供養釋迦文佛舍衛城東南四里瑠璃五欲伐舍夷國世尊當道側立立處起塔城西五十里到一邑名都維是迦葉佛本生處父子相見處般泥洹處皆悉起塔迦葉如來全身舍利亦起大塔從舍衛城東南行十二由延到一邑名那毗伽是拘樓秦佛所生處父子相見處般泥洹處亦有僧伽藍起塔從此北行減一由延到一邑是拘那含牟尼佛所生處父子相見處般泥洹處亦皆起塔從此東行減一由延到迦維羅衛城城中都無王民甚如坵荒只有衆僧民戶數十家而已白淨王故宮處作太子母形像乃太子乘白象入母胎時太子出城東門見病人迴車還處皆起塔阿夷相太子處與難陀等撲象捔射處箭東南去三十里入地令泉水出後世人治作井令行人飲之佛得道還見父王處五百釋子出家向優波離作禮地六種震動處佛爲諸天說法四天王守四門父王不得入處佛在尼拘律樹下東向坐大愛道布施佛僧伽梨處此樹猶在瑠璃王殺釋種子釋種子先盡得須陀洹立塔今亦在城東北數里有王田太子樹下觀耕者處城東五十里有王園園名論民夫人入池洗浴出池北岸二十步舉手攀樹枝東向生太子太子墮地行七步二龍王浴太子身浴處遂作井及上洗浴池今衆僧常取飲之凡諸佛有四處常定一者成道處

二者轉法輪處二者說法論議伏外道處四者上忉利天為母說法來下處餘則隨時示現焉迦維羅衛國大空荒人民希踈道路怖畏白象師子不可妄行從佛生處東行五由延有國名藍莫此國王得佛一分舍利還歸起塔即名藍莫塔塔邊有池池中有龍常守護此塔晝夜供養阿育王出世欲破八塔作八萬四千塔破七塔已次欲破此塔龍便現身持阿育王入其宮中觀諸供養具已語王言汝供若能勝是便可壞之持去吾不與汝爭阿育王知其供養具非世之有於是便還此中荒蕪無人灑掃常有羣象以鼻取水灑地取雜華香而供養塔諸國有道人來欲禮拜塔遇象大怖依樹自翳見象如法供養道人大自悲感此中無有僧伽藍可供養此塔乃令象灑掃道人即捨大戒還作沙彌自挽草木平治處所使得淨潔勸化國王作僧住處已為寺今現有僧住此事在近自爾相承至今恒以沙彌為寺主從此東行三由延太子遣車匿白馬還處亦起塔從此東行四由延到炭塔亦有僧伽藍復東行十二由延到拘夷那竭城城北雙樹間希連河邊世尊於此北首而般泥洹及須跋最後得道處以金棺供養世尊七日處金剛力士放金杵處八王分舍利處諸處皆起塔有僧伽藍今悉現在其城中人民亦稀曠止有衆僧民戶從此東南行十二由延到諸梨車欲逐佛般泥洹處而佛不聽戀佛不肯去佛化作大深塹不得渡佛與鉢作信遣還其家立石柱上有銘題自此東行五由延到毗舍離國毗舍離城

北大林重閣精舍佛住處及阿難半身塔其城裏本菴婆羅女家爲佛起塔今故現在城南三里道西菴婆羅女以園施佛作佛住處佛將般泥洹與諸弟子出毗舍離城西門迴身右轉顧看毗舍離城告諸弟子是吾最後所行處後人於此處起塔城西北三里有塔名放弓仗以名此者恒水上流有一國王王小夫人生一肉胎大夫人妬之言汝生不祥之徵即盛以木函擲恒水中下流有國王遊觀見水上木函開看見千小兒端正殊特王即取養之遂便長大甚勇健所往征伐無不摧伏次伐父王本國王大愁憂小夫人問王何故愁憂王曰彼國王有千子勇健無比欲求伐吾國是以愁耳小夫人言王勿愁憂但於城東作高樓賊來時置我樓上則我能却之王如其言至賊到時小夫人於樓上語賊言汝是我子何故作反逆事賊曰汝是何人云是我母小夫人曰汝等若不信者盡仰向張口小夫人即以兩手搆兩乳乳各作五百道墮千子口中賊知是我母即放弓仗二父王於是思惟皆得辟支佛二辟支佛塔猶在後世尊成道告諸弟子是吾昔時放弓仗處後人得知於此立塔故以名焉千小兒者即賢劫千佛是也佛於放弓仗塔邊告阿難言我却後三月當般泥洹魔王嬈固阿難使不得請佛住世從此東行三四里有塔佛般泥洹後百年有毗舍離比丘錯行戒律十事證言佛說如是爾時諸羅漢及持戒律比丘凡夫者有七百僧更檢校律藏後人於此處起塔今亦在從此東行四由延到五河合口阿

難從摩竭國向毗舍離欲般涅槃諸天告阿闍世王即自嚴駕將士衆追到河上毗舍離諸梨車聞阿難來亦復來迎俱到河上阿難思惟前則阿闍世王致恨還則梨車復怨則於河中央入火光三昧燒身而般泥洹分身作二分一分在一岸邊於是二王各得半身舍利還歸起塔度河南下一由延到摩竭提國巴連弗邑巴連弗邑是阿育王所治城中王宮殿皆使鬼神作累石起墻闕雕文刻鏤非世所造今故現在阿育王弟得羅漢道常住耆闍崛山志樂閑靜王敬心請於家供養以樂山靜不肯受請王語弟言但受我請當爲汝於城裏作山王乃具飲食召諸鬼神而告之曰明日悉受我請無坐席各自賫來明日諸大鬼神各持大石來辟方四五步坐訖

即使鬼神累作大石山又於山底以五大方石作石室可長三丈廣二丈高丈餘有一大乘婆羅門子名羅汰私婆迷住此城裏爽悟多智事無不達以清淨自居國王宗敬師事若往問訊不敢並坐王設以愛敬心執手執手已婆羅門輒自灌洗年可五十餘舉國瞻仰賴此一人弘宣佛法外道不能得加陵衆僧於阿育王塔邊造摩訶衍僧伽藍甚嚴麗亦有小乘寺都合六七百僧衆威儀庠序可觀四方高德沙門及學問人欲求義理皆詣此寺婆羅門子師亦名文殊師利國內大德沙門諸大乘比丘皆宗仰焉亦住此僧伽藍凡諸中國唯此國城邑爲大民人富盛競行仁義年年常以建卯月八日行像作四輪車縛竹作五層有承櫨揠戟高二丈餘許其狀

如塔以白氎纏上然後彩畫作諸天形像以金銀瑠璃莊校其上懸繒旛蓋四邊作龕皆有坐佛菩薩立侍可有二十車車車莊嚴各異當此日境内道俗皆集作倡伎樂華香供養婆羅門子來請佛佛次第入城入城内再宿通夜然燈伎樂供養國國皆爾其國長者居士各於城中立福德醫藥舍凡國中貧窮孤獨殘跛一切病人皆詣此舍種種供給醫師看病隨宜飲食及湯藥皆令得安差者自去阿育王壞七塔作八萬四千塔最初所作大塔在城南三里餘此塔前有佛脚跡起精舍戶北向塔塔南有一石柱圍丈四五高三丈餘上有銘題云阿育王以閻浮提布施四方僧還以錢贖如是三反塔北三四百步阿育王本於此作泥犂城中央有石柱亦高三丈餘上有師子柱上有銘記作泥犂城因緣及年數日月從此東南行九由延至一小孤石山山頭有石室石室南向佛坐其中天帝釋將天樂般遮彈琴樂佛處帝釋以四十二事問佛一一以指畫石畫跡故在此中亦有僧伽藍從此西南行一由延到那羅聚落是舍利弗本生村舍利弗還於此村中般泥洹即此處起塔今亦現在從此西行一由延到王舍新城新城者是阿闍世王所造中有二僧伽藍出城西門三百步阿闍世王得佛一分舍利起塔高大嚴麗出城南四里南向入谷至五山裏五山周圍狀若城郭即是蓱沙王舊城城東西可五六里南北七八里舍利弗目連初見頞鞞處尼揵子作火坑毒飯請佛處阿闍世王酒飲黑象欲害佛處城東北

角曲中耆舊於菴婆羅園中起精舍請佛及千二百五十弟子供養處今故在其城中空荒無人住入谷搏山東南上十五里到耆闍崛山未至頭三里有石窟南向佛本於此坐禪西北三十步復有一石窟阿難於中坐禪天魔波旬化作鵰鷲住窟前恐阿難佛以神足力隔石舒手摩阿難肩怖即得止鳥跡手孔今悉存故曰鵰鷲窟山窟前有四佛坐處又諸羅漢各各有石窟坐禪處動有數百佛在石室前東西經行調達於山北嶮巇間横擲石傷佛足指處石猶在佛說法堂已毀壞止有塼壁基在其山峯秀端嚴是五山中最高法顯於新城中買香華油燈倩二舊比丘送法顯上耆闍崛山華香供養然燈續明慨然悲傷收淚而言佛昔於此住說首楞嚴法

顯生不值佛但見遺跡處所而已即於石窟前誦首楞嚴停止一宿還向新城出舊城北行三百餘步道西迦蘭陀竹園精舍今現在衆僧掃灑精舍北二三里有尸摩賒那尸摩賒那者漢言棄死人墓田搏南山西行二百步有一石室名賓波羅窟佛食後常於此坐禪又西行五六里山北陰中有一石室名車帝佛泥洹後五百阿羅漢結集經處出經時鋪三空座莊嚴校飾舍利弗在左目連在右五百數中少一阿羅漢大迦葉爲上座時阿難在門外不得入其處起塔今亦在搏山亦有諸羅漢坐禪石窟甚多出舊城北東下三里有調達石窟離此五十步有大方黒石昔有比丘在上經行思惟是身無常苦空得不淨觀猒患是身即捉刀欲自殺復念世尊制

戒不得自殺又念雖爾我今但欲殺三毒賊便以刀自刎始傷再得須陀洹既半得阿那含斷已成阿羅漢果般泥洹從此西行四由延到伽耶城城内亦空荒復南行二十里到菩薩本苦行六年處處有林木從此西行三里到佛入水洗浴天按樹枝得攀出池處又北行二里得彌家女奉佛乳糜處從此北行二里佛於一大樹下石上東向坐食糜樹石今悉在石可廣長六尺高二尺許中國寒暑均調樹木或數千歲乃至萬歲從此東北行半由延到一石窟菩薩入中西向結跏趺坐心念若我成道當有神驗石壁上即有佛影現長三尺許今猶明亮時天地大動諸天在空中白言此非過去當來諸佛成道處去此西南行減半由延貝多樹下是過去當來諸佛成道處諸天說是語已即便在前唱導導引而去菩薩起行離樹三十步天授吉祥草菩薩受之復行十五步五百青雀飛來繞菩薩三帀而去菩薩前到貝多樹下敷吉祥草東向而坐時魔王遣三玉女從北來試魔王自從南來試菩薩以足指按地魔兵退散三女變老自上苦行六年處及此諸處後人皆於中起塔立像今皆在佛成道已七日觀樹受解脫樂處佛於貝多樹下東西經行七日處諸天化作七寶臺供養佛七日處文鱗盲龍七日繞佛處佛於尼拘律樹下方石上東向坐梵天來請佛處四天王奉鉢處五百賈客授麨蜜處度迦葉兄弟師徒千人處此諸處亦起塔佛得道處有三僧伽藍皆有僧住衆僧民戶供給繞足無所乏少戒律嚴峻威

儀坐起入衆之法佛在世時聖衆所行以至于今佛泥洹已來四大塔處相承不絕四大塔者佛生處得道處轉法輪處般泥洹處阿育王昔作小兒時當道戲遇釋迦佛行乞食小兒歡喜即以一掬土施佛佛持還泥經行地因此果報作鐵輪王王閻浮提乘鐵輪案行閻浮提見鐵圍兩山間地獄治罪人即問羣臣此是何等荅言是鬼王閻羅治罪人王自念言鬼王尚能作地獄治罪人我是人主何不作地獄治罪人耶即問臣等誰能爲我作地獄主治罪人者臣荅言唯有極惡人能作耳王即遣臣遍求惡人見泄水邊有一長壯黑色髮黄眼青以脚鉤魚口呼禽獸禽獸來便射殺無得脱者得此人已將來與王王密勑之汝作四方高墻内殖種種華果作好浴池莊嚴校飾令人渴仰牢作門戶有人入者輙捉種種治罪莫使得出設使我入亦治罪莫放今拜汝作地獄主有比丘次第乞食入其門獄卒見之便欲治罪比丘惶怖求請須臾聽我中食俄頃復有人入獄卒内置碓臼中擣之赤沫出比丘見已思惟此身無常苦空如泡如沫即得阿羅漢既而獄卒捉内鑊湯中比丘心顔欣悦火滅湯冷中生蓮華比丘坐上獄卒即往白王獄中奇怪願王往看王言我前有要今不敢往獄卒言此非小事王宜疾往更改先要王即隨入比丘爲說法王得信解即壞地獄悔前所作衆惡由是信重三寶常至貝多樹下悔過自責受八齋王夫人問王常遊何處羣臣荅言恒在貝多樹下夫人伺王不在時遣人伐其樹倒王

來見之迷悶躃地諸臣以水灑面良久乃穌王即以塼累四邊以百罌牛乳灌樹根身四布地作是誓言若樹不生我終不起誓已樹便即根上而生以至于今今高減十丈從此南三里行到一山名雞足大迦葉今在此山中劈山下入入處不容人下入極遠有旁孔迦葉全身在此中住孔外有迦葉本洗手土彼方人若頭痛者以此土塗之即差此山中即日故有諸羅漢住彼方諸國道人年年往供養迦葉心濃至者夜即有羅漢來共言論釋其疑已忽然不現此山榛木茂盛又多師子虎狼不可妄行法顯還向巴連弗邑順恒水西下十由延得一精舍名曠野佛所住處今現有僧復順恒水西行十二由延到迦尸國波羅㮈城東北十里許得仙人鹿野苑精舍此苑本有辟支佛住常有野鹿棲宿世尊將成道諸天於空中唱言白淨王子出家學道却後七日當成佛辟支佛聞已即取泥洹故名此處爲仙人鹿野苑世尊成道已後人於此處起精舍佛欲度拘驎等五人五人相謂言此瞿曇沙門本六年苦行日食一麻一米尚不得道況入人間恣身口意何道之有今日來者慎勿與語佛到五人皆起作禮處復北行六十步佛於此東向坐始轉法輪度拘驎等五人處其北二十步佛爲彌勒授記處其南五十步翳羅鉢龍問佛我何時當得免此龍身此處皆起塔見在中有二僧伽藍悉有僧住自鹿野苑精舍西北行十三由延有國名拘睒彌其精舍名瞿師羅園佛昔住處今故有衆僧多小乘學從東行八由延

佛本於此度惡鬼處亦嘗在此住經行坐處皆起塔亦有僧伽藍可百餘僧從此南行二百由延有國名達嚫是過去迦葉佛僧伽藍穿大石山作之凡有五重最下重作象形有五百間石室第二層作師子形有四百間第三層作馬形有三百間第四層作牛形有二百間第五層作鴿形有百間最上有泉水循石室前繞房而流周圍迴曲如是乃至下重順房流從戶而出諸層室中處處穿石作窻牖通明室中朗然都無幽暗其室四角頭穿石作梯隥上處今人形小緣梯上正得至昔人一脚所蹋處因名此寺為波羅越波羅越者天竺名鴿也其寺中常有羅漢住此土丘荒無人民居去山極遠方有村皆是邪見不識佛法沙門婆羅門及諸異學彼國人民常見人飛來入此寺于時諸國道人欲來禮此寺者彼村人則言汝何以不飛耶我見此間道人皆飛道人方便荅言翅未成耳達嚫國險道路艱難而知處欲往者要當賫錢貨施彼國王王然後遣人送展轉相付示其逕路法顯竟不得往承彼土人言故說之耳從波羅柰國東行還到巴連弗邑法顯本求戒律而北天竺諸國皆師師口傳無本可寫是以遠步乃至中天竺於此摩訶衍僧伽藍得一部律是摩訶僧祇衆律佛在世時最初大衆所行也於祇洹精舍傳其本自餘十八部各有師資大歸不異於小小不同或用開塞但此最是廣說備悉者復得一部抄律可七千偈是薩婆多衆律即此秦地衆僧所行者也亦皆師師口相傳授不書之於文字復於此

衆中得雜阿毗曇心可六千偈又得一部綖經二千五百偈又得一卷方等般泥洹經可五千偈又得摩訶僧祇阿毗曇故法顯住此三年學梵書梵語寫律道整既到中國見沙門法則衆僧威儀觸事可觀乃追歎秦土邊地衆僧戒律殘缺誓言自今已去至得佛願不生邊地故遂停不歸法顯本心欲令戒律流通漢地於是獨還順恒水東下十八由延其南岸有瞻波大國佛精舍經行處及四佛坐處悉起塔現有僧住從此東行近五十由延到多摩梨帝國即是海口其國有二十四僧伽藍盡有僧住佛法亦興法顯住此二年寫經及畫像於是載商人大舶汎海西南行得冬初信風晝夜十四日到師子國彼國人云相去可七百由延其國大在洲上東西五十由延南北三十由延左右小洲乃有百數其間相去或十里二十里或二百里皆統屬大洲多出珍寶珠璣有出摩尼珠地方可十里王使人守護若有採者十分取三其國本無人民止有鬼神及龍居之諸國商人共市易市易時鬼神不自現身但出寶物題其價直商人則依價直直取物因商人來往住故諸國人聞其土樂悉亦復來於是遂成大國其國和適無冬夏之異草木常茂田種隨人無有時節佛至其國欲化惡龍以神足力一足躡王城北一足躡山頂兩跡相去十五由延於王城北跡上起大塔高四十丈金銀莊校衆寶合成塔邊復起一僧伽藍名無畏山有五千僧起一佛殿金銀刻鏤悉以衆寶中有一青玉像高二丈許通身七寶炎光威相

嚴顯非言所載右掌中有一無價寶珠法顯
去漢地積年所與交接悉異城人山川草木
舉目無舊又同行分析或留或亡顧影唯已
心常懷悲忽於此玉像邊見商人以晋地一
白絹扇供養不覺悽然淚下滿目其國前王
遣使中國取貝多樹子於佛殿旁種之高可
二十丈其樹東南傾王恐倒故以八九圍柱
拄樹樹當拄處心生遂穿柱而下入地成根
大可四圍許柱雖中裂猶裹在其外人亦不
去樹下起精舍中有坐像道俗敬仰無倦城
中又起佛齒精舍皆七寶作王淨修梵行城
内人信敬之情亦篤其國立治已來無有饑
荒喪亂衆僧庫藏多有珍寶無價摩尼其王
入僧庫遊觀見摩尼珠即生貪心欲奪取之
三日乃悟即詣僧中稽首悔前罪心告白僧

言願僧立制自今已後勿聽王入其庫看比
丘滿四十臘然後得入其城中多居士長者
薩薄商人屋宇嚴麗巷陌平整四衢道頭皆
作說法堂月八日十四日十五日鋪施高座
道俗四衆皆集聽法其國人云都可五六萬
僧悉有衆食王别於城内供五六千人衆食
須者則持本鉢往取隨器所容皆滿而還佛
齒常以三月中出之未出十日王莊校大象
使一辯說人著王衣服騎象上擊鼓唱言菩
薩從三阿僧祇劫苦行不惜身命以國妻子
及挑眼與人割肉貿鴿截頭布施投身餓虎
不悋髓腦如是種種苦行爲衆生故成佛在
世四十九年說法教化令不安者安不度者
度衆生緣盡乃般泥洹泥洹已來一千四百
九十七年世間眼滅衆生長悲却後十日佛

齒當出至無畏山精舍國內道俗欲植福者各各平治道路嚴飾巷陌辦衆華香供養之具如是唱已王便夾道兩邊作菩薩五百身已來種種變現或作須大拏或作睒變或作象王或作鹿馬如是形像皆彩畫莊校狀若生人然後佛齒乃出中道而行隨路供養到無畏精舍佛堂上道俗雲集燒香然燈種種法事晝夜不息滿九十日乃還城內精舍城內精舍至齋日則開門戶禮敬如法無畏精舍東四十里有一山山中有精舍名跋提可有二千僧僧中有一大德沙門名達摩瞿諦其國人民皆共宗仰住一石室中四十許年常行慈心能感蛇鼠使同止一室而不相害城南七里有一精舍名摩訶毗訶羅有三千僧住有一高德沙門戒行清潔國人咸疑是羅漢臨終之時王來省視依法集僧而問比丘得道耶其便以實答言是羅漢既終王即案經律以羅漢法葬之於精舍東四五里積好大薪縱廣可三丈餘高亦爾近上著旃檀沉水諸香木四邊作階上持淨好白氎周帀蒙積上作大轝床似此間輴車但無龍魚耳當闍維時王及國人四衆咸集以華香供養從轝至墓所王自華香供養供養訖轝著積上酥油遍灌然後燒之火然之時人人敬心各脫上服及羽儀傘蓋遥擲火中以助闍維闍維已收撿取骨即以起塔法顯至不及其生存唯見葬時王篤信佛法欲爲衆僧作新精舍先設大會飯食僧供養已乃選好上牛一雙金銀寶物莊校角上作好金犁王自耕頃四邊然後割給民戶田宅書以鐵券自是

已後代代相承無敢廢易法顯在此國聞天竺道人於高座上誦經云佛鉢本在毗舍離今在揵陀衛竟若干百年法顯聞誦之時有定歲數但今忘耳當復至西月氏國若干百年當至屈茨國若干百年當至于闐國住若干百年當至屈茨國若干百年當復來到漢地住若干百年當復至師子國若干百年當還中天竺到中天已當上兜術天上彌勒菩薩見而歎曰釋迦文佛鉢至即共諸天華香供養七日七日已還閻浮提海龍王持入龍宮至彌勒將成道時鉢還分爲四復本頻那山上彌勒成道已四天王當復應念佛如先佛法賢劫千佛共用此鉢鉢去已佛法漸滅佛法滅後人壽轉短乃至五歲十歲之時粳米酥油皆悉化滅人民極惡捉木則變成刀杖共相傷割殺其中有福者逃避入山惡人相殺盡已還復來出共相謂言昔人壽極長但爲惡甚作諸非法故我等壽命遂爾短促乃至十歲我今共行諸善起慈悲心修行仁義如是各行信義展轉壽倍乃至八萬歲彌勒出世初轉法輪時先度釋迦遺法弟子出家人及受三歸五戒齋法供養三寶者第二第三次度有緣者法顯爾時欲寫此經其人云此無經本我止口誦耳法顯住此國二年更求得彌沙塞律藏本得長阿含雜阿含復得一部雜藏此悉漢土所無者得此梵本已即載商人大船上可有二百餘人後係一小船海行艱嶮以備大船毁壞得好信風東下二日便值大風船漏水入商人欲趣小船小船上人恐人來多即斫絙斷商人大怖命在須臾恐船水漏即取麤財貨擲著水中法

顯亦以軍持及澡灌并餘物棄擲海中但恐商人擲去經像唯一心念觀世音及歸命漢地衆僧我遠行求法願威神歸流得到所止如是大風晝夜十三日到一島邊潮退之後見船漏處即補塞之於是復前海中多有抄賊遇輒無全大海彌漫無邊不識東西唯望日月星宿而進若陰雨時爲逐風去亦無准當夜闇時但見大浪相搏晃然火色黿鼉水性怪異之屬商人荒遽不知那向海深無底又無下石住處至天晴已乃知東西還復望正而進若值伏石則無活路如是九十日許乃到一國名耶婆提其國外道婆羅門興盛佛法不足言停此國五月日復隨他商人大船上亦二百許人賫五十日粮以四月十六日發法顯於船上安居東北行趣廣州一月餘日夜鼓二時遇黑風暴雨商人賈客皆悉惶怖法顯爾時亦一心念觀世音及漢地衆僧蒙威神祐得至天曉曉已諸婆羅門議言坐載此沙門使我不利遭此大苦當下比丘置海島邊不可爲一人令我等危險法顯本檀越言汝若下此比丘亦并下我不爾便當殺我汝其下此沙門吾到漢地當向國王言汝也漢地王亦敬信佛法重比丘僧諸商人躊躇不敢便下于時天多連陰海師相望僻誤遂經七十餘日粮食水漿欲盡取海鹹水作食分好水人可得二升遂便欲盡商人議言常行時正可五十日便到廣州爾今已過期多日將無僻耶即便西北行求岸晝夜十二日到長廣郡界牢山南岸便得好水菜但經涉險難憂懼積日忽得至此岸見藜藿菜

依然知是漢地然不見人民及行跡未知是何許或言未至廣州或言已過莫知所定即乘小船入浦覓人欲問其處得兩獵人即將歸令法顯譯語問之法顯先安慰之徐問汝是何人答言我是佛弟子又問汝入山何所求其便詭言明當七月十五日欲取挑臘佛又問此是何國答言此青州長廣郡界統屬晋家聞已商人歡喜即乞其財物遣人往長廣太守李嶷敬信佛法聞有沙門持經像乘船汎海而至即將人從至海邊迎接經像歸至郡治商人於是還向揚州留法青州請法顯一冬一夏夏坐訖法顯遠離諸師久欲趣長安但所營事重遂便南下向都就禪師出經律法顯發長安六年到中國停六年還三年達青州凡所遊歷減三十國沙河已西迄于天竺衆僧威儀法化之美不可詳説竊惟諸師未得備聞是以不顧微命浮海而還艱難具更幸蒙三尊威靈危而得濟故竹帛疏所經歷欲令賢者同其聞見是歲甲寅晋義熙十二年歲在壽星夏安居末迎法顯道人既至留共冬齋因講集之際重問遊歷其人恭順言輒依實由是先所略者勸令詳載顯復具敘始末自云顧尋所經不覺心動汗流所以乘危履險不惜此形者盖是志有所存專其愚直故投命於不必全之地以達萬一之冀於是感歎斯人以爲古今罕有自大教東流未有忘身求法如顯之比然後知誠之所感無窮否而不通志之所奬無功業而不成成夫功業者豈不由忘失所重重夫所忘者哉

法顯傳一卷

音釋

燉煌（燉徒渾切煌胡光切燉煌郡名）崎嶇（崎去飢切嶇豈俱切崎嶇不平也）隖（音烏）絙（古恒切大索也）搪揬（搪徒郎切揬徒骨切搪揬觸也）齧（五結切噬也）櫨（力都切欂櫨也）揠（烏黠切拔也）嶮巇（嶮虛儉切巇許羈切嶮巇巔危也）哹（縛謀切吹氣也）甖（於耕切瓦器也）

釋迦譜

蕭齊釋僧祐譔

清刻龍藏佛說法變相圖

釋迦譜序

蓋聞菩提之爲極也神妙寂通圓智湛照道絶於形識之封理畢於生滅之境形識久絶豈實誕於王宫生滅巳畢寧眞謝於堅固哉但羣萌長寢同歸大覺緣來斯化感至必應若應而不生誰與悟俗化而無名何以導世是以標號釋迦擅種剎利體域中之尊冠人天之秀然後脫屣儲宫貞觀道樹捨金輪而御大千明玉毫而制法界此其所以垂跡也爰自降胎至于分塔瑋化千條靈瑞萬變並義炳經典事盈記傳而羣言參差首尾散出事緒舛駁同異莫齊散出首尾宜有貫一之區莫齊同異必資會通之契故知博訊難該而總集易覽也祐以不敏業謝多聞時因疾隙頗存尋翫遂乃披經按記原始要終敬述

釋迦譜記列爲十卷若夫胤裔託生之源得
道度人之要泥洹塔像之徵道法將滅之相
總衆經以正本綴世記以附末使聖言與俗
說分條古聞共今跡相證萬里雖邈有若躬
踐千載誠隱無隔面對今抄集衆經述而不
作庶脱尋訪力半功倍敬率丹心略敷誓願

僧祐前禮最勝尊　稽首清淨無比法
次歸離垢應眞僧　三寶慈護永住世
像末少信信不純　邪見迷没陷衆苦
三藏遐曠難究尋　懈怠障礙令法没
故集本師源緣記　經律傳證增信根
仰承大士誓願心　敢厝弘意於後世
願同見聞隨喜福　法燈延照盡來際

釋迦譜目録

第八卷

第九卷

第十卷

釋迦譜卷第一

蕭　齊　釋　僧　祐　譔

釋迦始祖劫初刹利相承姓緣譜第一出長阿含經

劫初天地欲成大水彌滿風吹結構以成世界此世欲成光音天福行命盡來生爲人皆悉化生歡喜爲食身光自在神足飛行無有男女尊卑衆共生故名曰衆生有自然地味猶如醍醐色如生酥味甜如蜜其後衆生以手試嘗遂生味著漸成摶食光明轉滅無復神通食地味多者顏色麤悴其食少者顏色光澤因有勝負便相是非地味消歇咸皆懊惱咄哉爲禍無復地味又生地皮狀如薄䴵色味香美後復食之轉相輕慢地皮又滅又生地膚因食多少生諸惡法地膚復滅增一阿含經云自然地肥味如甜葡萄酒樓炭經云地肥不生更生兩枝葡萄其味亦甘久久食多共相形笑兩枝葡萄不生更生粳米後有自然粳米無有糠糩不加調和備衆美味衆生食之生男女形增一阿含經云時天子欲情意欲多者便成女人遂行情欲共相娛樂也互相瞻視遂生欲想共在屏處爲不淨行餘衆生見咄哉非法云何衆生有如是事男子見他訶責即自悔過自身投地其彼女人即送食與之扶之令起因此世間便有不善夫主之名以送飯與夫名之爲妻其後衆生遂爲婬泆爲自障蔽遂造屋舍以此因緣世中立家其後衆生婬泆轉增遂夫妻共住其餘衆生壽福行盡從光音天來生此間在母胎中因此世間有處胎生樓炭經云後稍有所著便將童女與夫歌舞戲笑稱願言夫婦常使安隱也爾時先造瞻波城乃至一切城郭自然粳米朝刈暮熟暮刈朝熟刈後隨生中阿含云

長四寸未有莖幹時有衆生併取日粮如是相效乃至併取五日粳米漸生糠檜刈已不生有枯株現樓炭經云後有懶人取四五日糧所刈有處粳米便不復生枯以爲機心一動則物離其眞精靈所感速於風雷嘗聞兩漢之時東萊加租而海魚不出合浦貪珠而璣蜯遠移以近代方古若合符契粳米不生未足異也爾時衆生懊惱悲泣各封田宅以分疆畔其後衆生自藏已米盜他田穀無能決者議立一平等主善護人民賞善罰惡各共減割以供給之時彼衆中有一人形質長大容貌端正甚有威德請以爲主於是始有民主之名曇無德律云古昔有王初出世名大人衆之所舉樓炭經云時彼衆中有一人最尊端正威神巍巍衆人便白當爲我典主作君長號之曰王以法取租是故名爲刹利時閻浮利天下富樂熾盛安隱生青卓色如孔雀尾有八萬郡國人民聚落雜鳴相聞天下無病無大熱大寒大王以法治國奉行十善哀念人民如父母愛子人民敬王如子敬父人壽大久後有他王不如先王其壽遂減至壽十萬歲稍減至萬歲至今裁壽百歲初民主有子名珍

寶曇無德律名善王樓炭經云大王有子名眞王

珍寶有子名好味律云名樓夷王樓炭經闍此王

好味有子名靜衰律名齊王樓炭經云眞王有子名犄王

靜衰有子名頂生律同名頂生王樓炭經云犄王有子名頂生王

頂生有子名善行律云遮羅王樓炭經云頂生王有子名遮留

善行有子名宅行律名跋遮羅王樓炭經云遮留王有子名和行

宅行有子名妙味律名微王樓炭經無

妙味有子名味帝律名微驕陀羅王樓炭經無

味帝有子名外仙律名鞞醯梨肆王樓炭經無

外仙有子名百智律名舍迦陀王樓炭經無

百智有子名嗜欲律名樓脂王樓炭經云和行王有子名留至

嗜欲有子名善欲律名修樓脂王樓炭經云留至有子名曰王

善欲有子名斷結律名波羅那王樓炭經云曰王有子名波那

斷結有子名大斷結律云摩阿波羅那王樓炭經云波那王有子名大波那

大斷結有子名寶藏律名貴舍王樓炭經云大波那王有子名沙竭

寶藏有子名大寶藏律名摩訶貴舍王樓炭經無

大寶藏有子名善見律同名善見王樓炭經無

善見有子名大善見律名大善見王樓炭經云沙竭王有子名大善見

大善見有子名無憂律同名無憂王樓炭經無

無憂有子名洲渚律名光明王樓炭經云大善見王有子名提炎

洲渚有子名殖生律名梨那王樓炭經云提炎王有子名染

殖生有子名山岳律名彌羅王樓炭經云染王有子名迷留

山岳有子名神天律名末羅王樓炭經云迷留王有子名摩留

神天有子名進力律名精進力樓炭云摩留王有子名精進力

進力有子名牢車律同名牢車王樓炭云精進力王有子名堅賊

牢車有子名十車律同名十車王樓炭云堅賊有子名十車

十車有子名百車律同名百車王樓炭云十車有子名舍羅

百車有子名牢弓律云堅弓王樓炭無

牢弓有子名十弓律同名十弓王樓炭云舍羅王有子名十才

十弓有子名百弓律同名百弓王樓炭云十才王有子名百才

百弓有子名養技律云能師子王樓炭云百才王有子名耶和檀

養技有子名善思律云真闍王樓炭云耶和檀王有子名真闍

從善思已來有十族轉輪聖王相續不絕律云從真闍王巳來有十轉輪聖王種族樓炭云真闍王有子名波延後諸王甚衆多轉輪王有十種

一名箭律云一名伽嵬支樓炭經云一者姓迦那車伽嵬遮王有五轉輪聖王律云伽嵬支次第相承五王樓炭數同二名多羅業律云二名多樓毗帝樓炭云二者姓多盧提多羅業王有五轉輪聖王律云多樓毗帝次第五王樓炭數同三名馬律名三名阿濕卑樓炭云三者阿波阿葉摩王有七轉輪聖王律云阿濕卑七王樓炭數同四名持地律云四名乾陀羅樓炭云四者健陀利持地王有七轉輪聖王律云乾陀羅七王樓炭數同五名拔術律云伽陵迦樓炭云五者迦陵迦陵伽王有九轉輪聖王律云迦陵

伽九王樓炭數同六名瞻婆律云六名瞻鞞樓炭云六者遮波瞻婆
王有十四轉輪聖王律云瞻鞞十四王樓炭數同七者拘
羅婆律同云七名拘羅婆樓炭云七者拘獵也拘羅婆王有三十
一轉輪聖王律云拘羅婆三十一王樓炭數同八名般闍羅
律同云八名般闍羅樓炭云八者般闍般闍羅王有三十二轉
輪聖王律云般闍羅三十二王樓炭云有三十九名彌私羅律云
九名彌悉梨樓炭云九者彌尸梨彌私羅王有八萬四千轉
輪聖王律云彌悉梨次第八萬四千王樓炭數同十名懿摩律云十名
懿師摩樓炭云十者一摩彌懿摩王有百轉輪聖王律云懿師
摩次第百王樓炭云有百一王最後有王名大善生律云從懿師摩
後有王名大善生樓炭云然後有王名大善生從懿摩王有子名烏
婆羅律云大善生王有子名懿師摩樓炭云人呼為伊摩烏婆羅有子
名淚婆羅律云懿師摩王有子名憂羅陀樓炭云伊摩王有子字烏獵也淚
婆羅有子名尼求羅律云憂羅陀有子名瞿羅樓炭無尼求
羅有子名師子頰律云瞿羅有子名尼浮羅樓炭云烏獵有子字泥不

生師子頰有子名淨飯王律云尼浮羅有子名師子頰樓炭云泥不生有子名師子淨飯王有子名菩薩律云師子頰有子名悅頭
檀樓炭云師子有子名悅頭檀菩薩有子名羅睺羅律云悅頭檀有
子名菩薩樓炭云悅頭檀有子名私達菩薩私達菩薩有子名羅云
由此本緣名剎利種樓炭云以是因緣從昔至今起剎利種中阿含經云地主者謂剎利也
祐案劫初草昧肇建皇極發源民主迄于善
思父子繼業三十三王自善思以後云有十
族轉輪聖王第一伽㝹至第十懿摩或是兄
弟支胤聖賢遞興容可異族別起應天受命
長源遙緒難以意量也總其世數凡八萬四
千二百一十聖王仰尋白淨所承出自懿摩
轉輪相纂億業重耀所以釋迦權應示現降
生託跡既顯苗裔遂彰然經舉大數似亦未
周昔羲農軒皡猶莫詳厥歲況飛行聖帝壽

踰大椿其年世邈絶豈凡識所揆哉

釋迦賢劫初姓瞿曇緣譜第二出十二遊經

昔阿僧祇劫時有菩薩爲國王其父母早喪讓國與弟捨行求道遥見一婆羅門姓曰瞿曇因從學道婆羅門言當解王衣如吾所服受瞿曇姓於是菩薩體瞿曇姓入於深山食果飲水坐禪念道菩薩乞食遂還國界舉國吏民無能識者謂爲小瞿曇菩薩於城外甘蔗園中以爲精舍佛所行讚經云甘蔗之苗裔釋迦無勝王淨財德純備故名曰淨飯王案淨飯遠祖乃是瞿曇之後身以其前世居甘蔗園故稱甘蔗之苗裔也於中獨坐時五百大賊劫取官物路由菩薩廬邊明日捕賊蹤迹在菩薩舍下因收菩薩前後劫盜法以木貫身立爲大標血流於地是大瞿曇以天眼見之便以神足飛來問曰子有何罪酷乃爾乎卿無子當何係嗣菩薩答言命在須臾何陳子孫王使左右弩射殺之大瞿曇悲哀涕泣下棺斂之取土中餘血以泥團之持著山中還其精舍左血著左器中其右亦然大瞿曇言是道士若其至誠天神當使血化爲人却後十月左即成男右即成女於是便姓瞿曇氏一名舍夷舍夷外國貴姓之號也仁賢劫來始爲當寶如來釋迦越案小瞿曇血化爲人乃是宿世之事也至賢劫中當寶如來出世時瞿曇神識始生此世界爲王耳釋迦越此王號也竊謂當寶如來即是賢劫七佛之一名但譯梵爲寶故與七佛名異耳壽五百萬歲長阿含云拘樓孫佛時人壽四萬歲拘那含佛時人壽三萬歲迦葉佛時人壽二萬歲今稱釋迦越王壽五百萬歲設使在拘樓孫世比於人壽則過百倍也准例而求如似爲殊然一切業報未易思議也至釋迦文佛出世閻浮提人壽百歲唯鬱單曰壽千歲也自下二十五王其壽二三百萬歲文陀竭王壽百萬歲頂生王遮迦越左髀右髀王皆壽十萬歲從歡喜王皆壽八萬四千

歲從惡念遮迦越殺一牛祠祀害命失金輪得銀輪主三天下壽萬歲堅念王作鎧壽五千歲得銅輪王主二天下主西南喜殺王壽二千五百歲得鐵輪王主南天下其王有一太子行五惡殺減壽一千歲古人有九病寒熱飢渴生老病死婆羅門殺生祠祀從是生四百四病從師子念王人壽轉減壽百二十歲從師子念王後師子意王有八十四王人命轉減或壽八十七十五十三十二十十歲者於後師子合車王(師子合車王即師子頰王也)子名白淨是菩薩父計菩薩身終始并前後八萬四千遮迦越王(遮迦越齊言飛行皇帝即轉輪王也長阿含及曇無德律序輪轉世數甚明已顯於前此記抄攝難尋若依全經宜以阿含為正)名瞿曇氏純淑之姓(大方便經云白淨劫初以來嫡嫡相承作轉輪王近來一世不作轉輪而作閻浮提王也)

祐觀十二遊經不稱我聞復無佛言蓋是羅漢注記之說也尋瞿曇氏族乃緣起宿世越至賢劫還即本姓案業因深遠不可思議也其所述轉輪略而不同世數之緒難得推校然瞿曇姓源頗爲詳悉故撰之云爾

釋迦六世祖始姓釋迦氏緣譜第三(出長阿含經)

乃往過去有王名懿摩(樓炭經云一摩曇無德律云懿師摩彌沙塞律云鬱摩一懿鬱此三音相近以音而推竊謂懿摩是正但皷懿字相似故傳寫謬爲皷也)王有四子一名面光二名象食三名路指四名莊嚴(案彌沙塞四子名與此各異莊嚴是白淨王所承也)其王四子少有所犯王擯出國到雪山邊住直樹林中其四子母及諸家屬皆追念之即共集議詣懿摩王所白言大王當知我與四子別久欲往看視王即告曰欲往隨意時母眷屬聞王聽已即詣雪山至直樹林到四子所時諸

毋等各爲其婚後懿摩王聞其四子生子端正王即歡喜而發此言此眞釋子能自存立因此名釋釋義者言能瑞應本起亦云釋迦爲能其解是同此四子並因能命氏也在直樹林故名爲釋梵語呼直亦云釋天竺一音兼數義類多如此懿摩王即釋種先也彌沙塞云過去有王名曰鬱摩王有庶子四人一名照目二名聰目三名調伏象四名尼樓聰明神武有大威德第一夫人有子名曰長生頑薄醜陋衆人所賤夫人念言我子雖長才不及物而彼四子並有威德國祚所歸必鍾此等當設何計固子基業王見愛念當設方便便自嚴飾承敬備禮伺王喜悅意欲附近即便白言恩愛致情本由歡對我今憂深無復世意微願若遂或有餘歡若不見許於是盡矣王言汝欲何願理苟可從誓不相負便白王言王四子者聰明仁智並有威德我子雖長頑薄醜陋承嗣大統必競陵奪若王擯斥四子我情乃安王言四子仁孝於國無愆云何擯黜夫人言我心劬勞憂兼家國四子神武民各懷歸樹黨已立一旦競逐必相殄滅大國之祚[齒*飛]爲他有願王圖之不私一子王言汝言是矣吾自知時即呼四子而告之曰汝有過於吾吾不忍見汝死各速出國剋已圖生勿復闚[門*俞]自貽後悔四子奉命即便莊嚴時四子母及同生姊妹並知無過而被擯黜不勝枉酷咸索同去又諸力士一切人民多樂隨從王悉聽之於是便去至雪山北東西遐迥南北曠大多諸名果甚好居處遂便頓止數年之中歸德如市遂大熾盛鬱爲強國數年之後王思見子具報召之皆辭過不還王便三歎

我子有能因名釋種别傳云此國有釋迦樹甚茂盛相師云此處必出國王因移四子立國故號釋種雖非經說聊附異聞案此律說四子事緣與阿含經大同小異竊謂經變華戎必譯人斟酌出經之人各有所受故往往不同也夫以史漢延書猶分粹相反況萬里之外千歲之表哉明昔者固宜擇善而從懸領文外則可與言正矣尼樓有子名烏頭羅烏頭羅有子名瞿頭羅瞿頭羅有子名尸休羅尸休羅有四子一名淨飯大智論云昔日種王名師子頰有四子長名淨飯長阿含與曇無德律並同而彌沙塞獨云尸休羅子淨飯儻或傳寫脫略也若斷疑從多聞則宜以阿含等經爲正也淨飯子名菩薩祐仰惟定光授記表號釋迦玄符冥契故託化釋種名兆於未形之前跡孚於既生之後照灼人天聯綿曠劫其爲源也邃矣乎

釋迦降生釋種成佛緣譜第四之一出因果經

爾時善慧菩薩功德行滿足位登十地在一生補處近一切種智生兜率天名聖善白爲諸天主說於一生補處之行亦於十方國土現種種身爲諸衆生隨宜說法期運將至當下作佛即觀五事一者觀諸衆生熟與未熟二者觀時至與未至三者觀諸國土何國處中四者觀諸種族何族貴盛五者觀過去因緣誰最眞正應爲父母觀五事已即自思惟今諸衆生皆是我初發心已來所成熟者堪能受於清淨妙法於此三千大千世界此閻浮提迦毗羅施兜國最爲處中瑞應本起云迦維衛者三千日月萬二千天地之處中也佛之威神至尊至重不可生邊地地爲傾邪故處其中周化十方往古諸佛出興於世皆生於此諸族種姓釋迦第一甘蔗苗裔聖王之後觀白淨王過去因緣夫妻眞正堪爲父母又見摩耶夫人壽命脩短懷抱太子滿足

十月太子便生生七日已其母命終既作此觀又自思惟我今若便即下生者不能廣利諸天人衆仍於天宫現五種相令諸天子皆悉覺知菩薩期運應下作佛一者菩薩眼見瞬動二者頭上華萎三者衣受塵垢四者腋下汗出五者不樂本座時諸天衆忽見菩薩有此異相心大驚怖身諸毛孔血流如雨自相謂言菩薩不久捨於我等爾時菩薩又現五瑞一者放大光明普照三千大千世界二者大地十八相動須彌海水諸天宫殿皆悉震搖三者諸魔宫宅隱蔽不見四者日月星辰無復光明五者天下八部皆悉震動不能自禁是兜率諸天見菩薩身已有五相又復覩外五希有事皆悉聚集到菩薩所頭面禮足白言尊者我等今日見此諸相舉身震動不能自安唯願爲我釋此因縁菩薩即便答諸天言善男子當知諸行皆悉無常我今不久捨此天宫生閻浮提于時諸天聞此語已悲號涕泣心大憂惱舉體血現如波羅奢華或有不復樂於本座或有棄其莊嚴之具或有宛轉迷悶於地或有深歎無常苦者爾時有一天子即說偈言

菩薩在於此　開我等法眼　今者遠我去
如盲離導師　又如欲渡水　忽然失橋船
亦似嬰孤兒　喪亡其慈母　我等亦如是
失所歸依處　方漂生死流　了無有出縁
我等於長夜　爲癡箭所射　既失大醫王
誰當救我者　滞卧無明林　長没愛欲海
永絶尊者訓　未見超出期

爾時菩薩見諸天子悲泣懊惱又復聞說戀

慕之偈即以慈音而告之曰善男子凡人受生無不死者恩愛合會必有别離上至阿迦膩吒天下至阿鼻地獄其中一切諸衆生等無有不爲無常大火之所煎炙是故汝等不應於我獨生戀慕我今與汝皆悉未離生死熾火乃至一切貧富貴賤皆不免脱於是菩薩即説偈言

諸行無常　是生滅法　生滅滅已　寂滅爲樂

爾時菩薩語天子言此偈乃是過去諸佛之所宣説諸行性相法皆如是汝等今日勿生憂惱我於生死無量劫來今者唯有此一生在不久當得離於諸行汝等當知今是度脱衆生之時我應下生閻浮提中迦毗羅施兜國甘蔗苗裔釋姓種族白淨王家我生彼已遠離父母棄捨妻子及轉輪王位出家學道勤修苦行降伏魔怨成一切種智轉於法輪一切世間天人魔梵所不能轉亦依過去諸佛所行法式廣利一切諸天人衆建大法幢傾倒魔幢竭煩惱海淨八正路以諸法印印衆生心設大法會請諸天人汝等爾時亦當皆同在於此會餐受法食以是因緣不應憂惱爾時菩薩以偈頌曰

我於此不久　當下閻浮提　迦毗羅施兜
白淨王宮生　辭父母親屬　捨轉輪王位
出家行學道　成一切種智　建立正法幢
能竭煩惱海　閉塞惡趣門　永開八正路
廣利諸天人　其數不可量　以是因緣故
不應生憂惱

爾時菩薩擧身毛孔皆放光明諸天子等聞菩薩言又復見身出大光明歡喜踊躍離諸

憂苦各心念言菩薩不久當成正覺
普耀經云（一名方等本起）菩薩住兜率天其諸天子
各六十六億咸共講議當使菩薩現生何種
或有說言維提種摩竭國其母眞正其父不
眞拘薩大國父母宗族皆不眞正和沙大國
王無威神受他節度維耶離國喜諍不和無
清淨行此鏺樹國舉動虛妄志性麤獷不應
生彼有一天子名曰幢英詣菩薩所而前諮
問究竟菩薩一生補處所可降神種姓云何
菩薩報曰其國種姓有六十德一生補處乃
應降神（六十德以文多不載）今此釋種熾盛五穀豐熟
快樂無極人民滋茂植衆德本迦維羅衛衆
人和睦上下相承一切諸釋渴仰一乘其白
淨王性行仁賢夫人妙姿性溫貞良猶天玉
女護身口意強如金剛前五百世爲菩薩母
應往降神受彼胞胎於時菩薩問諸天子以
何形貌降神母胎或言儒童形或曰釋梵形
或言日月王形或曰金翅鳥形彼有梵天名
曰強威從仙道來報諸天言象形第一六牙
白象威神巍巍梵典所載所以者何世有三
獸一兔二馬三白象兔之渡水趣自渡耳馬
雖差猛猶故不知水之深淺白象之渡盡其
源底聲聞緣覺其猶兔馬雖渡生死不達法
本菩薩大乘譬如白象解暢三界十二緣起
了之本無救護一切莫不蒙濟菩薩過冬盛
寒春末夏初樹始華茂不寒不暑適在時宜
沸宿應下菩薩從兜率天化作白象口有六
牙諸根寂定光色巍巍現從日光降神母胎
趣於右脅所以處右所行不左王后潔妙晏
寐忽覺由象王來處于胞胎身心安隱猶如

逮禪（瑞應本起修行本起皆云菩薩初下化乘白象冠日之精）爾時菩薩觀降胎時至即乘六牙白象發兜率宮無量諸天作諸妓樂燒衆名香散天妙華隨從菩薩滿虛空中放大光明普照十方以四月八日明星出時降神母胎于時摩耶夫人於眠寤之際見菩薩乘六牙白象騰虛而來從右脅入身現於外如處瑠璃夫人體安快樂如服甘露顧見自身如日月照心大歡喜踊躍無量見此相已廓然而覺生希有心即便往至白淨王所而白王言我於向者眠寤之際其狀如夢見諸瑞相極爲奇特王即答言我向亦見有大光明又復覺汝顏貌異常汝可爲說所見瑞相夫人即便具說上事以偈頌曰

見有乘白象　皎淨如日月　釋梵諸天衆
皆悉執寶幢　燒香散天華　并作衆妓樂
充滿虛空中　圍繞而來下　來入我右脅
猶如處瑠璃　今以現大王　此爲何瑞相

爾時白淨王見摩耶夫人諸瑞相已歡喜踊躍不能自勝即便遣請善相婆羅門以妙香華種種飲食而供養之供養畢已示夫人右脅并說瑞相白婆羅門言願爲占之有何等異時婆羅門即占之曰大王夫人所懷太子諸善妙相不可具說今當爲王略言之耳大王當知今此夫人胎中之子必能光顯釋迦種族降胎之時放大光明諸天釋梵執侍圍繞此相必是正覺之瑞若不出家爲轉輪聖王王四天下七寶自至千子具足時王聞此婆羅門言深自慶幸踊躍無量即以金銀雜寶象馬車乘及以村邑而用供給此婆羅門

時摩耶夫人以其姝女并及珍寶亦以奉施瑞應本起經云王即占問太卜占其所夢卦曰道德所歸世蒙其福必懷聖子自從菩薩處胎已來摩耶夫人日更修行六波羅蜜天獻飲食自然而至不復樂於人間之味三千大千世界常皆大明其界中間幽冥之處日月威光所不能照亦皆朗然其中衆生各得相見共相謂言此中云何忽生衆生菩薩降胎之時三千大千世界十八相動清涼香風起於四方諸抱病者皆悉除愈貪欲瞋癡亦皆休息

爾時兜率天宮有一天子作是念言菩薩已生白淨王宮我亦當復下生人間菩薩成佛我得在先爲其眷屬供養聽法作此念已即便下生王舍城中明月種姓旃陀羅及多王家復有天子生舍衛國王家復有天子生偷羅厥叉國王家復有天子生犢子國王家復有天子生跋羅國王家復有天子生盧羅國王家復有天子生德叉尸羅國王家復有天子生拘婆國王家復有天子生婆羅門家復有天子生長者居士毗舍首陀羅家復有五百天子生釋種姓家有如是等諸天子衆其數凡有九十九億下生人間又從他化自在天乃至四天王所下生者不可稱計復有色界天王與其眷屬亦皆下生而作仙人菩薩在胎行住坐卧無所妨礙又不令母有諸苦患菩薩晨朝於母胎中爲色界諸天說種種法至日中時爲欲界諸天亦說諸法於日晡時又復爲諸鬼神說法於夜三時亦復如是成熟利益無量衆生普耀經云菩薩在胎十月開化訓誨三十六載

諸天人民使立聲聞及諸大乘也菩薩在胎夫人婇女有來禮拜而供養者或復有來作是願言當令得成轉輪聖王菩薩聞已心不喜樂或復有來作是願言當令得成一切種智菩薩聞已心大歡喜菩薩處胎垂滿十月身諸肢節及以相好皆悉具足亦使其母諸根寂定樂處園林不喜憒閙時白淨王心自思惟夫人懷妊日月將滿而不見其有生產相作此念時會遇夫人遣信白王我今欲出園林遊觀時王聞此益懷歡喜即勑於外令淨掃灑藍毗尼園更使栽植諸妙華果流泉浴池悉令清潔欄楯堦陛皆以七寶而為莊嚴翡翠鴛鴦鸞鳳鳧鷖異類衆鳥鳴集其中懸繒旛蓋散華燒香作衆妓樂猶如帝釋歡喜之園又勑中閒所經行處皆令嚴淨種種莊飾又勑嚴辦十萬七寶車輦一一車輦彫玩殊絕又復勑外嚴辦四軍象兵馬兵車兵步兵又復選取後宮婇女顏容端正不老不少氣性和調聰慧明了其數凡有八萬四千以用給侍摩耶夫人又復擇取八萬四千端正童女著妙瓔珞嚴身之具齎持香華先往住彼藍毗尼園王又勑諸群臣百官夫人去者皆悉侍從於是夫人即昇寶轝與諸官屬并及婇女前後導從往藍毗尼園爾時復有天龍八部亦皆隨從充滿虛空

大華嚴經云菩薩從兜率陀天降神下時此林中有十種瑞相一者忽然廣博二者土石變為金剛三者寶樹行列四者沉水末香種種莊嚴五者華鬘充滿六者諸寶流出七者池出芙蓉八者天龍夜叉合掌而住九者天

女合掌恭敬十者十方一切佛齋中放光普照此林現佛受生爾時夫人旣入園已諸根寂靜即遣侍女啓白淨王王聞踊躍到無憂樹王心念曰何所屋宅安於妙后時天帝釋及化自在天各上天宫香華妓樂奇異之類供養妙后身輕柔輭不想三毒若有諸病身心之疾請菩薩毋手摩其頭病皆除愈十月滿足於四月八日日初出時夫人見彼園中有一大樹名曰無憂華色香鮮枝葉分布極爲茂盛普曜經云王后臨產思入園觀嚴雲毋寶車姝女圍繞出遊憐鞞樹下王后坐師子牀六反震動三千國土時四天王挽王后車梵天前導適至樹下樹即屈枝自歸王后諸天百千咸共散華即舉右手欲牽摘之菩薩漸漸從右脅出佛所行讚經云優留王股生畀偷王手生漫陀王頂生伽叉王腋生菩薩亦如是從右脅而生大善權經云菩薩發意能從兜率不由胞胎一時之頃成最正覺防人有疑此所從來變化所爲若懷狐疑不聽受法故現受胎衆人當謂后生菩薩必有惱患欲現安隱毋適攀樹枝菩薩誕育是爲菩薩善權方便也于時樹下亦生七寶七莖蓮華大如車輪菩薩即便墮蓮華上無扶侍者自行七步大善權經云菩薩行地七步亦不八步是爲正志應七覺意耶舉其右脅而師子吼我於一切天人之中最尊最勝無量生死於今盡矣此生利益一切天人大善權經云舉手而言吾於世尊設不現斯各當自尊外道梵志必墮惡趣是爲菩薩善權方便說是言已時四天王即以天繒接太子身置寶几上釋提桓因手執寶蓋大梵天王又持白拂侍立左右難陀龍王優波難陀龍王於虛空中吐清淨水一溫一涼灌太子身普曜經云天帝釋梵雨雜名香九龍在上而下香水洗浴菩薩瑞應本起云梵釋下侍四天大王接菩薩身置金几上修行本起云龍王兄弟左雨溫水右雨冷泉釋梵天衣裹菩薩身身黃金色三十二相放大光明普照三千大千世界天龍八部亦於虛空作天妓樂歌唄讚頌燒衆

名香散諸妙華又雨天衣及以瓔珞繽紛亂墜不可稱數

爾時摩耶夫人生太子已身安快樂無所苦患歡喜踊躍止於樹下前後自然忽生四井其水香潔具八功德爾時摩耶夫人與其眷屬隨所欲須自恣洗漱復有諸天夜叉皆悉圍繞守護太子及摩耶夫人當爾之時閻浮提人乃至阿迦膩吒天雖離喜樂皆亦於此歡喜讚歎一切種智今出於世無量衆生皆得利益惟願速成正覺之道轉於法輪廣度衆生唯有魔王獨懷愁惱不安本坐當爾之時所感瑞應三十有四(普曜經云三十有二)一者十方世界皆悉大明二者三千大千世界十八相動丘墟平坦三者一切枯木悉更敷榮國界自然生奇特樹四者園苑生異甘果五者陸地生寶蓮華大如車輪六者地中伏藏悉皆發出七者諸藏珍寶放大光明八者諸天妙服自然來降九者衆川萬流恬靜澄清十者風止雲降空中明淨十一者香風芬芳從四方來細雨潤澤以歛飛塵十二者國中疾病皆悉除愈十三者國内宫舍無不明耀燈燭之光不復爲用十四者日月星辰停住不行十五者毗舍佉星下現人間(漢名沸星)侍太子生十六者諸梵天王執素寶蓋列覆宫上十七者八方諸仙人師奉寶來獻十八者天百味食自然在前十九者無數寶瓶盛諸甘露二十者諸天妙車載寶而至二十一者無數白象子首戴蓮華列住殿前二十二者天紺寶馬自然而來二十三者五百白師子王從雪山出息其惡情心懷歡喜羅住城門二十四

者諸天妓女於虛空中作妙音樂二十五者諸天玉女執孔雀拂現宮墻上二十六者諸天玉女各持金瓶盛滿香汁列住空中二十七者諸天歌頌讃太子德二十八者地獄休息毒痛不行二十九者毒蟲隱伏惡鬼善心三十者諸惡律儀一時慈悲三十一者國內孕婦產者悉男其有百疾自然除愈三十二者一切樹神化作人形悉來禮侍三十三者諸餘國王各齎名寶同來臣服三十四者一切人天無非時語爾時諸婇女衆見此瑞相極大歡喜自相謂言太子今生有如此等吉祥之事惟願長壽無諸病苦勿令我等生大憂惱作此言已以天繒氎裹抱太子至夫人所時四天王在虛空中恭敬隨從釋提桓因執蓋來覆有二十八大鬼神王在園四角守衞奉護

爾時有一青衣聰慧明了從藍毗尼園還入宮中到白淨王所白王言大王威德轉更增進摩耶夫人已生太子顏貌端正有三十二相八十種好躡蓮華上自行七步舉其右手而師子吼我於一切天人之中最尊最勝無量生死於今盡矣此生利益一切人天有如是等諸奇特事非可具說時白淨王聞彼青衣說此語已歡喜踊躍不能自勝即脫身瓔珞而以賜之

爾時白淨王即嚴四兵眷屬圍繞并與一億釋迦種姓前後導從入藍毗尼園見彼園中天龍八部皆悉充滿到夫人所見太子身相好殊異歡喜踊躍猶如江海諸大波浪慮其短壽又懷悚惕譬如須彌山王難可動搖大

地動時此乃一動彼白淨王素性恬靜常無歡慼今見太子一喜一懼亦復如是摩耶夫人爲性調和既生太子見諸奇瑞倍增柔輭

爾時白淨王叉手合掌禮諸天神前抱太子置於七寶象轝之上與諸群臣後宮婇女虛空諸天作大妓樂隨從入城時白淨王及諸釋子未識三寶即將太子往詣天寺太子既入梵天形像皆從座起禮太子足而語王言大王當知今此太子天人中尊虛空天神皆悉敬禮大王豈不見如此耶云何而令來此禮我時白淨王及諸釋子群臣內外聞見是已歎未曾有即將太子出於天寺還入後宮當爾之時諸釋種姓亦同一日生五百男修行本起云國中八萬四千長者生子悉男八萬四千廐馬生駒其一特異毛色純白騣髦貫珠故名爲蹇特奴名闡特瑞應本起云奴名車匿馬名揵陟時王廐中象生白子馬生白駒牛羊亦生五色羔犢如是等類數各五百王子青衣亦生五百蒼頭普耀經云五千青衣各生力士

爾時宮中五百伏藏自然發出一一伏藏有七寶藏而圍繞之又有諸大商人從海採寶還迦毗施兜國彼諸商人各齎奇緣諸珍寶奉貢王慰諸人汝等入海悉皆吉利無苦惱不及諸伴侶無遺落耶彼諸商人答言大王所經道路極自安隱王聞此言甚大歡喜即遣請諸婆羅門等婆羅門衆皆悉集已設諸供養或與象馬及以七寶田宅僮僕供養畢已抱太子出即便白諸婆羅門言當爲太子作何等名諸婆羅門即共論議而答王言太

子生時一切寶藏皆悉發出所有諸瑞莫非吉祥以此義故當名太子爲薩婆悉達瑞應本起云五百伏藏一時發出海行與利一時集至梵志相師普稱萬歲即名太子爲悉達多漢言頓吉說此語時虛空天神即擊天鼓燒香散華唱言善哉諸天人民即便稱曰薩婆悉達

爾時八王亦於是日與白淨王同生太子彼諸國王各懷歡喜我今生子有諸奇異而不知是薩婆悉達之瑞相也皆集婆羅門各爲太子制好名字王舍城太子名曰頻毗婆羅舍衛國太子名波斯匿偷羅拘吒國太子名拘臘婆犢子國太子名優陀延跋羅國太子名曰鬱陀羅延盧羅國太子名曰疾光德又尸羅國太子名弗迦羅婆羅拘羅婆國太子名拘羅婆

爾時白淨王普勅羣臣令訪聰明多聞智慧善知占相爲諸世人所知識者羣臣聞已四方推覓時王即便於後園中乃起一大殿窻牖欄楯七寶莊飾爾時羣臣得五百婆羅門聰明知相見諸奇瑞欲來詣王會王遣信疾速而至諸臣白王知相婆羅門今者已到王聞歡喜即勑令前請入殿坐設諸供養彼婆羅門即白王言我聞大王新生太子有諸相好奇特之瑞願令我等悉得見之時王即勑抱太子出諸婆羅門既見太子相好嚴盛歎未曾有王即問言今占太子其相云何婆羅門言一切衆生皆欲好子大王今者所生太子是大珍異勿生憂怖即又白言所生太子大王雖言是王之子乃是世間之眼王復問

言云何得知婆羅門言我觀太子身色光爛猶如真金有諸相好極爲明淨若當出家成一切種智若在家者爲轉輪聖王領四天下譬如江河海爲第一衆山之中須彌最勝凡諸光暉日爲無上一切清涼唯有明月天人世間太子爲尊王聞此語心大歡喜離諸悚惕彼婆羅門又白王言有一梵仙名阿私陀具足五通在於香山彼能爲王斷諸疑惑諸婆羅門説此語已辭別而去

爾時白淨王心自思惟阿私陀仙人居在香山途徑險絶非人能到當以何方請求至此時白淨王作此念時阿私陀仙遥知其意又復先見諸奇瑞相深解菩薩爲破生死故現受生以神通力騰虚而來到王宫門時守門者入白王言阿私陀仙人乘虚空來今在門外王聞歡喜即勑令前王至門上自奉迎之既見仙人恭敬禮拜而即問言尊者既來住門不進爲守門者不聽前耶仙人答言無見止者既來相詣宜須先白王便隨從入於後宫敬請令坐而問訊言尊者四大常安和不仙人答言蒙大王恩幸得安樂時白淨王白仙人言尊者今日能來下降我等種族方大熾盛從今已去日就吉祥爲是經過故來此耶仙人答言我在香山見大光明諸奇特相又知大王心之所念以是因緣故來到此我以神力乘虚而至聞上諸天説王太子必當得成一切種智度脱天人又王太子從右脅生墮於七寶蓮華之上而行七步舉其右手而師子吼我於天人之中最尊最勝無量生死於今盡矣此生利益一切天人又復諸天

圍繞恭敬聞有如此大奇特事快哉大王宜應欣慶太子今者可得見不即將仙人至太子所王及夫人抱太子出欲禮仙人時彼仙人尋止王曰此是天人三界中尊云何而令禮於我耶時彼仙人即起合掌禮太子足王及夫人白仙人言唯願尊者爲相太子仙人言善即便占相具見相巳忽然悲泣不能自勝王及夫人見彼仙人悲泣流淚舉身戰怖生大憂惱如大波浪動於小船問仙人言我子初生具諸瑞相有何不祥而悲泣耶爾時仙人歔欷答言大王太子相好具足無有不祥王又問言願更爲我占視太子有長壽相不得轉輪王位王四天下不我年既暮欲以國土皆悉付之當隱山林出家學道所可志願唯在於此尊者爲觀必定果耶爾時仙人

又答王言大王太子具三十二相一者足下安平立如奩底二者足下千輻網轉輪相具足三者手足相指長勝於餘人四者手足柔輭勝餘身分五者足跟廣具足滿好六者足指合縵網勝於餘人七者足趺高平好與跟相稱八者脚腨纖好如伊泥延鹿王九者平住兩手摩膝十者陰藏相如象王馬王十一者身縱廣等如尼倶盧樹十二者一一孔一毛生青色柔輭右旋十三者毛上向靡青色柔輭右旋十四者金色相其色微妙勝閻浮檀金十五者身光一丈十六者皮薄細滑不受塵垢不停蚊蚋十七者七處滿兩足下兩腋中兩肩上項中皆滿字相分明十八者兩腋下滿如摩尼珠十九者身如師子二十者身廣端直二十一者肩圓好二十二者口四

十齒二十三者齒白齊密而根深二十四者四牙最白而大二十五者方頰車如師子二十六者味中得上味咽中二處津液流出二十七者舌大輭薄能覆面至耳髮際二十八者梵音深遠如迦陵頻伽聲二十九者眼色如金精三十者眼睫如牛王三十一者眉間白毫相輭白如兜羅綿三十二者頂髻肉成具有如此相好之身若在家者年一十九爲轉輪聖王若出家者成一切種智廣濟天人然王太子必當學道得成阿耨多羅三藐三菩提不久當轉清淨法輪利益天人開世間眼我今年壽已百二十不久命終生無想天不覩佛與不聞經法故自悲耳又問仙人尊者向占言有二種一當作王二成正覺而今云何言決定成一切種智時仙人言我相之法若有衆生具三十二相或生非處文不明顯此人必爲轉輪聖王若三十二相皆得其處文復明顯此人必成一切種智我觀大王太子諸相皆得其所又極明顯是以決定知成正覺仙人爲王說此語已辭別而退

釋迦譜卷第一

音釋

序

緒（徐呂切端也）舛駁（舛尺兗切錯亂也駁北角切不純也）隙（綺戟切間也）胤裔（胤羊晉切嗣續也裔余制切種族也）厝（倉故切置也）

譜

構古候切成也醍醐醍杜奚切醐戶吳切酥之精液也酥素姑切
甜徒兼切甘美也摶度官切揑聚也懊烏皎切恨也粳古行切稻不粘
者糠穭穅苦岡切穭苦外切糠穭穀皮也頪古協切纂作管切繼
也暭胡老切少暭金天氏也揆巨癸切度也蕉之夜切廬力居
切舍也弩暖五切弓有臂者斂力驗切賓斂也髀部禮切鎧可亥
切甲也祚存故切位也闚𨵦闚缺規切𨵦容朱切闚𨵦猶覬覦也貽
盈之切遺也瞬輸閏切目動也萎於爲切枯也腋羊益切肘脅間也
阿迦膩吒梵語也此云色究竟膩乃計切吒丑亞切鏺普活切獷
古猛切麤惡貌沸方味切鳧鷖鳧音符野鴨也鷖煙奚切鷗也唄旁卦
切梵音也繽紛繽紕民切紛敷文切繽紛雜亂也佉丘加切繒氎
繒慈陵切帛也氎徒協切細毛布也悚惕悚息拱切懼也惕他歷切憂也廐
音救馬舍也驄鬐驄子紅切鬐渠脂切驄鬐並馬鬣也蹇特蹇古犛切
特徒得切犍陟犍渠焉切陟竹力切歔欷歔休居切欷香衣切歔欷泣咽
而抽息也奩力壚切跟音根足踵也腨市兖切腓腸也纖思廉切細
也蚊蜹蚊音文蜹儒稅切睫即涉切目旁毛也

釋迦譜卷第二

蕭齊釋僧祐譔

釋迦降生釋種成佛緣譜第四之二 出因果經

爾時白淨王既聞仙人決定之說心懷愁惱慮恐出家即擇五百青衣賢明多智爲作嬭母養視太子其中或有乳者或有抱者或有浴者或有浣濯者如是等比供給太子皆悉具足又復別爲起三時殿温涼寒暑各自異處其殿皆以七寶莊嚴衣裳服飾皆悉隨時王恐太子棄家學道使其城門開閉之聲聞四十里又復擇取五百妓女形容端正不肥不瘦不長不短不白不黑才能巧妙各兼數技皆以名寶瓔珞其身百人一番迭代宿衛於其殿前列樹甘果枝葉蔚映華實繁茂又有浴池清流澄潔池邊香草雜色蓮華猗靡芬敷不可稱計異類之鳥數百千種光麗心目趣悅太子太子既生始滿七日其母命終以懷太子功德大故上生忉利封受自然太子自知福德威重無有女人堪受禮者故因將終託之而生普耀經云菩薩生七日後其母命終所以者何本命應然菩薩察之臨母命終因來下生懷菩薩時諸天供養已服天食不甘世養本福應然云來今佛皆亦如是母七日終受忉利天上功祚適昇彼天五萬梵天各執寶瓶二萬魔妻手執寶纓侍菩薩母瑞應本起云菩薩本知母人之德不堪受其禮故因其將終而從之生長阿含經云毗婆尸佛降神母胎專念不亂安樂無畏身壞命終生忉利天此是常法大善權經云生後七日其母便薨福應昇天非菩薩咎前處兜率觀斥摩耶大命將終餘有十月七日之期故神變來下是菩薩權方便爾時太子姨母摩訶波闍波提乳養太子如母無異時白淨王勑作七寶天冠及以瓔珞而與太子太子年漸長大爲辦象馬牛羊之車凡是童子所玩好具無不給與爾時舉國

人民皆行仁恵五穀豐熟風雨以時又無盜賊快樂安隱皆是太子福德力故時王又以青衣所生是車匿等五百蒼頭給侍太子至年七歲父王心念太子已大宜令學書訪覓國中聰明婆羅門善諸書藝請使令來以教太子爾時有一婆羅門名跋陀羅尼（漢言選友）與五百婆羅門以爲眷屬來受王請即白婆羅門言欲屈尊者爲太子師此可爾不婆羅門言當隨所知以授太子時白淨王更爲太子起大學堂七寶莊嚴牀榻學具極令精麗卜擇吉日即以太子與婆羅門而令教之爾時婆羅門以四十九書字之本教令讀之于時太子見此事已問其師言此何等書閻浮提中一切諸書凡有幾種師即默然不知所答又復問言此阿一字有何等義師又默然亦不能答内懷慚愧即從座起禮太子足而讚歎言太子初生行七步時自言天人之中最尊最勝此言不虛唯願爲說閻浮提書凡有幾種太子答言閻浮提中或有梵書或佉樓書或蓮華書有如是等六十四種

普耀經云菩薩手執金筆栴檀書隷明珠書牀問師選友今師何書而相教乎其師答曰以梵佉留而相教耳菩薩答曰其異書者有六十四今師何言止有二種師問皆何所名答曰梵書佉留書護衆書疾堅書龍鬼書揵沓和書阿須倫書鹿輪書天腹書轉數書轉眼書觀空書攝取書（文多不悉載也）此六十四欲以何書而相教乎時師歡悦說偈讚歎菩薩爲諸童子一一分別諸字本末勸發無上正眞道意瑞應本起云時去聖久書缺二字以問

於師師不能達反啓其志此阿字者是梵音聲又此字義是不可壞亦是無上正眞道義凡如此義無量無邊爾時婆羅門深生慚愧還至王所而白王言大王太子是天人中第一之師云何而欲令我教耶爾時父王聞婆羅門言倍生歡喜歎未曾有即厚供養彼婆羅門隨意所之凡諸技藝典籍議論天文地理筭數射御太子皆悉自然知之

爾時太子年至十歲諸釋種中五百童子皆亦同年太子從弟提婆達多次名難陀次名孫陀羅難陀等或有三十相三十一相者或復雖有三十二相相不分明各鬪技藝有大筋力時提婆達多等五百童子既聞太子諸藝皆通名徹十方共相謂言太子雖復聰明智慧善解書論至於筋力拒勝我等欲與太子校其勇健爾時父王又訪國中善知射者而召之來令教太子即往後園欲射鐵鼓提婆達多等五百童子亦悉隨從時師即便授一小弓而與太子太子含笑而問之言以此與我欲作何事射師言欲令太子射此鐵鼓太子又言此弓力弱更求如是七弓將來師即授與太子便執七弓以射一箭過七鐵鼓時彼射師徃白王言大王太子自知射藝以箭力射過七鼓閻浮提中無能等者云何令我爲作師也爾時白淨王聞此語已心大歡喜而自念言我子聰明書論筭數四遠悉知而其射藝四方人民未有知者即勑太子及提婆達多等五百童子又復擊鼓唱令國界太子薩婆悉達却後七日當出後園欲試武藝諸人民中有勇力者可悉來此到第七日

提婆達多與萬眷屬最先出城于時有一大象當城門住此諸軍衆皆不敢前提婆達多問諸人言何故住此而不前也諸人答言有一大象當門而立舉衆畏之故不敢前提婆達多聞此言已獨前象所以手搏頭即便躃地於是軍衆次第得過爾時難陀又與眷屬亦欲出城其諸軍衆徐步漸前難陀即問何故行遲諸人答言提婆達多以手搏一象躃在城門妨行者路以是故遲難陀即便前至象所以足指挑象擲著路傍無數人衆聚共視之爾時太子與十萬眷屬前後圍繞始出城門見於路傍人衆聚看即便問曰此諸人輩爲何所看從人答言提婆達多手搏一象躃在城門妨人行路難陀次出以足指挑擲著於此是故行人悉聚看之於是太子即自

念言今者正是現力之時太子即便以手執象擲著城外還以手接不令傷損象又還甦無所苦痛時諸人民歎未曾有王聞此已深生奇特如是太子及提婆達多并與難陀四遠人民皆悉來集在彼園中爾時彼園種種莊嚴施列金鼓銀鼓鍮石之鼓銅鐵等鼓各有七枚爾時提婆達多最先射之徹三金鼓次及難陀亦徹三鼓諸來人衆悉皆歎訝爾時羣臣白太子言提婆達多及與難陀皆已射訖今者次第正在太子唯願太子射此諸鼓如是三請太子曰善而語之言若欲使我射諸鼓者此弓力弱更覓强者諸臣答言太子祖王有一良弓今在王庫太子語言便可取來弓既至已太子即牽以放一箭徹過諸鼓然後入地泉水流出又亦穿過大鐵圍山

爾時提婆達多又與難陀共相撲戲二人力等亦無勝者太子又前手執二弟擲之於地以慈力故不令傷痛爾時四遠諸人民衆既見太子有如此力高聲唱言白淨王太子非但智慧勝一切人其力勇健亦無等者莫不歎伏益生恭敬

爾時白淨王即會諸臣而共議言太子今者年已長大智慧勇健皆悉具足今宜應以四大海水灌太子頂又復勑下餘小國王却後二月八日灌太子頂皆可來集至二月八日諸餘國王并及仙人婆羅門等皆悉雲集懸繒旛蓋燒香散華鳴鍾擊鼓作諸妓樂以七寶器盛四海水諸仙人衆各各頂戴授婆羅門如是乃至徧及諸臣悉已頂戴轉授與王時王即以灌太子頂以七寶印而用付之又擊大鼓高聲唱言今立薩婆悉達以爲太子爾時虛空天龍夜叉人非人等作天妓樂異口同音讚言善哉當於迦毗羅雞兜國立太子時餘八國王亦於是日同立太子

爾時太子啓王出遊王即聽許時王即與太子并諸羣臣前後導從案行國界復次前行到王田所即便止息閻浮樹下看諸耕人爾時淨居天化作傷蟲鳥隨啄之太子見之起慈悲心衆生可愍互相呑食即便思惟離欲界愛如是乃至得四禪地日光昕赫樹爲曲枝陰蔭太子爾時白淨王四面推求問覓太子從人答曰太子今在閻浮樹下時王即便與諸羣臣往彼樹所未至之間遥見太子端坐思惟又見彼樹曲蔭其軀深生奇特時王即前執太子手問言汝今何故在於此坐太

子答言觀諸衆生更相呑食甚可傷愍王聞此語心生憂畏慮其出家宜急婚娉以悦其意即便呼之俱共還國太子答言願停於此王聞其語心即念言彼阿私陀往日所説太子今者將如其言王即流涙重喚還國太子既見父王如此即便隨從歸於所止王恐愁憂不樂在家更增妓女而娯樂之

爾時太子年至十七王集諸臣而共議言太子今者年已長大宜應爲其訪索婚所諸臣答言有一釋種婆羅門名摩訶那摩其人有女名耶輸陀羅顔容端正聰明智慧賢才過人禮儀備舉有如是德堪太子妃王即答言若如卿語便爲納之王還宮内即勑宮中聰明有智舊宿女人汝可往至摩訶那摩長者之家瞻看其女容儀體行爲何如耶可停於彼至滿七日受王勑已即便往彼長者之家於七日中具觀此女還答王言我觀此女容貌端正威儀進止無與等者王聞其言極大歡喜即便遣人語摩訶那摩言太子年長欲爲納妃諸臣並言汝女淑令宜堪此舉今欲相屈時摩訶那摩答王使言謹奉勑旨王即令諸臣擇采吉日遣車萬乘而往迎之既至宮已具足太子婚姻之禮又復更增諸妓女衆晝夜娯樂爾時太子恒與其妃行住坐卧未曾不俱初自無有世俗之意於靜夜中但修禪觀時王日日問諸婇女太子與妃相接近不婇女答言不見太子有夫婦道王聞此語愁憂不樂更增妓女而娯樂之如是經時猶不接近時王深疑恐不能男

普耀經云時諸力士釋種長者啓白淨王若

太子作佛斷聖王種王曰何所玉女宜太子妃菩薩心念吾不貪欲棄兜率來以權方便令當試之使上工匠立妙金像以書文字女人德義如吾所說能應娉耳時白淨王告右梵志入迦夷衛周徧瞻察梵志周行覩一玉女淨猶蓮華類王女寶王問誰女梵志報曰執杖釋種女王言儻不可意使自擇之召羅衛好女會彼講堂時釋女俱夷到菩薩所諦視菩薩目未曾瞬菩薩欣笑執持寶英以遺俱夷俱夷報曰吾不貪寶當以功德莊嚴王遣梵志往媒此女執杖釋言我等本姓有藝術者乃嫁與之王問菩薩能現術乎菩薩曰能王徧勑國中椎鐘擊鼓却後七日太子現術諸有藝術皆來集會勝者以釋女與之於是調達右手牽象左手撲殺難陀出城即牽移路側菩薩出城門曰是象身大臭熏城內即右掌接擲著城外時大臣琰光筭術第一言談筭術亦不能及樹木藥草衆水滴數一一可知樗蒱六博天文地理八萬異術一切諸會不及菩薩調達及難陀欲手博菩薩菩薩慇之舉調達身在於空中三反跳旋使身不痛王及釋種更欲試射調達豎四十里鼓唯難陀六十里鼓菩薩百里調達射中四十里鼓不能得過難陀六十里亦不得越菩薩引弓弓即折破問有異弓任吾用不王曰吾祖父所執用弓奇異無雙無能用者著於天寺便可持來一切諸釋無能張者菩薩以手捺張拼弓之聲悉聞城內注箭放發中百里鼓箭沒地中涌泉自出中鐵圍山三千刹土六反震動一切諸釋怪未曾有於時執杖釋

種以女俱夷爲菩薩妃隨世習俗現相娛樂修行本起云太子年至十七王爲采擇名女無可意者有小國王名須波弗漢言善覺女名裘夷端正少雙八國皆求悉不與之白淨王召而告之曰吾爲太子娉娶卿女善覺憂愁若不許者恐見誅伐與者諸國結怨女言表白淨王國中勇武技術最勝者我乃爲之王勑羣臣悉出戲場太子舉象射中鐵圍山善覺送女詣太子宮瑞應本起云太子年十七王爲納妃簡選數千最後一女名曰裘夷端正第一禮義備舉是則宿命賣華女也太子雖納久而不接婦人情欲有附近心太子曰常得好華置我中間共視之寧不好乎裘夷即具好華又欲近之太子曰却此華汁汙於牀席久後復曰得好白氎置我中間兩人觀之不亦好乎婦即具氎又有近意太子曰却人有汗垢必汙此氎婦不敢近侍女咸疑太子不能男太子以手指妃腹曰却後六年爾當生男遂以有娠

大善權經云何故菩薩而有室娶菩薩無欲所以示現妻息防人懷疑菩薩非男斯黃門耳故納瞿夷釋氏之女羅云於天變沒化生不由父母合會而育又是菩薩本願所致

爾時太子聞諸妓女歌詠園林華果茂盛流泉清涼太子忽便欲出遊觀即遣妓女往白王言在宮日久樂欲暫出園林遊戲王聞此語心生歡喜而自念言太子當是不樂在宮行夫婦禮所以求出園林去耳即便聽之勑諸羣臣整治園觀所經道路皆令清淨太子即便往至王所頭面禮足辭出而去時王即

便勅一舊臣聰明智慧善言辯者令從太子爾時太子與諸官屬前後導從出城東門國中人民聞太子出男女盈路觀者如雲時淨居天化作老人頭白背傴拄杖羸步太子即便問從者言此爲何人從者答言此老人也太子又問何謂爲老答曰此人昔日曾經嬰兒童子少年遷謝不住遂至根熟形變色衰飲食不消氣力虛微坐起苦極餘命無幾故謂爲老太子又問唯此一人老一切皆然從者答言一切皆悉應當如此爾時太子聞是語已生大苦惱而自念言日月流邁時變歲移老至如電身安足恃我雖富貴豈獨免耶云何世人而不怖畏太子從本已來不樂處世又聞此事益生猒離即迴車還愁思不樂時王聞已心懷煎憂恐其學道更增妓女以時娛樂之

爾時太子復經少時啓王出遊王聞此言心生憂慮而自念言太子前出逢見老人憂愁不樂今者云何而復求出王愛太子不忍違意僶俛從之即集諸臣而共議言太子前者出城東門逢見老人還輙不樂今者已復求出遊觀吾不能免遂復許之諸臣答言當更嚴勑外諸官屬修治道路懸繒旛蓋散華燒香皆使華麗無令臭穢諸不淨潔及以老疾在道側也

爾時迦毗羅雞兜城四門之外各有一園樹木華果浴池樓觀種種莊嚴皆悉無異王問諸臣外諸園觀何者爲勝諸臣答言外諸園觀皆等無異如忉利天歡喜之園王又勑言太子前出已從東門今者可令從南門出爾

時太子百官導從出城南門時淨居天化作病人身瘦腹大喘息呻吟骨消肉竭顏貌痿黄舉身戰掉不能自持兩人扶腋在於路側太子即問此爲何人從者答曰此病人也太子又問何謂爲病答曰夫謂病者皆由嗜欲飲食無度四大不調轉變成病百節苦痛氣力虛微飲食寡少眠卧不安雖有身手不能自運要假他力然後坐起爾時太子以慈悲心看彼病人自生憂愁又復問言此人獨爾餘皆然耶答曰一切人民無有貴賤同有此病太子聞已心自念言如此病苦普應縈之云何世人躭樂不畏作是念已深生恐怖身心戰動譬如月影現波浪水語從者言如此身者是大苦聚世人於中横生歡樂愚癡無識不知覺悟今者云何欲往彼園遊觀嬉戲即便迴車還入王宫坐自思惟愁憂不樂王問從者太子今出寧有樂不從者答言始出南門逢見病人以此不樂即迴車還王聞此語心大愁憂慮其出家時王即便問諸臣言太子前者出城東門逢見老人愁憂不樂以此事故吾勅卿等淨治道路無令老病在於巷側云何今出於城南門而復致有疾病人耶又令太子逢值見之諸臣答言近受王勅嚴命外司勿使有諸臭穢老病在於前側互相檢覆無敢懈怠不知何緣忽有病人非是我等之罪咎也爾時王問諸從者言汝等並見病人在路從何而至從者答曰無有蹤跡不知何來時王深於太子生猶豫心恐其學道更增妓女而悦其意又復欲使於五欲中生戀著心

爾時有一婆羅門子名憂陀夷聰明智慧極有辯才時王即便請來入宮而語之言太子今者不樂在世受於五欲恐其不久出家學道汝可與之共作朋友具説世間五欲樂事令其心動不樂出家時憂陀夷便即答言太子聰明無與等者所知書論皆悉淵博並是我今所未曾聞云何見使誘説之也譬如藕絲欲懸須彌我亦如是終不能迴太子之心大王既勑令作朋友要當自竭我所知見時憂陀夷受王勑已隨從太子行住坐卧不敢遠離時王又復選諸妓女聰明智慧顔容端正善於歌舞能惑人者種種莊飾光麗悦目皆悉遣往給侍太子

爾時太子復經少時啓王出遊王聞此語心自念言彼憂陀夷既與太子共爲朋友今若出遊或勝於前無復猒俗樂出家心作是念言即便聽許時王又復集諸大臣悉語之言太子今者復求出遊我不忍違已復聽之太子前出東南二門已見老病還輒愁憂今者宜令從西門出我心慮其還又不樂憂陀夷是其良友冀令出還不復應爾卿等好令修治道路園林臺觀皆使嚴整香華幡蓋數倍於前無令復有老病臭穢在道側也臣受勑已即語外司嚴治道路并及園林光麗倍常王又先送諸妙妓女置彼園中又復勑語憂陀夷言若當路側有不祥事可以方便誘説其心并勑諸臣隨從太子皆令伺察若有不吉遠驅逐之爾時太子與憂陀夷百官導從燒香散華作衆妓樂出城西門時淨居天心自念言先現老病於二城門舉衆皆見今白

淨王瞋責從者并及外司太子今出王制嚴峻我今現死若皆見者增王忿怒必加罰戮枉及無辜我於今日所現之事唯令太子及憂陀夷二人見耳使餘官屬不受責也作此念已即便來下化爲死人四人轝舉以諸香華布散屍上室家大小號哭送之爾時太子與憂陀夷二人獨見太子問言此爲何人而以香華莊嚴其上復有人衆號哭相送時憂陀夷以王勑故黙然不答如是三問淨居天王威神之力使憂陀夷不覺答言是死人也太子又問何謂爲死憂陀夷言夫謂死者刀風解形神識去矣四體諸根無復所知此人在世貪著五欲愛惜錢財辛苦經營唯知積聚不識無常今者一旦捨之而死又爲父母親戚眷屬之所愛念命終之後猶如草木恩情好惡不復相關如是死者誠可哀也太子聞已心大顫怖又問憂陀夷言唯此人死餘亦當然即復答言一切世人皆應如是無有貴賤而得免脫太子素性恬靜難動既聞此語不能自安即以微聲語憂陀夷世間乃復有此死苦云何於中而行放逸心如木石不知怖畏即勑御者可迴車還御者答言前出二門未到園所中路而返致令大王深見瞋責今者豈敢復如此也時憂陀夷與御者言如汝所說不應便歸即復前行至彼園中香華旛蓋作衆妓樂衆妓端正猶如諸天婇女無異於太子前各競歌舞冀以姿態悅動其意太子心安不可移轉即止園中蔭息樹間除其侍衛端坐思惟憶昔曾在閻浮樹下逺離欲界乃至得於第四禪定爾時憂陀夷到

太子所而作此言大王見勑令與太子共爲朋友脱有得失互相開悟朋友之法其要有三一者見有過失轉相諫曉二者見有好事深生隨喜三者在於苦厄不相棄捨今獻誠言願不見責古昔諸王及今現在皆悉受於五欲之樂然後出家太子云何永絶不顧又人生世宜順人行無有棄國而學道者唯願太子受於五欲令有子息不絶王嗣爾時太子而答之言誠如所説但我不以損國故爾亦復不言五欲無樂以畏老病生死之苦故於五欲不敢愛著汝向所言古昔諸王先經五欲然後出家此諸王等今在何許以愛欲故或在地獄或在餓鬼或在畜生或在人天以有如是輪轉苦故是以我欲離老病苦生死法耳汝今云何令我受之時憂陀夷雖竭

才辯勸奬太子不能令迴即便退坐歸於所止太子仍勑嚴駕還宫諸妓女衆及憂陀夷愁憂慘慼顔貌顰蹙如人新喪所愛親屬太子到宫惻愴倍常時白淨王呼憂陀夷而問之言太子今出寧有樂不憂陀夷言出城不遠逢見死人亦不知其從何而來太子與我同時見之太子問言此爲何人我亦不覺答是死人時王即復問諸從者汝等皆見城西門外有死人不從者答言我等不見王聞此語神意豁然而自念言太子憂陀夷二人獨見此是天力非諸臣咎必定當如阿私陀言作此念已心大苦惱復增妓女以娛樂之日日遣人慰誘太子而語之言國是汝有何故愁憂而不樂也王又嚴勑諸妓女衆悦太子意勿捨晝夜時白淨王雖知天力非復人事

愛重太子不能不言心自思惟太子前巳出三城門今者唯有北門未出其必不久更求出遊當復莊嚴彼外園林倍令光麗勿使有諸不可意事如所思惟具勑諸臣時王又復心自願言太子若出城北門時唯願諸天勿復現於不吉祥事復令我子心生憂惱旣心願巳遂勑御者太子若出當令乘馬使得四望見諸人民光麗莊飾是時太子啓王出遊王不忍違便與憂陀夷及餘官屬前後導從出城北門到彼園所太子下馬止息樹下除去侍衛端坐思惟念於世間老病死苦時淨居天化作比丘法服持鉢手執錫杖視地而行在於太子前太子見巳即便問言汝是何人比丘答言我是比丘太子又問何謂比丘答曰能破結賊不受後身故曰比丘世間皆悉無常危脆我所修學無漏聖道不著色聲香味觸法永得無爲到解脫岸作是言巳於太子前現神通力騰虛而去當爾之時諸從官屬皆悉覩見太子旣巳見此比丘又聞廣說出家功德會其宿懷猒欲之情便自唱言善哉善哉天人之中唯此爲勝我當決定修學是道作是語巳即便索馬還歸宮城於時太子心生歡慶而自念言我先見有老病死苦晝夜常恐爲此所逼今見比丘開悟我情示解脫路作此念巳即自思惟方便求覓出家因緣爾時白淨王問憂陀夷言太子今出寧有樂不時憂陀夷即答王言太子向出所經道路無諸不祥旣到園中太子獨自在於樹下遥見一人剃除鬚髮著染色衣來太子前而共語言語言旣畢騰虛而去竟亦不知

何所論說太子因是嚴駕而歸當爾之時顏容歡悅還至宮中方生憂愁歡白淨王既聞此語心生狐疑亦復不知是何瑞相深懷懊惱而自念言太子決定捨家學道又納其妃久而無子我今當勑耶輸陀羅當思方便莫絶國嗣復應警戒勿使太子去而不知既作是念如所思惟即便勑於耶輸陀羅耶輸陀羅聞王勑已心懷慚愧嘿然而住行止坐卧不離太子時王復增諸妙妓女以娛樂之爾時太子年至十九心自思惟我今正是出家之時而便往至於父王所威儀詳序猶如帝釋往詣梵天傍臣見已而白王言太子今者來大王所王聞此言憂喜交集太子既至頭面作禮爾時父王即便抱之而勑令坐太子坐已白父王言恩愛集會必有別離唯願聽我出家學道一切衆生愛別離苦皆使解脫願必垂許不見留難時白淨王聞太子語心大苦痛猶如金剛摧破於山舉身顫掉不安本座執太子手不復能言啼泣流淚歔欷哽咽如是良久微聲而言汝今宜應息出家意所以者何年既少壯國未有嗣而便委我曾不懷顧普耀經云太子白王欲得四願一者不老二者無病三者不死四者不別假使父王與此四願不復出家王聞重悲此四願者古今無獲爾時太子既見父王流淚不許還歸所止思惟出家愁憂不樂爾時迦毗羅施兜國諸大相師並知太子若不出家過七日後得轉輪王位王四天下七寶自至各以所知往白王言釋迦種姓於此方興王聞是語心生歡喜即勑諸臣并釋種

子汝聞相師如此言不皆應日夜侍衛太子可於四門門各千人周帀城外一踰闍那內羅置人衆而防護之普耀經云明日即勑五百諸釋勇多力者宿衛菩薩令城四門開閉之聲聞四十里復勑耶輸陀羅并諸內宮倍加警戒過於七日勿使出家時王又來至太子所太子遙見即往奉迎頭面禮足問訊起居王語太子我昔既聞阿私陀說及衆相師并諸奇瑞必定知汝不樂處世國嗣既重孰當相繼唯願爲我生汝一子然後絕俗不復相違爾時太子聞父王言心自思惟大王所以苦留我者正自爲國無紹嗣耳作是念已而答王言善哉如勑即以左手指其妃腹時耶輸陀羅便覺體異自知有娠王聞太子如勑之言心大歡喜當謂太子七日之內必未有兒若過此期轉輪王位自然而至不復出家爾時太子心自念言我年已至十九今又是二月復是七日宜應方便思求出家所以者何今正是時又於父王所願已滿作此念已身放光明照四天王宮乃至照於淨居天宮不令人間見此光明爾時諸天見此光已皆知太子出家時至即便來下到太子所頭面禮足合掌白言無量劫來所修行願今者正見成熟之時於是太子答諸天言如汝等語今正是時然父王勑內外官屬嚴見防衛欲去無從諸天白言我等自當設諸方便令太子出使無知者諸天即便以其神力令諸官屬悉皆熟卧爾時耶輸陀羅眠卧之中得三大夢一者夢月墮地二者夢牙齒落三者夢失右臂得此夢已眠中驚覺心大怖懼白

太子言我於眠中得三惡夢太子問言汝夢何等耶輸陀羅即便具說所夢之事太子語言月猶在天齒又不落臂復尚在當知諸夢虛假不實汝今不應橫生怖畏耶輸陀羅又語太子如我自忖所夢之事必是太子出家之瑞太子又答汝但安眠勿生此慮要不令汝有不祥事耶輸陀羅聞此語已即便還眠太子即從座起徧觀妓女及耶輸陀羅皆如木人譬如芭蕉中無堅實或有倚伏於樂器上臂脚垂地更相枕卧鼻涕目淚口中流涎又復徧觀妻及妓女見其形體髮爪髓腦骨齒髑髏皮膚肌肉筋脉肪血心肺脾腎肝膽腸胃屎尿涕唾外爲革囊中盛臭穢無一可奇强熏以香飾以華絲譬如假借當還亦不得久百年之命卧消其半又多憂惱其樂無幾世人云何恒見此事而不覺悟又於其中貪著婬欲普耀經云於時菩薩夜觀妓女百節空中譬如芭蕉鼻涕目淚樂器縱横顧視其妻具見形體腦髓髑髏心肺腸胃外是革囊中有臭處猶如假借當還亦不得久三界無怙唯道可恃欲界諸天住於空中法行天子遙白菩薩時已到矣佛星適現即勑車匿起鞁揵陟適宜此言時四天王與無數閱叉龍鬼等皆被鎧甲從四方來稽首菩薩城中男女皆疲極寐孔雀衆鳥亦疲極寐修行本起云諸天皆言太子當去恐作稽留召烏蘇慢（此名厭神）適來宮國內外厭寐我今當學古昔諸佛所修之行急應遠此大火之聚

爾時太子思如是已至於後夜淨居天王及欲界諸天充滿虛空即共同聲白太子言內

外眷屬皆悉昏卧今者正是出家之時爾時太子即便自往至車匿所以天力故車匿自覺而語之言汝可爲我鞁揵陟來爾時車匿聞此語已舉身戰怖心懷猶豫一者不欲違太子令二者畏王勑旨嚴峻思惟良久流淚而言大王慈勑如是之嚴且又今日非遊觀時又非降伏怨敵之日云何於此後夜之中而忽索馬欲何所之太子又復語車匿言我今欲爲一切衆生降伏煩惱結使賊故汝今不應違我此意爾時車匿舉聲號泣欲令耶輸陀羅及諸眷屬皆悉覺知太子當去以天神力皆卧如故車匿即便牽馬而來太子徐前而語車匿及以揵陟一切恩愛會當别離世間之事易可果遂出家因緣甚難成就車匿聞已黙然無言於是揵陟不復噴鳴爾時太子見明相出放身光明徹照十方師子吼言過去諸佛出家之法我今亦然於是諸天捧馬四足并接車匿釋提桓因執蓋隨從諸天即便令王北門自然而開不使有聲車匿重悲門閉下鑰誰當開者時諸鬼神阿須倫等自然開門太子於是從門而出虛空諸天讚歎隨從爾時太子又師子吼我若不斷生老病死憂悲苦惱終不還宮我若不得阿耨多羅三藐三菩提又復不能轉於法輪要不還與父王相見若當不盡恩愛之情終不還見摩訶波闍波提及耶輸陀羅當於太子說此誓時虛空諸天讚言善哉斯言必果至於天曉所行道路已三踰闍那時諸天衆既從太子至此處已所爲事畢忽然不現

爾時太子次行至彼跋伽仙人苦行林中太

子見此園林寂靜無諸諠鬧心生歡喜諸根悅豫即便下馬撫背而言所難爲事汝作已畢又語車匿馬行駿疾如金翅鳥王汝恒隨從不離我側世間之人或有善心而形不隨或運形力而心不稱汝今心形皆悉無違又世間人處富貴者競隨奉事我既捨國來此林中唯汝一人獨能隨我甚爲希有我今既已至閑靜處汝便可與揵陟俱還宫也爾時車匿聞此語已悲號啼泣迷悶躃地不能自勝於是揵陟既聞被遣屈膝舐足淚落如雨車匿答言我云何忍聽太子如此言耶我於宫中違大王勅輒鞁揵陟以與太子令致今日來至於此父王及摩訶波闍波提失太子故必當憂惱宫中内外亦應騷動又復此處多諸險難猛獸毒蟲交横道路我今云何而捨太子獨還宫也太子即答車匿言世間之法獨生獨死豈復有伴又有生老病死諸苦我當云何與此作侶吾今爲欲斷諸苦故而來至此苦若斷時然後當與一切衆生而作伴侶我於即時諸苦未離云何而得爲汝作侶車匿又白太子生來長於深宫身體手足皆悉柔軟眠卧牀褥無不細滑如何一旦履藉荆棘丸礫泥土止宿樹下太子答言誠如汝語設我住宫乃得免此形荆棘之患老病死苦會當見侵車匿既聞太子此語悲泣垂淚默然而住于時太子即就車匿取七寶劒而師子吼過去諸佛爲成就阿耨多羅三藐三菩提故捨棄飾好剃除鬚髮我今亦當依諸佛法作此言已便脱寶冠髻中明珠以與車匿而語之曰以此寶冠及以明珠致王足

下汝可爲我上白大王我今不爲生天樂故亦復非不孝順父母亦無忿恨瞋恚之心但以畏彼生老病死爲除斷故來至此耳汝應助我隨喜欣慶勿於吉祥更生悲愁父王若謂我今出家未是時者汝以我語上啓大王老病死至豈有定時人雖少壯焉得免此父王若復而責我言本要有子當聽出家今未有子云何而去及出宮時不啓聞者汝可爲我具啓父王耶輸陀羅久已有娠王自聞之昔勑如此非爲專輙往古有諸轉輪聖王猒國位者入於山林出家求道無有中途還受五欲我今出家亦復如是未成菩提終不還宮內外眷屬皆當於我有恩愛情可以汝辯爲解釋之勿使於我橫生憂惱太子又復脫身瓔珞以授車匿而語之言汝可爲我持此瓔珞奉摩訶波闍波提道我今爲斷諸苦本故出宮城求滿大願勿復於我反更生苦又脫身上餘莊嚴具以與耶輸陀羅亦復語言人生於世愛別離苦我今爲欲斷此諸苦出家學道勿以我故恒生愁憂并諸親屬皆亦如是爾時車匿聞此語已倍增悲絶不忍違於太子勑令即便長跪受取寶冠明珠瓔珞及嚴飾具垂淚而言我聞太子如此志願舉身顫掉設令有人心如木石聞此語者亦當悲感況我生來奉侍太子聞此誓言而不感絶唯願太子捨於此志勿令父王及摩訶波闍波提耶輸陀羅并餘親屬生大悲苦若使決定不迴此意勿於是處而復棄我我今歸依太子足下終不見有違離去理設當還宮王必責我云何獨委太子而歸欲令何言上

答大王太子答言汝今不應作如是語世皆離別豈常集聚我生七日而母命終母子尚有死生之別而況餘人汝勿於我偏生戀慕可與揵陟俱還宮也如是再勑猶不肯去爾時太子便以利劒自剃鬚髮即發願言今落鬚髮願與一切斷除煩惱及以習障釋提桓因接髮而去虛空諸天燒香散華異口同音讚言善哉善哉大善權經云菩薩自剃頭鬢諸天龍神無能見頂況能除髮菩薩念白淨王當起恨意誰剃子首故自剃之王乃默然是爲方便

爾時太子剃鬚髮已自見其身所著之衣猶是七寶即心念言過去諸佛出家之法所著衣服不當如此時淨居天於太子前化作獵師身服袈裟太子既見心大歡喜而語之言汝所著衣是寂靜服往昔諸佛之標式也云何著此而爲罪行獵者答言我著袈裟以誘羣鹿鹿見袈裟皆來近我我得殺之太子又言若如汝說著此袈裟但欲爲殺諸鹿故耳非求解脫而著之也我今持此七寶之衣與汝貿易吾服此衣爲欲攝救一切衆生斷其煩惱獵者答言善哉如告即脫寶衣而與獵者自被袈裟依過去諸佛所服之法時淨居天還復梵身上昇虛空歸其所止于時空中有異光明車匿見此心生奇特歎未曾有今此瑞應非爲小緣車匿既見太子剃除鬚髮身著法服定知太子必不可迴悶絕於地倍增懊惱爾時太子而語之言汝今宜應捨此悲愁便還宮城具宣我意太子於是即徐前行車匿歔欷頭面作禮乃至遠望不見太子

然後方起舉體顫掉不能自勝顧看揵陟及莊嚴具嗚咽悲哽涕泗交流即牽揵陟執持寶冠嚴身之具車匿號咷揵陟悲鳴緣路而還爾時太子即便前至跋伽仙人所住之處時彼林中有諸鳥獸既見太子皆悉矚目端住不瞬跋伽仙人遥見太子而自念言此是何神爲日月天爲帝釋也便與眷屬來迎太子深生敬重而作是言善來仁者太子既見諸仙人衆心意柔輭威儀詳序太子即便前其住處諸仙人等無復威光皆悉同來請太子坐太子坐已觀察彼諸仙人之行或有以草而爲衣者或以樹皮樹葉以爲服者或有唯食草木華果或有一日一食或二日一食或三日一食如是行於自餓之法或事水火或奉日月或翹一脚或卧塵土或有卧於荆棘之上或有卧於水火之側太子既見如此苦行即便問於跋伽仙人汝等今者行此苦行甚爲奇特皆欲求於何等果報仙人答言修此苦行爲欲生天太子又問諸天雖樂福盡則窮輪迴六道終爲苦聚汝等云何修諸苦因以求苦報太子即便心自歎言商人爲寶故入大海王爲國土興師相伐今諸仙人爲生天故修此苦行作是歎已默然而住跋伽仙人即問太子仁者何意默然不言我等所行非眞正也太子答言汝等所行非不至苦然求果報終不離苦太子與仙人說此議論言語往復乃至日暮太子即便停彼一宿既至明旦復更思惟此諸仙人雖修苦行皆非解脱眞正之道我今不應止住於此即與仙人辭別欲去時諸仙人白太子言仁者來

此我皆歡喜今我人衆威德增盛今者何故而忽欲去爲是我等失於威儀爲此衆中相犯觸也以何因緣不住於此太子答言非是汝等有如是失賓主之儀亦無所少但汝所修增長苦因我今學道爲斷苦本以此因緣是故去耳諸仙人衆自共議言其所修道極爲廣大云何我等而得留之

爾時有一仙人善知相法語衆人言今此仁者諸相具足必當得於一切種智爲天人師即便俱往詣太子所而作是言所修道異不敢相留若欲去者可向北行彼有大仙名阿羅邏迦蘭仁者可往就其語論我觀仁者亦當不必住於彼處於是太子即便北行諸仙人衆見太子去心懷懊惱合掌隨送極望絕視然後乃還

釋迦譜卷第二

音釋

孋 女蟹切乳母也
浣濯 浣合管切濯直角切洗滌也
猗靡 猗於其切窈窕也靡毋彼切美色也
榻 託合切牀狹而長者
搏 補各切手擊也
躃 必益切仆地也
挑 他凋切撥取也
甦 素姑切死而更生也
撲 弼角切踣也
啄 側角切鳥食也
昕赫 昕許斤切赫呼格切昕赫明盛貌
婚娉 婚呼昆切娶婦也娉匹王切娶問也
椎 傳追切擊也
摴蒱 摴丑居切蒱薄胡切摴蒱博戲也
捺 乃曷切手按也
拼 補耕切彈也
娠 失人切妊也
背傴 背補妹切傴於武切背傴脊不伸也
嬰 於盈切人始生曰嬰
邁 莫敗切往也
僶俛 僶音敏勉也俛音免強也
喘 昌兗切疾息也
掉 徒弔切搖動也
峻 須閏切嚴急也
顫 之膳切掉也
獎 子兩切勸使也
慘慼 慘七感切

慍也慼倉歷切憂懼也**顰蹙**顰毗賓切蹙子六切顰蹙愁貌**惻愴**惻初力切痛也愴楚亮切傷也**脃**此芮切物易斷也**踰闍那**梵語也此云限量踰容朱切闍音蛇**脾**頻脂切土藏也**腎**時軫切水藏也**胃**于貴切穀府也**鞁**披義切鞁馬也**噴**普悶切叱也**鑰**弋約切**舐**甚爾切舌餂也**貿**莫候切市易也**號咷**號胡刀切咷徒刀切號咷大哭也**翹**祈堯切企也

釋迦譜卷第三

蕭齊釋僧祐譔

釋迦降生釋種成佛緣譜第四之三（出因果經）

爾時太子既出宮已至於天曉耶輸陀羅及諸婇女從眠而覺不見太子悲號啼泣即便往啓摩訶波闍波提今旦忽失太子莫知所在摩訶波闍波提聞是語已迷悶躃地如是展轉乃至達王王聞此言屹然無聲失其精蒐若喪四體舉宮內外皆亦如是時諸大臣即入檢視太子住處案行宮城見城北門自然已開又復不見車匿犍陟即問門司誰開此者互相推檢皆云不知并問防人亦云不解此門開意于時大臣心自思惟北門既開太子必當從此而出宜速尋覓太子所在即勑千乘萬騎絡繹四出追求太子以天力故迷失道徑不知所之即便還歸白大王言推尋太子不知所在爾時車匿步牽犍陟及莊嚴具悲泣嗚咽隨路而還舉邑人民見此驚愕無不懊惱悉皆競來問車匿言汝送太子置於何處今與犍陟而獨還也車匿既得諸人問此倍更悲絕不能答之此諸人民雖見犍陟鞁帶鞍勒七寶莊嚴不見太子猶若死人飾以華綵於是車匿前入宮城犍陟悲嘶諸廐羣馬一時哀鳴外諸官屬白摩訶波闍波提及耶輸陀羅言車匿唯與犍陟俱還聞此言已宛轉于地而自念曰今者唯聞車匿犍陟相隨俱還而不聞道太子歸聲摩訶波闍波提即作是言我養太子至年長大一旦捨我不知所在譬如果樹結華成實臨熟落地又如飢人遇百味饌臨欲食之忽然翻倒

耶輸陀羅又自言曰我與太子行住坐卧不相遠離今者捨我莫知所趣古昔諸王入山學道皆將妻子不暫相棄世間之人一遇相識别不相忘夫妻之情恩愛之深而乃反更如是之薄語車匿言寧與智者而作怨讎不共愚人以爲親厚汝癡頑人盜送太子置於何處令此釋族不復熾盛又責揵陟汝載太子出此王宫近去之時寂然無聲今者空返何意悲嘶爾時車匿即便答言勿責於我及以揵陟所以者何此是天力非人所爲當於爾夕夫人婇女皆悉眠卧太子敕我令起鞁馬我於爾時以大高聲而諫太子欲使夫人及諸婇女聞此驚寤及鞁揵陟都無覺者城門每開聞四十里當爾之時自然而開人無一聲如此之事豈非天力出城之時天令諸神手捧馬足并接於我虚空諸天隨從無數我當云何而能止也時天既曉行三踰闍那至彼跋伽仙人住處又復有諸奇特異事願聽我説太子既至跋伽仙人苦行林中即便下馬手撫馬背并敕於我令還宫城我於此時隨從太子永無歸意太子見遣終不聽住又復就我取七寶劒而自唱言過去諸佛爲成就阿耨多羅三藐三菩提故捨於飾好剃除鬚髮我今亦當依諸佛法唱此言已即脱寶冠及以明珠悉付我還置王足下又以瓔珞與摩訶波闍波提餘莊嚴具以與耶輸陀羅我於爾時雖聞此誨猶侍左右無有歸情于時太子便以利劒自剃鬚髮天於空中隨接而去即便前行逢於獵者以身所著七寶妙衣而與獵人貿易袈裟於是虚空有大光

明我見太子形服既變深知其意必不可迴我即悶絶心大懊惱太子前至跋伽仙人所住之處我便於彼辭別而歸此諸奇特皆是天力非復人事願勿責我及犍陟也時摩訶波闍波提及耶輸陀羅既聞車匿說此事已心小醒悟默然無聲

爾時白淨王悶絶始醒勑喚車匿而語之言汝云何令諸釋種姓生大苦惱我有嚴制勑內外官屬守護太子畏其出家汝復何意輙送太子置於何處車匿怖懼而啓王言太子出城實非我欲唯願大王聽我具說即以寶冠及髻中明珠置王足下太子令我以所冠珠置王足下七寶瓔珞與摩訶波闍波提餘莊嚴具與耶輸陀羅王見諸物倍增悲絶雖復木石猶尚有感況乃父子恩愛之深車匿具以前事而啓王言太子勑我父王若謂本要有子當聽出家今未有子云何而去臨去之時又不啓者汝可爲我具答父王耶輸陀羅久已有娠王宜問之昔勑如此非爲專輙王聞此言即便遣問耶輸陀羅太子云汝久已有娠實如此不耶輸陀羅即答信言當於大王來此宮時太子指我即覺有娠王聞其語生奇特心憂惱暫歇而自念言我前所以許令有子聽出家者七日之中必無子理轉輪王位自然而至不謂七日未滿而便有娠深自欲悼智慧淺短所爲方便不能住之輕作此約重增悔恨太子神略出人意表今日之事亦復兼是諸大天力我今不應責車匿也時白淨王心自思惟太子出家必不可迴設使更作諸餘方便亦不能留雖復棄國出

家學道然已有子不絕種嗣我今應勑耶輸陀羅好令將護所懷之子時白淨王愛念情深語車匿言我今當往尋求太子不知即時定在何許其今既已捨我學道我復何忍獨生活也便當追逐隨其所在爾時王師及與大臣聞王欲出尋求太子二人俱共來諫王言大王不應自生憂惱所以者何我觀太子見其相貌過去世中久已修習出家之業設復令爲釋提桓因亦當不樂況復今者轉輪王位而能留也大王不憶太子初生而行七步舉手住言我生已盡是最後身諸梵天王釋提桓因悉來下從如此奇特云何樂世又復白王阿私陀仙人昔相太子年至十九出家學道必當成就一切種智今時既到大王何故而生愁苦又復大王嚴勑內外守護太子慮恐出家而諸天來導引出城如是之事非復人力唯願大王當生歡喜勿懷愁惱不須自出若憶太子猶不已者我今當與大臣尋求所在王聞此語心自念言我知太子雖不可迴未忍便捨不復追之今當試令師與大臣更一尋求也即便答師及大臣言善哉可去舉宮內外心皆苦惱佇遲速還於是王師大臣即便辭出追尋太子爾時白淨王發遣王師及大臣已即以太子瓔珞與摩訶波闍波提而語之言此是太子所服瓔珞付車匿還今以與汝摩訶波闍波提見瓔珞已倍增悲絕而自念言四天下人極爲薄福失此明智轉輪聖王又送餘莊嚴具以與耶輸陀羅而語之曰太子以此嚴身之具令持與汝耶輸陀羅既見此物悶絕躃地王又遣人勑

耶輸陀羅令自愛敬無使胎子不安隱也
爾時王師及以大臣至跋伽仙人苦行林中
除去從人及諸儀飾便前仙人所住之處仙
人請坐互相問訊於是王師語仙人言我是
白淨王師令所以來至於此者彼白淨王足
相太子猒惡生老病死之苦出家學道路由
此林大仙見不跋伽仙人答王師言我近於
此見一童子顏容端正相好具足來入此林
共我議論遂經一宿不知乃是王之太子鄗
薄我等所修之道從此北行詣彼仙人阿羅
邏迦蘭爾時王師大臣聞此言已即便疾往
彼仙人所而於中路遥見太子在於樹下端
坐思惟相好光明踰於日月即便下馬除却
侍衛脱諸儀服前太子所坐於一面互相問
訊於是王師白太子言大王見使尋求太子
欲有所説太子答曰父王勑汝欲何所道王
師答言大王久知太子深樂出家此意難迴
然王於太子恩愛情深憂愁盛火常自熾然
須太子歸以滅之耳願便迴駕還返宫城雖
有物務不令太子令棄道業靜心之處不必
山林摩訶波闍波提耶輸陀羅内外眷屬皆
悉没於憂惱大海思太子還而拯救之
爾時太子聞王師語以深重聲答王師言我
豈不知父王於我恩情深也但畏生老病死
之苦是以來此爲斷除故若令恩愛終日合
會又無生老病死苦者我復何爲來至於此
我今所以違遠父王欲爲將來和合故耳父
王憂愁大火今雖熾然我與父母唯餘今生
有此一苦將來自當永絶斯患若如汝言令
吾處宫修道業者如七寶合滿中餤火當有

人能止此室不如雜毒食設有飢人終不食之我既棄國出家修道云何令我復還宫城修學道也世間之人在大苦中爲小樂故尚復躭湎不能暫捨況我在此極寂靜處無諸患苦而能捐棄還就於惡古昔諸王入山學道無有中路還受欲者父王若欲必令我歸便是違於先王之法爾時王師白太子言誠如太子今之所說然諸仙聖一言未來定有果報一言定無此二仙聖尚不能知未來世中必定有無太子云何欲捨現樂而求未來不定果報生死果報尚不可知決定有無云何乃欲求解脱果唯願太子便還宫也太子答言彼二仙人説未來果一者言有一者言無皆是疑心非決定説我今終不隨順彼教不應以此而見難詰所以者何我今不爲希慕果報而來至此以目所見生老病死必應經之故求解脱免此苦耳令汝不久見我道成我此志願終不可迴還啓父王説如此也爾時太子作此言已即從座起與王師大臣辭别北行詣阿羅邏迦蘭仙人于時王師大臣見太子去啼泣懊惱一者念太子情深二者奉受王使來太子所而復不能移轉其意徘徊路側不能自返互共議言既被王使而無力効今者空歸云何奉答我等當留所從五人聰明智慧心意柔輭爲性忠直種族强者密令伺察看其進止作此言已顧瞻其傍見憍陳如等五人而語之言汝等悉能留止此不五人答言善哉如勅進止去來當密伺察即便辭别趣太子所王師大臣還歸宫城爾時太子往彼阿羅邏迦蘭仙人住處度於

恒河路由王舍城既入城已諸人民衆見太子顔貌相好殊特歡喜愛敬舉國皆悉奔馳瞻視如是諠譁徹頻婆娑羅王王便驚問此是何聲諸臣答言白淨王太子名薩婆悉達昔諸相師記其應得轉輪王位王四天下又復記其若出家者必當成就一切種智其人今者來入此城外諸人民馳競來看以是之故所以諠鬧時頻婆娑羅王既聞此語心大歡喜踊躍徧身即勑一人往令伺察太子所在使者受勑尋求太子見在般茶婆山於一石上端坐思惟時使即歸具白大王王便嚴駕與諸臣民詣太子所至般茶婆山遥見太子相好光明踰於日月即便下馬除去儀飾及諸侍衛前坐問訊太子四大悉調和不我見太子心甚歡喜然有一悲太子本是日之種姓累世相承爲轉輪王太子今者轉輪王相皆悉具足云何捨之來入深山踐藉沙土遠至此也我見是故所以悲耳太子若以父王今在故欲不取聖王位者當以我國分半治之若謂爲少我當捨國盡以相奉臣事太子若復不取我此國者當給四兵可自攻伐取他國也太子所欲甚不相違爾時太子聞頻婆娑羅王說此語已深感其意即答王言王之種族本是明月性自高涼不爲鄙事所爲所作無不清勝今發是言未足爲奇然我覩王中情貌至倍於前後王今便可於身命財修三堅法亦不應以不堅之法勸獎餘人我今既捨轉輪王位亦復何緣應取王國王以善心捨國與我猶尚不取何緣以兵伐取他國我今所以辭别父母剃除鬚髮捨於國

者爲斷生老病死苦故非爲求於五欲樂也世間五欲如大火聚燒諸衆生不能自出云何勸我貪著之也我今所以來至此者有二仙人阿羅邏迦蘭是求解脫最上道師欲往彼處求解脫道不宜乆停在於此也我旣違王初始之言亦懷喜心哉勿致嫌恨王今當以正法治國勿枉人民作此言已太子即起而與王別時頻婆娑羅王見太子去深大惆悵合掌流淚而作是言初見太子心大踊躍太子旣去倍生悲苦汝今爲於大解脫故而欲去者不敢相留唯願太子所期速果若道成者願先見度太子於是辭別而去時王奉送次於路側極目觀矚不見乃還瑞應本起云太子自去踰越名山經摩竭國界缾沙王因出遊獵遙見太子行山澤中即與諸耆宿大臣俱追見之王曰太子生多奇異形相炳著當君四天下爲轉輪王四海顒顒冀神寶至何棄天位自放山藪必有異見願聞其志太子答曰以吾所見天地人物出生有死劇苦有三老病死痛不可得離計身爲苦器憂畏無量若在尊寵則有憍泆貪求快意天下被患此吾所猒故欲入山以修其志諸耆宿曰夫老病死自世之常何獨預憂乃棄美號隱遁潛居以勞其形不亦難乎太子答曰如諸君言不當預憂使吾爲王老到病至若當死時寧有代吾受此厄者不如無有代乎可勿憂天下有慈父孝子愛徹骨髓至病死時不得相代若此僞身苦至之日雖居高位六親在側如爲盲人設燭何益於無目者乎吾觀衆行一切無常皆化非眞樂少苦多身非

已有世間虛無難得久居物生有死事成有敗安則有危得則有亡萬物紛擾皆當歸空精神無形躁濁不明行致死生之厄非直一受而已但爲貪愛蔽在癡網沒生死河莫之能覺故吾欲一心思四空淨度色滅恚斷求念空無所適莫是將返其源而歸其本始出其根如我願得乃可大安缾沙王喜曰善哉善哉菩薩志妙世間難有必得佛道願先度我太子默然而逝當度尼連禪河天爲止流令水暫乾度河行數十里有二梵志各與弟子索居溪邊過問其道自稱言吾事梵天奉於日月日修火祠唯水是淨菩薩答曰是生死法非真道也何以故水不常滿火不久熱日出則移月滿則虧道在清虛水焉能令心清淨傷之而去

爾時太子即便前行向彼阿羅邏仙人所住之處于時諸天語仙人言薩婆悉達棄捨國土辭別父母爲求無上正真之道欲拔一切衆生苦故今者已來垂至於此時彼仙人既聞天語心大歡喜俄爾之頃遙見太子即出奉迎讚言善來俱還所住請太子坐是時仙人既見太子顏貌端正相好具足諸根恬靜深生愛敬即問太子所行道路得無疲也太子初生及以出家又來至此我悉知之能於火聚自覺而出又如大鳥於羂索中而自免脫古昔諸王盛年之時恣受五欲至於根熟然後方捨國邑樂具出家學道此未足奇太子今者捨此壯年能棄五欲遠來至此真爲殊特當勤精進速度彼岸太子聞已即答之曰我聞汝言極爲歡喜汝可爲我說斷生老

病死之法我今樂聞仙人答言善哉善哉即便說曰衆生之始始從於冥初從於冥初起於我慢從於我慢生於癡心從於癡心生於染愛從於染愛生五微塵氣從五微塵氣生於五大從於五大生貪欲瞋恚等諸煩惱於是流轉生老病死憂悲苦惱今爲太子略言之耳爾時太子即便問曰我今已知汝之所說生死根本復何方便而能斷之仙人答言若欲斷此生死本者先當出家修持戒行謙卑忍辱住空閑處修習禪定離欲惡不善法有覺有觀得初禪除覺觀定生入喜心得第二禪捨喜心得正念具根樂得第三禪除苦樂得淨念入捨根得第四禪獲無想報別有一師說如此處名爲解脫從定覺已然後方知非解脫處離色想入空處滅有對想入識處滅無量想識唯觀一識入無所有處離於種種相入非想非非想處斯處名爲究竟解脫是諸學者之彼岸也太子若以斷於生老病死患者應當修學如此之行爾時太子聞仙人言心不喜樂即自思惟其所知見非究竟處非是永斷諸結煩惱即便語言我今於汝所說法中有所未解今欲相問仙人答言敬從來意即問曰非想非非想處爲有我也爲無我也若言無我不應言非想非非想若言有我我爲有知我爲無知我若無知則同木石我若有知則有攀緣既有攀緣則有染著以染著故則非解脫汝以盡於麤結而不自知細結猶在以是之故謂爲究竟細結滋長復受下結以此故知非度彼岸若能除我及以我想一切盡捨是則名爲眞解脫也仙

人默然心自思惟太子所説甚爲深妙爾時太子復問仙人汝年至幾而出家也修梵行來復幾許年仙人答言我年十六而便出家修梵行來一百四年太子聞已而心念言出家已來乃至是久而所得法正如此乎于時太子爲求勝法即從座起與仙人別爾時仙人語太子言我久遠來習此苦行而所得果正如此耳汝是王種云何而能修苦行也太子答言汝所修法非爲苦也別有最苦難行之道仙人既見太子智慧久觀志意堅固不虧知決定成一切種智白太子言汝若道成願先度我於是太子答言善哉次至迦蘭所住之處論議問答亦復如是太子即便前路而去時二仙人見太子去各心念言太子智慧深妙奇特乃爾難測合掌奉送絕視方還

爾時太子調伏阿羅邏迦蘭二仙人已即便前進伽闍山苦行林中是憍陳如等五人所止住處即於尼連禪河側靜坐思惟觀察衆生根宜應六年苦行而以度之思惟是已便修苦行於是諸天奉獻麻米太子爲求正真道故淨心守戒日食一麻一米設有乞者亦以施之爾時憍陳如等五人既見太子端坐思惟修於苦行或日食一麻或日食一米或復二日乃至七日食一麻米時憍陳如等亦修苦行供養太子不離其側既見此已即遣一人還白王師及以大臣具説太子所行之事爾時王師大臣俱還宮門顔貌愁悴身形萎熟猶如有人喪其所親殯送既畢抑忍而歸時守門者而白王言師與大臣今在門外王既聞已氣奔聲絕身首顫動時守門人解

王此意即呼令前王與相見悲不能言如是良久微聲而問太子既是我之性命卿等今者獨作此歸我之性命云何而存王師答言我奉王勑尋求太子便至跋伽仙人住處訪見太子仙人語我太子所在并說太子所言之事我便前行而於中路遇見太子在於樹下端坐思惟相好光明踰於日月即向太子具說大王摩訶波闍波提及耶輸陀羅憂苦之情太子即以深重之聲而見答言我豈不知父王親戚恩情深也但畏生死別離之苦爲欲斷除故來此耳如是種種言辭所說志意堅固如須彌山不可移動捨我而去如棄草芥爾時即便選擇五人隨從給侍伺察所在所遣人中有一人還說言太子當至阿羅邏迦蘭仙人之所路由恒河以天神力而得度水至王舍城時頻婆娑羅王來詣太子方便譬說不應出家分國共治及以全與并欲與兵令伐他國太子亦復皆悉不受即又前行達仙人所而爲說法降伏其心又至伽闍山苦行林中尼連禪河側靜坐思惟日食一麻一米爾時白淨王聞師大臣說使人如此語已心大悲惱舉體顫掉身毛皆竪即語王師及大臣言太子逐捨轉輪王位父母親屬恩愛之樂遠在深山修此苦行我今薄福生失如此珍寶之子王即復以使人所言向摩訶波闍波提及耶輸陀羅而爲說之時白淨王即便嚴駕五百乘車摩訶波闍波提及耶輸陀羅亦復相與辦五百乘一切資生皆悉具足即喚車匿而語之言汝送太子遠放深山今復令汝領此千乘載致資糧送與太子

隨時供養勿使乏少盡更來請車匿受勑即領千乘疾速而去至太子所見形消瘦皮骨相連血脉悉現如波羅奢華頭面禮足悶絶於地良乆乃起銜淚而言大王憶念太子不捨日夜令故遣我領此千乘載資生具以餉太子于時太子荅車匿言我逆父母及捨國土遠來在此爲求至道云何當復受此餉也爾時車匿聞此語已心自思惟太子今者既不肯受如是資供我當别覔一人領此千乘還歸王所我住於此奉事太子即差一人領車而去於是車匿密侍太子不離昬晨

爾時太子心自念言我今日食一麻一米乃至七日食一麻米身形消瘦有若枯木修於苦行垂滿六年不得解脫故知非道不如昔在閻浮樹下所思惟法離欲寂靜是最眞正令我若復以此羸身而取道者彼諸外道當言自餓是般涅槃因我今雖復節節有那羅延力亦不以此而取道果我當受食然後成道作是念已即從座起至尼連禪河入水洗浴洗浴既畢身體羸瘦不能自出天神來下爲捺樹枝得攀出池時彼林外有一牧牛女人名難陀波羅時淨居天來下勸言太子今者在於林中汝可供養女人聞已心大歡喜于時地中自然而生千葉蓮華上有乳糜女人見此生奇特心即取乳糜至太子所頭面禮足而以奉上太子即便受彼女施而呪願之令所施食欲令食者得充氣力當使施家得贍得喜安樂無病終保年壽智慧具足太子即復作如是言我爲成熟一切衆生故受此食呪願訖已即受食之身體光悅氣力充

足堪受菩提爾時五人既見此事驚而怪之謂為退轉各還所住菩薩獨行趣畢波羅樹自發願言坐彼樹下我道不成要終不起菩薩德重地不能勝于時步步地為震動出大音聲爾時盲龍聞地動響心大歡喜兩目開明曾見先佛有此瑞應作是念已從地踊出禮菩薩足時有五百青雀飛騰虛空右繞菩薩雜色瑞雲及以香風而隨歎佛爾時盲龍以偈讚曰

菩薩足踐處　地皆六種動　發大深遠音
我聞眼開明　又見虛空中　青雀繞菩薩
瑞雲極鮮映　香氣甚清涼　此等諸瑞相
悉同過去佛　以是知菩薩　必定成正覺

於是菩薩即自思惟過去諸佛以何為座成無上道即便自知以草為座釋提桓因化為凡人執淨輭草菩薩問言汝名何等答名吉祥菩薩聞之心大歡喜我破不吉以成吉祥菩薩又言汝手中草此可得不於是吉祥即便授草以與菩薩因發願言菩薩道成願先度我菩薩受已敷以為座而於草上結跏趺坐如過去佛所坐之法而自誓言不成正覺不起此座我亦如是發此誓時天龍鬼神皆悉歡喜清涼好風從四方來禽獸息響樹不鳴條遊雲飛塵皆悉澄淨知是菩薩必成道相觀佛三昧經云適施草坐地則大動諸天化作八萬佛樹師子之座或有佛樹高八千里或四千里一一天子各自念言菩薩坐我座上不在餘座其下劣眾生本薄福者見於菩薩身坐草蓐菩薩坐已計魔波旬最為豪尊令吾當成無上正覺當感令到而降伏爾

乃發起三界衆生受胎經云坐閻浮樹下四十八日觀樹思惟感動天地六反震動演大光明覆蔽魔宮爾時波旬卧寐夢中見三十二變宮殿闇冥宮殿汙泥入於邪徑池水枯竭樂器破壞閱叉厭鬼頭皆墮地諸天捨去不從其教凡三十二夢文多不載從夢而起恐怖毛竪召會大臣及諸兵衆說夢所見以何方便而往伏之并召千子其五百子導師等信樂菩薩其五百子惡目等隨魔所教魔王憒亂告其四女一名欲妃二名悅彼三名快觀四名見從汝往詣彼亂其淨行女詣菩薩綺語作姿三十有二姿上下脣口媄嫃細視現其髀脚露其手臂作鳧鴈鴛鴦哀鸞之聲凡三十二態文多不載魔女善學女幻迷惑之業而自言曰我等年在盛時天女端正莫踰我者願得晨起夜寐供事左右菩薩答曰汝有宿福受得天身形體雖好而心不端革囊盛臭而來何爲去吾不用其魔王女化成老母不能自復即還魔所觀佛三昧經云魔有三女長名悅彼中名喜心小名多媚而白父言我能往亂願父莫愁即自莊飾過踰魔后百千萬倍眄目作姿現諸妖冶禮敬菩薩旋繞七帀白菩薩言太子生時萬神侍御何棄天位來此樹下我是天女六天無雙今以微身奉上太子我等善能調身按摩今欲親近坐樹疲極宜須偃息服食甘露即以寶器獻天甘味太子寂然身心不動以白毫擬令天之三女自見身内濃囊涕唾九孔根本生熟二藏迴伏宛轉蛕生諸蟲有八千户走入小腸張口上向唼食諸藏髓脉生蟲細於秋毫數甚衆多其女

見此遂便嘔吐即自見身左生虵頭右生狐頭中首狗頭背負老母抱死小兒諸女驚號却行而去低頭視裔自見女形醜狀鄙穢復有諸蟲如手釧形團欒相持而有衆口口生五毒啖食女根諸女見已心極酸苦如箭入心匍匐而去吁嗟歎息至魔王所魔王大怒徧勑六天并諸八部徃瞿曇所是時諸鬼猶如雲起或有諸鬼首如牛頭頭四十耳耳生鐵箭火燄上起復有諸鬼首如狐頭有十千眼聲如霹靂曠野鬼神大將軍等一頸六頭胷有六面膝頭兩面體毛如箭奮身射人張眼爛赤血出流下疾走而到魔告諸鬼瞿曇善人或能知呪當興四兵化作四兵列狀如林甚可怖畏直從空下至道樹邊魔復更念此衆或不能降伏瞿曇復脫寶冠擬地當閻羅王宮上告勑諸鬼汝等獄卒及閻羅王阿鼻地獄刀輪劒戟火車爐炭一切都舉向閻浮提魔王震吼勑諸兵衆速害瞿曇上震大雷雨熱鐵丸刀輪武器交橫空中然其火箭不近菩薩是時菩薩徐舉眉間毫擬阿鼻地獄令罪人見白毫流水注如車軸大火暫滅自憶前世所作諸罪心得清涼稱南無佛以是因緣受罪畢訖直生人中魔見是相憔悴愁惱忽然還宮白毫直至六天見白毫孔諸寶蓮華過去七佛在其華上如是白毫上至無色徧照一切如玻瓈鏡八萬四千天女視波旬身狀如焦木但瞻菩薩白毫相光無數天子天女皆發無上菩提道意時魔王自前與佛相難菩薩以智慧力伸手按地應時地動魔與官屬顛倒而墮已降魔怨成正真覺

爾時菩薩在於樹下發大誓言時天龍八部皆悉歡喜於虛空中踊躍讚歎時第六天魔王宮殿自然動搖於是魔王心大懊惱精神躁擾聲味不御而自念言沙門瞿曇今在樹下捨於五欲端坐思惟不久當成正覺之道其道若成廣度一切超越我境及道未成往壞亂之爾時魔子薩陀見父憔悴而往白言不審父王何故憂慼魔王答言沙門瞿曇今坐樹下其道將成超越於我今欲壞之魔子即便前諫父言菩薩清淨超出三界神通智慧無不明了天龍八部咸共稱讚此非父王所能摧屈不煩造惡自招禍咎

瑞應本起云魔王不聽召三玉女一名欲妃二名悅彼三名快觀壞菩薩行時三玉女皆被羅縠之衣服天名香瓔珞珠璣極為妖冶巧媚之辭欲亂其意菩薩心淨如瑠璃珠不可得汙三女復曰仁德至重諸天所敬應有供養故天獻我我等好潔年在上時天女端正莫有殊我者願得晨起夜寐供侍左右菩薩答曰汝宿有福受得天身不惟無常而作妖媚形體雖好而心不端譬如畫缾中盛臭毒將以自壞有何等奇福難久居婬惡不善自亡其本死即當墮三惡道中受鳥獸身欲脫致難汝輩亂人正意非清淨種革囊盛屎而來何為去吾不用其三玉女化成老母不能自復魔有三女形容儀貌極端正妖冶巧媚善能惑人於天女中最為第一熏以名香佩好瓔珞一名染欲二名能悅人三名可樂三女俱前白其父言不審今者何故憂愁父即寫心而語女言世間今有沙門瞿曇身被

法鎧執自在弓鏃智慧箭欲伏衆生壞我境界我若不如衆生信彼皆悉歸依我土則空是故愁耳及未成道欲往摧挫壞其橋梁於是魔王手執强弓又持五箭男女眷屬俱時往彼畢波羅樹下見於牟尼寂然不動欲度生死三有之海爾時魔王左手執弓右手調箭語菩薩言汝剎利種死甚可畏何不速起宜應修汝轉輪王業捨出家法習於施會得生天樂此道第一先聖所行汝是剎利轉輪王種而爲乞士此非所應今若不起但好安坐勿捨本誓我試射汝一放利箭苦行仙人聞我箭聲莫不驚怖昏迷失性況汝瞿曇能堪此毒汝若速起可得安全魔說此語以怖菩薩菩薩怡然而不驚不動魔王即便挽弓放箭并進天女菩薩爾時眼不視箭箭停空中其鏃下向變成蓮華時三天女白菩薩言仁者至德人天所敬應有供侍我等今者年在盛時天女端正無踰我者天今遣我以相供給晨昏寢卧願侍左右菩薩答言汝植小善得爲天身不念無常而作妖媚形體雖美而心不端婬惑不善死必當墮三惡道中受鳥獸身免之甚難汝等今者欲亂定意非清淨心今便可去吾不相須時三天女變成老母頭白面皺齒落垂涎肉消骨立腹大如鼓拄杖羸步不能自復魔王既見如是堅固心自思惟我昔曾於雪山之中射摩醯首羅即便恐懼退其善心而今不能動於瞿曇既非此箭及我三女所能移轉令生愛恚當復更作他餘方便節以輭語誘菩薩言汝若不樂人間受樂今者便可上昇天宮我捨天位及

五欲具悉持與汝菩薩答言汝於先世修少施因今故得爲自在天王此福有期要還下生沉溺三塗出濟甚難此爲罪因非我所須魔語菩薩我之果報是汝所知汝之果報誰復知者菩薩答言我之果報唯此地知說此語已于時大地六種震動於是地神持七寶缾滿中蓮華從地踊出而語魔言菩薩昔以頭目髓腦以施於人所出之血浸潤大地國城妻子象馬珍寶而用布施不可稱計爲求無上正眞之道以是之故汝今不應惱亂菩薩魔聞是已心生怖懼身毛皆竪時彼地神禮菩薩足以華供養忽然不現

雜寶藏經云昔如來在菩提樹下惡魔波旬將八十億衆欲來壞佛至如來所而作是言瞿曇汝獨一身何能坐此急可起去若不去者我捉汝脚擲著海水佛言我觀世間無能擲我著海水者汝於前世但曾作一寺受一日八戒施辟支佛一鉢之食故生六天爲大魔王而我乃於三阿僧祇劫廣修功德初阿僧祇劫我曾供養無量諸佛第二第三阿僧祇劫亦復如是供養聲聞緣覺之人不可計數一切大地無有針許非我身骨魔言瞿曇汝道我昔一日持戒施辟支佛食信有眞實我亦自知汝亦知我汝自道者誰爲證知佛以手指地言此地證我作是證時一切大地六種震動地神即從金剛際出合掌白佛言我爲作證有此地來我恒在中世尊所說眞實不虛佛語波旬汝今先能動此澡缾然後可能擲我海水爾時波旬及八十億衆不能令動魔王軍衆顛倒自墮破壞星散爾時魔

王即自思惟我以强弓利箭并及三女無以方便和言誘之不能壞亂此瞿曇心今當更設諸種方便廣集軍衆以力迫愶作是念時其諸軍衆忽然來至充滿虚空形貌各異或執戟操劒頭戴大樹手執金杵種種戰具皆悉備足或猪魚驢馬師子龍頭熊羆虎兕及諸獸頭或一身多頭或面各一目或衆多目或大腹長身或羸瘦無腹或長脚大膝或大脚肥腨或長牙利爪或頭在胷前或兩足多身或大面傍面或色如灰土或身放煙燄或象身擔山或被髮裸形或復面色半赤半白或唇垂至地或上褰覆面或身著虎皮或師子虵皮或虵徧纒身或頭上火然或瞋目努臂或傍行跳擲或空中宛轉或馳步吼嚇有如是等諸惡類形不可稱數圍繞菩薩或復有欲裂菩薩身或四方煙起炎燄衝天或狂音奮發震動山谷風火煙塵暗無所見四大海水一時涌沸護法天人諸龍鬼等恚忿魔衆瞋恚增盛毛孔血流淨居天衆見此惡魔惱亂菩薩以慈悲心而愍傷之於是來下側塞虚空見魔軍衆無量無邊圍繞菩薩發大惡聲震動天地菩薩心定顔無異相猶如師子處於鹿羣皆悉歎言嗚呼奇哉未曾有也菩薩決定當成正覺是諸魔衆互相摧切各盡威力摧破菩薩或角目切齒或横飛亂擲菩薩觀之如童子戲魔益忿怒更增戰力菩薩以慈悲力故令抱石者不能勝舉其勝舉者不能得下飛刀舞劒停於空中電雷雨火成五色華惡龍吐毒變成香風諸惡類形欲毀菩薩不能得動魔有姊妹一名彌伽二名

迦利各各以手執髑髏器在菩薩前作諸異狀惱亂菩薩是諸魔衆種種醜身欲怖菩薩終不能動菩薩一毛魔益憂愁空中有神名曰負多隱身而言我於今者見牟尼尊心意泰然無恐怖想是諸魔衆起於毒心於無怨處而横生忿是癡惡魔徒自疲勞永無所得今日宜應捨恚害心汝口乃可吹須彌山令其崩倒火可令冷水可令熱地性堅强可令柔輭汝不能壞菩薩歷刧修習善果正思惟之精勤方便淨智慧光此四功德無能斷截爲作留難不成正覺如千日照必能除暗鑽木得火穿地得水精勤方便無求不得世間衆生没於三毒無有救者菩薩慈悲求智慧藥爲世除患汝今云何而惱亂之世間衆生癡惑無智悉著邪見今設法眼修習正路欲

導衆生汝今云何惱亂導師是則不可譬如在於曠野之中而欲欺誑商人導師衆生墮大黑暗之中茫然不知所止住處菩薩爲然大智慧燈汝今云何欲吹令滅衆生今者没生死海菩薩爲修智慧寶船汝今云何欲令沉溺忍辱爲芽堅固爲根無上大法以爲大果汝今云何而欲攻伐貪恚癡鎖縛諸衆生菩薩苦行欲爲解之今日決定於此樹下結跏趺坐成無上道此地乃是過去諸佛金剛之座餘方悉轉斯處不動堪受妙定非汝所推汝今宜應生欣慶心息憍慢意修知識想而奉事之是時魔王聞空中聲又見菩薩恬然不異魔心慚愧捨離憍慢即便復道還歸本宫羣魔憂慼悉皆崩散情意沮悴無復威力諸鬬戰具縱横林野當於惡魔退散之時

菩薩心淨湛然不動天無煙霧風不搖條落日停光倍更明盛澄月映徹衆星燦朗幽隱暗冥無復障礙虛空諸天雨妙華香作衆妓樂供養菩薩瑞應本起云魔王益忿更召諸鬼神王合一億八千萬衆皆使變爲師子熊羆兕虎象龍牛馬犬豕猴猨之形不可稱言蟲頭人軀蚖蛇之身黿鼉之首而有六目或一頸而多頭齒牙爪距擔山吐火雷電四繞擭持戈矛菩薩慈心不驚不怖一毛不動光顏益好鬼兵不能得近魔王自前與佛相難詰其辭曰

比丘何求坐樹下　樂於林藪毒獸間
雲起可畏窈冥冥　天魔圍繞不以驚

菩薩答曰

古正眞道佛所行　恬惔爲上除不明
其成冣勝法滿藏　吾求斯坐快魔王

魔王曰

汝當作王轉金輪　七寶自至典四方
所受五欲冣無比　斯處無道起入宮

菩薩曰

吾觀欲盛吞火銅　棄國如唾無所貪
得王亦有老死憂　去此無利勿妄談

魔王曰

何安坐林而大語　委國財位守空閑
不見我興四部兵　象馬步兵億八千
以現猨猴師子面　虎兕毒蛇豕鬼形
皆持刀劒擭戈矛　超躍哮呼滿空中

菩薩曰

設有億姟神武備　爲魔如汝來會此
矢刃火攻如風雨　不先得佛終不起

魔有本願令我退　吾亦自誓不虛還
今汝福地何如佛　於是可知誰得勝
魔王曰
吾曾終身快布施　故典六天爲魔王
比丘知我宿福行　自稱無量誰爲證
菩薩曰
昔吾行願從定光　受莂爲佛釋迦文
怒畏想盡故斯坐　意定必解壞汝軍
我所奉事諸佛多　財寶衣食常施人
仁戒積德厚於地　是以脫想無患難
菩薩即以智慧力　伸手按地是知我
應時普地轉大動　魔與官屬顛倒墮
魔王敗績悵失利　惛迷却踞前畫地
其子又曉心乃寤　即時自歸前悔過
吾已不復用兵器　等行慈心却魔怨
世有兵器動人心　而我已等汝衆生
若調象馬雖已調　然後故態會復生
若得寂調如佛性　以如佛調無不仁
婇天見佛擒魔衆　忍調無想怨自降
諸天歡喜奉華臻　非法王壞法王勝
本從等意智慧力　慧能即時禳不祥
能使怨家爲子弟　當禮四等道之證
面如滿月色從容　名聞十方德如山
求佛像貌難得比　當稽首斯度世仙

釋迦譜卷第三

音釋

屹 魚迄切山立貌　絡繹 絡歷各切繹夷益切絡繹連屬不絕也　愕 逆各切驚遽貌　嘶 先齊切馬鳴也　佇遟 佇直呂切立也遟直利切待也　難詰 難乃旦切但也詰契吉切問也　諠譁 諠許元切驚呼也譁胡瓜切讙也　踐 慈演切踐踏也　藉 慈夜切藉地也　惆悵 惆丑鳩切悵丑亮切　餅 薄經

切

糜忙皮切粥也　嫈嫇嫈烏莖切嫇莫耕切嫈嫇好貌　髀部禮切股骨也　妖冶妖伊消切豔也冶以者切裝飾也　唼作答切入口也　釧音串臂鋜也　匍匐匍薄胡切匐蒲北切匍匐奔趨而往也　霹靂霹普擊切靂郎擊切雷之激者也　憔悴憔昨焦切悴秦醉切　縠胡谷切縐紗也　鏃作木切矢鏑也　皺側救切皮細起也　迫愶迫愽陌切愶迄業切迫愶威力相恐也　熊羆熊胡弓切羆波爲切熊羆並獸名　兕序姊切似牛一角者　褰起虔切摳舉也　跳他弔切越也　猨雨元切　距其弓切超距也　攫屋虢切握也

釋迦譜卷第四

蕭齊釋僧祐譔

釋迦降生釋種成佛緣譜第四之四（出因果經）

爾時菩薩以慈心力於二月七日夜降伏魔已放大光明即便入定思惟眞諦於諸法中禪定自在悉知過去所造善惡從此生彼父母眷屬貧富貴賤壽命長短及名姓字皆悉明了即於衆生起大悲心而自念言一切衆生無救濟者輪迴五道不知出津皆悉虛僞無有眞實而於其中横生苦樂作是思惟至中夜盡瑞應本起云是日初夜得一術闍自知宿命無數劫已來精神所更展轉受身不可計數皆識知之至二夜時得二術闍悉知衆生心中所念善惡殃福生死所趣至三夜時得三術闍漏盡結解自知本昔久所習行四神足念精進定欲定意定戒定變化法所欲如意不復用思身能飛行能分一身作百作千至億萬無數復合爲一能徹入地石壁皆過從一方現俯沒仰出譬如水波能中出水履水行虛身不陷墜坐卧空中如飛鳥翔立能及天手捫日月涌身平立至梵自在眼能徹視耳能洞聽意預知諸天人龍鬼神蚑行蠕動之類身行口意言心所欲念悉見聞知諸有貪婬無貪婬者有瞋恚無瞋恚者有愚癡無愚癡者有愛欲無愛欲者有大志行無大志行者有内外行無内外行者有念善不念善者有一心無一心者有解脱意無解脱意者一切悉知菩薩觀天上人中地獄畜生鬼神五道先世父母兄弟妻子中外姓字一一分別一世十世百千億萬無數世事至

于之天地一劫崩壞空荒之時一劫始成人物與時能知十劫百劫至于千萬億無數劫中内外姓字衣食苦樂壽命長短死此生彼展轉所趣從上頭始諸所更身生長老終形色好醜賢愚苦樂一切三界皆分別知見人魂神各自隨行生五道中或墮地獄或墮畜生或作鬼神或生天上或入人形有生豪貴富樂家者有生卑鄙貧賤家者知衆生意五陰自蔽一色像二痛癢三思想四行作五魂識皆習五欲眼貪色耳貪聲鼻貪香舌貪味身貪細滑爲愛欲所牽惑於財色思望安樂從是生諸惡本從惡致苦能斷愛習不隨婬心大如毛髮受行八道則終苦滅譬如無薪亦復無火是謂無爲度世之道菩薩自知已棄惡本無婬怒癡生死已除根種悉斷無餘栽櫱所作已成智慧已了明星出時霍然大悟得無上正眞之道爲最正覺得佛十八法有十神力四無所畏

爾時菩薩既至中夜即得天眼觀察世間皆悉徹見如明鏡中自覩面像見諸衆生種類無量死此生彼隨行善惡受苦樂報見地獄中考治衆生或洋銅灌口或抱銅柱或臥鐵牀或以鐵鑊而煎煑之或以火上而加弗炙或爲虎狼鷹犬所食或有避火依於樹下樹葉墮落皆成刀劍割截其身或以斧鋸解剥肢體或擲熱沸灰河之中或復擲熱糞屎坑中受如是等種種諸苦以業報故命終不死菩薩既見如此事已而心思惟此等衆生本造惡業爲世樂故而今得果極爲大苦若人有見如此惡報無復更應作不善想爾時菩

薩復觀畜生隨種種行受雜醜形或復有爲骨肉筋角皮牙毛羽而受殺者或復爲人負荷重擔飢渴乏極人無知者或穿其鼻或鉤其首常以身肉而供於人還與其類更相食噉受於如是種種之苦菩薩既見生大悲心即自思惟斯等衆生恒以身力而供於人又加楚撻飢渴之苦皆是本修惡行果報爾時菩薩次觀餓鬼見其恒居黑暗之中未曾暫覩日月之光還是其類亦不相見受形長大腹如大山咽頸若針口中恒有大火熾然常爲飢渴之所煎迫千億萬歲不聞食聲設值天雨灑其上者變成火珠或時過臨江海河池水即化爲熱銅焦炭動身舉步聲如人牽五百乘車肢體節節皆悉火然菩薩既見受如是等種種諸苦起大悲心而自思惟斯等皆爲本造慳貪積財不施故令今者受斯罪報若人見彼受此苦痛宜應惠施勿生悋惜設使無財亦應割肉以用布施

爾時菩薩次復觀人見從中陰始欲入胎父母和合以顛倒想起於愛心即以不淨而爲已身既處胎已在於生熟二藏之間熏炙身體如地獄苦至滿十月然後方生初生之時而爲外人之所抱執麤澀苦痛如被刀劒如是不久復歸老死更爲嬰兒輪轉五道不能自悟菩薩見已起大悲心而自思惟衆生皆有如斯之患云何於中耽著五欲横計爲樂而不能斷顛倒根本

爾時菩薩次觀諸天見彼天子其身清淨不受塵垢如眞瑠璃有大光明而目不瞬或有居在須彌山頂或復居在須彌四領或復居

在虛空之中心常歡悅無不適事奏天美樂以自娛樂不識晝夜四方諸趣無不絕妙視東耽著彌歲忘轉瞻西流湎經年不迴乃至南北皆亦如是飲食衣服應念即至雖有如此適意之事猶爲欲火之所煎焦又見彼天福盡之時五死相現一者頭上華萎二者眼瞬三者身上光滅四者腋下汗出五者自然離於本座其諸眷屬見天子身五死相現心生戀慕天子亦復自見已身有五死相又見眷屬戀慕於已當爾之時生大苦惱菩薩既見彼諸天子有如此事起大悲心而自思惟此諸天子本修少善得受天樂果報將盡生大苦惱既命終已捨彼天身或有墜於三惡道中本造善行爲求樂報而今所得少樂多苦譬如飢人噉雜毒食初雖爲美終成大患云何智者貪樂此也色無色界諸天見壽命長便謂常樂既見變壞生大苦惱即起邪見謂無因果以此事故輪迴三塗備受諸苦菩薩以天眼力觀察五道起大悲心而自思惟三界之中無有一樂如是思惟至中夜盡爾時菩薩至第三夜觀衆生性以何因緣而有老死即知老死以生爲本若離於生則無老死又復此生不從天生不從自生非無緣生從因緣生因於欲有色有無色有業生又觀三有業從何而生即知三有業從四取生又觀四取從何而生即知四取從愛而生又復觀愛從何而生即便知愛從受而生又復觀受從何而生即便知受從觸而生又復觀觸從何而生即便知觸從六入生又觀六入從何而生即知六入從名色生又觀名色從何

而生即知名色從識而生又復觀識從何而生即便知識從行而生又復觀行從何而生即便知行從無明生若滅無明則行滅行滅則識滅識滅則名色滅名色滅則六入滅六入滅則觸滅觸滅則受滅受滅則愛滅愛滅則取滅取滅則有滅有滅則生滅生滅則老死憂悲苦惱滅如是逆順觀十二因緣第三夜分破於無明明相出時得智慧光斷於習障成一切種智爾時如來心自思惟八正聖道是三世諸佛之所履行趣般涅槃路我今已踐智慧通達無所罣礙于時大地十八相動遊霞飛塵皆悉澄淨天鼓自然而發妙聲香風徐起柔輭清涼雜色瑞雲降甘露雨園林華果榮不待時又雨曼陀羅華摩訶曼陀羅華曼殊沙華摩訶曼殊沙華金華銀華瑠璃等華七寶蓮華繞菩提樹滿三十六踰闍那是時諸天作天妓樂散華燒香歌唄讚歎執天寶蓋及以幢旛充塞虛空供養如來龍神八部所設供養亦復如是當爾之時一切衆生皆悉慈愛無瞋害想歡喜踊躍如見聖跡無怖畏情其心調柔離憍慢意亦無慳嫉諂誑之心五淨居天離喜樂根亦皆歡悅不能自勝地獄苦痛暫得休息生大歡喜一切畜生相食噉者無復惡心餓鬼飽滿無飢渴想世界之中幽暝之處日月威光所不能照而皆大明其中衆生悉得相見各作是言此中云何忽有衆生大聖法王出興於世以大法光破非法暗故令一切皆悉明朗甘蔗先王棄國學道得五通仙又行十善得生天者皆乘神通到菩提樹在虛空中歡喜合掌而

讃歎言於我甘蔗種族之中能斷諸漏成一切智爲世間眼甚爲奇特一切人天莫不歡喜踊躍無量唯有魔王心猶憂愁

爾時如來於七日中一心思惟觀於樹王而自念言我在此處盡一切漏所作已竟本願成滿我所得法甚深難解唯佛與佛乃能知之一切衆生於五濁世爲貪欲瞋恚愚癡邪見憍慢諂曲之所覆障薄福鈍根無有智慧云何能解我所得法今我若爲轉法輪者彼必迷惑不能信受而生誹謗當墮惡道受諸苦痛我寧黙然入般涅槃爾時如來以偈頌曰

聖道甚難登　智慧果難得　我於此難中
皆悉已能辦　我所得智慧　微妙寂第一
衆生諸根鈍　著樂癡所盲　順於生死流
不能返其源　如斯之等類　云何而可度

爾時如來作是念已大梵天王見於如來聖果已成黙然而住不轉法輪心懷憂惱即自念言世尊昔於無量億劫爲衆生故久在生死捨國城妻子頭目髓腦備受衆苦始於今者所願滿足成阿耨多羅三藐三菩提云何黙然而不說法衆生長夜沉没生死我今當往請轉法輪作是念已即發天宮猶如壯士屈伸臂頃至如來所頭面禮足繞百千帀却住一面胡跪合掌而白佛言世尊往昔爲衆生故久住生死捨身頭目以用布施備受諸苦廣修德本始於今者成無上道云何黙然而不說法衆生長夜没溺生死墮無明暗出斯甚難然有衆生過去世時親近善友植諸德本堪任聞法受於聖道唯願世尊爲斯等

故以大悲力轉妙法輪釋提桓因乃至他化自在天亦復如是勸請如來爲諸衆生轉大法輪

爾時世尊答大梵王及釋提桓因等言我亦欲爲一切衆生轉於法輪但所得法微妙甚深難解難知諸衆生等不能信受生誹謗心墮於地獄我今爲此故默然耳時梵天王等乃至三請爾時如來至滿七日默然受之梵天王等知佛受請頭面禮足各還所住

賢愚經云佛在摩竭國善勝道場初始得佛念諸衆生迷網邪倒難可教化若我住世於事無益不如遷逝無餘涅槃爾時梵天知佛所念即從天下前詣佛所頭面禮足長跪合掌勸請世尊轉于法輪佛答梵天衆生之類塵垢所蔽樂著世樂無有慧心若我住世唐勞其功如吾所念唯滅爲快爾時梵天復更傾側而白佛言世尊今日法海已滿法幢已立潤濟開導今正是時又諸衆生應可度者亦甚衆多云何世尊欲入涅槃使此萌類永失覆護世尊先昔無數劫時恒爲衆生采集法樂乃至一偈以身妻子而用募求云何不念便欲孤棄過去久遠於閻浮提作大國王號脩樓婆領此世界八萬四千諸小國邑六萬山川八十億聚落王有二萬夫人一萬大臣時妙色王德力無比覆育民物豐樂無極王心念曰如我今者唯以財寶資給一切無有道教而安立之此是我咎何其苦哉今當推求堅實法財普令得服即時宣令閻浮提内誰能有法與我説者恣其所得不敢違逆募出周徧無有應者時王憂愁酸切懇惻毗

沙門王見其如是欲往試之轉自變身化作夜叉色貌青黑眼赤如血狗牙上出頭髮悉豎火從口出來詣宮門口自宣言誰欲聞法我當爲說王聞是語喜不自勝躬自出迎前爲作禮敷施高座請令就坐即集羣僚前後圍繞欲得聽聞爾時夜叉復告王曰學法事難云何直爾欲得聞知王叉手曰一切所須不敢有逆夜叉報曰若以大王可愛妻子與我食者乃可與法爾時大王以所愛夫人及兒中勝者供養夜叉夜叉得已於高座上衆會之中取而食之爾時諸王百官羣臣見王如是啼哭懊惱宛轉在地勸請大王令捨此事王爲法故心堅不迴時夜叉鬼食妻子盡爲說一偈

一切行無常　生者皆有苦　五陰空無相

無有我我所

說是偈已王大歡喜心無悔恨大如毛髮即使盡寫遣使頒示閻浮提內咸使誦習世尊往昔爲於衆生不顧身命乃至如是今者世尊法海已滿法幢已立法鼓已建法炬已照潤益成立今正得時云何欲捨一切衆生入於涅槃而不說法爾時梵王於如來前合掌讚歎說於如來先身求法爲於衆生凡有千首世尊爾時受梵王請即便往詣波羅㮈國鹿野苑中轉于法輪三寶因是乃現於世時諸天人諸龍鬼神八部之衆聞說是已莫不歡喜普曜經云如來具足成正覺已移坐石室自念本願欲度衆生思惟生死世間道術九十六種各信所事孰知其惑天地無常皆悉大苦誰能信者意欲默然不爲說法便入

定意時天帝釋知佛不欲說法悲念三界即將般遮下到石室鼓琴歌佛本願請說不死之法佛隨俗心是法甚深非心所思非言可暢即說偈言

深奧恬怕　明燿無垢　吾以遂是　甘露無爲
今我說之　衆人不解　如吾今日　不如默然
除去言辭　無思無得　如是自然　猶如虛空

時識伽梵王與六萬八千梵來到佛所白佛言天地無祐今欲毀壞佛不說法衆苦沉滯沒於三界願轉法輪悉救衆生佛默可之時有樹神名曰法明又名法樂又名法意又名持法白佛言世尊當於何處而轉法輪佛言在波羅柰仙人住處鹿苑之中人民雖少我宿命時在中建立法祠六萬億載在中供養六萬億諸佛諸仙人等遊居其中以佛道眼普觀世間今當爲誰第一說法何人易化婬怒癡薄鬱曇藍弗三垢尠薄身故已來已經七日第二學仙今日壽終佛復念言昔父王遣五人俱侍衞我經歷勤苦我今寧可爲其先說

爾時世尊從樹下起尋時舉聲告於三千大千世界皆使知之至波羅柰詣五人所於是五人遙見佛來轉相謂言沙門瞿曇迷失無定所志不獲假使來者愼莫爲起亦勿迎逆彼時五人遙見佛到不能堪任不安所坐即起歸敬

爾時地神暢聲告已即爲立座須宣廣說十二因緣(拘隣者知本際也)佛法聖衆即成三寶名暢天下音徹梵天俱隣五人六十億天八十億色界天八萬世人得法眼淨

爾時世尊受梵王等請已又於七日而以佛眼觀諸衆生上中下根及諸煩惱亦下中上滿二七日爾時世尊又復思惟我今當開甘露法門誰應在先而得聞者阿羅邏仙人聰慧易悟又先發願道成度我作是念時空中有言阿羅邏仙人昨夜命終爾時世尊即便答彼空中聲言我亦知其昨夜命終又自思惟迦蘭仙人利根明了亦應先聞空中又言迦蘭仙人昨夜命終爾時世尊即以答言我亦知其昨夜命終

爾時世尊又自思惟彼王師大臣所遣憍陳如等五人瞻視我者皆悉聰明又過去世於我發願應先聞法我今宜當爲此五人先開法門又自思惟古昔諸佛轉法輪處皆悉在於波羅柰國鹿野苑中仙人住處又此五人所止住處亦在於彼我今應往至其住處轉大法輪思惟是已即從座起詣波羅柰國爾時有五百商人二人爲主一名跋陀羅斯那二名跋陀羅梨行過曠野時有天神而語之言有如來應正徧知明行足善逝世間解無上士調御丈夫天人師佛世尊出興於世最上福田汝今宜應最前設供時彼商人聞天語已即答之曰善哉如告又問天言世尊今者爲在何許天又報言世尊不久當來至此於是如來與無量諸天前後導從到多謂婆跋利村時彼村人既見如來威相莊嚴又見諸天前後圍繞倍生歡喜即以蜜麨而奉上佛爾時世尊心自思惟過去諸佛用鉢多羅而以盛食時四天王知佛心念各持一鉢來至佛所而以奉上於是世尊而自念言我今

若受一王鉢者餘王必當生於恨心即便普受四王之鉢累置掌上按令成一使四際相現爾時世尊即便呪願今所布施欲令食者得充氣力當令施者得色得力得瞻得喜安快無病終保年壽諸善鬼神恒隨守護開示道地得利諧偶吉無不利日月五星二十八宿天神鬼王常隨護助四天大王賞別善人飯食布施斷三毒根將來當獲三堅法報聰明智慧篤信佛法在在所生正見不昧現世之中父母妻子親戚眷屬皆悉熾盛無諸災恠不吉祥事門族之中若有命過墮惡道者當令以今所施之福還生人天不起邪見增進功德常得奉近諸佛如來得聞妙說見諦得證所願具足爾時世尊呪願訖已即便受食食既畢竟澡漱洗鉢即授商人三歸一歸依佛二歸依法三歸依當來僧授三歸竟因與之別瑞應本起云佛定意七日不動不搖樹神念佛新得道快坐已七日未有獻食者我當求人令獻佛食時有五百賈人從山一面過車牛皆躓礙不行中有兩大人一名提謂二名波利怖還與衆人俱詣樹神請福神現光像言今世有佛在此優留國界尼連禪水邊未有獻食者汝曹幸先能有善意必獲大福賈人聞佛名皆喜言佛必獨大尊天神所敬非凡品也即和麨蜜俱詣樹下稽首上佛佛念先古諸佛哀受人施法皆持鉢不宜如餘道人手受食也四天王即遥知佛當用鉢如人屈伸臂頃俱到頞那山上如意所念石中自然出四鉢香潔無穢四天王各取一鉢還共上佛願哀賈人令得大福方有鐵鉢

後弟子當用食佛念取一鉢不快餘王意便
悉受四鉢累置左手中右手按之合成一鉢
令四際現而便前行威儀詳序步若鵝王路
逢外道名優波伽既見如來相好莊嚴諸根
寂定歎爲奇特即說偈言
世間諸衆生　皆爲三毒縛　諸根又輕躁
馳蕩於外境　而今見仁者　諸根極寂靜
必到解脫地　決定無有疑　仁者所學師
其姓字何等
爾時世尊以偈答曰
我今已超出　一切衆生表　微妙深遠法
我今已具足　三毒五欲境　永斷無餘習
如蓮華在水　不染濁水泥　自悟八正道
無師無等侶　如清淨智慧　降伏大力魔
今得成正覺　堪爲天人師　身口意滿足
故號爲牟尼　欲趣波羅柰　轉甘露法輪
是天人魔梵　所可不能轉
爾時優波伽聞此偈言心生歡喜歎未曾有
合掌恭敬圍繞而去迴顧瞻矚不見乃去爾
時世尊即復前行次到阿闍婆羅水側日暮
止宿而便入定當於爾時七日風雨時彼水
中有大龍王名曰眞隣陀見佛入定即以其
身圍繞七帀滿七日已時彼龍王化爲人形
頭面禮足而白佛言世尊在此七日之中不
至乃甚患風雨也爾時世尊以偈答曰
諸天及世人　所歡五欲樂　比我禪定樂
不可爲譬類
時彼龍王聞佛此偈歡喜踊躍頭面禮足還
歸所止瑞應本起云起到文隣盲龍無提水
邊坐定七日不喘不息光照水中龍目得開

即識如來如前三佛光明目輙得視龍王歡喜沐浴名香栴檀蘇合出水見佛相好光影如樹有華前繞佛七帀身離佛圍四十里龍有七頭羅覆佛上欲以障蔽蚊虻寒暑時雨七日龍一心不飢不渴七日雨止佛從定寤龍化作年少道人著好服飾稽首問佛佛得無寒得無熱無爲蚊虻所嬈近耶佛時答言

久得在屏處　思道其福快　昔所願欲聞
今已悉知快　不爲彼所嬈　能安衆生快
度世三毒滅　得佛泥洹快　生世得覩佛
聞受經法快　得與辟支佛　眞人會亦快
不與愚從事　得離惡人快　有黠別眞僞
知信正道快

佛告龍王汝當復自歸於佛自歸於法自歸於比丘僧即受三自歸諸畜生中是龍爲先見佛

爾時世尊即復前往波羅柰國至憍陳如摩訶那摩跋波阿捨婆闍跋陀羅闍所止住處時彼五人遥見佛來共相謂言沙門瞿曇棄捨苦行而還退受飲食之樂無復道心今既來此我等不須起迎之也亦勿作禮敬問所須爲敷坐處若欲坐者自隨其意作此語竟而各默然爾時世尊既來至已五人不覺各從座起禮拜奉迎互爲執事或復有爲持衣鉢者或有取水供盥漱者或復有爲澡洗脚者各違本誓猶故稱佛以爲瞿曇爾時世尊語憍陳如言汝等共約見我不起今者何故違先所誓而即驚起爲我執事時彼五人聞佛此言深生慚愧即前白言瞿曇行道得無疲倦爾時世尊語五人言汝等云何於無上

尊而以高情稱喚姓也我心如空於諸毀譽無所分別但汝憍慢自招惡報譬如有子稱父母名於世儀中猶尚不可況我今是一切父母時彼五人又聞此語倍生慚愧而白佛言我等愚癡無有慧識不知今者已成正覺所以者何往見如來日食麻米苦行六年而今還受飲食之樂我以是故謂不得道爾時世尊語憍陳如言汝等莫以小智輕量我道成與不成何以故形在苦者心則惱亂身在樂者情則樂著是以苦樂兩非道因譬如鑽火澆之以水則必無有破暗之照鑽智慧火亦復如是有苦樂水慧光不生以不生故不能滅於生死黑障今者若能棄捨苦樂行於中道心則寂定堪能修彼八正聖道離於生老病死之患我已隨順中道之行得成阿耨多羅三藐三菩提時彼五人既聞如來如此之言心大歡喜踊躍無量瞻仰尊顏目不暫捨爾時世尊觀五人根堪任受道而語之言憍陳如汝等當觀五盛陰苦生苦老苦病苦死苦愛別離苦怨憎會苦所求不得苦失榮樂苦憍陳如有形無形無足一足二足四足多足一切衆生無不悉有如此苦者譬如以灰覆於火上若遇乾草還復燒然如是諸苦由我爲本若有衆生起微我想還復更受如此之苦貪欲瞋恚及以愚癡皆悉緣我根本而生又此三毒是諸苦因猶如種子能生於芽衆生以是輪迴三有若滅我想及貪瞋癡諸苦亦皆從此而斷莫不悉由彼八正道如人以水澆於盛火一切衆生不知諸苦之根本者皆悉輪迴在於生死憍陳如苦應知集

當斷滅應證道當修憍陳如我已知苦已斷集已證滅已修道故得阿耨多羅三藐三菩提是故汝今應當知苦斷集證滅修道若人不知四聖諦者當知是人不得解脫四聖諦者是眞是實苦實是苦集實是集滅實是滅道實是道憍陳如汝等解未憍陳如言解已世尊知已世尊以於四諦得解知故故名阿若憍陳如當三轉四諦十二行法輪時阿若憍陳如於諸法中遠塵離垢得法眼淨時虛空中八萬那由他諸天亦離塵垢得法眼淨爾時地神見於如來在其境界而轉法輪心大歡喜高聲唱言如來於此轉妙法輪虛空天神既聞此言又生踊躍展轉唱聲乃至阿迦膩吒天諸天聞已欣悅無量高聲唱言如來今日於波羅㮈國鹿野苑中仙人住處轉大法輪一切世間天人魔梵沙門婆羅門所不能轉爾時大地十八相動天龍八部於虛空中作衆妓樂天鼓自鳴燒衆名香散諸妙華寶幢旛蓋歌唄讚歎世界之中自然大明阿若憍陳如於弟子中以始悟故爲第一弟子時彼摩訶那摩等四人聞佛轉法輪已阿若憍陳如獨悟道跡心自念言世尊若更爲我說法我等亦當復得悟道作此念已瞻仰尊顏目不暫捨爾時世尊知四人念即便重爲廣說四諦于時四人於諸法中亦離塵垢得法眼淨時彼五人見道跡已頂禮佛足而白佛言世尊我等五人已見道跡已證道跡我等今者欲於佛法出家修道唯願世尊慈愍聽許於時世尊喚彼五人善來比丘鬚髮自落袈裟著身即成沙門爾時世尊問彼五

人汝等比丘知色受想行識爲是常爲無常也爲是苦爲非苦也爲是空爲非空也爲有我爲無我也時五比丘聞佛説是五陰法已漏盡意解成阿羅漢果即便答言世尊色受想行識實是無常苦空無我於是世間始有六阿羅漢佛阿羅漢是爲佛寶四諦法輪是爲法寶五阿羅漢是爲僧寶如是世間三寶具足爲諸天人第一福田

爾時有長者子名曰耶舍聰明利根極大巨富閻浮提中最爲第一服天冠瓔珞著無價寶屐其於中夜與諸妓女相娱樂已各還寢息忽從眠覺見諸妓女或有伏卧或有仰眠頭髮蓬亂涎唾流出樂器服玩顛倒縱横既見是已生猒離心而自念言我今在此災怪之内於不淨中妄生淨想作是念時以天力故空中光明門自然開尋光而去趣鹿野苑路由恒河高聲唱言苦哉苦哉佛言耶舍汝便可來我今此有離苦之法耶舍聞已所著寶屐價直閻浮提即便脱之度於恒河往詣佛所見三十二相八十種好顏容挺特威德具足心大歡喜踊躍無量五體投地頂禮佛足唯願世尊救濟於我佛言善哉善哉善男子諦聽諦聽善思念之如來即便隨順其根而爲説法耶舍色受想行識無常苦空無我汝知之不是時耶舍聞説此語即於諸法遠塵離垢得法眼淨於是如來重説四諦漏盡意解心得自在成阿羅漢果即答佛言世尊色受想行識實是無常苦空無我爾時如來猶見耶舍著嚴身具即説偈言

雖復處居家　服寶嚴身具　善攝諸情根

猒離於五欲　若能如此者　是爲眞出家
身雖在曠野　服食於麤澀　意猶貪五欲
是爲非出家　一切造善惡　皆從心想生
是故眞出家　皆以心爲本
爾時耶舍既見如來說此偈已心自念言世尊所以說此偈者正當以我猶著七寶我今宜應脫如此服即便禮足而白佛言唯願世尊聽我出家佛言善來比丘鬚髮自落袈裟著身即成沙門爾時耶舍父既至天曉求覓耶舍不知所在心大懊惱悲號涕泣緣路推尋到恒河側見其子屐心自思惟我子正當從此道去即尋其跡至於佛所爾時世尊知其爲子故來至此若使即得見耶舍者必生大苦或能命終便以神力隱耶舍身其父即便前到佛所頭面禮足退坐一面於是如來即隨其根而爲說法善男子色受想行識無常苦空無我汝知之不時耶舍父聞說此言即於諸法遠塵離垢得法眼淨而答佛言世尊色受想行識實是無常苦空無我爾時如來既已知其見於道跡恩愛漸薄即問之言汝何因緣而來至此其即答言我有一子名曰耶舍昨夜之中忽失所在今旦推求見其寶屐在恒河側追尋之跡故來至此爾時世尊攝其神力其父即便得見耶舍心大歡喜語耶舍言善哉善哉汝爲此事眞實快也既能自度又能度他汝今在此故令我來得見道跡即於佛前受三自歸於是閻浮提中唯此長者爲優婆塞㝡初獲得供養三寶爾時又有耶舍朋類五十長者子聞佛出世又聞耶舍於佛法中出家修道各自念言世間今

者有無上尊長者子耶舍聰慧辯了才藝兼人乃能捨其豪族棄五欲樂毀形守志而爲沙門我等今者復何顧戀不出家也作是念已共詣佛所未至之間遥見如來相好殊特光明赫奕心大歡喜舉體清涼敬情轉至即前佛所合掌圍繞頭面禮足諸長者子宿植德本聰達易悟如來即便隨其所應而爲說法善男子色受想行識無常苦空無我汝知之不說此語已諸長者子於諸法中遠塵離垢得法眼淨即答佛言世尊色受想行識實是無常苦空無我唯願世尊聽我出家佛言善來比丘鬚髮自落袈裟著身即成沙門爾時世尊又爲廣說四諦時五十比丘漏盡意解得阿羅漢果爾時始有五十六阿羅漢是時如來告諸比丘汝等所作已辦堪爲世間作上福田宜各遊方教化以慈悲心度諸衆生我今亦當獨往摩竭提國王舍城中度諸人民諸比丘言善哉世尊爾時比丘頭面禮足各持衣鉢辭别而去

爾時世尊即便思惟我今應度何等衆生而能廣利一切人天唯有優樓頻螺迦葉兄弟三人在摩竭提國學於仙道國王臣民皆悉歸信又其聰明利根易悟然其我慢亦難摧伏我今當往而度脱之思惟是已即發波羅柰趣摩竭提國日將昏暮往優樓頻螺迦葉住處于時迦葉忽見如來相好莊嚴心大歡喜而作是言年少沙門從何而來佛即答言我從波羅柰國當詣摩竭提日既晚暮欲寄一宿迦葉又言寄宿止者甚不相違但諸房舍悉弟子住唯有石室極爲潔淨我事火具

皆在其中此寂靜處可得相容然有惡龍居在其內恐相害耳佛又答言雖有惡龍但以見借迦葉又言其性兇暴必當相害非是有惜佛又答言但以見借必無辱也迦葉又言若能住者便自隨意佛言善哉即於其夕而入石室結加趺坐而入三昧爾時惡龍毒心轉盛舉體烟出世尊即入火光三昧龍見是已火燄衝天焚燒石室迦葉弟子先見此火而還白師彼年少沙門聰明端嚴今為龍火之所燒害迦葉驚起見彼龍火心懷悲傷即勑弟子以水澆之水不能滅火更熾盛石室融盡爾時世尊身心不動容顏怡然降彼惡龍使無復毒授三歸依置於鉢中至天明已迦葉師徒俱往佛所年少沙門龍火猛烈將無為此之所傷也沙門借室我昨所以不相與者正為此耳佛言我內清淨終不為彼外災所害彼毒龍者今在鉢中即便舉鉢以示迦葉迦葉師徒見於沙門處火不燒降伏惡龍置於鉢中歎未曾有語弟子言年少沙門雖復神通然故不如我道眞也

爾時世尊語迦葉言我今方欲停止此處迦葉答言善哉隨意是時如來於第二夜坐一樹下時四天王夜來佛所而共聽法各放光明照踰日月迦葉夜起遥見天光在如來側語弟子言年少沙門亦事於火至明日曉往詣佛所問言沙門汝事火也佛言不也有四天王夜來聽法是其光耳於是迦葉語弟子言年少沙門有大神德然故不如我道眞也至第三夜釋提桓因來下聽法放大光明如日初昇迦葉弟子遥見天光在如來側而白

師言年少沙門定事火也至於明旦往詣佛所問沙門言汝定事火佛言不也釋提桓因來下聽法是其光耳于時迦葉語弟子言年少沙門神德雖盛然故不如我道眞也至第四夜大梵天王來下聽法放大光明如日正中迦葉夜起見有光明在如來側沙門必定事於火也明日問佛汝定事火佛言不也大梵天王夜來聽法是其光耳於是迦葉心自念言年少沙門雖復神妙然故不如我道眞也爾時迦葉五百弟子各事三火於晨朝時俱欲然火火不肯然皆向迦葉具說此事迦葉聞已心自思惟此必當是沙門所爲即與弟子來至佛所而白佛言我諸弟子各事三火且欲然之而火不然佛即答言汝可還去火自當然迦葉便還見火已然心自念言年少沙門雖復神妙然故不如我道眞也諸弟子衆供養火畢而欲滅之不能令滅即向迦葉具說此事迦葉聞已心自思惟此亦當是沙門所爲即與弟子來至佛所而白佛言我諸弟子朝欲滅火而火不滅佛即答言汝可還去火自當滅迦葉便歸見火已滅心自念言年少沙門雖復神妙然故不如我道眞也爾時迦葉自事三火晨朝欲然火不肯然即自思惟此必復是沙門所爲即往佛所而白佛言我朝然火而不肯然佛即答言汝可還去火自當然迦葉便歸見火已然心自念言年少沙門雖復神妙然故不如我道眞也於時迦葉供養火畢而欲滅之不能令滅心自思惟此必當是沙門所爲即往佛所而白佛言我朝然火今欲滅之而不肯滅佛即答言

汝可還去火自當滅迦葉便歸見火已滅心自念言年少沙門雖復神妙然故不如我道眞也瑞應本起云迦葉復念是大沙門神則神矣然未得道不如我得羅漢爾時迦葉諸弟子衆晨朝破薪斧不肯舉即向迦葉具說此事迦葉聞已心自思惟此必復是沙門所爲即與弟子來至佛所而白佛言我諸弟子晨朝破薪斧不肯舉佛即答言汝可還去斧自當舉迦葉便歸見諸弟子斧皆得舉而自念言年少沙門雖復神妙然故不如我道眞也迦葉弟子即得舉斧復不肯下還向迦葉具說此事迦葉聞已心自思惟此亦當是沙門所爲即與弟子往至佛所而白佛言我諸弟子旦欲破薪斧既得舉復不肯下佛即答言汝可還去當令斧下迦葉還歸見諸弟子斧皆得下心自念言年少沙門雖復神妙然故不如我道眞也爾時迦葉於晨朝時自欲破薪斧不得舉心自思惟此亦當是沙門所爲即詣佛所而白佛言我旦破薪斧不肯舉佛即答言汝可還去斧自當舉迦葉既還斧即得舉心自念言年少沙門雖復神妙然故不如我道眞也迦葉斧既舉已復不肯下心自思惟此亦當是沙門所爲即詣佛所而白佛言我斧已舉復不肯下佛即答言汝可還去斧自當下迦葉即歸斧即得下心自念言年少沙門雖復神妙然故不如我道眞也爾時迦葉即白佛言年少沙門夏止住此共修梵行房舍衣食我當相給于時世尊默然許之迦葉知佛許已還其所住即勅日日辦好飲食幷施牀座至明食時自行請佛佛言汝

去我隨後往迦葉適去俄爾之間世尊即便至閻浮洲界取閻浮果滿鉢持來迦葉未至佛已先到迦葉後來見佛已坐即便問言年少沙門從何道來而先至此佛以鉢中取閻浮果以示迦葉而語之言汝今識此鉢中果不迦葉答言不識此果佛言從此南行數萬踰閻那彼有一洲其上有樹名曰閻浮緣有此樹故言閻浮提我此鉢中是彼果也於一念頃取此果來極爲香美汝可噉之於是迦葉心自思惟彼道去此極爲長遠而此沙門乃能俄爾已得還往神通變化殊自迅疾然故不如我道眞也普曜經云迦葉適去佛以神足上忉利天取晝度果神足南行數千萬里極閻浮提界上取訶梨勒果餘三天下皆亦如是文多不載迦葉曰從何道來佛言卿毋去後吾至四域及上忉利天中取此果來香美可食卿可食之瑞應本起云明日食時迦葉請佛佛言便去今隨後往佛南行極閻浮提界上數千萬里取訶梨勒果盛滿鉢還迦葉未歸佛已坐其牀迦葉至問何緣先到佛言卿適去我即行此地界取訶梨勒果亦香且美便取食之佛飯已去迦葉續念是大沙門雖神不如我道眞也迦葉即便下種種食佛即呪願

婆羅門法中　奉事火爲冣　一切衆流中
大海爲其冣　於諸星宿中　月光爲其冣
一切光明中　日光爲其冣　於諸福田中
佛福田爲冣　若欲求大果　當供佛福田

佛食已訖還歸所住洗鉢漱口坐於樹下明日食時復往請佛佛言汝去我隨後往迦葉適去俄爾之間世尊即便至弗婆提取菴摩

羅果滿鉢持來迦葉未至佛已先到迦葉後
來見佛已坐即便問言年少沙門從何道來
而先至此佛以鉢中菴摩羅果以示迦葉而
語之言汝今識此鉢中果不迦葉答言不識
此果佛言從此東行數萬踰闍那到弗婆提
取此果來名菴摩羅極爲香美汝可食之迦
葉聞已心自念言彼道去此極爲長遠而此
沙門乃能俄爾已得往還覩其神化所未曾
有然故不如我道眞也迦葉即便下種種食
佛即呪願
婆羅門法中　奉事火爲冣　一切衆流中
大海爲其冣　於諸星宿中　月光爲其冣
一切光明中　日光爲其冣　於諸福田中
佛福田爲冣　若欲求大果　當供佛福田
佛食已畢還歸所止洗鉢漱口坐於樹下明

日食時復往請佛佛言汝去我隨後往迦葉
適去俄爾之間世尊便即至瞿陀尼取訶梨
勒果滿鉢持來迦葉未至佛已先到迦葉後
來見佛已坐即便問言年少沙門從何道來
而先至此佛以鉢中訶梨勒果以示迦葉而
語之言汝今識此鉢中果不迦葉答言不識
此果佛言從此西行數萬踰闍那到瞿陀尼
取此果來名訶梨勒極爲香美汝可食之迦
葉聞已心自念言彼道去此極爲長遠而此
沙門乃能俄爾已得往還覩其神通所未曾
有然故不如我道眞也迦葉即便下種種食
佛即呪曰
婆羅門法中　奉事火爲冣　一切衆流中
大海爲其冣　於諸星宿中　月光爲其冣
一切光明中　日光爲其冣　於諸福田中

佛福田爲冣　若欲求大果　當供佛福田
佛食已訖還歸所止洗鉢漱口坐於樹下明
日食時復往請佛佛言汝去我隨後往迦葉
適去俄爾之間世尊即便至鬱單越取自然
粳米飯滿鉢持來迦葉未至佛已先到迦葉
後來見佛已坐即便問言年少沙門從何道
來而先至此佛以鉢中粳米飯以示迦葉而
語之言汝今識此鉢中飯不迦葉答言不識
此飯佛言從此北行數萬踰闍那到鬱單越
取此自然粳米飯來極爲香美汝可食之迦
葉聞已心自念言彼道去此極爲長遠而此
沙門乃能俄爾已得往還雖復神通難可測
量然故不如我道眞也迦葉即便下種種食
佛即呪曰
婆羅門法中　奉事火爲冣　一切衆流中
大海爲其冣　於諸星宿中　月光爲其冣
一切光明中　日光爲其冣　於諸福田中
佛福田爲冣　若欲求大果　當供佛福田
佛食畢已還歸所止洗鉢漱口坐於樹下明
日食時復往請佛佛言善哉即共俱行旣到
其舍下種種食佛即呪願
婆羅門法中　奉事火爲冣　一切衆流中
大海爲其冣　於諸星宿中　月光爲其冣
一切光明中　日光爲其冣　於諸福田中
佛福田爲冣　若欲求大果　當供佛福田
爾時世尊呪願已畢即便取食獨還樹下食
竟心念須水釋提桓因即知佛意如大壯士
屈伸臂頃從天下來到於佛前頭面禮足即
便以手指地成池其水清涼具八功德如來
即便得而用之澡漱旣畢爲釋提桓因說種

種法釋提桓因旣聞法已歡喜踊躍忽然不現還歸天宮是時迦葉於中食後林間經行心自念言年少沙門今日受食還歸樹下我當往彼而看視之即詣佛所忽見樹側有一大池泉水澄淨具八功德怪而問佛此中云何忽有此池佛即答言旦受汝供還歸比食食訖須水澡漱洗鉢釋提桓因知我此意從天上來以手指地而成此池爾時迦葉旣見池水復聞佛言心自思惟年少沙門有大威德乃能如此感致天瑞然故不如我道眞也爾時世尊別於他日林間經行見糞穢中有諸弊帛即便捨取欲浣濯之心念須石釋提桓因即知佛意如大壯士屈伸臂頃往香山上取四方石安置樹間即白佛言可就石上浣濯衣也佛復心念今應須水釋提桓因又往香山取大石槽盛清淨水置方石所釋提桓因所爲事畢忽然不現還歸天宮爾時世尊浣濯已竟還坐樹下是時迦葉來至佛所忽見樹間有四方石及大石槽即自思惟此中云何有此二物心懷驚怪而往問佛年少沙門汝此樹間有四方石及以石槽從何而來於是世尊即答之言我向經行見地弊帛取欲浣之心念須此石釋提桓因知我此意即往香山而取之來迦葉聞已歎未曾有而自念言年少沙門雖有如是大威神力能感諸天然故不如我道眞也

釋迦譜卷第四

音釋

蚑去支切蟲行貌　蠕而兗切蟲動也　痛癢痛他貢切疼也癢餘兩切膚欲搔也　栽蘖栽祖才切生殖也蘖魚列切斫木餘也　鑊胡郭切　弗炙弗楚限切燔肉器也炙之石切炮肉也　楚撻楚創舉切撻他達切楚撻杖擊也　瞬舒閏切目動也　募莫故切廣求也　尠息淺切少也　麨尺沼切乾糧也　躓礙躓知義切跆也礙牛代切妨也　盥漱盥古玩切澡手也漱蘇奏切盪口也　髼薄紅切髮亂也　屐竭戟切水屐也　澀所立切

釋迦譜卷第五

蕭　齊　釋　僧　祐　譔

釋迦降生釋種成佛緣譜第四之五 出因果經

爾時世尊又於他日入指池而自洗浴洗浴訖已心念欲出無所攀持池上有樹名迦羅迦枝葉蔚映臨於池上樹神即便按此樹枝令佛攀出還坐樹下于時迦葉來至佛所忽然見樹曲枝垂蔭怪而問佛此樹何故曲枝垂蔭佛即答言我於向者入池洗浴出無所攀樹神致感爲我曲之於是迦葉見樹曲枝又聞佛言歎未曾有而自心念年少沙門乃有如此大威德力能感樹神然故不如我道眞也

爾時迦葉心自念言明日摩竭提王及諸臣民婆羅門長者居士等當來就我作七日會年少沙門若來在此國王臣民婆羅門長者居士等見其相好及以神通威德力者必當捨我而奉事之願此沙門於七日中不來我所佛知其意即便往詣北鬱單越七日七夜停彼不見過七日已集會訖畢國王辭去迦葉心念年少沙門近於七日不來我所善哉快哉我今既有集會餘饌欲以供之其若來者善得時宜於是世尊即知其意從鬱單越譬如壯士屈伸臂頃來到其前于時迦葉忽見如來心大驚喜即問佛言汝近七日遊行何處而不相見佛即答言摩竭提王及諸臣民婆羅門長者居士於七日中就汝集會汝近心念不欲見我是故我往北鬱單越以避汝耳汝今心念欲令我來所以今者故來詣汝迦葉聞佛說此言已心驚毛豎而作此念

年少沙門乃知我意甚爲奇特然故不如我道眞也

爾時世尊又於他日心自思惟優樓頻螺迦葉根緣漸熟今日正是調伏其時思惟是巳即趣尼連禪河旣到河側是時魔王來詣佛所而白佛言世尊今者宜般涅槃今者宜般涅槃何以故所應度者皆悉解脫今者正是般涅槃時如是三請世尊爾時答魔王言我今未是般涅槃時所以者何我四部衆比丘比丘尼優婆塞優婆夷未具足故所應度者皆未究竟諸外道衆悉未降伏爾時如來亦復三答魔王聞巳心懷愁惱即還天宮世尊即便入尼連禪河以神通力令水兩開佛所行處步步塵出使兩面水皆悉涌起迦葉遥見謂佛没溺即與弟子乘船而來旣至河側見佛行處皆悉塵起歎其希有而自念言年少沙門雖有如此神通之力然故不如我道眞也是時迦葉即問佛言年少沙門欲上船不佛言甚善于時世尊即以神力從船底入結加趺坐迦葉見佛從船底入而無穿漏歎其希有心自念言年少沙門乃有如是自在神力然故不如我得眞羅漢也

瑞應本起云如是變化凡有十八迦葉復念是大沙門神則神矣然不如我以得羅漢也佛即語言迦葉汝非羅漢亦復非是阿羅漢道汝今何故起大我慢瑞應本起云佛語迦葉汝非羅漢不知道證胡爲强顔不知羞恥虚妄自稱我有道德於是迦葉心驚毛竪慚愧無顔自知無道即稽首言今大道人實妙神聖乃知我意迦葉聞說如此語時心懷慚愧

懼身毛皆豎而自念言年少沙門善知我心即白佛言如是沙門如是大仙善知我心唯願大仙攝受於我佛即答言汝既年老百二十歲又復多有弟子眷屬又爲國王臣民所敬若欲決定入我法者先與弟子熟共論詳迦葉答言善哉善哉如大仙勑然我內心非不決定爲當還與弟子論耳作此語已即還本處集諸弟子而語之言年少沙門住此以來見其種種神通變化極爲奇特智慧深遠性又安詳我今便欲歸依其法汝等云何弟子答言我等所知皆尊者恩年少沙門既爲尊者之所歸信豈當有虛我等亦見有諸奇異尊者若欲必受其法我等亦願隨從歸依于時迦葉聞諸弟子作是言已即便相與俱詣佛所而白佛言我及弟子今定歸依惟願大仙時攝我等佛言善來比丘鬚髮自落袈裟著身即成沙門爾時世尊即隨所應廣說四諦于時迦葉聞說法已遠塵離垢得法眼淨乃至漸漸成阿羅漢果爾時迦葉五百弟子既見其師已爲沙門心生願樂亦欲出家即白佛言我等大師已爲大仙之所攝受今成沙門我等亦樂隨大師學唯願大仙聽我出家佛言善來比丘鬚髮自落袈裟著身即成沙門於是世尊即爲轉於四諦法輪時五百弟子遠塵離垢得法眼淨成須陀洹果漸漸修行乃至亦得阿羅漢果爾時迦葉及五百弟子以其事火種種之具悉皆捐棄尼連禪河師徒相與隨佛而去爾時迦葉二弟一名那提迦葉二名伽闍迦葉各有二百五十弟子在尼連禪河側居於下流忽見其丸并

及弟子所事火具悉逐流來心大驚愕而自念言我兄今者有何不祥事火之具今隨水流將非惡人之所害也是時二弟奔競相就而共議言我兄今者若復不爲惡人所害諸物何緣從水而來苦哉怪哉我等宜速共至兄所即便相與逆流而上至兄住處空寂無人心大悲絕不知其兄及諸弟子之所在處四向推尋遇見舊人而問之言我仙聖兄及諸弟子不知所在汝見之不舊人答曰汝仙聖兄與諸弟子棄事火具皆悉往於瞿曇之所出家學道是時二弟聞此語已心大懊惱怪未曾有又自念言云何棄於阿羅漢道而復更求他餘法也即便馳往至其兄所到已見兄并及眷屬剃除鬚髮身被袈裟即便跪拜而問兄言兄本既是大阿羅漢聰明智慧無與等者名聞十方莫不宗仰何故於今自捨此道還從人學此非小事爾時迦葉答其弟言我見世尊成就大慈大悲有三事奇特一者神通變化二者慧心清徹決定成就一切種智三者善知人根隨順攝受以此事故於佛法中出家修道我今雖復國王臣民所見宗敬世論機辯無能折者然非永斷生死之法唯有如來所可演說能盡生死既值如是大聖之尊而不自勵師彼高勝則是無心亦爲無眼二弟白言若如兄語決定是成一切種智我所知得皆是兄力兄今既已從佛出家我等亦願隨順兄學即各語其諸弟子言我今欲同大兄於佛法中出家修道汝意云何時諸弟子即答師言我等所以得有知見皆大師恩大師若欲於佛法中而出家者

亦願隨從於是那提迦葉伽闍迦葉各與二百五十弟子至於佛所頭面禮足而白佛言世尊唯願慈哀濟度我等佛言善來比丘鬚髮自落袈裟著身即成沙門時那提迦葉伽闍迦葉又白佛言我諸弟子今皆欲於佛法出家唯願世尊垂愍聽許佛即答言善哉善哉爾時世尊便呼善來比丘鬚髮自落袈裟著身即成沙門爾時世尊即爲那提迦葉伽闍迦葉及諸弟子現大神變又應其心而爲說法語言比丘當知世間皆爲貪欲瞋恚愚癡猛火之所燒炙汝等徃昔奉事三火既能絶棄除此外惑今三毒火尚猶在身宜速滅之時諸比丘聞佛此語於諸法中遠離塵垢得法眼淨世尊又爲說四諦皆得阿羅漢果爾時世尊心自念言頻婆娑羅王徃昔於我

有約誓言若道成者願先見度今日時至宜應徃彼滿其本願作此念已即與迦葉兄弟及千比丘眷屬圍繞徃王舍城諸頻婆娑羅王所爾時頻婆娑羅王昔以聚落給優樓頻螺迦葉者既見迦葉及其弟子悉爲沙門即還啓王說如此事王與諸臣既聞此語心大驚怪默然無聲時外人民聞此語已各相謂言優樓頻螺迦葉智慧深遠無與等者年又耆老已得阿羅漢云何反爲瞿曇弟子終無此理乃可說言沙門瞿曇爲弟子耳爾時世尊漸近王舍城住於杖林時優樓頻螺迦葉即便遣其常所使人白頻婆娑羅王言我今於佛法中出家修道今隨從佛來至杖林大王宜先禮拜供養王聞來信說此言已方決定知優樓頻螺迦葉爲佛弟子即勑嚴駕與

諸大臣婆羅門及人民衆往詣佛所至杖林外王即下輦除去儀飾出至佛前爾時空中有天而語王言如來今者在此林中是諸天人最上福田大王宜應恭敬供養又應宣示國中人民皆悉令其供養如來時王既聞彼天語已心大歡喜倍增踊躍普曜經云時缾沙王聞之欣然大悦吾本共要得佛相度勑諸大臣長者梵志國中吏民嚴治道路散華燒香持諸幢蓋王乘羽葆之車大臣百官前後導從千乘萬騎長者梵志萬二千人欲出城迎忽大風起閉其城門王怪所以令行迎佛當有吉喜快善瑞應時城門神即謂王言快無不利王往前世與八萬四千王治寺起塔誓言於來世一時見佛諮受道教今有一人閉在刑獄違其本誓故城門閉當放大赦獄中人出同時見佛諮受訓誨城門乃開王聞乃遣速勑詔放大赦境土獄囚得出一時往迎時佛入國有大社樹名曰遮越佛與比丘坐樹下王遥見佛如星中月猶如日出天下大明靡不照燿亦如帝釋梵王聖帝處於本宫如樹華茂晃若金色威神特顯光明巍巍超絶無侶王心踊躍下車步進五體威儀除蓋履扇冠幘刀杖前稽首佛足自稱其號我是國主缾沙王也久服聖尊飢虚積時如是至三佛告王曰實如來言是王缾沙也諸佛天神皆護王身王曰蒙祐退坐一面前者作禮中者低頭後者叉手皆却坐訖王及臣民覩優樓迦葉在山學仙耆舊來久怪之佛邊心自念言佛是優樓師優樓是佛師乎佛覩心念即告優樓爲說偈言

云何優樓𩔈　本可所事神　祠祀歸水火
日月衆梵天　事來爲幾何　夙夜精進學
心中不懈廢　寧益致神仙
於時迦葉以偈報佛
自念祠祀來　以歷八十年　奉風水火神
日月諸山川　夙夜不懈廢　心中無他念
至竟無所獲　值佛乃安寧
王及羣臣國中萬民爾乃別知優樓迦葉是
佛弟子便進林中遥見如來相好莊嚴又見
優樓頻螺迦葉兄弟三人并其弟子前後圍
繞如盛月滿處衆星中行步踊悅不能自勝
既至佛所頭面禮足而白佛言我是月種摩
竭提王名頻婆娑羅世尊知不佛即答言善
哉大王於是頻婆娑羅王却坐一面時婆羅
門及以大臣諸人民衆皆悉就坐爾時世尊

既見來衆皆安坐已即以梵音慰問頻婆娑
羅王言大王四大常安隱不統理民務無乃
勞耶王即答言蒙世尊恩幸得安隱爾時頻
婆娑羅王及餘大學婆羅門長者居士大臣
人民既見迦葉爲佛弟子自相謂言嗚呼如
來有大神力智慧深遠不可思議乃能伏於
如此之人以爲弟子爾時復有諸餘人衆心
自念言優樓頻螺迦葉有大智慧普爲世人
之所歸信云何當爲沙門瞿曇而作弟子心
懷狐疑爾時世尊知彼心念即語迦葉汝今
宜應現諸神變于時迦葉即昇虛空身上出
水身下出火身上出火身下出水或現大身
滿虛空中或復現小或分一身爲無量身或
現入地還復踊出於虛空中行住坐卧舉衆
見已歎未曾有悉皆稱言第一大仙爾時迦

葉現此變已即從空中到於佛前頭面禮足而白佛言世尊實是天人之師我今實是世尊之弟子如是三說佛即答言如是如是迦葉汝於我法見何等利棄捨火具而出家也

於是迦葉以偈答言

我於昔日中　所事火功德　得生天人中
受於五欲樂　恒如是輪轉　沒於生死海
我見此過患　所以棄捨之　又復事火福
得生天人中　增長貪恚癡　是故我遠離
又復事火福　爲求將來生　既已有生故
必有老病死　已見如此事　是故棄火法
施會修苦行　乃以事火福　雖得生梵天
此非究竟處　以是因緣故　所以棄事火
我見如來法　離生老病死　究竟解脫處
是故今出家　如來真解脫　爲諸天人師
以是因緣故　歸依大聖尊　如來大慈悲
現種種方便　及諸神通力　而以引導我
云何而復應　奉事於火法

爾時頻婆娑羅王及諸大衆聞優樓頻螺迦葉說此偈言心大歡喜於如來所深生敬信決定得知如來必成一切種智審知迦葉是佛弟子爾時諸天於虛空中雨衆天華作妙妓樂異口同音唱言善哉優樓頻螺迦葉快說此偈爾時世尊知諸大衆心意決定無復狐疑又觀其根皆以成熟即爲說法大王當知此五陰身以識爲本因於識故而生意根以意根故而生於色而此色法生滅不住大王若能如是觀者則能於身善知無常如此觀身不取身相即能離我及於我所若能觀色離我我所即知色生便是苦生若知色滅

便是苦滅若人能作如此觀者是名爲解脫若人不能作斯觀者是名爲縛法本無我及以我所以倒想故横計有我及以我所無有實法若能斷此倒惑想者即是解脫爾時頻婆娑羅王心自思惟若謂衆生言有我者而名爲縛一切衆生皆悉無我既無有我誰受來報爾時世尊知彼心念即語之言一切衆生所爲善惡及受果報皆非我造亦非我受而今見有造作善惡受果報者大王諦聽當爲王説大王但以情塵識合於境生染累想滋繁以是緣故馳流生死備受苦報若於境無染息其累想即得解脫以情塵識三事因緣共起善惡及受果報更無別我譬如鑽火因手轉燧得有火生然彼火性不從手生及以燧出亦復不離手及燧鑽彼情塵識亦復如是時頻婆娑羅王又自思惟若以情塵識和合故而有善惡受果報者便爲常合不應離絶若不常合是即爲斷爾時世尊知王心念即便答言此情塵識不常不斷何以故合故不斷離故不常譬如緣於地水因彼種子而生芽葉種子既謝不得名常生芽葉故不得名斷離於斷常故名中道三事因緣亦復如是爾時頻婆娑羅王聞此法已心開意解於諸法中遠塵離垢得法眼淨八萬那由他婆羅門大臣人民亦於諸法遠塵離垢得法眼淨九十六萬那由他諸天人又於諸法遠塵離垢得法眼淨時頻婆娑羅王即從座起頂禮佛足合掌白佛快哉世尊能捨轉輪聖王之位出家學道成一切種智我昔愚癡欲留世尊臨治小國今觀慈顔又聞正法方懷

慚愧追悔昔過唯願世尊以大慈悲受我懺
悔我於昔日白世尊言若得道時願先度我
今日始蒙宿願成遂荷世尊恩得履道跡我
從今日供養世尊及比丘僧當令四事不使
有乏唯願世尊住於竹園令摩竭提國長夜
獲安佛即荅言善哉大王乃能捨於三不堅
法求三堅報當令王願得滿足也時頻婆娑
羅王知佛受請住竹園已頂禮佛足辭退而
去普曜經云大臣賀王前時諸王悉不見佛
今獨王見宿福祿厚故乃爾耳王益欣踊亦
賀諸臣卿等大德值是聖尊王還宮中勑宮
夫人婇女大小及國吏民歲三月六齋守禁
法施戒博聞王適歸宮時天帝釋將八萬天
散華佛上歸命作禮而去言南無佛尋皆悉
度得法眼淨

時摩竭國有一長者名曰迦陵見佛入國天
人所奉而無精舍我有好園欲用上佛往詣
佛所稽首足下前白佛言佛愍一切如親愛
子棄轉輪王不慕世榮今無精舍有一竹園
去城不遠願以奉佛可作精舍佛受祝願佛
及聖衆遊處其中是故名曰迦陵竹園王還
城已即勑諸臣令於竹園起諸堂舍種種莊
飾極令嚴麗懸繒旛蓋散華燒香悉皆辦已
即便嚴駕往至佛所頭面禮足而白佛言竹
園僧伽藍修理始畢唯願世尊與比丘僧哀
愍我故往住彼也爾時世尊與諸比丘及無
量諸天前後圍繞入王舍城當於如來蹈門
閫時城中樂器不鼓自鳴門狹更廣門下更
高一切丘墟皆悉平坦臭穢塵垢自然香淨
聾德得聽瘂者能語盲者得視狂者得正拘

躄疾病普皆除愈枯木發華腐草榮秀涸池增瀾香風清靡鳳雀孔翠鳧鴈鴛鴦異類衆鳥繽紛翔集出和雅音有如是等種種祥瑞既入城已與頻婆娑羅王俱往竹園

爾時諸天滿虛空中時王即便手執寶缾盛以香水於如來前而作是言我今以此竹園奉上如來及比丘僧唯願哀愍爲我納受作此言已即便奉捨爾時世尊默然受之說偈呪願

若人能布施　斷除於慳貪　若人能忍辱
永離於瞋恚　若人能造善　則遠於愚癡
能具此三行　速至於涅槃　若有貧窮人
無財可布施　見他修施時　而生隨喜心
隨喜之福報　與施等無異

爾時婆羅門大臣及餘人民見王奉施如來僧伽藍皆悉踊躍生隨喜心爾時頻婆娑羅王施僧伽藍已心大歡喜頭面禮足退還所住閻浮提中諸王見佛頻婆娑羅最爲其首諸僧伽藍竹園僧伽藍最爲其始爾時世尊與諸比丘住竹園僧伽藍于時王舍城中有二婆羅門聰明利根有大智慧於諸書論無不通達辯才語議莫能摧伏一姓拘栗名優婆室沙母名舍利故舉世喚爲舍利弗二姓目揵連名目揵羅夜那各有一百弟子普爲國人之所宗仰二人互共以爲親友極相愛重咸共誓言若先得聞諸妙法者要相開悟無得悋惜

爾時阿捨婆耆比丘著衣持鉢入村乞食善攝諸根威儀詳序路人見者皆生恭敬時舍利弗忽於路次逢見阿捨婆耆善攝諸根威

儀詳序彼舍利弗善根既熟見阿捨婆耆心大歡喜踊躍徧身停步瞻視不能暫捨即便問言我意觀汝似新出家而能如此攝諸情根欲有所問唯願見答汝今大師其名何等有所教誡演說何法時阿捨婆耆即便安詳而答言我之大師得一切種智是甘蔗種姓天人之師相好智慧及神通力無與等者我既年幼學道日淺豈能宣說如來妙法然以所知當爲汝說即說偈言

一切諸法本　因緣生無主　若能解此者
則得真實道

時舍利弗聞阿捨婆耆說此偈言即於諸法遠塵離垢得法眼淨見道跡已心大踊躍身諸情根皆悉悅豫而自念言一切衆生悉著於我所以輪迴在於生死若除我想即於我所亦皆得離譬如日光能破於暗無我之想亦復如是悉能破於我見暗障我從昔來所可修學皆爲邪見唯今所得是真正道作此念已禮阿捨婆耆足歸還所止時阿捨婆耆至前乞食訖還竹園時舍利弗還至住處時目揵連夜那善根已熟見舍利弗諸根寂定威儀詳序顏容怡悅異於常日即便問言我今觀汝諸根顏貌與常有異必當已得甘露妙法我昔與汝共結誓言若聞妙法要相啓悟汝有所得願爲我說時舍利弗即便答言我今實已得甘露法目揵連夜那聞已歡喜無量歎言善哉時爲我說舍利弗言我今出行逢一比丘執持衣鉢入村乞食諸根寂靜威儀詳序我既見已深生恭敬既到其所而問之言我意觀汝似新出家而能如此攝諸

情根欲有所問唯願見答汝今大師其名何等有所教誡演說何法時阿捨婆耆即便安詳而見答言我之大師得一切種智是甘蔗種天人之師相好智慧及神通力無與等者我既年幼學道日淺豈能宣說如來妙法然以所知當爲汝說即說偈言

一切諸法本　因緣生無主　若能解此者
則得眞實道

爾時目揵羅夜那聞舍利弗說此語已即於諸法遠塵離垢得法眼淨爾時舍利弗與目揵羅夜那各於佛法得甘露已共相謂言我等已於佛法各得利益今者宜應共往佛所求索出家作此語已各喚弟子而語之言我等今者已於佛法得甘露味唯有此法是出世道我今欲往求佛出家汝等云何諸弟子等答其師言我等今者有所知見皆大師力師若出家我悉隨從於是二人即將二百弟子往詣竹園既入門已遙見如來相好莊嚴諸比丘衆前後圍繞心大歡喜踊躍徧身爾時世尊見舍利弗及目揵羅夜那與諸弟子相隨來已告諸比丘汝等當知今此二人將諸弟子來至我所欲求出家一名舍利弗二名目揵連夜那當於我法中爲上弟子舍利弗者於智慧中最爲第一目揵羅夜那者於神通中復爲無上至佛所已頭面禮足而白佛言我於佛法已得道跡樂欲出家願垂聽許爾時世尊即便呼言善來比丘鬚髮自落袈裟著身即成沙門時彼二百弟子既見其師成沙門已俱白佛言我等亦欲隨師出家唯願世尊垂愍聽許於是世尊即便喚言善

來比丘鬚髮自落袈裟著身即成沙門爾時世尊爲舍利弗及目揵羅夜那廣說四諦二人即得阿羅漢果又復爲彼二百弟子廣說四諦即於諸法遠塵離垢得法眼淨乃至亦成阿羅漢果爾時世尊即與一千二百五十比丘皆大阿羅漢於摩竭提國廣利衆生諸比丘中多有人名目揵羅夜那世尊故名此目揵羅夜那爲大目揵羅夜那普曜經云佛有沙門名曰安陛遣行宣法開化未聞五濁之世人在荒迷不達至真入城分衛衣服齊整威儀禮節不失常法行步安詳因是使人見之心悅時舍利弗本字優波替而遥見之心中欣然心自念言我學來久未曾覩此沙門衣服安詳齊整不失儀節試往問之所奉何道吾常意疑當有異聞殊妙之道來必齊此往問比丘所事何道誰爲師主願聞其志比丘知意即說偈曰

吾師三界尊　有三十二相　等不存有無
度衆十二門　我年既幼稚　學根近薄尠
豈能宣至真　如來無極業　一切諸法本
從緣悉本無　若能反本源　乃名曰沙門

安陛沙門荅曰吾所事師從無數劫奉行六度無極之法四等四恩行無盡哀奉無極慈欲度一切積功累德不可稱載一生補處在兜術天降神現存寄迦維羅衛國處夫人胎如日現水生行七步天地大動瑞三十二稱巳聖音三界皆苦吾當度之釋梵四王咸來啓受九龍浴身其德無量粗舉其要非吾螢燭所歎能究悉非心口之所言思是吾大師天人之尊於是頌曰

吾師天中天　三界無極尊　相好身丈六
神通遊虛空　化訓去五陰　拔斷十二根
不貪天世位　心淨開法門
時舍利弗欣然大悅如寘觀明口言善哉昔
來抱疑又吾好學八歲從師至年十六靡不
周宗行徧天下十六大國自謂已達今乃聞
異無上正眞得吾本願今佛所在答曰在迦
陵竹園將諸弟子往詣佛所稽首足下問訊
至尊身墮愚寘迷惑歷載不得諮受今乃奉
聖無極大道願聽出家得爲比丘受成就戒
佛言善哉呼比丘來頭髮自墮袈裟著身佛
爲說經分別諸法十二根本豆然意達漏盡
意解得無著果前白佛言吾有同學俗字拘
律陀今名目連少小相順要有至眞以相開
示今已蒙濟彼没塵垢未得拔出承尊聖旨
往開示之佛言善哉宜知是時匆得稽留時
舍利弗稽首佛足辭出入城求目連遥見目
連與諸弟子遊行城裏街曲里巷舍利弗趣
之目連覩見體改服變不與常同問之所以
被服改變有何異見答曰學人無常唯行大
明吾學積年不值大聖今乃遇之無上大道
欣慶無量故來相求同其道味累劫無窮目
連答曰此非小事善共思惟舍利弗曰不須
重言吾猒從事不復欲聞假喻言之人有珍
妙施有勝得大寶如意明珠及獲寶瑛復欲
反求帛祠爲珠非身所欲目連答曰仁智勝
我常兄事卿必不相誤便當同志將吾受訓
稽首至尊時舍利弗與目揵連俱往詣佛稽
首佛足退坐一面叉手白佛違曠侍省沉没
塵垢今乃奉覲願爲沙門啓受法律佛言善

哉即除澡餅屏鹿衣杖具佛呼比丘來頭髮自墮袈裟著身爲説正諦漏盡意解所作已辦成無著果佛言此二人等往古世時誓供養我待吾道成侍衞左右今乃相值本有千弟子得舍利弗目連有二百五十比丘一時所度

爾時偷羅厥叉國有一婆羅門名曰迦葉有三十二相聰明智慧誦四毗陀經一切書論無不通達極爲巨富善能布施其婦端正舉國無雙二人自然無有欲想乃至亦不同宿一室久於往昔種善根故不樂在家受五欲樂日夜思惟猒離世間精勤求訪出家之法如是推尋不能得已即捨家事入於山林心念口言諸佛如來出家修道我今亦當隨佛出家即便脱去金縷織成珍寶之衣而著價直千兩金壞色納衣自剃鬚髮爾時諸天於虚空中既見迦葉自出家已而語之言善男子甘蔗種族白淨王子其名薩婆悉達出家學道成一切種智舉世號爲釋迦牟尼佛今者與千二百五十阿羅漢在王舍城竹園中住爾時迦葉聞天語已歡喜踊躍身毛皆豎即便往趣竹園僧伽藍爾時世尊知其當來而自思惟觀其善根宜往度之作此念已即行逆之到多子兜婆而逢迦葉時彼迦葉既見相好威儀特尊即便合掌而作此言世尊實是一切種智實是慈悲濟衆生者實是一切所歸依處即便五體投地頂禮佛足而白佛言世尊今者是我大師我是弟子如是三説佛即答言如是迦葉我是汝師汝我弟子佛又語言迦葉當知若人實非一切種智而

欲受汝爲弟子者頭即裂壞以爲七分又復告言善哉迦葉快哉迦葉當知五受陰身是大苦聚于時迦葉聞此語已即便見諦乃至得於阿羅漢果爾時世尊即與迦葉俱還竹園以此迦葉有大威德智慧聰明是故名之爲大迦葉

爾時世尊告諸比丘言普光如來出興世時善慧仙人豈異人乎即我身是緣路所過五百外道所共論議及隨喜者今此會中優樓頻螺迦葉兄弟及其眷屬千比丘是時賣華女者今耶輸陀羅是善慧仙人髮布地時傍有二人掃佛前地及二百人隨喜助者今此會中舍利弗大目揵連夜那并二百弟子比丘是虚空諸天見善慧仙人以髮布地悉皆隨喜而讃歎者我初得道鹿野苑中始轉法輪八萬天子及頻婆娑羅王所將眷屬八萬那由他人及九十六萬億那由他天是汝等當知過去所種因緣無量劫終不磨滅我於往昔精勤修習一切善業及發大願心不退轉故於今者而已成就一切種智汝等宜應勤修道行無得懈怠時諸比丘聞佛所說歡喜頂戴作禮而退普曜經云王遥聞子得佛道已來六年生念久已心中悲喜飢虚欲覲有一梵志名優陀耶聰明智慧本侍菩薩常得其意王告優陀往請迎佛别闊已來十有二年夙夜愁慼不捨其心思一相見如復更生優陀受教往詣佛所稽首佛足具以王意白佛優陀見佛諸天釋梵歸化一切受命前白佛言願得出家以爲沙門佛言呼比丘來頭髮自墮便成沙門得羅漢道佛時所度其

餘前後得道所度不可稱計佛自念言本與父王要得佛道爾乃還國當度父母今正應還設若還國無所感動於事不宜所化尠少先遣神足弟子比丘優陀耶往顯威神足知佛欲往乃解道尊咸共渴仰發起道心所度乃多爾時世尊告優陀耶佛本出家與父母誓若得佛道還度父母今已得佛道德已成必當還國不違本誓汝以神足經行虛空現其神變乃知吾身已成大道弟子尚爾況佛威德巍巍無量爾乃信受優陀受教神足飛行經遊虛空往到本國迦維羅衛城上虛空現無數變身上出水身下出火水不濕身火無所傷七現七沒從東方沒地出於西方西沒東出南沒北出北沒南出行空如鳥沒地如水履水如地王及臣民莫不欣喜乃知道尊於是頌曰

佛從本所行　生死無數度　常念蜎飛類
勤苦無量劫　時坐佛樹下　逮致本宿願
歡喜當聽說　難得數見聞　適成佛道時
輒降魔官屬　即壞生死本　消愛欲無餘
佛念本生地　意欲見親族　今聽王頭檀
所說甚可悲　比丘名優陀　姿性能悅人
佛遣使令行　孚致消息來　還入父王國
以入宣佛意　今王太子顧　意欲還至宮
優陀聞佛教　即聽受奉行　因時於佛前
變化隨地形　其身忽不見　神足來入城
乃至大王殿　父王所坐前　比丘優陀耶
進現悅頭檀　變化若干品　踊出父王殿
淨譬如蓮華　泥土塵不生　父王見恐怖
即問斯何靈　將無是神祇　出地何怪爾

此形姓爲誰　本從何得斯　願以開吾意
令心疑結解　從生至於今　未曾覩是變
太子本棄國　求道度衆生　慕勤無數劫
於今乃得成　今王莫恐畏　且寛意悅豫
我以壞衆惡　爲王太子使　王聞太子問
淚下如雨星　十二年已來　乃承悉達聲
今從吉祥至　思寤如更生　太子捨國位
成道號何名　出國坐六年　精進現成佛
號曰天中天　三界尊第一　本時在我尊
爲作衆寶殿　刻鏤諸妙飾　於今室何如
優陀所答曰　佛之正眞微　常坐於樹下
諸天來歸趣　吾子在宫時　茵褥布綩綖
皆以錦繡成　柔輭有光澤　龍妻奉寶牀
天帝貢袈裟　不以好衣喜　其心無增損
在國好美食　甘膳悉其味　今所服食者
安身何等類　執鉢行分衛　福衆無麤細
呪願布施家　世世令安隱　悉達卧寢時
不敢妄呼覺　鼓琴發歌音　爾乃令寤起
如來三昧定　夙夜無眠覺　釋梵來勸助
皆現稽首受　在家雜香浴　若干種衆馨
香香徧室中　今用何所意　八解三脫門
洗浴除心垢　其心淨如空　普安無惱憂
悉達在家時　擣若干雜香　香熏其衣服
清淨無垢障　戒定慧解脫　以爲道德香
熏于八難處　世世度十方　四品好牀座
以若干寶成　重疊布衆具　以卧起其上
四禪爲牀座　意定無憒亂　清淨如蓮華
不著于泥水　在宫無數兵　諸臣而宿衛
左右常擁護　目不見惡穢　諸弟子衆俱
千二百五十　菩薩無央數　皆來稽首集

本在家未出　有四品好車　象馬牛羊步
遊行觀四方　五通以驂駕　徹視洞聽飛
覩本見衆心　遊觀度生死　子出行往返
幢旛羽彫飾　前後諸導從　各執諸兵仗
四等慈悲護　恩惠仁愛度　普覆衆危難
以嚴飾衆生　生時雜妓樂　椎鐘及鳴鼓
觀者悉填路　前後不相害　樹下波羅柰
椎鳴不死鼓　拘鄰等得道　八萬四千天
九十六道伏　其音聞三千　衆生莫不悅
啓受心皆明　所領何國土　人民爲多少
所化有幾人　悉爲歸伏不　領三千大界
化訓諸羣生　十方不可稱　莫不蒙濟度
在國思正法　助吾治萬民　動順禮節訓
莫不承教聞　佛解空本無　捨于四顛倒
靡不歸伏者　神靜天爲業　佛與世無雙
博無不備達　汝言何不及　一切皆自歸
正天下滿人　一人頭若干　一頭若干舌
舌解無數義　合集恒沙人　嗟歎佛功德
江沙劫不暢　況我螢燭明

王聞益悲喜歎曰善哉善哉阿夷言不妄佛當來不何日當至乎優陀報曰却七日到王大踊躍即勑羣臣國中萬民吾往迎佛導從威儀法轉輪王平治道路掃除令淨香汁灑地懸繒旛綵竪其幢蓋周徧國内其所修治光飾畫宜千乘萬騎出四十里往奉迎佛稽首歸命優陀前報王曰本受佛教奉命見王宣其意故令還宣命說王意旨飢虛無量欲見至尊稽首受法并化萬民咸蒙福慶王曰宜知是時勿復稽留爾時優陀耶還來詣佛稽首足下以啓國王世尊及諸弟子自期七

日當還本國王及臣民莫不欣悅別來積年夙夜想念飲食不甘寢不能寐飢虛日久計日度時須世尊到已憶七日於時大聖告諸弟子明日當發至迦維羅衛見於父王皆嚴整衣服護持應鉢梵釋四王聞佛還國皆來送侍天雨香汁散華燒香竪諸幢蓋四王諸天皆在前導梵天侍右帝釋侍左諸比丘衆皆隨佛後諸天龍神華香妓樂追於上侍佛適進路先現瑞應三千國土六反震動百歲枯樹皆生華實諸枯竭溪澗自然泉水王見此瑞知佛已來勑諸釋種大臣百官皆行詣佛散華燒香竪諸幢旛鼓衆妓樂悉出迎佛王遥見佛在於大衆如星中月如日初出焰於朝陽如樹華茂芬芳熾盛巨身丈六相好嚴身晃如金山王覩悲喜前稽首足惟別彌

時今乃相見大臣百官皆稽首禮即還入城足蹈門閫地爲大動天雨衆華樂器皆鳴盲者得視聾者得聽拘躄得行病者得愈瘂者能言狂者得正僂者得伸若被毒者毒爲不行百鳥禽獸相和悲鳴婦女珠環相㯓作聲當爾之時見此變化莫不歡喜室寶藏者自然發出中滿珍琦懷異心者皆共和同等心叉手自歸命佛諸畜生類蒙其光潤皆得生天懷妊母人蒙斯光明苦痛微薄皆得在産端正姝好消婬怒癡無復塵勞展轉相視如父如母如兄如弟如子如身地獄休息餓鬼飽滿尋光來至歸命世尊皆發道意王見佛巨身丈六相好光明體紫金色諸根寂定如星中月晃如金山天帝梵王四王所奉覩諸梵志久在山中薄露身形日炙風飄身體黑

臭在佛邊侍猶如黒烏在紫金山不能發起顯佛大德令一切悅便勑國中諸豪族釋端正姝好顏貌殊異選五百人出爲沙門侍佛在左右猶如鳳凰在須彌山亦如摩尼著水精器時佛弟難陀亦作沙門末下鬚髮難有典作剃頭師前白佛言人身難得佛世難值明時叵遇今我大天及諸尊者識道至高不可限量不慕世榮捨世尊位行作沙門今我小節下劣靡逮何所貪樂不出爲道乎唯佛哀愍濟救汙泥没溺塵埃拔爲沙門佛言善哉佛時便呼比丘來頭髮則墮袈裟在身即成沙門禮諸沙門因隨次坐難在後作次第作禮到此沙門即住不禮心自念言是我家僕不能爲禮佛知告難佛法大通舉學前後不在尊卑猶如大海悉受萬川四流不避汙塗執心如地四大俱等地水火風内外無異其神空淨所著爲名宜棄自大以法自將乃應先聖無極道訓時難見佛教誨切至事不得止解了本無棄捐自大下意爲禮天地大動衆會同歎善哉善哉爲道等心除自高意而下卑心感於天地爲之大動從是制法先學爲長後學爲小法之常儀各無所恨無所諍訟佛時入宮坐於殿上王及臣民日日供養百種甘饌佛説經法所度無量瞿夷携羅云來稽首佛足瞻對問訊久違侍覲曠廢供養時王僚屬皆懷沉疑太子捐國十有二年何從懷妊生子羅云佛語父王告諸羣僚瞿夷守節貞潔清淨無瑕疵也設王不信今當現證於時世尊化諸衆僧皆使如佛相好光明等無差異於時羅云厥年七歲瞿夷即以

指印信環與羅云言是汝父者以此與焉羅云應時直前詣佛以印信環而授世尊王及羣臣咸皆欣踊稱言善哉所現無量真佛子也佛語父王及諸臣曰從今已後無復懷疑此吾之子緣吾化生勿咎瞿夷也王得道證瞿夷受戒淨修梵行宮人大小咸受戒法月六歲三奉齋弗懈國內清寧風雨以節時不越序五穀登賤民安其所萬邦黎庶咸來慶賀道德滋茂如月之初

祐尋法身無形羣有已滅覺智不起萬動永寂而甫現託生降神胎化者何也乘大緣以應俗本誓力以弘慈也故能運般若之權任首楞之勢迴靈兜率耀化赤澤陶鈞非我利見由物豈言像思議而能語其極哉是以攝受羣萌故地居輪皇權制剛夸故才窮藝術斷拔愛網故去國入山顯明法尊故降魔道樹凡斯如跡罔非振俗應體圓通隨方變現法身凝湛未嘗起滅然世識習滯據跡為真欲觀如來失道逾遠故涅槃經云若言菩薩在白淨王宮依因父母生育是身是魔所說蓋謂證跡而迷本也若本跡雙照權實俱明則披經無礙法身可覩

釋迦譜卷第五

音釋

蔚映 蔚於物切茂也　羽葆 葆補道切羽葆聚采羽為幢也　幘 側革切巾　躄 彼戟切足不能行也　替 他計切　蜎 隳緣切小飛也　鏤 郎豆切雕刻也　綩綖 綩於阮切綖于線切坐褥也　膳 時戰切具食也　驂 倉含切駕馬也　幢旍 幢傳江切播幢也旍子盈切旌旗也　炤 之曜切與照同　僂 力主切曲也　樘 抽庚切撥也　姝 春朱切美色也　叵 普火切不可也　瑕疵 瑕胡加切疵疾移切瑕疵謂過也　夸 苦瓜切奢也

釋迦譜卷第六

蕭齊釋僧祐譔

釋迦在七佛末種姓衆數同異譜第五（出阿含經）

佛告諸比丘過去九十一劫時世有佛名毗婆尸如來至真出現于世復次過去三十一劫有佛名尸棄如來至真出現於世復於彼三十一劫中有佛名毗舍婆如來至真出現於世復次此賢劫中有佛名拘樓孫又名拘那含又名迦葉我今亦於賢劫中成最正覺毗婆尸佛時人壽八萬歲尸棄佛時人壽七萬歲毗舍婆佛時人壽六萬歲拘樓孫佛時人壽四萬歲拘那含佛時人壽三萬歲迦葉佛時人壽二萬歲我今出世人壽百歲少出多減毗婆尸佛出刹利種姓拘利若尸棄佛毗舍婆佛種姓亦爾拘樓孫佛出婆羅門種姓迦葉增一阿含云姓頗羅墮拘那含佛迦葉佛種姓亦爾我今如來至真出刹利種姓曰瞿曇毗婆尸佛坐波羅樹下成最正覺尸棄佛坐分陀利樹下成最正覺毗舍婆佛坐娑羅樹下成最正覺拘樓孫佛坐尸利沙樹下成最正覺拘那含佛坐烏暫樹下成最正覺迦葉佛坐尼拘律樹下成最正覺我今如來至真坐鉢多樹下成最正覺

毗婆尸如來三會説法初會弟子有十六萬八千人二會弟子有十萬人三會弟子有八萬人尸棄如來亦三會説法初會弟子有十萬人二會弟子有八萬人三會弟子有七萬人毗舍婆如來二會説法初會弟子有七萬人次會弟子有六萬人拘樓孫如來一會説法弟子四萬人拘那含如來一會説法弟子

三萬人迦葉如來一會說法弟子一萬人我今一會說法弟子千二百五十人毗婆尸佛有二弟子一名騫茶二名提舍諸弟子中最爲第一尸棄佛有二弟子一名阿毗浮二名三婆婆諸弟子中最爲第一毗舍婆佛有二弟子一名扶遊二名鬱多摩諸弟子中最爲第一拘樓孫佛有二弟子一名薩尼二名毗樓諸弟子中最爲第一拘那含佛有二弟子一名舒槃那二名鬱多樓諸弟子中最爲第一迦葉佛有二弟子一名提舍二名婆羅婆諸弟子中最爲第一今我二弟子一名舍利弗二名目揵連諸弟子中最爲第一

毗婆尸佛有執事弟子名曰無憂尸棄佛執事弟子名曰忍行毗舍婆佛有執事弟子名曰寂滅拘樓孫佛有執事弟子名曰善覺拘那含佛有執事弟子名曰安和迦葉佛有執事弟子名曰善友我執事弟子名曰阿難毗婆尸佛有子名曰方友尸棄佛有子名曰無量毗舍婆佛有子名曰妙覺拘樓孫佛有子名曰上勝拘那含佛有子名曰導師迦葉佛有子名曰進軍今我有子名曰羅睺羅毗婆尸佛父名槃頭剎利王種母名槃頭婆提王所治城名槃頭波提尸棄佛父名明相剎利王種母名光曜王所治城名曰光相毗舍婆佛父名善燈剎利王種母名稱戒王所治城名曰無喻拘樓孫佛父名禮得婆羅門種母名善枝王名安和隨王名故城名安和拘那含佛父名內德婆羅門種母名善勝是時王名清淨隨王名故城名清淨迦葉佛父名曰梵德婆羅門種母名財主是時王名婆毗王

所治城名波羅柰釋迦文佛父名淨飯刹利王種母名大清淨妙王所治城名迦毗羅衛觀佛三昧經云毗婆尸佛身長六十由旬圓光百二十由旬尸棄佛身長四十二由旬圓光四十五由旬通身光一百由旬毗舍婆佛身長三十二由旬圓光四十二由旬通身光六十二由旬拘留孫佛身長二十五由旬圓光四十二由旬通身光五十由旬拘那含牟尼佛身長二十五由旬圓光三十由旬通身光長四十由旬迦葉佛身長十六丈釋迦牟尼佛身長丈六圓光七尺七佛身並紫金色祐尋七佛相次化跡各殊夫法身平等非有優劣衆生業異故現應不同耳是以釋迦出世身相紫金而一千比丘咸見赭容十六信士偏覩灰色自彼見異佛恒壹也類此而言可無惑矣

釋迦同三千佛緣譜第六（出藥王藥上觀經）

釋迦牟尼佛告大衆言我昔無數劫時於妙光佛末法之中出家學道聞五十三佛名聞已合掌心生歡喜復教他人令得聞持他人聞已展轉相教乃至三千人此三千人異口同音稱諸佛名一心敬禮以是因緣功德力故即得超越無數億劫生死之罪其千人者華光佛爲首下至毗舍於莊嚴劫得成佛道過去千佛是也此中千佛者拘樓孫佛爲首下至樓至如來於賢劫中次第成佛後千佛者日光如來爲首下至須彌相於星宿劫中當得成佛現在十方諸佛善德如來等亦得聞是五十三佛名故於十方世界各得成佛過去五十三佛名在藥王藥上觀經三千佛

名在諸佛集功德華經千佛名號國土種姓父母弟子眷屬衆會年歲在賢劫經釋迦在賢劫中千佛第四成佛

祐仰惟大覺之緣感也至矣極矣夫聞名致敬則勝業肇於須臾憑心相化則妙果成於曠劫故五十三聖聲煥微塵之前三千至真光鑠恒沙之後雖合掌之因似賒而樹王之報漸及禮拜稱讚豈虛棄哉

釋迦內外族姓名譜第七出長阿含經

釋種尸休羅王有四子此出彌沙塞律案長阿含經曇無德律大智論並云師子頰生淨飯王

一名淨飯大智論同十二遊經云菩薩父名白淨王

二名白飯大智論同十二遊經云菩薩叔父名甘露淨王

三名斛飯大智論同十二遊經云菩薩中叔名穀淨王

四名甘露飯大智論同十二遊經云菩薩小叔名設淨王

淨飯有二子一名菩薩大智論同十二遊經云白淨王有二子其太子名悉達

二名難陀大智論同十二遊經云其小子名難陀

白飯有二子一名阿難二名調達大智論云白飯二子跋提提沙十二遊經云甘露淨王有二子長子名調達小子名阿難

斛飯有二子一名摩訶男二名阿那律大智論云斛飯二子提婆達多阿難十二遊經云穀淨王有二子太子名釋摩納小子名阿那律

甘露飯有二子一名婆娑二名拔提大智論云甘露飯二子摩訶男阿泥盧豆有一女名甘露味雜阿含云提沙比丘是佛姑子兄弟十二遊經云設淨王有二子太子名釋迦王小子名釋少王尋此四王名號次序及生子名字互有同異正其然否寄之來哲其淨飯白淨真淨悅頭檀輸頭檀衆經名各不同蓋是譯出致異即是一人耳阿泥盧豆即阿那律推例而求類多如此

調達四月七日食時生身長丈五四寸出十二遊經

菩薩四月八日夜半明星出時生身長丈六

出十三遊經

佛弟難陀以四月九日生身長丈五四寸出十二遊經

阿難以四月十日生身長丈五三寸出十二遊經

菩薩外家去迦惟羅閱城晉言妙德八百里姓瞿曇氏作小王主百萬戸名一億王出十二遊經釋迦記生王宮譜稱一億王次釋少王下又云菩薩母名摩耶難陀母名憍曇彌即大愛道也

菩薩婦家姓瞿曇氏舍夷長者名水光其婦名月女有一城居近其邊生女之時日將欲沒餘明照其家室内皆明因字之爲瞿夷瞿夷晉言明女瞿夷是太子第一夫人出十二遊經

太子第二夫人生羅云者名耶惟檀其父名移施長者祐按瑞應本起善權衆經及大智論並云羅睺羅是瞿夷所生而十二遊獨云是第二夫人子從多斷則宜以瑞應爲正

第三夫人名鹿野其父名釋長者以有三婦故父王爲立三時殿殿有二萬婇女以太子當作遮迦王晉言飛行皇帝故三殿置六萬婇女出十二遊經

祐觀大覺俯應跡均俗典所以胤裔繼哲姻婭重明並緣發曠劫故能翼讃靈化耳

釋迦弟子姓釋緣譜第八出增一阿含經

佛告諸比丘有四大河水從阿耨達泉出云何爲四所謂恒伽新頭婆叉私陀波洹伽水東流牛頭口出新頭南流師子口出私陀西流象口中出婆叉北流從馬口出是時四大河水繞阿耨達泉已恒伽入東海新頭入南海婆叉入西海私陀入北海爾時四大河入海已無復本名字同名爲海此亦如是有四姓云何爲四刹利婆羅門長者居士種於如來所剃除鬚髮著三法衣出家學道無復本

姓但言沙門釋迦子所以然者如來衆者其猶大海四諦其如四大河除其結使入於無畏涅槃城是故諸比丘諸有四姓剃除鬚髮以信堅固出家學道者彼當滅本名字自稱釋迦弟子所以然者我今正是釋迦子從釋種中出家學道比丘當知欲論生子之義者當名沙門釋種子是所以然者生皆由我生從法起從法成是故比丘當求方便得作釋種子如是諸比丘當作是學彌沙塞律云汝等比丘雜類出家皆捨本姓稱釋子沙門長阿含經云彌勒出世諸比丘弟子皆稱慈子如我今弟子稱爲釋子

祐尋四河入溟俱名爲海四族歸道並號曰釋可謂總彼殊源同乎一味者矣

釋迦四部名聞弟子譜第九比丘一百人出增一阿含經

佛言我聲聞弟子中第一初受法味思惟四諦寬仁博識善能勸化將養聖衆不失威儀即阿若拘隣比丘善能勸導福度人民即優陀夷比丘速成神通中不有悔即摩訶男比丘恒飛虛空足不蹈地即善肘比丘乘虛教化意無榮冀即婆破比丘居樂天上不處人中即牛跡比丘恒觀惡露不淨之想即善勝比丘將護聖衆四事供養即優留毗迦葉比丘心意寂然降伏諸結即江迦葉比丘觀了諸法都無所著即象迦葉比丘威容端正行步詳序即馬師比丘智慧無窮決了諸疑即舍利弗比丘神足輕舉飛到十方即大目揵連比丘勇猛精勤堪任苦行即二十億耳比丘十二頭陀難得之行即大迦葉比丘天眼第一見十方域即阿那律比丘坐禪入定心不錯亂即離越比丘能廣勸率施立齋講即

陀羅婆摩羅比丘安造房室與招提僧即小陀羅婆摩羅比丘是貴豪種族出家學道即羅吒婆羅比丘善分別義敷演道教即大迦栴延比丘堪任受籌不違禁法即軍頭婆歎比丘降伏外道履行正法即賓頭盧比丘四事供養衣被飯食又瞻視疾病供給醫藥即識比丘言論辯了而無疑滯又能造偈誦歎如來德即謂鵬耆舍比丘得四辯才觸難答對即摩訶拘絺羅比丘清淨閑居不樂人中即堅牢比丘乞食耐辱不避寒暑即難提比丘獨處靜坐專意念道即金毗羅比丘一坐一食不移于處即施羅比丘守持三衣不離食息即浮彌比丘樹下坐禪意不移轉即狐疑離越比丘苦身露坐不避風雨即婆蹉比丘獨樂空閑專善思惟即陀素比丘著五納衣不著榮飾即尼婆比丘常樂塚間不處人中即優多羅比丘恒坐草蓐越福度人即盧醯寧比丘不與人語視地而行即優鉗摩居江比丘坐起行步常入三昧即那提比丘好遊遠國教授人民即曇摩留支比丘喜集聖衆論說法味即伽架比丘壽命極長終不中天常樂閑居不處衆中即婆拘羅比丘能廣說法分別義理即滿願子比丘奉持戒律無所觸犯即優波離比丘得信解脫意無猶豫即婆迦利比丘天體端正與世殊異諸根寂靜心不變易即難陀比丘辯才卒起解人疑滯即婆陀比丘能廣說義理不有違即斯尼比丘喜著好衣行本清淨即天須菩提比丘常好教授諸在後學即難陀迦比丘善誨禁戒比丘尼僧即須摩那比丘功德盛滿所適

無短即尸婆羅比丘具足衆行道品之法即優波先迦蘭陀子比丘所説和悦不傷人意即婆陀先比丘修行安般思惟惡露即摩訶迦延那比丘計我無常心無有想即優頭槃比丘能雜種論暢悦心識即拘摩羅迦葉比丘著弊惡衣無所羞耻即面王比丘不毀禁戒誦讀不懈即羅云比丘以神足力能自隱曀即般毙比丘能化形體作若干變即周利般毙比丘豪族富貴天性柔和即釋王比丘乞食無猒教化無窮氣力强盛無所畏難即婆提婆羅比丘音響清徹聲至梵天即羅婆那婆提比丘身體香潔熏于四方即鴦迦闍比丘知時明物所至無疑所憶不忘多聞廣遠堪任奉上即阿難比丘莊嚴服飾行步顧影即迦持利比丘諸王敬侍羣臣所宗即月光比丘天人所奉恒朝侍省以捨人形像天之貌即輸提比丘諸天師導指授正法即天比丘自憶宿命無數劫事即果衣比丘體性利根智慧深遠即鴦掘魔比丘能降伏魔外道邪業即僧迦魔比丘入水三昧不以爲難廣有所識人所敬念即質多舍利弗比丘入火三昧普照十方即善來比丘能降伏龍使奉三尊即那羅陀比丘降伏鬼神改惡修善即鬼地比丘降乾沓和勤行善行即毗盧遮比丘恒樂空定分別空義志在空寂微妙德業即須菩提比丘行無想定除去諸念即耆利摩難比丘入無願定意不起亂即炎盛比丘入慈三昧心無恚怒即梵摩達比丘入悲三昧成就本業即須彌比丘得喜行德無若干相即婆彌陀比丘常守護心意不捨離即

躍波迦比丘行炎盛三昧終不解脱即曇彌比丘言語麤獷不避尊貴入金光三昧即比利陀婆遮比丘入金剛三昧不可沮壞即無畏比丘所説決了不懷怯弱即須泥多比丘恒樂寂靜意不處亂即陀摩比丘義不可勝終不可伏即須羅他比丘曉了星宿豫知吉凶即那伽波羅比丘恒喜三昧禪悦爲食即婆私吒比丘常以法喜爲食即謂須夜奢比丘恒行忍辱對至不起即滿願盛明比丘修習日光三昧即彌奚比丘明筭術法無有差錯即尼拘留比丘分別等智恒不忘失即鹿頭比丘得雷電三昧不懷恐悚即地比丘觀了身本即頭那比丘最後取證獲得漏盡即須拔比丘

名聞比丘尼五十人

久出家學國王所敬即大愛道瞿曇彌尼智慧聰明即讖摩尼神足第一感致諸神即優鉢華色尼行頭陀法無一限礙即機利舍瞿曇彌尼天眼第一所照無礙即奢拘利尼坐禪入定意不分散即奢摩尼分別義趣廣演道教即波頭蘭闍那尼奉持律教無所加犯即波羅遮那尼得信解脱不復退還即迦旃延尼得四辯才不懷怯弱即最勝尼自識宿命無數劫事即拔陀迦毗離尼顔色端正人所愛敬即醯摩闍尼降伏外道立以正教即輸那尼分別義趣廣説分部即曇摩提那尼著麤弊衣不以爲愧即優多羅尼諸根寂靜恒若一心即光明尼衣服齊整常如法教即禪頭尼能雜種論亦無疑滯即檀多尼堪任造偈讚如來德即天與尼多聞廣博恩惠接

下即瞿甲尼恒處閑靜不居人間即無畏尼苦體乞食不擇貴賤即毗舍佉尼一處一坐終不移易即拔陀婆羅尼徧行乞求廣度人民即摩怒訶利尼速成道果中間不滯即陀摩尼執持三衣終不捨離即須陀摩尼恒坐樹下意不改易即劫須那尼恒居露地不念覆蓋即奢陀尼樂空閑處不在人間即優迦羅尼長坐草蓐不著裝飾即離那尼著五納衣以次分衛即阿奴波摩尼樂空塚間即優伽摩尼多遊於慈愍念生類即清明尼悲泣衆生不及道者即素摩尼喜得道者願及一切即摩陀利尼護守諸行意不遠離即迦羅伽尼守虛執空了定無有即提婆修尼心樂無想除去諸著即日光尼修習無願心恒濟物即末那婆尼諸法無疑度人無限即毗摩達尼能廣說義分別深法即普照尼心懷忍辱如地容受即曇摩提尼能教化人使立壇會辦具牀座即須夜摩尼心已永息不興亂想即因提闍尼觀了諸法而無猒足即龍尼意強勇猛無所染著即拘羅那尼入水三昧普潤一切即婆須尼入火光三昧悉照萌類即降提尼觀惡露不淨分別緣起即遮波羅尼育養衆人施與所乏即守迦尼最後取證即拔陀軍陀羅拘夷國尼

名聞優婆塞四十人

初聞法藥成聖賢證即二果商客第一智慧即質多長者神德第一即乹提阿藍降伏外道即掘多長者能說深法即優波掘長者恒坐禪思即訶侈阿羅婆降伏魔宮即勇揵長者福德盛滿即闍利長者大檀越主即須達

長者門族成就即泯逸長者好問義趣即生漏婆羅門利根通明即梵摩踰諸佛信使即御馬摩納計身無我即喜聞琴婆羅門論不可勝即毗裘婆羅門言語速疾能造偈頌即優波離長者喜施好寶不有吝心即殊提長者建立善本即優迦毗舍離能說妙法即最上無畏優婆塞所說無畏善察人根即頭摩大將領毗舍離好喜惠施即缾沙王所施狹少即光明王建立善本即波斯匿王得無根善信起歡喜心即阿闍世王至心向佛意不變易即優填王承事正法即月光王子供奉聖衆意常平等即造祇洹王子常喜濟彼不自爲己即師子王子顔貌端正與人殊勝即雞頭王子善恭奉人無有高下即無畏王子恒行慈心即不尼長者心恒悲念一切之類即摩訶納釋種常行喜心即拔陀釋種恒行護心不失善行即毗闍先優婆塞堪任行忍即師子大將能雜種論即毗舍御優婆塞賢聖默然即難提波羅優婆塞勤修善行無有休息即優多羅優婆塞諸根寂靜即天優婆塞最後受證即拘夷那竭摩羅

名聞優婆夷三十人

初受道證即難陀難陀婆羅優婆夷智慧第一即久壽多羅優婆夷恒喜坐禪即須毗耶女憂婆夷慧根了了即毗浮優婆夷堪能說法即鴦竭闍優婆夷善演經義即跋陀婆羅須焰摩優婆夷降伏外道即婆修陀優婆夷音響清徹即無憂優婆夷能種種論即婆羅陀優婆夷勇猛精勤即須頭優婆夷第一供養如來即摩利夫人承事正法即須賴婆夫

人供養聖衆即捨彌夫人瞻視當來過去賢士即月光夫人檀越第一即雷電夫人恒行慈三昧即摩訶先優婆夷行悲哀愍即毗提優婆夷喜心不絶即拔陀優婆夷行守護業即難陀母優婆夷得信解脱即照曜優婆夷恒行忍辱即無憂優婆夷行空三昧即毗讎先優婆夷行無想三昧即優那陀優婆夷行無願三昧即無垢優婆夷好教授彼即尸利夫人優婆夷善能持戒即鴦竭摩優婆夷形貌端正即雷炎優婆夷諸根寂靜即最勝優婆夷多聞博智即泥羅優婆夷能造頌偈修摩迦那無所怯弱即須達女優婆夷最後取證優婆夷者即藍優婆夷

祐歷觀學者業盛則聲流其在悠悠未足筭也故十大弟子以第一爲標四部之衆以名聞自顯所謂衆所知識出于其類者也嗟夫後進思自勗焉（比丘比丘尼優婆夷三衆數中各長一人）

釋迦從弟調達出家緣記第十（出中本起經）

是時父王往詣佛所見迦葉千人形體至陋毎心不平此等比丘雖復心精無表容貌當勸宗室樂無爲者令作沙門擇取端正即令宗族明日會殿受命即到王告宗室曰阿夷相言佛不出家當作聖王君四方天下左右侍從率當端正今諸弟子類無姿觀欲聘有道儀容足者充備僧數光暉世尊咸言大善聽令歡喜乞退嚴辦七日乃行調達便告行者吾等王者子弟今棄世榮出家居道整頓服飾極世之妙象馬車乘價直萬金其日嚴出觀者塡路調達冠幘自然墮地衞和離所可乘象四脚布地而作鳥鳴相工占曰餘皆

得道一人不吉俱詣佛所求作沙門剛强降伏莫不樂受調達亦名提婆達多齊言天熱以其生時人天心皆忽驚熱故因爲名增一阿含經云提婆達兜白佛言願聽在道次佛言汝宜在家分檀惠施夫爲沙門實爲不易復再三白復告不宜出家提婆達兜便生惡念此沙門懷嫉妬心我今宜自剃頭善修梵行何用是沙門爲提婆達兜後犯五逆罪惡心欲至如來所適下足在地地中有大火風起生繞提婆達兜身爲火所燒便發悔心稱南無佛然不究竟適得稱南無便入地獄中阿難悲泣言提婆達在地獄中爲經幾時佛言經一大劫命終生四天王上展轉至他化自在天經六十劫不墮三惡趣最後受身成辟支佛名曰南無由命終之時稱南無故時大目揵連言我欲至阿鼻獄中見提婆達慰勞慶賀佛言阿鼻罪人不解人間音響目連白言我解六十四音當以此音往語彼人目連如屈伸臂頃至阿鼻獄上虛空中曰提婆達兜獄卒曰此間亦有拘樓秦佛迦葉佛時提婆達兜今命何者目連曰吾命釋迦文佛叔父兒提婆達兜獄卒燒炙彼身使令覺悟曰汝仰觀空中見大目連坐寶蓮華語目連曰尊者何由屈此目連曰如來記汝欲害世尊緣入阿鼻最後成辟支佛號名南無提婆達聞已歡喜言我今日以右脅卧阿鼻獄中經歷一劫終無勞倦目連復問苦痛有增損乎提婆達報以熱鐵輪轢我身壞復以鐵杵吹咀我形有黑暴象蹈蹋我體復有火山來鎮我面昔日袈裟化爲銅鍱極爲熾然今寄

頭面禮世尊足復禮尊者阿難目連即攝神足還世尊所大智論稱提婆達弟子俱迦離謗舍利弗及目犍連命終墮蓮華地獄中即衢和離也祐拾檢調達之歷緣也亟爲戚屬恒結仇讎豈以標明善惡影響秘教乎是故經言若言提婆達多造逆罪墮阿鼻者無有是處斯乃諸佛境界非二乘所測也

釋迦從弟阿那律跋提出家緣記第十一 出曇無德律

釋種兄弟二人一名摩訶男一名阿那律阿那律者其母愛念常不離目前與作三時殿婇女娛樂摩訶男言諸釋多出家而我一門獨無兄營家業弟當出家若不能者弟營家業兄當出家那律以家事煩碎遂欲出家徃白其母乞求出家乃至三反母不聽許種種方便斷之以釋種有跋提其母愛重必不聽出家便言若跋提出家者當聽汝耳那律便求跋提跋提不許復種種方便云我今出家一田汝耳跋提遂許還求其母其母亦不許復作方便言若阿那律母許兒者當聽汝耳遂兩彼許跋提言且當七年受五欲樂然後出家那律言人命無常難可得保不宜淹留更求一年乃至七日那律許之過七日已釋子等八人及優波離第九各好莊嚴乘寶象馬出迦毗羅衛齊至其界脫其寶衣以象馬付優波離令還語言汝常依我等以自存活今者出家以此寶衣大象相遺與自資生遂便前去優波離思惟亦欲隨出家便即以寶衣等懸著樹上念言其有來取之者與之於是便共至佛所求索出家言我父母已許願

聽出家乞先度優波離何以故以除我等憍慢心故爾時世尊先度優波離次度那律次度跋提次更度難提次度金毗羅次度難陀等六人優波離受大戒最爲上座時有大上座名毗羅荼別度阿難陀餘次上座度跋難陀及調達時跋提獨在樹下塚間思惟夜分過已高聲稱言甚樂其邊比丘白佛佛呼跋提問何故自言甚樂耶跋提言我本在家時内外常以刀杖而自衞護猶有恐懼念念憂畏今獨塚間無有恐懼身毛不豎我念出離之樂故稱甚樂佛言善哉

祐以爲俗滯難啓而法緣易感二釋斬道尅意實深故始也互塞終然兩開矣夫苦逼不生是謂至樂林下之唱豈外適哉

釋迦從弟孫陀羅難陀出家緣記第十二

出普曜經

佛在迦維羅竭國尼拘類園將侍者阿難入城乞食童子難陀在高樓上遙見即下來至佛所作禮白言如來之姓轉輪聖王何爲自辱持鉢乞食自取佛鉢入家内盛甘美飲食佛即還尼拘類園即語侍者難陀若出勿自取鉢勑語難陀躬自送來難陀受教從後送鉢婦出語言速還勿久須還乃食前進未久重更遣信時還勿停所以鄭重恐出家故難陀至佛所手自奉鉢唯願時受今欲還家佛告難陀卿已至此今宜剃除鬚髮服三法衣何爲欲還是時如來以威神力逼迫難陀度今出家閉在靜室久久之後次第當直難陀歡喜我今當直事因此閑暇逃走還家是時難陀隨所應作事事不闕天神侍衞難陀汲

水至滿自然糞棄淨地之中草土更滋闢閉門戶自然開難陀自念我家王種多饒財寶設有漏失即可償之今當竊隨小徑還家行大塗者儻值如來即脫三法衣更被餘衣而去行未經時正值如來奔趣大樹欲自隱身佛神力故樹神拔樹懸在虛空難陀入樹根處隱蔽自身如來尋往問言何爲至此默然慚愧佛再三告汝欲何趣難陀言暫欲還家與婦相見佛告難陀夫人學道貪著欲心不顧後世燒身之禍我今將汝天上遊觀宜自專心勿懷恐怖佛以神力接至天上見一宮殿衆寶莊嚴玉女營從不可稱計唯無夫主難陀問佛此何天宮種種娛樂快樂昔所未見而無夫主唯願說之佛告難陀汝可自問難陀奉教自往問之天女答曰汝不知乎迦維羅竭國釋迦文佛並父弟難陀後當生此爲我夫主難陀聞之容自歡喜還至佛所具以白佛佛告難陀快修梵行如是不久當來至此受福自然是時世尊復以神力接引難陀將至地獄路經鐵圍山表見瞎獼猴佛問難陀汝婦孫陀利何如瞎獼猴難陀白佛止止勿復說此孫陀利者女中英妙百千萬倍豈得類乎佛言以孫陀利比諸天女亦億千萬倍不可爲比於是世尊復接難陀徧至地獄見種種苦痛有一大鑊獄卒圍繞湯沸火熾不見罪人難陀白佛是何人獄不見罪人佛言汝自問之難陀往問獄卒報言閻浮利地眞淨王家兒得成佛道並父弟甘露王兒名曰難陀爲人放逸婬欲情多自恃豪族輕忽萬民彼命終後當來此中　難陀聞已衣

毛皆竪顔色變異往趣世尊白言唯然大師三界大護今覩此變倍懷恐懼求離地獄願說泥洹爾時世尊漸與難陀說微妙法安處無爲令至道場

雜寶藏經云佛在迦毗羅衛國入城乞食到難陀舍會值難陀與婦作粧香塗眉間聞佛門中欲出外看婦共要言出看如來使我額上粧未乾頃便還入來難陀即出見佛作禮取鉢向舍盛食奉佛佛不爲取過與阿難阿難亦不爲取阿難語言汝從誰得鉢還與本處於是持鉢詣佛至尼拘樓精舍佛即勑剃師與難陀剃髮難陀不肯怒拳而語剃髮人言迦毗羅衛一切人民汝今盡可剃其髮也佛問剃髮者何以不剃答言畏故不敢爲剃佛共阿難自至其邊難陀長故不敢不剃雖得剃髮恒欲還家佛常將行不能得去後於一日次守房舍而自歡喜今日得便可還家去待佛衆僧都去之後我當還家佛入城後作是念言當爲汲水令滿澡缾然後還歸尋時汲水一缾適滿一缾復翻如是經時不能滿缾便作是言俱不可滿使諸比丘來還自汲我今但著缾屋中而棄之去即閉房門適一扇閉一扇復開適閉一戶一戶復開更作是念俱不可閉就置而去縱使失諸比丘衣物我饒財寶足有可償即出僧房而自思惟佛必從此來我則從彼異道而去佛知其意亦異道來遙見佛來大樹後藏樹神舉樹在虛空中露地而立佛見難陀將還精舍而問之言汝念婦也答言實爾即將難陀向阿那波山上又問難陀汝婦端正不答言端正山

中有一老瞎獼猴又復問言汝婦孫陀利面首端正何如此獼猴也難陀懊惱便作念言我婦端正人中少雙佛今何故以我之婦比瞎獼猴佛復將至忉利天上徧諸天宮而共觀看見諸天子與諸天女共相娛樂見一宮中有五百天女無有天子尋來問佛佛言汝自往問難陀往問言諸宮殿中盡有天子此中何以獨無天子諸女答言閻浮提內佛弟難陀佛逼使出家以出家因緣命終當生於此天宮爲我天子難陀答言即我身是便欲即住天女語言我等是天汝今是人還捨人壽更生此間便可得住便還佛所以如上事具白世尊佛語難陀汝婦端正何如天女難陀答言比彼天女如瞎獼猴比於我婦佛將難陀還閻浮提難陀爲欲生天故勤加持戒阿難爾時爲說偈言

譬如羺羊鬬　將前而更却　汝爲欲持戒
其事亦如是

佛將難陀復至地獄見諸鑊湯悉皆煑人唯見一鑊炊沸空停怪其所以而來問佛佛告之言汝自往問難陀即往問獄卒言諸鑊盡皆煑治罪人此鑊何故空無所煑答言閻浮提內有如來弟名爲難陀以出家功德當得生天以欲罷道因緣之故天壽命終墮此地獄是故我今炊鑊而待難陀難陀恐怖畏獄卒留即作是言南無佛陀南無佛陀唯願將我擁護還至閻浮提內佛語難陀汝勤持戒修汝天福難陀答言不用生天今唯願我不墮此獄佛爲說法一七日中成阿羅漢諸比丘歎言世尊出世甚奇甚特佛言非但今日

乃往過去亦復如是諸比丘言過去亦爾其事云何請爲我說佛言昔迦尸國王名曰滿面比提希國有一婬女端正殊妙爾時二國常相怨嫉傍有佞臣向迦尸王歎說彼國有婬女端正世所希少王聞是語心生惑著遣使從索彼國不與重遣使言求暫相見四五日間還當發遣時彼國王約勅婬女汝之姿態所有伎能好悉具備使迦尸王惑著於汝須臾之間不能遠離即遣令去經四五日尋復喚言欲設大祀須得此女暫還放來後當更遣時迦尸王即遣歸還大祀已訖遣使還索答言明日當遣既至明日亦復不遣如是妄語經歷多日王心惑著單將數人欲往彼國諸臣勸諫不肯受用時仙人山中有獼猴王聰明博達多有所知其婦適死取一雌獼猴諸獼猴衆皆共瞋訶責此婬獼猴衆所共有何緣獨當時獼猴王將雌獼猴走迦尸國投於王所諸獼猴衆皆共追逐既到城內發屋壞牆不可料理迦尸國王語獼猴王言汝今何不以雌獼猴還諸獼猴獼猴王言我婦死去更復無婦王今云何欲使我歸王語之言今汝獼猴破亂我國那得不歸獼猴王言此事不好耶王答言不好如是再三王故言不好獼猴王言汝宮中有八萬四千夫人汝不愛樂欲至敵國追逐婬女我今無婦唯取此一汝言不好一切萬姓視汝而活爲一婬女云何捐棄大王當知婬欲之事樂少苦多猶如逆風而執熾炬愚者不放必見燒害欲爲不淨如彼屎聚欲現外相薄皮所覆欲無及復如屎塗毒蛇欲如怨賊詐親附人欲如

假借必當還歸欲爲可惡如廁生華欲如疥瘡而向於火把之轉劇欲如狗嚙枯骨涎唾共合謂爲有味脣齒破盡不知猒足欲如渴人飲於鹹水逾增其渴欲如叚肉衆鳥競逐欲如魚獸貪味至死其患甚大爾時獼猴王者我身是也爾時王者難陀是也爾時婬女者孫陀利是也我於爾時欲淤泥中拔出難陀今亦拔其生死之苦

釋迦譜卷第六

音釋

騫丘虔切　赭止野切赤色也　讖楚禁切　鵬蒲登切　蓐如欲切薦也　玏郎計切　聘匹正切問也　轢郎擊切車所踐也　叺咀叺奉甫切咀在呂切　銅鍱銅徒紅切鍱弋涉切與葉同　蘄渠希切求也　佞乃定切巧諂也　劇奇逆切尤甚也　齩五巧切齧也

釋迦譜卷第七

蕭齊釋僧祐譔

釋迦子羅云出家緣記第十三（出未曾有經）

爾時世尊告目揵連汝今往彼迦毗羅城問訊我父閱頭檀王并我姨母波闍波提及三叔父斛飯王等因復慰喻羅睺羅母耶輸陀羅令割恩愛放羅睺羅令作沙彌修習聖道所以者何母子恩愛歡樂須臾死墮地獄母之與子各不相知窈窈冥冥永相離别受苦萬端後悔無及羅睺得道當還度母永絶生老病死根本得至羅漢如我今也目連受命屈伸臂頃到迦毗羅淨飯王所而白王言世尊慇懃致問無量起居輕利氣力安不及太夫人波闍波提并三叔父斛飯王等問訊起居亦復如是時耶輸陀羅聞佛遣使來至王所未知意趣即遣青衣令參消息青衣還白世尊遣使取羅睺羅度爲沙彌耶輸陀羅聞是消息將羅睺羅登上高樓約勑監官關閉門閤悉令堅牢時大目連既到宫門不能得入又無人通即以神力飛上高樓至耶輸陀羅座前而立耶輸陀羅見目連來憂喜交集迫不得已即起禮拜勑爲敷座請目連坐問目連曰世尊無恙教化衆生不勞神也遣上人來欲何所爲目連白曰太子羅睺年已九歲應令出家修學聖道所以者何母子恩愛少時如意一旦命終墮三惡道恩愛離别窈窈冥冥母不知子子不知母羅睺得道當還度母永度生老病死憂患得至涅槃如佛今也耶輸陀羅荅目連曰釋迦如來爲太子時娶我爲妻奉事太子如事天神曾無一失共

爲夫婦未滿三年捨五欲樂騰越宮城逃至王田王身往迎違戾不從返遣車匿白馬令還自要道成誓願當歸被鹿皮衣譬如狂人隱居山澤勤苦六年得佛還國都不見親忽忘恩舊劇於路人使我母子守孤抱窮令復遣使欲求我子爲其眷屬何酷如之太子成道自言慈悲慈悲之道應安樂衆生今反離别人之母子苦中之甚莫若恩愛離别之苦以是推之令别人母子何慈之有白目連曰還向世尊宣我所陳時大目連更以方便種種諫喻曉耶輸陀羅而耶輸陀羅絶無聽意辭退還到淨飯王所具宣上事王聞是已即告夫人波闍波提我子悉達遣目連來迎取羅云欲令入道修學聖法耶輸陀羅女人愚癡未解法要心堅意固纏著恩愛情無縱捨卿可往彼重陳諫之令其心悟時太夫人即便將從五百青衣至其宮中隨宜諫喻反覆再三耶輸陀羅猶故不聽白夫人曰我在家時八國諸王競來見求父母不許所以者何釋迦太子才藝過人是故父母以我配之太子爾時知不住世出家學道何故慇懃苦求我耶夫人取婦正爲恩好聚集歡樂萬世相承子孫相續紹繼宗嗣世之正禮太子既去復求羅睺欲令出家永絶國嗣有何義哉爾時夫人聞是語已默然無言不知所云爾時世尊即起化人空中告言耶輸陀羅汝頗憶念往古世時誓願事不我當爾時爲菩薩道以五百金錢從汝買得五莖蓮華上定光佛時汝求我世世所生共爲夫妻我不欲受即語汝言我爲菩薩累劫行願一切布施不逆

人意汝能爾者聽爲我妻汝立誓言世世所生國城妻子及與我身隨君施與誓無悔心而今何故愛惜羅睺不令出家學聖道也耶輸陀羅聞是語已霍然還識宿業因緣事事明了如昨所見愛子之情自然消歇遣喚目連懺悔辭謝捉羅睺手付囑目連與子離別涕淚交流爾時羅睺見母愁苦長跪合掌前白母言願母莫愁羅睺今往定省世尊尋爾當還與母相見時淨飯王爲欲安慰耶輸陀羅令其喜故即集國中豪族而告之言金輪王子今當往彼舍婆提國從佛出家學道願卿人人各遣一子隨從我孫咸皆奉命即時合集有五十人隨從羅睺往到佛所頭面作禮佛使阿難剃羅睺頭及其五十諸公王子悉令出家命舍利弗爲其和尚大目揵連作阿闍梨授十戒法便爲沙彌爾時佛子羅云等五十沙彌聞佛說彼扇提羅等罪報因緣扇提羅等昔爲比丘宿緣罪報文繁不載甚大憂懼即各頭面禮佛白言世尊今聞說此扇提羅等甚懷怖懼所以者何和尚舍利弗大智福德國中供養最上甘珍小兒愚癡無有福德食人如是妙好飲食後世當受苦果如扇提羅是故我等實懷憂慮願佛垂哀聽我屬捨道還家冀免罪咎爾時世尊告羅睺羅汝今畏罪還家求離苦者是事不然何以故譬如二人乏食飢餓忽遇主人爲設種種肥濃美味其人飢餓貪食過飽然此二人一者有智一者愚癡有智之人自知食過身體沉重頻伸欠呿即詣明醫請除苦患良醫即賜摩檀提藥令其服之吐宿食已令近暖火禁節消息得免禍

恚終保年壽其無智者不知食過謂是鬼魅殺生祠祭欲求濟命腹中宿食遂成生風絞切心痛因是死亡生地獄中佛告羅睺羅汝畏罪還家如彼無智愚癡人也汝先有善根因緣遭值我時如彼明醫能濟苦患而得不死汝今何爲捨明入闇羅睺白言世尊諸佛智慧猶如大海羅睺等心猶如毫末豈能受持如來智慧佛告羅睺如天雨滴後不及前雖不相及能滿大器修學智慧亦復如是從小微起終成大器如是展轉滿無量器是則自利利人名爲大士如我今也羅睺羅等聞佛說已心開意解普耀經云佛還入宮坐於殿上俱夷携羅雲來稽首佛足瞻對問訊時王僚屬皆懷沉疑太子捐國上有二年何從生子佛語父王告諸羣僚俱夷守節貞潔清無瑕疵設王不信今當現證於時世尊化諸衆僧皆使如佛羅云年始七歲俱夷即以指印信環與羅睺言是汝父者以此與馬羅云應時直前詣佛以印信環而授世尊王及羣臣咸皆欣踊稱言善哉眞佛子也佛語父王及諸臣曰從今已後無復懷疑此吾之子緣吾化生勿咎俱夷王得道證俱夷持戒淨修梵行彌沙塞律云佛往到淨飯王宮時羅睺羅母將羅睺羅在高樓上遥見佛來語言汝見彼沙門不答言見又語言彼是汝父可往索父餘財佛既入宮於中庭露地坐羅睺羅馳下趣佛頭面禮足住佛影中白言是影甚樂願佛與我父餘財佛言汝審欲得不答言欲得佛便將還告舍利弗汝可度之舍利弗即度出家爲受沙彌戒時淨飯王聞已度羅

睺羅便大懊惱出詣佛所白言佛昔出家尚有難陀不能令我如今懊惱難陀已復出家餘情所寄唯在此子今當出家家國大計永爲斷絕子孫之愛徹過骨髓如何比丘輙度他子願佛從今勑諸比丘父母不聽不得爲道佛即爲王說諸法竟集諸比丘立制父母不聽不得出家受戒祐尋此律所說羅睺羅出家緣與未曾有經事緣大異者由於爾時對情不同故復兩存焉祐尋釋族爲盛雲布赤澤雖法俗或殊而獲道斯同難陀棄榮欲以從道羅云捨輪王位而襲法梅檀圍繞龍象成羣靡親靡踈隨應而度調御之美於兹可見

釋迦姨母大愛道出家緣記第十四（出中本起經）

佛還迦維羅衛國大愛道瞿曇彌稽首作禮白佛言我聞女人精進可得沙門四道願得受佛法律我以居家有信欲出家爲道佛言且止無樂以女人入我法律服法衣者當不盡壽清淨究暢梵行瞿曇彌則復求哀如是至三佛不聽許作禮而退佛於後時更遊迦維羅衛瞿曇彌如前求出家佛亦不許佛又與諸比丘留止是國避雨三月竟出國而去大愛道與諸老母等俱行追佛頓止河上大愛道便前作禮復求出家佛言止止如前不許便前作禮繞佛而退住於門外被弊敗衣徒跣而立顏面垢穢衣服塵汙歔欷而啼阿難見之即問何以如是答言今我以女人故不得出家自悲傷耳阿難言止止且自寬意待我白佛阿難即入稽首白言我從佛聞女人精進可得四道今大愛道以至心欲受法

律願佛聽之佛言止止無樂欲使女人入我法律爲沙門也所以者何譬如人家生子多女少男當知是家以爲衰弱若聽女人出家乃令佛法清淨梵行不得久住譬如稻田莠雜禾稼則令善穀復敗若使女人入我法律必令清淨大道不久興盛阿難復言大愛道多有善意佛初生時乃自育養至于長大佛言如是大愛道信多善意於我有恩今我成佛於大愛道亦多有恩大愛道但由我故得歸依三寶不疑四諦立信五根受持五戒如是阿難正使有人終身相給衣被飲食卧具病困醫藥不及我此恩德也佛告阿難假使女人欲作沙門者八敬之法不得踰越當盡壽學行之譬如防水善治堤塘勿令漏失其能如是可入律法阿難諦受作禮而出報大愛道言瞿曇彌何忽憂愁即爲再說佛之言教若能如是可得出家大愛道即歡喜而言唯諾阿難聽我一言譬如四姓家女沐浴塗香好衣莊嚴而人復以好華香珍寶爲步搖持與其女豈不愛樂頭首受之今佛所教勑八敬法者我亦歡心願以首頂受之爾時大愛道便得出家尋受大戒爲比丘尼奉行法律遂得應眞後於異時大愛道與諸長老尼俱詣阿難所白言諸長老尼皆久修梵行且已見諦云何當使禮幼少比丘阿難言且停我今當問佛阿難即往白佛佛言止止當愼此言勿得說也且汝所知不如我知若使女人不出家者外道異學一切賢者當以四事種種供養解髮布地請令蹈之如事日月如事天神我之正法當千歲興盛以度女人故

至五百歲而漸衰微所以者何女人有五處不能得作何謂爲五一不得作如來二不得作轉輪聖王三不得作第二忉利天王四不得作第六天魔王五不得作第七梵天王大愛道等聞已歡喜奉行

彌沙塞律云大愛道出家受行八敬事事悉同大愛道因阿難問佛大愛道受八敬即得具足戒不知諸釋女五百人云何佛言將往大僧中十衆大愛道作和尚羯磨與受具足三人一受不得四人大方便經云天魔波旬及諸長夜惡邪見人毀佛法僧是故如來不聽女人樂入佛法佛姨母憍曇彌三請不聽憂悲苦惱阿難爲請過去諸佛具四部衆而如來獨不具耶佛告阿難若憍曇彌發大精進修八敬法聽入佛法憍曇彌心大歡喜佛言未來世中若有比丘尼及諸善女人常當志心念阿難恩稱名供養阿難以大威神應聲護助祐仰惟三世諸佛四部咸備而憍曇彌祈法亟於拒塞者豈非女人障厚方爲道蠹故切磋掊擊以勵將來也

釋迦父淨飯王泥洹記第十五出淨飯王泥洹經

舍夷國王名曰淨飯治以王法化德仁義常行慈心時被重病身中四大同時俱作殘害其體肢節欲解喘息不定如駛水流輔相宣令國中明醫皆悉來會種種療治無能愈者時王煩惱轉側不停如少水魚夫人婇女見王如是益更愁惱時白飯王斛飯王大稱王等及諸羣臣同發聲言今王設崩永失覆護國將虛弱王身戰動脣口乾燥語聲斷絕眩目淚下時諸王等長跪叉手同共白言大王

素性不好作惡經彈指頃種德無猒護養人民莫不得安名聞十方大王今日何故愁惱時淨飯王語聲趣出告諸王曰我命雖斷不以爲苦但恨不見我子悉達又恨不見次子難陀以除貪婬世間諸欲復恨不見斛飯王子阿難陀者持佛法藏一言不失又恨不見孫子羅云年雖幼稚神足純備戒行無缺吾設得見是諸子等我病雖篤未離生死不以爲苦諸在王邊聞如是語悉苦啼泣淚下如雨時白飯王言我聞世尊在王舍城耆闍崛山中去此懸遠五十由旬王今轉羸設遣使者道路懸邈遲晚無益唯願大王莫大愁悒懸念諸子時淨飯王聞是語已垂淚而言答白飯王我子等輩雖復遼遠意望不斷所以者何我子成佛以大慈悲恒以神通天眼徹視天耳徹聽救接衆生應可度者如有百千萬億衆生爲水所溺以慈愍心爲作船筏而度脫之終不疲勞若我今日望見世尊亦復如是所以然者世尊晝夜常以三昧恒以天眼觀於衆生應受化者以慈愍心如母念子爾時世尊在靈鷲山天耳遥聞迦維羅衛大城之中父王悒遲及諸王言即以天眼遥見父王病卧著牀羸困憔悴命欲向終知父渴仰欲見諸子爾時世尊告難陀曰父王淨飯勝世間王是我曹父今得重病我曹應往反命存在得與相見令王願滿難陀受教長跪作禮唯然世尊淨飯王者是我曹父能生聖子利益世間今宜往詣報育養恩阿難叉掌前白佛言淨飯王者是我伯父聽我出家爲佛弟子是故欲往羅云復前而白佛言世尊

雖是我父棄國求道我家祖王育養成就而得出家是故欲往覲省祖王佛言善哉宜知是時令王願滿於時世尊即以神足猶如鴈王踊身虛空忽然而現在維羅衛放大光明國中人民遙見佛來皆共舉聲涕淚而言設大王崩舍夷國名必斷滅矣城中人民向佛啼哭白世尊言大王如是命斷不久唯願如來宜可時往及共相見國中人民宛轉自撲哽咽啼哭中有自絕瓔珞者中有取塵土而自坌者佛見是已諫國人曰無常離別古今有是汝等諸人當思念之生死爲苦唯道是眞於是世尊即以十力四無所畏十八不共諸佛之法放大光明更復重以三十二相八十種好放大光明以從無量阿僧祇劫所作功德放大光明其光照曜內外通達周徧國界光照王身患得安息王遂怪言是何光耶爲是日月之光明耶諸天光乎來觸我身如天栴檀令我身中患苦得息脫是我子悉達來也先現光明是其常瑞時大稱王從外入宮白大王言世尊已來將諸弟子阿難羅云等乘空來至王宜歡喜捨愁毒心王聞佛來敬意踊躍不覺起坐須臾之頃佛便入宮王見佛到遙舉兩手接足而言唯願如來手觸我身令我得安爲病所困如壓麻油痛不可忍我命將斷寧可還返我今最後得見世尊痛恨即除佛知父王病重羸瘦色變難識告難陀言觀王本時形體巍巍顏色端正名聲遠聞今得重病乃不可識端正形容勇健之名今何所在時淨飯王一心合掌讚歎世尊德佛言唯願父王莫復愁悒所以然者道德

純備無有缺減佛出金色臂掌如蓮華光尋即以手著父王額上王是清淨戒行之人心垢已離今應歡喜不宜憂惱當諦思念諸經法義物不牢固得堅固志以種善根是故大王宜當歡喜命雖欲終自可寬意時大稱王以恭敬心白淨飯王言佛是王子神力具足無與等者次子難陀亦是王子已度生死諸欲之海四道無礙斛飯王子阿難陀者已服法味佛所說法猶若淵海一句不忘悉總持之王孫羅云道德純備逮諸禪定成四道果是四子等已壞魔網時淨飯王聞是語已歡喜踊躍不能自勝即以自手捉於佛手著其心上王於卧處合掌心禮世尊足下時佛手掌放在王心上無常對至命盡氣絕忽就後世於是諸釋號咷啼哭舉身自撲兩手拍地解髻亂髮同發聲言永失覆蓋王中尊王今以崩背國失威神時諸釋子以衆香汁洗浴王身纏以劫貝白氎及諸繒帛而以棺斂於師子座七寶莊校眞珠羅網垂繞其傍舉棺置於師子座上散華燒香佛共難陀在喪頭前肅恭而立時阿難羅云住在喪足難陀長跪白佛父王養我願聽難陀擔父王棺阿難陀長跪白佛言唯願聽我擔伯父棺羅云復前而白佛言唯願聽我擔祖王棺爾時世尊念當來世人皆兇暴不報父母育養之恩爲是當來不孝衆生設化法故如來躬欲擔於父王之棺即時三千大千世界六種震動一切衆山巔峩涌没如水上船爾時欲界一切諸天與無數百千眷屬俱來赴喪北方天王毗沙門王將諸夜叉鬼神之等億百千衆俱

來赴喪東方天王提頭頼吒將諸妓樂鬼神之等億百千衆俱來赴喪南方天王毗樓勒叉將鳩槃茶鬼神之等億百千衆俱來赴喪西方天王毗留博叉將諸龍神億百千衆俱來赴喪皆共發哀舉聲啼哭時四天王竊共思議瞻望佛爲當來世諸不孝父母者故以大慈悲親欲自身擔父王棺時四天王俱共長跪同時發聲俱白佛言我等是佛弟子從佛聞法成須陀洹以是之故我曹宜擔父王之棺佛聽四天王擔父王棺四天王各自變身如人形像以手擎棺擔著肩上舉國人民一切大小莫不啼泣爾時世尊威光益顯猶萬日並現如來躬自手執香爐在前行出詣於墓所靈鷲山上有千阿羅漢以神足力乘虛而至稽首佛足復白佛言唯願佛勑使作何事時佛便告諸羅漢等汝等疾往大海渚上取牛頭栴檀種種香木即受教勑如彈指頃各到大海共取香薪屈伸臂頃便已來到佛與大衆共積香薪舉棺置上以火焚之一切大衆見火熾然皆向佛前宛轉自撲益更悲哭有得道者皆自慶幸未獲道者心戰惶怖毛衣爲豎佛告四衆曰世間無常苦空非身無有堅固如幻如化如熱時燄如水中月命不久居汝等諸人但見此火便以爲熱諸欲之火恒復過此是故汝等當自勸勉求離生死乃得大安時火燄熾燒王身已爾時諸王各各皆持五百缾乳以用滅火火滅之後競共收骨盛置金函即於其上便共起塔懸繒旛蓋供養塔廟時諸大衆同時發聲俱白佛言大淨飯王今已命終神生何所唯願世

尊分別解說於時佛告衆會曰父王淨飯是清淨人生淨居天祐觀無常之變甚矣固有形之類而莫免也夫以天尊侍疾而不能延齡金掌在心而無救理報盡數終無常對至是以聖人修長壽之果而不養蕉沫之身也

釋迦母摩訶摩耶夫人記第十六（出佛昇忉利天爲母說經）

佛在忉利天歡喜園中波利質多羅樹下三月安居爾時如來四衆圍繞身毛孔中放千光明普照三千大千世界一一光中有千葉蓮華一一華中皆有化佛威光照曜不可譬類諸天子等不知何緣而有此事佛告文殊汝詣母所道我在此願母暫屈禮敬三寶文殊即往宣白摩耶摩耶聞已乳自流出而作此言若審我所生悉達多者當令乳汁直至於口作此語已兩乳湩出猶白蓮華而便入於如來口中時摩耶見已踊躍怡悅如華開榮大千世界普皆震動諸妙華果非時敷熟即語文殊我從與佛爲母子來歡喜安樂未曾如今日也即與文殊俱趣佛所世尊遙見母來如須彌山鼓動之相便以梵音而白母言身所經處與苦樂俱當修涅槃永離苦樂摩耶一心五體投地專精正念結使消伏佛爲說法摩耶聞已即識宿命善根純熟破八十億熾然之結得須陀洹果即白佛言生死牢獄已證解脫時會大衆聞此語已異口同音而作是言願一切衆生皆得解脫爾時世尊於忉利天爲衆廣說大有利益至三月盡將欲還下命鳩摩羅汝今可下至閻浮提語言如來不久當入涅槃于時衆生聞是語已

極大愁惱作如是言我等頃來不知大師所在今者乃在忉利天上又復不久欲入涅槃何其苦哉世眼將滅我等罪身天人殊絕無由昇天恭敬勸請唯願仁者爲宣啓請唯願慈念閻浮提人時速還下時鳩摩羅還至佛所具以白佛爾時世尊聞此語已放五色光明照耀顯赫時天帝釋知佛當下即使鬼神作三道寶堦中央閻浮檀金左用瑠璃右用碼碯欄楯雕鏤極爲嚴麗佛語摩耶生死之法會必有離我今應下還閻浮提不久亦當入於涅槃摩耶垂淚說偈爾時世尊與母辭別下躡寶堦梵天執蓋及四天王侍立左右四部大衆歌唄讚歎天作妓樂充塞虛空散華燒香導從來下閻浮提王波斯匿等一切大衆集在寶堦稽首奉迎佛還祇洹處師子座四衆圍繞歡喜踴躍

祐敬惟佛生七日母昇忉利三世如來莫不同然摩耶積因託化誕聖是以既爲天師而方味其乳已入泥洹而還起致敬欲報之德於斯至矣

釋迦姨母大愛道泥洹記第十七 出佛母泥洹經

王園精舍大愛道比丘尼即佛姨母也將欲滅度曰吾不忍見世無如來無所著正真道最上正覺及諸應真滅度吾當先息靈神還于本無矣佛一切智具照其心即告阿難大愛道念曰吾不忍見世尊幷諸應真等泥洹欲先滅度阿難聞教即稽首言今聞尊命四體萎墮心塞智索不識四方之名佛告阿難汝謂大愛道滅度將戒定慧解脫度知見種四意止乃至八品道行去耶對曰不也但惟

佛生七日太后薨没慈母至有彌恩在佛所耳世尊歎曰如汝所言慈母於吾實有哺乳重恩此恩難報吾已報之我亦有難筭之恩在毋所也由我開示歸命三寶苦集盡道眼明盡諸有結獲無所著若人能悟愚者之惑令入真正苦集盡道者恩過須彌是故阿難吾有重恩於大愛道爲無量也於時大愛道與除饉女五百人（除饉女即比丘尼也康會注法鏡經云凡夫貪染六塵猶餓夫蔓飯不知猒足聖人斷貪除六情饑餓飢號出家爲除饉）俱到佛所皆頭面著佛足禮退叉手立白佛言不忍覩佛及諸應真滅度欲先泥洹佛默可之大愛道以手摩佛足曰此晚覩如來最上正覺自今已後不復覩矣五百除饉陳辭如上佛可之爲說身患滅度之安諸除饉女莫不歡喜繞佛三帀稽首而去還于精舍布五百座皆各就座大愛道現神足德於自座没從東方來在虛空中作十八變八方上下亦復如是放大光明以照諸冥上耀諸天五百除饉變化俱然同時泥洹佛告阿難汝明旦入城到耶遊理家所（理家即優婆塞受戒在家故曰理家）告之曰佛母及五百耆年除饉皆已滅度佛勸理家作五百轝牀麻油香華樟柟梓材事各五百眞妓正音當以供養所以者何斯諸除饉皆六通四達獲空不願無想淨定今得泥洹爲佛所歎一時供養其福無量阿難稽首敬諾平旦入城至理家門闐阿難來心怖毛竪今來甚早斯事非恒將以何故阿難如教具爲宣說理家聞之即躃身于地抗哀而云自今惟耶梨精舍都爲空寂王道四衢不復覩神通除饉國道爲空其痛何甚乎阿難答曰佛說乾

坤雖久始必有終三界無常如幻如夢生求不死會異不離者終不可得也理家心解歡喜阿難復至諸梵志理家偵集在講堂有異論議即告之曰佛勸諸賢者作五百祭具所以然者佛母五百除饉皆以滅度梵志理家聞阿難言靡不躃地宛轉哀號阿難又說三界如幻都爲非常身爲苦器惱痛所聚唯泥洹安故聖歸之理家心解稽首奉辦阿難還至佛所如事以聞梵志理家即備葬具馳詣精舍時王園門閉理家使人緣入開門欲入講堂有女沙彌三人一人得不還道次者頻來小者溝港告理家曰吾師坐禪今得寂定慎勿擾動答曰師已滅度非爲定耶沙彌聞之躃身絕息有頃乃穌哀而言曰誰當教誨吾等聖訓絕矣理家覩之莫不哀泣告沙彌曰佛本說經恩愛雖會終必有離但當建志力取應真理家闍維畢捧舍利詣佛所佛告阿難汝東向叉手下右膝曰有直信直業三神六智道靈已足者來趣斯所以然者佛母及諸除饉女五百人今皆善逝宜當法會四方俱然於是四方各二百五十應真神足飛來稽首佛足佛起至大愛道舍利所千比丘從皆就座佛告阿難取舍利盛之以鉢著吾手中阿難如命以鉢盛舍利長跪授佛佛以兩手受之告諸比丘斯聚舍利本是穢身宄愚怒暴嫉妬陰謀敗道壞德今母能拔女人宄愚之穢身與丈夫行獲應真道還靈本無何其健哉告比丘衆及諸理家宜共興廟應修供養僉曰唯然於是四衆天人鬼龍造廟立剎種種供養（摩訶波闍波提齊言大愛道也亦名瞿曇彌）雜阿

舍經云是難陀親母又增一阿含經云佛告阿難難陀羅云汝等舉大愛道身我當親自供養爾時釋提桓因毗沙門王等前白佛言唯願勿自勞神我等自當供養佛言止止所以然者父母生子多有所益長養恩重乳哺懷抱要當報恩不得不報過去未來諸佛母先取滅度諸佛皆自供養耶維舍利也時毗沙門天王使諸鬼神往栴檀林取栴檀薪至曠野之間佛躬自舉牀一脚羅云舉一脚阿難舉一脚難陀舉一脚飛在虛空往至塚間其中四部衆舉五百比丘尼舍利俱至塚間爾時佛自取栴檀木著大愛道身上佛言有四人應起塔供養一者佛二者辟支佛三者漏盡羅漢四者轉輪聖王皆以十善化物故爾時人民即取舍利各起塔供養祐尋姨母爲德恩均所生是以持舉之重爰酬鞠育所以勸報復勵無恩人也

釋迦種滅宿業緣記第十八（出長阿含經）

爾時波斯匿王新紹王位便作是念我今新紹王位先應取釋種家女即告一臣曰往迦毗羅衛至釋種家持我名字告彼釋種云波斯匿王問訊與居輕利致問無量又語彼釋吾欲取釋種女設與我者抱德無已若見違者當以力相逼大臣受教往告迦毗羅衛國爾時釋種五百人集在一處是時大臣至釋種所具宣王言釋種聞已極生瞋恚吾等大姓何緣當與婢子結親其衆中或言當與或言不可與爾時摩訶男語衆人言諸賢勿共瞋恚所以然者波斯匿王爲人暴惡或壞我國界我今躬自當往與共相見說此事情時

摩訶男家中婢生一女面貌端正世之希有沐浴此女與著好衣載羽葆車送與波斯匿王又白王言此是我女可共成親時波斯匿王得此女已極懷歡喜即立此女爲第一夫人未經數日而身懷妊後生一男皃端正無雙世之殊特時波斯匿王集諸相師與子立字時相師言大王當知求夫人時諸釋共諍或言不與使彼此流離今當立字名曰流離時彼斯匿王愛此流離太子未曾去前年向八歲王告之曰汝今已大可詣迦毗羅衛學諸射術是時波斯匿王給使諸人乘大白象往詣釋種至摩訶男家而白言曰波斯匿王使我至此學諸射術唯願祖父母事事教授時摩訶男報言欲學術者善可習之是時摩訶男釋種集五百童子使共學術時流離太子共學射術爾時迦毗羅衛城中新起一講堂自相謂言今此講堂成來未久畫彩已竟猶如天宫我等先應往請如來於中供養及比丘僧當令我等受福無窮然後我等當入此堂時諸釋種即於堂上敷種種坐具懸繒旛蓋香汁灑地燒衆名香復儲好水然諸明燈是時流離太子往至講堂即昇師子之座時諸釋種見之極懷瞋恚即前捉臂逐出門外各共駡之此婢生物敢入中坐撲之著地是時流離太子即從地起長歎息而視於後是時有梵志子名曰好苦流離太子語好苦梵志子曰此諸釋種捉我毀辱乃至於斯我後紹王位時汝當告我此事是時好苦梵志子報曰如教是時波斯匿王命終便立流離太子爲王時好苦梵志往至王所而作是說

王當憶本諸釋所毀辱不時流離王報曰我憶本事時流離王與起瞋恚勑諸羣臣汝等速嚴駕集四部兵吾欲往征釋種諸臣即受王教令即雲集四種之兵往至迦毗羅越爾時衆多比丘聞流離王往征釋種具白世尊是時世尊聞此語已即往逆流離王便在一枯樹下無有枝葉於中結加趺坐時流離王遙見世尊即下車禮足在一面立爾時流離王白世尊言更有好樹枝葉繁茂何故在此枯樹下坐世尊告曰親族之蔭故勝外人是時流離王便作是念今日世尊故為親族吾不應往征宜可齊此還歸本土是時好苦梵志復白王曰王當憶本釋種所辱王聞此語已復更集兵復詣迦毗羅越大目揵連聞流離王往征釋種白世尊言今日流離王往攻釋種我今堪任使流離王及四部兵擲著他方世界世尊告曰汝豈能取釋種宿緣著他方世界乎時目連白佛言實不堪任使宿因緣著他方世界爾時世尊語目連曰汝還就坐目連復白佛言我今堪任移此迦毗羅越著虛空中世尊告曰汝今堪能移釋種宿緣著虛空中乎目連報言世尊我不堪任佛告目連汝今還就本位目連復白佛言唯願聽許能以鐵籠覆迦毗羅越城上世尊告曰云何目連能以鐵籠覆釋種宿緣乎目連白佛不也世尊佛告目連釋種今日宿緣已熟今當受報是時流離王往詣迦毗羅越時諸釋種集四部之衆一由旬中往逆流離王是時諸釋一由旬內遙射流離王或射耳孔不傷其耳或射頭髻不傷其頭或射弓絃不害其

人或射鎧器不傷其人或射牀座不害其人或射車壞輪不害其人或壞幢麾不害其人是時流離王見此事已便懷恐怖告羣臣曰汝等觀此箭爲從何來羣臣報曰此諸釋種去此一由旬中射箭使來流離王報言彼設發心欲害我者並當死盡宜可於中還歸舍衛是時好苦梵志前白王言大王勿懼此諸釋種皆共持戒蟲尚不害況害人乎今宜前進必壞釋種是時流離王漸漸前進向彼釋種是時諸釋退入城中時流離王在城外住而告之曰汝等速開城門若不爾者盡當殺汝時迦毗羅越城有釋童子年向十五名曰奢摩聞流離王今在城外即著鎧持仗往至城上獨與流離王共鬪是時奢摩童子多殺害人衆各各馳散並作是說此是何人爲是天耶爲是鬼神耶遥見如似小兒是時流離王便懷恐怖即入地孔避之時釋種等聞壞流離王衆是時諸釋即呼奢摩童子而告之曰汝年幼小何故辱我等門戸豈不知諸釋修行善法乎我等尚不能害一蟲蟻命況復人耶我等亦能壞此軍衆一人敵萬人然我等復作是念殺害人命死入地獄若生人中壽命極短汝速出去不須住此是時奢摩童子即出國去是時流離王復至門中速開城門不須稽留是時諸釋自相謂言可與開門爲不可乎爾時弊魔波旬作一釋形告諸釋言汝等速開城門勿共受困是時諸釋即開城門時流離王告羣臣曰今此釋衆人民極多非刀劍所能害盡悉取埋脚地中然後使暴象踏殺爾時羣臣受王教勑即以象踏殺

之時流離王勑羣臣曰汝等速選面手釋女取五百人時諸臣等受王教令即選五百端正女人將詣王所是時摩訶男釋至流離王所而作是說當從我願流離王言欲何等願摩訶男曰我今沒在水底隨我遲疾使諸釋種並得逃走若我出水隨意殺之流離王曰此事大佳是時摩訶男釋即入水底以頭髮繫樹根而取命終是時城中諸釋從東門出復從南門入或從南門出還北門入是時流離王告羣臣曰摩訶男父何故隱在水中如令不出爾時諸臣聞王教令即入水中出之摩訶男已取命終爾時流離王以見摩訶男命終王方生悔心我今祖父已取命終皆由愛親族故設當知者終不來攻伐此釋種是時流離王殺九千九百九十萬人流血成河

繞迦毗羅衛城徃詣尼拘留園中是時流離王語五百釋女言汝等慎莫愁憂我是汝夫汝是我婦要當相接時流離王捉一釋女而欲弄之時女曰大王欲何所爲時王報言欲與汝情通女曰我今何故與婢生種情通是時流離王甚懷瞋恚勑羣臣曰速取此女刖其手足著深坑中諸臣受教刖其手足擲著坑中及五百女人皆罵王言誰持此身與婢生種共交通耶時王瞋恚盡取五百釋女刖其手足著深坑中是流離王壞迦毗羅越已還詣舍衛城爾時祇陀太子在深宮中與諸妓女共相娛樂王聞作妓聲即勑御者汝迴此象詣太子所是時守門人遥見王來而白王言王小徐行祇陀太子今在宮中自娛勿相觸嬈是時流離王即時拔劒取守門人殺

之祇陀王子聞流離王在門外便出與王相見善來大王可入小停駕時流離王報言豈不知吾與諸釋共鬬乎祇陀對曰聞之流離王報言汝今何故與妓女遊戲而不佐我耶祇陀報言我不堪任殺害衆生是時流離王極懷瞋恚即復拔劒斫殺祇陀爾時世尊以天眼觀祇陀王子以取命終生三十三天是時五百釋女自歸稱喚如來名號如來於此生亦從此間出家學道而後成佛今受此毒痛極苦世尊何故而不見憶爾時世尊以天耳清徹聞諸釋女稱怨向佛將諸比丘往至迦毗羅越時五百釋女遥見世尊將諸比丘來到其邊皆懷慚愧爾時世尊語釋提桓因言此諸釋女皆懷慚愧釋提桓因即以天衣覆諸女上爾時世尊而語毗沙門王言此諸女人飢渴日久毗沙門王即辦自然天食與諸釋女皆自充足世尊漸與諸女說微妙法苦集盡道盡與說之爾時諸女塵垢即盡得法眼淨各於其所而取命終皆生天上爾時世尊詣城東門見城中烟火洞然爾時世尊往詣尼拘留園中坐告諸比丘我昔在中與諸比丘說法如今空虚無有人民自今已後如來皆更不復至此從座起去往舍衛祇樹給孤獨園告諸比丘今流離王及此兵衆却後七日盡當磨滅是時流離王聞世尊記聞已恐怖告羣臣曰如來今記却後七日我及兵衆盡當滅没汝等可觀外境無有盜賊水火災變來侵國者何以故知佛如來語言無有二爾時好苦梵志尋白王言大王勿生恐懼今外境無難亦無災變今日大王快自娛

樂流離王言梵志當知佛言無異時流離王使人數日至七日頭王大歡喜踊躍不能自勝將諸兵衆及諸婇女往阿脂羅河側而自娛樂即於彼處卒大雷震非時雲起暴風疾雨時流離王及諸兵衆爲水所漂皆悉消滅身壞命終入阿鼻地獄復有天火燒城內宮殿爾時世尊以天眼觀見流離王及四兵衆悉皆命終入地獄中爾時比丘白世尊言流離王及四部兵今已命終爲生何處世尊告曰流離王者今入阿鼻獄中諸比丘白言今此諸釋昔日作何因緣今爲流離王所害爾時世尊告諸比丘昔日之時此羅閱城中有捕魚村時世飢儉人食草根一升金貿一升米彼村中有大池水又復饒魚時羅閱城中人民之類往至池中捕魚食之當於爾時水中有二種魚一名拘璅二名多舌是時二魚各相謂言我等於此衆中先無過失我是水性之蟲不處乾地此人民之類皆來食噉我等設前世時少有福德者其當報怨爾時村中有一小兒年向八歲亦不捕魚復非害命然復收魚在於岸上小兒見已極懷歡喜比丘當知爾時羅閱城中人民之類豈異人乎今釋種是也時拘璅魚者今流離王是兩舌魚者今好苦梵志是小兒見魚笑者今我身是爾時釋種坐取魚食無數劫中受地獄苦今受此對我爾時坐見而笑之今患頭痛如似石壓猶如以頭戴須彌山所以然者如來更不受形已捨衆行度諸厄難是諸比丘由此因緣今受此報

釋迦畢罪經與此大同小異云流離王滅諸

釋種旋師罷軍遣使者致敬於佛佛視使者答言王自受矣阿難整法服稽首白言佛不虛視其必有緣衆祐曰釋罪畢矣却後七日太山鬼神以火逼王及其臣民王罪難救如釋禍難禳也王行湖邊軍衆入水浴神化爲毒蟲螫其王衆毒行身腫或於水中死者或百步一里死者垂半入國兇鬼雲集宮中夜魅鳴聚居宮相待日月薄蝕星宿失度怪異首尾王聞佛戒災變之異內如湯灼會臣議論或言投山者或言投川者王遂乘船入海强富者得從貧羸者留國王內宮人解衣脫陽燧珠著船服上其日雲興笮絶舟漂臣民僉曰弊王行兇乃致斯禍向中之時日出炎陽燧出火始燒王舟投水即沒雷震霹靂即入太山地獄留在岸上者微怖而全法句譬經云佛弟子名曰目連見流離王伐舍夷國以報宿怨當殺四輩弟子念甚可憐便到佛所白言流離王征舍夷國我欲以四方便救舍夷國人一者舉舍夷國人著虛空中二者舉舍夷國中人著海中三者舉舍夷國人著兩鐵圍山間四者舉舍夷國人著他方大國中央令流離王不知其處佛告目連雖知汝有是智德能安處舍夷國人衆生有七不可避何謂爲七一者生二者老三者病四者死五者罪六者福七者因緣此七事意雖欲避不得自在如汝威神可得作此四宿對罪負不可得離於是目連禮佛便去猶意不已即取舍夷國人知識檀越四五千人盛著鉢中舉著虛空星宿之際流離王伐舍夷國殺三億人已引軍還國於是目連往到佛所爲佛

作禮自貢高曰流離王伐舍夷國弟子承佛威神救舍夷國四五千人今在虛空皆盡得脫佛告目連汝爲往看鉢中人不答曰未往視之佛言卿先往視鉢中人還目連以道力下鉢見鉢中人皆死於是目連悵然悲泣還白佛言鉢中人者今皆死盡佛告目連有業定也座上無央數人聞佛說無常法欣然得道逮須陀洹果

祐竊惟大聖垂經抑揚懲勸夫以正覺之尊萬累久絕經累塵劫而甫示餘報明知釋種之滅非力能免斯實止殺之深戒愼業之明規也

釋迦譜卷第七

音釋

窈窕伊鳥切深遠也　恙餘亮切憂也　呿丘伽切口張貌　絞古巧切急也　徒跣息淺切徒跣足親地也　莠以九切草似苗者　亟訖力切敏疾也　蠹當故切木中蟲此謂敗也　掊擊掊彼口切擊古歷切　駛疎史切疾也　眩熒絹切瞑眩憒亂也　悒遅悒音邑不安也遅直利切待也　巔峩巔滂禾切峩牛何切巔峩傾側摇動也　蕉沫蕉兹消切芭蕉也沫莫曷切涎沫也　湩多貢切乳汁也　躡尼輒切踐也　薨呼肱切諸侯死曰薨　樟柟　梓材樟之枌切柟音南梓咨里切材昨來切　膝息七切脛頭節也　齎才詣切　麾許爲切旗屬　螫施隻切蟲行毒也　薄蝕薄伯各切蝕乘力切　陽燧燧徐醉切陽燧取火珠也　懲持陵切戒也　笮惻格切笮付

釋迦譜卷第八

蕭齊釋僧祐譔

釋迦竹園精舍緣記第十九 出曇無德律

摩竭王缾沙作如是念世尊若初來所入處便當布施作僧伽藍時王舍城有迦蘭陀竹園最爲第一時佛知王心之所念即往竹園王遥見世尊來即自下象取象上褥疊爲四重敷已白佛言願坐此座世尊即就座而坐時缾沙王捉金澡缾授水與佛白言此王舍城迦蘭陀竹園最爲第一今以奉施願慈納受佛告王言汝以此園施佛及四方僧何以故若佛所有若園若房若衣鉢等物一切天人魔梵沙門婆羅門無能用者悉應恭敬如塔寺法即如佛言我今以此竹園施佛及四方僧願慈愍故爲我納受時世尊說偈勸諭缾沙王即勅巧匠即日營立堂房樓閣雕文刻鏤寶物莊嚴通水造橋泉井給施願常受用使福無盡迦蘭陀竹園冬夏常茂亦名爲寒林也中本起經云羅閱祇國長者迦蘭陀心中念言可惜我園施與尼揵佛若先至奉佛及僧悔恨前施永爲棄捐長者至心卧不安席先福追逮福德應令大鬼將軍名曰半帥承佛神旨知其心念即召閱叉推逐尼揵躶形無恥不應止此鬼帥奉勅撾打尼揵拖拽器物尼揵驚怖馳走而言此何惡人暴害乃爾鬼帥答曰長者迦蘭陀當持竹園作佛精舍大鬼將軍半帥見勅逐汝輩耳明日尼揵共詣長者深責所以何故改施今吾等類被打委頓不謂長者見困如此時迦蘭陀心中喜悅吾願遂矣佛聖廣覆照我至心答尼

犍曰此諸鬼帥强暴含瞋懼必作害不如委去更求其安尼犍對曰心恨深矣即悉捨去長者歡喜修立精舍僧房牀座嚴備都畢行詣樹下請佛及僧衆祐受施止頓一時大化普濟靡不喜樂又菩薩藏經云阿難我今於此竹園中轉此菩薩藏經不退轉輪斷一切衆生疑阿難過去諸佛亦皆於此虚空地分説是菩薩藏經阿難所有貪欲瞋恚愚癡衆生入此竹園不發貪欲瞋恚愚癡阿難如來雖住諸餘精舍而皆無有如是功德何以故阿難今此迦蘭陀竹林畜生入者不發婬欲衆鳥入者非時不鳴摩竭缾沙灌頂大王者初登於位與諸婇女入此園中共相娛樂入以自覺心無戲事諸婇女衆亦皆自覺心無有欲不樂戲樂時王欣歡每作是念願世有佛出於我國當以是園奉上於佛佛於中住我當聞法何以故可供養者應住此園非五欲人所應得住是園無有虺蛇蜈蚣蚊虻毒螫若住其中無復毒心亦是竹園不共功德

釋迦祇洹精舍緣記第二十 出賢愚經

舍衛國王波斯匿有一大臣名曰須達居家巨富財寶無限好喜布施賑濟貧乏及諸孤老時人因行爲其立號名給孤獨爾時長者生七男兒年各長大爲其納娶次第至六其第七兒端正殊異偏心愛念當爲妻娶欲得極妙容姿端正有相之女爲兒求之即語諸婆羅門言誰有好女相貌備足當爲我兒往求索之諸婆羅門便爲推覓展轉行乞到王舍城王舍城中有一大臣名曰護彌財富無量信敬三寶時婆羅門到家從乞國法施人

要令童女持物布施護彌長者時有一女威容端正顏色殊妙即持食出施婆羅門婆羅門見已心大歡欣我所覓者今日見之即問女言巨有人來求索汝未答言未也問言女子汝父在不其女言在婆羅門言語令出外我欲見之與共談語時女入內白其父言外有客人欲得相見父便出外時婆羅門問訊起居安和善吉舍衛國有一大臣字曰須達輔相識不答言未見但聞其名報言知不是人於彼舍衛國中第一富貴如汝於此富貴第一須達有兒端正殊妙卓略多奇欲求君女為婦可爾以不答言可爾值有估客欲至舍衛時婆羅門作書因之送與須達具陳其事須達歡喜詣王求假為兒娶婦王即聽之大載珍寶趣王舍城於其道次賑濟貧乏到王舍城至護彌家為兒求妻護彌長者歡喜迎逆安置敷具暮宿其舍家內騷騷辦具飲食須達念言今此長者大設供具欲作何等將請國王太子大臣長者居士婚姻親戚設大會耶思惟所以不能了知而問之言長者今暮躬自執勞經理事務施設供具為欲請王太子大臣答曰不也欲設婚姻親戚會耶答言不也將何所作答言請佛及比丘僧於時須達聞佛僧名歘然毛竪如有所得心情悅豫重問之言云何名佛願解其義長者答言汝不聞乎淨飯王子厥名悉達其生之日天降瑞應三十有二萬神侍衛即行七步舉手而言天上天下唯我為尊身黃金色三十二相八十種好應王金輪典四天下見老病死苦不樂在家出家修道六年苦行得一切

智盡結成佛降諸魔衆十八億萬號曰能仁十力無畏十八不共光明照曜三達遐鑒故號曰佛須達問言云何名僧護彌答言佛成道已梵天勸請轉妙法輪至波羅奈鹿野苑中爲拘隣五人轉四眞諦漏盡結解便成沙門六通具足四意七覺八道悉練上虛空中八萬諸天得須陀洹無量天人發無上正眞道意次度鬱卑羅迦葉兄弟千人漏盡意解如是五人次第得度舍利弗目連徒衆五百人亦得應眞如是之等神足自在能爲衆生作良祐福田故名僧也須達聞說如此妙事歡喜踊躍感念信敬企望至曉當往見佛誠欵神應見曉尋明即往羅閱城門夜三時開初夜中夜後夜是謂三時中夜出門見有天祠即爲禮拜忽忘念佛心目還闇便自念言

今夜故闇若我往者儻爲惡鬼猛獸見害且還入城待曉當往時有親友終生四天見其欲悔便下語之居士莫退悔也我是汝昔日善知識㝩肩婆羅門因聞法得生天今爲大勢神故相勸耳汝往見佛得利無量正使今得百車珍寶不如轉足一步至趣世尊所得利深過踰於彼居士汝去莫悔正使今得百象珍寶不如舉足一步往趣世尊利過於彼居士汝去莫悔正使今得一閻浮提滿中珍寶不如轉足一步趣世尊所得利甚多居士汝去莫悔正使今得一四天下滿中珍寶不如舉足一步至世尊所所得利益贏踰於彼百千萬倍須達聞天說如此語益增歡喜敬念世尊闇即得曉尋路往至到世尊所爾時世尊知須達來出外經行是時須達遥見世

尊猶如金山相好威容儼然眪著過踰護彌所說萬倍覩之心悅不知禮法直問世尊不審瞿曇起居何如世尊即時命令就坐時首陀會天遙見須達雖覩世尊不知禮拜供養之法化爲四人行列而來到世尊所接足作禮胡跪問訊起居輕利右繞三帀却住一面是時須達見其如是乃爲愕然而自念言恭敬之法事應如是即起離座如彼禮敬問訊起居右繞三帀却住一面爾時世尊即爲說法四諦微妙苦空無常聞法歡喜便染聖法成須陀洹譬如淨潔白氎易染爲色長跪合掌問世尊言舍衛城中如我等輩聞法易染更有如我比不佛告須達更無有二如卿之者舍衛城中人多信邪難染聖教須達白佛唯願如來垂神降屈臨覆舍衛使中衆生除邪就正世尊告曰出家之法與俗有別止住處所應當有異彼無精舍云何得去須達白佛言弟子能起願見聽許世尊默然須達辭往爲兒娶婦竟辭佛還家因白佛言還到本國當立精舍不知模法唯願世尊使一弟子共往勑示世尊思惟舍衛城內婆羅門衆信邪倒見餘人往者必不能辦唯舍利弗是婆羅門種少小聰明神足兼備去必有益即便命之共須達往須達問言世尊足行日能幾里舍利弗言日半由旬如轉輪王足行之法世尊亦爾是時須達即於道次二十里作一亭舍計校功作出錢雇人安止使人飲食敷具悉皆令足從王舍城至舍衛國還來到舍共舍利弗案行諸地何處平博中起精舍案行周徧無可意處唯王太子祇陀有園其地

平正其樹鬱茂不遠不近正得處所時舍利弗告須達言今此園中宜起精舍若遠住之乞食則難近處憒鬧妨廢行道須達歡喜到太子所白太子言我今欲爲如來起立精舍太子園好今欲買之太子笑言我無所乏此園茂盛當用遊戲逍遙散志須達慇懃乃至再三太子貪惜增倍求價謂呼價貴當不能買語須達言汝若能以黃金布地令間無空者便當相與須達曰諾聽隨其價太子祇陀言我戲語耳須達白言爲太子法不應妄語妄語欺詐云何紹繼撫恤人民即共太子欲往訟了時首陀會天以當爲佛起精舍故恐諸大臣偏爲太子即化作一人下爲評詳語太子言夫太子法不應妄語已許價決不宜中悔遂斷與之須達歡喜便勑使人象負金出八十頃中須臾欲滿殘有少地須達思惟何藏金足不多不少當取滿之祇陀問言嫌貴置之答言不也自念金藏何者可足當補滿之祇陀念言佛必大德能使斯人輕寶乃爾教齊是止勿更出金園地屬卿樹木屬我自起門屋上佛共立精舍須達歡欣即然可之即便歸家當施功作六師聞之往白國王長者須達買祇陀園欲爲瞿曇沙門興立精舍聽我徒衆與共捔術沙門得勝便聽起立若其不如不得起也瞿曇徒衆住王舍城我等徒衆當住於此王召須達而問之言今此六師云卿買祇陀園欲爲瞿曇沙門起立精舍求共沙門弟子捔其技術若得勝者得立精舍苟其不如便不得起須達歸家著垢膩衣愁惱不樂時舍利弗明日時到著衣持鉢

至須達家見其不樂即問之曰何故不樂須達答言所立精舍但恐不成是故愁耳舍利弗言有何事故畏不成就答言今諸六師詣王求捔尊人得勝聽立精舍若其不如遮不聽起此六師輩出家來久精誠有素所學技術無能及者我今不知尊人技藝能與捔不舍利弗言正使此輩六師之衆滿閻浮提數如竹林不能動吾足上一毛欲捔何等自恣聽之須達歡欣更著新衣沐浴香湯即往白王我已問之六師欲捔恣隨其意國王是時告諸六師今聽汝等共沙門捔時諸六師宣語國人却後七日當於城外寬博之處與沙門捔舍衛國中十八億人時彼國法擊鼓會衆若擊銅鼓十二億人集若打銀鼓十四億人集若震金鼓一切皆集七日期滿至平博處椎擊金鼓一切都集六師徒衆有三億萬人是時人民悉爲國王及其六師敷施高座爾時須達爲舍利弗而施高座時舍利弗在一樹下寂然入定諸根寂默遊諸禪定通達無礙而作是念此會大衆習邪來久憍慢自高草芥羣生當以何德而降伏之思惟是已當以二德即立誓言若我無數劫中慈孝父母敬尚沙門婆羅門者我初入會一切大衆當爲我禮爾時六師見衆已集而舍利弗獨未來到便白王言瞿曇弟子自知無術僞求捔能衆會既集怖畏不來王告須達汝師弟子捔時已至宜來談論時須達至舍利弗所長跪白言大德大衆已集願來詣會時舍利弗從禪定起更整衣服以尼師壇著左肩上徐詳而步如師子王往詣大衆是時衆人見

其形容法服有異及諸六師忽然起立如風靡草不覺爲禮時舍利弗便昇須達所敷之座六師衆中有一弟子名勞度差善知幻術於大衆前呪作一樹自然長大蔭覆衆會枝葉欝茂華果各異衆人咸言此變乃是勞度差作時舍利弗便以神力作旋嵐風吹拔樹根倒著於地碎爲微塵衆人皆言舍利弗勝今勞度差便爲不如又復呪作一池其池四面皆以七寶池水之中生種種華衆人咸言是勞度差之所作也時舍利弗化作一大六牙白象其一牙上有七蓮華一一華上有七玉女其象徐詳往詣池邊并吸其水池即時滅衆人悉言舍利弗勝勞度差不如復作一山七寶莊嚴泉池樹木華果茂盛衆人咸言此是勞度差作時舍利弗即便化作金剛力士以金剛杵遥用指之山即破壞無有遺餘衆會皆言舍利弗勝勞度差不如復作一龍身有十頭於虚空中雨種種寶雷電震地驚動大衆衆人咸言此亦勞度差作時舍利弗便化作一金翅鳥王擘裂噉之衆人皆言舍利弗勝勞度差不如復作一牛身體高大肥壯多力麤脚利角跑地大吼奔隊來前時舍利弗化作一師子分裂食之衆人皆言舍利弗勝勞度差不如復變其身作夜叉鬼形體長大頭上火然目赤如血四牙長利口目出火驚躍奔走時舍利弗自化身作毗沙門王夜叉恐怖即欲退走四面火起無有去處唯舍利弗邊涼冷無火即時屈伏五體投地求哀脱命辱心已生火即還滅衆咸唱言舍利弗勝勞度差不如時舍利弗身昇虚空現四

威儀行住坐卧身上出水身下出火東没西涌西没東涌北没南涌南没北涌或現大身滿虛空中而復現小或分一身作百千萬億身還合爲一於虛空中忽然在地履地如水履水如地現是變已還攝神足坐其本座時會大衆見其神力咸懷歡喜時舍利弗即爲說法隨其本行宿福因縁各得道迹或得須陀洹斯陀含阿那含阿羅漢者六師徒衆三億弟子於舍利弗所出家學道捔技已訖四衆便罷各還所止長者須達共舍利弗往圖精舍須達手自捉繩一頭時舍利弗自捉一頭共經精舍時舍利弗欣然含笑須達問曰尊人何笑答言汝始於此經地六欲天中宫殿已成即借道眼須達悉見六欲天中嚴淨宫殿問舍利弗是六欲天何處最樂舍利弗言下三天中色欲深厚上二天中憍逸自恣第四天中少欲知足恒有一生補處菩薩來生其中法訓不絶須達言曰我正當生第四天中出言已竟餘宫悉滅唯第四天宫殿湛然復更徙繩時舍利弗慘然憂色即問尊者何故憂色答言汝今見此地中蟻子不耶對曰已見時舍利弗語須達言汝於過去毗婆尸佛亦於此地爲彼世尊起立精舍而此蟻子在此中生尸棄佛時汝爲彼佛亦於是中造立精舍而此蟻子亦在中生毗舍浮佛時汝爲世尊於此地中起立精舍而此蟻子亦在中生拘留秦佛時汝爲世尊在此地中起立精舍而是蟻子亦於此生迦那含牟尼佛時汝爲世尊於此地中起立精舍而是蟻子亦在中生迦葉佛時汝亦爲佛於此地中起

立精舍而此蟻子亦在中生乃至今日九十一劫受一種身不得解脫生死長遠唯福爲要不可不種是時須達悲心憐傷經地已竟起立精舍爲佛作窟以妙栴檀用爲香泥別房住止千二百處凡百二十處別打揵椎施設已竟欲往請佛復自思惟上有國王應當令知若不啓白儻有瞋恨即往白王我爲世尊已起精舍唯願大王遣使請佛時王聞已即遣使者詣王舍城請佛及僧唯願世尊臨覆舍衛爾時世尊與諸四衆前後圍繞放大光明震動天地至舍衛國所經亭舍悉於中止道次度人無有限量漸漸來近舍衛城邊一切人集持諸供具迎待世尊世尊到國至廣博處放大光明徧照三千大千世界足指案地地皆震動城中妓樂不鼓自鳴盲視聾聽瘂語傴伸癃殘拘躄皆得具足一切人民男女大小覩斯瑞應歡喜踊躍來詣佛所十八億人都悉集聚爾時世尊隨病投藥爲說妙法宿緣所應各得道迹有得須陀洹斯陀含阿那含阿羅漢者有種辟支佛因緣者有發無上正眞道意者各各歡喜奉行佛告阿難今此園地須達所買林樹華果祇陀所有二人同心共立精舍應當與號太子祇樹給孤獨園名字流布傳示後世（須達齊言善溫）

雜阿含經云給孤獨長者疾病佛往看疾記其得阿那含果乃至命終生兜率天爲兜率天子作天子已念我不應久住於此當往見世尊作是念已如力士屈伸臂頃於兜率天沒現於佛前稽首佛足退坐一面時給孤獨天子身放光明徧照祇樹給孤獨園而說偈

言即没不現增一阿含經云阿那邠邸天子白世尊言我是須達又名阿那邠邸祐按息心所棲是曰精舍竹林祇樹爰始基構遺風餘製扇被于今至於須達妙果可謂顯徵者焉

釋迦髮爪塔緣記第二十一（出十誦律）

佛遊行諸國經久不還須達思戀渴仰奉見白佛言願與我少物得常供養佛即與髮爪甲白佛言願聽起塔佛言聽又白言聽我作窟及出栿頭作藥栱安欄楯雜彩色畫種種莊嚴佛悉聽之

釋迦天上四塔緣記第二十二（出集經抄）

忉利天城東照明園中有佛髮塔忉利城南麤澀園中有佛衣塔忉利城西歡喜園中有佛鉢塔忉利城北駕御園中有佛牙塔大智度論云天帝釋取菩薩髮於天上城東門外立髮塔又持菩薩寶衣於城東門外立衣塔祐按經律人中有四大塔生處塔在迦維羅衞國處三千日月萬二千天地之中成道塔在摩竭提國善勝道場元吉樹下轉法輪塔在波羅柰國故仙人住處鹿野苑中涅槃塔在拘夷那竭國力士生地秀林雙樹間祐仰惟至人處世利益弘大髮爪衣鉢咸爲法事故能寶刹霞起廣被人天造塔之源非唯散身而已也

優填王造釋迦栴檀像記第二十三（出增一阿含經）

釋提桓因請佛至三十三天爲母說法世尊念四部之衆多有懈怠皆不聽法我今使四衆渴仰於法不告四衆不將侍者如屈伸臂頃至三十三天是時人間不見如來久優填

王等至阿難所曰如來今者爲何所在阿難報曰大王我亦不知如來所在優填王波斯匿王思覩如來遂得苦患是時王勑國界之内諸奇巧師匠而告之曰我今欲作如來形像是時優填王即以牛頭栴檀作如來形像高五尺觀佛三昧經云佛昇忉利天時優填王戀慕世尊鑄金爲像聞佛當下象載金像來迎世尊爾時鑄金像合掌叉手爲佛作禮爾時世尊亦復長跪合掌時虛空中百千化佛亦皆合掌長跪向像爾時世尊而語像言汝於來世大作佛事我滅度後我諸弟子以付囑汝空中化佛異口同音咸作是言若有衆生於佛滅後造立形像種種供養是人來世必得念佛清淨三昧

波斯匿王造釋迦金像記第二十四（出增一阿含經）

爾時波斯匿王聞優填王作如來像而供養之復召國中巧匠波斯匿王而生此念當用何寶作如來像耶如來形體煌如天金是時波斯匿王純以紫磨金作如來像高五尺爾時閻浮里内始有此二如來形像

阿育王弟出家造釋迦石像記第二十五（出求離牢獄經）

阿育王弟名善容（亦名違陀首祇）入山遊獵見諸梵志裸形暴露以求神仙或食樹葉或吸風服氣或卧灰阜或卧荆棘種種苦行以求梵福勞形苦體而無所得王弟見而問曰在此行道有何患累而無成辦梵志報曰坐有羣鹿數共合會我見心動不能自制王子聞已尋生惡念此等梵志服風食氣氣力羸惙猶有婬欲過患不除釋子沙門飲食甘美在好牀

座衣服隨時香華自熏豈得無欲阿育聞弟有此議論即懷憂慼吾唯有一弟忽生邪見恐未迷没我當方宜除其惡念即還宫内勑諸妓女各自嚴莊至善容所共相娛樂預勑大臣吾有所圖若我勑卿殺善容者卿等便諫須待七日隨王殺之時諸妓女即往娛樂未經時頃王躬自往語弟王子何爲將吾妓女妻妾恣意自娛奮其威怒以輪擲空召諸大臣即告之曰卿等知不吾未衰老亦無外寇强敵來侵境者吾亦曾聞古昔諸賢有此諺言夫人有福四海歸伏福盡德薄肘腋叛離如我自察未有斯變然我弟善容誘吾妓女妻妾縱情自恣事露如是豈有我乎汝等將去詣市殺之諸臣諫曰唯願大王聽臣微言王今唯有此一弟又少息胤無繼嗣者願聽七日爲王依奉天命時王默然聽臣所諫王復寬恩勑語諸臣命聽王子著吾服飾天冠威容如吾不異内吾宫裏作倡妓樂共娛樂之復勑一臣自今日始著鎧持仗拔好利劒往語善容王子曰知期七日終正爾當到努力開割五樂自娛今不自適死後有恨用悔無益一日過已臣復往語餘有六日如是次第乃至一日臣往白言王子當知六日已過唯明日在當就於死努力恣情五欲自娛至七日到王遣使問云何王子七日之中意志自由快樂不乎弟報王曰大王當知不見不聞有何快樂王問弟曰著吾服飾入吾宫殿衆妓自娛食以甘美何以面欺不見不聞不快樂耶弟白王言應死之人雖未命絶與死何異當有何情著於五欲王告弟曰咄愚

所啓汝今一身憂慮百端一身斷滅在欲不樂豈況沙門釋子憂念三世一身死壞復受一身億百千世身身受苦無量患惱雖出爲人與他走使或生貧家衣食窮乏念此辛酸故出家爲道求於無爲度世之要設不精勤當復更歷劫數之苦是時王子心開意解前白王言今聞王教乃得惺悟生老病死實可猒患愁憂苦惱流轉不息唯願大王見聽爲道謹愼修行王告弟曰宜知是時弟即辭王出爲沙門奉持禁戒晝夜精勤遂得阿羅漢果六通清徹無所罣礙

阿育王傳云阿育王聞弟得道深心歡喜稽首禮敬請長供養既猒世苦不樂人間誓依林野以養餘命阿育王即使鬼神於自城内爲造山水山高數十丈斷絕人物不得往來乃應王命率捨衣資造石像一軀身高丈六即於山龕石室供養此山及像今並存焉祐按畫像源始出自覺製於是金石香彩鑄刻遂滋皆所以摹慕形影相好髣髴尊儀及優塡所造其神力所化乎

釋迦留影在石室記第二十六 出觀佛三昧經

爾時國王請佛入城龍王怒曰汝奪我利吾滅汝國佛告大王王先歸國佛自知時於是佛即爲龍王及羅刹女說三歸五戒心大歡喜龍王眷屬百千諸龍更從池出佛令目連與受戒法爾時龍王白佛言唯願如來常住此間佛若不在我發惡心無由成道唯願留神慇懃三請常住於此時梵天王及百千諸梵復來勸請願爲一切諸衆生故莫獨偏爲一龍住此佛即微笑口出光明無量化佛及

菩薩以爲侍從龍王於其池中出七寶臺奉上如來唯願世尊受我此臺佛言不須此臺汝但以羅刹石窟施我諸天聞已各脫寶衣以掃佛窟佛攝神足獨入石室自敷坐具令此石窟暫爲七寶時羅刹女及以龍王爲四大弟子及阿難等造五石窟爾時世尊坐龍王窟不移坐處亦受王請入那乾訶城及以諸國處處皆見有佛虛空華座滿中化佛龍王歡喜發大誓願我於來世得佛如此佛受王請經七日已王遣一人乘八千里象持諸供具徧一切國供養衆僧處處見佛使返白王釋迦如來不但此國餘國亦有皆說苦空無常六波羅蜜王聞廓然意解得無生法忍爾時世尊還攝神足從石窟出與諸比丘徧遊諸處龍皆隨從是時龍王聞佛還國啼哭雨淚白言願佛常住云何捨我我不見佛當作惡事墜墮惡道爾時世尊安慰龍王我受汝請當坐汝窟中經千五百歲時諸龍王合掌勸請還入窟中佛即坐已窟中作十八變踊身入石猶如明鏡在於石内映現於外遠望則見近則不現諸天百千供養佛影影亦說法石窟高一丈八尺深二十四步石清白色窟在那乾訶那國古仙瞻蔔華林毒龍池側青蓮泉北羅刹穴中阿那斯山巖南面祐尋法身無形隨應而現雖虛影霧曖即是如來故撫柔龍鬼宣法天衆是以經言是諸化佛皆是眞實斯之謂歟

釋迦譜卷第八

音釋

褺（音牒）拖拽（拖託何切拽羊列切）歘然（歘所力切懼也）企望（企詰利切企望舉踵而望也）贏（餘輕切餘也）眪著（眪補永切明也著陟慮切章也）嵐（盧含切）跑（蒲交切蹴也）栿（房六切梁也）栱（古勇切科栱也）惙（陟劣切憂也）諺（魚變切俗言也）叛（薄半切背叛也）內（奴盍切受也）曖（烏蓋切暗貌）

釋迦譜卷第九

蕭齊釋僧祐撰

釋迦雙樹般涅槃記第二十七出大般涅槃經

佛在拘尸那城力士生地阿夷羅跋提河邊娑羅雙樹間與大比丘衆八十億百千人俱前後圍繞二月十五日臨涅槃時以佛神力出大音聲乃至有頂隨其類音普告衆生今日如來應供正徧知憐愍衆生如羅睺羅爲作歸依大覺世尊將欲涅槃一切衆生若有所疑今悉可問爲最後問長阿含經云佛於毗耶離與阿難獨留於後夏安居中佛身疾生舉體皆痛佛告阿難諸有修四神足多修習行常念不忘在意所欲可得不死一劫有餘阿難佛四神足已多如來可止一劫有餘爲世除冥天人獲安爾時阿難默然不對如是再三阿難爲魔之所蔽矇矇不悟佛告阿難宜知是時阿難承旨禮佛而去其間未久時魔波旬來白佛意無欲可般涅槃佛告波旬且止且止我自知時如來今者未取涅槃波旬復白佛言佛昔初成正覺我時勸請如來可般涅槃爾時如來報言須我諸弟子集化令正是時何不滅度佛言止止波旬佛自知時不久住也是後三月於本生處拘尸那竭娑羅園雙樹間當取滅度時魔即念佛不虛言歡喜踊躍忽然不現佛即於遮波羅塔定意三昧捨命住壽當此之時地大震動人民驚怖衣毛爲豎佛放大光幽冥之處莫不蒙明各得相見賢者阿難心驚毛豎疾行詣佛頭面禮足白言恠哉地動是何因緣佛告阿難凡世地動有八因緣夫地在水上水止

於風風止於空空中大風有時自起則大水撓普地皆動是爲一復次有時得道比丘比丘尼及大神尊天觀水性多觀地性少欲自試力故則普地動是爲二菩薩降神母胎地爲大動是爲三菩薩從右脇生則普地動是爲四菩薩初成正覺則普地動是爲五初轉無上法輪則普地動是爲六佛教將畢欲捨性命則普地動是爲七如來欲入無餘涅槃界而般涅槃時地大震動是爲八也爾時世尊告阿難俱詣香塔現在比丘普勑令集如來不久是後三月當般泥洹諸比丘聞已皆悉愕然殞絶迷荒自投於地舉聲大呼一何駛哉佛取滅度宛轉號咷不能自勝佛告諸比丘汝等且止勿懷憂悲天地人物無生不終欲使有爲不變易者無有是處天魔波旬

向來請我我言是後三月當般涅槃爾時賢者阿難右膝著地叉手白佛言惟願世尊留住一劫勿取滅度爾時世尊默然不對如是三請佛告阿難汝親從佛聞佛四神足已多習行不忘可止不死一劫有餘多所饒益天人獲安汝爾時何不勸請如來使不滅度今汝方言豈不過耶吾已捨性命已棄已吐欲使如來自違言者無有是處爾時世尊於晨朝時從其面門放種種光徧照三千大千佛之世界乃至十方六趣衆生遇斯光者罪垢煩惱一切消除是諸衆生見聞是已心大憂惱同時舉聲悲號啼哭爾時大地諸山大海皆悉震動時諸衆生共相謂言當共疾往詣拘尸城勸請如來莫般涅槃住世一劫若減一劫諸大弟子尊者摩訶迦旃延等遇佛光

者其身戰掉不能自持發聲大叫生種種苦惱復有八十百千諸比丘皆阿羅漢如大龍王復有六十億比丘尼亦是大阿羅漢各於晨朝日初出時舉身毛竪徧體血現如波羅奢華涕泣盈目生大苦惱疾至佛所稽首佛足遶百千帀却坐一面復有一恒河沙菩薩摩訶薩位階十地日初出時遇佛光明徧體血現涕泣盈目疾至佛所稽首佛足遶百千帀却坐一面復有二恒河沙諸優婆塞三恒河沙諸優婆夷四恒河沙毗舍離城諸離車等五恒河沙大臣長者復有閻浮提內所有諸王復有七恒河沙諸王夫人唯除阿闍世王夫人所設供養七倍於前復有八恒河沙諸天女等九恒河沙諸龍王等十恒河沙諸鬼神王所設供具倍於諸龍復有二十恒河沙金翅鳥王三十恒河沙乾闥婆王四十恒河沙緊那羅王五十恒河沙摩睺羅伽王六十恒河沙阿脩羅王七十恒河沙陀那婆王八十恒河沙羅刹王更不食人其形醜陋以佛神力皆悉端正復有九十恒河沙樹林神王千恒河沙持呪王一億恒河沙貪色鬼魅百億恒河沙天諸婬女千億恒河沙地諸鬼王十萬億恒河沙諸天王及四天王等復有十萬億恒河沙四方風神吹諸樹上時非時華散雙樹間十萬億恒河沙主雲雨神皆作是念如來涅槃焚身之時我當注雨令火時滅復有二十恒河沙大香象王拔取諸妙蓮華來至佛所二十恒河沙師子獸王持諸華果來至佛所二十恒河沙諸飛鳥王鳧鴈鴛鴦孔雀迦陵頻伽鳥耆婆鳥持諸華果稽首

佛足二十恒河沙水牛牛王往到佛所出妙香乳其乳流滿拘尸那城所有溝坑色香美味悉皆具足二十恒河沙四天下中諸神仙人持諸香華甘果稽首佛足閻浮提中一切蜂王持種種華來詣佛所復有無量世界中間及閻浮提所有諸山神四大海神及諸河神有大威德所設供養倍勝於前以薝婆華散尼連河稽首佛足却住一面爾時拘尸那城娑羅雙樹林其林變白猶如白鵠於虛空中自然而有七寶堂閣雕文刻鏤流泉浴池上妙蓮華亦如忉利歡喜之園是諸天人阿脩羅等咸覩如來涅槃之相皆悉悲感時四天王及三十三天乃至第六天所設供養展轉勝前大梵天王及餘梵衆放身光明徧四天下欲界人天日月光明悉不復現持諸寶幢旛極短者懸於梵宮至娑羅樹間稽首佛足白言唯願如來哀受我等最後供養如來知時默然不受爾時毗摩質多阿脩羅王與無量大眷屬俱身諸光明勝於梵天持諸寶幢其蓋小者覆千世界上妙甘饍來詣佛所欲界魔王波旬與其眷屬諸天婇女阿僧祇衆開地獄門施清淨水因而告曰汝等今者無所能爲唯當專念如來功德當令汝等長夜獲安時魔波旬於地獄中悉除刀劒無量苦毒熾然𦦨火注雨滅之以佛神力令諸眷屬皆捨刀劒弓弩矛稍長鉤鬪輪羂索所持供養倍勝一切人天所設其蓋小者覆中千界來至佛所稽首佛足唯願如來哀受我等最後供養如是三請皆亦不受時魔波旬不果所願心懷愁惱却住一面爾時大自在天

王與其眷屬無量無邊及諸天衆所設供具悉覆梵釋人天八部所有供具梵釋所設猶如聚墨在珂貝邊悉不復現寶蓋小者能覆三千大千世界來詣佛所稽首佛足繞無數帀爾時東方去此無數阿僧祇恒河沙微塵世界彼有佛土名意樂美音佛號虛空等如來十號具足爾時彼佛告第一大弟子言汝今宜往西方娑婆世界釋迦牟尼如來彼佛不久當般涅槃汝可持此世界香飯奉獻彼佛世尊食已入般涅槃爾時無邊身菩薩即受佛教稽首佛足發彼國來應時此間三千大千世界大地六種震動梵釋四王魔王波旬摩醯首羅見是地動舉身毛豎喉舌枯燥驚怖戰慄各欲四散自見其身無復光明是時文殊師利即從座起告諸大衆汝等勿懼

東方去此無量阿僧祇恒河沙微塵等世界有佛號虛空等如來十號具足彼有菩薩名無邊身與無量菩薩欲來至此供養如來以彼菩薩威德力故令汝身光悉不復現爾時大衆悉皆遙見彼佛如明鏡中自覩已身見無邊身菩薩一一毛孔各各出生一大蓮華各有七萬八千城邑七寶雜廁是中衆生不聞餘名純聞無上大乘之聲書持讀誦大乘經典一切大衆悉皆得見無邊身菩薩身大無邊量同虛空唯除諸佛更無能見是菩薩身身量邊際時無邊身菩薩稽首佛足合掌白言世尊唯願哀愍受我等食如來知時默然不受南西北方諸佛世界亦有無量無邊身菩薩所持供養倍勝於前時娑羅雙樹吉祥福地縱廣三十二由旬大衆充滿間無空

鈌爾時四方無邊身菩薩及其眷屬所坐之處或如錐頭鍼鋒十方如微塵世界諸大菩薩悉來集會唯除尊者摩訶迦葉阿難二衆阿闍世王及其眷屬乃至毒蛇視能殺人蛣蜣蝮蠍及十六種行惡業者一切來集陀那婆神阿脩羅等悉捨惡念皆生慈心除一闡提爾時三千大千世界以佛神力地皆柔軟衆寶莊嚴猶如西方無量壽佛極樂世界是時大衆悉見十方微塵等諸佛世界如於明鏡自覩己身爾時如來面門所出五色光明其光明耀覆諸大會令彼身光悉不復現所應作已還從口入時諸天人阿脩羅等見佛光明還從口入皆大恐怖身毛爲竪復作是言如來光明出已還入必於十方所作已辦將是最後涅槃之相嗚呼痛哉世間大苦悲

號啼哭不能自持爾時會中有優婆塞是拘尸城工巧之子名曰純陀與其同類十五人俱從座而起偏袒右肩右膝著地合掌向佛悲感流淚頂禮佛足白佛言唯願世尊及比丘僧哀受我等最後供養我等從今無主無親無救無護貧窮飢困欲從如來求將來食唯願哀受我等微供然後涅槃爾時世尊一切種智告純陀曰善哉善哉我今爲汝除斷貧窮無上法雨雨汝身田令生法芽乃令汝具足檀波羅蜜爾時大衆歡喜踊躍同聲讚言善哉善哉希有純陀佛已受汝最後供養汝今純陀真是佛子佛告純陀汝所奉施佛及大衆今正是時如來正爾當般涅槃第二第三亦復如是爾時純陀聞佛語已舉聲號哭復白大衆我等今者一切當共五體投地

同聲勸佛莫般涅槃佛告純陀莫大啼哭自亂其心我以哀愍汝及一切是故今日欲入涅槃何以故諸佛法爾有爲亦然速辦所施不宜久停爾時世尊從其面門放種種色青黃赤白紅紫光明照純陀身純陀遇已與諸眷屬持諸餚饌疾往佛所憂悲悵怏重白佛言唯願如來猶見哀愍住壽一劫佛告純陀汝欲令我久住世者宜當速奉最後具足檀波羅蜜爾時一切菩薩天人雜類異口同音唱言奇哉純陀成大福德我等無福所設供具則爲唐捐爾時世尊欲令一切衆望滿足於自身上一一毛孔有無量佛一一諸佛各有無量諸比丘僧悉皆示現受其供養釋迦如來自受純陀所奉設者爾時純陀所持粳粮成熟之食摩伽陀國滿足八斛以佛神力皆悉充足一切大會長阿含經云世尊與諸大衆至波婆城闍頭園中時有工師子名曰周那即自嚴服至世尊所頭面禮足即請世尊明日舍食時佛默然受請明日時到爾時世尊法服持鉢大衆圍繞往詣其舍周那尋設飯食供佛及僧別煮栴檀樹耳世所奇珍獨奉世尊佛漸爲說法示教利喜已大衆圍繞侍從而還中路止一樹下告阿難言吾患背痛汝可敷座阿難白佛言周那設供無有福利所以者何如來最後於其舍食便取涅槃佛告阿難勿作是言周那爲獲大利得壽命得色得力所以者何佛初成道能施食者佛臨滅度能施食者此二功德正等無異雙卷大般泥洹經云佛語賢者阿難俱之波旬國弟子皆行到止城外禪頭園中波旬豪姓

有諸華氏聞佛來到皆出作禮稽首畢一面坐有華氏子淳獨留長跪白佛欲設微食願與聖衆俱屈威神佛默然如可之淳喜爲禮而歸而調作膳美晨施牀座佛與衆弟子俱到其舍就高座淳手自斟酌奉鉢致漿供養行澡水畢佛說法已淳歡喜佛語阿難俱之拘夷邑行半道所佛疾生身背痛止樹下坐於是佛語賢者阿難至熈連河自澡浴已告阿難朝從華子淳飯夜當滅度天下有二難一爲若施飯食成無上眞道爲至聖佛二爲若施飯食棄所受餘無爲之情而滅度今淳飯佛當得長壽得受無欲得大福德極貴得官屬終生天上獲此五福語淳勿憂宜用歡喜祐尋此二經與大般涅槃所說純陀最後供養多有不同此大小乘經現化之各見殊也爾時樹林其地陿小以佛神力如針鋒處皆有無量諸佛世尊所食之物亦無差別是時天人阿脩羅等啼泣悲歎如來今日已受我等最後供養當般涅槃我等當復更供養誰爾時世尊爲欲安慰一切大衆而說偈言若有不能如是觀了三寶常者是旃陀羅若有能知三法常住實法因緣離苦安樂時諸人天大衆阿脩羅等聞是法已心生歡喜踊躍無量知佛常住散種種華鼓天妓樂爾時世尊與文殊師利迦葉菩薩及與純陀受記莂已作如是言諸善男子自修其心愼莫放逸我今背疾舉體皆痛我今欲卧如彼小兒及常患者文殊汝等當爲四部廣說大法今以此法付囑於汝乃至迦葉阿難等來當復付囑爾時如來說是語已爲欲調伏諸衆生

故現身有疾右脇而卧如彼病人長阿含經云爾時世尊入拘尸城向本生處娑羅雙樹間告阿難曰汝爲如來於雙樹間敷置牀座使頭北首面向西方所以然者吾法流布當久住北方爾時世尊自四褺僧伽棃偃右脇如師子王累足而卧時雙樹間鬼神以非時華布散于地阿難長跪叉手而白佛言莫於此鄙陋小城荒毀之土取滅度也更有大國迦維羅衛國波羅柰國民人衆多必能恭敬供養舍利佛言止止無謂此土以爲鄙陋昔者此國土有王名大善見七寳具足王有四德主四天下善見命終生第七梵天其王死七日後輪寳珠寳自然不現象寳馬寳居士寳主兵寳同日命終城池法殿金多羅園變爲土水有法無常要歸摩滅唯得聖道爾乃知之我自憶念曾於此處六反作轉輪聖王終厝骨於此今我成無上正覺復捨性命厝身於此自今已後生死永終無有方土厝吾身處此最後邊更不受有

爾時迦葉菩薩白佛言世尊如來已免一切諸病苦患悉除無復怖畏世尊一切衆生有四毒箭則爲病因何等爲四貪欲嗔恚愚癡憍慢若有病因則有病生所謂愛熱肺病上氣吐逆膚體瘖瘤其心悶亂下痢噦噎小便淋瀝眼耳疼痛背滿腹脹顛狂乾痟鬼魅所著如是種種身心諸病諸佛世尊悉無復有今日如來何縁顧命文殊師利而作是言我今背痛汝等當爲大衆說法有二因縁則無病苦何等爲二一者憐愍一切衆生二者給施病者醫藥如來往昔已於無量萬億劫中

修菩薩道常行愛語利益衆生不令苦惱施疾病者種種醫藥何緣於今自言有病世尊世有病人或坐或起不安其所或索飲食戒勑家屬修治產業何故如來默然而卧不教弟子聲聞人等尸波羅蜜諸禪解脫三摩跋提脩諸正勤何緣不說如是甚深大乘經典如來何故不以無量方便教大迦葉人中象王諸天人等令不退於阿耨多羅三藐三菩提何故不治諸惡比丘受畜一切不淨物者世尊實無有病云何默然右脇而卧一切愚人生滅盡想當爲外道九十五種之所輕慢沙門瞿曇無常所遷如來世尊無上仙人已拔毒箭得無所畏今者何故右脇而卧令諸人天悲愁苦惱爾時世尊大悲熏心知諸衆生各所念將欲隨順畢竟利益即從卧起結加趺坐顏貌熈怡如融金聚放大光明充徧虛空其光大盛過百千日照于東方南西北方四維上下諸佛世界於其身上一一毛孔出一蓮華各具千葉純眞金色各出種種雜色光明皆悉徧至阿鼻地獄想地獄黑繩地獄衆合地獄叫喚地獄大叫喚地獄焦熱地獄大焦熱地獄是八地獄其中衆生常爲諸苦之所逼切所謂燒煑火炙斫刺劇剥乃至八種寒冰地獄所謂擘裂身體碎壞遇斯光已如是等苦悉滅無餘是光明中言諸衆生皆有佛性衆生聞已即便命終生人天中此閻浮提及餘世界所有地獄皆悉虛空無受罪者除一闡提餓鬼衆生飢渴所逼以髮纏身於百千歲未曾得聞漿水之名遇斯光已飢渴即除是光明中亦說衆生皆有佛性

聞已命終生天人中令諸餓鬼亦悉空虛除謗大乘畜生衆生共相殘食遇斯光已恚心悉滅是光明中亦説衆生皆有佛性聞已命終生人天中當爾之時畜生亦盡除謗正法是一一華各有一佛圓光一尋端嚴最上是諸世尊或震雷音或注洪雨或扇大風或出烟燄或有示現初生出家轉妙法輪入于涅槃此閻浮提中所有衆生遇斯光已盲者見色聾者聽聲瘂言躄行貧者得財慳者能施恚者慈心不信者信無一衆生修行惡法除一闡提爾時一切天龍鬼神乾闥婆阿脩羅及人非人等悉共同聲唱如是言善哉善哉無上天尊多所利益踴躍歡喜或歌或舞或身動轉以種種華散佛及僧諸大妓樂供養於佛爾時佛告迦葉菩薩是諸衆生不知大乘方等密語便謂如來眞實有疾如來今於娑羅樹間示現倚卧師子之牀欲入涅槃令諸未得阿羅漢果衆弟子等及諸力士生大憂苦令諸天人阿脩羅等大設供養欲使諸人以千端氎纏裹其身七寶爲棺盛滿香油積諸香木以火焚之唯除二端不可得燒一者襯身二最在外爲諸衆生分散舍利以爲八分一切聲聞弟子咸言如來入於涅槃當知如來亦不畢定入於涅槃何以故如來常住不變易故長阿含經云爾時世尊即記莂千二百弟子所得道果世尊披鬱多羅僧出金色臂告諸比丘汝等當觀如來時時出現於世如優曇華時一現耳

雙卷大般泥洹經云佛語阿難甚巳願樂如來正化當棄貪欲憍慢之心遵承佛教以精

進受思惟道行是爲最後佛之遺令必共慎之汝諸比丘觀佛之儀容難可得覩却後一億四千餘歲乃當復有彌勒佛耳難常遇也天下有優曇鉢華不華而實若其生華則世有佛爲世間日恒除衆瞑自我爲聖師至七十九所應作者亦已究暢汝其勉之夜已半矣是故比丘無爲放逸我以不放逸故自致正覺無量衆善亦由不放逸得一切萬物無常存者此是如來末後所說於是世尊即入初禪從初禪起入第二禪從第二禪起入第三禪從第三禪起入第四禪從四禪起入空處定從空處定起入識處定從識處定起入不用定從不用定起入有想無想定從有想無想定起入滅想定是時阿難問阿那律世尊已般涅槃耶那律言未也阿難世尊今者在滅想定我昔親從佛聞從四禪起乃般涅槃於時世尊從滅想定起入有想無想定從有想無想定起入不用定從不用定起入識處定從識處定起入空處定從空處定起入第四禪從第四禪起入第三禪從第三禪起入第二禪從第二禪起入第一禪從第一禪起入第二禪從第二禪起入第三禪從第三禪起入第四禪從第四禪起佛般涅槃當於爾時地大震動諸天世人皆大驚怖諸有幽冥日月光明所不照處皆蒙大明各得相見迭相謂言彼人生此其光普徧過諸天光明時忉利天於虛空中以文陀羅華優鉢羅波頭摩華等散如來上及散衆會又以天末栴檀雨散佛上及散大衆佛滅度已時梵天王釋提桓因金毗羅神密迹力士佛母摩耶雙

樹神娑羅園林神四天王忉利天王焰摩天王兜率陀天王化自在天王他化自在天王各作偈頌諸比丘悲慟殞絶自投於地譬如斬蛇宛轉迴遑莫知所湊歔欷而言如來滅度何其駛哉大法淪翳何其速哉羣生長衰世間眼滅爾時阿那律告諸比丘止止勿悲諸天在上儻有恠責時諸比丘問阿那律上有幾天阿那律言充滿虚空豈可計量皆於空中徘徊搔擾悲號躃踊垂淚而言如來滅度何其駛哉羣生長衰世間眼滅（雙卷大般泥洹經說與長阿含說略同）

時諸比丘竟夜達曉講法語已阿那律告阿難言汝可入城語諸末羅佛已滅度所欲施作宜及時爲是時阿難起禮佛足已將一比丘涕泣入城遥見五百末羅集在一處諸末羅奉迎禮足白言今來何早阿難答言汝等當知如來昨夜已取滅度汝欲施作宜及時爲諸末羅聞是語已莫不悲慟抆淚而言一何駛哉佛般涅槃一何疾哉世間眼滅時諸末羅各自還家辦諸香華及衆妓樂詣雙樹間供養舍利竟一日已以佛舍利置於牀上諸末羅童子等來轝舉牀皆不能勝時阿那律語末羅汝等且止勿空疲勞今者諸天欲來舉牀汝等欲使末羅童子舉牀四角入東城門徧諸里巷使國人民皆得供養然後出西城門詣高顯處而闍維之而諸天意欲留舍利七日之中使國人民皆得供養然後出城北門渡熈連禪河於天冠寺中而闍維之是上天意使牀不動末羅曰諾快哉斯言隨諸天意時諸末羅即共入城平治道路掃灑

燒香已出雙樹間以香華妓樂供養舍利訖七日已時日向暮舉佛舍利置於牀上末羅童子捧舉四角擎持旛蓋燒香散華作衆妓樂前後導從安詳而行時忉利諸天雨文陀羅華優鉢羅華等天末栴檀散舍利上充滿街路諸天作樂鬼神歌詠供養舍利於是末羅捧牀漸進入東城門止諸街巷設供養已出城北門渡熈連禪河到天冠寺告阿難曰我等復應以何供養阿難報曰我親從佛聞欲葬舍利當如轉輪聖王葬法生獲福利死得上天時諸末羅即共入城供辦葬具已還到天冠寺以淨香湯洗浴佛身以新劫貝周帀纏身五百張氎次如纏之内身金棺灌以香油置於第二大鐵槨中栴檀木槨重衣其外以衆名香而積其上末羅大臣名曰路緻

親執炬火欲然佛積而火不然又諸末羅次前然積火又不然時阿那律語末羅言止止諸賢非汝所能火滅不然是諸天意以大迦葉將五百弟子從波波國來欲見佛身天知其意使火不然爾時大迦葉從波波國遇一尼乾子手執文陀羅華問言汝知我師在乎答曰滅度已來已經七日迦葉聞之悵然不悦五百比丘宛轉號咷不能自勝迦葉詣拘尸城渡尼連禪河到天冠寺至阿難所語阿難言我等欲一面覲舍利及未闍維寧可見不阿難答言雖未闍維以劫貝五百張氎次如纏之藏於金棺置鐵槨中以爲佛身難復可覩迦葉三請阿難答之如初時大迦葉適向香積於時佛身從重棺内雙出兩足足有異色迦葉見已怪問阿難佛身金色是何故

與阿難報曰向有一老母悲哀而前淚墮其上故色異耳迦葉即向香積禮佛舍利時四部衆及上諸天同時俱禮於是佛足忽然不現時大迦葉繞積三帀而作偈頌時彼佛積不燒自然諸末羅等各相謂言今火獨熾燄盛難止闍維舍利或能燒盡當於何所求水滅之時有娑羅樹神尋以神力滅佛積火時諸末羅詣拘尸城側取諸香華以用供養雙卷大般泥洹經說與長阿含說略同

又云大迦葉至於是佛積不燒自然至終其夜佛積燒盡自然生四樹蘇尼禪樹迦維屠樹阿世緹樹尼拘類樹菩薩處胎經云佛在雙樹欲捨身壽入般涅槃二月八日夜半躬自褺僧伽棃鬱多羅僧安陀羅跋薩各三條敷金棺裏襯身卧上脚脚相累以鉢錫杖手付阿難八大國王皆持五百張白氎栴檀木櫏盡內金棺裏大梵天王將諸梵衆在右面立釋提桓因將忉利諸天在左面立彌勒菩薩十方菩薩當前立爾時世尊欲入金剛三昧碎身舍利從金棺裏出金色臂即問阿難迦葉比丘今來至不對曰未至即復斂氎入金棺裏寂然不語世尊將欲示現識所趣向道識俗識有爲識無爲識世尊即於胎中現鉤鏁胎骨徧滿三千大千世界佛告彌勒汝觀鉤鏁骸骨令一切衆所知識所趣分別決了彌勒菩薩即從座起手執金剛七寶神杖撓鉤鏁骨聽彼骨聲即白佛言此人命終瞋恚結多識墮龍中此人前身十跡行具得生天上有一全身舍利無有缺減彌勒以杖撓之推尋此識了不知處如是三撓前白佛言

此人神識了不可知將非如來入涅槃耶佛告彌勒諸佛舍利流布非汝等境界所能分別何以故此舍利者即是吾舍利何能尋究如來神識又世尊還攝威神在金棺裏寂然無聲諸天燒香散華供養時大迦葉將五百弟子至世尊以天耳聞即從金棺雙出兩足

摩耶經云佛般涅槃摩耶夫人天上五衰相現一者頭上華萎二者腋下汗出三者項中光滅四者兩目數瞬五者不樂本座又於其夜得五大惡夢一須彌山崩四海水竭二羅剎奔走挑人眼目三天失寶冠身無光明四寶珠幢倒失如意珠五師子嚙身痛如刀割得此夢已即便驚寤此非吉祥我昔在於白淨王宮因晝寢中得希有夢見一天子身黃金色乘白象王從諸天子作妙妓樂貫日之精入我右脇心身安樂即便懷妊悉達太子爲世照明今此五夢甚可怖畏必是我子涅槃之相爾時阿那律棺殯如來身已即昇忉利天偈告摩耶摩耶聞已悶絕躃地良久乃甦自拔頭髮悲泣而言昨夜得夢知有怪異佛果滅度不久便當即就闍維何其苦哉世間眼滅即與諸眷屬從空來下趣雙樹間遙見佛棺便即悶絕不能自勝以水灑面然後方甦前至棺所頂禮悲泣而作是言共於過去無量劫來長爲母子未曾捨離一旦於今相見無期嗚呼苦哉衆生福盡即以種種天華布散棺上摩耶夫人顧見如來僧伽梨衣及鉢錫杖右手執之舉身投地如太山崩悲號慟絕而作是言我子執者福度天人今此諸物空無有主嗚呼痛哉四衆悲感淚下如

雨帝釋力故變成河流爾時世尊以神力故令諸棺蓋皆自開發便從棺中合掌而起如師子王初出窟已奮迅之勢身毛孔中放千光明一一光明有千化佛悉皆合掌向於摩耶以梵輭音問訊毋言遠屈來下此閻浮提諸行法爾願勿啼泣爾時阿難見佛起已又聞說偈垂淚鳴咽强自抑忍即便白佛後世衆生必當問我佛臨滅度復何所說云何答之佛告阿難汝當答言世尊已入涅槃摩耶夫人來下如來爲後不孝諸衆生故從金棺出合掌問訊并說上諸偈故此經名爲佛臨涅槃毋子相見經如是受持說此語已與毋辭別即便闔棺三千世界普皆震動八部大衆悲號懊惱聲動天地摩耶夫人問阿難言我子悉達臨滅度時有何教勑阿難白言世尊中夜爲諸比丘略說教誡又以所說十二部經付囑尊者摩訶迦葉末後勑我令助宣布時摩訶摩耶聞此語已又增感絶即問阿難汝於往昔侍佛已來聞世尊說如來正法幾時當滅阿難垂淚而便答言我於往昔曾聞世尊說於當來法滅之事云佛涅槃後摩訶迦葉共阿難結集法藏事悉畢已摩訶迦葉於狼跡山入滅盡定我亦當得果證次第隨後入般涅槃當以正法付優波掘多善說法要如富樓那廣度人衆又復勸化阿輸迦王令於佛法得固正信以佛舍利廣起八萬四千諸塔二百歲已尸羅難陀比丘善說法要於閻浮提度十二億人三百歲已青蓮華眼比丘善說法要度半億人四百歲已牛口比丘善說法要度一萬人五百歲已寶天比

丘善說法要度二萬人八萬衆生發阿耨多羅三藐三菩提心正法於此便就盡滅六百歲已九十六種諸外道等邪見競興破滅佛法有一比丘名曰馬鳴善說法要降伏一切諸外道輩七百歲已有一比丘名曰龍樹善說法要滅邪見幢然正法炬八百歲後諸比丘等樂好衣服縱逸嬉戲百千人中或有一兩得道果者九百歲已奴爲沙門婢爲比丘尼一千歲已諸比丘等聞不淨觀阿那波那瞋恚不欲無量比丘若一若兩思惟正受千一百歲已諸比丘等如世俗人嫁娶行媒於大衆中毀謗毗尼千二百歲已諸比丘及比丘尼作非梵行若有子息男爲比丘女爲比丘尼千三百歲已袈裟變白不受染色千四百歲已時諸四衆猶如獵師好樂殺生賣三寶物千五百歲俱睒彌國有三藏比丘善說法要徒衆五百人有一羅漢比丘善持戒行徒衆五百於十五日布薩之時羅漢比丘昇於高座說清淨法云此所應作此不應作彼三藏比丘弟子答羅漢云汝今身口自不清淨云何而反說是麤言羅漢答言我久清淨身口意業無諸過患三藏弟子聞此語已倍更恚忿即於座上殺彼羅漢時羅漢弟子而作此言我師所說會於法理云何汝等害我和尚即以利刀殺彼三藏天龍八部莫不憂惱惡魔波旬及外道衆踊躍歡喜競破塔寺殺害比丘一切經藏皆悉流移至鳩尸那竭國阿耨達龍王悉持入海於是佛法而滅盡也時摩訶摩耶聞此語已號哭懊惱語阿難言如來遺勑旣以正法付囑尊者及摩訶迦

葉宜應精勤護持誦讀我今不忍見於如來闍維之時即禮佛棺右繞十帀涕淚號叫還歸天上祐敬惟涅槃義總八味古今講論精理已備妄率愚管略言其跡夫常住至寂畢竟無爲但機感所誘隨方應俗既曰現生焉得無滅斯則羣萌覩於始終而法身無出没也是以假言背痛而方轉甘露託卧右脇而還放光明此無病之跡也及千氎既纏而示雙足於迦葉金棺將闔而起合掌於摩耶此無滅之徵也無病而示病不滅而現滅故知灰身顯權常住眞實月喻妙旨不其明乎

釋迦八國分舍利記第二十八 出雙卷泥洹經

時波波國末羅民衆聞佛於雙樹滅度皆自念言今我宜往求舍利分起塔供養時波波國諸末羅等即下國中嚴四種兵象兵馬兵車兵步兵到拘尸城遣使者言聞佛衆祐止此滅度彼亦我師敬慕之心來請骨分當於本國起塔供養拘尸王答如是如是誠如君言但世尊垂降此土於茲滅度國内士民當自供養遠勞諸君分舍利分恐不可得時遮羅頗國諸跋離民衆及羅摩伽國拘利民衆毗留提國婆羅門衆迦維衞國釋種民衆毗舍離國離車民衆及摩竭國阿闍世王聞於如來在拘尸那城娑羅雙樹間而取滅度皆自念言今我宜往取舍利分時諸國王阿闍世等即下國中嚴四種兵進度恒水即勑婆羅門香姓汝持我名入拘尸城致問諸末羅等起居輕利遊步强耶吾於諸賢毋相宗敬隣國義和曾無諍訟我聞如來於君國内而取滅度唯無上尊實我所天故從遠來求請

骨分欲還本土起塔供養設與我者舉國重寶與君共之時香姓婆羅門受王敎已即詣彼城語諸末羅時諸末羅報香姓曰誠如君言但爲世尊垂降此土於玆滅度國內士民自當供養遠勞諸君分舍利分定不可得時諸國王即集羣臣衆共立議作頌告曰吾等和議遠來拜首遜言求分如不見與四兵在此不惜身命義而弗獲當以力取時拘尸國即集臣衆共立議以偈答曰遠勞諸君屈辱拜首如來遺形不敢相許彼欲舉兵吾斯亦有畢命相抵末云有畏時香姓婆羅門曉衆人曰諸賢長夜受佛教戒口誦法言一切衆生常念欲安寧可諍佛舍利共相殘害如來遺形欲以廣益舍利現在但當分耳衆咸稱善尋復議言誰堪分者皆曰香姓婆羅門仁智平均可使分也時諸國王即命香姓汝爲我等分佛舍利均作八分於時香姓即詣舍利所頭面禮畢徐前取佛上牙別置一面尋遣使者齎佛上牙詣阿闍世所語使者言汝以我聲上白大王起居輕利遊步强耶舍利未至傾遲無量耶今付使者如來上牙並可供養以慰企望明星出時分舍利訖當自奉送爾時香姓以一缾受一石許即分舍利均爲八分已告衆人言願以此缾衆議見與自欲於舍起塔供養皆言智哉是爲知時即共聽與時有畢鉢村人白衆人言乞地焦炭起塔供養皆言與之爾時拘尸國人得舍利分即於其土起塔供養波波國遮羅國羅摩伽國毗留提國迦維衛國毗舍離國摩竭國阿闍世王等得舍利分各歸其國起塔供養香

姓婆羅門持缾歸起塔畢鉢村人持地焦炭歸起塔當於爾時如來舍利起於八塔第九缾塔第十炭塔第十一生時髮塔何等時佛生沸星出時生沸星出出家沸星出成道沸星出滅度八日如來生八日佛出家八日成菩提八日取滅度二月如來生二月佛出家二月成菩提二月取涅槃

雙卷大般涅槃經云時波旬國諸華氏可樂國諸拘鄰有行國諸滿離神州國諸梵志維耶國諸離昌聞佛止雙樹般泥洹各嚴四兵到拘夷止城外赤澤國諸釋氏亦嚴四兵來到報言釋聖大雄出自我親實我諸父敬慕之心來請骨分摩竭王阿闍世又嚴四兵度河津來使梵志屯 㲞入問消息今佛衆祐止此滅度實我所天敬慕之心來請骨分王答佛自來此我當供養謝汝大王分舍利不可得於是屯 㲞聚衆人作頌告曰今各遠來四兵在此義言不用畢命相抵拘夷國人亦答頌曰如欲舉衆吾斯亦有俱命相抵則未爲恐梵志屯 㲞曉衆人言諸君皆宿夜承佛嚴教佛大慈故燒形遺骨欲廣祐天下何宜當爲毀本慧意舍利現在但當分耳衆咸稱善皆詣舍利稽首畢乃使屯 㲞分之於是屯 㲞持一 㲞受一石許蜜塗其裏分爲八分已白衆言吾既敬佛願得著 㲞舍利歸起塔廟皆言智哉即共聽與梵志溫達乞地焦炭歸起塔寺皆言與之後有衛國異道士求得地灰於是八國得佛八分舍利各還起塔有八塔第九 㲞塔第十灰塔第十一炭塔既分舍利又爲遠方諸四輩弟子未悉聞故留九十日

乃去城四十里於衢致鄉四衢道中作塔寺拘夷豪姓共作甎瓴石甓縱廣三尺集用作塔及高縱廣皆丈五尺藏黃金甖舍利於其中置立長表法輪盤蓋懸繒然燈華香妓樂禮事供養祐以爲雙樹八枝義各有明舍利八分緣亦有會故蜕化之體或全或散用能留瑞羣刹降福於人天夫不生而假胎無形而委骨其示跡垂教即不思議之事也

釋迦天上龍宮舍利寶塔記第二十九（出菩薩處胎經）

有一大臣名優波吉諫言諸王莫諍佛舍利應當分之普共供養何爲興兵共相征伐爾時釋提桓因即現爲人語諸王言我等諸天亦當有分若共諍力則有勝負幸可見與勿足爲難爾時阿耨達龍王文隣龍王伊那鉢龍王語八王言我等亦應有舍利分若不見與力足相伏時優波吉言諸君且止舍利宜共分之即分爲三分一分與諸天一分與龍王一分與八王一分瓮受石餘此臣密以蜜塗瓮裏以瓮量分舍利諸天得舍利還於天上即起七寶塔龍得舍利還於龍宮亦起七寶塔八王得舍利各還本國亦起七寶塔臣優波吉得著瓮舍利并瓮亦起七寶塔灰及土四十九斛起四十九寶塔當耶維處亦起寶塔高四十九仞

釋迦龍宮佛髭塔記第三十（出阿育王經）

八國王競諍取舍利各各起兵天帝釋見之即遣天邊自下曉喻諸王言佛在世時諸王皆如兄弟佛適泥洹云何相伐横殺萬民當共分之各還起塔普皆得福諸王皆言快哉

持御作評爲我分之得無諍也邊自以金甖分之阿闍世王共數各得八萬四千舍利餘有佛口一髭無敢取者以阿闍世王初來求舍利時車中投身著地氣欲不報故共持與阿闍世王阿闍世王得舍利及髭還大歡喜作倡妓樂鼓角動天難頭和龍王聞佛般泥洹亦從諸龍化作人身到泥洹所道逢阿闍世王還語言佛留舍利非但唯使人間供養可持一分見與不阿闍世言不可得也龍王言我是難頭和龍能舉卿國土著八萬里外摩碎成屑阿闍世王怖懅故即舉佛髭與之更復欲取舍利龍王便言我得此髭足供養也旋别各去龍王即還須彌山下起水高八萬四千里起水精瑠璃塔阿闍世王命終後阿育王得其國土時有大臣白阿育王言難頭和龍王先輕阿闍世奪佛髭去阿育王聞便大瞋恚即勑諸鬼神王作鐵網鐵籍縱置須彌山下水中欲縛取龍王龍王大怖共設計言阿育事佛當伺其卧取其宫殿移著須彌山下水精塔中自與相見具説本末道意降伏其瞋必息即便遣龍捧取阿育王宫殿阿育王卧覺不知是何處所見水精塔高八萬四千里喜怖交心難頭和龍自出謝言阿闍世王自與我佛髭我不奪也釋迦文佛在世與我要言般泥洹後劫盡時所有經戒及袈裟應器我皆當取藏著是塔中彌勒來下當復出著阿育王聞此言大謝實不知此難頭和龍王便使諸龍還復阿育王宫殿置於本處祐以爲能供三寶本在天人故怮利閻浮塔廟森列至於難頭龍王乃大士應化所

以法滅之時收藏尊經其能建刹不亦宜乎

釋迦譜卷第九

音釋

髭即移切口上須也　矛稍矛莫浮切稍所角切皆兵器也　蛣蟯蛣去吉切蟯去羊切蛣蟯蟲名　蝮蠍蝮方六切毒蛇也蠍香謁切螫人蟲也　陿轄夾切隘也　瘖瘖祥入切痛也　噦噎噦於月切嗢也噎於結切氣窒不通也　淋瀝淋犂沉切淋漓也瀝狼狄切滴瀝也　庀剥庀匹美切剥北角切庀剥謂裂割也　襯初覲切近也　殞干敏切　搔擾搔蘇遭切括也擾而沼切煩也　槨古博切　積資四切與積同聚也　鞮都奚切　撓泥交切抓也　闔轄獵切閉也　睒失冉切　屯株倫切　蹷姑衛切　甖幺莖切長頸瓶也　𤭛瓳𤭛音潘瓳音胡𤭛瓳大磚也　甓蒲歷切甃也　蛻輸芮切　瓮於貢切甖也

釋迦譜卷第十

蕭　齊　釋　僧　祐　譔

阿育王造八萬四千塔記第三十一（出雜阿含經）

爾時世尊與諸比丘循邑而行時有二童子一名闍耶二名毗闍耶共在沙中嬉戲遥見世尊三十二相莊嚴其體時闍耶童子心念言我當以麥麨上佛仍手捧細沙著世尊鉢中時毗闍耶合掌隨喜時彼童子而發願言以惠施善根功德令得一天下一繖蓋王即於此處生得供養諸佛爾時世尊發容微笑阿難合掌白言世尊何緣微笑爾時世尊告阿難當知我滅度百年之後此童子於巴連弗邑統領一天下轉輪王姓孔雀名阿育正法治化又復廣布我舍利當造八萬四千塔阿難取此鉢中所施之沙捨著如來經行處當行彼處阿難受教即取鉢沙泥著經行處阿難當知於巴連弗邑有王名日月護彼王當生子名曰頻頭娑羅當治彼國彼復有子名曰修師摩時瞻婆國有一婆羅門女極爲端正令人樂見爲國所珍諸相師輩見彼女相即記彼女當爲王妃必生二子一當領天下一當出家學道得成聖跡時婆羅門聞相師所說歡喜無量即持其女詣巴連弗邑種種莊嚴欲嫁與修師摩王子相師云應嫁與頻頭娑羅王王見此女端正有德即立爲第一夫人恒相娛樂仍便懷體月滿生子生時安隱毋無憂惱過七日後立字名無憂又復生子名曰離憂無憂者身體麤澀父不喜見王欲試諸子呼婆羅門言觀我諸子於我滅後誰當作王婆羅門言將此諸子出城金殿

園館中當觀其相時阿育王母語阿育言今王出金殿園館中觀諸王子於我滅後誰當作王汝何不去阿育啓言既不蒙念亦復不樂見我母言但往即便往去願母賜送食母言如是王先勑大臣若阿育來者當使其乘老鈍象來又復老人以爲眷屬時阿育王即乘老象至園館中地坐時諸王子各下飲食阿育母以凡器盛酪飯送與阿育王問師言此中誰有王相當紹我位時彼相師視諸王子見阿育具有王相當得紹位又作是念此阿育大王所不愛我若語言當作王者王必不樂即語言我今總記此中若有好乘者是人當作王時諸王子聞彼所說各自念言我乘好乘時阿育言我乘老宿象我得作王時王又復語師言願更爲觀之師復答言此中有第一座者彼當作王諸王子等各相謂言我座第一阿育言我今坐地是堅勝座我當作王王復語師更爲重觀師又報言此中上器上食此當得王阿育念言我有勝食我必作王坐散還宫時阿育母問阿育婆羅門定記誰耶阿育啓言兒當作王者象爲乘以地爲座素器盛食粳米雜酪是最勝也時婆羅門知阿育當王數修敬其母即便問言誰當作王師言汝生太子阿育是其人也時頻頭羅王邊國恒叉尸羅反王即語阿育汝將四兵平伐彼國及至發引與少兵甲時從者白王子言今往伐彼國無有軍仗云何得平阿育言我若應王者兵甲自然來應發是語時尋聲地開兵甲從地而出即將四兵往伐彼國時彼諸國民人聞阿育來即平治道路種

種供養奉迎王子諸天宣令阿育王子當王此天下汝等勿興逆意彼國即便降伏如是乃至平此天下至於海際時父王得重疾諸臣即便莊嚴阿育將至王所令且立此子爲王我等後徐徐當立修師摩爲王時王聞此語憂愁不樂默然不對即便命終時阿育心念口言我應正得王位者諸天自然來以水灌我頂素繒繫首尋聲諸天即以水灌阿育頂素繒繫首受王極位人神欣慶又引傳云阿育拜王自鐵輪飛降王閻浮提虛空地下各四十里鬼神咸皆讚善

阿育王如禮法殯葬父王已即立阿㝹樓陀爲大臣時修師摩王子聞父崩背立阿育爲王心生不忍即集諸兵來伐阿育時阿㝹樓陀大臣機關木象又作阿育王像以像騎象安置東門外又作無烟火坑以物覆之阿㝹樓陀大臣語修師摩王子言欲作王者阿育在東門可往伐之能得之者自然得作王子即趣東門墮火坑便即死亡阿育王正法治化時諸臣輩云我等共立阿育爲王故輕慢於王不行君臣之禮王亦自知諸臣輕慢時王語諸臣曰汝等可伐華果之樹植於刺棘諸臣答曰未曾見聞却除華果而植刺樹乃至王三勑令伐彼亦不從爾時王即持利劒殺五百大臣王將婇女出外園遊戲見一無憂樹華極敷盛王見已此華樹與我同名心懷歡喜王形體醜陋皮膚麤澁諸婇女輩憎惡王故以手毀折無憂華樹王從眠覺見無憂樹華狼藉在地心生忿怒繫諸婇女以火燒殺王行暴惡故曰暴惡阿育王時阿㝹樓

陀大臣白王言王云何以手自殺諸臣婇女王今當立屠殺之人即宣教立屠殺者彼有一山名曰耆棃中有一織師子亦名耆棃兇惡撾打繫縛男女及捕水陸之生乃至拒逆父毋是故世人傳云兇惡耆棃子時王使語之言汝能爲王斬諸兇人不彼答曰一切閻浮提有罪者我能淨除況此一方王即爲作屋舍極爲端嚴唯開一門於其中間作治罪之法狀如地獄時彼兇人啓王言今從王乞願若人來入此中者不復得出答言如汝所願爾時商主之子猒世間苦出家學道遊行諸國次第乞食誤入屠殺舍中時彼比丘遙見舍裏有火車鑪炭等治諸衆生恐怖毛豎便欲出門兇惡即往執比丘言入此中者無有得出於此而死比丘心生悲悔泣淚滿目

乞我少時生命可至一月彼兇不聽如是日數漸減止於七日彼即聽許時此比丘知將死不久勇猛精進坐禪息心不能得道至於七日時王宫内人有事送付兇主將是女人著臼中以杵擣之令成碎末時比丘見是事極猒惡此身嗚呼苦哉我身不久亦當如是斷一切結成阿羅漢時彼兇惡人語此比丘期限已盡比丘以偈答曰我心得解脱斷除諸有盡今此身骸無復悋惜爾時彼兇主執彼比丘著鐵鑊油中足與薪火火終不然或復不熱兇主見火不然打拍使者而自然火火即猛盛久久開鐵鑊蓋見彼比丘鐵鑊中蓮華上坐生希有心即以啓王王便嚴駕將無量衆來看比丘時彼比丘調伏時至即身昇虛空猶如鴈王示種種變化向王說偈我

是佛弟子逮諸漏巳盡生死大恐怖我今悉得脱時阿育王聞彼比丘所説於佛法所生大敬信傳云王訪諸臣民叵有及見佛者不唯有波斯匿王妹作比丘尼年百三十餘見佛在世王即往問佛何功德耶尼答曰世尊威神備於經説我時年十歲佛來入宫殿内地皆作金色我即作禮金釵墮地面與光合去後光歇尋之方得又云佛有八種音聲今海邊有鳥名曰羯隨其音哀亮頗似萬一王求得此鳥旬日不鳴時青衣映鏡嚴莊鳥見其像驚翥欲鳴青衣轉鏡還便輟響王曰若能使鳥鳴者以爲夫人青衣即取諸鏡懸於四壁鳥見影顧盻迴惶悲鳴震迅清暢和雅王聞之乃悟起正眞道即拜青衣爲第二夫人婇女七千人咸皆歡喜

又白比丘言佛未滅度時何所記説比丘答言佛記大王於我滅後過百歲時於巴連弗邑有三億家彼國有王名曰阿育當王此閻浮提爲轉輪王正法治化又復宣布我舍利於閻浮提立八萬四千塔佛如是記然大王今造此大地獄殺害無量王今宜應慈念一切衆生佛之所記大王者王當如法修行阿育王於佛所極生敬信合掌向比丘作禮我得大罪今向比丘懺悔我之所作甚爲不善唯願佛子受我懺悔捨心勿復責我愚人譬喻經云時王宫内常以四事供養二萬沙門有外道梵志門徒甚盛忌害沙門欲加凌毁乃選其衆中能幻化者變爲異道所奉神名夷摩亘羅一頭四面八目八臂强猛兇壯多從醜類先巡邑里次到城門國中男女亡走

失魄王下轝却蓋迎之於城門問所欲得鬼曰吾欲噉人若惜民者諸沙門悉不耕而食費耗滋甚幸可見付以充厨膳王大恐懼遣使報僧時有一沙彌名端正年十三白諸比丘我能降化之即到鬼所而告之曰諸大比丘尋次當來汝欲顯奇可待食竟時從鬼梵志二萬餘人王大設供沙彌歛肴吸饌捺牙而盡尚未充飽因取從鬼以次吞之並隨神足時在祇洹作幻梵志稽首謝過求欲出家悉成沙門後多得羅漢王因此倍加信伏時彼比丘度阿育王已乘空而化時王從彼地獄欲出兇主白王言王不復得去王曰汝今欲殺我耶彼曰如是王曰誰先入此中答曰我是王曰若然者汝先應取死王即勑人將此兇主著作膠舍裏以火燒之又勑壞此地獄施衆生無畏

傳云王得信心問道人曰我從來殺害不必以理今修何善得免斯殃答曰唯有起塔供養衆僧赦諸徒囚賑濟貧乏王曰何處可起塔道人即以神力左手掩日日光作八萬四千道散照閻浮提所照之處皆可起塔今諸塔處是也

時王欲建舍利塔將四兵衆至王舍城取阿闍世王佛塔中舍利還復修治此塔與本無異如是取七佛塔中舍利至羅摩村中時中諸龍王將王入龍宫中王從龍索舍利供養龍即分與之時王作八萬四千金銀瑠璃玻瓈篋盛佛舍利又作八萬四千四寶缾以盛此篋又作無量百千旛幢繖蓋使諸鬼神各持舍利供養之具勑諸鬼神言於閻浮提至

於海際城邑聚落滿一億家者爲世尊立塔時有國名著叉尸羅三十六億家彼國人語鬼神言三十六億家彼國人語鬼神言三十六億篋舍利與我等起立佛塔王作方便國中人少者令分與彼令滿家數而立爲塔時巴連弗邑有上座名曰耶舍王詣彼所白上座曰我欲一日之中立八萬四千佛塔徧此閻浮提意願如是時彼上座白言善哉大王尅後十五日月蝕時令此閻浮提起諸佛塔如是乃至一日之中立八萬四千塔世間民人興慶無量共號曰法阿育王

大阿育王經云八國共分舍利阿闍世王分數得八萬四千又別得佛口二髭還國道中逢難頭禾龍王從其求舍利分阿闍世王不與便語言我是龍王力能壞汝國土阿闍世王怖畏即以佛髭與之龍王還於須彌山下起水高八萬四千里於下起水精塔阿闍世還國以紫金函盛舍利作千歲燈火於五恒河沙水中塔葬埋之後阿育王得其國土王娶夫人身長八尺髮亦同等衆相具足王令相師觀之師言當爲王生金色之子王即拜爲第二夫人後遂有身足滿十月王有緣事宜出外行王后妬嫉便作方便共欲除之募覓猪母即應産者語第二夫人言卿是年少甫爾始産不可露面視天以被覆面即生金子光照宫中盜持見去殺之即以猪子著其邊便罵言汝云當爲王生金色之子何故生猪便取輪頭拍因内後園中伏萊王還聞之不悦久久之後王出後園見之憶念迎取歸宫第二夫人漸得親近具説情狀王聞驚怪

即殺八萬四千夫人阿育王後於城外造立地獄治諸罪人佛知王殺諸夫人應墮地獄即遣消散比丘化王王發信悟問比丘言殺八萬四千夫人罪可得贖不道人言各爲人造一塔塔下著一舍利當得脫罪耳王即尋覓阿闍世王舍利有國相父年百二十將五萬人取本舍利王得大喜即分與鬼神各還所部令一日一時同戴八萬四千剎諸鬼神言多隔山障不得相知王言汝曹但還治槃護剎安鈴我當使阿修輪以手摸日月四天下亦同時震鼓便舉戴之二經不同故復兩存及迦葉語阿難經云塔成造千二百織成旛及雜華未得懸旛王身有疾牀枕慷慨曰若威靈有感願察我至誠諸塔並列于坐隅俯臨王前王手自繫旛以次而去各還其所王體羸弊取旛不瞻有諸比丘行助王取之故今上旛先令比丘將之也由是病愈增算十二故因名爲續命旛

王已建八萬四千塔歡喜踊躍將諸羣臣往詣雞雀精舍白耶舍上座曰更有比丘佛所受記當作佛事不我當往詣彼所供養恭敬上座答曰佛般涅槃時詣摩偷羅國告阿難曰於我般涅槃後百歲之後當有長者子名優婆崛多當出家學道號無相佛王問上座曰優婆崛多今已出世不上座答曰已出世出家學道是阿羅漢住在優留蔓茶山中王聞已歡喜踊躍即勑羣臣速辦嚴駕將無量眷屬往詣彼所尊者思惟若王來者無量將從受諸大苦殺害微蟲答使者曰我當自往詣王所時王聞尊者自來歡喜踊躍從摩偷

羅至巴連弗邑於其中間開安舟桁於桁懸諸旛蓋時尊者優婆崛多將一萬八千阿羅漢衆徑至王國王大歡喜踊躍即脫瓔珞價直十萬而授與之王將諸大臣眷屬即出往尊者所即爲下食五體投地向彼作禮長跪合掌而作是言我今領此閻浮提受於王位不以爲喜今覩尊者踊躍無量如來弟子乃能如是如覩於佛時王請尊者優婆崛多入城設種種座請尊者就坐衆僧令往雞雀精舍白尊者曰尊者顏貌端正身體柔輭而我形體醜陋肌膚麤澀尊者而說偈曰

我行布施時　淨心好財物　不如王布施
以沙施於佛

時阿育王告諸大臣我以沙布施於佛獲其果報如是云何而不修敬於世尊王復白優婆崛多言尊者示我佛所說法遊行處所當往供養禮拜時王將四兵軍衆及持種種供養香華旛幢及諸妓樂便將尊者發去尊者至隆頻林此是如來生處時王五體投地供養禮拜即立佛塔此處菩薩六年苦行此處二女奉菩薩乳糜時尊者將王至道場樹下語王曰此樹菩薩以慈悲三昧力破魔兵衆得阿耨多羅三藐三菩提處時王捨無量珍寶種種供養及起大塔廟尊者將王至鳩尸那竭國言此處如來具足作佛事畢於無餘般涅槃而般涅槃時王聞是語憂惱迷悶躃地啼泣涕零如是乃至興種種供養立大塔廟時王復白尊者曰我意願欲得見佛諸大弟子佛之所記者欲供養彼舍利願爲示之時尊者白王言善哉善哉大王能發如是妙

心時尊者將王至舍衛國入祇洹精舍以手指塔此是尊者舍利弗塔王當供養王曰彼有何功德尊者答曰第二法王隨轉法輪時王生大歡喜捨十萬兩珍寶供養其塔次復示大目犍連塔王應供養此塔王復問曰彼有何功德尊者答曰是神足第一以足指踐地地即震動至於天宮降伏難陀跋難陀龍王時王捨十萬兩珍寶供養此塔次復示摩訶迦葉塔語王言此是摩訶迦葉禪窟應當供養王問曰彼有何功德答曰彼少欲知足頭陀第一如來施以半座及僧伽黎衣愍念衆生興立正法時王捨十萬兩珍寶供養是塔次復示尊者薄拘羅塔應當供養王問曰彼有何功德尊者答曰彼無病第一乃至不爲人說一句法寂默無言王曰以一錢供養諸臣白王言功德既等何故於此供養一錢王告之曰聽吾所說

雖除無明癡　智慧能鑒察　雖有薄拘句
於世何所益

時彼一錢還來至王所時大臣輩見是希有事異口同音讚彼嗚呼尊者少欲知足乃至不須一錢

復示阿難塔語王言此是阿難塔應當供養王曰彼有何功德答曰此人是佛侍者多聞第一撰集佛經王即捨百億兩珍寶而供養其塔時臣白王言何故於此布施供養皆悉勝前王白諸臣聽吾所說

如來之體身　法身性清淨　彼悉能奉持
是故供養勝　法燈常存世　滅此愚癡冥
皆由從彼來　是故供養勝

爾時王供養上種種事恒徧至菩提道場樹此樹下如來得阿耨多羅三藐三菩提世間希有珍寶供養之事供養菩提樹時王夫人名曰低舍羅綈多夫人作是念王極愛念於我我亦念王王今捨我諸珍寶至菩提樹間我今當作方便殺菩提樹樹旣枯死葉便彫落王當不復往彼可得與我常相娛樂夫人即遣人以熱乳澆之樹即枯燥時諸使人輩白王言菩提樹忽然枯死葉葉變落時王聞是語即迷悶躃地時彼夫人見王憂愁不樂而白王言王勿憂惱我當喜悅王心王曰若無彼樹我命亦無如來於彼樹得阿耨多羅三藐三菩提彼樹旣無我何用活耶夫人聞王決定語還復令以冷乳灌之彼樹尋更生王聞歡喜詣菩提樹下覩於菩提樹目不暫

捨時王各辦四寶瓮金銀瑠璃玻瓈盛諸香乳及諸香湯持種種飲食旛幢寶蓋各有千種及種種華香妓樂受持八支齋布薩著白淨衣服執持香鑪在於殿上向四方作禮心念口言如來賢聖弟子在諸方者憐愍我故受我供養時王如是語時三十萬比丘悉來集彼大衆中十萬是阿羅漢二十萬是學人及凡夫比丘上座之座無人坐時王問諸比丘上座云何而無人坐時彼大衆中有一比丘名曰耶舍是大阿羅漢具足六通白王言此座上座之座餘者豈敢於中而坐王復問曰於尊者所更有上座耶尊者答曰大王佛之所說名曰賓頭盧是上座應坐此處王大歡喜而作是言於中有比丘見佛者不尊者答曰有也大王賓頭盧者猶故存世王復白

曰可得見彼比丘不尊者曰大王不久當見尋當來至王大歡喜時尊者賓頭盧將無量阿羅漢次第相隨譬如鴈王乘虛而來在於上座諸比丘僧各修禮敬次第而坐時王見尊者賓頭盧頭鬚皓白辟支佛體頭面禮足長跪合掌白尊者言見世尊耶時尊者賓頭盧以手舉眉毛視王而言昔如來將五百阿羅漢俱初在王舍城安居我爾時亦復在中又復世尊住舍衞國時給孤獨長者女請佛及比丘僧時諸比丘各乘空而往彼我於爾時以神力合大山往彼受請時世尊責我汝那得現神足如是我今罰汝常在於世不得取涅槃護持我正法勿令滅也又復如來將諸比丘僧入城乞食時王共二童子沙土中戲遥見佛來捧於塵沙奉上於佛時世尊記

彼童子於我滅度百歲之後此童子於巴連弗邑當受王位領閻浮提名曰阿育當廣布我舍利一日之中當造八萬四千塔今王身是也我爾時亦在於中時王白尊者曰尊者今住在何處尊者答王曰在於北山山名揵陀摩羅共諸同梵行僧俱王復問曰有幾眷屬尊者答曰六萬阿羅漢尊者曰王何須多問今當施設供養於僧食竟使王歡喜王言如是尊者然我今先當供養佛念所覺菩提之樹然後香美飲食施設於僧勑諸羣臣唱令國界王今捨十萬兩金布施衆僧千瓮香湯溉灌菩提樹集諸兵衆時王子名曰拘那羅在王右邊舉二指而不言說意欲二倍供養大衆見之皆盡發笑王亦發笑而語言嗚呼王子乃有增益功德王復言我復以三十

萬兩金供養衆僧復加千甕香湯洗浴菩提樹時王子復舉四指意在四倍時王瞋恚語臣曰誰教王子作是事與我興競臣啓王言誰敢與王興競然王子聰慧利根增益功德故作是事耳時王右顧視王子白上座曰除我庫藏之物餘一切物及閻浮提夫人婇女諸臣眷屬及我拘那羅子皆悉布施賢聖衆僧唱令國界時王上座及比丘僧以千甕香湯洗浴菩提樹時菩提樹倍復嚴好增長茂盛時王及諸羣臣生大歡喜時王洗浴菩提樹已次復供養衆僧時彼上座耶舍語王言大王今大有比丘僧集當發淳信心供養時王從上至下自手供養彼有二沙彌得食已各以麨團猶歡喜丸更互相分王見即笑而言此沙彌作小兒戲供養訖已王還上座前立上座語王言王莫生不信敬心王答上座無有不信敬心王答上座見二沙彌作小兒戲如世間小兒戲如世間小兒以土團更互相擲如是二沙彌以麨團以猶歡喜丸更互相擲上座白王言彼二沙彌是俱解脫阿羅漢更相奉食王聞是已增其信心而作是念此二沙彌能展轉相施我今亦當於一切僧人施絹劫貝時二沙彌知王心所念二沙彌共相謂言令王倍增敬信一沙彌持鑊授與王一沙彌授以染草王問彼沙彌用作何等二沙彌白王言王因我故施與衆僧絹及劫貝我欲令大王染成其色施與衆僧時王作是念我雖心念口未發言此二達士得他心智而知我心王即稽首敬禮衆僧語沙彌言我因汝等施僧衣施僧衣已復以三衣并四

億萬兩珍寶嚫五部衆嚫願已復以四十億萬兩珍寶贖取閻浮提宫人婇女及太子羣臣阿育王所作功德無量如是

雜阿含經云阿育王得大敬信問諸比丘言誰於佛法中能行大布施諸比丘言給孤獨長者最行大施王復問曰彼施幾許比丘答曰以億千金王聞已如是思惟彼長者尚能捨億千金我今爲王何緣復以億千金施當以億百千金施時王起八萬四千佛塔於彼二塔中復施百千金復作五歲大會會有三百千比丘用三百億金供養於彼彼衆中第一分是阿羅漢第二分是學人第三分是實凡夫除私庫藏此閻浮提夫人婇女太子大臣施與聖僧四十億金還復贖取如是計校用九十六億千金乃至王得重病自知命盡王言我常所願欲以滿億百千金作功德今願不得滿足便就後世時計校前後所施金寶唯減四億未滿王即辦諸珍寶送與雞雀寺中法益之子名三波提爲太子諸臣等啓太子言大王將終不久今復以此珍寶送與寺中國藏財寶已竭諸國法以物爲尊太子今宜斷之勿使用盡時太子即勑典藏者勿復出與時王自知索物不復能得所食金器送與寺中太子令斷金器以銀器與王食食已復送與寺中太子又斷銀器給以銅器王亦送與寺中又斷銅器給以瓦器時王手中有半阿摩勒果悲淚問諸大臣今誰爲地主時諸臣啓王王爲地主時阿育王呼侍者言汝今憶我恩養汝持此半阿摩勒果送雞雀寺中作我意禮拜諸僧足白言阿育王問

訊諸大聖衆我領此閻浮提閻浮提是我所有今者頓盡不得自在唯此半阿摩勒果我得自由此是最後檀波羅蜜哀愍我故納受此施令我得福時彼上座告諸大衆誰聞是語而不猒世如佛經說見他衰事應生猒離時彼上座作是念言云何令此半阿摩勒果一切衆僧得其分食即教令研磨著石榴羹中行之一切皆得周徧時王復問傍臣曰誰是閻浮提主臣啓王言大王是也時王從卧起而坐顧望四方合掌作禮念諸佛德心念口言我今復以此閻浮提施與三寶時王盡書紙上而封緘之以齒印印之作如是事畢即便無常爾時太子及諸人民興種種供養葬送如王之法而闍維之

法益經云王有太子名達摩跋檀那齊言法益是起八萬四千塔日所生也眼可愛如似鳩那羅鳥眼即以爲名焉風姿明雅有文武稱善彈一絃琴王有一别房夫人見而愛之欲與私通太子固辭不從夫人懷恨既深又恐事泄密欲棄之因白王曰當今華裔一化四海同風太子年德俱美文武備通宜可鎮撫邊要以取百姓之心王從其志即分部兵衆以送太子在鎮甚有治能歲餘王忽徧身患臭天下師藥皆不能治夫人密使人訊訪國内與王病同者破腹看之得一黒蟲長數寸臭不可近即取衆藥灌之其臭彌甚又以大蒜熏之蟲死而臭歇於是白王曰妾能治王必使得差願聽我七日爲王王喜而許之曰何有哉夫人即以大蒜與王令服之便愈於是宫中婇女上酒稱慶令王醉卧無所覺

知夫人既嫌恨太子即矯勅挑其兩眼令餘人代之國法以王齒爲印乃以蠟模王齒而印之太子奉勅歡喜無怨先挑一眼置掌中有之良久乃悟及苦空無我得須陀洹道然後以一眼與之於是與其妃相携步行出城行人爲之流涕悉仰頭呼天太子有何罪乃致此耶辤拜嗚咽並不能復起亦有感激致死者乞食流迸過還本國猶持一絃琴在所而彈之時有大臣識是太子亦知夫人所爲不敢以聞乃因餘人啓王外有一盲人能彈琴備六十四技變弄殊絶不可不聞王即召之乃見其子子父悶絶墜地良久乃甦即問其故方悟是夫人所爲王先受五戒不復殺生唯宍刑之棄於深林太子聞夫人被刑結氣發病而死王年耆惛耄病卧牀褥無復威力半年之中諸臣行事王卒後立位法益之子名三波提紹位也

爾時諸臣欲立太子以紹王位中有一大臣名曰阿㝹羅陀語諸臣曰不得即立太子所以者何大王阿育在時本誓願滿十萬億金作諸功德猶減四億不滿十萬億以是故令捨閻浮提施與三寶欲令滿足令是大地屬於三寶云何而立太子爲王諸臣聞已議出四億金送與寺中即便立法益之子爲王名三波提

阿育王息法益壞目因緣經云夫人善容及大臣耶奢盜取王印詐爲王勅挑王子兩目王後發誓使得眼根神感之應更生淨眼王見瑞應不可稱記脫已寶冠授與法益紹轉輪王治化六年法益治化已經六年白父王

曰乞聽出家王即聽許令出家學祐按阿含所說不言法益紹位蓋略之耳然則法益出家之後其子三波提乃爲太子阿育還領王位者也

復次太子名毗棃訶西那以紹王位毗棃訶西那太子名曰沸沙須摩次紹王位沸沙須摩太子名曰沸沙蜜多羅次紹王位時沸沙蜜多羅次紹王位時沸沙蜜多羅問諸臣我當作何等令我名德久存於世時賢善諸臣信三寶者啓王言阿育祖王在世造八萬四千塔復興種種供養此之名德相傳至今王欲求此名者當造立八萬四千塔及諸供養王言大王阿育有重威德能辦此事我不能作更思餘事中有惡臣不信向者啓王言世間有二種法傳世不滅一者作善二者作惡大王阿育作諸善行令王當作惡行打壞八萬四千塔此名不滅時王用佞臣語欲壞諸塔寺先往雞雀寺中門前有石師子即吼王聞之驚怖即還入城如是再三欲壞彼寺時王問諸比丘使我壞塔寧壞僧坊比丘荅曰二不應行王其欲壞者寧壞僧房殺害比丘如是漸漸至娑伽羅國又復唱令若有人能得沙門頭者賞之百金爾時彼國中有一阿羅漢化作衆多比丘頭與諸百姓令送與王令王庫藏財寶竭盡時彼王聞羅漢作如是事倍復瞋恚欲殺羅漢時彼羅漢入滅盡定王作無量方便殺彼聖人終不能得三昧力故不傷其體如是漸進至佛塔門有一鬼神止住其中守護佛塔名曰牙齒作是念我受持禁戒不殺衆生不能害王又復作念有一

神名曰爲蟲兇暴勇健求索我女我不與之今爲護法當嫁與彼令其守護佛法時彼蟲神排攩大山推笮王上及四兵衆無不死盡彼王終亡孔雀苗裔於此永終

祐尋八萬塔緣乃懸記後事廣長所說其驗已徵撰譜之始本述釋種但塔興阿育故備記孔雀雖於文爲繁而塔事備矣

釋迦獲八萬四千塔宿緣記第三十二出賢愚經

爾時佛與阿難入舍衛城乞食見羣小兒於道中戲各聚地土用作舍宅倉庫財寶五穀有一小兒遥見佛來敬心内發歡喜踊躍即取倉中土爲穀者便以手探欲用施佛身小不及語一小兒我登汝上以穀布施小兒歡喜報言可爾即躡肩上以土奉佛佛下鉢低頭受土受已授與阿難持此土以塗我房阿難食後以土塗佛房地齊得一徧其土便盡佛告阿難向小兒緣施此土我般涅槃百歲之後當作國王字阿輸迦阿育之別名也其次小兒當作大臣共領閻浮提一切國土興顯三寶廣設供養分布舍利徧閻浮提起八萬四千塔阿難歡喜重白佛言如來先昔造何功德而乃有此多塔之報佛言過去有國王名波塞奇典閻浮提八萬四千國時世有佛名曰沸沙波塞奇王與諸臣民供養於佛及比丘僧四事供養時王心念邊小諸國皆悉偏僻人民之類無由修福今當圖畫佛之形像分布諸國咸得供養作是念已即召畫師勑使圖畫時諸畫師來至佛所看佛相好欲得畫之適畫一處忘失餘處重復觀看復次下手畫一忘一不能使成時波塞奇調和衆彩手

自爲畫一像以爲模法於是畫師乃依圖畫八萬四千像布與諸國諸小國王皆得供養時波塞奇我今身是以此緣故常得三十二相殊特之身般涅槃後得此八萬四千諸塔祐觀波塞畫像克果法身塔廟之數有若符契法華所謂刻畫作像皆成佛道斯其驗矣

釋迦法滅盡緣記第三十三（出雜阿含經）

佛言此摩偷羅國將來世當有商人子名曰掘多掘多有子名優波掘多我滅度百歲後當作佛事於教授師最爲第一百歲之後優留曼荼山有那吒跋置迦阿蘭若處最爲第一佛作是念我以正法付囑人及天者我之教法則千歲不動即告帝釋及四天大王我涅槃後各於方土護持正法過千歲後有非法出閻浮提中惡風暴雨多諸災患人民飢饉觸物磨滅飲食失味珍寶沉沒西方有王名鉢羅婆北方有王名耶婆那南方有王名釋迦東方有王名兜沙羅此四王皆多眷屬殺害比丘破壞塔寺四方盡亂時諸比丘來集中國拘睒彌國王名摩因陀羅西那生子手似血塗身似甲胄有大勇力又五百大臣同日生子皆血手胄身時拘睒彌國一日雨血王見惡相即大恐怖請問相師相師答言王今生子當王閻浮提多殺害人即因爲名難當年漸長大時四惡王從四方來王大憂怖有天神告言大王且立難當爲王足能降伏彼四惡王便依神言捨位與子以髻中明珠冠其子首集五百大臣香水灌頂令往征伐諸臣之子身被甲胄從王俱征與四惡王共戰殺之都盡王閻浮提治在拘睒彌鞞國

佛告四大天王巴連弗國當有婆羅門名曰阿耆尼達多通達比陀經論彼婆羅門當納妻其事有娠便欲與人論議即問諸相師答云是胎中兒當了達一切經論故令母如是月滿生子了達一切經論及醫方教授五百弟子有衆多弟子故名弟子於我法中出家學道達三藏善能說法辯才巧妙攝多眷屬又復世尊告四大天王即此巴連弗邑當有大商主名曰須陀那其妻有娠便質直柔和無諸邪想諸根寂靜時彼商主即問相師相師答曰胎中兒極爲良善故令母如是月滿生童子名曰修羅陀年紀漸長於我法中出家學道勤行精進便得漏盡證羅漢果然其寡聞少欲知足及少知舊居在揵陀摩羅山恒來爲難當王說法難當見父王過世兩手抱父屍悲號啼哭憂惱傷心時彼三藏將多眷屬爲王說法王聞法已憂惱即止於佛法中生大敬信而發聲唱言自今已後我施諸比丘無恐畏適意爲樂而問比丘前四惡王毀滅佛法有幾年歲諸比丘答云經十二年王心念言作師子吼我當十二年中供養五衆種種豐足供施之日天當降雨香澤之雨徧閻浮提一切實種皆得增長諸方人衆皆持供具來詣拘睒彌國供養衆僧時諸比丘大得供養諸比丘輩不修三業戲論過日貪著利養好自嚴飾身著妙服離出家法形類比丘是法中大賊壞正法幢達惡魔旛滅正法炬然煩惱火消正法海壞正法山破正法船拔正法樹時天龍鬼神等於諸比丘皆生惡意猒惡遠離不復衛護而同聲唱言卻後

七日佛法滅盡號咷悲泣共相謂言至說戒日比丘鬪諍如來正法於此而滅諸優婆塞聞諸天言共詣衆中諫諸比丘鬪諍至十五日說戒時犍陀摩羅山阿羅漢修羅他觀閻浮提今日何處有衆僧欲往說戒即詣拘睒彌時彼僧衆乃有百千人唯有此阿羅漢修羅他來又復有一三藏名曰弟子此是如來最後大衆聚集爾時維那行舍羅籌白三藏言衆僧已集今爲說波羅提木叉時彼上座答言閻浮提如來弟子皆來集此數有百千如是衆中我爲上首了達三藏尚不學戒律況復餘者而有所學今當爲誰而說戒律爾時彼阿羅漢修羅他立上座前合掌白上座言上座但說波羅提木叉如佛在世時舍利弗目犍連等大比丘衆所學法我今已悉學如來雖滅度今已出千歲彼所制律威儀我悉已備足上座弟子聞修羅他比丘自言如來所制戒律我悉備持起不忍心有一弟子名曰安伽陀極生忿恨從坐起罵辱彼聖汝是下座比丘愚癡無智而毀辱我師卽持利刀殺彼聖人爾時有一鬼名曰大提木佉作是念言世間唯有此一羅漢而爲惡比丘弟子所害執持金剛杵以打破彼頭即便命終爾時阿羅漢弟子見殺其師忿恨不忍即殺三藏爾時諸天世人悲哀啼泣嗚呼苦哉如來正法今便都盡即此大地六種震動無量衆生號咷啼泣各各離散爾時拘睒彌王聞諸比丘殺阿羅漢及三藏法師心生惋惱諸邪見輩競破塔廟及害比丘從是佛法索然頓滅爾時人天聞佛所說莫不揮淚

釋迦法滅盡相記第三十四出法滅盡經

佛告阿難吾般泥洹法欲滅時五逆濁世魔道興盛諸魔沙門壞亂吾道著俗衣裳樂好袈裟五色之服飲酒炙肉殺生貪味無有慈心更相憎嫉時有菩薩精進修德一切敬侍人所宗向教化平等憐貧念老救育窮厄恒以經像令人奉事作諸福德志性温善不侵害人損身濟物不自惜已忍辱仁和設有是人衆魔比丘咸共嫉之誹謗揚惡擯黜驅遣不令得住自共於後不修道德寺廟空荒不復修理轉就毀壞但貪財物積聚不散不作福德販買奴婢耕田種植焚燒山林傷害衆生無有慈心奴爲比丘婢爲比丘尼無有道德婬泆濁亂男女不別令道薄淡皆由斯輩或避縣官依倚吾道求作比丘不修戒律月半月盡雖名講戒猒倦懈怠不欲聽聞抄略前後不肯盡說經不誦讀設有讀者不識字句爲强言是不咨明者貢高求名嘘天推步以爲榮貴望人供養諸魔比丘命終之後精神當墮無擇地獄五逆罪中餓鬼畜生靡不更歷無邊恒沙劫罪竟乃出生在邊國無三寶處法欲滅時女人精勤恒作功德男子懈慢不用法語眼見沙門如視糞土無有信心法輪殄没當爾之時諸天泣淚水旱不調五穀不熟災疫流行死亡者衆人民勤苦縣官侵尅不循道理皆思樂亂惡人轉多善者甚少日月轉促人命轉短四十頭白㚷壽六十男子壽短女人命長七八九十或至百歲大水忽起卒至無期世人不信故謂有常衆生雜類無有豪賤没溺浮漂魚鼈噉食菩薩比

丘衆魔驅逐不豫衆會菩薩入山福德之處惔怕自守以爲忻快壽命延長諸天衛護月光出世得相遭值共興吾道五十二歲首楞嚴經般舟三昧先滅化去十二部經尋復化滅盡不復現不見文字沙門袈裟自然變白聖王去後吾法滅盡譬如油燈臨欲滅時光更猛盛於是便滅吾法盡時亦如燈滅自此之後難可縷記如是久後彌勒下世間作佛天下太平毒氣消除雨潤和適五穀滋茂樹木長大人長八丈皆壽八萬四千歲衆生得度不可稱計

祐定以方等固知三寶常住常住之法理無興滅興滅之來乃世緣業耳晨離夕隱不害千光之恒明也

釋迦譜卷第十

音釋

繖蘇旱切蓋也　翥章恕切飛舉也　輟陟劣切止也　摸音莫捫也　蔓荼蔓毋官切荼同都切　桁合浪切竹竿也　嚫初覲切　緘古咸切束篋也　笮側革切　泄先結切漏泄也　迸北諍切斥逐也　宍音肉　攩他朗切推也　擯黜擯必刄切斥也黜敕律切貶也

經律異相

梁沙門僧旻寶唱等奉　勅撰

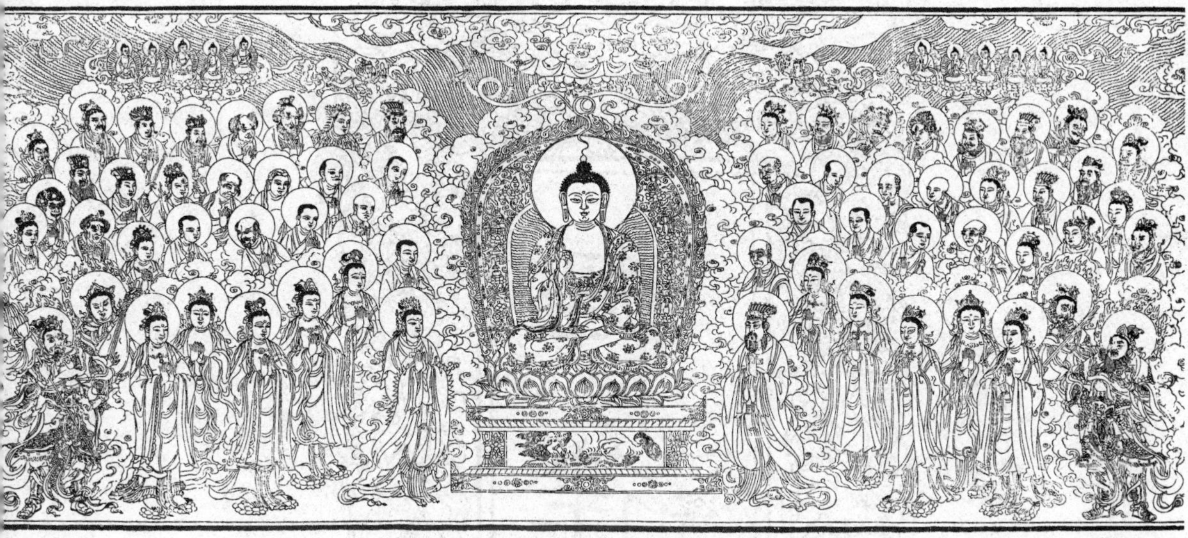

清刻龍藏佛說法變相圖

經律異相序

梁沙門寶唱撰

如來應跡投緣隨機闡教兼被龍鬼匪直天人化啓憍陳道終須跋文積巨萬簡累大千自西徂東羌難得而究也若乃劉向校書玄言久藴漢明感夢靈證彌彰自兹厥後翻譯相繼三藏奥典雖已畧周九部雜言通未區集皇帝同契等覺比德徧知大弘經教並利法俗廣延博古旁採遺文於是散偈流章往往復出今之所獲蓋亦多矣聖旨以爲像正浸末信樂彌衰文句浩漫尠能該治以天監七年勑釋僧旻等備鈔衆典顯證深文控會神宗辭畧意曉於鑽求者已有太半之益但希有異相猶散衆篇難聞秘説未加標顯又以十五年勑寶唱鈔經律要事皆使以類相

從令覽者易了又勑新安寺釋僧豪興皇寺
釋法生等相助檢讀於是博綜經籍捜採秘
要上詢宸慮取則成規凡爲五十卷又目録
五卷分爲五袠名爲經律異相將來學者可
不勞而博矣

經律異相目録

經律異相卷第一

梁沙門僧旻寶唱等奉　勑撰

天部第一

三界諸天一　二界成壞二
劫之脩短三　日四
月五　星六
雷七　雹八
雲九　風十
雨十一

三界諸天第一 一欲界 二色界 三無色界

一欲界六天 附魔天 一四天王 二忉利天 三燄摩天 四兜率天 五化樂天 六他化天 七魔天

四天王第一

四天王居須彌四埵皆高四萬二千由旬 大智論云須彌四邊有四山悉名遊乾陀各高四萬二千由旬四天王治化其上 東方天王名提頭賴吒城號上賢南方天王名毗婁勒叉城號善見西方天王名毗婁博叉城號周羅 或作周羅未詳得失 北方天王名毗沙門凡住三城一號可畏二名天敬三名衆歸四王身長皆半由旬衣長一由旬廣半由旬其重二分天壽五百歲少出多減以人間五十歲爲天一日一夜亦以三十日爲一月十二月爲一歲也 五百歲即人間九百萬歲也 食淨摶食洗浴衣服爲細滑食男娶女嫁身行陰陽一同人間以昔三業善今生爲天自然化現在天膝上形之大小如人間兩歲 別記云男坐父膝上女生坐母膝上 兒生未久便自知飢七寶妙器盛百味食若福多者飯色自白若福中者飯色自青若福少者飯色自赤兒食消化化後若渴寶器甘露如

食之色飲不留停如酥投火身體長大便與天等入池沐浴詣香樹下枝條垂曲取香塗身衣具莊嚴華鬘寶器果實樂器各有樹出徧往詣之隨意所取（樓炭經說大同小異文多不載）入諸園林無數天女鼓樂絃歌戲笑相向深生染著視西忘東當其戲樂忘其初生所念識知承先世善得生天上（樓炭經略同）池沼清澄華果榮茂其城七重皆廣六千由旬欄楯羅網宮牆行樹皆悉七重毗沙門王常有五大鬼神一名那闍婁二名檀陀羅三名醯摩跋陀四名提偈羅五名修逸跋摩常侍王側半月三齋八日十四日十五日四天王常以八日勑諸使者汝等案行世間觀察人民孝父母敬沙門及婆羅門長老受持齋戒布施者不使者奉教具啓善惡聞惡不悅言善則喜十四日四王常遣太子案行天下十五日四王躬自履歷然後詣善法殿具啓帝釋帝釋聞惡則愁言善則樂說偈讚歎受持齋受戒人與我同行（出長阿含經第二十卷又出大智論樓炭經）

忉利天第二

忉利天居須彌山頂有三十三天宮王名釋提桓因（此言能作天王）身長一由旬衣長二由旬廣一由旬衣重六銖壽天千歲少出多減若欲終時有五相現一者衣裳垢膩二者頭上華萎三者身體臭穢四者腋下汗流五者不樂本座見五事時心大苦惱如地獄苦飲食嫁娶猶如四天身體相近以氣成陰陽（三法度經云行如人）以身口意善生忉利天自然化現在天膝上如三歲兒天即誌言是我男我女自識前世布施持戒欲得飲食隨滿金器福有深

淺食有優降如四天王天城縱廣八萬由旬樓炭經云廣長各三百二十萬里其城七重九百九十九門門有六十青衣夜叉守之長阿含經云高六十由旬相去五由旬有一門門有五百鬼神守衛三十三天金城銀門銀城金門如是七寶正爲城門樓閣臺觀周帀圍繞園林浴池寶華間雜寶樹行列華果繁茂香風四起悅可人心異類奇鳥無數和鳴其四園中各有二石隨各縱廣五十由旬七寶所成輭若天衣樓炭經說相似文多不載麤澁園晝樂園中間有難陀池縱廣百由旬其水清澄七重寶壍生四種華青黄赤白紅縹雜色香氣普熏聞一由旬根如車轂汁白如乳味甘如蜜復有雜園大歡喜園中間有樹名晝度罣七由旬高百由旬枝葉四布五十由旬其香逆風百由旬内忉利殿南又有一樹名波質拘耆羅高四千里枝葉分布二千里風吹華香逆風行聞二千里當樹華時諸天共坐樹下以爲歡樂經遊天一百二十日帝釋三十二大臣故言三十三天也各有宮室皆在城内遊戲園中必經七日麤澁者入此園時身體麤澁晝者入此園時身體自然種種晝色以相悅樂雜者常以月八日十四日十五日放諸婇女與諸天子雜遊獨與舍脂共在一處名爲雜大喜者入此園時心大歡喜出長阿含經第二十卷又出樓炭大智論華嚴涅槃

燄摩天第三

燄摩此言善時天宮殿爲風輪所持在虚空中王名善時大智論云妙善身長二由旬衣長四由旬廣二由旬衣重三銖從樹而出明淨光曜有種種色身體光明不須日月身口意善或以燈

燭明珠等施持戒禪定等業生燄摩天天壽二千歲少出多減食飲婚娶愛欲猶如忉利天(三法度經云以染著意相抱成欲若一不染著不成但歡樂耳)初生之形如人間四歲忉利光明所不能及(出長阿含經第二十卷又出樓炭大智論華嚴)

兜率天第四

兜率(此言知足)天宮風輪所持在虛空中王名善喜後邊身菩薩多生此天下天放誕上天闇鈍故生此天(大智論云下地結使厚濁上地結使數利唯兜率天不厚不利智慧安隱又下地命短終時佛未出世上地命長壽未盡佛復過去兜率天時命等故又佛常如中道兜率天於六天爲中也)身長四由旬衣長八由旬廣四由旬衣重一銖半壽天四千歲少出多減食同下天亦有嫁娶執手成欲其天初生如人五歲自知前世所作布施持戒等事食自然飲食衣冠歌舞身有光明勝於燄摩(出長阿含經第二十卷又出華嚴涅槃大智論樓炭)

化樂天第五

化樂天宮亦爲風輪所持在虛空中王名善化自化五塵以自娛樂身長八由旬衣長十六由旬廣八由旬衣重一銖壽天八千歲少出多減食與下同亦有嫁娶熟相視成欲(三法度經云以深染汙心與天女共語成欲若一不染不成但樂而已)其天初生如人六歲自有光明殊勝勝兜率(出長阿含經第九十卷又出樓炭華嚴等經)

他化自在天第六

他化自在天宮亦爲風輪所持在虛空中王名自在轉集他所化以自娛樂也又名愛身天於欲界中獨得自在身長十六由旬衣長三十二由旬廣十六由旬衣重半銖壽天萬六千歲少出多減食如下天亦有婚姻暫視

成欲（樓炭經云但念便成三法度經云共女各深染著相視成欲若一不染不成但樂如人間相抱持耳如見他人所化故言他化）其天初生如人七歲自知宿命以布施持戒棄惡故自然飲食衣服玉女事並同前光明全勝化樂（出長阿含經第二十卷又出華嚴經大智論樓炭經）

魔天第七

魔天宮在欲色二界中間魔者譬如石磨磨壞功德也縱廣六千由旬宮牆七重一切莊嚴猶如下天並有十法一者飛去無限數二者飛來無限數三者去無礙四者來無礙五者天身無有皮膚骨髓筋脉血肉六者身無不淨大小便利七者身無疲極八者天女不産九者天目不眴十者身隨意好青則青好黃則黃好赤白衆色隨意而現此是天十法又有持十事一者飛行無極二者往還無極三者諸天無盜賊四者不相說身善自不說況說他人惡五者無有相侵六者諸天齒等而通七者髮紺青色滑澤長八丈八者天人青色髮者身亦青色九者欲得白者身即白色十者欲得黑色而身即黑（出阿含經第十八卷又出第二十卷又出樓炭經大智論）

二色界二十三天

一梵身天
二梵輔天
三梵衆天
四大梵天
五光天
六少光天
七無量光天
八光音天
九淨天
十少淨天
十一無量淨天
十二徧淨天
十三嚴飾天
十四少嚴飾天
十五無量嚴飾天
十六嚴飾果實天
十七無想天
十八不煩天
十九無熱天
二十善見天
二十一大善見天
二十二色究竟天
二十三摩醯首羅天

梵身天第一

梵身天宮純黃金身白銀色（色界皆爾）衣金色衣

行禪離欲修習火光三昧故身出妙光勝於日月非男非女以禪悅爲食壽命一劫或有減者身長半由旬壽半劫（出長阿含經第二十卷）

梵輔天第二

梵輔天（數云富貴）與前天同若修中禪是貴梵生處身長一由旬壽一劫（出長阿含經第二十卷）

梵衆天第三

梵衆天與前天同若修下禪諸小梵生處身長一由旬半壽一劫半（出長阿含經第二十卷）

大梵天第四

大梵天王名曰尸棄（此言火色）與前天同若修上禪則生此也於梵衆中發大音聲一切大衆無不知者梵身諸天各自念言大梵天王唯與我語不接餘人我自然得無所承受於千世界最得自在富有豐饒能造化萬物我是一切衆生父母後來諸梵第一尊重顏如童子名曰童子擎雞持鈴捉赤旛騎孔雀初禪名曰梵迦夷有宮去他化自在宮由旬一倍（出長阿含經第二十卷華嚴樓炭大智論雜心毗曇心云色界十七居止下三禪各有三天四禪有九天應有十八謂初禪下天是諸梵奴故不數也初禪無梵身二禪無光三禪無淨）

光天第五

光天以禪味爲食壽命二劫或有減者（出長阿含經第二十卷）

少光天第六

少光畧與前同（出長阿含經第二十卷畧依品云語言時口出少光）

無量光天第七

無量光畧與前同（出長阿含經第二十卷依品云語言時口出多光）

光音天第八

光音天（依品云光耀天語言口出淨光無邊）王名曰樂光（樓炭經云

阿披波天菩薩又名光念又名光音聲觀閻浮提臭穢惡氣上熏七千萬里是以菩薩不生光音長阿含經云天九百由旬適聞臭氣甚於廁溷二禪通名光音有宮去於梵迦夷宮由旬一倍出長阿含經第二十卷又出華嚴大智論菩薩處胎經

淨天第九

淨天以禪樂爲食壽命三劫或有減者出長阿含經第二十卷

少淨天第十

少淨畧與前同出長阿含經第二十卷依品云三天同學習無喜樂相應禪生是三種天以少方便相應禪生少淨天受樂亦少

無量淨天第十一

無量淨畧與前同出長阿含經第二十卷依品云以中方便生此天

徧淨天第十二

徧淨天胡言革紐依品云以上方便生此天王名曰淨智四臂捉貝持輪御金翅鳥三禪通名徧淨亦名首陀會有宮去於光音宮由旬一倍出長阿含經第二十卷又出樓炭大智論

嚴飾天第十三

嚴飾天以禪悅爲食壽四萬劫或有減者出長阿含經第二十卷

少嚴飾天第十四

少嚴飾粗與前同出長阿含經第二十卷

無量嚴飾天第十五

無量嚴飾粗與前同出長阿含經第二十卷

嚴飾果實天第十六

嚴飾果實天王名曰法華光四禪通名果實有宮去於徧淨宮由旬一倍出長阿含經第二十卷又出華嚴

無想天第十七

無想天樓炭經云無人想以禪樂爲食壽三百劫或

有減者猶色界數光明勝於果實外道謂爲涅槃出長阿含經第二十卷依品云滅想生無想唯有色陰行陰少入生想便死

不煩天第十八

不煩天長阿含經云無造樓炭經云阿比波身長千由旬以禪悅爲食壽命千劫或有減者光明勝於無想出長阿含經第二十卷

無熱天第十九

無熱天身長四千由旬細輭委地不能自立若下見佛變爲麤形以禪爲味天壽二千劫或有減者光明勝於不煩出長阿含經第二十卷

善見天第二十

善見華嚴云善現樓炭云須陀旃身長四千由旬亦以禪樂爲食壽三千劫三乘名數經云壽四千劫或有減者光明勝於無熱出長阿含經第二十卷

大善見天第二十一

大善見華嚴云善見樓炭經云須彌旃尼身長八千由旬亦以禪樂爲食壽命四千劫三乘名數經云八千劫或有減者光明有勝善見出長阿含經第二十卷

色究竟天第二十二

色究竟天華嚴經同樓炭經云阿迦膩吒身長一萬六千由旬亦以禪樂爲食壽五千劫三乘名數經云一萬六千劫或有減者此五天通名淨居諸那含所止光明最勝出長阿含經第二十卷出華嚴大智論樓炭

摩醯首羅天第二十三

摩醯首羅天此言大自在又名淨居過五淨居而有八處皆悉虛寂是十住大士之所住處法雲菩薩多作此天王形有八臂三眼騎大白牛大雲降雨雨大千界一切衆生無能知數唯此天王獨能知之涅槃經云如人供養摩醯首羅當知是人已供養一切諸天樓炭經云光音天以上更無有王出大智論第二袟第二卷

三無色界四天 一無量空入處 二無量識入處 三無所有入處 四非想非非想入處

無量空入處天第一

無量空入處或云空處智天天壽萬劫或有小減 出雜阿含經樓炭經云虛空智天

無量識入處天第二

無量識入處或云識處智天天壽二萬一千劫或復小減 出雜阿含經樓炭經云識知天

無所有入處天第三

無所有入處或云無所有處智天或云不用處有優蹋藍不受佛化而自命終佛記此人生不用處若復捨身爲邊地王傷害人民後生地獄中天壽四萬二千劫或有小減 出長增一二阿含經樓炭云阿竭若然天

非想非非想入處天第四

非想非非想入處或云有想無想天有佛羅勒迦藍不受佛化而取命終佛記當生有想無想天於彼命終後當復爲著翅惡狸飛行走獸無脁之者命終生地獄中天壽八萬四千劫或有小減 出雜增一二阿含經樓炭經云上有天名無有非想思亦有思想天凡諸天下名不博採諸有句二句異者多不能備其所出之經

二界成壞第二 一三小災又名三小劫亦名三中劫 二三大災又名三大劫

三小災第一 一三小災 二三大災 又名三小劫亦名三中劫

劫初時人壽四萬歲後轉減促止於百年漸復不全乃至十歲 雜心同小劫經抄云十二餘歲 女生五月皆已行嫁十歲之時謂三小劫一刀兵二飢餓 長阿含經云穀貴 三疾病刀兵劫者人多貪麤行十惡法若行一善衆共形笑推以爲愚爭共

淩滅相斅作惡無一善人五穀不生美味消滅緡絹劫貝自然而盡但食稊稗織草爲衣七寶沉沒沙石充徧地生荆棘枝葉大小皆是刀劒拱木倒壞地盡溝坑涌波崩岸江河稍廣平地漸減刀兵一起經七日中手執草木瓦石悉成刀劒更相劫奪懔懔恐懼但欲相殺猶如獵師遇見羣鹿中有智者遠藏山谷無人之處食果飲水以盡十年（長阿含云自存七日更出人間）相殺盡者生地獄中名刀兵劫飢餓劫者人多非法愚癡邪見慳貪嫉妬守財不施水旱不節田種無收米穀轉盡食粒驚貴掃擇粃糠街巷落葉以自連命粃葉既盡穿鑿地下食草木根不能與者在先而死剗剔死人復共食噉噉之轉竭於屠殺之處乃至塚間拾諸骸骨煑汁飲之以此自活飢死盡者生餓鬼中名飢餓小劫疾病劫者人皆正見修行十善疾病衆多無他方計少有醫藥雖行衆善不能攘逆薄福德故遇病輒死神共侵嬈撾打枝搥使其心亂接其精神殺之將去人命既終皆生天上名疾病劫若能一日一夜持不殺戒終不生刀兵劫中若以一呵梨勒果施僧終不生疾疫劫中若一食施僧終不生饑饉劫中此閻浮提惡劫互起餘方則少此間刀兵劫起彼唯重瞋此疾疫劫起彼唯氣力羸劣此間饑饉劫起彼但小渴乏耳（出長阿含經第二十二卷又出三小劫經抄又出雜心第十四卷）

三大災第二（又名三大劫）

天地始終謂之一劫劫盡壞時火災將起一切民人皆背正向邪競行十惡天久不雨所種不生諸水泉源乃至四大駛河皆悉枯竭

久久之後風入海底取日上大城郭於須彌山邊置本道中雜心曰劫滅之時有七日輪住由乾陀山從彼而出又說分一日爲七日也又說從阿毗地獄出衆生業力致一日出時百草樹木一時彫落二日出時四大海水從百由旬乃至七百由旬内水自然涸三日出時四大海水千由旬乃至七千由旬内水展轉消竭四日出時四大海水深千由旬五日出時四大海水縱餘七百由旬乃至竭盡六日出時此地厚十六萬八千由旬皆悉煙出從須彌山乃至三千大千剎土及八地獄靡不燒滅煙熢無餘人民命終皆依須彌山五種諸天三十三天燄天乃至他化自在天皆悉命終宫殿皆空一切無常不得久住七日出時大地須彌山漸漸崩壞百千由旬求無遺餘金銀銅鐵之類皆悉流鑠稍就枯涸山皆洞然諸寶爆裂崩阤碎磕煙燄震動至于梵天一切惡道及阿脩倫皆悉蕩盡罪終福至皆集第十五天上十四以下盡成灰墨新生天子未嘗見此普懷恐懼舊生天子各來慰勞勿生恐怖終不至此人民命終生光音天以念爲食光明自照神足飛行或生他土若生地獄地獄罪畢亦生天上若罪未畢復移他方無日月星宿亦無晝夜唯有大冥謂之火劫火災因緣果報致此壞敗劫欲成時火乃自滅更起大雲漸降大雨滴如車輪是時此三千大千剎土水徧其中乃至梵天雜心曰水災所壞至第二禪水從第三禪際雨熱灰水又說水輪涌出也謂爲水劫水災復有四風持水不散一曰住二曰助三曰不動四曰堅經數千億萬歲水上泡沫化作千第十四天宫皆悉衆寶水漸消滅隨嵐吹皷次

第轉作天下諸天及日月宮殿次作亦須彌等山次第乃至千四天下地山河城池水上清潔初作天宮衆寶所成光明最勝轉減轉濁諸天宮殿七寶光明漸下漸劣地欲露時水沙流急隨下爭赴遂成川河流入于海海深八萬四千由旬其廣無邊（樓炭經云深八百四十萬由旬）須彌山在於海中出海又八萬四千由旬水味鹹苦劫初成時自然雲起至光音天周徧降雨洗濯天宮滌蕩萬物諸不淨汁下流入海令爲鹹苦又有大仙人呪使鹹苦令人不飲又有雜類衆生居之便利其中故成鹹苦謂爲風劫風災（雜心云風災所壞至第三禪百億四天下一時俱壞）此三及地爲四災四劫除地餘三說爲大劫過地種劫者劫壞所及唯未曾至第四禪爲淨居天故無上地可生即於彼處涅槃亦不下生非數滅故變成天地天地更始蕩蕩空虛了無所有亦無日月地涌甘泉味如酥蜜時光音諸天或有福盡來生或樂觀新地性多輕躁以指甞之如是再三轉得其味食之不已漸生麤肌失天妙色神足光明冥然大闇後大黑風吹彼海水飈出日月置須彌邊安日道中繞須彌山照四天下時諸人輩見出則歡見入則懼自茲以後晝夜晦朔春秋歲數忽然復始食之多者轉生醜顔飡之少者尚遺妙色美惡好醜漸漸而生憍慢嫉妬次第而起念結諍競相續不絕甘泉自涸地上生肥其味香美有若甘露時諸衆生復共食之食之多者頓失威光體重生骨食之少者身輕無累尚能飛行重者見之皆大號哭稱我窮厄住此世間是非諍訟倍劇前法資食

地肥相看顏色欲心多者變成女人共相愛著遂行婬欲如是流布餘光音天見諸天子皆悉墮落共來訶罵曰汝等何爲行不淨行地肥轉入土中自生秔米鮮淨無皮旣香且美食者肥白朝採暮生人漸懈怠并取多日極情恣欲無有時節女懷胎孕復生衆生餘人見之即加驅擯遣出人外三月聽還知生慚愧共作方宜取諸草木起立宮舍覆藏形體使人不見習翫婬欲如是轉增多取粮粒以爲資儲如是相斅秔米荒穢轉生糠糩刈已不生衆生見此心大憂惱世有大災秔米復不如本名自念言我本生時以念爲食神足飛行光明自照住此懈怠乃至如今復相謂言今共分地別立幖幟封疆邊畔於是爲始自藏已分竊他禾米米主見之四今恕汝罪後莫復爲如是轉多倍加呵責呵責不已以手加之以告衆人云此人爲盜盜者又言此人打我衆人見此憂愁不樂皆共集會議曰衆生轉惡此是生老病死之原煩惱苦報墮三惡道因有田地致此諍訟今者寧可共立聰明高才一人爲主以法理之可護者護可責者責應遣者遣當共集米以相供給選擇賢明形體端正有威德者而語之言汝爲我等作平等主善言慰勞衆皆歡喜即共稱言善哉大王即以正法治民名爲刹利皆是舊法後人侵他物者即取懲罰及重犯之便造督遮鞭杖猶不能止又作牢獄刀仗等物拷楚殺戮令懷畏懼時有一人念家多患猶如毒刺棄捨妻兒獨處山林起立草菴靜攝其志修習梵行名婆羅門後婆羅門有不樂

閑靜坐禪思惟者便入人間誦習爲業又自稱言我是不禪人於是世人號之爲不禪婆羅門時衆生中有人好營居業多積財寶名爲居士又有多好機巧名首陀羅又有自猒世法剃除鬚髮法服修道名曰沙門時人心懷殺盜又失粇米立五種子一者根子二者葉子三者華子四者果子五者莖生及餘種子是謂五種之子皆是風吹他方剎土種子來濟此國衆生如此之瑞有生老病死有五盛陰不盡苦際水劫末時光音諸天入水澡浴四大精氣入其身內體生觸樂精流水中八風吹盪墮淤泥中自然成卵經八千歲其卵乃開生一女人其形青黒猶如淤泥有九百九十九頭頭有千眼九百九十九口一口四牙牙上出火狀如霹靂二十四手手中皆捉一切武器其身高大如須彌山入大海中拍水自樂有旋嵐風吹大海水水精入體即便懷妊經八千歲然後生男身體高大四倍勝母兒有九頭頭有千眼口中出火有九百九十九手有八脚於海水中自號我是毗摩質多羅阿脩羅王唯噉淤泥及藕地劫初成變易如是（出增一阿含經第三十二卷又出長阿含經第六卷又小品劫抄又出觀佛三昧經第二卷）

劫燒盡時一切皆空衆生福德因緣力故十方風至風風相次能持大水上有一千頭人二千手足名爲違紐是人臍中生千葉金色蓮華其光大明如萬日照華中有人結跏趺坐此人復有無量光明名爲梵天王止生八子八子生天地人民是梵天王貪瞋已盡坐蓮華上諸佛隨俗現寶蓮華上結跏趺坐說

六波羅蜜聞此法者必至阿耨多羅三藐三菩提（出諸雜譬喻第六卷）

劫之脩短第三

佛言設方百由旬城滿中芥子有長壽人百歲取一芥子都盡劫猶不盡又如方百由旬石持迦尸輕輭氎衣百年一拂此石銷盡劫猶不盡謂之大劫也又言方一由旬高下亦然鐵城滿中芥子百年取一盡爲一劫又方一由旬石山士夫以迦尸衣百年一拂拂之不已石山銷盡劫猶未竟六十念中之一念謂極小劫也（出大智論第三十六卷又出增一阿含經第三十一卷又出第二十八卷又出雜阿含第二十四卷）

日第四

日城郭方正二千四十里其高亦然光射人眼見之若圓宮城純金七寶瑩麗無諸瑕穢爲五風所持一持二養三受四轉五調日王座方二十里身出光明照耀宮殿宮殿之光照於城郭城郭之光下臨下土無數天神前後導從音樂自娛無有休息林觀浴池如忉利天天壽五百歲子孫相襲以竟一劫日城繞須彌山東方日出南方夜半西方日入北方日中如是右旋更爲晝夜復有長短日行稍南南方漸長經六十里一百八十日北方稍短復行稍北北方稍長一百八十日南方稍短（出長阿含經第二十二卷又出樓炭經）

月第五

月城郭廣長一千九百六十里其高亦然儼然方正遠見故圓二分天銀一分瑠璃內外清徹光明遠照爲五風所持月王座方二十里七寶宮殿無量天神光明妓樂前後導從

園池等玩如忉利天天壽五百歲子孫相襲以竟一劫月有虧滿缺者一角行夜稍稍隱側故見缺減又云月城邊有天其色正青衣服亦青所在之面青光照城故缺減也滿者月行稍轉向正又青色天十五日轉入月城與王適會又須彌山南地有大樹樹名閻浮提高四千里枝蔭二千里影現月中（出長阿含經第二十二卷又出樓炭）阿脩倫天王名羅呼其體高二萬八千里以月十五日立海中央海水裁至其臍低頭闚須彌羅寶泰山及四方上鎮以指覆日月天下晦暝或覆日以晝爲夜所謂曰月蝕時厄光明也（出樓炭經第五卷）

星第六

星宿城郭天神之舍也以水精爲城七寶爲宮懸在空中大風持之猶如浮雲隨日運行爲眼所見大者七百里中者五百里小者百二十里宮室園池如四天王天壽命亦爾（出樓炭經第六卷又出長阿含）

雷第七

虛空雲中有時地大與水相觸有時與火風等大相觸水火風大更互相觸皆生虛空雲中雷聲（出長阿含經第二十卷）

電第八

電有四種東方名身光南方名難毀西方名流燄北方名定明何以虛空雲中有此電光四方之電又共相觸有此光起（出長阿含第二十卷）

雲第九

雲有四種一白二黑三赤四紅白者地大偏多黑者水大偏多赤者火大偏多紅者風大偏多去地或十里或二十三十乃至四千里

除劫初時上至光音天出長阿含經第二十卷雲有四色一青二赤三黄白四黑青者中有水界大多赤者中有火界大多黄白者中有地界大多黑者中有風界大多出樓炭經第四卷龍氣爲雲出長阿含經

風第十

世界壞時有大風起名曰壞散悉能吹壞摩滅大千世界金剛鐵圍山等一切萬物時大千世界外復有風起名障壞散能隔風災得至餘方若無此障風十方無量阿僧祇世界無不散滅出華嚴經第三十卷

雨第十一

相師占雨有五因緣不可定知使占者迷惑一者雲有雷電占謂當雨以火大多燒雲不雨二者雲有雷電占亦謂雨有大風起吹雲四散入諸山間三者雲有雷電占亦謂雨時阿脩羅攬接浮雲置大海中四者雲有雷電占亦謂雨而雨師放誕婬亂竟不降雨五者雲有雷電占亦謂雨而世間衆生非法縱蕩汙清淨行慳貪嫉妬所見顛倒故使天不降雨以此五事相不定知出長阿含經第二十卷樓炭經同阿耨達龍王興大重雲滿閻浮提並降大雨百穀草樹皆悉滋長江河川源一切盈滿此大雨水從龍王身心中出而能饒益無量衆生摩那斯龍王將欲降雨先興重雲彌覆虚空慈悲心故凝停七日先令衆生究竟諸業漸降微雨普潤大地出長阿含經第二十卷

經律異相卷第一

音釋

序

闡 齒善切開顯也 尠 息淺切少也 綜 子宋切總括也 袠 直質切書卷編次也

經

埵 都火切 揣 徒官切揑聚也 鬘 莫斑切 銖 慵朱切十黍重自銖 臭 尺救切惡氣也 輭 乳兖切柔也 壍 七豔切遶城流水也 縹 普沼切帛青白色也 轂 古録切 筋 舉欣切骨絡也 眴 輸閏切目動也 溷 胡困切圊廁也 翅 施智切鳥翼也 蹋 達合切 狸 隣知切似猫獸也 斆 胡孝切學也 稊稗 稊杜兮切稗蒲邁切稊稗似穀草子也 懍 力錦切危懼也 刳剔 刳空胡切屠也剔他歷切解也 攘 如羊切祛逐也 摑 職瓜切擊也 捶 之委切以杖擊也 羸 倫爲切瘦也 駛 疎士切疾也 涸 曷各切水竭也 鑠 式灼切銷鑠也 阤 丈尒切小崩也 礚 克闔切石相築也 飄 紕招切與漂同 劇 竭戟切甚也 秔 古衡切稻之不黏者 穬 正作穬古猛切穀芒也 幖幟 幖甲遙切幟昌志切幖幟猶表識也 拷 苦浩切打也 戮 力竹切殺也

盪 徒浪切與蕩同動盪也 紐 女九切 臍 前西切肚臍也 氎 徒協切毛布也 銳 俞芮切細小也 襲 席入切嗣也 虧 驅爲切缺也 闚 缺規切規也 蝕 實職切日月虧敗曰蝕 攬 魯敢切取也

帝釋從野干受戒法第一

昔比摩國徙陀山有一野干爲師子所逐墮丘野井已經三日開心分死自說偈言

一切皆無常　恨不飼師子　奈何罪厄身
貪命無功死　無功已可恨　復汙人中水
懺悔十方佛　願垂照我心　前世諸惡業
現償皆令盡　從是值明師　修行盡作佛

帝釋聞之與八萬諸天追尋所在飛到井側曰不聞聖教久幽冥無導師向說非凡語願爲宣法教答曰天帝無教訓大不識時宜法師在下自處其上初不修敬而問法要帝釋垂天衣接取野干叩頭懺悔天帝言曰憶念我昔曾見世人欲聞正法先敷高座莊飾清淨後請法師諸天即各脫天寶衣積爲高座野干昇座曰有二大因緣一者說法開化天人福無量故二者爲報施食恩故豈得不說

天帝白曰得免井厄功報應大云何說法報恩不及此耶答曰生死其宜各有其人有人貪生有人樂死有愚癡人不知死後更生違遠佛法不值明師殺盜婬欺唯惡是與如此之人貪生畏死死墮地獄有智慧人奉事三寶遭遇明師改惡修善孝養父母敬事師長眷屬和從謙敬萬物如斯之人惡生樂死死生天上帝釋曰如尊所誨全其軀命無功夫者願聞施食施法野干答曰布施飲食濟一日之命施珍寶物濟一世之乏增益生死繼縛因緣說法教化名爲法施能令衆生出世間道一者得羅漢二者辟支佛三者佛道此三乘人皆從聞法如說修行又諸衆生免三惡道受人天福樂皆由聞法是故佛說以法布施功德無量天帝曰師今此形爲是業報應化身耶答曰是罪業報非應化也天人曰我意謂是菩薩聖人應現濟物方聞罪果未知其故願聞因緣野干曰昔生波羅奈波頭摩城爲貧家子刹利種姓幼懷聰明特好學習至年十二隨逐明師在於深山辛苦奉事翹勤不懈師亦晨夜切磋教授不失時節經五十年九十六種經書記論醫方呪術占相吉凶災異禍福靡所不達高才智慧名聞四遠乃自思惟曰今獲濟拔皆由和尚教化之恩其功難報家既貧乏無可供養唯當賣身以報師恩師曰山居道士乞食自存正無所乏何用毀賣貴身爲供我也子今成就智慧辯才當轉教化天下人民爲法燈明教化之功豈不足報於我之恩遂住山中乞食自資不久國王崩羣臣集國内學士五百餘人講

論七日勝者爲王是貧家子享受王位盡國財力供養師及父母後安陀羅國與摩羅婆耶國共相誅伐多年不剋安陀羅王召其羣臣當作何方得摩羅婆耶國諸臣答曰唯有波羅奈波頭摩國王出生寒賤奉持十戒不犯外欲雖有宮女年並長宿檢括國中不問豪賤選擇名女足一百人年少端正能悅意者齎持重寶并諸婇女以相貢獻彼若納受從其借兵併力攻戰無往不伏即隨臣計時悉獻上王大歡喜簡閱强兵百萬以送助之百日苦戰死者過半摩羅婆王悉被刑斬方得乃勝由此美女忘失本志奢婬著樂不理國政百宮羣僚相與作亂良民之子掠爲奴婢風雨不時飢餓滿道異方怨敵遂來侵掠從是其國遂致亡沒生地獄中受衆楚毒藉

先學慧力自識宿命心自悔責改往修來須臾捨壽生餓鬼中復加懺謝修念十善須臾捨壽受野干身猶識先緣復行十善近逢師子墮此井中開心分死冀得生天離苦受樂由汝接我違失本願方經辛苦何時當免是故我說汝濟我命無功夫也吾所以入衣得出者一不違天志願志願不遂生大苦惱施人苦惱在在所生求願不得二爲諸天欲得聞法若人悋法世世所生聾盲瘖瘂諸根閉塞生於邊地癡騃無知若生好處情識闇鈍所學不成自致苦惱三爲通法化開悟天人即爲法施法施之利能令衆生知死有生作善獲福爲惡受殃修道得道轉身所生智慧明了常識宿命若生天上爲諸天師若生人間爲金輪王十善化世智慧光明漸漸增長

成菩薩行至無生忍財施如燈但明小室法施若日遠照天下時天帝釋與八萬天從受十善法先以十方便調伏諸根謂六波羅蜜慈悲喜捨時天問曰今還天宮和尚何時捨此罪報得生天上野干曰尅後七日當捨此身生兜率天汝等便可願生彼天多有菩薩說法教化七日命盡生兜率王宮復識宿命行十善道（出未曾有經上卷）

帝釋受不報戒脩羅攻之繫以五縛第二

過去世時有天帝釋白佛言我今受戒乃至佛法住世盡我形壽有惱我者要不反報加惱於彼時毗摩質多羅阿脩羅王聞天帝釋受如是戒聞已執持利劒逆道而來時天帝釋遥見即遥告言阿脩羅住縛汝勿動即不得動帝釋言汝若約誓不作亂者然後當放阿脩羅王即說偈言

貪欲之所趣　及瞋恚所趣　妄言之所趣
謗毀賢聖趣　我若嬈亂者　趣同彼趣趣

釋提桓因復告言放汝令去隨汝所安往詣佛所具以白佛佛言善哉（出天帝釋受戒經）

帝釋應生驢中歸依三寶從胎而殞還依本身第三

昔者天帝釋五德離身自知命盡當生陶家受驢胞胎愁憂自念三界之中濟人苦厄唯有佛耳馳往佛所稽首伏地至心歸命佛法聖衆未起之閒其命忽終便入驢母胎中時驢解走破壞坏器其主打之尋時傷胎其神即還入故身中五德還備復爲天帝佛讚善哉殞命之際歸命三尊罪對已畢不更勤苦佛爲說偈帝釋聞之達罪福之變解興衰之

本導寂滅之行得須陀洹道（出法句譬喻經第三卷）

悉鞞梨天子先身布施第四

時悉鞞梨天子白佛言我自過去世時國王名悉鞞梨於四城門普施爲福城內交道皆亦布施於第一夫人言王大作福德而我無王言城東門外布施作福悉皆屬汝諸子復白王言城南門外所作施福悉皆屬汝時有大臣復白王言城西門外所作施福悉皆屬汝時諸將士復白王言城北門外相與時諸庶民復白王王答言於其城內四交道頭所作施福悉屬汝等爾時國王夫人大臣將士庶民悉皆惠施作諸功德我先所作惠施功德於茲則斷時我所使諸作福者還至我所爲我作禮而白我言大王當知諸修福處夫人王子大臣將士及諸庶民各據其處行施作福大王所施於茲則斷我時答言諸方歲輸應入我者分半入庫半於彼惠施我先長夜如是惠施常得可愛念可意福報常受快樂無有窮極以斯福業果報入大功德聚譬如五大河合爲一流所謂恒河無有人能量其河水百千萬億斗斛之數功德果報不可稱量悉得入於大功德聚時悉鞞梨天子聞佛所說歡喜禮足即沒不現（出悉鞞梨天子諸佛說偈經）

日天王問日月往行第五

日天王與無數天人來詣佛所稽首言以何等行得爲日天照四天下復以何緣而爲月天照除夜冥佛言有四事一常喜布施二修身愼行三奉戒不犯四然燈於佛寺若於父母沙門道人皆殖光明又身口意行不殺等十善佛言又有四事得爲月王一布施貧匱

二奉持五戒三恭事三尊四寘設燈光於君父師寺（出超日明三昧經下卷）

忉利天命將終七瑞現遇佛得生人中第六

昔忉利宮有一天壽命垂盡有七種瑞一者項中光滅二者頭上華萎三者面色變四者衣上有塵五者腋下汗出六者身形瘦七者離本座即自思惟壽終之後下生鳩夷那竭國疥癩母猪腹中作豚甚豫愁苦不知當作何計有天語言今佛在此爲母說經唯佛能脫卿之罪耳即到佛所稽首作禮未及發問佛告天子一切萬物皆歸無常汝素所知何爲憂愁天具白佛佛言欲離豚身當誦三自歸如是日三天從佛教晨夜自歸却後七日天即壽盡下生維耶離國作長者子在母胞胎日三自歸始生墮地亦跪自歸其母娩身又無惡露母傍侍婢怖而棄走母亦深怪墮地即語謂之熒惑意欲殺之退自念言我少兒子若殺此兒父必罪我徐白長者殺之不晚母即收兒往白長者產男墮地便長跪叉手自歸三寶闔門怪之謂之熒惑父言止止此兒非凡人世人百歲不曉自歸三尊況初墮地而能稱南無佛好養視之慎無輕慢兒遂長大年向七歲與其輩類於道邊戲遇舍利弗目連見前禮之衆甚驚怪小而能禮兒言道人不復見識具說天上遇佛復見識我本在天上應生惡道遇佛慈愍教令自歸故得爲人比丘即爲呪願言折梨衹兒語目連等及舍利弗願以我言因請世尊諸菩薩僧并及仁等也受而歸去具白父母願辦其供令具甘美父母受之從其所言異其年幼開

發大意又奇所作探識宿命爲極珍妙盡世名味供具精細過踰兒意佛及衆僧各作神足來至兒舍飯佛爲説經兒及父母內外親屬皆得阿惟越致（出折伏羅漢經）

天人手出甘水濟五百賈人第七

昔有導師與五百賈人共行作賈到大曠野飢渴困極歸命世尊及釋梵四王怖懼無計于時導師登高遠望見有林木飛鳥往趣冀當有水俱共奔走不久得至唯見樹木周帀生草其地清潔導師顧謂賈人等咸共穿地取水必當可得適共議已時有天人遥從天上瞻此導師及五百人困乏水漿如伸臂頃來到其所住于樹上伸其右手從五指間流出八味甘美之水供於導師及五百人各各取用而無窮盡皆得飽滿所以者何宿命親覲俱種恩福故使天人念之來下以給美水各得安隱（出譬喻經第三卷）

三十三天應生猪中轉入人道第八

昔三十三天命欲終時有五瑞應現在前華萎衣裳垢穢腋下汗出玉女減少不樂本座譬如身生疥瘙癰瘡三十三天有一天子生五異瑞愁憂呻吟時帝釋聞之問言於彼天宫是何等天愁憂呻吟天子答言有一天子現五瑞應善哉爲彼天子釋提桓因往詣其所語言何爲愁憂呻吟乃拍髀爲答言有異災怪釋提桓因爲説偈言

一切行無常　生者必有盡　夫生輒有死
此滅爲最樂

天子言我不聞此釋提桓因言一切恩愛皆有別離天子言云何而不懷憂今此天宫種

種五欲皆當別離命終即生羅閱城猪胎所食者是糞方爲屠膾所殺我今見此是以懷愁耳時釋提桓因語天子言汝今自歸命佛法僧所以然者佛説偈言

諸有歸命佛　不趣三惡道　受福天人間
後逮涅槃界

天子叉手便作是言世尊一切智徹視見觀願見救濟我今歸命佛歸命法歸命比丘僧遂不處猪胎生羅閱祇城第一長者家見便歡喜不能自勝（出增一阿含第十九卷）

天女坐華資生之具盡從華出第九

有一天女坐一蓮華上縱廣百由旬此華獨妙殊於餘者所欲資生之具隨念皆從華出進止隨身目連問言作何善行受報如此天女答言迦葉佛滅度後遺全身舍利與佛諸弟子建七寶塔高廣四十里時我作女人出見寶塔中像信敬情發念佛功德脱頭上華奉獻於像（出雜藏經）

天寶女口密第十

自在天王有天寶女名曰善口於一語中顯出百千娱樂音聲於彼一一音聲中復出百千音聲佛子當知一善口聲出生無量聲隨所應悉令開解（出華嚴經第二十九卷）

天女聞鹿牛彈琴下悉歌舞第十一

過去世時拘薩羅國有人彈琴名曰鹿牛行息中野有六廣大天宫天女來語鹿牛言阿舅阿舅爲我彈琴我當歌舞鹿牛鼓琴六天歌舞第一歌辭曰

若男子女人　勝妙衣惠施　施衣因緣故
所生得殊勝　施所盡妙物　生天隨所欲

見我居宮殿　乘虛而遊行　天身如金聚
天女百中勝　觀察斯福德　迴向中中最
餘天辭粗相類(文多不載)鹿牛亦禮禮竟天忽然
不現(出過去彈琴人經)

經律異相卷第二

音釋

殞(羽敏切歿)鞞(斑麋切)飼(祥吏切餧也)叩(苦候切稽顙也)翹(祁堯切企也)磋(倉何切磨也)齎(牋西切持也)掠(力灼切奪取也)恪(良刃切慳也)瘖瘂(亦於禽切瘂倚下切瘖瘂病不能言也)騃(語駭切癡也)嬈(市沼切擾亂也)坏(鋪杯切燒瓦器也)殖(承職切生長也)匱(求位切乏也)豚(徒孫切小豕也)胞(斑交切胎衣也)娩(美辯切生子免身也)闔(胡臘切總合也)瘙(蘇到切皮上小痒瘡也)癰(於容切癤也)髀(部禮切股也)

經律異相卷第三

梁沙門僧旻寶唱等奉　勑撰

地部第三

閻浮提一　鬱單越二

閻浮提第一

一國封所産　二精舍　三山　四樹　五河海　六寶珠　七人飲乳多少及形壽同異

一閻浮提內方國近遠及所出産

閻浮提內有十六大國八萬四千城八國王四天子東有晉國天子人民熾盛南有天竺國天子土地多名象西有大秦國天子土地饒金璧玉北有月支國天子土地多好馬八萬四千城中六千四百種人萬種音響五十六萬億丘聚魚有六千四百種鳥有四千五百種獸有二千四百種樹有萬種草有八千種雜藥有七百四十種雜香有四十三種寶百二十一種正寶七種海中有二千五百國百八十國食五穀二千三百二十國食魚鼈黿鼉五國王一王主五百城第一王名斯梨國土盡事佛不事衆邪第二王名迦羅土地出七寶第三王名不羅土地出四十三種香及白瑠璃第四王名闍耶土地出華茇胡椒第五王名那頗土地出白珠及七色瑠璃五大國城多黑短小相去六十五萬里從是但有海水無有人民去鐵圍山百四十萬里中阿崛摩殺人處在舍衛國東八十萬里佛所化處亦一處

拘夷那竭國在迦維羅國之東南一千里王舍國在迦維羅衛國之東南二千二百里佛得道處在王舍城東南二百里

維耶離國在迦維衛國之東一千八百里奈

女園在維耶離城南三里道西
拘睒彌國在迦維羅衛國之西南千二百里
葉波國在迦維羅衛國之東千二百八十里
難國在迦維羅衛國之東三千二百里
舍衛國在迦維羅衛之西五百里
波羅奈國在迦維羅衛國之西九百六十里
佛轉法輪處在波羅奈國之北二十里樹名
香淨降伏魔處也
波羅奈私國在舍衛國之南千四百里中間
有恒水東南流
耆闍崛山有五岳佛說經在中岳王舍國在
中岳之下出十二遊經
問曰如舍婆提迦毗羅婆波羅奈城皆有諸
王王舍何故獨名此城爲王舍答曰有人言
是摩伽陀王有子一頭兩面四臂時人以爲
不祥王裂其身首棄之曠野羅刹女鬼名梨
羅還合其身而乳養之後大成人力併諸國
取萬八千王置五山中以大力勢治閻浮提
因名此山爲王舍城復次有人言摩伽陀王
先所住城中失火一燒一作如是至七國人
疲役王集諸智人問其意故有言宜應易處
王見此五山周帀如城即作宫殿於中止住
故名王舍城復次往古世時此國有王名婆
藪猒世出家學作仙人時居家婆羅門與諸
出家仙人共論議居家婆羅門言天祀中應
殺生噉肉出家仙人言不應共諍云云諸出
家婆羅門言此有大王出家作仙人汝等信
不居家婆羅門言信出家仙人言我以此人
爲證後日當問居家婆羅門先到婆藪所語
婆藪仙人明日論議汝當助我諸出家仙人

問天祀中應殺生噉肉不婆藪仙人言應殺生噉肉此生在天祀中死故得生天上出家仙人言汝大不是汝大妄語即唾之言罪人滅去時婆藪仙人尋陷入地没踝是初開大罪門諸出家仙人言汝應實語若故妄語者汝身當陷入地中婆藪言我知爲天故殺羊噉肉無罪即陷至膝如是稍没至腰至頸出家仙人言汝今妄語得現世報更以實語雖入地下我能出汝令得免罪婆藪思惟我貴重人不應兩種語又四韋陀法中讚祀天法我一人死當何足計一心言應天祀中殺生噉肉無罪於是舉身没地從是以來常用婆藪仙人法於天祀中殺羊當下刀時言婆藪殺汝婆藪之子名曰廣車嗣位爲王亦猒世法而不能出家如是思惟我父出家生入地中若治天下復作大罪我今當何以自處時空中聲言汝若行見難值希有處應是中作舍住未經幾時王出田獵見有一鹿走疾如風王便逐之百官侍從無能及者前見五山周帀峻固其地莊嚴有天華香聞天妓樂是處希有未曾所見今我正當此中舍住即捨本城住此山中從是已後次第止住故名王舍城出大智論第三卷

二精舍

一迦蘭陀長者施佛精舍事
二須達多買園以立精舍

迦蘭陀長者施佛精舍事第一

有豪貴長者名迦蘭陀追惜我園施與尼犍不得奉佛及僧卧不安席有大鬼將軍名曰半帥承佛神旨即召閲叉推逐尼犍躶形無恥不應止此鬼帥奉勑撾打尼犍拖拽器物

尼揵怖走曰此何惡人暴害乃爾鬼帥答言長者迦蘭陀當持竹園作佛精舍大鬼將軍半師見使逐汝輩耳明日尼揵共責數長者長者心悦吾願遂矣答尼揵曰此諸鬼神强暴舍瞋懼必作害不如委去更求所安尼揵忿恨即日恚去長者修立精舍僧房坐具衆嚴都畢行詣樹下請佛及僧衆祐受施止頓化濟靡不欣樂（出中本起上卷）

須達多買園以立精舍第二

須達多白佛言舍衛城中人多信邪如來大慈唯願顧臨到舍衛城佛言彼無精舍云何得去須達言弟子營起願見聽許世尊默然願遣舍利弗指授模則即命共往案行周徧無可意處唯太子祇陀園其地平正林樹鬱茂遠近得中須達以白太子太子笑言欲用遊戲慇懃再三太子言若能以黄金布地令間無空者便當相與須達曰諾謹隨其價太子祇言我戲語耳須達言太子不應妄語即共興訟時首陀會天化作一人下爲評詳言夫太子法不應妄語價既已決不宜中悔遂斷與之便使人象負金出八十頃中須臾欲滿殘餘少地（雜阿含經云五百步）須達思惟何藏金足祇陀問言嫌貴置之答曰不也祇陀念言佛必大德乃使斯人輕寶乃爾教即語須達園地屬卿樹林屬我我自上佛（經云我自爲佛造立門樓常使如來經遊出入）便就施功六師聞之往白國王長者須達買祇陀園欲爲瞿曇興立精舍聽我徒衆與共角術沙門得勝便聽起立若其不如不得起也王召須達而問之言今此六師云卿買園欲爲瞿曇起立精舍求共沙門弟子

角其技術若得勝者聽立精舍苟其不如便不得起須達歸家著垢膩衣愁惱不樂時舍利弗明日時到著衣持鉢至須達家即問之曰何故不樂須達具答此六師輩出家來久精誠素有所學技術無能及者我今不知尊人技藝能與角不舍利弗言正使此輩六師之衆滿閻浮提數如竹林不能動吾足上一毛欲角何等自恣聽之須達歡喜更著新衣沐浴香水等即往白王我以問之恣聽其意王告六師今聽汝等共沙門角術六師宣告國人却後七日當於城外與沙門角術舍衛國中十八億人時彼國法擊鼓會衆若擊銅鼓八億人集若打銀鼓十四億人集若震金鼓一切皆集七日期滿至平博處椎擊金鼓一切都集六師徒衆有三億人是時人民悉

爲國王及其六師敷施高座爾時須達爲舍利弗而施高座時舍利弗在一樹下入諸禪定而作是念此會大衆習邪來久憍慢自高草芥羣生當以何德而降伏之思惟是已即立誓言若我無數劫中慈孝父母敬尚沙門婆羅門者我初入會一切大衆爲我作禮六師見衆已集而舍利弗獨未來到便白王言瞿曇弟子自知無術衆會既集怖畏不來王告須達角時已到佛弟子宜來談論時須達至舍利弗所長跪白言大德大衆已集願來詣會時舍利弗從禪定起更正衣服以尼師壇著左肩上徐詳而步如師子王往詣大衆是時衆人及諸六師忽然起立如風靡草不覺作禮時舍利弗便昇須達所敷之座六師衆中有一弟子名勞度差善知幻術於大衆

前呪作一樹自然長廣蔭覆衆會枝葉鬱茂華果各異衆人咸言此變乃是勞度差所作時舍利弗便以神力作旋嵐風吹拔樹根倒著於地碎爲微塵衆人皆言舍利弗勝復呪作一池其池四邊面皆以七寶池水之中生種種華舍利弗又化作一大六牙白象其一一牙上有七蓮華一一華上有七玉女其象徐詳往詣池邊并含其水池即時滅復作一山七寶莊嚴衆池樹木華果茂盛舍利弗又化作金剛力士以金剛杵遥用指之山即破壞無有遺餘復作一龍身有十頭於虛空中雨種種寶雷電震地驚動大衆舍利弗又化作一金翅鳥王擘裂噉之復作一牛身體高大肥壯多力麤脚利角跑地大吼奔突來前舍利弗又化作師子分裂食之復變其身作

夜叉鬼形體長大頭上火然目赤如血四牙長利口目出火騰躍奔趣時舍利弗自化身作毗沙門王夜叉恐怖即欲退走四面火起無有去處唯舍利弗邊涼冷無火即時屈伏五體投地求哀脫命辱心已生天即還滅衆咸唱言舍利弗勝勞度差不如時舍利弗身昇虛空現四威儀作十八變作是變已還攝神足坐其本座時會大衆見其神力咸懷歡喜時舍利弗即爲說法隨其福行各得道迹六師徒衆三億弟子於舍利弗所出家學道長者須達共舍利弗往圖精舍手捉繩頭時舍利弗欣然含笑須達問言尊人何笑答曰汝始於此經營地而六欲天中宫殿已成即借道眼須達悉見問舍利弗是六欲天何處最樂舍利弗言第四天中少欲知足恒有一

生補處菩薩來生其中法訓不絕須達言曰我正當生第四天中出言已竟餘宮悉滅復更捉繩時舍利弗慘然憂色即問尊者何故憂色答言汝今見此地中蟻子不耶汝於過去毗婆尸佛亦於此地爲彼世尊起立精舍而此蟻子猶在此中生乃至迦葉佛時亦復如是九十一劫受一種身起立精舍爲佛作窟以妙栴檀用爲香泥別房住止千二百處凡百二十處別打揵椎竟即白王唯願大王遣使請佛王即遣使詣王舍城請佛及僧唯願世尊臨履舍衛佛與四衆前後圍繞放大光明震動天地至舍衛國所經客舍悉於中止道次度人無有限量漸漸來近舍衛城邊一切大集持諸供具迎待世尊世尊到國放大光明遍照三千大千世界足指按地地皆震動城中妓樂不鼓自鳴盲視聾聽瘂語僂伸癃殘拘躄皆得具足一切人民男女大小覩斯瑞應歡喜踊躍來至佛所十八億人都悉集聚爾時世尊隨病授藥爲說妙法各得道迹（出賢愚經第十卷雜阿含涅槃中本起諸律多同）

三山

一崑崙寶山爲五百羅漢所居
二閻浮提十大山王
三地大動有八種緣

崑崙寶山爲五百羅漢所居第一

崑崙山者則閻浮提地之中心也山皆寶石周帀有五百窟窟皆黃金常有五百羅漢居之阿耨大池周圍山外山内平地河處其中河岸有四金獸頭口流出水各繞一帀還其四方投入四海象口所出者則黃河是也其泉方各二十五由延深二十一里泉中有金

臺臺方一由延臺上有金蓮華以七寶爲埊如來將五百羅漢常以月十五日於中說戒（出興起行經上卷）

閻浮提十大山王第二

大地有十大山王一雪山王二香山王三軻梨羅山王四仙聖山王五由乾陀山王六馬耳山王七尼民陀羅山王八斫迦羅山王九宿慧山王十須彌山王（出華嚴經第二十二卷）

地大動有八種緣第三

佛在舍衛城告諸比丘有八因緣而地大動此地深十六萬八千由延爲水所持水依虛空或復是時虛空風動而水亦動水動地便大動是初動也若比丘得神足所欲自在觀地如掌能使地大動是二動也若復諸天有大神足有大威力能使地動是三動也若復菩薩在兜術天欲降神下生是時地動是四動也若菩薩自知在毋胎地爲大動是五動也若菩薩知滿十月當出毋胎地爲大動是六動也若菩薩出家於道場坐降伏魔怨終成等覺地爲大動是七動也若如來於無餘涅槃界而般涅槃是八動也（出增一阿含第二十三卷）

四樹

一千光明國樹出法音　二神藥樹　三大藥樹　四五面益物大樹　五大象藏香　六牛頭栴檀香　七須彌南樹　八毒樹

千光明國樹出法音第一

過去有佛號師子吼鼓音王國名千光明七寶成樹樹出空無相無作無生無所有無取相如是諸法之音（出諸法無行經）

神藥樹第二

有神藥樹名曰摩羅陀祇主猒天下萬毒不得妄行有大神蛇身長百二十丈蛇行索食有黑頭蟲身長五丈蟲行道中與蛇相逢適欲舉頭前斷大蟲蛇聞藥香屈頭欲走蛇身羅藥樹身即中斷分作兩段頭半生得走尾便臭爛諸毒聞此蛇臭諸惡毒氣皆消滅出善信經卷下

大藥樹第三

雪山頂有藥王樹名非從根生非不從根縱廣六百八十萬由旬下極金剛際此樹生根時閻浮提樹一切根生若生莖時及枝葉華果時閻浮提樹一切悉生枝葉華果其樹根能生莖莖能生根是故名曰不從根生非不從根於一切處悉能生長唯除地獄深坑及水輪中不得生長耳出華嚴經第三十卷

五面益物大樹第四

昔者有王王名物獵國中有樹名羞波提洹五百六十里園下根周帀八百四十里高四千里枝四布帀二千里樹有五果道有五面一面者國王與宮諸妓女共食其果二面者大臣百官皆共食之三面者人民共食之四面者諸沙門道士共食之五面者飛鳥蟲獸共食之樹果皆如二斗瓶其味甜如蜜樹無守者果分初不相侵時人皆壽八萬四千歲時人有九種病一者寒二者熱三者飢四者渴五者大便六者小便七者愛欲八者食多九者年老女人年五百歲爾乃行嫁出雜阿含經

大象藏香第五

人中有香名大象藏因龍鬬生若燒一丸興大光明細雲覆上味如甘露七日七夜降香

水雨若著身者身則金色若著衣服宮殿樓閣亦悉金色若有衆生得聞此香七日七夜歡喜悦樂滅一切病無有枉横遠離恐怖危害之心專向大慈普念衆生我知彼已而爲説法令無量衆生得不退轉出華嚴經第四十二卷

牛頭栴檀香第六

牛頭栴檀香從離垢山生若以塗身火不能燒出華嚴經第四十三卷

須彌南樹第七

須彌山南有一大樹高四千里諸鉢叉鳥恒栖其上樹常不動有一小鳥形類鶉鷃住止其上樹輒震摇鉢叉問樹神言汝無知我身重大而自不動小鳥來時反更震摇神言此鳥雖小從海底食一金剛金剛爲物所墮之處無不破散所以大怖不能自安耳出譬喻經第七卷

毒樹第八

舍衛國有官園生一毒樹男女遊觀停息其下或頭痛欲裂或腰脊疼或於樹下終守園人施長柯斧長一丈有餘遥斫去之未經旬日生已如故如是多過枝葉隨復如舊團圓樹中之妙衆人見者無不歡喜不知忌諱皆來遭此園人宗親貪樂樹蔭盡取命終園人隻立晝夜愁憂號悲行走有問智人語之當盡其根適欲掘根復恐定死進更思惟出家學道佛言

伐樹不盡根　雖伐猶復生　伐愛不盡本
數數復生苦

心寤剋責即得初果出斫毒樹經

五河海

一四大河　二五大河
三大海有八德

四大河第一

復有四大河從阿耨大池出流趣大海一名恒伽二名辛頭三名蔔叉四名司陀彼恒伽從金象口出繞池一帀流趣東海彼辛頭從銀牛口出繞池一帀流趣南海彼蔔叉從瑠璃馬口出繞池一帀流趣西海彼司陀者從玻瓈師子口出繞池一帀流趣北海彼四大河各有四河以爲眷屬唯說廣大有名字者然彼四河各有五百眷屬合有二千河終趣大海出毗婆沙第二卷

五大河第二

西流者名恒南流者名耶云東流者有兩一名沙陸一名阿夷越北流者名墨皆流澍于海立天地來雨落河澍水無增減去其舊名合爲一海水也出海八德經

大海有八德第三

佛遊無勝國常以十五日爲諸沙門說戒坐定佛默然無言阿難曰坐定世尊乃曰諸沙門中有心邪行違者非其下賤所能熟行清濁相違吾不說也目連入定覩見即謂之曰起非爾俗人所應坐處不肯時起牽臂使出曰爾無至德心懷六邪何敢以臭瀏之體坐天香之座爾時棄人非沙門矣佛告沙門觀彼巨海有八德其廣即汪洋無涯其深則有不測之底稍入稍深無前所礙斯一德也潮不過期斯二德也海含衆寶靡所不包死屍臭朽海不容焉斯三德也海懷衆珍無求不得斯四德也普天之下有五大河流入于海皆去舊名合爲一海斯五德也五河萬流雨

落恒澍海中水如故曾無增減斯六德也海有衆魚因軀巍巍第一魚身長四千里第二魚身長八千里第三魚身長萬二千里第四魚身長萬六千里第五魚身長二萬里第六魚身長二萬四千里第七魚身長二萬八千里斯七德也海水通鹹邊中如一斯八德也出海八德經

六寶珠

一明月摩尼珠 二大海生寶珠 二光明大寶

明月摩尼珠第一

明月摩尼珠多在龍腦中若衆生有福德者自然得之猶如地獄自生治罪之器此寶亦名如意珠常出一切寶物衣服飲食隨意所欲得此珠者毒不能害火不能燒或云是帝釋所執金剛與阿脩羅鬬時碎落閻浮提又言諸過去久遠佛舍利法既滅盡變成此珠以爲利益出大智論第五十九卷

大海生寶珠第二

大海中有四寶珠一切衆寶皆從生之若無四珠一切寶物漸就滅盡諸小龍神不能得見唯娑伽羅龍王密置深寶藏中此深寶藏有四種名一名衆寶積聚二名無盡寶藏三名遠熾然四名一切莊嚴聚出華嚴經第三十卷

光明大寶第三

大海之中有四然熾光明大寶一名日藏光明大寶二名離涸光明大寶三名火珠光明大寶四名究竟無餘光明大寶若大海中無此四寶四域天下金剛圍山乃至非想非非想處皆悉漂沒日藏光明能變海水爲酪離涸光明能變海酪爲酥火珠光明能然海酥

究竟無餘光明大寶能然海酥永盡無餘出華嚴經第三十卷

七人飲乳多少及形壽同異

閻浮提兒生墮地乃至三歲母之懷抱爲飲幾乳彌勒答曰飲乳一百八十斛除母腹中所食四分東弗于逮兒生墮地乃至三歲飲乳一千八百斛西拘耶尼兒生墮地乃至三歲飲乳八百八十斛北鬱單越兒生墮地坐陌頭行人授指嗽吮七日便成人彼土無乳中陰衆生飲吸於風閻浮提衆生壽命百歲東弗于逮衆生壽二百五十歲西拘耶尼衆生壽命五百歲北鬱單越人壽命千歲中陰衆生壽命七日閻浮提衆生人面上廣下狹東弗于逮人面正圓拘耶尼人面上狹下廣鬱單越人面形正方中陰衆生面狀如他化自在天也出衆生未然三界經

鬱單越第二

此北鬱單越天下周帀廣長各四十萬里有種種山其河兩邊有種種樹及種種華水中有船以四寶作之浴池名難陀其水涼輭底沙皆金周帀有陛四寶作之金陛銀梲銀陛金梲瑠璃陛水精梲水精陛瑠璃梲有種種蓮華華若斷者汁出如乳味甘如蜜光照四十里其香亦聞四十里池東有河名巳味池南有河名修竭池西有河名大土池北有河名善種是諸河水皆有華樹以四寶成池東有園名賢上欄楯行樹亦四寶成園中香樹出種種香有衣被樹有瓔珞樹出種種衣被瓔珞有音樂樹出種種音樂樹高七里有高六里五里四里三里二里池南有園觀名與

賢池西有園觀名羅越池北有園觀名常有華諸樹所出及其高卑亦如東園北方天下樹曲交露天人在上男女異處有淨潔粇米不種自生出一切味若欲行婬意起相視無所言說男子便前行女人隨後至園觀中共相娛樂或二三日或至七日隨意罷去不相屬也女人懷妊七八日便生持著四交道中若有人從四面來者與指嗽出乳飲之過七日已自以福德即自長大如閻浮人年二十若二十五也周帀四方有水名阿耨池後夜起雲天雨八味水如人飲食地若油塗塵土不起草樹常有華實皆香如香熟時有亂風吹掃上賢園觀伊蘭風至吹落華至人膝此天下人皆入園中遊戲相娛無所係屬人欲食時取淨潔粇米以焰味珠光爨其下飯熟則四方至隨皆食之食亦不盡有樹名象兜交曲上合如交露人民在上止宿男女異處人齒髮紺青長八寸人面色同長短等皆壽千歲死生欲界諸天天壽終生閻浮提大豪貴家大小便利地裂受之受巳還合死時好衣服莊嚴之不啼哭置四交道中欝遮鳥舉置北方天下外 出樓炭經第一卷

經律異相卷第三

音釋

華茇 華壁吉切茇音鉢　睒 失冉切　數 思苟切　唾 吐卧切口液也　踝 戶瓦切腿兩旁曰肉外踝　尼揵 梵語具云薩遮尼揵此云離繫揵渠焉切　躶 魯果切赤體也　拖拽 拖湯何切拽胡結切　膩 女利切肥也　椎 直垂切擊也　擘 搏戹切釽也　跑 蒲交切足爬地也　慘 七感切慘感也　窟

苦没切土室也

啞倚下切口不能言也

僂朧主切傴僂也

癃良中切疲病也

躄必益切足不能行也

石作職略切

鶉鷃鶉殊倫切鵪鶉也鷃於諫切斥鴳也

脊資昔切背呂也

嗽吮嗽色角切吮徂兖切嗽吮含吸也

狹胡夾切窄也

陛部禮切階陛也

桄音光挮桄橫木也

妊如深切孕也

經律異相卷第四

梁沙門僧旻寶唱等奉　勑撰

應始終佛部第四

得道師宗第一

如來在昔久遠劫時行菩薩道爲大國王父母崩殂讓國與弟獨行求道見一婆羅門姓瞿曇氏從之受學因同其姓入於深山禪思念道乞食還國國人不識呼小瞿曇自於城外甘蔗園中起立精舍有五百大賊劫盜官財經園邊過明日步蹤遂録菩薩以木貫身立大樹下血流於地大瞿曇氏飛來問曰有何罪酷乃至爾乎官人放弩射而殺之大瞿曇泣下沾棺取血濕土以爲泥團持還精舍置左右二器中曰是道士若至誠者天神當使血化爲人却後十月左即成男右即成女姓瞿曇氏男名舍夷賢劫中寶佛時又號釋迦越壽五百萬歲者是也（出十二遊經）佛在摩竭提界善勝道場元吉樹下德力降魔度二賈客唯錠光如來辯吾佛名云汝於來世九十一劫當得作佛字釋迦文十號具足如我今也吾從是來積功累行六度四等修持不倦功報無遺大願成果（出中本起上卷）

現生王宮第二

究竟菩薩在兜率天諸天共議當使菩薩現生何氏種英天子問曰一生補處降神何種答曰種姓有六十德者我當降之（文多不載）唯有釋家久植德本迦維羅衛人大小和穆上下

相承國富民樂渴仰二乘且白淨王性行仁賢夫人姓瞿曇氏温良忠善護身口意已五百世爲菩薩母王后晏寢菩薩化乘白象冠日之精入于胎中身心安樂猶如深禪詣無憂樹下遣使啓王時無憂林有十種瑞一忽然廣博二土石變爲金剛三寶樹行列四沉香莊嚴五華鬘充滿六衆寶流出七池生芙蓉八天龍夜叉合掌而住九天女恭敬十十方一切諸佛毫光普照王大歡喜后身輕輭不想三毒諸有疾者乎摩必愈既滿十月臨産之時有三十二瑞一後園樹木自然生果二陸地出青蓮華大如車輪三枯樹生華四七寶車至五地中寶藏自然涌出六名香好華偏布遠近七雪山五百師子羅住城門八五百白象皆住殿前九細雨澤香十百味飲食給諸飢渴（文多不載與諸本起同）四月八日夜明星出時后思園觀遊憐鞞樹下三千國土六反震動沸宿隕落樹即屈枝母即攀執諸天散華從右脅生於四方面周行七步寶華承足舉手住而言天上天下唯我爲尊三界皆苦何可樂者釋梵奉侍四王接上金案龍降香水以充洗浴五千青衣各生力士白馬産駒黄羊生羔（瑞應本起云奴名車匿馬名揵陟諸本起大同細異）後七日母便命終生忉利天太子幼稚應須料理時有説者唯大愛道是太子姨母清淨無夫當能育養時白淨王詣大愛道求爲乳哺愛道奉雪山梵志名阿夷頭耆見太子悲歎流涕王問其故答曰仰慶大王生此神人時天地大動其正爲此我之相法太子有三十二體軀金色二頂有肉髻三其髮紺青四眉間

白毫五項出日光六目睫紺色七上下俱瞬八口四十齒九齒白齊平十方頰車十一廣長舌十二合滿掌十三師子膺十四身方正十五脩臂十六指長十七足跟滿十八安平正十九內外握二十合縵掌二十一手千輻輪理二十二足千輻輪理二十三陰馬藏二十四鹿腨腸二十五鉤鏁骨二十六毛右旋二十七一孔一毛二十八皮毛細輭二十九不受塵水三十胷有卍字（瑞應同少二）身有此者若在家當爲轉輪聖王七寶自至若出家爲自然佛傷我年已晚暮不覩佛興是故悲耳王厚相賞給告大愛道深加敬護（出普耀經第二卷又出釋迦譜第一卷）太子七歲乘羊車衆釋導從往詣書師師名選友太子問曰師有何書見教答曰有梵佉留法可相教也太子曰異書有六十四種何止二耶師曰願聞其名太子答曰梵書佉留書護衆書疾堅書龍鬼書乾闥婆書阿須倫鹿輪書天腹書轉數書觀空書（文多不載）欲以何書而見教耶師不能解讚歎而已太子爲諸童子分別本末勸發道心（瑞應經云書鈌二字以問師師不能達反啓其志）太子年至十七王爲納妃簡選數千最後得一小國王姓瞿曇氏名波須弗（此言善覺）女名瞿夷端正無比淨如蓮華八國爭娉悉未許與王召現之今爲太子結娉卿女善覺愁憂若不許者必見征伐若許與者八國成怨女言白淨王國武藝最勝諸國所憚王勑國內却後七日太子現術能者宜集（長阿含經云執挾釋種女云有行藝者妻之）調達撲殺一象太子擲出城外天文地理八萬異術無有及太子者調達手搏太子太子接擲空中三反不

損復共射鼓調達射中四十里鼓不能過難
太子引弓弓皆輭折問有異弓任吾用者不
王曰亡祖用弓奇異無雙無能用者在天寺
中取給太子一切諸釋無能上者太子用射
中百里鼓箭没地中涌泉自出至鐵圍山三
千刹土六反震動即以瞿夷爲太子第一夫
人隨世習俗現相娛樂（瑞應經云太子納妻久不交接一手指妃腹後乃生男）又取移施長者女名耶維越爲第二
夫人又取釋種長者女名曰鹿野爲第三夫
人太子當作飛行皇帝立三時殿置六萬婇
女羅云從天變没化現而生（出普耀經）太子後出
東城門王勑嚴治道路莫令不淨太子威神
之所建立天化老人頭白齒落目冥耳聾拄
杖僂步太子知而故問此何人也御者曰是
名老人太子曰人命如流難可得再非獨爲

人天下皆爾迴車還宮憫念不樂後出城南
門遇見病人大腹羸瘦卧于道側問于御者
答曰病人太子曰萬物無常有身有苦吾亦
當然即還入宮後出城西門見一死人室家
悲哭御者曰死人人生有死如春有冬人物
一貫太子曰夫死痛矣精神劇矣吾見死者
形壞體化而神不滅吾不能復以死受生往
來五道勞我精神迴車而還復於他日出城
北門見一沙門衣服齊整手執法器御者曰
此名比丘棄捨情欲心喜一切欲度十方太
子曰善哉是吾所樂我不辭王位而出家者
此則不應即時靜夜入王宮殿光照遠近父
王覺起即啓父曰諸天勸助今應出家父王
悲泣何所志願何時當還太子欲得四願一
者不老二者無病三者不死四者不別假使

父王與此四願不復出家王曰自古及今無有得者益大愁悲即勑五百釋子多勇力者宿衛四門城門開閉聲聞四十里瞿夷意疑不離其側太子念道清淨不宜在家當處山林研精行禪時年一十九以四月七日夜半後瞿夷時得五夢即便驚覺太子問之對曰夢見須彌崩明月落地珠光忽滅頭髻自墮人奪我蓋菩薩知夢爲我身耳曰須彌不崩明月續照珠光不滅頭髻不墮傘蓋猶存但自安寐慎莫憂失夜觀妓女百節皆空譬如芭蕉鼻涕目淚樂器縱橫顧視其妻具見形體腦髓髑髏心肺腸胃外是革囊中盛臭穢猶如假借當還亦不得久三界無怙唯道是恃欲界諸天住於空中法行天子遥白太子時已至矣沸星適現喚車匿起鞁於揵陟四天王與無數夜叉龍等皆被鎧甲從四方來稽首致敬諸天恐有留難即遣猒神入宫猒寐城中男女悉皆寢極孔雀衆鳥莫不疲卧車匿悲泣門鑰不開四神捧舉馬足踰出宫城帝釋前導放大淨光詣佛樹下出普曜經第三卷又出第四卷

現迹成道第三

明晨報問不知所在王即追蹤前至王田遥見太子樹爲曲枝隨陰其上王自驚悟不識下馬而爲作禮太子拜曰今一適此何宜枉駕追念太子不捨心懷還召大臣卿等弄子抱孫共相娛慰吾但一子見别山居取卿子弟五人追而侍之若中來還當滅卿族太子脱寶衣以付車匿還啓父王及白瞿夷得道當還不忘此誓車匿奉辭淚下如雨白馬長

跪舐菩薩足王覲還物𡁮欷投地瞿夷抱馬太子乘汝何忽獨來甘果美泉皆無所乏菩薩自念欲作沙門至山水邊天王知心持刀而下菩薩自剃頭鬚帝釋受髮肉髻獨存成大沙門至尼連水邊寂然閑居遇一獵師身著法服狀如沙門太子問曰法服何名答曰袈裟鹿謂學道心不恐畏而來見附以次殺之用以自資太子倍興慈念求以身衣從其貿易獵師曰王生長深宮體肉細輭不更寒苦恐壞王身且又不淨太子曰此聖賢之幖幟但貿無苦也自當浣濯諸天進食却自不受前行到摩竭國人民見之謂是帝釋梵王諸天太子知其所念便坐樹下瓶沙王即與羣臣出詣道王遥見光相問是何人從何國來何所名字太子答曰吾出香山之東雪山

之北國名迦維父名白淨母名摩耶瓶沙問曰將無是悉達乎答曰是也王即禮足曰形相炳著當知君臨四方爲轉輪聖帝四海顒冀神寶至何棄天位自放山藪答曰出生有死劇痛有四謂生老病死不可得離身爲苦器憂畏無極若在尊寵則有憍慢貪求快意天下共患吾猒此故是以入山後六年懃苦日食一麻一米結跏趺坐亦不傾側風雨雷電四時不改未曾舉手以自障蔽衆人怪之取草木投耳鼻中亦不棄去形體羸瘠唯金色益顯光明遠照耳周竟六年心自念言今羸瘦如此往詣佛樹後世有譏謂餓而得道吾寧噉柔輭食平復身體然後成道時有長者女出嫁生男心大歡喜𣪊千頭牛展轉相飲取其純乳作糜欲祠樹神遣婢洒掃見

佛不識還啓大家云樹下有神端正姝好女聞歡喜欲取糜去糜跳出釜丈餘不可取女甚怪之空中天曰有大菩薩已從坐起汝本有願當先飯之乃成正覺女聞天言即取乳糜盛滿金鉢往尼連水邊菩薩以神通力入水洗浴兜率天子取天衣袈裟奉上菩薩即取著之住尼連水邊長者女奉乳糜菩薩食之氣力稍充往詣佛樹路右一人名曰吉祥又生青草柔滑不亂菩薩謂吉祥曰欲得草坐地則大動諸天化八萬佛樹師子之座天子各見菩薩獨坐其座薄福德者故見坐草三界衆生見菩薩坐佛樹下（受胎經云坐閻浮樹下三十八日觀樹經行）放大光明掩蔽魔宫波旬卧寐夢見三十二變宫殿闇冥入于邪徑池水枯涸樂器破壞夜叉猷鬼頭皆墮地諸天捨去不從

其語集諸大臣説夢所見興諸兵仗并召千子其五百子導師等信樂菩薩其五百子惡目等隨魔爲亂欲相降伏魔有四女一名欲妃二名悦彼三名快觀四名見從往詣菩薩綺語作媚三十二種姿弄脣舌娉嫃絍視（文多不備載）願得晨夜供事左右答曰汝形雖好心不端正革囊盛屎來欲何爲去吾不用其三玉女化成老母不能自復即還魔所（觀佛三昧經云三玉女名懃畢反見過患）魔毒益盛召十八億衆變爲殊形師子熊羆蟲頭人軀蛇虺之身擔山吐火雷電霹靂執持戈矛菩薩喜心一毛不動鬼兵不能近菩薩爾時徐舉眉間毫相擬阿鼻獄令罪人見白毫流澍大如車輪火即暫滅自憶前世所作罪業心得清涼稱南無佛以是因緣受罪若畢應生人中魔見是相憔悴

懊惱退還其宫白毫復去至第六天見白毛孔諸寶蓮華過去七佛現在華上如是白毫上至無色徧照一切如玻瓈鏡八萬四千天女視波旬身狀如焦木但瞻菩薩白毫相光無數天子天女發菩提心魔王還與佛相難佛以智力伸手按地應時地動魔及官屬皆顛倒墮墜降魔怨竟即成正覺出普曜經第五卷又出第六卷

與數千萬衆入羅閱城遥見之者舉手讚歎或言善來或言日月或自歸命或相問訊爲是天耶爲帝釋耶衆人隨逐瓶沙王在高樓上即問左右爲有何故有一大臣曰釋子辭家遊蕩在外或能謀國當往誅之王曰此子紹位作轉輪聖王我等皆爲臣佐若使出家學道得佛願爲上首弟子最初説法先在其列王載飲食往東山候之尋前禮足自稱摩竭國瓶沙王者今我是也佛曰我先識矣何須致敬王即啓曰今獻微供以表單心願見納受佛黙然受王言若成無上道願先見度時阿蘭諸弟子遥見世尊白其師言今有一人端正殊特徑趣師門必當求爲弟子也阿蘭乃説偈曰吾觀遠來士衆相無鈌漏此自王世界終不見宗事出深淺學比丘經又出修行本起經下卷

阿難問葬法第四

阿難問葬佛言我葬之法如轉輪聖王先以香湯洛身刼貝繞體次以五百張白氎纏之内金棺中灌以麻油復以金棺置鐵槨内栴檀香槨次繞其外積衆香薪厚衣其上而闍維之薪盡火滅收取舍利於四衢道起立塔廟表刹懸旛使見者思慕多所饒益佛言有四種人應爲起塔一如來二辟支佛三聲聞

四轉輪王皆應香華旛蓋妓樂供養佛於雙樹間鋪置牀座以足南首北面向西方所以然者佛法流布當久住北方佛自褺僧伽梨右脅如師子王累足而卧阿難又問閻浮提界有幾種葬佛言無數我此國土有水葬火葬垎塚之葬震旦國人葬送之法金銀珍寶刻鏤車乘飛天妓樂鈴鐘歌詠用悅終亡身帶衣服盛置棺槨妙香芬苾千百萬衆送于山野莊嚴處所人民見者莫不歡欣震旦邊王所領人民欲葬之時取持棺槨内石室中疾病之日開看骸骨洗浴求福使病得愈又有命終無有棺槨直取尸骸置高閣上疾急之時下尸呪願以求福祐佛言我法中學欲修福時當勤精進行六波羅蜜護持十善可得生天向無上道出灌頂經第六卷又出長阿含經第一卷

現般涅槃第五

佛在拘尸那城力士生地阿夷羅跋提河邊娑羅雙樹間與大比丘八十億百千人俱前後圍繞二月十五日菩薩從兜率天下經云二月八日臨涅槃時以佛神力出大音聲乃至有頂隨其音類普告一切今日如來憐愍衆生爲作歸依大覺世尊將欲涅槃一切衆生若有所疑今悉可問爲最後問長阿含經云小異文多不可備載佛晨朝時從其面門放種種光徧照大千世界乃至十方六趣衆生遇斯光者罪垢煩惱一切消除衆生見聞心大憂惱同時舉聲悲號啼哭大地山海皆悉震動時人共言疾往佛所勸請如來莫般涅槃住世一劫諸大弟子迦旃延等遇佛光者其身戰掉不能自持舉聲大呌生種種苦復有八十百千諸比丘六十億

比丘尼皆阿羅漢舉身毛竪徧體血現如波羅沙華復有一億恒河沙菩薩位階十地二恒河沙優婆塞三恒河沙優婆夷四恒河沙離車五恒河沙長者六恒河沙諸王七恒河沙王夫人八恒河沙天女等乃至十方佛及弟子六道大衆見涅槃相悲號啼哭不能自持會中復有拘尸城工巧之子名曰純陀與十五人俱禮佛而言唯願世尊及比丘衆哀受我等最後供養我等從今無主無親無救無護貧窮飢困欲從如來求將來食唯願哀受我等微供然後涅槃佛曰我今爲汝除斷貧窮無上法雨雨汝身田令生法芽令汝具足檀波羅蜜時衆歡喜同聲讚言希有純陀佛受汝供汝眞佛子佛言純陀今正是時如來只爾當般涅槃第二第三亦復如是純陀舉聲號哭復白大衆我等今共五體投地同聲勸佛莫般涅槃佛告純陀莫大啼哭自亂汝心我以哀愍汝及一切是故今日欲入涅槃何以故諸佛法爾有爲亦然速辦所施不宜久停佛又從面門放五色光照純陀身純陀身持餚饍疾往佛所憂悲悵怏猶願矜哀住壽一劫佛言汝欲令我久住者宜當盡奉最後具足檀波羅蜜一切菩薩天人雜類異口同音唱言奇哉純陀成就大福我等無德所設供具則爲唐捐世尊欲令一切衆望滿足於自身上一一毛孔化無量佛一一諸佛各有無量諸比丘僧悉皆示現受其供養釋迦如來自受純陀所奉設者純陀所持秔粮成熟之食摩伽陀國滿足八斛以佛神力皆悉充足一切大會（長阿含經小異文多不載）有疾右脅而

卧如他病人告迦葉菩薩是諸衆生不知大乘方等密語便謂如來眞實有疾今於娑羅雙樹間示現倚卧師子之牀欲入涅槃令諸未得阿羅漢果衆弟子等及諸力士生大憂苦令天人阿脩羅等大設供養又使諸人以千端氎纏裹其身七寶爲棺（菩薩從兜率天下經云如來自襞三衣各取三條鋪金棺裏以襯身卧兩脚相累手以鉢錫杖授阿難）盛滿香油積諸香木以火焚之唯除二端不可得燒一極襯身二最在外爲諸衆生分散舍利以爲八分一切聲聞弟子咸言如來入於涅槃當知如來亦不畢定入於涅槃何以故如來常住不變易故已願聞正法當棄貪婬遵承我教精進行道是爲最後佛之遺命宜共愼之汝諸比丘觀佛儀容難得覩見却後一億四千餘歲乃有彌勒佛耳佛臨涅槃地大震動諸天世人皆悉驚怖諸有幽冥日月光明所不至處皆蒙大明各得相見天散華香時佛滅度六欲天王金毗羅神密迹力士佛毋摩耶雙樹娑羅園神各作偈頌諸比丘悲慟各自歔欷而言如來滅度何其駛哉羣生長衰世間眼滅阿那律告諸比丘止止勿悲諸天在上儻有怪責諸比丘問上有幾天答曰充塞虛空豈可計量皆於空中徘徊騷擾悲號躃踊歔欷而言如來滅度何其駛哉羣生長衰世間眼滅（長阿含與雙卷泥洹大同出大涅槃第一卷）佛言阿難比丘今何所在文殊師利言在娑羅林外去此十二由旬爲六萬四千億魔之所嬈亂是諸魔衆悉自變身爲如來像説種種法種種示現阿難念言昔所未見誰之所作將非釋迦欲發是語都不從意阿難受大苦惱

不能得來佛説大陀羅尼呪文殊受之至阿難所爲魔誦説諸魔王等發菩提心文殊即與阿難俱還佛所（出菩薩從兜術天下經）諸末羅集於種種供養復竟一日以佛舍利置於牀上諸末羅童舉牀皆不能勝阿那律言汝等且止諸天欲留七日展諸人民皆得供養如來三從金棺裏出金色臂問阿難至平治道路洒掃燒香末云何阿難吾前後所出方等大乘汝悉得不阿難對曰唯佛知之佛言如是諸經今爲畢竟七日末羅童子捧舉四角擎汝可持幡蓋燒香散華作衆妓樂前後導從安詳而行入城東門徧諸街巷出城北門渡熈連禪河到天冠寺末羅使臣積香木竟火燒不然阿那律言諸天意以大迦葉將五百弟子從波波國還願見佛身迦葉遇一尼乾手執曼陀羅華問曰知我師不答曰滅來七日我從彼得此華迦葉不悦五百弟子宛轉號咷不能自勝歔欷言曰善逝涅槃何其駛哉時跋難陀言且莫啼哭我等於摩訶羅邊或得解脱迦葉催諸比丘疾疾執持衣鉢往拘尸城及見舍利問阿難曰世尊舍利可得見不答曰劫貝裹白氎纏内金棺中藏鐵槨内衣以香薪即欲燒焚難可得見迦葉三請答曰如初前至香積佛蹋重棺現於兩足（四分律云棺槨自開出現雙足）足下輪相有諸異色即問阿難答云女人心輭前禮佛時淚墮手捉迦葉作禮大衆同拜繞佛三帀各與偈頌香積處處不燒自然（長阿含雙卷泥洹同文多不載）火極熾盛難可止息婆羅樹神以力滅之（出大涅槃長阿含雙卷泥洹又出菩薩從兜術天下經）

摩耶五衰相現第六

佛般涅槃摩耶夫人在於天上五衰相現一頭上華萎二腋下汗出三項中光滅四兩目數瞬五不樂本座又得五夢一須彌山崩四海水竭二羅刹奔走挑人眼目三天失寶冠身無光明四寶珠幢倒失如意珠五師子齧身痛如刀割得此夢已即便驚寤此非吉祥我昔在於白淨王宮因晝寢中得希有夢見一天子身黄金色乘白象王從諸天子作妙妓樂貫日之精入我右脅身心安樂即便懷妊悉達太子爲世照明今此五夢甚可怖畏必是我子涅槃之相時阿那律殯佛既畢昇忉利天往告摩耶摩耶悶絶良久與諸眷屬下雙樹間見僧伽梨及鉢錫杖執持號慟絶而復甦曰我子福度天人今此諸物空無有主佛以神力令諸棺蓋自然開發佛合掌而起放大光明問訊毋言遠屈來下諸行法爾願勿啼泣阿難雖自抑忍白佛後世衆生必當問我佛臨滅度復何所説云何答之佛告阿難汝當答言佛已入涅槃摩耶夫人下如來爲後不孝衆生從金棺出合掌問訊并説上諸偈故此經名爲佛臨涅槃毋子相見經如是受持出摩耶經下卷

經律異相卷第四

音釋

殂在胡切死也　錠音定　沸宿沸非味切宿息救切　隕羽敏切墜也　睫即涉切目旁毛也　瞬輸閏切目動也　頰古恊切面旁也　跟古痕切足踵也　縵莫官切　輻方六切　腨市兖切腓腸也　鏁蘇果切與瑣同　卍音萬　娉匹正切娶問也　髑髏髑徒木切髏音婁首骨也　鎧可亥切甲也

鑰弋灼切關下牡也　舐甚爾切餂也　歔欷歔休居切欷香衣切悲泣氣咽而抽息也　貿莫候切易也　顒魚容切仰也　瘠前歷切瘦也　𣫭居候切取牛羊乳也　糜忙皮切粥也　釜扶雨切鍑也　嫈嫇嫈烏耕切嫇莫耕切小心態也　澍陟慮切與注同　槨古博切外棺也　褺徒協切重衣也　塚知隴切高墳也　鏤郎豆切雕刻也　骸雄皆切百骸也　餚饍餚何交切饍上演切　襯初覲切近也　躃踊躃毗亦切撫心也踊余隴切頓足也　齩五巧切齧也　殯必刃切殯殮也　甦音蘇死而更生也

經律異相卷第五

梁沙門僧旻寶唱等奉　勑撰

應身益物佛部第五

佛胷卍字放光發音第一

如來遊於妙樂世界欲現智慧廣度無極與弟子菩薩釋梵天龍集于精舍放卍字光音清淨遠徹五法大音一曰度人大乘之音二曰度人無彼此之音三曰度人無緣覺之音四曰度人不斷清想善權之音五曰度人逮入生死解其勞塵說法之音國王名處流與

諸人民詣佛禮敬曰久聞如來宣導訓化濟脱生死而無有限吾等眷屬流於生死未蒙解脱願尊垂化令解明法天地震動修菩薩行出現佛胷卍字經

三種密第二

何謂心密四行清淨不失神通建立大哀無極之業以神通變現一切普顯以成諦道智慧之室覩一切法是則正通普御一切其真法者慧神慧通皆顯衆像解暢諸色解暢一切諸佛道法開化一切十方衆生使入法律至阿惟顔轉一切法是爲菩薩心密之業出密迹金剛力士經第二卷菩薩住是金剛三昧以一音聲有所宣説一切衆生各隨種類而得解了示現一色一切衆生各各皆見種種色相安住一處身不移易能令衆生隨其方面各各而見宣説一法若界若入一切衆生各隨本解而得聞之出大涅槃第二十四卷佛以一音宣説法衆生隨類各得解皆謂世尊同其語或有各隨所解普得受行獲其利或有恐怖或歡喜或生猒離或斷疑斯則神力不共法出維摩經第一卷一切法相行無取著建勝寶幢出一大音若樂聞施惠得解脱者即聞如來説施利益戒慧等樂亦復如是説大乘法無一衆生不解脱者出觀佛三昧經第三卷佛以一言説一切法大千衆生以無量音一時問難皆各不同於一念中以一音答皆令開解出華嚴經第二十六卷首楞嚴明身密悲華第七卷第十分別應刀辯經並明口密大同

受阿耆達請三月食馬麥第三

隨羅然國或云毗羅然有婆羅門王名阿耆達聰明多智往詣阿難邠坻廣共論議言訖問須

達多言此土有神人可宗者不荅曰有悉達
太子出家成佛相好殊特天人所尊阿耆達
即命駕往詣祇洹見佛威神心敬内發即起
白佛願佛及僧顧我三月夏坐佛言我此衆
多而汝異見異信王言不以爲多如是至三
佛與五百比丘一時受請往至其國城邑隘
陋民窮少信乞食難得先無精舍城北有林
枝葉欝茂其地平博與衆頓止勑諸比丘汝
等當知此邑窮隘人多不信乞食難得若欲
於此安居者住不者隨意時舍利弗獨往阿
牟迦末迦山受天帝釋及阿脩羅女請天食
供養時有天魔迷惑王心使還宮内耽荒五
欲一者寶飾二者女樂三者衣食四者榮利
五者色欲還入後宫勑守門者三月之内不
問尊卑外事大小悉不得啓迷忘供養又無
恒命供養滿六日便止諸比丘乞食極苦難
得時大目連白佛有樹名閻浮我欲取其果
供養大衆有訶梨勒林阿摩勒林欝單越有
自然粇米忉利天食修陁味普皆欲取以供
大衆有甘地味我以一手擎諸衆生一手反
地令諸比丘自取而噉願見聽許佛言汝自
有大神力諸比丘惡行報熟不可移轉一皆
不聽是國有清水美草有波羅國人逐水草
牧馬欲令肥丁來到此處馬士信佛心淨告
諸比丘言我等知僧飢極而食皆盡正有馬
麥君能噉不諸比丘白佛佛告馬屬看馬人
人能以好草鹽水食馬此麥自在應受馬有
五百疋一馬日食二升各分半以給比丘四分
律云馬食一斗分五升給僧有一良馬日食四升分半奉
佛四分律云二斗分一斗阿難取佛分并自分持入聚

落於一女人前讚佛功德有小因緣在此安居汝能爲作乾飯不女言我家多事不能得作傍有一女聞謂阿難言持麥來我爲作飯更有輭善智慧持戒比丘我亦爲作女即作飯與阿難阿難敬佛情深如是思惟佛爲王種常食餚饍此飯麤惡不能益身行水授飯見佛食之悲哽交懷佛知其意欲解釋之汝能噉不阿難言能授而食之滋味非常實是諸天以味加之欣悅無量悲哽即除具陳二女佛言前女若作飯時應爲轉輪王第一夫人不倩而作者此福無量時諸國豪貴居士大富薩薄等聞佛三月食馬麥備衆供養種種餚饍車馬盈道而來奉餉世尊自恣垂至餘七日告阿難汝行入城告阿耆達云安居竟復餘國遊行阿難與一切比丘俱到王所具陳佛語王猶未悟乃問佛今何在阿難言受王三月請始竟今故在國王又問阿難誰供給阿難言窮苦理極佛與衆僧三月食馬麥王始自覺悟如何令佛及僧三月食馬麥惡聲醜名流布諸國憂愧愁惱與諸宗親共往詣佛深自懺悔更請留佛佛受七日辦種種食劫貝四張革屣一量奉佛劫貝二張革屣一量施僧善見毗婆沙云集其兒孫語云我先請佛三月安居不得一日供養奉事今以三月供限併設明日以二衣施佛二衣施僧白氎各一雙又施絳欽婆羅各一張又施鉢兜那波吒衆言綃百藥膏各滿一器王取其供徧散道中欲令蹈過佛言粮食應噉不宜足蹈佛乃爲受皆悉呪願王心悅結解逮法眼淨出中本起經下卷十誦彌沙塞律同

與五百僧食馬麥緣第四

過去久遠世時佛名毗婆葉在槃頭摩跋城

王名槃頭有婆羅門名因提耆利慱達四韋及諸筭術及婆羅門戒教五百童子王設會請佛供饌精美衆有一比丘名曰彌勒病不能行食竟爲病人請食梵志不與罵曰髠頭沙門正應食馬麥不應食如是甘美之供時諸童子曰實爾舍利弗時婆羅門者我身是也五百童子今五百羅漢是病比丘今彌勒是（出興起行經下卷）

現鐵杙報第五

舍衛城中有二十人復與二十人共爲怨敵時四十人各欲相害伺覔方便承佛威神尋詣佛所佛化四十人當有鐵杙（或云佉陀羅刺）自然來入佛右足大指言未竟杙在佛前目連白佛今拔鐵杙著異世界佛言以精進力欲拔鐵杙者三千大千世界爲人震動不能搖杙如毛髮許也佛往梵天杙輒隨之還舍衛城杙亦在前如來取杙以足蹈上目連白佛如來何罪而獲杙殃佛曰昔五百商人一懷惡心吾即害之是其餘殃四十人聞是自相謂言法王尚爾况於吾等當不受罪乎悔過自首入平等慧（出慧上菩薩經下卷）

化四梵志掩耳不受但各聞一句得道第六

昔有婆羅門四人皆得神通身能飛行神足無礙此四梵志自相謂言其有人民以餚饌食施瞿曇沙門者便得生天不離福堂有聞法者入解脫門我等今日意貪天福不願解脫不須聞法是時四人各執四瓶甘美石蜜一人先至奉上世尊佛告梵志說所行非常梵志聞即掩耳次第二人復說謂法興衰梵志聞亦掩耳次第三人復說夫生輒死梵志

聞亦手掩耳次第四人復說此滅爲樂梵志聞亦掩耳各捨之去自相謂言瞿曇沙門有何言教前者對曰我聞一句所行非常次第二三四復自陳說與說此偈已心開意解得阿那含道爾時四人自知各得道證還自懇責至如來所頭面禮足在一面立白世尊曰唯願如來聽在道次得爲沙門世尊告曰善來比丘快修梵行爾時四人頭鬚自墮身所著衣變爲袈裟尋於佛前得羅漢道（出無常經）

化作梵志度多昧象王第七

昔有婆羅門國名多昧象其王奉事異道王忽一日發於善心欲大布施如婆羅門法積七寶如山有來乞者聽令自取重一撮去如是數日其積不減佛知是王宿福應度化作梵志往到其國王出相見禮問起居曰何所求索莫自疑難梵志答言吾從遠來欲乞珍寶持作舍宅王言大善自取重一撮去梵志取一撮行七步還著故處王問何故梵志答曰此纔足作舍復當娶婦爠不足用是以不取王言更取三撮梵志即取行七步復還故處王問何以答言此足娶婦復無田地奴婢牛馬是以息意也王言更取七撮梵志即取行七步復還故處王言復何意故梵志答言若有男女當復嫁娶吉凶用費計不足用是以不取正言盡以積寶持用相上梵志受而捨去王甚怪之重問意故梵志答言本來乞匃欲用生活諦念人命處世無幾萬物無常旦夕難保因緣遂重憂苦日深積寶如山無益於已貪欲規圖唐自勤苦不如息意求無爲道是以不取王意開解奉教於是梵志現

佛光相涌住空中爲説偈言
雖得積珍寶　嵩髙至于天　如是滿世間
不如見道迹　不善像如善　愛而似無愛
以苦爲樂像　狂夫之所猒
王見佛光又聞此偈王及羣臣即受五戒得
須陀洹道（出法句譬經第一卷）

化盧至長者改兵仗爲雜華第八

南天竺有一大城名首波羅城中有一長者名曰盧至爲衆導主巳於過去無量佛所殖諸善本彼大城中一切人民信伏邪道奉事尼揵我時欲度彼長者故從王舍城至彼城邑尼揵聞我欲至彼城即作是念沙門瞿曇若至此者此諸人民便當捨我不復供給告彼城人沙門瞿曇今欲來此然彼沙門委棄父母東西馳騁所至之處能令土地五穀不登人民饑饉死亡者衆初無安樂彼人聞巳即懷怖畏白言大師當設何計尼揵答言沙門瞿曇性好叢林流泉清水外設有者宜應毀壞汝等便可相與出城斬伐林木勿令有遺流泉井池塡以臭穢堅閉城門各嚴器仗當壁防護勤自固守彼設來者莫令得前我等亦當作種種術令彼瞿曇復道還去彼諸人民敬奉施行我於爾時至彼城邑見是事巳尋生憐愍慈心向之所有樹木還生如本不可稱計河池井泉其水清淨盈滿其中如青瑠璃生衆雜華彌覆其上變其城壁爲紺瑠璃城内人民悉得徹見我及大衆門自開闢無能制者所嚴器仗變成雜華盧至長者而爲上首與其人民俱共相隨來至我所我即爲説種種法要令彼諸人一切皆發阿耨

多羅三藐三菩提心（出涅槃經第十四卷）

化作沙門度五比丘第九

昔波羅奈國有山去城四五十里有五沙門處山學道晨旦出山人間乞食食訖還山晚暮乃到往還疲極不堪坐禪思惟正定歷年如是不能得道佛愍念之勞而無獲化作一道人往到其所問諸道人隱居修道得無勞倦諸沙門言吾等在此去城太遠四大之身當須飲食日日往還疲勞歷歲不得修道爲當正爾畢命而已道人語曰夫爲道者以戒爲本攝心爲行賤形貴眞朽棄軀命食以支形守意正定内學止觀滅意得道養身縱情安得免苦願諸道人明日莫行吾當供養諸道人休息一日時五沙門意大歡喜怪未曾有安心定意不復憂行明日中此道人送食食訖安和心意恬惔理化道人爲說偈已顯現佛身相光之容是五沙門精神震疊感思惟戒即得阿羅漢道（出法句譬經第三卷）

現爲沙門化慳貪夫婦第十

舍衛國有一貧家夫婦慳貪不信道德佛愍其愚現爲沙門詣門分衛時夫不在其婦罵詈無有道理沙門語曰吾爲道士乞匃自居不得罵詈惟望一食婦曰若汝立死食尚叵得況今平健欲望我食但稽時節不如早去於是沙門住立其前戴眼抒氣便現立死身軀膖脹鼻口蟲出膓潰腹爛不淨流溢婦見恐怖失聲棄走於是道人忽然捨去去舍數里坐樹下息其夫來歸道中見婦怪其驚怖其婦語夫具陳此事夫大瞋怒問爲所在婦曰已去想亦未遠夫即執弓帶刀尋跡往逐

張弓拔刀奔走直前欲斫道人道人即化作瑠璃小城以自圍繞數帀不能得入即問道人何不開門道人曰欲使開門棄汝弓刀其人自念當隨其語若當得入手拳加之尋棄弓刀門故不開復語道人已棄弓刀門何不開道人又曰吾使汝棄心中惡意弓刀耳非謂手中弓刀於是其人心驚體悸道人神聖乃知我心即便叩頭悔過自責啓道人曰我有弊妻不識真人使我興惡願小垂慈莫便見捨今欲將來勸令修道即起還歸其妻問曰沙門所在其夫具說神變之德今者在彼卿宜自往改悔滅罪於是夫妻至道人所五體悔過願爲弟子請問瑠璃城堅固難踰志明意定永無憂患何德致此神妙道人答曰吾博學無猒奉法不懈精進持戒心不放逸緣是得道自致泥洹出法句經第三卷

化屠兒及諸梵志令得道迹第十一

昔有五百婆羅門常求佛便欲誹謗之自共議言當使屠兒殺生請佛及諸衆僧佛必受請讃歎屠兒吾等便前而共譏之佛即受請告屠兒言果熟自墮福熟自度屠兒還歸供設飲食佛將諸弟子到屠兒村中至檀越舍梵志大小皆共歡喜今日乃得佛之便耳若讃福者以其前後殺生作罪持用譏之若當說其由來之罪者當以今日之福難之二者之中今乃得便佛到即坐行水下食於是世尊觀察衆心應有度者即出舌覆面舐耳放大光明照一城内即以梵聲說偈呪願

如真人教　以道活身　愚者嫉之　見而爲惡
行惡得惡　如種苦種　惡自受罪　善自受福

亦各自熟　而不相代　習善得善　亦如種甜
五百梵志意自開解即前禮佛五體投地來
受聖訓唯願愍育得爲沙門佛即聽受皆爲
沙門村人大小見佛變化莫不歡喜皆得道
跡稱之賢里無復屠兒之名出法句譬經第一卷

化大江邊諸無信人第十二

舍衛東南有大江水既深而廣五百餘家居
在岸邊未聞道德度世之行習於剛强欺詐
爲務貪利自縱快心極意佛知此家福應當
度往至水邊坐一樹下村人見佛光明奇異
莫不驚肅皆往禮敬或拜或揖問訊起居佛
命令坐爲説經法衆人聞之心猶不信佛化
一人從江南來足行水上止没其踝來至佛
前稽首禮佛衆人見之莫不驚怪問化人曰
吾等先人已來居此江邊未曾聞人行水上
者卿是何人有何道術履水不没化人答曰
吾是江南愚直之人聞佛在此貪樂道德至
南岸邊不時得度問彼岸人水爲深淺彼人
見語水可齊踝吾信其言便爾來過無他異
術佛讚言善哉夫執信誠可度生死之淵數
里之江何足爲奇村人聞已心開信堅皆受
五戒爲清信士出法句經第三卷

濟五百賊出家得道第十三

時舍衛毗舍離二國有嫌互相抄伐舍衛國
王作是念我爲國王應却敵安民云何使賊
劫掠人物即勑將士仰汝追捕必使擒獲時
舍衛比丘安居竟欲詣毗舍離諸比丘失道
墮彼賊中時比丘問言長者汝欲何去答言
向毗舍離比丘復言當共作伴彼即答言我
等是賊經陟榛木行不擇路汝是善人云何

隨我比丘復請願將我去語言未竟追捕尋至合捉比丘將至王所此是羣賊王言先將比丘來王言汝出家人云何作賊答言我非是賊何故相隨比丘具以上事白王王言遣去王問賊言此出家人是汝伴不答言是伴王言將賊去更喚比丘王問比丘妄語欺官賊道汝是伴何以言非比丘答如初王即勑放賊如法治取五百賊著迦毗羅華鬘打鼓巡令欲將殺之賊大啼喚佛知故問衆多人聲比丘答言世尊是五百賊被王教殺是其聲耳佛告阿難汝往語王汝是人王當慈民如子云何一時殺五百人阿難受教即詣王所具陳佛語王言尊者我知是事殺一人罪多況復五百但數壞聚落抄掠人民世尊能使不復作賊可放令活阿難還具白佛佛語阿難語王但放我令此人從今日後更不作賊阿難受教先到刑處語監殺者言是諸罪人世尊已救未可便殺復至王所世尊語王能令此人更不作賊王即原命且未解縛送詣世尊爾時世尊欲度彼人在露地坐賊遥見佛繫縛自解頭面禮足却住一面佛觀其縁隨從說法布施持戒行業報應苦集盡道四眞諦法即於是時得須陀洹道問言汝等樂出家不答言世尊我等先若出家不遭此苦唯願今者度我出家佛言善來比丘時五百賊舉身被服變爲三衣自然鉢器威儀庠序如似百歲舊比丘皆成羅漢出僧祇律第十九卷

吹香山藥入五百盲賊眼中還得清明第十四

憍薩羅國有五百賊波斯匿王恚其縱暴遣

兵伺捕得已挑眼逐著黑闇叢林之下是諸羣賊已於先佛殖衆德本既失目已受大苦惱各作是言南無佛陀我時住在祇洹精舍聞其音聲即生慈心時有涼風吹香山中種種香藥滿其眼眶尋還得眼如本不異諸賊開眼即見如來住立其前而爲説法賊聞法已發阿耨多羅三藐三菩提心出大涅槃第十四卷大方便佛報恩經第七卷大同

化作執著婆羅門子令其父母還得本心第十五

毗舍離國有婆羅門執著邪見無有子息慮忽崩亡財賄没官奉祠諸山及諸樹神覺婦有娠月滿生男其兒端正父母愛念至年十二出外遊觀道逢醉象蹋即命終父母懊惱心發狂癡裸形而走如來慈念化作其兒父母前抱歡喜無量狂癡即滅還得本心佛爲説法即發道心出大方便佛報恩經第四卷

化婬女令生猒苦第十六

佛告阿難我昔夏安居時婆羅奈國有一婬女名曰妙意於佛有緣佛與難陀將往婬女舍日日乞食此女於我不曾恭敬但於難陀偏生愛著已經七日女心念言沙門瞿曇若能遣難陀阿難從我所願我當種種供養佛告阿難難陀汝從今日莫往彼村世尊獨至女樓一日至三日放金色光化諸天人此女不悟後日世尊復將阿難難陀在樓下行婬女愛敬二比丘故遥以衆華散佛及二比丘阿難告言汝可禮佛女愛阿難應時作禮佛化作三童子年皆十五面貌端正女見歡喜爲化少年投地敬禮白年少言丈夫我今此

舍如功德天富貴自在衆寶莊嚴我今以身及以奴婢奉上丈夫可備灑掃若能顧納隨我所願一切供給無所愛惜化人坐牀未及食頃女前親近言願遂我意化人不違一日一夜心不疲猒至二日時愛心漸息至三日時白言丈夫可起飲食化人即起纏綿不已女已生猒悔白言丈夫異日乃爾化人告言我先世法凡與女通經十二日爾乃休息女聞此語如人食噎既不得吐又不得咽身體苦痛如被杵擣至四日時如被車轢至五日時如鐵丸入體至六日時肢節悉痛如箭入心女念言我聞淨飯王子救濟苦人今日何故不來救我作是念已懊惱自責我從今日乃至壽終不貪色欲寧與虎狼師子惡獸同處一室不受此苦作是語已復起飯食行坐共俱無奈之何化人亦瞋唾云弊惡女癈我事業我今共汝合體一處不如早死父母宗親若來覓我於何自藏我寧自縊死不堪受恥女言弊物我不用爾欲死隨意化人取刀刺頸血汙女身逶迤在地女不能勝亦不得免死經二日青瘀臭黑三日胮脹四日爛潰大小便利及諸惡蟲迸血諸膿塗漫女身女極惡猒而不得離至五日時皮肉漸爛至六日時肉落都盡至七日時唯有臭骨如膠如漆粘著女身女發誓願若諸天神及與仙人淨飯王子能免我苦我持此舍一切珍寶以用給施作是念時佛將阿難難陀帝釋在前擎寶香鑪燒無價香梵王在後擎大寶蓋無量諸天伎樂佛放常光照曜天地一切大衆皆見如來詣此女樓時女見佛心懷慚愧藏

骨無處取諸白氎無量衆香裹其臭骨臭勢如故不可覆藏女見世尊即爲作禮以慚愧故身映骨上臭骨忽然在女背上女流淚而言如來功德慈悲無量若能令我離此苦者願爲弟子心終不退佛神力故臭骨不現女大歡喜爲佛作禮白佛言世尊我今所珍一切施佛佛爲呪願梵音流暢女聞歡喜應時即得須陀洹道出觀佛三昧經第三卷

現五指爲師子第十七

善男子我入王舍大城次第乞食提婆達多教阿闍世王即放護財狂醉之象欲令害我及諸弟子我於爾時即入慈定舒手示之即於五指出五師子是象見已其心怖畏失大小便舉身投地敬禮我足善男子我時手指實無師子乃是修慈悲善根力故令彼調伏出大涅槃第十四卷

以足指散巨石第十八

復次善男子我欲涅槃始初發足向拘尸城有五百力士於其中路平治掃灑中有一石衆欲舉移盡力不能我時憐愍即起慈心彼諸力士尋即見我以足拇指舉此大石擲置虛空還以手接安置右掌吹令碎末復還合之令彼力士貢高之心息即爲略說種種法要令其俱發阿耨多羅三藐三菩提心出涅槃經第十四卷

經律異相卷第五

音釋

杙與職切檿
邠坻邠彼貧切坻直尼切
隘烏懈切狹也
耽都含切過樂也
餉式亮切饋也
屣所綺切履屬
蹈徒到切踐也
饌士戀切具食也
伺相吏切闚視也
自首首舒救切咎自陳也
懇口很切懇悃至誠也
撮倉括切捎取也
匄居大切乞也
騁丑郢切馳騁奔走也
恬惔恬徒兼切惔徒敢切安靜也
分衛梵語也此云乞食
叵普火切不可也
抒直呂切泄也
悸其季切動也
抄楚教切略取也
掠力灼切劫奪也
擒渠今切捉也
娠升人切妊也
裸郎果切赤體也
噎一結切食窒氣不通也
轢郎狄切車踐也
縊於豉切自經也
頸居郢切頭莖也
逶迤逶於危切迤余支切猶匍匐也
殨胡對切肉爛也

經律異相卷第六

梁沙門僧旻寶唱等奉　勑撰

現涅槃後事佛部第六

造佛舍利塔第一

天人龍分舍利第一

佛涅槃後時波波國諸末羅衆（此言力士）遮羅頗

國諸跋離衆羅摩伽國拘利衆毗留提國婆羅門衆迦羅衛國釋住衆毗舍離國諸離車衆摩竭提國阿闍世王（胎經云優田王頂生王惡生阿闍世王最兵馬主客頗兵馬主熾盛兵馬主金剛兵馬主）各嚴四兵王遣香姓婆羅門（十誦律云姓煙胎經云優波吉）白拘尸力士言佛是我師我之所尊於君國内而取滅度故從遠來請舍利分還國起塔若分與我者舉國寶重與君共之力士答曰世尊屈降此土於茲滅度國内士民自當供養遠勞諸君不可得也諸王共議遜言和求既不見與不惜身命當以力取力士王曰若欲舉兵力足相抵終不可得香姓婆羅門於八衆中高聲唱言佛積善修忍於無量劫諸君亦應聞又讚忍辱何可與師共相凌奪此非敬事今舍利現在但當分作八分使處處人民皆得供養諸君亦皆受佛戒口誦法言可爭舍利遂相殘害力士報言敬如君議時煙婆羅門即分爲八分時釋提桓因即現爲人語諸王言我等諸天亦當有分若共爭力則有勝負幸可見與勿足相難時阿耨達龍王文隣龍王伊那鉢龍王語八王言我等亦應有舍利分若不見與力足相伏時優波吉告言諸君且止宜共分之即分爲三分一分與諸天一分與諸龍王一分屬八王以蜜塗甕裏以甕量之諸天得分還於天上起七寶塔龍王得分還於龍宮亦起寶塔阿闍世王共數其分各得八萬四千舍利餘有佛口一髭無敢取者以阿闍世王初求舍利投地氣乏最爲篤至共持與之阿闍世歡喜鼓樂動天難頭和龍王中道相逢曰佛留舍利持一分與我王曰不可得

也龍曰我是難頭和能舉卿國土擲八萬里外磨碎如塵王即怖懼以佛髭與之龍於須彌山下起水高八萬四千里聳水精瑠璃塔阿闍世王崩阿育得其國土時大臣白阿育王曰難頭和龍先易阿闍世奪將佛髭去阿育聞之即勑鬼神王作鐵網鐵籍置須彌山下水中欲縛取龍王龍王大怖共設計言阿育事佛伺其熟卧取其宮殿移著須彌山水中水精塔下自出相見具說本末其瞋必息便遣龍捧取阿育宮殿眠覺不知何處見水精塔高八萬四千里喜怖交懷難頭和龍自出辭謝云阿闍世王自持與我我不奪也釋迦如來昔與我約云吾涅槃後劫將盡時所有經律及袈裟應器皆取藏此塔中彌勒來下當復出之龍送王宮置於本處煙婆羅門曰請舍利瓶菩薩胎經云甕我還頭那羅聚落起於瓶塔力士與之以瓶及著瓶舍利共起寶塔波羅延那婆羅門居士復言燒佛處炭與我我還本國起為炭塔衡國異道士求取地灰還國起塔力士並然亦有於闍維處起立寶塔灰炭及土四十九斛所起寶塔四十九所皆置長表法輪繒旛出雙卷泥洹十誦律序菩薩處胎經及阿育王經

阿育王造八萬四千塔第二

阿育莊嚴四兵往開七塔欲取舍利唯餘龍塔龍將王入宮言此塔我所供養願為留之王即聽許還國造作八萬四千寶函分布舍利徧此函中復作八萬四千寶瓶及諸旛蓋將諸旛蓋付諸夜叉於閻浮提一切地乃至大海處起塔先諮耶舍羅漢云欲於一日一

念中起八萬四千塔令一時俱成耶舍羅漢
甚相讚美王後與龍校其功德並稱二像而
龍重王輕王廣請衆僧植功不息後復共稱
輕重衡平王轉復修習知功德日多興兵往
討始造中路龍王大小莫不奉迎一塔舍利
并以恭獻王後觀佛得道化人之處隨處造
塔（出阿育王經第一卷又出雜譬喻經上卷）在王境內有一千二
百寺造織金縷旛亦一千二百又千葉金華
欲手自懸散始辦而遇重疾恐乖本心泫然
泣下沙門謂王曰所修功德不可計數正當
開意何用憂爲但自一心我當令王得果所
願沙門即以神力使一千二百寺皆現王前
病苦即滅欲繫諸旛凡諸刹杪低就王手成
就本願延壽二十五年（出迦葉經又出雜譬喻經）又興功
德二十年中臨命終時繫念三寶心心不絕
無所悋惜盡成菩提（出雜阿含經第二十五卷）

阿難問八萬四千塔因第三

阿難白佛先何因分身舍利起八萬四千寶
塔佛言過去有國王名波塞奇領閻浮提八
萬四千國時世有佛名曰弗沙王與臣民供
養於佛及比丘僧時王念言邊陲小國處所
偏僻人民之類無由修福即召畫師圖畫佛
像分布遠國咸得供養時諸畫師看佛相好
適得一處忘失餘處不能得成時波塞奇王
調和衆采自手畫像以爲模楷諸師寫學畫
八萬四千像分布八萬四千小國王皆得供
養波塞奇王今我是也緣此功德身有三十
二相涅槃之後得八萬四千諸塔（出賢愚經第四卷）

弗沙蜜多羅王壞八萬四千塔第四

阿育王崩諸臣欲立太子以紹王位有一大

臣名阿㝹羅地曰阿育大王誓捨滿十萬億金作諸功德少四億太子封藏不與王捨閻浮提地以施佛法僧欲以滿足今日大地皆屬三寶云何便使太子為王諸臣即辦四億金送寺然後共立如是四世王名弗沙蜜多羅問諸臣曰我當作何等令我名業久存有臣啓王曰先王阿育造八萬四千如來之塔復興種種供養名德相傳無有斷絕王曰先王有大威德能辦此事我不能作更思餘事有一臣曰有二種法名傳不滅一者作善二者作惡先王造塔今王壞塔二俱不朽王乃從之即與四兵往詣寺舍先至雞雀寺中門前有石師子即作師子吼王聞驚怖還入城中如是再三呼諸比丘問言我壞塔壞房何等為善比丘答曰並不應行必不得已寧壞僧房勿壞塔也王即殺害比丘壞諸塔寺至婆伽羅國又復唱言若有得沙門頭者賞之千金此國有一羅漢化作多比丘頭傳與百姓送往請金王之庫藏金寶竭盡後知羅漢倍復瞋忿羅漢入滅盡定王往殺之終不能得以滅盡定力不傷其體如是漸進至塔門邊牙齒塔神曰有蟲行神先求我女我不與之今為護法即呼女與共立誓言卿伏此王勿壞正法時蟲行神往南方海中排搗大山推笮王上及四兵衆無不死盡人唱言快哉快哉孔雀苗裔於此永盡出雜阿含經第二十五卷

天愛帝須王起塔請舍利及菩提樹第五

摩哂陀等諸比丘受師子國王名天愛帝須夏三月四事供養訖辭王曰昔依師目下朝夕承事供養禮拜違曠既久今欲歸去王曰

依於法師得受歸戒四事供養何等不樂先言佛佛已涅槃今言欲還問訊諸比丘曰佛般涅槃舍利尤在王曰諸大德當欲令我起塔爲量度好處安處即到沙彌修摩那所問曰當云何得如來舍利沙彌答曰但淨治道路燒香散華王與眷屬俱受八戒出那伽國林自當致也王即辦具修摩那還啓其祖具宣上事欲起塔廟願賜舍利阿育曰汝可往忉利天宮白帝釋帝釋有二舍利一者右牙留帝釋供養二者右缺盆骨必付汝來開函取舍利置於鉢中滿鉢白光猶如眞珠授與沙彌沙彌復至帝釋宮求右缺盆骨帝釋曰善哉開函與之沙彌以祖所與舍利與王王念如來舍利我當頂戴在念未竟象即伏地白傘自下函即上頂王舉體怡悦如得甘露降細微雨大地震動王問大德今當何置答曰下象頭上象發音聲供養舍利天龍鬼神皆大歡喜即入城内人民供養從南門出園繞取塔昔三佛舍利亦在此塔園中即斫伐棘刺先起塔基與象項等白大德言塔形云何摩哂陀答曰猶如積稻王曰善哉即起小塔欲下舍利舉國人民一切皆集舍利於象頂上昇虛空高七多羅樹現諸神變五色玄黄或時出水或時出火仍取舍利安置塔中天地震動大王夫人名阿㝹羅求從摩哂陀出家摩哂陀言我不得度女人我妹名僧伽蜜多在波吒利弗國王可往迎并菩提樹王遣外甥名阿摽叉摩哂陀以神通力即令下船一日便至白阿育王言摩哂陀使我來具陳上意王曰我兒摩哂陀孫子修摩那別後

憂念不歡於心日夜煩惱如斷手足時見此尼得釋我心今復去者我必死矣語尼莫去尼白王言見意難違刹利夫人見待出家王許并菩提樹不可刀斧分目犍連子帝須曰如來在世已有五勑一阿育王取菩提與師子國不用刀斧南枝自斷入於金盆二上升虛空凌雲而住三七日後自下還金盆中布葉榮茂雖離結實其葉玄黄四師子國初欲得我舍利當作種種神變五若所有相好到師子國如我在世王聞歡喜因立誓曰若許取枝者令樹悉現一切南枝若許往師子國者願目落金盆樹復如本即以香泥滿金盆中以八月十五日晡時筆畫樹枝曲處凡作十畫前於畫生根後一畫便斷根長四寸又生細根交横抽杈猶如羅網大枝長十肘復有五枝各長四肘五枝各生一子復有千小枝王見神變心大歡喜向樹大叫衆僧唱薩小王及部從一切大衆皆悉大叫地神驚怪亦復大叫聲徹虛空如是展轉至于梵天樹枝從本斫處即有百根直下盆底十根穿盆下九十細根圍繞而生如是次第日夜增長時地六種震動空中諸天作衆妓樂諸山樹木如人舞狀天人拍掌夜叉㷫笑阿脩羅王歌唄讚詠梵王欣悦於虛空中雷電霹靂四足衆生馳走鳴喚諸鳥飛翔出種種音菩提樹子出六色光光明徧照滿於娑婆上至梵天時菩提樹上昇虛空停住七日竟大衆唯見光明不見盆樹王即從座而下供養菩提樹經歷七日樹復放光照娑婆世界上至梵天攝光還復虛空皆清布葉結實從虛空下

還入金盆王見歡喜復更以閻浮利地供養小菩提樹滿於七日王拜菩提樹七日爲閻浮利地王九月十五日衆僧布薩菩提樹從本生處來到波吒利弗國城東住娑羅樹下枝條鬱茂王見歡喜又拜爲閻浮利地王白僧伽蜜多言時可去矣答言善哉大王即與八部鬼神護菩提樹八種大臣八種婆羅門八種居士八具波伽人八鹿羅車人八迦陵伽人王與八金甕八銀甕捶水灌菩提樹受王教已依事而作王與大衆繞菩提樹送於路上天人夜叉乾闥婆阿脩羅日夜供養到多摩摽諸王自擔菩提樹入水齊頸即上船上與僧伽蜜多王喚阿摽叉阿摽叉菩提樹在我國我以閻浮利三拜爲王我自戴菩提樹入水至頸送置船上勑阿摽叉菩提樹往到彼國汝可語汝王身自下水水没至頸迎菩提樹頂戴擔上如我於此種種供養作是勑已船即發去是時海中當船住處縱廣一由旬無有波浪王自念言佛菩提樹今從我國去作是念時流淚悲噎船去之後王遥望見種種華從海水出隨從船後以供養之又虚空中散種種華妓樂供養水神又以種種華香供養如是展轉乃徹龍王宫龍王即出欲奪取菩提樹於是僧伽蜜多比丘尼化作金翅鳥王龍王頂禮白言今我欲請菩提樹及大德還我宫中七日供養於是菩提樹及大衆悉入龍宫龍王以王位拜樹爲王七日供養過七日已龍王自送菩提樹到閻浮俱那衞渚阿育王遥望不復見菩提樹啼哭而還是時天愛帝須王平治道路從城到俱那

渚地平如掌僧伽蜜多以神通力令王於宮城内遥見菩提樹來王出渚迎閻浮俱那衛入水齊頸樹放六色光王見歡喜即以頂戴上岸國有耆舊十六大姓與王共迎菩提樹樹到岸上三日以師子洲供養菩提樹十六大姓知王國事三日竟至四日擔菩提樹次第到阿㝹羅陀國舉國人民歡喜禮拜供養十月十四日過中菩提樹從北城門入城中央而復更從城南門出從城南門去五百弓此處過去諸佛亦皆入於三昧俱那衛佛菩提樹名摩訶沙利婆拘那含佛菩提樹名憂曇鉢迦葉佛菩提樹名尼俱陀於伽彌國中沙彌修摩那令作基墲都圍度量布置門屋及菩提樹所止之處皆令方整置王門屋處是時十六大姓悉公服圍繞種王門屋地始放於樹樹昇虚空高八十肘即出六色光照師子國皆悉周徧上至梵天衆見樹變心大歡喜衆中萬人同時念佛次第出家得羅漢道日光未没樹猶在虚空日没之後婁昔皆下至地大震動時摩哂陀與僧伽蜜多王及國人集菩提樹下北枝一子而熟從枝墮落以奉摩哂陀摩哂陀以核與王令栽王即受於金盆中以肥土壅又以塗香覆上須臾之間即生八株各長四肘王見驚歎以白傘覆上拜小樹爲王王取一株種於閻浮俱那衛渚又取一株薄拘羅婆門村中種又取一株種牧門中又取一株種塔園中又取一株種摩醯首羅寺又取一株種支帝耶山中央又取一株種樓醯那村又取一株種佳羅村餘四子在樹上次第熟落合生三十二株悉取

於由旬園種如是轉增滿師子國以菩提樹故國土安隱無有災苦時阿㝹羅夫人與千女俱往僧伽蜜多所爲比丘尼從度之後次第得阿羅漢王外甥阿摽又與五百人出家次第得阿羅漢又一日王與摩哂陀往禮菩提樹到鐵殿處人民獻華於王王以華奉摩哂陀法師以供養鐵殿華墮地動王問大德地何忽動答言大王當來此殿衆僧說戒是故地現此瑞也次第而去到菴羅處有人以菴羅子香味具足獻王王以奉摩哂陀摩哂陀噉核語王言可種此核王即種之以水灑地地皆震動王問何故地動答言當來世衆僧方集處故現瑞相也王即散華作禮而去到支帝耶處有人以瞻蔔華獻王王以奉摩哂陀地動王問何以地動答言當來此處起佛大塔故現此瑞王言我今當立塔摩哂陀答言不須王立王多諸造作當來世有王孫子名木杈伽摩尼阿婆耶當起大塔王問是我孫耶獲其福不答不得王取一石柱高二丈而尅石柱記我孫名木杈伽摩尼阿婆耶當來此中起大塔出善見律毗婆沙第三卷

迦羅越比丘共人起塔獨加供養故手雨七寶第六

昔阿育王國有迦羅越供養二萬比丘長請一年名聞國王王召見之聞卿家大富盡有何物耶對曰實無所有王不信之留迦羅越還看其家見門有七重舍宅堂宇皆以七寶有勝王宮婦女亦勝但無穀帛錢物還以白王王意漸解迦羅越笑王問何所笑耶答曰王不見信耳迦羅越以手指東空中便雨七

寶指南亦雨寶不可限量王便遣還而衆僧精舍去宮不遠王便嚴駕詣精舍見比丘僧作禮恭肅問上座道人迦羅越宿有何福自然珍寶念之便至上座比丘入三昧觀四百田旬人物心念見長者子昔惟衛佛時有四人共立塔寺中有一人用意慇懃塔寺成後以金銀七寶及衆好華共合和之上三重塔上以雨散四面願後食福恒不斷絕今得自然寶者是此一人王聞大修功德（出譬喻經第一卷）

須達起髮爪塔第七

佛久遊諸國長者須達思戀渴仰白佛言願留少物常得供養佛與髮爪願聽起塔佛乃許之於舍衛國造作欒栱彩畫莊嚴（出十誦律善誦第一卷）

身去影存仙人從化起髮爪塔第八

佛至月氏國西降女羅刹時宿石窟中于今佛影猶在有人就内看之則不能見出孔則見光相如佛有時飛到罽賓國隸跋陀仙人山上住虛空中降此仙人仙人言我樂住此願佛與我髮爪起塔供養塔今見在山下有離越寺離越云隸跋陀（出大智論第十二卷）

天起佛牙及缺盆塔第九

佛右牙右缺盆骨在忉利天天師子洲起塔請得二缺盆及牙今在釋宮（出善見毗婆沙第二卷）

幼童聚沙爲塔第十

佛遊波羅奈時五百幼童相結爲伴俱共行戲於江水邊聚沙爲塔各自說言吾塔甚好卿斅吾作其五百童雖有善心宿命福薄天大暴雨江水卒漲五百幼童俱時溺死父母號哭求索屍葬莫知所在佛言宿命不識匆

生怨恨此諸兒等宿命應爾今生兜率天佛放光明令此父母遠見其子尋時皆來散華供養佛言善哉因造沙塔即得生天見彌勒佛五百天子各啓父母勿復憂愁但努力精進繞佛三帀作禮飛去（出五百幼童經又出生經第四卷）

獼猴起土石塔第十一

佛在羅閱祇國遣一羅漢名曰須曼持佛髮爪往罽賓南山中作一浮圖寺有五百羅漢常止其中旦夕燒香繞塔禮拜五百獼猴見道人供養入深澗邊負擔泥石起立佛塔竪木爲刹繫以弊旛旦夕禮拜暴水汎漾一時漂死生忉利天即以天眼自見本末各持華香妓樂臨故屍上繞之七帀諸天遙見散華奏樂繞獼猴屍有五百婆羅門外學邪見問天曰何爲屈意供養於此答曰是吾故身昔在世間斆諸沙門戲立塔寺藉此生天今報之恩卿等邪見百劫勤苦無所一得不如共往耆闍崛山禮拜供事其福無限時婆羅門即皆欣然共至佛所五體投地散華供養（出法句譬喻經第一卷）

天上四塔第十二

忉利天城東照明園中有佛髮塔城南麤澁園中有佛爪塔城西歡喜園中有佛鉢塔城北駕御園中有佛牙塔（出集經抄大智論云帝釋取菩薩髮城東門外立塔又持寶衣亦於城東立塔）

人中四塔第十三

迦維羅衛國謂天地之中立生處塔摩竭提國善勝道場元吉樹下起成道塔波羅奈國仙人住處鹿野苑中立轉法輪塔拘尸那國力士生地秀林雙樹間起般涅槃塔（出集經抄）

摩訶薩埵餘骨起塔第十四

過去王子名摩訶薩埵出遊林野見虎新産七子多日飢餓命將欲絶即脱衣裳以竹刺頸從高投下卧於虎前虎舐其血漸就食盡大王及宮内聽子不還即遣人追求使還具説王勑收其舍利起七寶塔出金光明第四卷

佛現菩薩時舍利塔第十五

有七寶塔從地涌出佛從座起爲塔作禮時道場菩提樹神問曰如來最勝最尊何縁而禮此塔佛答曰昔行菩薩道時有全身舍利在此塔中因是身早成佛道使阿難開塔取舍利示此大衆阿難啓塔開七寶函舍利紅白佛言是戒定慧之所熏修甚難可得最上福田大衆歡喜恭敬頂禮出金光明經第四卷

禁寐王爲迦葉佛起塔第十六

過去世時有禁寐王迦葉如來般涅槃後是王即以金銀爲塔縱廣半由旬高一由旬累金銀爲塹今猶在地中爾時如來即出此塔示諸四衆迦葉全身舍利儼然如本出彌沙塞律第三十卷

治迦葉佛故塔第十七

迦葉佛泥洹闍維之後以佛舍利起七寶塔興敬供養後經數世塔自彫壞無補治者有義合邑九萬三千人時瓶沙王爲上首告衆人曰汝等各自勸勵共造福德佛世難遇人身難得雖得爲人或墮邊地生邪見舍我等何爲貪此俗樂不如開意治朽塔寺即共修理復共發願設有福者不墮三塗及八難處共生人天見釋迦文初會説法皆得度脱以王爲首時人命終生忉利天經歷數世釋迦

出興時九萬三千人生摩竭國瓶沙作王（出出曜經第九卷）

德主王起五百塔第十八

過去世時有轉輪王名曰德主嘗於一日起五百塔高五百由旬（出大智論第五十七卷）

涌出寶塔第十九

爾時佛前有七寶塔高五百由旬縱廣二百五十由旬從地涌出住在空中種種寶物而莊校之五千欄楯龕室千萬無數幢旙以爲嚴飾垂寶瓔珞寶鈴萬億而懸其上四面皆出多摩羅跋栴檀之香充徧世界其諸旙蓋以金銀瑠璃硨磲碼碯真珠玫瑰七寶合成高至四天王宮三十三天雨天曼陀羅華供養寶塔下至八部以一切華香旙蓋妓樂供養寶塔爾時塔中出大音聲歎言善哉釋迦牟尼佛以平等慧教菩薩法四衆聞塔所出音聲皆得法喜怪未曾有此寶塔中有如來全身過去東方無量千萬阿僧祇世界國名寶淨佛號多寶其佛行菩薩道時作大誓願若我成佛滅度之後於十方國土有說法華經處我之塔廟爲聽經故涌現其前爲作證明若有說法華全身舍利在於塔中讚言善哉大樂說菩薩白佛言世尊我等願欲見此佛身佛言多寶佛有深重願若我寶塔爲聽法華經故出於諸佛前時欲以我身示四衆者彼佛分身諸佛在於十方盡還一處然後我身乃出現耳大樂說言我等亦願欲見世尊分身諸佛佛放白毫一光東西南北四維上下諸佛各告衆菩薩言善男子我今應往娑婆世界釋迦牟尼佛所并供養多寶如來

寶塔時娑婆世界即變清淨琉璃爲地寶樹莊嚴黄金爲繩以界八道無諸聚落村營城邑大海江河山川林藪燒大寶香移諸天人置於他土是時諸佛各將一大菩薩以爲侍者至娑婆世界各到寶樹下樹下皆有師子之座高五百由旬十方諸佛皆悉來集坐於八方諸佛欲同開寶塔即從座起住虚空中一切四衆起立合掌一心觀佛於是釋迦牟尼佛以右指開七寶塔户出大音聲如却關鑰一切衆會皆見多寶如來於寶塔中坐師子座全身不散如入禪定又聞其言善哉善哉釋迦牟尼佛快說是法華經我爲聽是經故而來至此爾時四衆等見過去無量千萬億劫滅度佛說如是言歎未曾有以天寶華聚散多寶佛及釋迦牟尼佛上爾時多寶佛於寶塔中分半座與釋迦牟尼佛坐時釋迦牟尼佛坐其半座以神通力接諸大衆皆在虚空（出法華經第四卷）

諸佛舍利在金剛塔第二十

佛告大衆自念古昔所行功德捨身受身非一非二我今說之一身形法此大地種厚八十四萬億里乃有風厚八十四萬億里風下有水厚八十四萬億里水下有火厚八十四萬億里火下有沙厚八十四萬億里沙下有金剛厚八十四萬億里諸佛全身舍利及碎身舍利皆在金剛際刹中金剛刹復厚八十四萬億里名曰妙香佛名不住十號具足現在說法（出菩薩處胎經第三卷）

起塔中悔後生爲大魚第二十一

昔有沙門其家大富造作塔寺以栴檀爲柱

七寶爲刹未成之頃有五百沙門從遠方來而其國内有五百賢者各各給與袈裟被服國人謂寺主遠人當去我先發遣阿闍黎常住自當作分寺主沙門念言我之功德積若須彌不可稱計而國人不能佐助我我但爲一切人賤近貴遠便以火燒寺塔後入地獄畜生各九十劫後作大魚身在海中長四十萬里眼如日月牙長二萬里正白似雪山舌廣四萬里正赤似火山口廣五萬里時有五百人入海採寶正是先身給五百沙門衣者因緣宿對魚張口飲水時舫從流甚疾皆大恐怖同稱南無佛魚聞其音合口而聽水住不流聞船上有諷經之聲魚便淚出自念不聞此音其來甚久因不復食經歷七日命終海中浮屍著岸神生法家墮地能語便識宿命年滿八歲得羅漢道還詣海邊見其故身積骨如山觀髑髏内七日不遍坐燒塔寺百八十劫在惡道中出譬喻經第四卷

造佛形像第二

優塡王造牛頭栴檀像一

優塡王造金像二

波斯匿王造金像三

波斯匿王造牛頭栴檀像四

善容王造石像五

龍王石窟佛影六

優塡王造牛頭栴檀像第一

四部惰於諮聽法釋提桓因請佛昇三十三天爲母說法三月夏安居如來欲生人渇仰不將侍者不言而去時舍衛國波斯匿王及拘翼國優塡王至阿難所問佛在何所阿難

答曰我亦不知二王思覩如來遂生身疾優塡王即勅國内諸巧師匠以牛頭栴檀作如來像舉高五尺出增一阿含第十九卷優塡王問佛曰如來滅後欲作佛像恭敬承事當得何福佛言若作佛形像者世世生處身體完好後死得生第七梵天復生上勝諸天端正無比常生豪貴家氣力超絶衆人愛敬財富無量或生閻浮帝王公侯賢善家或生轉輪王飛行天地或生孝從道德之門死不入三塗出作像因緣經

優塡王造金像第二

佛昇忉利天優塡王不勝戀慕鑄金爲像聞佛當下以象載之仰候世尊猶如生佛乃遥見佛足歩虚空蹈雙蓮華放大光明佛語像言汝於來世大作佛事我滅度後我諸弟子付囑於汝若有衆生造立形像種種供養是人來世必得念佛清淨三昧佛告阿難持我語徧告弟子我滅度後造佛形像相好具足亦作無量化佛及畫佛跡妙系及玻瓈珠安白毫處令人見之心生歡喜能滅百億那由他恒河沙劫生死之罪出觀佛三昧經第六卷

波斯匿王造金像第三

時波斯匿王聞優塡王作如來像而供養之復召工巧以紫磨金鑄如來像高於五尺時閻浮提内始有二像出增一阿含第十九卷

波斯匿王造牛頭栴檀像第四

佛上忉利天爲母說法經九十日波斯匿王思欲見佛刻牛頭栴檀作如來像置佛坐處佛後還入精舍像出迎佛佛言還坐曰吾般泥洹後可爲四部衆作法式像即還坐此像

最是衆像之始後人所法者也佛乃移住兩邊精舍與像異處相去二十步祇洹精舍本有七層諸國競興供養不絶鼠銜燈炷燒旛蓋遂及精舍七重都盡諸國王人民皆大悲惱謂栴檀像已燒却後四五日開東邊小精舍戶忽見本像衆大歡喜共治精舍得作兩重移像本處（出外國圖記）

善容王造石像第五

善容王（又名韋馱首祇阿育王弟也）入山遊獵見諸梵志裸形曝露或食木葉或吸風服氣或卧棘刺中種種自苦以求神仙善容問曰那無成辦梵志答曰坐有羣鹿數共合會我見心動不能自制王曰服食羸劣猶有婬欲釋子沙門飲食甘美在好牀坐衣服隨時香華自熏豈得無耶阿育聞之即懷憂慼吾唯一第忽生邪見恐永迷沒正當除惡勑給妓女共相歡娛王躬語弟何爲取兄妓妾恣意自樂即欲殺之大臣諫曰王唯有一弟又少息胤願聽七日奉依王命王始默然語諸臣曰聽弟著吾衣冠入吾宮裏妓樂自娛至七日王遣使問云意志自由快樂不乎善容曰不見不聞有何快樂王曰觸事如我復云不聞不見耶弟曰應死之人命盡未絶與死無異當有何情著於五欲王曰汝今一身憂慮百端一身應滅在欲不樂莫說沙門憂念三世一身死壞復受一身億百千世身身受苦無量患惱雖出爲人與他走使衣食窮乏念此辛酸故出家爲道求無爲度世之要設不精勤當更歷劫數之苦善容乃心開意解白王曰今聞王教乃得醒悟生老病死實可猒患愁憂苦

惱流轉無窮惟願大王見聽爲道王曰宜知是時弟即出家奉持禁戒晝夜精勤得羅漢道出求離牢獄經

阿育王傳云阿育王聞弟得道深心歡喜稽首禮敬請長供養弟誓依林野以養餘命阿育即使鬼神於城内造山高數十丈斷外人物絶於來徃乃應王命卒捨衣資造石像一軀高丈六即山爲龕室

龍王石窟佛影第六

有龍王請佛常住其所若不住者我發惡心無由得道諸梵天王復慇懃勸請願爲一切衆生莫獨住此龍以七寶殿奉上如來佛言不須但以羅刹石窟施我佛攝神足獨入石室自敷坐具跏趺而坐時羅刹女及龍爲四大弟子及阿難又造五石室佛受那先訶城王及諸國請處處見佛虚空華座滿中化佛龍王歡喜發大誓願願我來世得佛如此佛受王請七日攝於神足從石窟出與諸比丘遊履諸處龍所隨從後佛還國啼哭雨淚白言願勿捨我世尊安慰云當坐汝窟中千五百歲時諸龍王合掌請佛入窟佛坐窟中作十八變涌身入石猶如明鏡在於石内影現於外遠望則見近視則無諸天百千供養佛影影亦説法石窟高一丈八尺深二十四步石色清白出觀佛三昧經第七卷

法滅盡第三

佛言我以正法付囑人天者我法千歲不動過千載後惡風暴雨多諸災患人民饑饉觸物磨滅飲食失味珍寶沉没西方有王名鉢

羅婆北方有王名耶婆那南方有王名釋迦東方有王名兜沙羅此四王皆多眷屬殺害比丘破壞塔寺四方盡亂時諸比丘來集中國拘睒彌國王名摩因陀羅西那生子手似血塗身似甲冑有大勇力有五百大臣同日生子皆血手冑身時拘睒彌國一日雨血王見惡相即大恐怖請問相師相師答曰王今生子當王閻浮提多殺害人爲名難當年漸長大時四惡王從四方來王大憂怖有天神告曰大王且立難當爲王足能降伏四大惡王便依神言捨位與子以髻中明珠冠其子首集五百大臣香水灌頂令往征伐諸臣之子身被甲冑從王征討與四惡王戰殺之都盡王閻浮提治拘睒彌國佛告四大天王巴連弗國當有婆羅門名曰阿耆尼達多通達比陀經論此婆羅門當納妻其妻有娠便欲與人論議以問相師相師答曰是胎中兒當了達一切經論生子明了一切經論及諸醫方教授五百弟子於我法中出家學道得達三藏善能說法辯才巧妙攝多眷屬此巴連弗邑當有大商主名曰須陀那其妻有娠便質直柔和諸根寂靜時彼商主即問相師答曰胎中兒極爲良善月滿生子名曰修羅陀年紀漸長於我法中出家學道勤行精進證羅漢果然其寡聞少欲知足及少知舊居在揵陀摩羅山恒爲難當王說法難當見父王過世兩手抱父屍悲號啼哭憂惱傷心時彼三藏爲王說法王憂惱即止於佛法中主大敬信而發聲唱言自今以後我施諸比丘無恐畏適意爲樂而問比丘前四惡王毀滅佛

法更幾年歲諸比丘答云經十二年王心念言作師子吼我當十二年中供養五衆種種豐足供施之日天當降香澤之雨徧閻浮提一切苗稼皆得增長諸方人衆皆持供養來詣拘睒彌國供養衆僧時諸比丘不勤三業戲論過日貪著利養好自嚴飾身著妙服離出家法形類比丘而是法中大賊壞正法幢建惡魔旛滅正法炬然煩惱火消正法海壞正法山没正法船拔正法樹時天龍鬼神等於諸比丘皆生惡意猒惡遠離不復衛護而同聲唱言却後七日佛法滅盡號咷悲泣共相謂言至説戒日比丘鬭諍如來正法於此而滅諸優婆塞聞諸天言共詣衆中諫諸比丘鬭諍至十五日説戒時犍陀摩羅山阿羅漢修羅陀觀閻浮提今日何處有衆僧欲往説戒即詣拘睒彌時彼僧衆乃有百千人唯有此阿羅漢修羅陀來又復有一三藏名曰弟子此是如來最後大衆聚集爾時維那行舍羅籌白三藏言衆僧已集今爲説波羅提木叉時彼上座答言閻浮提如來弟子皆來集此數有百千如是衆中我爲上首了達三藏尚不學戒律況復餘者而有所學今當爲誰而説戒律時阿羅漢修羅陀立上座前合掌白上座但説波羅提木叉如佛在時舍利弗目揵連等大比丘衆所學法我今已悉學如來雖滅已出千歲彼所制律儀我悉已備上座弟子聞修羅陀比丘自言如來所制戒律我悉備持起不忍心有一弟子名曰安伽陀極生忿恨從座起罵辱彼聖汝是下座比丘愚癡無智而毁辱我師即持利刀殺彼聖

人時有一鬼名曰大提木佉作是念言世間唯有此羅漢而爲惡比丘弟子所害執持金剛杵打頭命終時阿羅漢弟子見殺其師忿恨不忍即殺三藏時諸天世人悲哀啼泣嗚呼苦哉如來正法今便都盡即此大地六種震動無量衆生號吼啼泣各各離散時拘睒彌王聞諸比丘殺阿羅漢及三藏法師心生惋惱諸邪見輩競破塔廟及害比丘從是佛法索然頓滅（出雜阿含經）佛告阿難我泥洹後法欲滅時五濁惡世魔道興盛諸魔沙門壞亂吾道著俗衣裳飾好袈裟五色之服飲酒噉肉殺生貪味無有慈心更相憎嫉時有菩薩精進修德一切愛敬人所宗尚教化平等憐貧念老救育窮厄恒以經像令人奉事作諸功德志性溫善不侵害人損身濟物不自惜己忍辱仁和設有是人衆魔比丘咸共嫉之誹謗揚惡擯黜驅遣不令得住自共於後不修道德寺廟空荒不復修理轉就毀壞但貪財物積聚不散不作福德販賣奴婢耕田種植焚燒山林傷害衆生無有慈心奴爲比丘婢爲比丘尼無有道德婬泆濁亂男女不別令道薄淡皆由斯輩或避縣官依倚吾道求作比丘不修戒律月半月盡假名說戒猒倦懈怠不欲聽聞抄畧前後不肯盡說經不誦讀設有讀者不識字句爲强言是不咨明者貢高求名嘘天推步以爲榮貴望人供養諸魔比丘命終之後精神當墮無擇地獄五逆罪中餓鬼畜生靡不更歷過恒沙劫罪竟乃出生在邊國無三寶處法欲滅時女人精勤恒作功德男子懈慢不用法語眼見沙門如

視糞土無有信心法輪殄沒諸天泣淚水旱不調五穀不熟災疫流行死亡者衆人民勤苦縣官侵剋不修道理皆思樂亂惡人轉多善者甚少日月轉促人命轉短四十頭白裁壽六十男子壽短女人命長七八九十或至百歲大水忽起卒至無期世人不信故謂有常衆生雜類無有豪賤沒溺浮漂魚鼈噉食菩薩比丘衆魔驅逐不預衆會菩薩入山福德之處憺怕自守以爲欣快壽命延長諸天衛護月光出世得相遭值共興吾道五十二歲首楞嚴經般舟三昧先滅化去十二部經尋復化滅盡不復現不依文字沙門袈裟自然變白聖王去後吾法滅盡譬如油燈臨欲滅時光更猛盛於是便滅吾法盡時亦如燈滅自此之後難可綱紀如是久後彌勒當下世間作佛天下太平毒氣消除雨潤和適五穀滋茂樹木長大人身長八丈皆壽八萬四千歲衆生得度不可稱計出法滅盡經卷中

經律異相卷第六

音釋

甕烏貢切罌也　髭即移切口上鬚也　縷隴主切綫也　泫玄犬切泫然流貌　陲是為切邊陲也　揚他浪切推也　笮側格切壓也　杈初加切杈歧枝木也　肘陟柳切二尺為肘　墌之石切基址也　婁彗婁慮侯切彗徐醉切婁彗孛星名　核下華切果中實也　壅於用切加培也　欒栱欒盧官切曲枅也栱居竦切栱枓也　罽賓梵語也此云賤種罽居例切　溺乃歷切沒也　摙力展切負擔也　楯時尹切欄檻也　鑄朱戍切鎔金入範也　銜乎監切口含也　曝步木切顯示也　羸惙羸倫為切瘦弱也惙陟劣切疲也　咷徒刀切號咷大哭也　惋烏貫切惋歎也　炙之夜切燔肉也　擯黜擯必刃切黜尺律切擯黜貶斥也　殄徒典切滅也

經律異相卷第七

梁沙門僧旻寶唱等奉　勑撰

外緣佛部第七

釋氏緣起第一

過去有王名鬱摩（又云懿摩長阿含經云鼓摩蓋方言之訛謬耳）王有四庶子一名照目二名聰目三名調伏象四名尼樓（長阿含經名異一曰面光二曰象食三曰路循四曰莊嚴）並聰明神武有大威德第一夫人有子名曰長生頑薄醜陋衆人所賤夫人白王四子神俊我兒頑騃若承嗣者必競凌奪若王擯斥四子我心乃安王曰四子仁孝既無愆咎云何擯黜夫人又曰我心劬勞實兼國家四子英武民各懷歸樹黨若立一旦競逐必相殄滅大國之祚翻爲他有願王圖之王曰汝言是矣即呼四子勑之曰汝有過於吾吾不忍見汝死各速出國剋己圖生勿復窺闚自貽後悔

四子奉勑即便莊嚴毋及同生姊妹並求俱去時諸力士一切人民多樂隨從王悉聽之到雪山邊住直樹林毋爲納妃自營頓住數年之中歸德如市遂大熾盛鬱爲强國數年之後父思見子遣信報召皆辭過不還王便三歎我子有能能自存立因此以命族爲釋長阿含經云直樹林又云釋林因林爲姓又云王聞四子生子端正曰此眞釋子瑞應經云爲其能辭是同因命氏故有釋種焉乃祖尼樓王生烏頭羅髙祖烏頭羅爲迦維羅衛國王生瞿頭羅曽祖瞿頭羅王生尸休羅大智論云師子頰王祖尸休羅王生四子長者淨飯又名白淨王出彌沙塞律

淨飯王捨壽第二

淨飯王遇疾支節欲解喘如駛流衆治無益三弟諸王羣臣等曰大王素不作惡種德無猒養使一切無不得安何故愁惱王曰恨不見悉達及難陀阿難陀羅睺等除我貪婬淚下如雨時佛在王舍城相去五十由旬王命轉羸恐不相及佛知父心即勑難陀羅睺等即以神力踊身虗空忽現維羅衛放大光明國人遥見舉聲泣曰設大王崩背此舍夷國必斷滅矣城中人民向佛悲哭宛轉自撲佛言無常離别古今有是生死爲苦惟道是眞佛光照曜内外通達以照王身王曰此何光也旣觸我身患苦得息非我悉達先現光明從外還者見佛難陀羅云等乘空而來王意踊躍不覺起坐曰惟願如來手觸我身身如壓油痛不可忍得見世尊苦惱即除佛告難陀觀王本形端正巍巍名聲遠聞今病重羸瘦特不可識容力名聲一何所在王一心合掌佛言唯願莫愁德純無缺手摩王額曰王

是清淨戒行之人心垢已離唯應歡喜不宜憂惱當深思惟念諸經法義於不牢堅得牢堅志以種善根王宜歡喜大勝王頫曰佛與難陀阿難陀羅云四子以壞魔網先各歎四子之德文多不載王乃歡喜佛爲說量摩波羅本生經王得阿那含道捉佛手捧置心上佛又說法得羅漢果命盡氣絶諸釋號咷香汁浴身纒以劫貝繒綿以棺斂七寶莊嚴眞珠羅網垂繞其傍舉棺置屍師子座上散華燒香佛共難陀在頭阿難羅云在足難陀等白佛仰憶垂養乞自擔棺佛爲未來不孝衆生不報育養躬欲自擔大千震動一切衆山如波上舟欲界六天無數眷屬俱來赴喪四天王將鬼神億百千衆皆共舉哀諸王白佛我佛弟子從佛聞法成須陀洹我曹宜擔佛聽四天王擔即皆變身如人形像以手擎棺著於肩上佛之威光猶如萬日手執香爐最在前行到於墓所靈鷲山千阿羅漢震虛而至稽首佛足願勑所作佛言往大海渚取牛頭栴檀種種香木如彈指頃得諸香薪大衆共積以之燒棺衆見火起益更悲號佛言苦空無常猶如幻化水月鏡像燒身既竟以乳滅之收骨置金函中即共起塔大衆諮問神生何處佛言生淨居天出淨飯王泥洹經

摩耶生忉利天第三

佛昇忉利天入歡喜園在波利質多羅樹下三月安居放毛孔光照大千界諸天子等不知何縁佛告文殊汝詣毋所道我在此願毋暫屈往白摩耶摩耶乳汁自流若是悉達當令汁入其口兩乳汁出遠入佛口摩耶歡悅

普地震動諸妙華果非時敷熟即語文殊爲毋子來歡喜安樂未曾如今俱往佛所佛遥見母曰身所經履與苦樂俱當修涅槃以求永離摩耶一心五體投地專精正念結使消伏佛爲説法即識宿命得須陀洹果即白佛言生死牢獄今已解脱大衆咸曰願一切衆生皆得解脱廣化天人有大利益三月將盡告鳩摩羅汝今可下至閻浮提如來不久當入涅槃時衆愁惱我不早知不久涅槃世眼將滅何其苦哉帝釋使諸鬼神作三道寶堦摩耶垂淚於是而別足躡寶堦梵王執蓋四天侍立左右四部大衆歌唄讚歎天作妓樂充塞虛空散華燒香至閻浮提出佛昇忉利天爲母説法經又出善見毗婆沙

大愛道出家第四

佛還迦維羅衛國摩訶波闍波提此言大愛道姓瞿曇彌求佛出家哀請至三佛所不聽退住門外著垢弊衣徒跣而立歔欷悲泣阿難問之答曰女人不得出家自悲傷耳阿難止而白佛我從佛聞女人精進可得四果今大愛道至心願樂佛言無使女人入我法律爲沙門也譬如人家多女少男家必衰弱女人出家清淨梵行不得久住又如莠雜禾稼善穀傷敗女人入法亦復如是阿難曰大愛道多有善意佛初生時乃自育養至于成人佛言信多善意於我有恩我於愛道亦多有恩由我得歸依三寶不疑四諦立五根信受持五戒正使有人設身供養不及此也假使女人欲作沙門者八敬之法不得踰越盡壽學之譬如防水善治堤塘勿令漏失其能如是可

入法律阿難具報愛道愛道歡喜便得出家爲大比丘尼奉行法律遂得應眞後與諸長老尼詣阿難所久修梵行具巳見諦云何使禮幼少比丘阿難白佛佛言止止勿說此也若使女人不出家外道異學一切賢者皆四事供養解髮布地屈請令蹈我之正法當住千年以度女人令止五百愛道聞之歡喜奉行（出佛昇忉利天爲母說法經）住王園精舍將欲捨命曰吾不忍見世無如來及應眞滅度先息靈于本無矣佛照此心以告阿難阿難身體萎垂心塞無識佛言汝謂將五分法四意止八品道行去耶對曰不也但惟佛生七日太后薨爲慈母有恩在世尊佛曰汝言哺乳恩重此惠難報吾巳開示歸命三尊聞苦集滅道慧眼得明盡諸有結獲無所著此亦恩過須彌

愛道與五百除饉女俱到佛所具言上意手摩佛足曰自今不復見最正覺矣繞佛三帀還于精舍與五百除饉女作十八變上耀諸天同時泥洹佛告阿難汝入城到耶遊理家所（受戒在家名曰理家即優婆塞也）告佛母及五百耆年滅度阿難平旦入城至理家門具陳其事聞者抗哀躃地銜淚而曰自今不復仰覲神通何痛甚乎阿難曰佛言乾坤雖久始必有終三界無常猶如夢幻生求不死會冀不離終不可得理家心解復至諸梵志理家告之曰佛勸諸賢者作五百舁具施五百除饉女也梵志理家辦送精舍中精舍中門閉緣入開之欲詣講堂有女沙彌告曰吾師入定愼勿擾動答曰死而非定沙彌躃身消息良久乃甦哀慟號呌曰誰當教化吾等聖訓絕矣理家

告沙彌曰恩愛雖會終必有離但當建志力取應眞闍維畢捧舍利來佛所佛告阿難汝東向叉手下右膝曰有直信眞業三神六智道靈已足者皆來五百除鍵今皆善逝宜當法會四方俱然四方各有二百五十應眞飛來佛告阿難鉢盛舍利著吾手中阿難授佛佛兩手受之告諸比丘及理家此本穢身愚兇急暴嫉妬陰謀敗道壞德能拔兇愚爲丈夫行獲應眞道還靈本無何其健哉宜共興廟應修供養僉曰唯然雜阿含經云是難陀所生毋增一阿含經云佛告難陀羅云汝舉愛道身我自供養釋提桓因及毗沙門曰願勿勞神我等供養佛言止止佛自與難陀移栴檀趺手取香木置其身上唱言四人應起塔供養一佛二辟支佛三羅漢四轉輪王皆以十善化物也於是四衆天人龍鬼各立刹廟種種供養出佛毋泥洹經

羅睺羅處胎六年第五

悉達太子有二夫人一名劬毗耶二名耶輸陀羅劬毗耶是寶女故不曾懷孕耶輸陀羅以菩薩出家夜自覺有娠菩薩六年苦行耶輸陀羅六年不產諸釋詰之菩薩出家何由有此耶輸陀羅言我無他罪我所懷子實是太子遺體諸釋言何以久而不產答曰非我所知諸釋集議聞王欲如法治罪劬毗耶啓王我常與耶輸陀羅共住我爲其證知其無罪待其子生看似父不治之何晚王即寬置菩薩苦行既滿初成佛夜生羅睺羅王見其似父愛念忘憂語羣臣言我兒雖去今得其子與兒無異耶輸陀羅惡聲已著欲除惡名佛還迦毗羅度諸釋子時淨飯王及耶輸陀羅常請佛入宮食是時耶輸陀羅持百味歡喜丸與羅睺羅捧持上佛佛以神力變五百

阿羅漢皆如佛形等無有異羅睺羅年始七歲持歡喜丸直至佛前奉進世尊是時佛攝神力復比丘形鉢内皆空唯佛鉢滿歡喜丸耶輸陀羅問曰我昔何縁懷妊六歲佛答羅睺羅過去時曾作國王時有一五通仙人來入王國語王言王以法治賊請治我罪我輙飲王水用王楊枝爲不與取王言我初登位有令皆以水及楊枝施於一切仙人言王雖已施我心故惑願今見治無令後罪王曰若必欲爾小停待我入宫入宫六日方出仙人飢渴仙人曰恐王正以此治我王出辭謝忘去因是五百世中常六年在胎（出大智論第十七卷）

羅睺出家第六

佛告目連汝往迦毗羅城問訊我父我叔及我姨母慰喻羅睺羅母令割恩愛放羅睺羅使作沙彌母子恩愛歡樂須臾死墮地獄各不相知羅睺得道當還度母永絶生死如我今也目連至國具陳佛意耶輸陀羅聞佛遣使來取羅睺將登高樓約勑監官好閉門閤悉令堅牢目連飛上耶輸陀羅不得已作禮問曰世尊無恙遣上人來欲何所爲目連曰太子羅睺年已九歲應令出家修學聖道具陳佛意答曰釋迦如來爲太子時娶我爲妻奉事太子如事天神未滿三年捨五欲樂騰越宫城逃至王田自約得道誓願當歸得道還國都不見親忘忽恩舊劇於路人使我守孤抱窮今說我子爲其眷屬何酷如之太子成道自言慈悲今別母子何慈之有還向世尊說我所陳目連辭退淨飯王所具宣上事王聞是語即告夫人波闍波提我子悉達遣

迎羅云修學聖法其母女人愚癡纒著愛無縱捨卿可往諫令其心悟夫人反覆再三耶輸陀羅猶故不聽白夫人曰我在家時八國諸王競來見求父母不許以太子才藝過人是故父母將我與之太子欲不住世何故慇懃苦求我耶夫人取婦正爲恩好子孫相續世之正禮太子旣去復索羅睺永絕國嗣有何義哉夫人聞是默然無言佛遣化人空中言曰汝憶往古誓不我違菩薩以五百銀錢從汝買五莖華上定光佛汝求寄二華乞世世生處常爲君妻我語汝言我爲菩薩一切布施汝即立誓世世所生國城妻子乃至自身隨君施與何故今日愛惜羅睺耶輸陀羅霍然還悟如昨所見愛子稍歇遣喚目連追相懺謝捉羅睺手慇懃付囑泣淚而別羅睺啓母定省世尊願母莫愁尋還奉覲淨飯王告諸豪族卿等各遣一子隨從我孫即有五十人隨從往到佛所頭面作禮佛使阿難剃羅睺頭及五十公子悉令出家命舍利弗爲和尚大目連作闍棃授其十戒佛爲五十沙彌說扇提羅等宿世罪報文多不載皆大憂愁咸白佛言和尚大智德受最上供養小兒愚而無德食人好施後世受苦如扇提羅是故我等實懷憂慮願佛垂愍聽我捨道兾免罪咎佛言譬如二人飢餓忽遇主人設美飲食貪噉過飽一人有智醫服吐藥禁節消息得免禍患終保年壽一人無智殺生祭祠以求濟命宿食絞切心痛死巳生地獄中畏罪還家是無智人汝有善因遭值於我服藥濟苦必得不死羅睺聞之心開意解佛後還宫人疑

拘夷太子棄國十有二年何從生子佛啓父王曰拘夷守節清貞信無瑕疵化衆比丘皆使如佛羅云七歲問誰是汝父羅云應時直前趣佛作禮以毋印信環授與世尊（出未曾有經上卷彌沙塞律云佛還宮羅云樓上遥見便下乞佛餘財佛使舍利弗度爲沙彌）

羅云受佛戒得道第七

昔者羅云未得道時心性麤獷言少誠信佛勑羅云汝往到賢提精舍中住守口攝意勤修經戒羅云奉教作禮而去住九十日慚愧自悔晝夜不息佛往視之羅云歡喜前禮佛足安施繩牀攝受震越佛居繩牀告羅云言澡槃取水爲吾洗足洗足已訖佛語羅云此水可用食飲澡漱以不羅云白言此水本實清潔今已洗足受於塵垢不可復用佛語羅云汝亦如是雖爲吾子國王之孫捨世榮祿得爲沙門不念精進攝心守口三毒垢穢充滿胷懷亦如此水不可復用也佛復語羅云澡槃雖空可用盛食飲不白言不可所以者何用有澡槃之名曾受不淨故也佛語羅云汝亦如是雖爲沙門口無誠信心性剛强不務精進曾受惡名亦如澡槃不中盛食也佛以足指撥却澡槃應時輪轉自跳自墮數反乃止佛語羅云汝寧惜此澡槃恐破不乎羅云白佛洗足之器賤價之物意中雖惜不大慇懃佛語羅云汝亦如是雖爲沙門不攝身口麤言惡說多所中傷衆所不愛智者不惜身死神去輪轉三途自生自死苦惱無量諸佛賢聖所不愛惜亦如汝言不惜澡槃也羅云聞之慚愧怖悸佛告羅云聽我說喻昔國王有一大象猛健能戰其王興軍欲伐逆國

被象出兵以使嚴行象唯藏鼻護不用鬪象士歡喜知象護鼻所以者何象鼻輭脆中箭即死唯當護口如此大象護鼻不鬪羅云聞佛懇惻之誨感激自勵得羅漢道出譬喻經第十卷

難陀出家第八

佛弟孫陀羅難陀身長一丈五尺四寸佛與阿難在迦維羅竭國入城乞食難陀在高樓上見下作禮曰如來應作轉輪聖王何爲自辱持鉢乞食取鉢盛美食佛即還尼拘類園語諸侍者難陀出勿取令自送來難陀送至佛所婦出囑言待還乃食授鉢催佛速受佛言卿已至此今宜出家加以神力閉在靜室久久之後次第當直難陀喜曰我因事暇逃走還家是時難陀隨所應作事事不闕天神隨逐汲水亦滿自然翻棄所淨之地草土更滋闢閉門戶戶輒更開難陀念言設有所失家足備償脱三法衣更著餘服竊隨小徑避佛還家行來未遠正值如來奔就大樹欲自隱身樹反在後佛以神力拔樹懸空難陀入樹根處佛言何爲至此默然慚愧佛再三告云汝欲何趣答曰還家與婦相見佛言夫人學道心著貪欲不顧後世燒身之禍我今將汝上天遊觀宜自專心勿懷恐怖佛接昇天見一宮殿七寶莊嚴玉女營從不可稱計唯無夫主難陀問佛此何天宮獨無夫主佛言汝可自問難陀問之玉女答曰佛弟難陀若持戒者當生於此還具白佛佛言快修梵行不久必生復以神力接至地獄路經鐵圍山表見一瞎獼猴佛問難陀汝婦孫陀利何如獼猴答曰孫陀利女中妙絶豈得比此佛曰

比諸天女亦億千萬倍偏至地獄見種種苦痛有一火鑊獄卒圍繞湯沸火熾不見罪人難陀白佛那獨無罪人佛言汝自問之獄卒答曰甘露王子難陀婬欲情重恃貴輕人死當生此難陀失色急問世尊求離地獄佛說微妙法令至道場（出普耀經第十六卷中又出童子問佛乞食經）

調達出家第九

白飯王（淨飯王第二弟也）有二子一名阿難身長一丈五尺三寸一名調達身長一丈五尺四寸（大智論云跋提沙十二遊經甘露淨飯王長子調達少子阿難）白淨王往至佛所見迦葉眷屬形貌醜陋即集宗室曰阿夷相言佛不出家當作聖王王四天下左右侍從極當端正今諸弟子太無形觀若欲爲道儀望足者聽備僧數光耀世尊咸言大善調達曰（又名提婆達多此言天熱）我王子弟今棄世榮出家居道正頓服飾極世之妙象馬車乘價直萬金其日嚴出觀者填路冠幘墮地瞿和離所乘之馬四脚布地而作鳥鳴相工占之餘皆得道二人不吉俱詣佛所求作沙門剛强降伏莫不樂受（出中本起經上卷又出十二遊經）

阿那律出家第十

斛飯王（淨飯王第三弟也）有二子一名摩訶男一名阿那律阿那律母所愛念摩訶男言諸釋多爲道我門獨不一營世業一求出家阿那律以家事煩碎啓母出家母言跋提去者當聽汝耳求請不已兩俱許可跋提求停七年受五欲樂阿那律言人命無常難可得保又求一年乃至七日過七日釋子八人優波離第九各莊嚴寶象乘以出界脫衣乃至象馬付優波離曰汝依我等自活我今出家以此衣

象與汝爲資生優波離乃懸衣樹上念言取者與之共至佛所亦求出家乞先度優波離除我憍慢次阿那律（出四分律初分第三卷大智論十二遊經大同小異）

跋提出家第十一

甘露飯王（淨飯王第四弟也）有二子一名婆婆一名跋提跋提毋所念求毋出家毋言阿那律出家者我亦聽汝後遂俱然往詣佛所求出家父毋已許願垂濟度時跋提獨在樹下塚間思惟夜過高聲稱言甚樂甚樂其邊比丘白佛佛呼跋提問何樂跋提言我本在家內外常以刀杖自衛猶有恐懼今獨處塚間身毛不豎出離甚樂佛言善哉（出曇無德律大智論十二遊經皆小異大同）

流離王滅釋種第十二

波斯匿王新紹王位即作是念應先取釋種女即告一臣持我名往迦毗羅衛請婚彼女諸釋五百集會一處皆大瞋恚吾家大姓何緣乃與婢子結親或言應與或言不應時摩訶男語諸釋言波斯匿王爲人暴惡或能壞我國界時摩訶男婢生一女面貌端正沐浴衣被以羽葆車躬自送往與波斯匿王乃白王言此是我女可以成親時王歡喜即拜此女爲第一夫人少日有娠生一男兒端正無雙世之殊特王集相師爲子作名相師曰求夫人時諸釋共議或與不與彼此流離今以太子名曰流離年向八歲王告之曰可詣迦毗羅衛學諸射術駕乘大象多諸給使往摩訶男舍集五百童子使共學習新起講堂猶如天宮我等應先請佛僧於中供養受福無

量敷舒坐具懸諸旙蓋香水灑地燒衆名香流離太子往至講堂昇師子座諸釋見之呼爲婢子牽出門外撲之于地流離太子顧語好苦行梵志此諸釋種大毀辱我後紹王位汝當以此事啓我父王命終太子嗣立苦行啓王王勑羣臣集四部兵往征釋種至迦毗羅越世尊往逆在枯樹下結跏趺坐太子遥見下車作禮問曰更有好樹何故坐此佛言親族之廕故勝外人是時王曰今日世尊故爲親族吾不應征梵志執奏王復興師目連白佛流離王（增一阿含經第十九卷云毗婁勒王事大同）往伐釋種我欲移其四部合擲他方又欲拔出虛空又欲移置海中又欲移置鐵圍山間又欲移置他方大國土中又欲鐵籠覆城佛言汝有智德終不能安處舍夷國人衆生有七不可避一生二老三病四死五罪六福七因緣意雖欲避終不得免何能覆其往業目連意終不已隨取知識四五千人盡著鉢中舉置虛空星宿之際諸釋亦集四兵出一由旬逆流離王諸釋一由旬內遥射流離王或貫耳頭髻弓弦器仗幢麾皆悉破壞終不傷人時流離王大懷恐怖告羣臣曰汝觀是箭爲從何來彼若發心欲害我者必當死盡令還舍衛好苦行梵志曰大王勿懼諸釋持戒蟲尚不害況害人乎今宜前進王乃從之諸釋果退還入城中流離王曰汝等速開城門若不爾者盡當殺之城中童子年尚十五名曰奢摩登城獨戰傷殺衆多賊軍迸散藏土穴中時諸釋種告童子曰汝辱我門戶誰不知戰諸釋修善蟲蟻不殺況人命耶我等一人敵萬

甚能壞軍衆為殺害人命死入地獄若生人中壽命短促汝今速去不須住也舍摩即自出國流離王軍復來至門弊魔波旬作一釋形喚速開門諸釋開門流離王曰釋衆既多悉皆埋脚使暴象蹈殺選五百釋女將詣王所時摩訶男從王乞願王即聽之摩訶男曰我今沒水隨我遲速並聽諸釋隨意逃走若我出水隨在殺之王曰大佳即入水底以髮繫樹根而自盡命城中諸釋四門競走王告羣臣摩訶男父至今不出即入水中出之已死王心生悔我外祖父今已取命終皆由愛親族故若早知者終不攻伐流離所殺九千九百九十萬人流血成河繞迦毗羅越城軍人去後目連白佛承佛神力護得四五千人佛言汝往看之目連下鉢人皆已死時流離

王往尼拘留園語五百釋女言汝等慎勿愁憂我是汝夫捉一釋女女曰我今何故與婢子通情王即刖其手足置深坑中五百釋女皆罵王言誰持我身與婢子交通王勑五百釋女罪如前法還舍衛國祇陀太子在深宮中奏諸妓樂王聞其聲迴駕詣之祇陀出門與之相見曰善來大王可小停駕流離王曰豈不聞吾與諸釋戰與妓遊戲而不見助祇陀答曰聞之吾不堪任殺害衆生流離王手斫祇陀佛見祇陀生三十三天時五百釋女自歸稱喚如來名號同生釋種出家成佛受此痛毒而不見憶佛與諸比丘往迦毗羅諸女遥見皆懷慚愧世尊顧語釋提桓因言諸女慚愧帝釋即以天衣覆此女上佛告毗沙門諸女飢渴日久即辦天食皆得充飽佛為

説苦集盡道諸女塵垢皆盡得法眼淨各於其所而取命終皆生天上佛詣東門見城中煙火洞然顰語諸比丘我昔與諸比丘此中説法令如虛空無有人民自今不復更至於此還舍衛國祇樹園中告諸比丘流離王及諸兵衆却後七日盡當摩滅王聞恐怖好苦行梵志曰內外無塵王但自娛王使人數日至七日旦王大歡喜將諸兵衆及諸婇女往阿脂羅河側共相宴會大雷卒震非時雲起暴風疾雨傷損漂溺一時都盡王生入阿鼻地獄復有天火燒蕩宮城比丘白佛諸釋何因今遭此害佛言昔羅閱城中有捕魚村時世飢儉人食草根以一升金貿一升米村有大池極自饒魚人民捕食有二種魚一名拘璅（與起行經云䴸）二名多舌各相謂言我是水性之蟲不處乾地而此人民皆來食噉村中有一小兒年向八歲雖不捕魚見則歡喜羅閱村人今釋種是拘璅魚者流離王是多舌魚者好苦行梵志是小兒見魚笑者今我是也取魚之罪無數劫中受地獄苦今餘此對見之喜笑今患頭痛如被石壓又如戴須彌山（釋迦畢罪經大同小異文多不載）座上多人聞佛説無常之法得須陀洹果（出釋迦畢罪經又出長阿含經法句譬經）

五百釋女欲出家投請二師第十三

有一釋女告五百女言曾從佛聞若人於劇急之中一心念佛至到歸命則得安隱時五百女異口同音至心念佛呼南無釋迦牟尼苦哉苦哉嗚呼痛哉時虛空中以如來慈善根力起大悲雲雨大悲雨諸女手足還生諸女念言云何報佛慈恩即持衣鉢往詣王園

精舍求索出家時有六羣比丘尼見諸釋女年時幼稚美色端正當爲說世間五欲快樂待年限過然後出家不亦快乎若悉還俗必以衣鉢施我諸女聞之心懷苦惱言如餚饍飲食和以毒藥世間五欲多諸過患我已具知云何讚歎其美以勸我等舉聲大哭華色比丘尼問何故答曰欲出家不蒙聽許華色即度爲弟子時諸釋女悲喜交懷具以族喪身殘仰白和尚答言汝等辛苦何足言也我昔在家是舍衛國人父母嫁我與北方人彼國風俗婦臨欲産還歸父母家後垂生日皆乘車馬夫妻中路有河其水暴漲道路曠絶多諸賊難至河不能得渡住宿岸邊初夜生男有大毒蛇聞新血香即來趣我先螫殺奴喚夫不應尋復殺夫次殺牛馬至日出時夫身膖爛憂愁恐怖舉聲大哭經留數日獨在岸邊其水漸小且置大兒身負小兒以手牽持裙盛新産銜著口中即前入水渡河始半反視大兒見爲虎逐叫喚失裙嬰兒沒溺以手探摶兒竟不獲在背上者失手落水其岸上者爲虎所食心肝分裂口吐熱血到岸悶絶有火伴至中有一長者是父母知識我問消息長者答言昨夜失火汝家蕩盡父母俱亡我聞躃絶良久乃甦有五百賊即壞衆伴便將我去以作賊婦常使守門若有緩急爲人所逐須盡開門後羣賊共抄財主告王及聚落即還其家我舍內生子三喚無人開即緣牆入問答生兒賊曰汝爲子故危害於我用子何爲拔刀斫解手足令婦食之婦以恐怖食瞋恚便息夫續爲劫王人所得腰斷其

命共婦生埋人貪我身有妙瓔珞破塚取之并將我去復經少時王司捉得斷賊伴命合復埋之埋之不固夜虎發食因復得出迷荒不知東西隨路馳走見有多人問言諸人何處有能除此憂患者時有長者婆羅門等以憐愍心問言曾聞釋迦牟尼佛法多諸安隱無諸衰惱我聞心喜詣大愛道憍曇彌比丘尼次第修習乃得道果釋女聞之心大歡喜得法眼淨時憍曇彌言如來法海一切衆生皆悉有分而我等女人如來不聽以多諸疑惑執著難捨癡愛覆心愛水所没不能自出懈怠慢惰現身不能莊嚴菩提獲得三乘阿難爲請云憍曇彌乳哺養育如來色身得至成佛佛言若聽女人法當漸滅阿難又請過去諸佛具四部衆而今獨不具也佛告阿難憍曇彌愛樂佛法發大精進清淨修習八敬之法者聽入佛法我得出家大悲熏修普爲未來一切女人重白佛言未來善女信樂愛敬如來法者唯願聽許佛言若有女人護持佛法漸次修學戒施多聞三歸五戒乃至具戒諸助道法亦悉聽未來諸女人也常當至心念阿難恩供養恭敬晝夜六時令心不忘出報恩經第五卷

佛奴車匿馬揵陟前世緣願第十四

舍利弗白佛言車匿前世有何功德乃將菩薩入山得道佛言車匿不但今世有是功德我昔爲菩薩時在尸訶徧羸國須檀摩提王聞世間人或有作道上天或作祠祀上天王常欲上天不知方便國有婆羅門道凡四萬餘人中有大尊者婆羅門王請問之對言欲

生身上天耶死上天耶王言生身飛上天復言大王當作祀祠王喜出藏珍寶與婆羅門求國中端正男女各一百人象馬畜生各百頭先飯四婆羅門後殺人畜用祠祀天取血作階上婆羅門復求香山中有神女名眞陀羅欲得其血合持作階王聞喜言何不早告王即勑國中徧問誰能得眞陀羅者有一人白王第七山中有兩人一人名闍梨一人名憂梨知眞陀羅處王言疾喚其人得來王大歡喜即設酒食恣意娛樂七日七夜重賞極意王謂闍梨等二人汝能得眞陀羅女來我得上天者當持此國付汝二人其人受教輒自盡力求眞陀羅二月餘日經歷八重山至香山中得大池水見有釋提桓因與諸天妓女無央數衆出城遊戲池中沐浴竟皆飛上天時水池邊有一婆羅門已得四禪般遮旬道時闍梨等前爲作禮問言是間爲何等聲快樂乃爾答言頭摩王女千餘人在此城中遊戲沐浴當至我所作禮卿曹宜去闍梨等便去屏處議言是大神聖求是神女那從得之其人自念取草作結投水猒之令婆羅門不得動揺復猒天女令不得飛結神呪竟釋提桓因及諸天女俱飛上天獨王及王女摩那訶羅止在水中不能得飛便前縛女將到故國王請入宮飯食賞勞太子難羅尸作異國王王有太子名須羅先即是王太孫也有大慈悲行菩薩道遣人往呼來見此女欲娶爲妻王言更爲汝娶妻此女天取血作階持用上天菩薩答言不與我者我便惑死王畏其死持女與之四月餘日婆羅門來白王言

前得眞陀羅女今當殺之與人及畜掘地作坑方圓八肘應取其血擇日作祠王言大善菩薩聞之問作何等婆羅門答言作祠當得上天菩薩言殺人及畜當入地獄豈得上天乎婆羅門言汝年尚小非汝事也菩薩言我悉知汝因緣婆羅門言卿知者試說菩薩便說其行法婆羅門慚愧起作禮而去菩薩即爲王說經言欲上天者當持五戒修行十善分檀布施孝養父母承事沙門慈心萬物蠕動之類隨其所食給足與之可得上天王聞即用菩薩之言便舉藏中金銀珍寶與太子布施恣意七日訖與妻作禮而去還歸故國晝夜雨金銀珍寶菩薩與女俱居一歲不領國事臣白王言當殺眞陀羅太子乃當國事耳王聞不可勑取太子縛之女即飛去過閻梨二人所即語之言太子來追煩爲送之留指環爲信持與道人王縱太子不見眞陀羅躃地而言當那得女有神語之汝不須啼我語汝處上第七山汝疾追之使著珠衣帶刀持弓珠衣光炤四十里太子去國明旦至七山見前二人即言見眞陀羅女不報言見之環與太子即俱前行上第八香山見四禪婆羅門前爲作禮時天王釋化作獼猴可畏動山菩薩大怖婆羅門言是常事耳獼猴見人便不肯下婆羅門言汝下獼猴即來持果上婆羅門受與三人共啖竟語獼猴言將是三人到天女所獼猴言何等人使我將上天婆羅門言此國王太子皆菩薩人當持佛道度諸天人蠕動之類獼猴言大善便將上天道過五百辟支佛所三人遣獼猴還取華用散

佛菩薩願言令我疾得作佛獼猴復言願我爲佛作馬闍梨復言願我爲佛作奴一人言願我得阿羅漢到眞陀羅所獼猴作禮而去菩薩與二人俱坐門外青衣取水菩薩問之用此水爲答言與眞陀羅浴菩薩脫指環沒置水中女浴見環即止入報父母言我壻在外父母歡喜父名頭殰便出相見爲菩薩作禮闍梨二人復禮而去王請入城共相勞問以水澡菩薩手以女及侍女千餘人悉付菩薩留止七歲菩薩白王言我欲歸去視我父母王言且止七日後有鬼來至王所言前鬪大王亡女多賀以歸并得貴壻王言我女可耳其壻大尊是國王子久欲還歸煩卿送之鬼王言諾即持一國七寶作七重樓鬼著掌中送歸故國作禮而去菩薩前爲父母作禮問訊起居王得太子即國中寶藏金銀付與王勑傍臣左右四遠欲得金銀米穀皆至宮門恣意所欲後王壽終即生天上時太子者今我身是時四梵婆羅門者舍利弗是時闍梨者今車匿是時一人願作羅漢者今目連是時天王釋化作獼猴願作馬者今揵陟是時父王者今我父閱頭檀是時母者今我母摩耶是眞陀羅者今裘夷是出車匿經

經律異相卷第七

音釋

羅睺羅梵語此云宮生睺胡鉤切　窺闚窺缺規切闚容朱切猶希望也　喘尺兖切疾息也　撲弼角切踣也　額鄂格切顙也　躡尼輒切蹈也　唄蒲拜切梵音也　跣昔淺切足親地也　莠云九切狗尾草也　薨呼肱切死也　哺蒲故切口飤也　饉渠吝切　慟徒弄切哀過動心也　僉千廉

切皆也孕以證切懷妊也絞古巧切急也瑕疵瑕何加切過也疵才支切病也獷古猛切惡也脆此芮切物易斷也瞎許轄切一目盲也羽葆葆博浩切合采羽為幢曰羽葆廕於禁切庇也髻吉詣切束髮也麾于為切旗屬刖魚厥切斷足也璅蘇果切麩芳無切螫施隻切蟲行毒也屏處屏必郢切蔽也掘其月切穿也蠕乳兖切微動也啖徒濫切食也壻思計切女夫也𣩵末各切

經律異相卷第八

梁沙門僧旻寶唱等奉　勑撰

自行菩薩部第八

薩陀波崘為欲聞法賣心血髓第一

薩陀波崘菩薩梁言常啼泣以求法即以成名在大雷音佛所行菩薩道本求般若波羅蜜時不惜身命不求名利空中有聲而誡誨之我當何處求般若波羅蜜即憂愁啼哭經過七日身體疲極乃至飢渴寒熱空中有佛而語之言善男子過去諸佛行菩薩道求聞

般若波羅蜜如汝今日以是勤精進愛樂法故供養般若波羅蜜曇無竭菩薩於此座上說般若波羅蜜若有受持讀誦如說行者汝從今者莫問晝夜不久當得聞般若波羅蜜我今貧無有物可以供養般若波羅蜜及說法師不應空往我當賣身得財爲般若波羅蜜故并供養法師我世世喪身無數無始生死中或死或賣或爲貪欲世世在地獄中受無量苦未曾爲清淨法及供養法師故喪身命即入一大城至市肆上高聲唱言誰欲須人誰欲須人時惡魔作是念薩陀波崙愛念法故欲自賣身我今當壞之魔蔽諸人民令不聞其聲自賣身不售甚自憂愁釋提桓因化作婆羅門語言我今欲祠天須人心人血人髓汝能與不答言我今得大善利即執刀

刺其左臂出血割右髀肉欲破骨出髓時一長者女在門樓上遙見即下問菩薩何故苦困自身用心血髓欲作何等答曰賣與婆羅門爲般若波羅蜜供養曇無竭菩薩女問得何功德答曰是人善學般若方便力我學是法能得無上道爲無上道爲衆生作依止得金色身具諸功德分布是利與一切衆生等功德利女曰微妙難值爲是功德應捨如恒河沙身汝若有所須盡當相與我亦欲往曇無竭所共殖諸善根釋提桓因即復本身讚言善哉男子諸過去佛行菩薩道亦復如是求我實不用人心血髓但來相試汝欲何求我當相與願我是身平復如故到長者女家女之父母與衆妙華香及諸瓔珞塗香燒香旛蓋衣服七寶妓樂女與侍人共往供養經

及曇無竭曇無竭說般若波羅蜜及方便力薩陀波崘求水灑地而不能得即自刺身以血灑地令無塵埃來依大師（出大品第三十七卷）

藥王今生捨臂先世燒形第二

宿王華菩薩白言世尊藥王云何遊此娑婆世界有百萬億那由他難行苦行願少解說佛言過去恒河沙劫有佛號日月淨明德彼國無有女人喜見菩薩於此佛法精進經行一心求佛滿二萬歲得現一切色身三昧皆是聞法華經力於虛空中雨曼陀羅華及海此岸栴檀之香以天衣纏身灌以香油而自然身光明徧照八十億恒河沙世界是眞精進眞法供養其身火然千二百歲過是已後其身乃盡一切衆生喜見菩薩法供養已化生此國淨德王家爲父說偈

我先經行處　已得現身定　勤行大精進
捨所愛之身

日月淨明德佛今故現在即當還彼供養此佛坐七寶臺上昇虛空往到佛所合掌讚佛

容顏甚奇妙　光明照十方　我適曾供養
今復還親覲

佛告喜見我滅盡時至今夜涅槃我法囑汝舍利相付當令流布廣設供養喜見即以海此岸栴檀積而燒之收取舍利作八萬四千寶瓶起八萬四千塔雖是供養心猶未足即於八萬四千塔前然百福莊嚴臂七萬二千歲而以供養無數求聲聞衆無量人發菩提心皆得現一切色身三昧諸菩薩天人等見其無臂憂惱悲哀而作是言一切衆生喜見菩薩是我等大師教化我者今不具足喜見

菩薩於大衆中誓言我捨兩臂必當得佛若實不虛令臂還復當時三千世界六種震動天雨寶華時其兩臂平復如故佛告宿王華菩薩時喜見者今藥王是若有發心欲求無上菩提道者能燒手指乃至足一指供養佛塔勝以國城妻子及三千國土山林河池諸珍寶物而以供養佛及菩薩辟支阿羅漢等出法華經第六卷

淨藏淨眼化其父母第三

乃往過去有佛名雲雷音宿王華智有王名妙莊嚴其王夫人名曰淨德有二子一名淨藏二名淨眼是二子者有大神力福德智慧修菩薩道佛欲引導妙莊嚴王愍念衆生說是法華經時淨藏淨眼白母言願母往詣雲雷音宿王華智佛我等亦當侍從供養禮拜母告子言汝父信受外道深著婆羅門法汝等應往白父與共俱去母又告言汝等當念汝父爲現神變於是二子踊在虛空高七多羅樹現十八變父見神力心大歡喜合掌向子言汝等師爲是誰二子白言雲雷音宿王華智佛今在七寶菩提樹下法座上坐說法華經是我等師父語子言我今欲見二子從空中下白母父王今已信解發菩提心我等爲父已作佛事願母見聽於彼佛所出家修道母言聽汝佛難值故於是二子白父母言願時往詣佛所親覲供養於是妙莊嚴王與羣臣眷屬淨德夫人與後宮婇女并其二子四萬二千人一時詣佛佛爲說法示教利喜王大歡悅時王及夫人即解頸眞珠瓔珞以散佛上於虛空中化成四柱寶臺中有大寶

床敷百千萬天衣其上有佛結跏趺坐放大光明時雲雷音宿王華智佛告四衆言汝等見是妙莊嚴王於我前合掌立不此王於我法中當作比丘精勤修習助佛道法當得作佛號娑羅樹王國名大光劫名大高王其王即時以國付弟王與夫人二子并諸眷屬於佛法中出家修道王出家已於八萬四千歲常精進修行妙法華經過是已後得一切淨功德莊嚴三昧即昇虛空高七多羅樹妙莊嚴王今華德菩薩是淨德夫人光照莊嚴相菩薩是其二子者今藥王藥上菩薩是（出法華經第七卷）

羼提和山居遇於國王之所割截第四

昔者菩薩時爲梵志名羼提和山居樹下飲食果泉内垢消盡弘明六通得盡知之智名香普熏聞八方上下聖凡咨嗟擁護其國風雨隨時五穀豐熟災毒消滅王名迦黎入山畋獵馳逐麋鹿尋其足迹歷菩薩前過王以問之菩薩默然王曰當死乞人吾一國之尊問不時對獸迹歷兹而佯低頭我勢能戮爾時菩薩曰吾聽王耳曰爾爲誰乎曰吾忍辱人王怒拔劒截其右臂菩薩念曰吾志無上道與時無諍斯王尚加吾忍豈況黎庶乎願吾得佛必先度之不令衆生効其爲惡也王曰君爲誰答吾忍辱人也又截其左手乃至兩脚耳鼻血若流泉其痛無量無邊天地震動日月無明四天大王僉然俱臻同聲恚言曰斯王酷烈謂道士曰吾等誅之及其妻子并滅一國以彰其惡道士答曰斯何言乎此田吾前世不奉佛教加毒于彼爲惡禍追猶

影繫形矣黎民睹變馳詣首過齊聲而曰道士處茲禳災滅度愚君不識藏否不知去就惡加元聖唯願聖人無以吾等報上帝矣菩薩答曰王以兇酷見加吾心愍之猶母之念赤子黎庶何過不假有疑菩薩有弟處在異山以天眼視睹天神龍會議王惡靡不懷忿懼兄有損德之心以神足力來至兄所取斷手足耳鼻著其故處弟還續之即復如本兄曰吾普慈之信于今著矣天神地祇靡不悲喜稽首稱善更相勸導受戒而退羼提和者吾身是弟者彌勒是王者拘鄰是也（出度無極集第五卷）

無言受天誡誨依義思惟獲得四禪第五

時王舍城師子將軍家產一子當其生時虛空諸天作如是言童子常念法思惟法凡所發言莫說世事常當班宣出世之法常當守口慎言少語莫於世事起諸覺觀當依於義莫依文字爾時童子聞是不復涕泣無嬰兒相乃至七日色貌和悅見人歡喜目未曾眴是時有人語其父母是兒不祥不應畜養父母答言是兒雖復無聲然其身根具足當知是兒必有福德非是不祥因爲立字名曰無言時無言童子漸漸長大如八歲兒人所樂見隨有說法轉法輪處樂往聽受口無所宣爾時無言與其父母眷屬宗親已欲二界之間往寶坊之中見佛及十方諸來菩薩生大喜心舍利弗白佛言世尊師子將軍所生之子身根具足而不能語是何業致佛言不應輕是童子何以故是人即是大菩薩也已於無量佛所種諸善根不退轉菩提之道是兒

生時多有諸天來誡勑如前隨天教誨默然思惟獲得四禪示如是身則能調伏無量衆生以巳願力神通道力令八部四衆各見右手有大蓮華猶如車輪色香具足微妙第一人所樂見一一華臺有一菩薩結跏趺坐三十二相八十種好莊嚴其身無言見是大神通力低頭合掌稱南無佛陀諸華臺中一切菩薩同作是言十方恒河沙等世界六種震動虛空諸天以妙香華種種妓樂供養於佛爾時無言與諸菩薩踊在虛空高七多羅樹說偈讚佛（出大集經第十七卷無言經大同小異）

常悲東行求法遇佛示導第六

衆祐昔爲菩薩名曰常悲見世佛法僧若世穢濁背正向邪華僞趣利猶蛾樂火以四等六度爲求康之宅而世廢佛就彼危禍以自破碎也菩薩常爲愁荒悲慟往昔佛名景法無穢滅度未久法滅都盡常悲夢見其佛爲其說法菩薩聞之心垢消除入清淨定即棄妻子入山閑寂水果自供摧心哀號吾不值佛不見法僧大道極趣哀聲適訖天神下曰明士乃爾莫復哀號佛有大法名明度無極之明三世諸佛皆由斯成爾索之誦習其文懷識其義奉而行之爾必得佛常悲仰視曰當由誰聞斯尊法乎以何方便之何國土厥師族名天人報曰爾正東行無念色痛想行識意絕衆願執心無違吾教汝睹明度無極聖典常悲曰諾終始戢之天人重曰精進存之忽然不現菩薩受教東行索之數日即止深自思曰吾宿薄祐君臣憒憒無知佛者除冥尊師去斯幾里精誠之至感上方佛來在

其前諸天翼從歎菩薩曰善哉善哉爾世希有菩薩見佛且喜且悲稽首而言願佛哀我爲吾說經佛告之曰三界皆空夫有必無萬物若幻一生一滅猶若水波覩世皆然慎無忘也自是東行二萬里有國名健陀越諸菩薩城也一國之内皆是上士無凡庸人欲爲汝說菩薩之德劫數已盡其德有餘菩薩名曰法來於彼諸聖猶星中月懷諸經典反覆教人諸菩薩等受誦書讀是經原者必爲爾師勸爾就之當爲爾說常悲定悟左右顧視不復睹佛心悲流淚且云諸佛靈耀從何所來而今逝焉（出度無極集第七卷中）

善信東行爲求半偈履泥不溺第七

善信菩薩於無法之世尋求正法空中聲曰其此東方一萬由旬彼有一國王名曰善住昔有如來出現於世久已滅度像法衰微有一女人生自卑賤形貌醜陋人世所無而髣髴能識半句一偈示有所傳能往問疑有一淤泥縱廣萬里踐形即沒乃至烏飛不能過毫毛不能勝汝今困瘵手足斷裂云何而能更復前進我聞踊躍馳走東行至淤泥所分捨身命以軀自投本期陷沒我擲身時當身所觸出一小路潔白脩直我踐其上無復衆難經至彼國入善住城哀號自咎不覩世尊見此女人處於卑陋屋室穿穴人形凡鄙而我恭敬視如佛想瞻奉禮拜圍繞讚嘆仰請女人以爲大師願垂教示得遂深信女人荅曰諸佛妙法無量無邊我之所聞唯一半偈若欲聞者今便說之

諸惡莫作　諸善奉行

我聞此語身心清淨諸根寂靜自然調伏誦習在心思惟其義洞達斯旨即獲神通飛還本國徧宣此偈以此功德我於佛法得堅固信不可沮壞衆魔啓伏一切歸化未有此信我常在生死爲衆生故開示此信令得奉行出菩薩決定要行第一卷

一切世間現爲師婦所愛違命致苦第八

舍衛城北去城不遠村名薩那有一貧窮婆羅門女名跋陀羅腹生一子名一切世間現少失其父厥年十二色力人相具足第一聰明辯慧微言善說復有異村名頗羅訶私有一舊住婆羅門師名摩尼跋陀羅善能通達四毗陀經一切世間現從其受學謙從恭敬盡心供養諸根純淑所受必持師受王請留一切世間現守舍而去婆羅門婦年少端正於世間現深生染心忽忘儀愧前執其衣時世間現曰仁今便是我母如何而行非法內懷愧悚捨衣遠避師婦欲盛泣淚念之曰忽見斷絕不隨我意必不見從要斷汝命即以指爪自攫其體行女人諂莊嚴其身以繩自縊足不離地夫還見婦以刀截繩高聲大叫而問何故婦答是世間現强見凌逼作如是事其夫思惟言世間現初生之日一切刹利所有刀劒悉自拔出利皆捲屈墜落于地時諸刹利咸大恐怖其生之日有如此相當知是人有大德力語世間現汝是惡人毀辱所尊汝今非復眞婆羅門當殺千人可得除罪世間現禀性敬從尊重師教即白師言嗚呼和尚殺害千人非我所應師即謂言汝是惡人不樂生天作婆羅門耶答言和尚善哉奉

命即殺千人還禮師足師聞見巳生希有心汝大惡人故不死耶復作是念言今當令死而告之言殺一一人人取一指殺千人巳取指作鬘冠首而歸然後得成婆羅門以是因緣名央掘魔羅即白師言善哉和尚受教即殺千人尚少一耳時央掘魔羅母念子當飢自持四種美食送往與之子見母巳作是思惟當令我母得生天上即便執劍前欲斷命去舍衛國十由延少一丈於彼有樹名阿輸迦時佛以一切智如象王來央掘魔羅既見世尊執劒疾往作是念言我今復當殺是沙門世尊示現避去央掘魔羅而說偈言

住住大沙門　白淨王太子　我是央掘魔
今當稅一指

爾時世尊以偈答曰

住住央掘魔　汝當住淨戒　我是等正覺
輸汝慧劒稅

時母見佛與央掘魔羅往反苦論子心降伏縱身垂念故說偈云

久失寶藏今還得　塵穢壞眼今明淨
哀哉我子心迷亂　常以人血自塗身
極利刀劒恒在手　多殺人衆成屍聚
當令此子隨從我　今敬稽首等正覺
多人見罵難聽聞　汝子如是切責我

出央掘魔羅第一卷

焰光行吉祥願遇於女人退習家業第九

過去無數劫時有一學志名曰焰光處于林藪行吉祥願巳四百二十萬歲修行無礙入沙竭國有陶家女見此學志姿貌姝好欲意隆崇即自投之學志報言吾不樂欲女曰設

不然者吾將自殘焰光自念吾護禁戒今若毀之非吉祥也離之七歩乃發慈哀毀犯禁戒墮地獄罪若不如是女自殘賊寧令斯女以致安隱吾當安忍地獄之痛焰光即還從女所欲退習家業十有二年壽終之後生梵天上佛言欲知爾時焰光學志豈異人乎則吾身是陶家女者即瞿夷也（出慧上菩薩經上卷）

題耆羅那賴提耆二人共爭令五日闇冥第十

昔有兩菩薩志清行淨内寂無欲表如天金鑿石爲室閑居靖志蓑衣草蓆食飲泉水清淨無爲志若虛空四禪備悉得五通智梵釋仙聖諸天龍鬼靡不稽首處於山澤六十餘年悲愍衆生敬奉三尊一名題耆羅二名那賴提耆夜興誦經疲極卧出那賴時亦誦經誤蹈題耆羅首題耆羅即興言而曰誰蹈吾首者明旦日出破爾之首以爲七分那賴曰誤蹈爾首呪誓何重瓦器之類尚有相觸豈況於人共處終年而不誤失爾言常誠明旦日出吾首必破吾當制日不令得出日遂不出五日之間舉國幽冥炬燭相尋衆官不修君民惶惑悉會羣僚請諸道士王曰日之不出其咎安在道士之中有五通者曰山中道士兩有微諍制不令出王曰奈何答曰王率羣僚民無巨細馳詣于彼稽首和解彼必慈和王即有詔詣于山澤叩頭曰國豐民寧二尊之潤而今不和率土失所其咎在我黎民無過願愍赦之那賴曰王勤喻曉彼意彼意解者吾放日出王之題耆羅所宣那賴旨即日令彼以泥塗首放日令出泥首即破爲七

分那賴無爲王臣黎民靡不欣懌兩道士爲王廣陳治國當以四等無盡之慈勸民奉五戒載十善行王及臣民僉然受戒王還國有詔曰人無尊卑帶五戒十善經以爲國正自斯之後王潤逮草木臣忠且清佛告諸比丘那賴者吾身是題耆羅者彌勒是（出度無極集第七卷）

樂法菩薩捨諸寶飾以易一偈第十一

過去世時有一菩薩名曰樂法生長王家所聞善言皆寫讀誦爲求法故遊諸國邑時有一人住深坑側語樂法言王來我當相與佛所說偈菩薩答曰汝持與我是人又曰與我寶衣摩尼瓔珞然後相與菩薩許之是人貪心增長又言若能與我得聞佛偈投此深坑能如是者當先立誓然後爲說王子答言咄哉仁者汝欲令我投此深坑爲得何利是人答言我無所得但恐王今捨此寶物既因得聞便生悔心恃豪勢力而還奪我王子答言汝但說之我終不悔施汝寶物者亦投深坑是人聞誓爲說佛偈菩薩即與寶衣摩尼瓔珞又立誓言若我誠心捨此無悔以是實語當令我今從高墜下安隱平住無所傷損作是誓已便自投身未到地頃四天王來徐接置地曰佛所說偈甚深微妙有大利益是人亦從高而下到菩薩所作如是言王子希有能爲難事欲求何法菩薩答言我以是事當得佛道發四弘誓是人聞已便生信心語菩薩言還王寶衣眞珠瓔珞正是王宜答言猶如棄吐豈可還食是人白言若不還取願受我悔後作佛時當見救度樂法王子者即舍利弗是也時說偈者即和伽利是（出濡首無上清淨分

衛經上卷重檢未相應

爲聞半偈捨身第十二

善男子乃昔過去佛日未出我於爾時作婆羅門修菩薩行悉能通達外道經論修寂滅行具足威儀其心清淨不爲外欲所能破壞滅瞋恚火受持常樂我淨之法周徧求索大乘經典乃至不聞方等名字住於雪山繫心坐禪經無量歲修難行苦行爾時釋提桓因自變其身作羅刹像形甚可畏下至雪山去其不遠而便立住是時羅刹心無所畏勇健難當辯才次第其聲清雅宣過去佛所說半偈

諸行無常　是生滅法

說已便住所現形貌甚可怖畏顧眄徧視觀於四方是苦行者聞是半偈心生歡喜即從座起以手舉髮四向顧視而作是語向所聞偈誰之所說爾時四顧不見餘人唯見羅刹即說是言誰開如是解脫之門誰能雷震諸佛音聲誰於生死睡眠之中而獨覺寤唱如是言誰能於此示導生死饑饉衆生無上道味無量衆生沉生死海誰能於中作大船師是諸衆生常爲煩惱重病所纏誰能於中爲作良醫說是半偈啓悟我心猶如半月漸開蓮華我於爾時復作是念將是羅刹說是偈耶覆復生疑或非其說何以故是人形容甚可怖畏若有得聞是偈句者一切恐怖醜陋即除何有形貌如是能說此偈善男子我於爾時復作是念而此羅刹或能得見過去諸佛從諸佛聞說是半偈即至羅刹所言善哉大士汝於何處得是過去離怖畏者所說半

偈即答我言大婆羅門汝今不應問我是義何以故我不食來已經多日處處求索了不能得飢渴苦惱心亂謬語非我本心之所知也我時即復語羅刹言大士若能爲我說是偈竟我當終身爲汝弟子汝所說者名字不終義亦不盡以何因緣不欲說耶夫財施者則有竭盡法施因緣不可盡也法施無盡多所利益羅刹答言汝智太過但自憂身都不念我飢苦所切實不能說我即問言汝所食者爲是何物羅刹答言汝不須問我若說者令多人怖我復語言此中獨處更無有人我不畏汝何故不說羅刹答言我所食者唯人暖肉其所飲者唯人熱血世雖多人皆有福德兼爲諸天之所守護而我無力不能得殺我復語言汝但具足說是半偈我當以身奉施供養我設命終如此之身無所復用當爲虎狼鵄梟鷹鷲之所噉食而復不得一毫之福我爲求佛捨不堅身以易堅身羅刹答言誰當信汝爲八字故棄所愛身我即答言如有人施人瓦器得七寶器我捨不堅身得金剛身大梵天王釋提桓因及四天王能證是事復有天眼諸菩薩等爲欲利益無量衆生修行大乘具六度者亦能證知乃至十方諸佛羅刹即說

生滅滅已　寂滅爲樂

羅刹說言菩薩摩訶薩汝今已聞具足偈義汝之所願爲悉滿足若必欲利諸衆生者時施我身我於爾時深思此義然後處處若石若壁若樹若道書寫此偈即便更繫所著衣裳恐於死後身體露現即上高樹自投樹下

下未至地時虛空中種種出聲其聲乃至阿迦尼吒爾時羅刹還復釋形即於空中接取我身安置平地以是因緣便得超越足十二劫在彌勒前成阿耨多羅三藐三菩提（出涅槃經第十三卷）

久修忍辱割截不憂第十三

問曰菩薩身非木石云何衆生來割截之不生異心答曰有人言菩薩久修羼提波羅蜜故能不愁惱如羼提仙人被截手足血皆爲乳有人言菩薩無量世來深修大慈故雖有割截亦不愁憂譬如草木無有瞋心有人言菩薩深修般若波羅蜜轉身得般若波羅蜜果報空心故了了知空割截身時心亦不動如外物不動内亦如是般若果報故於諸法中無所分別有人言是菩薩非生死身是出三界法性生身住無漏聖心果報中故身如木石而能慈念割截者是菩薩能生如是心故割截劫奪内外法時其心不動是爲菩薩希有之法我以佛眼見十方如恒河沙等世界中菩薩入地獄中令火滅湯冷以三事教化衆生於無量阿僧祇劫深行慈心外物給施意猶不滿以身布施爾乃足滿如藥王菩薩外物珍寶供養於佛意猶不滿以身爲燈爾乃足滿外物雖多不以爲恩所以者何非所重故得其身時乃能驚感是故身施（出大智論第八十卷）

賣身奉佛聽涅槃一偈割肉無痍第十四

我念過去於無量劫爾時世界名曰娑婆有佛出世號釋迦文爲諸大衆説大涅槃經我於爾時從善友所聞當爲説法我聞是已心

懷歡喜欲設供養居貧無物周行賣身冀有微獲乃於路間見有一人吾欲買人但家作業人無堪者吾有惡病良醫處藥應當日服人肉三兩卿若能以身肉三兩日日見給便當與汝金錢五枚我時聞已心大歡喜即復語言汝與我錢惠我七日須我事訖便還相就其人答言七日不可審能爾者聽汝一日我於爾時即取其錢還至佛所頭面禮足盡以上佛然後誠心聽受是經我時闇鈍雖得聞經唯能受持一偈即便還至彼病人家我時雖復日日與肉以念偈故不以爲痛足滿一月以是因緣其病得瘥我身平復亦無瘡痍我時見身具足完全即發無上菩提之心一偈之力尚能如是何況具足受持讀誦我見此經有如是利復倍發心願後成佛字釋迦文出涅槃經第二十卷

爲聽法華經大地震裂踊現空中第十五

爾時如來說法華經諸餘菩薩請欲護持佛即止之云下方國菩薩無量無數因地震裂同時踊現住虛空中詣七寶塔多寶如來釋迦文佛向二世尊頭面作禮出法華經第五卷

爲王採華遇佛供養第十六

昔者世尊遊羅閱祇時王使數十人常採好華一日之後大小貴人婇女俱出城外採華欲還入城遥見世尊相好威光巍巍無量猶星中月若日初出照于天下與弟子菩薩前後圍繞即往佛所稽首爲禮心自念言人命難保佛世難遇經法難值今遭大聖猶病得醫我既貧賤加屬縣官鞅役之患恒不自從國王嚴急主給採華常以早進設失時節或

能見誅聖衆難遇億世時有寧棄身命以華上佛并散聖衆因受經戒聽察深法無窮之慧我從無數劫爲人所害不可稱載未曾爲法而不惜命今供世尊三寶之華縱使見害不墮苦痛必生安處却自歸命一心重禮佛知其念發大道意甚慈愍之具爲敷講大樂之法六度無極四等四恩三脫菩提諸採華人皆發道意心解佛慧至不退轉無所從生佛即授決後當得佛號曰妙華十號具足其邊人聞莫不怡悅啓受大法供養三寶時採華人還歸家中與家二親妻子辭別我命今盡爲王見殺父母愕然問何罪咎諸子具答王大嚴急既違失時復無有華必見危命故辭別耳二親聞之益以愁感當奈之何發篋視之滿中好華須臾雜香遠徹四面父母告曰可以進王諸子各曰衆人見之必傳白王又復違時恐不得安時王大瞋見不時來復散衆華遣兵收取則受王教反縛入宮罪當棄市諸人不恐面色不變王怡問之汝等罪過命在不測縛來當殺何故不懼面色不改即白王曰人生有死物成有敗我從無數劫每以非法不惜身命朝早採華道遇世尊以華供上稽首歸命知違勑當死寧以有德而死不以無德而存還視華篋續滿如故皆是如來恩仁所覆王以問佛佛亦言然王曰此人至心欲度十方不惜身命故取衆華以散上佛意無想報已得授決將來成佛號曰妙華王大歡喜疾解衆縛悔過自責愚意不及繫縛菩薩佛言善哉善哉能自改者與無過同出採華違王上佛授決妙華經

持戒發願防之第十七

善男子菩薩受持禁戒先作是願寧以此身投於火坑終不毀犯三世佛制與諸女人而行不淨寧以熱鐵纒身終不敢以破戒之身而受信心檀越衣服寧以此口吞熱鐵丸終不敢以毀戒之口食信心檀越飲食寧卧大熱鐵上終不敢以破戒之身受信心檀越牀卧敷具寧以此身受三百鉾終不敢以毀戒之身而受信心檀越醫藥寧以此身投熱鐵鑊終不敢以破戒之身受信心檀越房舍屋宅寧以鐵椎打碎此身從頭至足令如微塵不以破戒之身受諸刹利婆羅門居士恭敬禮拜寧以熱鐵挑其兩目不以染心視他好色寧以鐵錐周徧刺身不以染心聽好音聲寧以利刀割去其鼻不以染心貪嗅諸香寧以利刀割裂其舌不以染心貪著美味寧以利斧斬斫其身不以染心貪著諸觸何以故以是因緣能令行者墮於地獄畜生餓鬼迦葉是名菩薩摩訶薩護持禁戒悉以施與一切衆生以是因緣願令衆生護持諸禁得清淨戒善男子菩薩修是戒時即得住於初不動地如須彌山隨藍猛風不能令動菩薩住是地中不爲色聲香味所動不墮地獄畜生餓鬼不退聲聞辟支佛地不爲異見邪風所散 出涅槃經第十一卷

初發心便勝二乘第十八

發心菩薩有二種一者行諸波羅蜜二者但空發心行菩薩道者雖事未成能勝一切如歌羅頻伽鳥雖在卵中未能發聲已勝諸鳥如一六通羅漢將一沙彌令負衣鉢沙彌念

言當以佛乘入於涅槃師知其念即取衣鉢自擔推沙彌在前沙彌覆復思惟佛道甚難久住生死受無量苦且以小乘早入涅槃師復以鉢囊還與沙彌令擔語在後行如是至三沙彌白師師年老耄狀如小兒師即答言汝初發心作佛是心貴重位是我師諸辟支佛尚應供養何況羅漢是故推汝在前汝心還悔欲取小乘而未便得去我懸遠是故令汝在後沙彌驚悟即住大乘出大智論卷第七十八

三小兒施佛二發小心一發大心第十九

過去無數劫有佛號一切度與其眷屬俱行分衞有三尊者子嚴服共戲見佛及諸菩薩光明巍巍互相指示而吾等當共供養二兒答言既無華香當用何等物其一兒脫頭上白珠以著手中便謂二兒是可以供佛二兒効之亦解頭上白珠著其手中即至佛所一兒復問二兒持是功德以何求索其一兒言願如佛右面尊比丘其一兒言願如左面神足比丘共問一兒報言我欲如佛八千天子皆言善哉若如所言天上天下一切蒙恩是三小兒已到佛前各以白珠而散佛上二兒發聲聞意者珠在佛肩上其一兒發菩提心者珠在佛頭上化爲珠華交露之帳其中有佛佛告舍利弗中央兒者即我身是右面之兒舍利弗是左面之兒目連是舍利弗汝等本畏生死故不發菩薩心欲疾泥洹觀此一兒發阿耨多羅三藐三菩提心者出阿闍世經上卷

幼年爲鬼欲所迷第二十

昔者菩薩時爲凡人年始十六志學弘深達衆經典喟然歎曰唯有佛經最眞最妙吾當

懷其眞處其自安矣親欲爲納妻悵然而曰妖禍之盛莫大乎色若妖蠱一臻道德喪矣吾不遁邁將爲狼吞乎於是遂之異國力賃自供時有田翁老而無嗣草行獲一女焉顏華絶國欣育爲嗣採男爲偶一國無可翁者菩薩賃積五年觀其操行自微至著中心嘉焉曰童子吾居有足以女妻爾爲吾嗣矣女有神德惑菩薩心納之無幾即自覺曰吾觀諸佛明化以色爲火人爲飛蛾蛾貪火色身見燒煑斯翁以色火燒吾躬財餌鉤吾口家穢喪吾德矣夜默遁邁行百餘里依空亭宿亭人曰子何人乎曰吾欲寄宿耳入覩牀褥先自有婦人焉顏似巳妻惑菩薩心與之共居復積五年明心覺焉曰婬爲蠆蟲殘危身命默而疾邁又覩婦人與居十年又明覺曰吾殃重矣奔而不免深自誓曰終不寄宿又復遁逝遙覩大屋避之草行守門者曰何人夜行答曰趣前聚落又曰有禁内人呼前所覩如上婦曰自無數劫誓爲室家爾走安之菩薩念曰欲根難拔乃如之乎即興四非常之念滅三界諸穢何但餘垢而不殄乎鬼妻即滅便覩諸佛處其前立説無想之定授沙門戒爲無勝師菩薩普度無極出度無極集第八卷

經律異相卷第八

音釋

羼初限切　痍延知切傷也　售承呪切賣物去手也　佯余章切詐也　禳如羊切祀除癘殃也　臧否臧兹郎切善也否補美切不善也　兇許容切與凶同　憒古對切心亂也　悚息拱切懼也　攫居縛切爪持也　姝春朱切美好也　葌居顏切柔韌可爲衣白茅也　懌夷益切悦也　濡乳兖切

眄彌殄切邪視也鵄梟鵄處脂切梟吁驕切鵄梟鳥名瘥楚懈切病瘳也

篋詰叶切箱屬鉾莫侯切與矛同鉤兵也錐朱惟切鑽屬喟丘貴

切歎息聲也悵然悵丑亮切快悵也蠱公土切惑也遁邁遁徒

困切逃也邁莫敗切遠行也賃女禁切庸功也餌仍吏切鈎餡魚者曰餌

蠆丑邁切毒蟲也

經律異相卷第九

梁沙門僧旻寶唱等奉　勑撰

外化菩薩部第九

文殊變金光首女令成醜壞第一

上金光首與長者子畏問俱在遊觀園散華燒香莊嚴妓樂時彼女人覩長者子意以爲足文殊師利（舊經云軟首）化此女身應時終亡顔色變惡眼耳鼻口膿血流出身體胮爛不可復視青蠅飛來周帀共食時長者子見此女身變壞如是怖懼不安欲求自歸濟脱是患當從何所而免斯苦時文殊師利童眞威神令園樹木自然出讚時長者子聞樹讚頌歡喜踊躍善意即生以衣裓盛女人死屍棄叢樹間而捨之去於是世尊欲以開化彼長者子從身放光其明普照摩竭國界長者子見如來威神巍巍心生歡喜其天帝釋則在前

立見長者子而歎之曰年少善緣獲得福利乃能見佛時彼年少聞此勸讚即與天帝俱詣佛所帝釋天意華用與年少言可取此華散如來上散已稽首佛足前住白言今自歸佛及法聖衆有放逸女上金光首實與戲樂詣遊觀園則於今日顏貌變惡即時壽終捨諸一切宗室眷屬發大恐懼將無國王推問之耶佛言且止時上金光首見長者子已蒙開化隨從律教即與妓樂往詣佛所稽首佛足退住一面時文殊師利謂長者子曰爲識此姊不答云已知之矣又問云何知乎於是長者子報文殊師利而說頌曰

色者如聚沫　痛痒泡起項　幻相如野馬

吾曉知如是

佛告阿難文殊師利乃往古世勸化此女使發道意吾本前世而勸化之使發道意上金光首過九十二百千劫當得作佛號寶光明長者子當爲菩薩名德光耀其後作佛未滅度時授德光耀菩薩之決乃般泥洹號曰持燄（出大淨法門品經）

文殊現身諸剎取鉢弘教第二

有二百天子發菩薩心而未堅固皆欲墮落各自念言佛法難得我等今定不學菩薩不如取羅漢辟支佛而般泥洹佛知是人可成菩薩而意中退佛便化作一迦羅越持百味飯滿鉢到佛前而便作禮以鉢上佛佛即受鉢文殊師利白言世尊當故報恩舍利弗疑即便問佛佛即以鉢捨地其鉢便下沒過諸剎直過七十二恒沙等剎土名曰漚呵沙其佛號曰光明王今現在世其鉢於彼佛剎住

止空中亦無持者鉢所過諸佛剎其佛侍者皆問於佛佛答言上方有佛號釋迦文鉢從彼來救護墮退菩薩意耳佛語舍利弗行求鉢來舍利弗即承佛威神自以慧力以萬三昧過萬佛剎都不見鉢從三昧起還白佛言求之不見復遣目連亦復不見須菩提等五百尊者悉不能見彌勒菩薩又不能見令文殊師利求鉢文殊師利不起于座即入三昧以其右手指地下行過諸佛剎莫不聞知所過剎土皆爲震動凡諸剎土皆見文殊過七十二恒河沙其臂上毛一一毛間有億百千光明億百千蓮華一蓮華上有坐菩薩悉歎釋迦文佛功德聲聞菩薩及以剎土時釋迦文放足下光明照下方過七十二恒河沙等剎見其光明悉得摩仳泜三昧文殊師利以右手取鉢與無央數菩薩俱來鉢在手中作禮授鉢佛謂舍利弗今爲汝說過去劫事往昔有佛號勇莫能勝有比丘僧名曰慧王持鉢入惟致國中分衞得百味飯爾時有尊者子名離垢王爲乳母所抱在城門上其兒遥見比丘而從抱下便往趣之求其飲食比丘即以蜜餅授之其兒則食知味甘美隨比丘行不顧乳母便隨至勇莫能勝佛所爲佛作禮而坐一面比丘所以持鉢食與是小兒令其上佛兒便授佛佛食隨滿以是徧八萬四千比丘及菩薩萬二千人各各皆飽其兒所持食猶無減損佛以威神令兒歡喜因從比丘受五戒法發菩提心兒父母求子爲佛作禮子白父言我今已得入菩薩法願作沙門父母即聽吾等亦爲發心從汝佛言慧王比

丘文殊師利是其時見者我身是也如我身等不可稱數阿僧祇刹土諸佛悉爲文殊師利之所發動我等悉蒙文殊師利之恩其二百天子即時自念釋迦文佛爲文殊師利之所發意自致成佛我等何爲懈怠用是念故其心則堅（出阿闍世王經上卷）

普賢誓護五種法師第三

普賢菩薩以自在神通威德名聞與大菩薩不可稱數從東方來所經諸國普皆震動雨寶蓮華作衆妓樂又與無數八部鬼神等大衆圍繞禮釋迦牟尼佛白佛言我於寶威德上王佛國遥聞此娑婆世界説法華經共來聽受唯願世尊當爲説之佛告普賢若有善男子女人成就四法於如來滅後當得是法華經普賢菩薩言若有行立讀誦此經思惟此經若人於此經有所忘失一句一偈大菩薩衆俱詣其所而自現身供養守護安慰其心亦爲供養法華經故還令通利見者歡喜轉復精進以見我故即得三昧及陀羅尼若後惡世中四衆來求索者受持者讀誦者書寫者欲修習是法華經於三七日中應一心精進滿三七日亦當現其人前而爲説法（出法華經第七卷）

淨精進化財功德久忍衆苦第四

過去劫時佛號廣光明（菩薩行經云離垢光）國王之子名財功德（菩薩行經云業首）時年十六自恃端正自生憍慢初不向佛恭敬禮拜佛即行籌誰能教化八萬四千菩薩無受籌者有一菩薩名淨精進言我能即時大千六反震動便往王門立王子見之惡言呰毀以土坌面刀杖瓦

石而加其身菩薩爾時不瞋不去心不疲猒經一千年受如是苦過二萬歲乃得至彼第二門下八萬四千年七日未滿方得至其第七門下爾時王子見是菩薩便作是言道士今來何所求索即於菩薩生不思議心云何是人終經爾時多受衆苦而心不疲猒爾時菩薩知王子心已自調伏即便説偈令往詣佛爾時王子即捨王位在佛法中出家聽法如法而住得無生忍爾時淨精進者我身是也財功德者即彌勒是（出大集經第二十六卷又出調伏王子道心經菩薩行經大同）

樹提摩納手出龍象第五

樹提摩納在寶藏佛前右膝著地長跪叉手前白佛言世尊我今發無上菩提心成就善根於三乘法若我所願得已利者令我兩手自然而出白色龍象以佛力故其兩手中即出龍象其色純白七處到地見是事已告言龍象汝等今者可昇虚空去此不遠徧雨此界八德香水覺悟此界一切衆生若有衆生得遇一滴聞其香氣悉斷五蓋所謂婬欲瞋恚睡眠掉戲疑是時龍象在虚空中周旋速疾猶如力士善射放箭是二龍象所作諸事悉成就已復還來至摩納前住時樹提見之心大歡喜（出樹提摩納發菩提誓願經）

普施求珠降伏海神以濟窮乏第六

昔者菩薩從四姓生墮地即曰衆生萬禍吾當濟之無明無法吾當除其盲聾令之聞見衆聖明範九親驚曰未聞孩幼而能言斯將非天龍鬼神之靈乎當卜之焉答曰吾爲上聖之所化懷普明之智非彼衆妖慎無疑矣

言畢即默覩曰兒有乾坤弘潤之志將非凡夫乎名曰普施年至十歲佛諸典籍流俗衆術靡不貫綜辭親濟衆布施貧乏親曰吾有最富之上名也爾可恣意對曰不足乞作沙門垂賚法服應器錫杖以斯濟衆生父毋聽之周旋教化經一大國國有豪姓亦明衆書覩其儀容普施心性憺怕淨若天金有上聖之表將爲世雄謂普施曰吾有陋女願給箕箒答曰大善須吾還也即附載渡海上岸入山到無人處遥覩銀城宫有毒蛇繞城七帀體大百圍舉首相看普施念曰斯有害心吾當興慈蛇毒即滅垂首而眠登首入城城中天神覩之欣豫曰久服聖德今來翔茲誠吾心願願留三旬普施以事委付近臣身受供饌時供養畢以明月珠一枚送之曰珠明四十里志願若發衆寶滿足若後得佛願爲弟子普施曰可即復前行覩黄金城毒蛇圍城十有四帀巨軀倍前舉首數丈普施復入慈定蛇即垂首登之入城中有天人相見歡喜曰久服靈耀翔茲甚善願留百八十日吾所供養過是辭退天人復以神珠一枚送之明耀八十里志之所願衆寶滿中若子得道願爲弟子神足無上即復前進覩瑠璃城又有毒蛇軀以繞城二十一帀舉首瞋目當彼城門復生慈定誓濟衆生毒歇垂首登之入城天人欣喜如前請留三時願供所志期竟辭退又送神珠明耀百六十里珠之所在衆寶尋從滿其明内在志所欲無求不獲子得正覺願爲弟子有最明之智曰必獲爾願普施得珠乃其舊居海諸龍神僉會議曰吾等巨

海唯斯三珠爲吾榮華道士悉得吾等寧當都亡諸寶不失斯珠海神化爲凡人當普施前曰吾聞仁者獲世上寶可得觀乎即以示之神摶手奪取普施曰吾歷險跨海乃獲斯寶欲濟困乏反爲斯神所見奪乎曰爾還吾珠不者吾竭爾海神曰巨海深廣孰能盡之天動作風普施曰吾於錠光佛前願得道力反覆衆海指擢須彌震天地移諸剎佛從吾志今得之矣今爾鬼物絲髮之力爲能過吾正真之勢乎即併兩足摽渫海水投鐵圍外偏淨天曰吾昔於錠光佛前聞其志願必爲世尊度吾等衆生即下助其渫水十分去八海神怖曰斯水盡矣吾居壞也即還其珠尋路布施所過之國無復貧民處處諸王無不改操以五戒十善爲國正法開獄大赦潤逮衆生遂至得佛普施我身是父者即白淨王是母者即吾母舍妙是道士女今瞿夷是時銀城中天者今阿難是金城天者目連是瑠璃城天者舍利弗是出度無極集第一卷又出賢愚經

重勝王與女人一處爲阿難所譏第七

阿難白佛憶念我昔入舍衛城見重勝王菩薩與女人同牀我謂犯穢心用惟慮得無異人學梵行者於如來教將無造見聞想念發斯語時三千大千世界六反震動時重勝王菩薩即自踊身住於虛空中去地四丈九尺報阿難曰犯禁穢者寧能踊身止虛空乎在如來前阿難投身即自悔過如何偏見求大龍短佛告阿難彼女人者乃往過去世爲重勝王百生之偶宿情未拔貪重勝顏口發誓言重勝王若與我願得遂所娛當從其教時

重勝王心知其念晨朝正服入之其室即時

頌曰

我愚悖於欲　諸佛所不歎　能蠲恩愛者

得佛人中上

時女喜踊即從座起自投于地歸命自責伏

罪悔過爲重勝王而歎頌曰

吾已離諸欲　世尊之所歎　節止恩愛著

願佛無上道　前心之所想　今自首悔過

傷愍諸羣生　究竟發道意

爾時重勝王授彼女決轉此女身後九十九

劫當得作佛號離無數百千所受如來（出上慧菩薩經上卷）

大薩他婆渡海船壞殺身濟衆第八

釋迦牟尼佛爲菩薩時名大薩他婆當渡大

海惡風壞船語衆賈人捉我頭髮手足當渡

汝等人人捉已以刀自殺大海水法不停死

屍即時疾風吹至岸邊（出大智論第四卷）

菩薩端坐山中鳥孺頂上未能飛終不捨

去第九

菩薩在山慈心端坐思惟不動鳥孺頂上覺

鳥在頂懼卵墜落身不移摇捨身而行彼處

不動及鳥生翅但未能飛終不捨去如是自

知便説此偈

若能辦此事　於天人中天　能不觸嬈彼

此德無有上　是故彼世尊　最爲第一神

故在道場處　功德皆備具（出僧伽羅剎經上卷）

入海採珠以濟貧苦第十

吾從無數劫以來精進求道初無懈怠自致

得佛超越九劫出彌勒前我念過去時國人

貧窮生憐愍心乃欲入海求如意珠衆人大

會望風舉帆詣海龍王從求頭上如意之珠龍王聞其欲濟窮士即以珠與時諸賈客各各採寶悉皆具足乘船來還海中諸龍及諸神鬼悉共議言此如意珠海中上寶非世俗人所當獲者云何損海益閻浮利誠可惜之當作方計還奪其珠不可失之時諸龍鬼晝夜圍繞欲奪其珠導師德尊如意珠力不能奪之度海既畢菩薩踊躍住於海邊低頭下手呪願海神以珠繫頸時海龍神因緣得便使珠墮海導師感激吾行入海乘船涉難勤苦無量乃得此寶當救衆乏於今海神反令墮海勑邊侍人捉持器來吾卷海水令至底泥不得珠者終不休懈即便卷水不惜壽命水自然起悉入器中諸海龍神見之懷懼此人威勢精進之力誠非世有水不久竭即持珠來辭謝還之吾等聊爾相試不圖精進力勢如是天上天下無能勝君導師獲寶齊還國中使雨七寶以供天下莫不安隱時導師者即我身是出生經第一卷

坐海以救賈客第十一

昔者菩薩與五百商人入海採寶入海數月獲寶重載將旋本土道逢飄風雷電震地水神雲集四周若城眼中出火波涌灌山衆人啼曰吾等死矣恐怖易色仰天求哀菩薩愴然心生計曰吾之求佛但爲衆生耳海神所惡死屍爲其危命濟衆斯乃開士之尚業矣吾不以身血注海惡海神之意者船人終不被于岸謂衆人曰爾等屬手相持并援吾身衆人承命菩薩即引刀自害海神惡焉漂舟上岸衆人普濟船人抱屍號哭曰斯必菩薩

非凡庸之徒也踴躍呼天寧令吾等命殞于茲無喪上德之士矣其言眞誠上感諸天天帝釋覩菩薩之弘慈帝釋下曰斯至德菩薩將為聖雄今自活之以天神藥灌其口中并通塗屍菩薩即甦忽然起坐與衆相勞帝釋以名寶滿其舟中千倍于前即還本土九親相見靡不歡悅周窮濟乏惠逮衆生顯宣經教開化愚冥其國王服菩薩德詣禀清化君仁臣忠率土持戒家有孝子國豐毒歇黎庶歡喜終生天上長離衆苦菩薩累劫精進不休遂至得佛殺身濟衆者吾身是也天帝釋者彌勒是也五百商人者今座中五百應眞是也（出殺身濟估人經 又出度無極集）

從地涌出現長舌相第十二

時千世界微塵等菩薩摩訶薩從地涌出一心合掌瞻仰尊顏而白佛言我等於佛滅後世尊分身所在國土滅度之處當廣說此經我等亦自欲得是眞淨大法受持讀誦解說書寫而供養之爾時世尊於文殊師利等無量百千萬億舊住娑婆世界菩薩及諸聲聞人非人等一切衆前出廣長舌上至梵世一切毛孔放無量色光皆悉徧照十方世界衆寶樹下師子座上諸佛亦復如是（出法華經第六卷）

牧牛小兒善說般若義弘廣大乘第十三

昔有比丘精進持戒初不毀犯住在精舍所可讀誦是般若波羅蜜有聞此比丘經聲莫不歡喜有一小兒始年七歲城外牧牛遥聞比丘誦說經聲尋聲詣寺聽聞即解兒大歡喜便問比丘答不可意小兒反說其義甚妙昔所希聞比丘聞之歎此小兒乃有智慧非

是凡人時兒即去還至牛所所牧牛犢散走入山兒尋其迹值虎被害生長者家第一夫人作子夫人懷妊口便能說般若波羅蜜從朝至暮初不懈息其長者家素不奉法怪此夫人謂口妄語呼爲鬼病小問譴祟無能知者家中內外皆悉憂惶是時比丘入城分衛詣長者門逕聞經聲心甚喜悅即問長者內中誰說深經其聲微妙長者報言婦得鬼病晝夜妄語口初不息比丘報言此非鬼病但說深經甚有義理疑此夫人所懷妊兒是佛弟子長者意解即留比丘與作飲食日月滿足乃產一男又無惡露其兒適生叉手長跪說般若波羅蜜夫人產已還復如本如夢寤已了無所識長者集僧覩兒說經初無質礙是時衆僧各各一心觀此小兒長者問言此爲何等比丘答曰眞佛弟子愼莫驚疑好養育之此兒後大當爲一切衆人作師吾等悉當從其啓受至年七歲悉知微妙與衆超絕智度無極諸比丘等皆從受學經中誤脫有所闕少皆爲刪定足其所之兒每出入有所至止輒開化人使發大乘長者家室內外大小五百人衆皆從兒學發大乘意悉行佛事兒所教授城郭市里凡所開發無上道意者八萬四千承受弟子者五百人諸比丘聞之意解志求大乘皆得法眼淨佛告阿難是時小兒者吾身是也時比丘者迦葉佛是也出小兒聞法即解經

經律異相卷第九

音釋

燄羊瞻切仳汦仳音毗汦音遲坌蒲悶切坌塳也掉徒弔切搖動也箒止酉切篲也擢直角切拔也摽甲遥切麾也渫私列切與泄同散也悖蒲昧切亂也犢徒谷切牛子也譴詰戰切責也祟雖遂切神禍也

經律異相卷第十

梁沙門僧旻寶唱等奉　勑撰

隨機現身菩薩部第十之一

能仁爲帝釋身度先友人一
能仁爲婬女身轉身作國王身飼鳥獸二
釋迦爲薩婆達王身割肉貿鷹三
文殊爲年少身化上金光首女四
一切妙見爲盲父母子遇王獵所射五
曠野等爲殊形化諸異類六
婆藪現爲仙人身度六百二十萬賈客七
爲轉輪王身發願布施八
爲國王身以眼施病人九
爲國王身治梵志罪十
爲國王身捨城妻子十一
現爲國王身化濟危厄十二
爲蓮華王太子身以髓施病人十三
爲王太子身出血施病人十四

能仁爲帝釋身度先友人第一

菩薩爲天帝釋志存苦空非身之想坐則思惟遊則教化愍愚愛智精進無休覩其宿友愛婦人身爲富姓妻惑乎財色不覺無常居市坐肆帝釋化爲商人婦人要坐商人熟視而笑婦乃怪之側有一兒播鼗躍戲商人復笑有人父病子以牛祠商人亦笑有一婦人抱兒兒刮母頰血流交頸商人復笑是富姓妻問曰君住吾前含笑不止屬吾搏兒何以見笑商人答曰卿吾良友今相忘乎婦人悵然意益不悅怪商人言商人又曰吾所以笑搏兒者兒是卿先父魂神今爲卿作子一世之間有父不識何況長久乎播鼗兒者生本

是牛牛死還爲主作子家以牛皮用貫此甕兒今播打不識故體用牛祭者父病請愈猶服鴆毒以救疾也父終爲牛累世屠戮今此祭牛還受人體刳毋面兒兒本小妻毋是嫡妻女情妬嫉常加酷暴妾含怨恨壽終爲嫡妻子攫面傷體故不敢怨夫心無恒昔憎今愛何常之有一世不知豈況累劫經曰以色自壅盲於大道專邪聲者不聞佛音吾是以笑之耳世榮若電恍惚即滅當覺非常莫與愚並崇德六度吾今反居後日必造子門言竟不現婦悵而歸齋心敬望後果在門狀醜衣弊曰吾友在內爾呼之來門人入告具以狀言婦人出曰爾非吾友釋笑而云變形易服子尚不識豈況異世重曰爾勤奉佛佛時難值高行比丘難得供養命在呼吸無隨世惑言畢不現舉國歡嘆各執六度高妙之行佛告鶖鷺子婦人彌勒是也大帝釋吾身是也（出彌勒爲女人經）

能仁爲婬女身轉身作國王身飼鳥獸第二

過去世時優波羅越國五穀豐熟人民衆多國中有王名波羅先時有婬女容色姝麗遇徃他舍值其生男欲噉其子婬女問之報言我飢婬女言且待我爲汝覓食荅言飢急卿未出門我當餓死那得待卿婬女念言若持兒去毋便餓死若置便噉要令俱濟婬女自割兩乳與之令噉其毋便食婬女問言卿爲飽未報言已飽婬女還家有一男子至婬女舍見之便言誰割汝乳便有悲意不復起欲男子問言姊當爲我現此至誠婬女言實誠至者令乳平復應時兩乳平復如故釋提桓

因見此婬女布施之福恐奪其座作婆羅門往至其家婬女便以金鉢盛飯與婆羅門時婆羅門却不肯受女門道人何爲不受報言我不用食聞汝布施乳爲審爾不報言實然婆羅門言汝持乳施意寧悔不女言若我至誠持乳布施意無異者令我轉身得作男子言竟即轉時優婆羅越三治國已五十歲壽盡終亡傍臣左右聞婬女轉身作男念言正當立之作王便共請立既立之後好喜布施隨其所須皆給與之教一天下持八關齋如是國治人民歡樂壽筭延長王乃念言我雖布施未以身施以身施者爾乃爲難時王即以酥香塗身便入空山卧巖石上是諸百鳥皆來生噉命過之後生婆羅門家端正姸好至年長大竊出向市觀見販賣貧窮乞者即悲哀之言此人民若使富樂則不販賣馳白父母乞爲沙門父母不許子便不食五日諸親知來咸相曉諫童子不應諸親喻其父母勸聽學道父母相看悲泣聽之子供養父母六七日中又復圍繞三帀作禮便去至叢樹間見兩道人得五神通露坐念道爲人民故作勤苦行童子即便坐叢樹下禪思苦行即得五通精進勇猛踰二道人諸道人法樹果自墮乃取食之不從樹摘道人共行求諸果蓏見妊身虎童子道人語兩道人虎今不久當產飢餓經日恐自噉子誰能持身飼之彌勤言曰我當持身飼之採果適還見虎已產甚大飢餓欲食其子童子道人語兩道人虎已產乳飢欲噉子誰能持身救其飢苦共至虎所虎開目張口向兩道人道人畏懼便飛

虛空其一人言卿之至誠爲如是耶屬身飼虎今何故飛其一道人哀之淚出左右顧視並無所有童子道人即取利刀刺臂流血如是七處血入虎口因以飲之自投虎前以身飼虎佛語阿難欲知爾時婬女及立爲王并婆羅門子投身餧虎悉是我身時道人者是迦葉彌勒二菩薩也我勤精進六十劫中以身布施超越九劫出彌勒前得成爲佛（出前世三轉經）

釋迦爲薩婆達王身割肉貿鷹第三

昔者釋迦菩薩爲大國王號薩婆達普施衆生恣其所索愍濟厄難天神鬼龍僉然而曰天帝位尊初無常人識其行高慈惠福隆死則爲之懼王奪其天位往而試之以照眞僞帝釋現之命邊王曰今彼人王慈潤滂沛福德巍巍恐其志求奪吾帝位即化爲鷹邊王作鴿鴿趣王足下恐怖而云大王哀哉吾命窮矣王曰莫恐吾今活汝鷹尋後至云吾鴿向來鴿是吾食願王相還王曰鴿來活命終始無違爾苟欲得肉令重百倍鷹曰唯欲得鴿不用餘肉王曰以何物令爾置鴿歡喜去耶鷹曰若王慈惠必愍衆生者割王肥肉而以易鴿吾當欣受王乃大喜自割髀肉對鴿稱之令與鴿等鴿愈自重割身肉盡故未能敵瘡痛無量王以慈忍又命近臣曰爾殺我稱髓令與鴿等吾奉佛重戒濟衆危厄雖有衆惱猶如微風馬能動太山乎鷹照王懷各復本身稽首于地曰大王欲何志尚惱苦若茲曰吾不志天帝釋及飛行皇帝吾觀衆生没于盲冥不覩三尊恣行凶禍投身無擇之

獄爲之惻愴誓願求佛拔濟衆生令得泥洹天帝驚曰愚謂大王欲奪吾位是以相擾將何可誨王曰使吾身瘡瘳復如舊志常布施帝釋使天醫神藥傅之瘡痍即愈色力踰前帝釋稽首繞王三帀歡喜而去（出度無極集第一卷）

文殊爲年少身化上金光首女第四

佛遊王舍城有逸女人名曰上金光首端正姝妙紫磨金色國王太子大臣長者等興愛染心隨其所遊便就從之男女大小悉追其後時上金光首在於異日與畏間長者子至市買物以相貢上供辦美食共至觀園文殊師利於時從燕室出發大慈愍傷於羣生何所人者可以勸化令發大乘見上金光首與畏間長者子共載一乘行詣觀園應可化之文殊師利尋時變身化爲少年端正絕妙顏貌踰天見者喜悅其所被服照四十里觀察逸女所遊之路而於前立其長者子及上金光首車馬被服比於文殊師利猶如聚墨在明珠邊上金光首見文殊師利顏貌英妙猶如天子身體之明煒煒難及貪其被服光耀心自念言今欲捨此長者之子下車棄去與斯相娛得是衣服適念此已文殊師利建立威神令息意天王化作男子謂彼女曰且止且止用爲發是遊逸之心所以者何如斯人者不志色欲女曰何故天王報言是人者名爲文殊師利菩薩皆能充足一切人願見衆生心有所求索不逆人意女心念言如今所聞必當施我妙好之服下車白言仁者願以此衣而見惠施文殊師利答曰大姊若能發無上正眞道意吾乃以衣相惠女言唯然即

發無上道心奉持五戒出大淨法問品經
一切妙見爲盲父母子遇王獵所射第五
過去世時迦夷國中有一長者無有兒子夫妻喪明心願入山求無上決修清淨志信樂空閑時有菩薩名一切妙見心作念言此人發意微妙眼無所見若入山者必遇枉害菩薩壽終願生長者家名之爲睒至孝仁慈奉行十善晝夜精進奉事父母如人事天年過十歲睒長跪白父毋本發大意欲入深山求志空寂無上正眞豈以子故而絕本願人在世間無常百變命非金石對至無期願如本意宜及上時入山清淨我自供養不失時節父毋便即入山睒以家中財物皆施國中諸貧窮者便與父母俱共入山睒至山中以蒲爲屋施作牀蓐不寒不熱恒得其宜入山一年衆果豐美食之香甘泉水涌出清而且涼池中蓮華五色清明栴檀雜樹芬芳倍常異類衆鳥作音樂聲師子熊羆虎狼毒獸慈心相向無復害意食草噉果不生恐懼睒至孝慈蹈地恐痛天神山神常作人形晝夜慰勞睒著鹿皮衣提瓶取水麋鹿衆鳥亦復往飲不相畏難時有迦夷國王入山射獵王見水邊有羣鳥鹿引弓射之箭誤中睒胷睒被毒箭舉聲大呼言誰持一箭射殺三道人王聞人聲即便下馬往到睒前睒謂王言象坐牙死犀坐角亡翠爲毛死麋鹿爲皮肉死我今正坐何等死耶王問睒言卿是何等人被鹿皮衣與禽獸無異睒言我是王國人與盲父母俱來學道二十餘年未曾爲虎狼毒蟲所見枉害今我更爲王所射殺登爾之時山中

暴風卒起吹折樹木百鳥悲鳴師子熊羆走獸之輩皆大號呼日無精光流泉爲竭衆華萎落雷電動地時盲父母驚起相謂睒行取水經久不還將無爲毒蟲所害禽獸飛鳥音聲號呼不如常時四面風起樹木摧折必有災異王時怖懼大自悔責我所作無狀我本射鹿箭誤相中射殺道人其罪甚重坐貪小肉而受重殃我今一國珍寶庫藏之物宮殿妓女丘郭城邑以救子命時王便前以手挽拔睒胷箭深不可得出飛鳥走獸四面雲集號呼動山王益惶怖三百六十節節節皆動睒語王言非王之過自我宿罪所致我不惜身命但憐我盲父母既年衰老兩目復盲一旦無我亦當終歿無瞻視者以是之故用自懊惱非爲毒痛耳王復重言我寧入泥犂百劫受罪使睒得活長跪向睒悔過若子命終我當不復還國便住山中供養卿父母如卿在時勿以爲念諸天龍神皆當證知不負此誓睒聞王誓言雖被毒箭心喜意悅雖死不恨以我父母仰累大王供養道人現世罪滅得福無量王言卿語我父母處及卿未死語使知之睒即指示從此步徑去此不遠自當見一草屋我父母在其中止王徐徐往勿令我父母怖懼以善權方便解悟其意爲我上謝父母無常今至當就後世不惜我命但念父母年老兩目復盲一旦無我無所依仰以是懊惱用自酷毒死自常分宿罪所致無得脱者今自懺悔於父母從無數劫以來所行衆惡於此罪滅福生願我與父母世世相值不相遠離願父母終保年壽勿有憂患天龍

鬼神常隨護助災害消滅王便將數人徑詣父母許王去之後睒便奄絕鳥獸號呼繞睒屍上以口舐睒胷血盲父母聞此聲益以增怖王行既疾觸動草木肅有人聲父母驚言此是何人非我子行王言我是迦夷國王聞道人在山中學道故來供養父母言大王來善勞屈威尊遠臨草野王體中安隱不宮殿夫人太子官屬國民皆安善不風雨和調五穀豐足隣國不相侵害不王答道人言蒙道人恩皆自平安王問訊盲父母來在山中勞心勤苦樹木之間飛鳥走獸無有侵害道人者不山中寒暑隨時現世安隱不盲父母言蒙大王厚恩常自安隱我有孝子名睒常與我取果蓏泉水恒自豐饒山中風雨和調無所乏短我有草蓆可坐果蓏可食睒行取水且欲來還王聞傷心淚出且言我罪惡無狀入山射獵見水邊麞鹿引弓射之箭誤中睒故來相語父母聞之舉身自撲如太山崩地乃爲動王便自前扶牽父母號哭仰天自説我子孝慈蹈地恐痛有何等罪而射殺之向者風起樹木摧折百鳥悲鳴疑我子死父母啼號父言且止人生必死不可得却今且問王射睒何許今爲死活王説睒言父母感絕我一旦無子俱亦當死願王牽我二人往臨屍上王即牽盲父母往到屍上父抱其脚母抱其頭仰天大呼母便以舌舐睒胷瘡願毒入我口我年已老目無所見以身代子睒活我死死不恨也睒若至孝天地所知者箭當拔出毒藥當除睒當更生於是第二忉利天王座即爲動以天眼見二道人抱子號哭乃

聞第四兜術天諸天宮皆動釋梵四天即從第四天上如人屈伸臂頃來下睒前以神藥灌睒口中藥入睒口箭自拔出更活如故父母驚喜見睒巳死更活兩目皆開飛鳥禽獸皆大歡喜風息雲消日爲重光泉水涌出衆華五色樹木華榮倍於常時王大歡喜不能自勝禮天帝釋還禮父母及與子睒願以國財以上道人睒曰王欲報恩者王且還安慰人民皆令奉戒王勿復射獵夭傷蟲獸現世身不安隱壽盡當入泥犂中人居世間恩愛暫有别離久長不可常保王宿有功德今得爲王莫以得自在故而自放恣王自悔責從今已後當如睒教從者數百皆大踊躍奉持五戒王還令國中諸有盲父母如睒比者皆當供養不得捐捨犯者令加重罪於是國中人民以睒活故上下相教奉修五戒十善者死得生天十惡者死入三惡道佛告阿難宿命睒者我身是也盲父者今父王閱頭檀王是盲母者王夫人摩耶者是迦夷國王者阿難是也時天王釋者彌勒是使我疾成無上正眞道決者皆是我父母供養慈惠之恩從死得生感動天龍鬼神父母恩重孝子所致今得爲佛弁度國人皆由孝從德也（出睒經）

曠野等爲殊形化諸異類第六

爾時曠野菩薩現爲鬼身散脂菩薩現爲鹿身慧炬菩薩現獼猴身離愛菩薩現羖羊身盡漏菩薩現鵝王身如是五百諸菩薩等各各現受種種諸身其身悉出大智光明一一菩薩手執燈明爲欲供養十方諸佛爾時疑心菩薩觀五百人即知悉是菩薩語曠野鬼

善男子汝等何故現如是身供養諸佛曠野鬼言善男子往古過去九十一劫有佛世尊號毗婆尸我於爾時與如是等同一父母共爲兄弟受持五戒發菩提心爲欲調伏一切衆生尸棄毗舍浮鳩留孫佛亦皆供養散脂大士於彼佛前立大誓願願我來世以鬼神身教化衆生若有弊惡惡鬼我當爲說三乘而調伏之然後乃當成菩提道亦有一萬二千大鬼於此世界發大誓願調伏衆生復發大誓願若有惡鬼欲壞正法我當治之是故我受如是鬼身調伏教化令住三乘若有衆生遠離善法行身口意不善之業是身已生三惡道中或有善惡雜業受鬼身故惡鬼滋多善鬼尠少我欲調伏現受是身亦令刹利婆羅門毗舍首陀遠離惡心善男子有金剛椎呪使一切惡鬼於彼四姓不能爲惡乃至鳥獸皆生善心遠離一切諸惡怖畏我發大誓欲說是呪（出大集經第二十一卷）

婆藪現爲仙人身度六百二十萬賈客第七

佛昔在於兜術天上時婆藪仙在閻浮提與六百二十萬賈客常作商主入海採寶乘於大船欲還本國於其中道值摩竭魚及大風波夜叉之難如是六百二十萬人即時各許摩醯首羅天人各一牲便離四難還達本國各辦一羊欲往天祠時婆藪嘿念我今云何教諸商人作不善事當設方便即化作二人一出家沙門二在家婆羅門時婆羅門於衆人中作是唱言天主與六百二十萬人欲往天祠爾時沙門於其中路遥見此婆羅門問言汝與是大衆欲止何方在家人言我往天

廟而求大利沙門答言吾觀汝等欲得大衰云何大利諍訟不止爾時衆人問婆羅門言此是何人形貌如是婆羅門言此名沙門諸人問言沙門何言答言殺生祠天當得大罪衆人語言此癡沙門何用是言速往天祠得大利也時婆羅門言我等大師今在天祠無事不達可共請問皆言善哉沙門與婆羅門及諸人等到大仙所爾時沙門問大仙言殺生祠天當得生天入地獄乎大仙答言何癡沙門殺生祠天必墮地獄婆藪言不也沙門言若不墮者汝當證知爾時婆藪即時陷身入阿鼻獄諸人見已嗚呼禍哉有如是事大仙聰智今已摩滅況復我等而得不入於地獄耶爾時衆人各放諸羊退走四方到諸山中推覓諸仙既得仙已而受仙法二十一年各各命終生閻浮提我於爾時從兜率天下生閻浮提白淨王家時六百二十萬人生舍衛國得受人身我於昔時始到舍衛降伏六百二十萬人令其出家發菩提心即往昔賈客是也善男子婆藪仙人有如是威神之力化如是諸人來至我所出方等陀羅尼經第一卷

爲轉輪王身發願布施第八

過去東方閻浮提名盧婆羅菩薩以願力故生於此中作轉輪聖王王四天下號虛空淨教諸衆生安住十善及三種乘於爾時間布施一切無所分別乞者無量珍寶不乏即問大臣如是珍寶從何處生大臣答言龍王雖有唯供聖王五濁世厚重煩惱人壽百歲時必定成阿耨多羅三藐三菩提作大龍王示現種種寶藏於選擇諸惡世界在在處處四

天下中一一天下七反受身一一身中示現無量百千萬億那由他等珍寶之藏如是次第周徧十方五濁惡世時諸天人百千萬億在虛空中雨華讚善稱如心願大衆聞聲虛空淨王諸天作字號一切施是時諸人各各從王乞夫人婇女及兒息等王悉與之有一乞兒名青光明受持狗戒從王乞閻浮提王歡喜與以香水灌頂紹聖王位又得人民承奉此王王壽無異我成佛道當與授記合一生補處盧志婆羅門從乞兩足互婆羅門從索二目淨堅牢婆羅門從乞二耳想尼乾子從乞男根蜜味婆羅門從乞二手即皆斷挑應時施與時諸小王及諸大臣皆言咄哉愚人如何自割所餘肉摶復何所直送著曠野蟲獸鵰鷲悉來噉食若我所願得成就者當令此身作大肉山飲血噉肉衆生悉來至此隨意飲噉身轉增大所捨舌根以願力故願我來世得廣長舌時我命終在閻浮提以本願力生作龍王名曰示現寶藏即於生時示現百千億那由他種種寶藏自宣令言具諸珍異乃至摩尼珠隨意用之具行十善發無上菩提心如是七反受身壽皆七萬七千億那由他百千歲無量寶藏亦復如是（出當來選擇諸惡世界經）

爲國王身以眼施病人第九

佛語賢者阿難乃往過去時世有王號日月明端正姝好威神巍巍從宮而出道見盲者窮困飢餓隨道乞匃往趣王所白王言曰王獨尊貴安隱快樂我獨貧窮又復眼盲王見哀之謂於盲者有何等藥得療卿病盲者答

曰唯得王眼能愈我眼時王自取兩眼持施盲者其心清然無一悔意日月明王者即我身是佛言須彌山尚可知斤兩我眼布施不可稱計（出彌勒所問本願經）

爲國王身治梵志罪第十

昔者菩薩爲大國王歸命三尊具奉十善兵刄不施無有牢獄風雨時節穀豐足富華僞小書舉國絶口六度眞化靡人不誦時有梵志執操清閑靜居山林不預流俗夜渴行飲誤得國人所種蓮華池水飲畢意悟詣官自告云其犯盜唯願大王以法治罪王曰斯自然之水不窮之物何罪之有對曰吾不告而飲豈非盜乎願王處之也王曰國事多故且坐苑中太子令之深處苑内王事總猥忘之六日忽而悟曰梵志安在乎疾呼之來梵志守戒飢渴六日厥體瘦疵起而蹌地王覩流淚曰吾過重矣皇后笑之王遣人澡浴具設餚饍自身供養叩頭悔過自斯生死輪轉無際至臨得佛不食六年佛告諸比丘時王者是我身夫人者俱夷是太子者羅云是王忘道士令餓六日受罪六年饑饉纔息六日之後王身供養故今六年殃畢道成就俱夷笑之令懷羅云六年重病太子以梵志深著苑内故六年處于幽冥（出雀王經）

爲國王身捨國城妻子第十一

昔者菩薩爲大國王理民以慈日月巡行貧乏鰥寡疾瘵藥糜每出巡狩命使後車具載所須衣服醫藥死者葬之君名被十方帝釋見其德行懼奪其位思欲壞之化爲老梵志從王乞銀錢一千王即惠之曰吾栖窘恐人

盜之願以寄王王曰吾國無盜重寄即受又化爲梵志又詣宮門王即現之梵志歎曰大王名布八極德行希有我生在凡庶欣慕尊榮欲乞斯國王曰大善即與妻子輕乘而去天帝復化爲餘梵志從王乞車以車馬惠之與妻子步進依山止宿有五通道士與王爲友忽憶王德覩之失國靖心禪息覩天帝釋貪嫉奪國委頓瘦疵道士以神足忽之王所曰將欲何求勞志若茲曰吾志所存子已具知道士即化爲一轅之車以送王矣天化梵志復乞其車未至彼國由數千里天復化爲前梵志來求索銀錢王曰吾以國惠人脫忘子錢王即以妻子質得銀錢一千以還梵志妻奉侍質家女女浴脫身珠璣衆寶天化爲鷹攝衣寶去女云婦盜録之繫獄其兒與質家兒俱卧天夜殺質家兒死質家取兒付獄毋子被拘饑饉毀形呼嗟無救銜泣終日罪成棄市王賃得銀錢一千行贖妻子歷市覩之即念諸佛自悔過曰吾宿命惡乃致茲乎靖心入明覩天所爲空中聲曰何不急殺之王曰吾聞帝釋普濟衆生赤心惻愴育過慈母含血之類莫不蒙祐爾爲無惡緣獲帝位釋懷重毒惡熟罪成生入太山天人龍鬼莫不稱善地主之王即釋妻子之罪二王相見尋問其源國無巨細靡不垂淚地主之王分國而治故國臣民尋王所在率土奉迎二國居民一哀一喜爾時王者吾身是妻者裘夷是王子羅云是天帝調達是山中梵志舍利弗是彼國王者彌勒是（出度無極集第一卷）

現爲國王身化濟危厄第十二

佛在舍衛國告諸比丘昔者菩薩爲大國王名曰普明慈惠光被十方歌美民願其休猶孝子之寧親也隣國有王名曰阿羣治法以正力如師子走攫飛鷹宰人求肉晨奔市索路覩新屍取之爲羹味兼畜肉後日爲饌甘不如焉王責太官宰人歸誠叩頭首之王心恧然曰人肉甘乎默命宰人以斯爲常矣故曰夫厚於味者仁道薄仁道薄者犲狼心與夫犲狼貪肉味而賊物命故天下雔焉宰人承命默行殺人以供王食臣民嗷嗷齊心同聲逐焉王奔入山行伺諸王出突衆取之猶鷹鸇之攫燕雀執九十九王時普明王出祭民苦樂道逢梵志梵志曰王勿出也王曰昨命當出信言難違遂以出焉爲阿羣所獲王曰不懼喪身恨毀吾信阿羣曰何謂王具說之道士見已出而有誠言願一覩之受其重誠以實施焉旋死不恨阿羣放之聽其暫還以見道士施以金錢受即含笑至阿羣所問曰命危在今何欣且笑答曰世尊之言三界希聞吾今懷之何國命之可惜乎阿羣又曰願聞尊教王即授之阿羣驚喜曰巍巍世尊陳四非常夫不聞覩所謂悖狂即解百王各令還國阿羣悔過自新依樹爲居日存四偈命終神遷爲王太子納妻不男王重憂矣因募國女化之令男後遂泆蕩不從貞道王磔著四衢命行人曰以指椓首苟辱之矣適九十九人而太子薨鬼靈變化輪轉無已值佛在世生舍衛國早喪其考獨與母居事梵志道性篤言信勇力躃象師愛友敬遐邇稱賢師每周旋輒委以居師妻懷嫛前援其手婬

辭誘之阿羣辭曰凡世者人男吾父馬女吾毋焉豈況師妻乎燒身可從敢亂斯命矣師妻恧然如是退思其變壻歸婦曰子歎彼賢足照子否矣具爲其過女妖似眞梵志信矣師告阿羣爾欲仙乎對曰爾教殺百人斬取其指令獲神仙奉命擊劒逢人輒殺九十九人指衆奔國震覩毋欣然曰毋至數足吾令仙矣佛念邪道惑衆普天斯擣也化爲沙門在其前步曰人數足矣追後不屬曰沙門可止答曰吾止爾不止焉曰阿羣心開燿如雲除五體投地頓首悔過叉手尋從將還精舍即爲沙門佛爲說宿行現四非常得溝港道王欲討之聞而歎息曰佛欲一見之佛言上德賢者可開一眼相覩如斯至三答曰吾之眼睛耀射難當王稽首曰明日設微饌願一顧盻答曰於厠吾往於殿則不王曰唯命還則裂厠掘其地則以新樟梓爲之柱梁香湯沃地栴檀蘇合欝金諸香和之爲泥栴罽雜繒以爲座席雕文刻鏤衆寶爲好煒煒晃晃有踰殿堂明日王身捧香鑪迎之阿羣就座王褰衣膝行供養畢訖即說經曰厠前日之汙豈可於上飯乎對曰不可如今可乎答曰可矣阿羣曰吾未覩佛時汙甚彼溷賴蒙宿祚生值佛世沐浴清化去臭懷香内外清淨猶天眞珠欲歷市聞有婦人逆生産者命在呼吸還如事啓佛言爾往爲其産阿羣受教往宣佛恩毋子俱生佛告阿羣受道之日可謂始生者也不覩三尊未受重戒猶兒處胎雖有耳目將何聞見曰未生也阿羣心開即得應眞道佛告諸比丘時普明王者是吾

身也吾前世授之四偈一活百王今令得道
不受衆罪矣阿羣宿命曾爲比丘荷米一斛
送著寺中上佛刀一口歡喜歎尊稽首而去
荷米獲多力上刀獲多寶歡喜獲端正歎尊
獲爲王作禮故爲國得衆人所拜九十九人
掾其首遂至喪身故殺前怨而斬其指後人
欲掾見其已喪又覩沙門更有慈心後人即
其母始有惡意故阿羣始意亦惡覩沙門更
慈悲故見佛即孝種淳得淳種雜得雜善惡
已施福禍尋之影追響應皆有所由非從自
然也（出普明王經）

爲蓮華王太子身以髓施病人第十三

阿難乃往過世有王太子號曰蓮華王端正
姝好威神巍巍出遊道見一人身體病癩見
已悲念問於病者何藥能療答曰得王身髓
以塗我身其病乃愈是時太子即破身骨髓
與病者歡喜惠施心無悔恨爾時太子即我
身是四大海水尚可斗量身髓布施不可稱
計（出彌勒所問本願經）

爲王太子身出血施病人第十四

阿難我本求道時勤苦無數過世爲王太子
號曰現衆儀貌端正姝好從園觀出道見一
人得困篤病見問病人以何等藥療卿病病
者答曰唯王身血得療我病太子即以利刀
刺身出血以與病者至心施與意無悔恨太
子即我身是阿難四大海水尚可斗量我身
血施不可稱限求正覺故（出彌勒所問本願經）

經律異相卷第十

音釋

飼祥吏切餧也　播𤿎播布火切揺也𤿎徒刀切小鼓著柄者　鴆直禁切毒鳥也　嫡丁歴切正室曰嫡　恍惚恍虎廣切惚呼骨切恍惚不分明也　鶖鶬子鶖七由切鶬來故切鶖鶬子即舍利弗也　竊千結切私也　販方萬切買賤賣貴也　蓏郎果切蔓生曰蓏　餧於偽切飼也　滂沛滂普郎切沛普蓋切滂沛恩澤廣及也　煒羽鬼切明盛也　蓐儒欲切薦也　挽音晚引也　殁莫教切終也　羖公土切牡羊也　嘿密北切不語也　療力照切治病也　猥烏賄切雜也　蹌千羊切　纔牆來切僅也　鰥姑還切老而無妻曰鰥　狩舒救切天子適諸侯曰巡狩　窘巨隕切迫也　轅于元切車前句衡曲木也　恧女六切慙也　嗷魚刀切嗷嗷衆口愁也　鸇諸延切鷂也　磔陟革切披磔也　㧻竹角切擊也　嬖卑義切愛幸也　誘以九切導也　㸌忽郭切正作霏雲消貌　樟梓樟止良切梓祖似切並木名　雕丁聊切刻也　晃戶廣切照曜也　褰起虔切摳衣也

經律異相卷第十一

梁沙門僧旻寶唱等奉　勑撰

隨機現身菩薩部第十之二

先給四仙人後生爲國王一
爲伯叔身意有不同故行立殊別二
作肉山以施衆生三
現爲大理家身濟鼈及蛇狐四
爲師子身與獼猴爲親友五
爲白象身而現益物六
昔爲龍身勸伴行忍七
爲熊身濟迷路人八
爲鹿王身欲代懷妊者受死九
爲威德鹿王身落羅網爲獵師所放十
爲九色鹿身以救溺人十一
爲鴈王身獵者得之而放求國報恩十二
爲鸚鵡身救山火以伸報恩十三
爲雀王身拔虎口骨十四
爲大魚身以濟飢渴十五
爲鼈王身化諸同類活衆賈人十六

先給四仙人後生爲國王第一

久遠無數劫時有五仙人處於山藪四人爲主一人供給奉事未曾失意採果汲水進以時節一日遠採果漿懈廢眠寤不以時還日已過中四人失食懷恨可爲凶呪侍者聞之退在樹下思惟自責執勞歲久今違四仙時食之供既失道教不從四等遂感而死其足常著七寶之屐翹足而坐寶屐墮水而没一隻命過之後即生外道爲凶呪子年十餘歲與其同輩戲于路側時有梵志過見戲童人數很多以遍觀察見凶呪子特有貴相應爲

王者顏貌殊異於人中上梵志命曰爾有王相不宜遊衆童子答曰吾凶咒子何有王相梵志又曰如吾經典儀容形體與讖書符合爾則應之斯國之王薨殞必禪爾位童子曰唯設如仁信當念重恩梵志言畢尋遁逃走出遊他國後日未幾王薨絶嗣娉求賢士以為國胄使者四布遥見斯童有異人之姿輒尋遣人還啓群臣唯嚴法駕尋來奉迎群臣百僚莫不踊躍香湯洗浴五時朝服寶冠劒帶即位處殿南面稱制境土安寧民庶踊悦於時梵志仰瞻天文下察地理知已嗣立即詣宮門求奉覲王梵志占謝咒願曰如誓審諦矣王曰誠哉當恣所欲梵志答曰唯求二願一曰飲食進止衣服卧起與王一等二曰參諨國事所決同意莫自專也王曰善哉王治以正法不枉萬民梵志憍恣輕慢重臣群臣怨忿俱進諫曰王尊位高宜與國臣耆舊參議偏信乞士遂令恣慢陵侮群職隣國聞之將所嗤笑以致寇難王曰吾與之有誓安可廢耶臣諫不止若王食時勿與之俱則必改也王遂可之伺梵志出則先食之梵志恚曰本要云何而先獨食罵曰咄凶咒子但給資糧驅令出國獨涉遠路觸冒寒暑疲極憔悴而到他國詣異梵志家舊與親親又而問曰卿何從來何所綜習業何經典能悉念乎答曰吾從遠來飢寒見逼忘所習誦梵志心念此人無所能化當令田作輒給奴子及犂牛耕具梵志耕種苦役奴子酷令平地走使東西奴子無聊欲自投水往到河側拾得一隻七寶之屐心自念言梵志困我役使無賴

吾當奉承以屐上之可獲寛恕即齎屐還以用上之梵志欣豫心自念言此七寶屐其價難貲吾違王意以屐奉之愆咎可解尋還王國以屐上王深自陳悔前之罪疊願垂原赦王曰善哉即内之幔裏別座坐之會諸群臣詔曰卿等寧見前梵志不耶答曰不見王云設見當如之何僉曰當五毒治之王出寶屐以示群臣命梵志出與臣相見致此異寶當共原之群臣啓曰此梵志罪如山如海獻屐一隻何所施補若獲一量罪可除也王即可之重逐梵志令更求一隻梵志懊惱還故主人問奴子曰汝前寶屐本何從得奴子俱行示得屐處至于水側遍惢求之不知雙處奴子捨去梵志念此屐必從上流來下即逆流上行見大蓮華流復迴波魚口銜之華有千餘葉梵志心念雖不得屐以此華上之儻可解過得復前寵便復執華則見四仙人坐於樹下仙人曰卿何所從來答曰吾失王意雖獻一屐不足解過故逆流來求之未獲仙人告曰卿爲學人當知進退彼國王者是吾弟子存侍愛敬同食坐誼云何一旦罵之凶呪子罪及誅害今不相問指示樹下王先故身爲吾侍者翹脚而終寶屐墮水一隻著脚梵志取屐稽首謝過還到本國續以上之王即歡喜大臣意解復其寵位佛言王者則吾身是四仙人者拘留秦佛拘那含文尼佛迦葉佛彌勒佛是也其梵志者調達是也出五仙人經

爲伯叔身意有不同故行立殊別第二

昔者菩薩伯叔二人各齎國貨俱之裸鄉叔曰入國隨俗進退尋儀儒心言遜匿明佯愚

伯曰禮不可虧德不可退豈可裸形毀吾舊儀乎叔曰先聖景則殞身不殞行從時初識亦歎權道之大矣遂俱之彼伯曰爾先入觀其得失即遣使告誡叔曰敬諾旬日之間使反告伯曰必從俗儀伯勃然曰釋仁從畜豈君子行乎叔爲吾不也其國俗以月晦十五日夜周帀爲樂以麻油膏首白土畫身雜骨纓頸兩石相扣男女攜手逍遥歌舞菩薩隨之國人欣歎王憐民敬賓王悉取貨十倍顧之伯車乘入國言以嚴法輒違民心王忿民慢奪財謫捶叔請乃釋俱還本國送叔者被路罵伯者聒耳伯耻怒曰彼與爾何親與吾何讎爾惠吾奪豈非讒言耶結叔帶曰自今之後世世相酷終不赦爾菩薩愴然泣淚誓曰令吾世世逢佛見法親奉沙門四恩普覆潤濟衆生奉伯若已不違斯誓自斯之後伯輒尅叔叔常濟之佛告諸比丘時叔者是吾身伯者調達是出孔雀王經又出無極集經第五卷

作肉山以施衆生第三

過去無量阿僧祇劫爾時此界名無垢須彌人壽百歲有佛出世號香蓮華般涅槃後像法之中我於爾時作大强力轉輪聖王號難沮壞王閻浮提千子具足我悉勸化令發阿耨多羅三藐三菩提心欲於像法出家修道熾然增益佛之遺法唯除六子不肯出家發菩提心我以善言説語終不出家我復重問令發無上道心六子答言若能與我閻浮提者然後當發阿耨多羅三藐三菩提心我聞是已心生歡喜作是思惟我今已化閻浮提人今當分此閻浮提以爲六分與此六子令

其得發無上道心然後我當出家修道即分閻浮提爲六分以賜六子尋便出家爾時六王各相違戾抄掠攻伐爾時一切閻浮提内苗稼不登人民飢餓水雨不時諸樹枯悴不生華實鳥獸皆飢其身燋然我於爾時捨已身體肌膚血肉以施衆生令其飽滿我於爾時自投其身以願力故即成肉山高一由旬縱廣正等是時人民飛鳥禽獸始於是時噉肉飲血以本願故於是中分增益廣大其身乃至高千由旬縱廣正等亦千由旬其邊自然而生人頭髮毛眼耳鼻口脣舌具足而有彼諸頭中各各有聲而唱是言諸衆生等各各自恣隨意取用飲血噉肉取其目耳鼻舌齒等皆令滿足然後悉令發阿耨多羅三藐三菩提心或發聲聞辟支佛心或求天上人中富樂以本願故身無損減乃至萬歲閻浮提内人及諸鬼神飛鳥禽獸皆悉充足汝今當知我於往昔萬歲之中所捨無量無邊阿僧祇身體血肉給施無量無邊悉令飽足乃至一念不生悔心如是次第遍滿十方如恒河沙等諸佛世界捨身血肉給施衆生悉令滿足爲檀波羅蜜（出悲華經第九卷過去香蓮華佛世界經大同但不言菩薩耳）

現爲大理家身濟鼈及蛇狐第四

昔者菩薩爲大理家積財巨億常奉三尊慈向衆生往市觀戲即見一鼈心便悼之問價貴賤鼈主知菩薩有普慈之德常濟衆生財富難數貴賤無違答曰百萬能取者善不者吾當敢之菩薩答曰大善持鼈歸家澡護傷其臨水放之覩其浮去悲喜誓曰太山餓鬼

衆生之類世主牢獄早獲免難身安命全如爾今也稽首十方叉手願曰衆生擾擾其苦無量吾當爲地爲旱作潤爲濕作筏飢食渴漿寒衣熱涼爲病作醫爲冥作光若有濁世顛倒之時吾當於中作佛度彼衆生矣十方諸佛皆善其誓讚曰善哉必獲爾志鼈後夜來齧其門怪門有聲使出覩鼈還如事白菩薩視鼈即人語曰吾受重潤身命獲全無以答謝水居之物知水盈虛洪水將至必爲大害願速嚴船臨時相迎答曰大善明晨詣宮門如事啓王王曰菩薩宿有善名信用其言遷下處高時至鼈來曰洪水至矣可速上載尋吾所之必獲無患船尋其後有蛇趣船菩薩曰取之鼈曰大善又覩漂狐曰取之鼈亦云善又覩漂人搏頰呼天哀濟吾命又曰取之鼈曰愼無取也凡人心姦僞尠有終信背恩追勢好惡凶逆菩薩曰蟲類盡濟更棄求之豈是仁哉吾不忍爲也於是取之鼈曰悔哉遂之豐土鼈辭曰恩畢請退答吾獲爲如來無所著至真等正覺必當相度鼈曰大善鼈退蛇狐各去狐以穴爲居獲古人伏藏紫磨金百斤喜曰當以報彼恩矣馳還白曰小蟲受潤獲濟微命蟲穴居之物求穴自安獲金百斤斯穴非塚非家非劫非盜吾精誠之所致願以貢賢菩薩深惟不取徒損無益於貧民取以布施衆生獲濟不亦善乎尋而取之漂人覩焉曰分吾半矣菩薩即以十斤惠之漂人曰爾掘墓劫金罪應柰何不半分之吾必告有司答曰貧民困者吾欲等施爾欲專之不亦偏乎漂人遂告有司菩薩見拘無

所告訴唯歸命三尊悔過自責慈願衆生早離八難莫有怨結如我今也蛇狐會曰柰斯事何蛇曰吾將濟之遂銜良藥開關入獄見菩薩狀顏色有損愴而心悲謂菩薩言以藥自隨吾將齚太子其毒尤甚莫能濟者賢者以藥自傅即瘳矣菩薩默然蛇如所云太子將殞王命曰有能濟茲封之相國吾與衆治菩薩上聞傅之即瘳王喜問所由因本末自陳王悵然自咎即誅漂人大赦其國封爲相國執手入宮並坐而曰賢者說何書懷何道而爲二儀之仁惠逮衆生乎對曰說佛經懷佛道也曰佛有要訣不答曰有之佛說四非常存之者衆福昌王曰善哉願獲其實菩薩說之王曰善哉佛說非身吾心信矣身且不保豈況國土乎痛我先王不聞無上正眞正覺非常苦空非身之教王即空藏布施貧乏鰥寡孤兒憐之如子舉國欣欣含笑且行仰天歎曰菩薩神化乃至於茲四方歎德遂至太平佛告沙門菩薩者吾身是也國王者彌勒是鼈者阿難是狐者鶖鷺子是蛇者目連是漂人者調達是（出布施度無極經）

爲師子身與獼猴爲親友第五

昔者菩薩曾爲師子在林中住與一獼猴共爲親友獼猴以二子寄於師子時有鷲鳥飢行求食值師子睡取獼猴子去住於樹上師子覺已求獼猴子不得見鷲持在樹上而告鷲言我受獼猴寄託二子護之不謹令汝得去辜負言信請從汝索我爲獸中之王汝爲鳥中之主貴勢同等宜以相還鷲言汝不知時吾今飢乏何論同異師子知其叵得自以

利爪膕其脅肉以貿獼猴子又過去世時人民多病黃白瘻熱菩薩爾時身爲赤魚自以其肉施諸病人以救其疾又昔菩薩作一鳥身在林中住見有一人入於深水非人行處爲水神所羂水神羂法著不可解若能至香山中取一藥草著其羂上繩即爛壞人得脫去如是等無量本生多有所濟名本生經出大智論第三十卷

爲白象身而現益物第六

須菩提問菩薩善根成就云何生作鹿馬佛言菩薩實有福德善根成就爲利衆生受畜生形無畜生罪菩薩在畜生中慈愍怨賊阿羅漢辟支佛之所無有阿羅漢辟支佛怨賊來害雖不加報不能愛念供養供給如菩薩本身作六牙白象獵師以毒箭射肖爾時菩薩象以鼻擁抱獵者不令餘象得害語雌象言汝爲菩薩婦何緣生惡心獵師是煩惱罪非人過也我得阿耨多羅三藐三菩提當滅其煩惱如鬼著人呪師治鬼而不見人徐問獵者汝何以射我答言我須汝牙象即就石拔牙與之血肉俱出不以爲痛供給糧食示語道徑如是等慈悲阿羅漢辟支佛之所無也問曰何以不作人身而爲說法而作此獸身答曰有時衆生見人身則不信受見畜生身說法則生信樂受其教化菩薩欲具足大慈心欲行其實事衆生見之驚喜皆得入道出大智論九十三卷

昔爲龍身勸伴行忍第七

昔者菩薩與阿難俱受罪畢矣各爲龍身其一龍曰唯吾與卿共在海中靡所不覩寧可

俱上陸地遊戲乎答曰陸地人惡起逢非常不可出也一龍又曰化爲小蛇若路無人尋大道戲逢人則隱何所憂哉於是相可俱昇遊觀出水未久道逢含毒蚖虺覩兩蛇凶念欲害便吐毒沫一蛇欲殺毒虺一蛇慈忍而諫止曰夫爲高士當赦衆愚忍不可忍是乃聖誠即說偈言

貪欲爲狂人　靡有人義心　嫉妬欲害誠　唯默忍爲安

一蛇猶頌忍一蛇敬受遂不害虺一蛇曰吾等還海相然俱去則奮其威神震天動地興雲降雨人鬼咸驚虺乃惶怖尸視無知七日絕食欲害虺龍阿難是說忍龍吾身是也含毒虺者調達是也出度無極集第五卷

爲熊身濟迷路人第八

有人入林伐木迷惑失心時值大雨日暮飢寒惡蟲毒獸欲侵害之是人入石窟中有一大熊見之怖出熊語之言汝勿恐怖此舍溫煖可於中宿時連雨七日常以甘果美水供給此人七日雨止熊將此人示其道徑熊語人言我是罪身多人怨家若有問者莫言見我人荅言爾此人前行見諸獵者獵者問汝從何來見有衆獸不荅言見見一大熊於我有恩不得示汝獵者言汝是人當以人類相親何以惜熊今一失道何時復來汝示我者我與汝多分此人心變即將獵者示熊處所獵者殺熊即以多分與之此人展手取肉二肘俱墮獵者言汝有何罪荅言是熊者視我如父視子我今背恩將是罪報獵者恐怖不敢食肉持施衆僧上座是六通阿羅漢語諸

下座此是菩薩未來世當作佛莫食此肉即時起塔供養王聞此事勑下國內背恩之人無令住此又以種種因緣讚知恩者（出諸經中要事）

爲鹿王身欲代懷妊者受死第九

昔佛在波羅奈國仙人鹿野苑有諸五通神仙皆遊學此國非凡夫所住王出遊獵值羣鹿千頭悉入網裏王布步兵圍遶一帀羣鹿驚懼有失聲搪揬於掘或有伏地自隱形者釋迦文佛昔爲菩薩時爲羣鹿王佛自告羣鹿言汝等安意勿復恐懼吾設方便向王求哀必得濟命各令無他鹿王來向人王下膝求哀人王遥見勑諸左右勿傷害鹿鹿曰今覩王意欲殺千鹿一日供廚今且盛熱肉叵久停願王哀愍日殺一鹿以供廚宰不煩王使鹿自當往詣廚受死肉供不斷鹿得增多王問鹿曰汝在羣鹿中最爲長大耶答曰如是王復問鹿汝審實不答曰審實王即捨鹿攝陣入城時菩薩將鹿五百調達亦將五百鹿曰差一鹿詣王供廚時次調達遣鹿詣王值一鹿母懷妊數月次應供廚鹿母白王云今垂欲産我次應至子次未至願見差次小聽在後調達恚曰何不速往誰能代汝先死鹿母哀泣悲鳴喚呼輒詣菩薩自陳如此願王開恕聽在後次菩薩問鹿汝主聽汝自陳不答曰主不見聽菩薩慰勞彼鹿汝且勿懼吾今代汝以供廚宰菩薩鹿王即召千鹿懇切誡勑汝等勿懷懈慢亦莫侵王秋苗穀食調達瞋鹿母曰汝應次至何辭菩薩語調達止止勿陳此言鹿母誠應次死爲愍其胎未應死耳吾代濟胎命羣鹿自陳吾等願欲代

王受死王在我存得食水草隨意自遊無所畏忌王遂詣廚羣鹿追逐隨到王宮鹿王就廚自求供宰廚士見鹿王即往白王鹿王入廚次應供宰不審大王爲可殺不王勑諸臣速將鹿王來王問鹿王千鹿盡耶汝何爲來鹿白王曰千鹿孚乳遂成大羣日有增多無有減少具說上事王自懇責自恕不及吾爲畜獸不別眞僞枉殺生類乃至於斯王告大臣普令國界其有遊獵殺害鹿者當取誅戮即遣鹿王還令國內不得食鹿肉其有食鹿肉者當梟其首因是立名鹿野苑也（出出曜經第九卷）

爲威德鹿王身落羅網爲獵師所放第十

佛言過去世近雪山下有鹿王名曰威德作五百鹿主時有獵師安穀施羂鹿主前行右脚墮毛羂中鹿王心念若我現相則諸鹿不敢食穀須噉穀盡爾乃現脚相時諸鹿皆去一女鹿住說偈言曰

大王當知　是羂師來　願勤方便　出是羂去

爾時鹿王以偈答曰

我勤方便　力勢巳盡　毛羂轉急　不能得出

女鹿見獵師到巳向說偈言

汝以利刀　先殺我身　然後願放　鹿王令去

獵師聞之生憐愍心以偈答言

我終不殺汝　亦不殺鹿王　放汝及鹿王
隨意之所去

獵師即時解放鹿王佛言昔鹿王者今我身是五百鹿者五百比丘是（出十誦律雜誦第一卷）

爲九色鹿身以救溺人第十一

昔者菩薩身爲九色鹿其毛九種色其角白

如雪常在恒水邊飲食水草常與一烏爲知識時水中有一溺人隨流來下或出或没仰頭呼天山神樹神諸天龍神何不愍我鹿聞下水言汝可騎我背捉我角負出上岸溺人下地遶鹿三帀向鹿叩頭乞得爲大夫作奴給其使令採取水草鹿言不用且各自去欲報恩者莫道我在此人貪我皮角必來殺我時國王夫人夜夢見九色鹿即詐病不起王問何以荅曰我昨夜夢見非常之鹿其毛九種色其角白如雪我思欲得其皮作坐褥其角作拂柄王當爲我得之王若不得我將死矣王募於國中若有能得當與分國而治賜其金鉢盛滿銀粟賜其銀鉢盛滿金粟溺人聞之欲取富貴念言鹿是畜生死活何在往至王所言知鹿處王大歡喜言汝若能得其皮角來者報之半國溺人面上即生癩瘡溺人言大王此鹿雖是畜生大有威神王宜多出人兵乃可得耳王即大出人衆徑到恒水邊烏在樹頭見人兵來即呼鹿言知識且起王來至鹿故熟卧不覺烏下啄其耳鹿方驚覺四向顧望無復走地便往趣王車邊傍臣欲射王曰莫射此鹿非常將是天神鹿言人王且莫射我我前活王國中一人鹿復長跪問王言誰道我在此王便指示車邊癩面人是也鹿即仰頭視此人面眼中淚出不能自勝此人前溺在水中我不惜身命自投水中負此人出約不相道人無反復不如出水中浮木也王有愧色三數其民汝受其恩奈何反欲殺之即下於國中若有驅逐此鹿者當誅五族衆鹿數千皆來依附飲食水草不侵

禾稼風雨時節五穀豐熟人無疾病其世太平時九色鹿我身是也烏阿難是國王者今父王閱頭檀是時王夫人者今孫陀利是時溺人者調達是也怨我雖有善心向之故欲害我阿難有至意出九色鹿經

爲鴈王身獵者得之而放求國報恩第十二

過去世時有波羅㮈城城邊有池池名雨成是池中多魚龜鵝鴈鴨等中有鴈王名曰治國作五百鴈主時有獵師先施毛羂鴈王前行右脚著羂作是念言若我出是羂脚餘鴈不敢食穀食穀盡已即便現脚衆鴈飛去唯有一鴈名曰蘇摩不捨王去王語大臣言我與汝職作王在諸鴈前行答言不能問言何故致

爾時大臣以偈答曰

我願隨王　死生不變　寧共王死　勝相離生
大王當知　是羂師來　但勤方便　求脱此羂

爾時鴈王以偈答言

我勤方便　力勢已盡　毛羂轉急　不能得脱

蘇摩大臣見羂師到向説偈言

大王毛脂肉　我與等無異　汝以刀殺我
放王不損汝

爾時羂師語大臣言我不相殺放汝及王隨所樂去獵師即解鴈王二鴈俱去共相謂言是獵師作希有事與我等命我等資生當以厚報獵師問言汝是畜生有何生具以用報我二鴈答言波羅㮈王名曰梵德汝持我與獵師持鴈著兩肩上到城巷中是鴈端正衆人樂見有與五錢十錢二十錢者皆言莫殺是人皆至王宫大得財物獵師到王宫門置

鴈于地鴈王語守門者汝白梵德王治國鴈王今在門外便往白王王即聽入與設金牀蘇摩大臣隨所應與共相問訊然後就坐以偈問訊梵德王言

王體安隱不　國土豐足不　如法化民不
等心治國不

爾時梵德王以偈答言

我常自安隱　國土恒豐寧　以法化國民
等心無偏私

如是詶對說五百偈梵德王聞其所說而作是念鴈王爾乃明達蘇摩大臣時默然住梵德王言汝何故默然大臣答言汝是人王國主此鴈王陂澤國主二王共語何敢間錯王言我有好園汝能住不答言不能王問何故鴈言王或睡覺忘不斷我勑作鴈肉食若宰人不能得餘鴈或殺我等以充王廚治國鴈王入王宮中諸鴈從雨成池出於王宮上徘徊悲鳴翅濕有水灑汚宮殿王問曰此是何等鴈王答言是我眷屬王言汝欲去耶答言欲去王言汝何所須答言我爲獵師所得於我等作希有事與我等壽若先殺一後復殺一誰能遮者王言當何以報之二鴈答曰與金銀硨磲碼碯衣服飲食作是語已飛昇虛空佛言鴈王則我身是五百鴈者則五百比丘是也獵師者守財象是也梵德王者即淨飯王是也蘇摩大臣者阿難是也（出十誦律雜誦第一卷）

爲鸚鵡身救山火以伸報恩第十三

昔者菩薩現爲鸚鵡常處于樹風吹彼樹更相切磨便有火出火漸熾盛遂焚一山鸚鵡

思惟猶如飛鴈軀止于樹故當反復起報恩心何況於我長夜處之而不能滅火即往詣海以其兩翅取大海水至彼火上而灑於火或以口灑東西馳奔時有善神感其勤苦尋爲滅火（出僧伽羅刹經上卷）

爲雀王身拔虎口骨第十四

昔者菩薩身爲雀王慈心濟衆由護身瘡有虎食獸骨拄其齒病困將終雀入口啄骨日日若茲雀口生瘡身爲瘦疵骨出虎穌雀飛登樹説佛經曰殺爲凶虐其惡莫大虎聞雀戒勃然恚曰爾始離吾口而敢多言雀覩其不可化即速飛去佛言雀者是吾身虎者是調達（出雀王經）

爲大魚身以濟飢渴第十五

昔者菩薩貧窶與諸商人俱至他國菩薩覩海中魚巨細相吞以身代小者今得須臾之命即自投海大魚得飽小者得活魂神化爲鯨魚之王身有數里海邊國旱人民饑饉更相吞噉魚即蕩身于國噉者存命捷肉數月而魚猶活天神下曰爾爲仁慈苦可堪乎何不捨壽離斯痛也魚曰吾神逝身腐民後饑饉復當相噉吾不忍覩天曰爾必得佛度哲衆生有人取其首魚時死矣魂爲王子有上聖之明四恩弘慈潤濟二儀愍民困窮言之哽咽然國尚旱靖心齋肅退食絶獻頓首悔過曰民之不善咎在我身願喪吾命惠民雨澤日日哀慟由至孝之子遭聖父之喪精誠遠達有名佛與五百人來其國界王聞心悦奉迎稽首叩頭涕泣心穢行濁不合三尊四恩之教苦酷人民枯旱累載黎庶饑饉怨痛

傷情願除民災以禍罪我諸佛答曰爾爲人君慈惻仁惠德齊帝釋諸佛普知令王受福愼無惑也勑民種穀家無不修稻化爲滋王曰須熟禾實覆國皆令稻穬中容數斛其米苾芬舉國欣懌歎詠王德率土持戒歸命三寶王及臣民命終生天時貧人吾身是（出度無極集第一卷）

爲鼈王身化諸同類活衆賈人第十六

昔者菩薩曾爲鼈王生長大海化諸同類子民羣衆皆修仁德王自奉行慈悲喜護愍於衆生如毋愛子其海深長邊際難限而悉周至靡不更歷於時鼈王出於海外在邊卧息積有日月其背堅燥猶如陸地賈人遠來因止其上破薪然火炊煮飯食繫其牛馬車乘載石皆著其上鼈王欲趣入水畏墮不仁適欲强忍痛不可勝便設權計入淺水處除滅火毒不危衆賈衆賈恐怖謂潮卒漲悲哀呼嗟歸命諸天釋梵四王日月神明願以威德唯見救濟鼈王心益愍之因報賈人愼莫恐怖吾被火焚故捨入水欲令痛息今當相安終不相危衆賈聞之知有活望俱時發聲言南無佛鼈興大慈還負衆賈移在岸邊衆人得脫靡不歡喜遥拜鼈王而歎其德尊爲橋梁多所過度行爲大舟載越三界設得佛道當復救脫生死之厄鼈王報曰善哉善哉當如汝言各自别去佛言時鼈王者我身是也五百賈人五百弟子舍利弗等是（出生經第四卷）

經律異相卷第十一

音釋

妊汝鴆切孕也
藪蘇后切
寤五故切寤覺也
屐渠逆切屐屩
猥烏賄切雜遝也
讖楚鴆切符讖也
甍呼肱切公侯死曰甍
殞于敏切殁也
嗤赤脂切笑也
舋許覲切隙也
儻他朗切或然之辭
讁捶讁陟華切責罰也捶之累切擊也
頰古協切面旁也
尠息淺切少也
墾康狠切反土也
齚仕華切齚齧也
瘳丑鳩切病去也
鰥古還切老無妻曰鰥
爪國厥縛切爪持也
貿莫候切交易也
痿於爲切痺濕病也
虺許偉切蝮也
搪挨搪徒郎切挨徒骨切搪挨抵觸也
戮力竹切殺也
穬古猛切穀芒也

經律異相卷第十二

梁沙門僧旻寶唱等奉　勑撰

出家菩薩僧部第十一

無垢山居女人庇雨其舍衆仙稱穢昇空自證第一

昔拘樓秦佛時有一比丘名曰無垢處於閑居國家山窟去彼不遠有五神仙有一女人道遇大雨入比丘窟雨霽出去時五仙人見之各各言曰比丘姦穢無垢聞之即自踊身在于虛空去地四丈九尺諸仙見之飛處空中各曰如吾經典所記染欲塵者則不得飛便五體投地伏首誣橫假使比丘不現神變其五仙人墮大地獄時無垢比丘今慈氏菩薩也（出慧上菩薩經上卷）

慧王以百味飯化人入道第二

過去有佛名莫能勝有一比丘名曰慧王平旦分衞得百味飯若干種食路有尊者子名離垢臂爲乳母所抱遥見比丘下乳母抱尋隨比丘從求飯食於時比丘與其蜜摶幼童

即食知其甘美遂隨比丘蜜搏欲盡比丘復授轉至佛所稽首足下慧王以所得食授與幼童令其上佛使發道意佛尋受之已滿佛鉢食不減損次與聲聞八萬四千菩薩十二億佛及聖衆皆悉充飽如是之供至于七日飯則如故亦不損減幼童歡喜說頌讚佛即發無上正真法意時其父母求索其子便詣佛所幼童問訊偈讚父母於時幼童化其父母及五百人悉令志求無上正真法即皆棄家而作沙門行菩薩道自致得佛時慧王者即是溥首童真也其離垢臂者吾身是也出往古造行經

上首受恒伽貨身施食第三

時有一菩薩名曰上首作一乞士入城乞食有一比丘名曰恒伽謂乞士言汝從何來荅言吾從真實中來恒伽問言何謂爲真實荅曰寂滅相故名爲真實恒伽曰當於何求實法荅曰當於六波羅蜜中求恒伽歡喜禮上首足下而便問言當以何食供養此人上首荅言當以須陀味恒伽即詣都市而自唱言吾欲賣身誰欲須者有一居士名毗奴律即問我言吾欲買之汝索何等恒伽報言索須陀那羅曰當索幾枚恒伽報言欲須五枚居士五錢買此道人以充使恒伽白大家言我身屬汝假我七日欲供養上首比丘居士告恒伽言吾當將汝示於宅舍放汝令還時恒伽見舍宅已涉路而還見此上首乞食未得即將上首到都市中買百味飲食將到一寺寺名四王設施牀座燒香散花下種種飲食出大方等陀羅尼經第一卷

須摩提始爲八歲女轉身爲男出家説法第四

須摩提白佛言世尊所説菩薩四十事我當奉行令不鈌減時長老目連問此四十事大士所行汝小女人何能辦之答言審實能行若不信者當使三千大千國土皆當爲我六反震動雨於天花諸音樂器不鼓自鳴應時如言女曰證我至誠若我後得佛無有虚者其在會衆悉作金色尋如其語色如黄金目連白佛言初發大意爲菩薩者我爲作禮所以者何八歲女子感應如此豈況高士摩訶薩乎文殊師利問言云何不轉女人身須摩提報言於是無所得所以者何法無男女今者我當斷仁所疑須摩提言今我不久當得正覺我今便當變爲男子適作是語即成男身頭髮自墮袈裟在體便作沙彌又言我作佛時使我國中莫有三事一者魔事二者泥犂三者女態若我至誠我身當如三十沙門適作是語形體顔色如年三十復謂文殊師利言我作佛時令我國人皆作金色地及城郭有七寶樹寶池寶花不多不少悉皆亭等又言諸在會者當作金色應時衆會皆並金容時持地神即從地出化作天身舉聲稱揚歎須摩提三言之德不久作佛（出佛説須摩提菩薩經）

摩訶盧讀大乘經爲聖所導第五

摩訶盧比丘國王謂其大讀摩訶乘當解髮令其蹈過又有比丘乃語王言此摩訶盧不多讀經何以供養如是王言我日夜欲見此比丘即見在窟中讀法華經見一金色光明人騎白象合手供養王來轉迫便滅不現即

問大德我來金光明人滅何也比丘言此即遍吉菩薩（法華經中普賢是也）來教導我誦於此經（出大智論第九卷）

善慧得五種夢請佛解釋第六

善慧比丘白普光如來言我於昔日在深山中得五種夢一者夢臥大海二者夢枕須彌三者夢海中一切衆生入我身内四者夢手執日五者夢手執月唯願世尊爲我解説時佛答曰夢臥大海者汝身即時在於生死大海之中夢枕須彌者出於生死得涅槃相夢大海中一切衆生入身内者當於生死大海爲諸衆生作歸依處夢手執日者智慧光明普照法界夢手執月者以方便智慧入於生死以清涼法化導衆生（出過去現在因果經第一卷中）

女人高樓見佛化成男子出家利益第七

須福長者有女名曰龍施厥年十四時在浴室澡浴塗香著好衣畢佛與眷屬放眉間毫相之光照七重門内令殿舍皆明女見光明踰於日月心知非恒便走上七重樓上東向見佛在門外住女大歡喜則自念言今得施佛及衆弟子以發意作菩薩行願令我後得道如佛魔見女發大意心爲不樂即下化作女父謂龍施言汝所念大重佛道難得今世幸有佛不如求羅漢且俱度世泥洹無異龍施對曰不如父言佛智廣大度人無極羅漢智少如一塵耳有何高士樂於小者魔復言未聞女人作轉輪王況乃得作佛不如求羅漢早取泥洹去龍施報言我亦聞女人不得作轉輪王不得作佛我當精進轉此女人作男子身蓋聞天下行菩薩法億劫不懈者後

得作佛魔見女意不轉益以愁毒更作急教言若作菩薩行者不貪世間不惜壽命今汝精進能從樓上自投地者後可得作佛龍施心念今我見佛貪菩薩道父又教以精進身可得佛我何惜此危脆之命即住欄邊向佛叉手言自歸於天中天以一切智知我所求請棄軀命不捨菩薩以身施佛願如散花便縱身自投樓下未及至地化成男子佛笑五色光從口中出照一佛刹還遶佛身三帀從頂上入佛言汝見此女自投空中化成男子不是女乃前世時已事萬佛後當供養恒沙未來佛至七億六千萬劫當得作佛號曰名上其壽一劫般泥洹後經道興盛半劫乃滅於是龍施身住佛前報父母言願放捨我得作沙門父母即聽中外眷屬皆發無上道意

女人在胎聽法轉身爲丈夫出家修道第八（出龍施女經）

佛在羅閱祇菩薩及四部大會佛說法有迦羅婦懷妊在座腹中懷子叉手聽經佛欲使衆會見之便現大光明照迦羅婦座衆人皆見腹中女叉手聽經猶如照鏡佛持八種聲問腹中女言汝以何故叉手聽經用佛威神即答佛言以世間人皆行十惡我欲令行十善又以世人生死不絕又世間人不孝從父母不供養沙門婆羅門道人是故叉手聽經時女說是語竟便生譬如太子從右脅生地爲六反震動虛空中有自然天樂雨天衆花千葉蓮華大如車輪以寶作莖狀如青瑠璃女即坐蓮華上帝釋持天衣與女著之女報言汝爲羅漢我爲菩薩汝非我輩不與我同

類我自有衣舍利弗白佛此女爲從何國來當送衣也佛言此女從東南方佛刹清淨國來去此十萬佛刹本國衣便自然在虚空中來肅肅有聲女見衣來便著之當得五通又女本國人盡得五通女得衣著訖便從蓮華上下行至佛前女一舉足地爲六反震動頭面著地爲佛作禮三言南無佛便長跪白佛令座中大有諸迦羅婦願佛爲説經令得男子身佛言我亦不使汝作男子亦不使汝作女人皆自從身行得耳佛言有一事可疾得男子何等爲一發心爲菩薩道又女人身當内自觀譬如機關骨節相拄但筋皮在上女人常畏人譬如蛇虺蝦蟇不敢晝出時座中迦羅婦七十五人聞佛説經歡喜踊躍前以頭面著地爲佛作禮白佛言我願發菩薩心作男子我若不得男子身我終不起時七十五迦羅越從舍衛國來至佛所見諸婦皆在佛前便心念言失已我曹婦便問舍利弗此諸女人是我曹婦何爲是問舍利弗答言欲作比丘尼卿當聽不迦羅越答言先使我曹作比丘舍利弗白佛言是七十五迦羅越皆欲作比丘佛呼善男子來皆作比丘頭髮自然墮袈裟便來著身手持應器皆前爲佛作禮時七十五婦各脱珠環皆以散佛上便自然虚空中化作七十五交露珠瓔珞帳帳中有七寶床上有座佛邊有無數菩薩聽經七十五婦人見是變化皆大歡喜即用佛威神飛住虚空自然有花雨散佛上從虚空中來下便得男子身前白佛言我願作比丘佛語彌勒菩薩將去授戒彌勒菩薩即授戒作比

丘僧女自然有化花蓋七重埜如蓮花即持與母言佛是天上天下度人之師母以花蓋上佛是天上天下師之蓋上之後母亦當爲天下之蓋女語母言今當發菩薩心母答女言我始懷汝時於夢中常見佛及法比丘僧無三毒心身體安隱知我腹中子爲是菩薩摩訶薩以是安隱時發菩薩心以母得花蓋便持上佛地爲六反震動佛語舍利弗四天下星宿尚可知數是女前後所度父母不可知數（出腹中女聽經）

沙門慈狗轉身爲人立不退轉第九

若有一國穀米踊貴人民飢餓時有沙門入城分衛無所一獲次至長者大豪貴門得麤惡飯適欲出城門中逢一射獵殺生屠兒抱一狗子持歸欲殺見沙門歡喜前爲作禮沙門呪願老壽長生沙門知有狗子欲殺噉之問其何所齎答曰空行沙門又問吾已見殺生之罪甚爲不善願持我食貿此狗子令命得濟卿福無量其人不與沙門慇懃曉喻請之不肯隨沙門又言設不肯者可以示我其人即出以示沙門沙門舉飯以飼狗子以手摩之呪願淚出卿罪所致得是犬身不得自在見殺食噉使爾世世罪滅福生離狗子身得生爲人所在遇法狗子得食善心生焉踊躍歡喜事已將去歸家殺食狗子命過生豪貴大長者家適生墮地便有慈心時彼沙門分衛次到長者門裏時長者子見彼沙門憶識本緣便前稽首禮沙門足請前供養百味飲食前白父母今我欲逐此大和上奉受經戒作弟子父母愛重不肯聽之今我一門有

汝一子當以續後家門之主何因便欲棄我而去小兒啼泣不肯飲食不欲聽我便自就死父母見爾便聽令去隨師學道除去鬚髮被三法衣諷誦佛經深解其義便得三昧立不退轉開化一切發大道意沙門即識宿命發菩薩心立不退轉豈況有人供事三寶諷誦大經出度脫狗子經

經律異相卷第十二

音釋

摶徒官切捉聚也 態他代切姿態也 蹈徒到切踐也 蝦蟇蝦胡加切蟇莫加切

經律異相卷第十三

梁沙門僧旻寶唱等奉　勑撰

聲聞無學僧部第十二之一

迦葉身黄金色婦亦同姿出家得道一

迦葉從貧母乞食二

迦葉結集三藏黜斥阿難使盡餘漏三

迦葉結法藏竟入鷄足山待彌勒佛四

大迦葉賓頭盧君屠鉢歎羅云不般涅槃

至佛法滅盡五

賓頭盧以神力取樹提鉢被擯拘耶尼六

憍陳如拘隣等五人在先得道二緣十

鬱鞞羅那提伽耶三迦葉受佛化悟道八

須菩提前身割口施僧得生天上九

須菩提初生及出家十

阿那律端正或謂是女欲意往向自成女

人十一

阿那律化一婬女令得正信十二

阿那律先身為劫以箭正佛燈得報無量

十三

阿那律前生貧窮施緣覺食七生得道十

四

阿那律等共化跋提長者及姉十五

迦葉身黄金色婦亦同姿出家得道第一

迦葉父者曰尼俱律陀摩竭國人也出目婆

羅門種宿命福德生世大富珍奇寶物國中

第一財比國王千分少一夫婦孤獨乏無兒

息近在舍側有大樹神時彼夫婦為欲有兒

三牲祭祠累歲不遂其人大忿便與期七日

若復無驗當剪伐汝棄都道頭以火燒之神

聞驚怖上告息意天王天王即將神告天帝

釋帝釋即以天眼觀欲界中未有堪任爲彼子者乃告梵王梵王遍觀見一梵天臨當壽終便告之曰汝可生閻浮提爲尼俱律陀作子梵天對曰婆羅門著諸邪見我若下生不能爲其作子梵王答曰彼婆羅門宿時大德欲界衆生無有堪任爲作子者汝若往生吾當勑天帝釋令擁護汝不使中道墮邪見也梵天曰唯帝釋即告樹神樹神還告長者勿見瞋恨却後七日必令有子七日已滿婦便有娠十月乃生身黄金色而有光明相師占曰此兒宿福有大威德志力清遠不貪世務若後出家必登聖道父母聞之復大愁憂恐兒出家至年十五欲爲取婦迦葉聞之累啓父母我志樂清淨不須婦也父母不聽迦葉又言若然不用凡女人得紫金色女端正無比乃當娶之欲令此事不可辦也父母令其國中推覓之諸婆羅門即爲設策鑄金作神女顔貌端正光色微妙如衆天像從國至國高聲大唱諸有女人得見金神禮拜供養者後出嫁時當得好壻體黄金色顔貌殊妙智慧無比聚落國邑諸有女人聞此唱者莫不虔心皆出奉迎禮拜供養唯有一女軀體金色端正姝好獨處閑室不肯出迎諸女諫曰其有見金神者皆得如願汝何以獨不出迎答曰吾志閑靜不好餘願也諸女復曰雖無所願暫共一觀當復何損諸女相携遂共出看金女光色乃映金神婆羅門還報長者具即遣媒人到其女家宣長者意其女父母先亦聞迦葉名敬承往意遂相然可彼女聞之甚大愁憒父母所逼事不獲已遂適迦葉二

人相對志各凝結雖爲夫婦了無恩情便共結誓我與君等各處異房要不相觸爾時夫婦各處一房其父母復令同室迦葉雖共同室而復異牀其父母復遣人持一牀去於是夫婦唯共一牀其婦更與夫誓我若眠時君當經行時其婦卧一臂垂地有大毒蛇欲來嚙之迦葉見已有慈愍心持衣褁手舉著牀上尋時驚覺便大瞋怒語迦葉言我先有要如何相犯迦葉報言汝臂落地毒蛇欲嚙是故相救非故觸也指蛇示之其婦乃悟於是夫婦自相與議我等何不出家修道遂辝父母俱共出家山澤行道時有婆羅門將五百弟子亦住此山見迦葉夫婦共相隨逐於時迦葉便捨其婦以五百兩金貿緻納衣別處一林其婦即依止婆羅門求爲弟子婆羅門五百弟子見此女人形色端正日日行婬女人不得自在遂不能堪便告其師師便爲之戒約弟子令節所欲迦葉後値佛出世聞法受化即得羅漢聞其本婦在梵志邊便將詣佛佛爲說法得阿羅漢頭髮自落法服在身成比丘尼遊行教化正値波斯匿王大會諸比丘尼便得入王宫裏教化諸夫人皆令持一日齋王暮還宫命諸夫人皆云持齋無肯來者王便大瞋語使人言誰教諸夫人齋使人答言某甲比丘尼王便呼來令九十日代諸夫人受婬欲此皆是昔之因緣誓願所追故雖得羅漢不能相免也出雜譬喻經第四卷

迦葉從貧母乞食第二

迦葉捨豪富而從貧乞入王舍城見一孤獨母最甚貧困街巷大糞聚上傍鑿糞聚以爲

巖窟羸劣疾病常卧其中無有衣食施一小籬以障五形壽命將終長者青衣行棄米汁臭惡難言母從乞之即以破瓨盛著左右迦葉哀之往乞多少老母説偈言其臭惡迦葉猶以慈悲忍而乞之老母歡喜即以施迦葉恐母不信豈能食之即於母前飲畢盪鉢示現神力母大踊躍一心遥視迦葉告曰母今何願時母猒世苦聞天上樂願生天上數日壽終即生第二忉利天宫即念故恩求欲供養釋提桓因聞是事已即與天后持百味食盛小瓶中下詣陋室變其形狀似于老人織席貧窮迦葉分衞見而往乞夫妻告言我今貧困輒自割損以施賢者令吾得福迦葉下鉢乃開小瓶香熏大城迦葉即嫌便入三昧復身飛去彈指歡喜出摩訶迦葉度貧母經

迦葉結集三藏黜斥阿難使盡餘漏第三

諸天禮迦葉足説偈讃歎大德知不法船欲破法城欲頽法海欲竭法幢欲倒法燈欲滅説法人去行道漸少惡人轉盛當以大慈建立佛法迦葉心如大海澄清不動久而答曰世間不久無智盲冥迦葉思惟我今云何使三僧祇劫難得佛法而得久住唯當結集三藏可得久住耳未來世人可得受行佛世世勤苦慈悲衆生學得是法爲人顯説我等亦應承用開化㫁須彌山頂鳴銅揵椎而説偈言

佛諸弟子　若念於佛　當報佛恩　莫入涅槃

是揵椎音及迦葉語聲遍至三千大千世界皆悉聞知諸有弟子得神力者集迦葉所迦葉以大語告言佛般涅槃諸知法弟子皆隨

滅度佛法欲滅未來衆生甚可憐愍失智慧眼愚癡盲冥我等應當承用佛教待結集法藏竟隨意滅度迦葉選得千人唯除阿難皆得羅漢頻婆娑羅王得道常勑宫中飯食千人阿闍世王不斷是法迦葉思惟若常乞食當有外道強來難問廢闕法事到王舍城以事告王王當給食日日送來夏三月安居迦葉觀誰有煩惱唯有阿難大迦葉即數之云犯六突吉羅罪盡應僧中懺悔阿難即隨教長跪合手偏袒右肩脱革屣懺悔迦葉於僧中起牽手出之語言汝宜盡漏若殘結未亡汝勿來也便自閉門與諸羅漢共議誰能結集毗尼法藏者長老阿泥盧豆言舍利弗是第二佛憍梵波提柔輭和雅閑居燕寂能知毗尼藏今在天上尸利沙樹園使下座比丘往傳迦葉意云漏盡羅漢皆會閻浮提僧有大法事今可疾來憍梵波提心疑問曰爲鬬爭破僧耶佛已滅度耶答曰大師滅度我和尚舍利弗今在何所答曰先入涅槃憍梵波提問曰目連阿難羅睺今何所作答曰目連已滅度阿難由有憂結愁苦啼哭不能自喻羅睺已得羅漢無復憂苦憍梵波提言我和尚大師皆已滅度我今不能復下即入涅槃阿難思惟諸法求盡殘漏坐禪經行定力少不時得道後夜疲極欲息卧頭未至枕廓然得悟作大力羅漢其夜到僧堂扣門喚大迦葉大迦葉言汝何以來答言我今夜盡漏迦葉言我不與開門汝從門鑰孔中來阿難即從鑰孔中入懺悔大迦葉莫復見責迦葉手摩其頭我故使汝得道耳汝無嫌恨我亦如

是大迦葉語阿難言從轉法輪經至大般涅槃集作四阿含增一中長相應是名修妬路法藏諸羅漢更問誰能明了集毗尼法藏皆言長老優波離於五百羅漢中持律第一我等今請優波離受教坐師子座言佛在何處説毗尼結戒時須提陀迦蘭陀長者子初犯婬欲法始結大罪諸羅漢思惟誰能明了學阿毗曇藏念長老阿難於五百羅漢中解修多羅義第一我等今請阿難受請佛在舍婆提城説五怖五罪五除五滅以是因緣此生身心受無量苦復墮惡道中如是等名阿毗曇藏（出大智論第二卷）

迦葉結法藏竟入鷄足山待彌勒佛第四

迦葉結法藏竟入鷄足山破爲三分於中鋪草布地即自思惟而語身言如來昔以糞掃衣覆蔽於汝乃至爲彌勒法藏應住於此因説偈言

我以神通力　當持於此身　以糞掃衣覆
至彌勒出世

時我爲彌勒教化諸弟子即起三三昧一如入涅槃以三山覆身如子入母腹而自不失壞二若阿闍世王來先約相見來者山應當開阿闍世王若不見我當吐熱血死三阿難來山開彌勒與九十六千萬弟子來此取迦葉身以示眷屬令悉學我持戒功德（出阿育王經第七卷）

大迦葉賓頭盧君屠鉢歎羅云不般涅槃至佛法滅盡第五

彌勒佛亦以三乘法教我弟子大迦葉者當佐彌勒勸化又君屠鉢歎比丘賓頭盧比丘

羅云比丘四大聲聞約不般涅槃須佛法沒盡然後乃般涅槃大迦葉住摩竭國界毗提村中山彌勒當與無數千人往至其所諸鬼神等當爲開石門見其禪窟時彌勒佛伸右手指以示迦葉告諸民人過去久遠釋迦佛弟子名曰迦葉頭陀第一今故現在彌勒佛當取迦葉僧伽棃著之迦葉身體奄忽星散彌勒取種種花當供養迦葉有敬心故（出彌勒下生經）

賓頭盧以神力取樹提鉢被擯拘耶尼第六

王舍城中樹提居士入海客還飼一栴檀作鉢置絡囊中懸高杙上言若沙門婆羅門能不以梯杖得者便取富樓那等皆言欲見神力掉頭而去賓頭盧姓頗羅墮詣樹提樹提言善來頗羅墮能不以梯杖取鉢者與賓頭盧入定伸手取鉢居士以盛滿飯授之食已時去有一比丘少欲知足問從何處得賓頭盧具說上事少欲比丘訶責言爲受赤裸外道物云何名比丘於未受大戒人前現過人聖法訶已白佛佛集僧問賓頭盧汝實作是事不答言實爾佛語頗羅墮盡形擯汝不應得在閻浮提住賓頭盧奉教還房付卧具床榻還僧持衣鉢從閻浮提沒現瞿耶尼教化四衆廣興佛事（出十誦律六誦第二卷僧祇彌沙塞四分大同小異）

憍陳如拘隣等五人在先得道二緣第七

佛在迦毗羅衛國尼拘盧陀僧伽藍諸釋問佛憍陳如等宿有何慶如來出世法鼓初震最先得聞甘露始降便蒙霑澤異口同音稱讚無量比丘聞之以事白佛佛言非獨今日先度五人我於久遠亦濟此等以身爲船救

彼没溺全其生命吾今成佛先拔濟之比丘白佛此事云何佛言過去閻浮提波羅奈國王名梵摩達時有薩薄名勒那闍耶遊外林間見有一人涕泣悲切以索繫樹以頭入羂欲自殺死便前問之汝何以爾喻令捨索報言貧窮負債債主剥奪日夜催切天地雖曠容身無處故避此苦爾時薩薄即許之曰卿但自釋所負多少悉代汝償作是語已彼人便休歡喜踊躍隨從薩薄俱至市中宣令一切云欲償債時諸債主競共雲集來者無限空竭其財猶不畢債妻子窮凍乞匃自活時有衆賈勸進薩薄欲共入海即答之曰我今窮困無所復有何緣得從衆人報言我等衆人凡有五百出錢開分共辦船具衆人投合獲金三千兩薩薄以金千兩辦船千兩辦粮千兩用待船上所須餘給妻子便於海邊施作大船船成馳去便於道中卒遇黒風破碎船舫衆人無依中有五人共白薩薄依汝來此今當没死危險垂至願見拔度薩薄答曰吾聞大海不宿死屍汝等今者悉各捉我我當殺身以濟爾厄誓求作佛後成佛時當以無上法船度汝生死作是語已以刀自刎命斷之後海神起風吹至彼岸得度大海皆獲安隱欲知爾時勒那闍耶者今我身是時五人者拘隣等是其一出賢愚經第十卷

佛在羅閱祇竹園中阿難又以問佛阿若憍陳伴黨五人宿有何緣法鼓初震獨先得聞佛言先世之時食噉我肉致得安隱是故今日先得法食用致解脱過去劫時此閻浮提有大國王名曰設頭羅健寧領閻浮提八萬四千國有火星

現相師白王當旱天遂不雨經十二年王大憂愁計現民口筭數倉篅一切人民日得一升猶尚不足死亡者衆王自念曰當設何計濟活人民即立誓言今此國人飢羸無食我捨此身願爲大魚以我身肉充濟一切即上樹端自投於地即時命終於大河中爲化生魚其身長大五百由旬時有木工五人各齎斤斧往至河邊規斫林木魚曰汝等須食來取我肉飽齎還去後成佛時當以法食濟脫汝等汝告國人民須食者來五人歡喜具如其語語於國人展轉相報遍閻浮提悉皆來集噉食其肉一脇肉盡即自轉身復取一脇食盡還生如是翻覆恒以身肉給濟一切經十二年其諸衆生食肉者皆生慈心命終生天時設頭羅健寧王者則我身是時五伐木人憍陳如等是其諸人民後食肉者今八萬諸天及諸弟子得度者是共二出賢經第四卷

鬱鞞羅那提伽耶三迦葉受佛化悟道第八

鬱鞞羅婆界有梵志名鞞羅迦葉將五百螺髻梵志巳爲尊首鴦伽摩竭國皆稱爲羅漢佛到迦葉所語言我欲寄止一宿答言不惜但此室有毒龍恐相害耳佛言無苦迦葉言隨意佛即入石室結跏趺坐直身正意龍見放烟佛亦放烟龍復放火佛亦放火時石室中烟火俱起迦葉遥見瞿曇可惜爲毒龍所害佛即降龍盛置鉢中明旦將往至迦葉所告言毒龍今在鉢内迦葉念言瞿曇雖得阿羅漢有大神力猶不如我白佛言可止我當給食佛曰汝能身自及日時到者我當受請迦葉言我當自來佛往食食竟還石室宿其

夜入火光三昧照彼石室迦葉即與徒衆圍遶白佛今時已到可還就食沙門昨夜何故有此大火佛告迦葉我昨夜入火光三昧令此石室洞然大明迦葉歎大威德猶言不如我得羅漢佛食竟更宿一林明日迦葉復迎還食佛言汝並在前吾尋後往先詣閻浮提樹取此樹果坐迦葉座迦葉後到曰云何已在先至耶佛言此果色好香美汝可食之迦葉念此沙門有大神足猶不如我得阿羅漢佛食竟還本林坐更放種種神力欲攝取迦葉四天王天釋提桓因等並齎供具來供養佛迦葉并五百弟子捨事火具淨衣澡瓶擲尼連禪水中往詣佛所佛次第爲五百人說法即於座上諸塵垢盡得法眼淨皆白佛言願欲出家佛言善來比丘快修梵行得盡苦際即爲受具足戒迦葉中弟名那提居尼連禪水下流有三百弟子迦葉小弟名伽耶居象頭山有二百弟子二弟見兄服道俱往問言從此大沙門修學梵行勝耶答曰極爲勝妙各與眷屬同詣世尊佛爲說法於座悟道得法眼淨白佛我等欲於佛法中修習梵行佛言善來比丘快修梵行得盡苦際出四分律第二分第九卷

須菩提前身割口施僧得生天上第九

舍衛國有長者名曰拘留無有兒子禱神求之天於空中而語之曰長者福多無堪生者是以無子有天王壽終應生君家後生兒名須菩提端正聰辯慈仁博愛白其父母今欲請佛父母聽許即便請佛廣設供養復白父母求作沙門父母聽之即隨如來還至祇洹

便作沙門應時得阿惟顏神通具足隨俗教化在弟子中現作羅漢阿難白佛言此須菩提本修何功德佛言此人無數世時作貧家子逢一比丘入城分衛遍無所得爾時年少見其鉢空作禮白言願隨我歸當相供養即隨到家取已食分供養道人而自不食道人食竟現飛而去年少歡喜即發道意緣是功德後生天上九十一劫今復來生長者家爾時年少者今須菩提也一施之福尚乃如此況復多乎出福報經

須菩提初生及出家第十

昔舍衛國有大長者名曰鳩留財富無數無有子息祈禱諸神了不能得空中天曰卿當得福子有一天王垂應命終生長者家長者大喜却後七日第一夫人即覺有娠月滿生男名須菩提色像第一聰明辯才博愛多曉貴賤推敬其見聞者有所作爲轉以法樂勸益一切諸父兄弟共嫉恚之語其母言此兒不念治家遊蕩無度母言此兒福德不與凡同後須菩提索食母令婢預洗空器荅其無有須菩提發器視之自然百味飯食香美一切共食皆得安隱諸父兄弟方知非凡請佛及菩薩大衆設食食畢兒從父母求作沙門父即聽之隨佛還祇洹即作沙門應時得阿惟顏在弟子中現作羅漢出十卷譬喻經第一卷

阿那律端正或謂是女欲意往向自成女人第十一

阿那律已得阿羅漢有美顏容似於女人獨行草中時有年少見之謂是女人邪心既動欲往犯之知是男子自視其形變成女人慚

愧鬱毒自於深山遂不敢歸經踰數年其家妻子生不知處謂已死亡阿那律行分衛往至其家婦人涕泣自說其夫不歸乞與福力使得生活阿那律默然不應有哀念故乃至山中求與相見此人便悔過自責其身還成男子遂得歸家家室相見也出舊譬喻經下卷

阿那律化一婬女令得正信第十二

佛在祇樹園時阿那律往拘薩羅國路無比丘住處有一年少婬女安止賔客阿那律即往語言大姊欲寄止一宿女答言爾時有長者居士亦投彼宿住處既迫女請阿那律入其內舍爾時尊者在其坐處結跏趺坐繫念在前時不淨行女然燈燭竟於初夜末往阿那律所語言近有諸長者婆羅門種多諸財寶皆來語我言可爲我作婦我即語彼汝等醜陋不能爲汝作婦我觀尊者形貌端正可爲我夫時阿那律默然不答女到後夜又復如是由故默然時此婬女即脱衣來欲抱持之時阿那律以神足力踊身空中婬女見之大生慚愧即疾著衣叉手合掌仰向懺悔如是至三願尊者還坐本處時阿那律即下本坐此女人禮足却坐一面阿那律爲說種種妙法訶欲不淨稱讚離欲女人即坐諸塵垢盡得法眼淨時女見法既得法已唯願聽許爲優婆夷即受五戒爲佛弟子仰願尊者受我供養默然受之施設種種甘饍食竟說法令心歡喜出四分律初分第八卷

阿那律先身爲劫以箭正佛燈得報無量第十三

時阿難白佛阿那律天眼所見與佛何異佛

謂阿難如來所見非羅漢辟支佛所知況汝生死比丘何能知我如來徹視從此東去恒沙等刹恒沙者謂阿耨池至于大海廣四十里中沙壁方下至底百二十斛過一刹置一沙盡爾所沙佛土所有人物之類幽邃之處矇昧之物衆生微形皆悉見之周帀十方皆亦如是阿那律所見何足言持此佛乎阿難白言阿那律宿有何緣所見乃爾佛言往昔惟衛佛泥洹後有劫賊行劫所得過佛圖中欲盜神寺中物時佛前燈火欲滅闇無所見賊以箭正燈炷使明燈明見佛威光曜目歘然毛竪心自念言衆人尚持寶物求福我云何盜取乎即便捨去九十一劫諸惡漸滅福祐日增爾時賊者阿那律是緣正燈福恒生善處值遇見佛出家得道徹視第一何況至心割所珍愛然燈佛前福難量也出譬喻經第二卷

阿那律前生貧窮施緣覺食七生得道第十四

佛在鹿野苑中阿那律語諸比丘我念過去在此波羅柰爲貧窮人客作荷擔以自存活時世穀貴飢餓多有終者乞食難得有辟支佛名拔栗吒亦依此住時辟支佛早起乞食時我早起出欲荷擔見辟支佛我荷擔還又復見之便作是念是人早起時我見之今又見出必未得食便隨我後至于我家即作此念意欲請之即便分食持至其所到已語辟支佛言仙人此是我分當慈愍我故納此食時辟支佛以鉢受半汝自食半可爲俱足答言仙人我有家居得隨時食汝仙人見慈盡受此施此辟支佛以慈愍故而盡受之我因

此施七生天上得爲天王七生人間亦爲人王今生釋種財富無量棄此出家學道得證

出中阿含經第十二卷

阿那律等共化跋提長者及姊第十五

阿那律大迦葉目連賓頭盧共議令王舍城有不信樂佛法僧者我等當共令其信樂作是議已遍觀遠近唯見跋提長者及其姊不信三寶上三聲聞言能化跋提時彼長者作七重門有三部伎若欲食時七門皆閉一食作一部伎阿那律於其食時在其前乞長者問言從何處入答從門入即問守門門閉如故不見人入長者便以一片麻餅著其鉢中得已即去於後食時迦葉復乞亦復如此得一片魚著其鉢中其婦問言意謂比丘不能得而來乞耶答曰如是婦言前來比丘名阿那律釋種之子捨三時殿五欲之樂出家學道後來比丘是畢波羅延摩納大姓之子捨九百九十田宅犂牛出家學道愍念君故來乞食耳長者聞已内懷敬伏於是目連飛空說法示教利喜即於座上遠塵離垢得法眼淨見法得果即受歸戒上三聲聞語賓頭盧我等今者已化跋提令其信法汝今宜行次化其姊時賓頭盧晨朝持鉢往到其舍時長者姊手自作餅忽見來乞便語之言決不與汝一心視鉢欲以何爲賓頭盧便身中烟出復語言舉身烟出亦不與汝賓頭盧便舉身火然復語言舉身火然亦不與汝賓頭盧便飛騰虛空復語言飛騰虛空亦不與汝賓頭盧便倒懸空中復語言倒懸空中亦不與汝賓頭盧作是念世尊不聽我等强從人乞便

自出去去王舍城不遠有大石賓頭盧坐其上合石飛入王舍城城中人見皆大怖懼恐石落地莫不馳走至長者姊上便住不去彼見是已即大恐怖白言願施我命反石於先我當與食賓頭盧便持石還著故處至其前住長者姊作是念我不能以大餅施之當更作小者與之便作小丸輒反成大如是三反轉大於前乃作念言我欲作小皆反成大我今便可趣與一餅即以一餅而授與之諸餅相連并至餅器以手捉器手亦著之便語賓頭盧言汝若須餅盡以相與令與不惜何須我爲而令我手著答言我不須餅亦不須器亦不須汝我等四人共議度汝及弟二人已化汝弟我應度汝所以爾耳問言今欲令我何所施作答言姊妹可戴此餅隨我施佛及千二百五十比丘皆悉飽滿猶故不盡持往白佛我此少餅供佛及僧皆悉飽滿猶故不盡今當持此著於何處佛言可著無生草地若無蟲水中彼女人便持著無蟲水中水沸作聲如以熱鐵投于小水便生恐怖還至佛所佛爲說法得法眼淨即受歸戒如弟無異諸長老等以是白佛佛即訶責告諸比丘從今不得復現神足出彌沙塞律第三十卷

經律異相卷第十三

音釋

鞞駢迷切　娠失人切妊也　憒古對切亂也　嚙倪結切噬也　緻直利切密也　瓨卜江切長頸罌也　盪徒黨切滌器也　杙與職切橜也　匃古大切乞也　刎亡粉切割也　篅市緣切耑同囤也　邃雖遂切深遠也

經律異相卷第十四

梁沙門僧旻寶唱等奉　勑撰

聲聞無學僧部第十二之二

舍利弗退大乘而向小道第一

舍利弗於六十劫中行菩薩道欲渡布施河時有一人來乞其眼舍利弗言眼無所任何以索之若須我身及財物者當以相與答曰唯欲得眼舍利弗出一眼而與之乞者得眼唾而脚蹋舍利弗言如此等人難可度也不如自調早伏生死於是迴向小乘出大智論第十二卷

舍利弗從生及出家得道第二

南天竺有婆羅門名曰提舍爲大論議師其妻懷妊夢見一人身被甲胄手執金剛摧破諸山在山邊立提舍問之曰汝當生男摧伏諸論議師唯不如一人爲作弟子懷妊已後母大聰明甚能論議弟拘郗羅與姊言談每事屈滯知所懷子必大智慧捨家學問不暇剪爪時人呼爲長爪梵志姊生兒七日字曰優波提舍（出曜經云優波替）時人以母所生共爲之號名舍利弗年始八歲誦十八部經通解一切書籍時摩伽陀國有龍王兄弟一名吉利二名阿伽羅降雨以時國無荒年人民感之常以仲春之月一切大集至龍住處爲設大會作樂談義終此一晨自古及今斯集未替敷四高座一爲國王二爲太子三爲大臣四爲論士舍利弗八歲之身觀察時人神情矚向無勝已者便昇論座結跏趺坐衆人疑怪或謂愚小無知或謂智量過人雖復嘉其神異猶懷矜耻以其年小不自與語皆遣年少弟子傳言問之答酢流便辭理超絶時諸論師歎未曾有愚智大小一切皆伏王大歡喜即命有司封一聚落常以給之國內大小無不慶悅時吉占師子名拘律陀姓大目犍連舍利弗共爲親友舍利弗才明見貴目犍連豪爽致智才智相比行止必俱結要終始後俱猒世出家學道作梵志刪闍耶弟子問於師曰求道所得師答之曰自我求道彌歷年歲不知爲道果無耶我非其人耶而亦不得他日其師寢疾舍利弗在頭邊立大目連在足邊立喘喘然其將終乃慜爾而笑二人問

笑意師答之言世俗無明爲恩愛所侵我見金地國王死其大夫人自投火積求同一處而此二人行報各異生處殊絶是時二人筆受師語欲以驗其虚實後有金地商人遠來摩伽陀國二人以疏驗之果如師語乃憮然歎曰我等非其人耶爲是師隱我耶二人相與誓曰若先得甘露要畢同味佛度迦葉兄弟千人次遊王舍城時一比丘名阿説祁(五人之一)著衣持鉢入城乞食舍利弗見其容儀超異諸根靜默問曰汝師是誰耶答曰釋種太子猒老病死苦出家學道得無上菩提是我師也舍利弗言爲我説法汝師教授法答曰

我年既幼稚　學日又初淺　豈能宣至眞
如來廣大義

又曰略説其要答曰

諸法因緣生　是法因緣滅

舍利弗即得初道(出曜經云得無著果)還爲目連説亦得初道二師爲各與二百五十弟子俱到佛所佛遥見之指舍利弗是我弟子中智慧第一又指目連云神足第一令與其弟子大衆俱來白佛言我等願從佛法出家佛言善來比丘即時鬚髮自落法服著身衣鉢具足受成就戒過半月後聞佛爲長爪梵志説法即得阿羅漢道(出大智論第十一卷)

舍利弗請佛制戒第三

佛住舍衛城舍利弗請佛制戒諸比丘言云何未有過而求制戒佛言舍利弗不但今日未有過而請制戒其往昔時在一聚落人民居士未有過患亦嘗請我制諸刑罰時國名迦尸城名波羅柰國王名淨稱淨稱以法治

化布施持戒以道況愛人民致盛富樂豐實村里邑屋雞飛相接舉國相敬常作諸妓共相娛樂時有大臣名曰陶利多諸謀策白王言今日境内自然富樂人民相敬願王制立刑罰莫令樂極生過王曰卿諸大臣聰明有智多有朋黨不可卒制若一訶責或生釁咎王欲薄啓其意乃說偈言

縱力喜瞋怒　哀愍必治制　化民以正法
令心無忿蔽

大臣咸喜亦說偈言

最勝人中尊　調伏久住世　以道治蒼生
慈陰無極際

佛言淨稱者則我身是大臣者舍利弗是（出僧祇律第一卷）

舍利弗受灌園人浴令生天上第四

舍利弗夏盛熱時遊菴羅園一客作人汲井水灌樹於佛無有大信見舍利弗發小信心喚舍利弗言大德來脫衣樹下坐我以水澆不失溉灌兼相利益舍利弗脫衣受洗身得涼樂隨意遊行此客作人其夜命終即生忉利天上有大威力次釋提桓因便自念言我何因生此自觀宿命信心微薄因客作溉灌汲水洗浴舍利弗身我若信心淳厚知必有報故設浴具以爲供養自惟爲功雖少以遇良田獲報甚多即詣舍利弗所散華供養舍利弗因其清信之心爲說法要得須陀洹道（出雜藏經）

舍利弗化人蟒令生天上第五

昔舍衛國一旦兩血縱廣四十里王與羣臣咸大驚怖即召諸道術及知占候使推爲吉

凶占者對曰舊記有云雨血之災應生人蟒毒害之物宜推國内障別災禍王曰何以別知占師曰是爲人蟒難可別知試勑國中有新生小兒即皆悉送來以一空瓮使衆兒唾之中有一兒唾即成火燄當知此兒正是人蟒議曰此不可著人間即徙置閑隱無人之處國中有應死者可送與之人蟒吐毒殺人如是前後被毒所殺七萬二千人後有師子來出震吼之聲四千里内人物攝伏周流暴害莫能制御於是國王即募國中能却師子者與金千斤封一大縣無有應者衆臣白王唯當有人蟒能却勑使往喚人蟒人蟒逢見師子至往住其前毒氣吹師子即死國致清寧後時人蟒年老得病命將欲終佛愍其罪重一墮惡道無有出期告舍利弗汝往訓之使脱重殃舍利弗便忽住其前蟒大隆怒念曰吾尚未没爲人所易無所啓白徑來我前便放毒氣謂能害之舍利弗以慈慧攘却光顔舒懌一毛不動三放毒氣而不能害即知其尊意解善生更以慈心上下七返視舍利弗舍利弗便還精舍吸氣人蟒終于其日即天地大動極善能動天地極惡亦能動地時摩竭王即詣佛所稽首于地問世尊曰人蟒命終當趣何道佛言今生第一天上王聞佛語悵而更問佛言大罪之人何得生天佛言以見舍利弗慈心七返上下視之因是之福生第一天福盡當生第二天上至七返以後當得辟支佛而般泥洹王白佛言七萬二千人罪不復償耶佛言末後作辟支佛時身當如紫磨黃金時當在道邊樹下坐定意時當

有大軍衆七萬餘人遇見辟支佛謂是金人即取斫破各各分之肉隨手中視之是肉皆還聚置而去因是般泥洹今世之罪乃爾薄償便畢佛告王遇善知識者山積之罪可得消滅亦可得道（出譬喻經第九卷）

舍利弗入金剛定爲鬼所打不能毀傷第六

佛在羅閱城迦蘭陀竹園時尊者舍利弗在耆闍崛山中入金剛三昧（雜阿含云新剃鬚髮）是時有二鬼一名伽羅二名優婆伽羅毗沙門天王使遣至毗留勒天王所欲論人天之事是時二鬼從彼虛空而過遥見舍利弗結跏趺坐繫念在前意寂然定伽羅鬼語彼鬼言我今堪任以拳打此沙門頭優婆伽羅鬼語第二鬼曰汝勿興此意打沙門頭所以然者此沙門極有神德有大威力世尊弟子中聰明智慧最爲第一備於長夜受苦無量是時彼鬼再三曰我能堪任打此沙門頭優婆伽羅鬼報曰汝今不隨我語者汝便住此吾捨汝去此惡鬼曰汝畏沙門乎優婆伽羅曰我實畏之設汝以手打此沙門者地當分爲二分當暴風疾雨地亦震動諸天驚怖四天王已知我等不安其所是時惡鬼曰我今堪任辱此沙門善鬼聞已便捨而去時彼惡鬼即打舍利弗頭是時天地大動四面暴風疾雨尋時來至分爲二分惡鬼全身墮地獄中（雜阿含云舍利弗言嬈我責我伽吒鬼陷地獄中）舍利弗從三昧起整衣服往詣竹園至世尊所頭面禮足在一面坐時佛告舍利弗曰汝今身體無疾病乎舍利弗言體素無患唯苦頭痛世尊告曰有伽羅鬼手打汝頭若當彼鬼以手打須彌山者山便

爲二分所以然者彼鬼有大力令此鬼受其罪報故全身入阿鼻獄中爾時世尊告諸比丘甚奇甚特金剛三昧力乃至於斯由此三昧無所傷害正使須彌山打頭者終不能動其毛所以然者比丘聽之於此賢劫中有佛名拘樓孫彼佛有二大聲聞一名等壽二名大智等壽神足第一大智智慧第一如我今日舍利弗智慧第一目揵連神足第一時等壽大智二比丘俱得金剛三昧等壽一時在閑靜處入於寂定時牧牛羊人取薪草人見各相謂言此沙門今取無常即共集草木薪積其身上以火焚燒捨之而去是時等壽尋從定起正衣服入村乞食諸取薪人還見比丘各相謂言此比丘昨日命終我等以火焚燒今日還活今當立字字號還活若比丘得金剛三昧者入水火刀劒不能中傷金剛三昧威德如是今舍利弗得此三昧多遊二處空空三昧金剛三昧出增一阿含經第三十卷

舍利弗性慜難求第七

舍利弗等受六羣比丘尼請設多美飲食下座及沙彌與六十日稻飯胡麻滓合菜羮佛問羅睺羅僧飲食飽足不具荅又問有誰上座又荅和上舍利弗佛言舍利弗食不淨食舍利弗吐去所食誓盡形壽斷受外請常行乞食諸大貴人後欲設僧飯願得舍利弗白佛乞勑舍利弗還受外請佛言莫求其性惡慜其過去時有一國王爲毒蛇所螫能治毒師竹舍伽羅呪收毒蛇來先作火聚語蛇言汝寧入火寧還噏毒蛇思惟我已唾竟乃投身火中毒蛇即舍利弗也出十誦律序下卷又出彌沙塞律第

（三十一卷又出僧祇律第四十卷）

舍利弗先佛涅槃第八

佛告阿難得四神足者能住壽一劫如來今者當壽幾許如是至三阿難爲魔所迷默然不對又告阿難汝可起去靜處思惟即起至林中時魔波旬來至佛所白言世尊處世教化度人周訖蒙脫生死數如恒沙時年又老可入涅槃即告魔言却後三月當般涅槃波旬聞說歡喜而去阿難睡夢見有大樹普覆虛空一切羣萌靡不蒙賴旋風卒起吹激其樹滅於力士所住之地一切羣生莫不悲悼阿難驚覺怖不自寧思惟所夢將無世尊欲般涅槃來至佛所而白佛言我向所夢如斯之事將無世尊欲般涅槃佛告阿難如汝所言吾後三月當般涅槃我向問汝若有得四神足者能住壽一劫吾四神足極能修善如是滿三而汝不對魔來勸我當取涅槃吾以許之阿難悲慟不能自持其諸弟子展轉相語各懷悲仰來至佛所誰得常存我爲汝等應作已作應說已說汝等但當勤修精進何爲憂慼舍利弗聞佛涅槃深懷歎慼不忍見世尊而取滅度今欲在前而入涅槃唯願世尊當見聽許如是至三世尊告曰宜知是時一切賢聖皆當寂滅舍利弗即整衣服三業供養却行而去將沙彌均提詣羅閱祇至本生城即勑均提汝往入城及至聚落告國王大臣舊故知識諸檀越輩來共取別均提宣告和尚舍利弗將般涅槃諸欲見者宜可特往阿闍世王及諸四輩各自馳奔舍利弗如是種種廣爲諸人隨病設藥衆會有得初果

乃至三果或有出家成阿羅漢者復有誓心求佛道者聞説法已作禮而去於後夜分正身正意繫心在前入於初禪從初禪起入第二禪如是次第入滅盡定從滅定起而般涅槃時天帝釋與多天衆來至其所讚歎供養帝釋又勑毗首羯磨合集衆寶莊校高車送平博地勑諸夜叉往大海邊取牛頭栴檀積爲大積安身在上酥油灌之放火闍維火滅之後均提拾取舍利盛著鉢中攝其三衣擔至佛所阿難悲悼言法輪大將已取涅槃我何憑怙佛曰其雖滅度五分法身亦不滅也舍利弗過去世時亦不堪忍見於我死而先我前死阿難白佛不審往昔先前取死其事云何佛告阿難過去久遠不思議劫此閻浮提有一國王名旃陀婆羅鞞（梁言月光）王有二萬夫人婇女其第一夫人名須摩檀（梁言華施）一萬大臣其第一者名摩旃陀（梁言大月）王有五百太子最大太子名曰尸羅跋陀（梁言戒賢）王所住城名跋陀耆婆（梁言賢壽）其城縱廣四百由旬四面周帀凡有百二十門設大檀施隨衆所須盡給與之并復告下八萬四千諸小國土悉令開藏給施一切衆臣如教即竪金幢擊於金鼓廣布宣令膽王慈詔遠近内外咸令聞知於時國内沙門婆羅門貧窮孤老有乏短者强弱相扶集如雲雨稱意與之閻浮提民蒙王恩澤有一小國其王名曰毗摩斯那聞月光王美稱高大心懷嫉妬寢不安席即自思惟月光不除我名不出當設方便請諸道士募求諸人婆羅門言王有何憂當見示語王言彼月光王名德遠著一切承風我獨卑陋

無此美稱願得除之作何方便婆羅門言月光慈惠澤潤窮厄如民父母我等何心從此惡謀寧自殺身不能爲此即各罷散不顧供養時毗摩斯那益增愁憒即出廣募周遍宣令推能爲我得月光頭分國半治以女妻之爾時山脇有婆羅門名勞度差來應王募王甚歡喜重語之言苟能成辦不違信誓若能去者當以何日婆羅門曰辦我行道糧食所須至後七日便當發引時婆羅門作呪自護七日已滿便來辭王王給所須進路而去時月光國預有變怪八萬四千諸小國王皆夢大金幢卒折金鼓卒裂大月大臣夢鬼奪王金冠各懷愁憂不能自寧時城門神知婆羅門欲乞王頭遮不聽入時婆羅門遶城數帀不能得前首陀會天知月光王以此頭施於檀得滿便於夢中而悟王言汝誓布施不逆衆心乞者在門無由得前欲爲施主事所不然王覺愕然即勑大月汝往詣門勑勿遮人大月大臣往到城門時城門神即自現形白大月言有婆羅門從他國來懷挾惡心欲乞王頭是以不聽大臣答曰是爲大災然王有教理不得違當柰之何當作七寶頭各五百枚用貿易之即勑令作時婆羅門徑至殿下前高聲唱言我在遐方聞王功德一切布施不逆人意故涉遠來欲有所得王聞歡喜迎爲作禮問訊行道不疲極耶隨汝所願婆羅門言一切外物雖用布施非我所須我故遠來唯乞王頭若不幸逆當見施與王聞是語踊躍無量婆羅門言若施我頭何時當與王言却後七日當與汝頭爾時大臣擔七寶頭

來前語婆羅門言此王頭者骨肉血合不淨之物用索此爲今持爾所七寶之頭以用貿易汝可取之轉易足得終身之富婆羅門言我不用此欲得王頭全我所志時大月臣種種曉喻求不迴轉憤慖心裂七分而死王前敕詔臣下乘八千里象遍告諸國言月光大王却後七日當持其頭施婆羅門若欲來者速時馳詣爾時八萬四千諸王駱驛而至咸見大王腹拍王前閻浮提人賴王恩澤云何一旦爲一人故永捨衆庶更不矜憐唯願垂愍莫以頭施一萬大臣皆身投地腹拍王前唯見哀愍矜恤我等莫以頭施二萬夫人亦身投地仰白王言莫見忘捨唯垂蔭覆若以頭施我等何怙五百太子啼哭王前我等孩幼當何所歸願見愍念莫以頭施長養我等得及人倫於是大王告諸臣民夫人太子計我從本受身已來涉歷生死由來長久若在三塗截斷其頭死而復生如是無數亦無福報若生人間諍於財色爲貪恚癡恒殺多身未曾爲福而捨此命今我此身種種不淨會當捐棄不能得久捨此穢頭用貿大利何得不與我持此頭施婆羅門以是功德誓求佛道度汝等苦今我施心垂欲成滿愼莫遮我無上道意一切諸王臣民夫人太子聞王語已默然無言爾時大王語婆羅門欲取頭者今正是時婆羅門言今王臣民大衆圍遶我獨一身力勢單弱不堪此中而斫王頭欲與我者當至王後園爾時大王告諸小王太子臣民汝等若必愛敬我者愼勿傷害此婆羅門作此語已共婆羅門入於後園時婆羅門

又語王言汝身盛壯力士之力若遭斫痛儻復還悔取汝頭髮繫在樹爾乃能斫時王用語語婆羅門汝斫我頭隨我手中然後取去今以頭施用求無上正眞之道誓濟羣生時婆羅門舉手欲斫樹神見此甚大懊惱如此之人云何欲殺卽以手搏婆羅門耳其頭反向手脚繚戾失刀在地不能動摇爾時大王仰語樹神我過去已來於此樹下曾以九百九十九頭以用布施今捨此頭便當滿千捨此頭已於檀便具汝莫遮我無上道心爾時樹神聞王是語使婆羅門平復如故時婆羅門便從地起還更取刀便斫王頭頭隨手中爾時天地六反震動諸天宮殿掉動不安各懷恐怖恠其所以尋見菩薩爲一切故捨頭布施皆悉來下感其奇特悲淚如雨因共讚言月光大王以頭布施於檀波羅蜜今已得滿音聲普遍彼毗摩羨王聞此語已喜踊驚愕心擘裂死時婆羅門擔王頭去諸王臣民夫人太子已見王頭自投于地同聲悲叫絕而復穌時婆羅門嫌王頭臭卽便擲地脚踏而去或復有人語婆羅門汝之酷毒劇甚乃爾旣不中用何爲乃索時婆羅門進道而去人見便責無給食者飢餓萎悴困切極理道中有人因問消息知毗摩羨王已復命終失於所望及勞度差命終皆墮阿鼻泥犁其餘臣民思念王恩感結死者皆得生天如是阿難欲知爾時月光王者今我身是毗摩羨王今波旬是時大月大臣今舍利弗是當於爾時不忍見我死而先我前死乃至今日不忍見我入於涅槃而先滅度賢愚經第五卷方便佛報恩經

舍利弗目連捔現神力第九（大同小異）

佛在舍衛城祇樹給孤獨園時世尊於十五日說戒時諸比丘僧及五百比丘衆（大智論五百大羅漢）從祇洹没詣阿耨達池時阿耨達龍王至世尊所頭面禮足在一面坐觀如來顏色及諸比丘即白佛言觀此衆中皆空無所有舍利弗比丘今無此座佛告目連言汝速往至舍利弗所以我聲告目連承教往舍衛城謂舍利弗言佛呼汝來阿耨達龍王欲得相見舍利弗自解祇支帶著目連前謂目連曰汝有神足舉此衣帶結閻浮提樹目連執帶不能移動盡力欲舉地皆大動舍利弗便從目連著弗于逮又以纏須彌山目連便舉動須彌山舍利弗復以此帶纏如來座目連遂不能動捨帶還龍王所遥見舍利弗巳在前至結跏趺坐直身正意繫念在前至世尊所頭面禮足白言我不失神足耶何以故我從祇洹前没不現後至此池舍利弗後没不現先至在座世尊常說我第一云何後至佛曰不退舍利弗比丘有大智慧還舍衛城衆亦生疑佛告目連衆多比丘無恭敬心於汝言舍利弗神足勝汝可於此衆中現其威力對曰承教即於座起住須彌山頂以一足蹈須彌山頂舉一足著梵天上蹴須彌山使地六反震動時以梵音而說此偈

當速求方便　於此佛法衆　當除生死患
如象食竹葉　若於此佛法　修諸無欲業
巳除諸塵勞　亦盡苦源本

時諸比丘歎未曾有大目揵連說此偈時六

十比丘因此漏盡（出增一阿含經第二十七卷）

目連使阿耆河水漲化作寶橋渡佛第十

舍衛城人勸化大會飯九十六種出家人復請波斯匿王及太子羣臣諸聚落主宿舊長者及薩薄等先一日集阿耆河岸上前至爲上座目連使河水暴漲泡沫彌岸諸外道等競縛箄筏適欲先渡取第一座而水激急洄澓漂還竟夜疲苦箄筏破散没溺寒凍上於岸邊向日而蹲時祇洹精舍有人請僧佛住待時有年少比丘言世尊出晚恐外道得上座去佛知時到與諸大衆威儀庠序俱詣河上諸外道言我等不能得渡此諸沙門當作何討目連化作寶橋種種嚴飾花香妓樂諸外道見各作是言沙門來遲我等先渡蹈橋墮水身服濡濕軍伏隨流佛以神力令無死者佛與比丘儼然而進次第庠序隨進步處寶橋即滅目連攝其神力河還如故使諸外道皆悉得進佛說偈言

先得至此岸　已渡生死海　疾流不能漂
是名正智者（出僧祇律第六卷）

目連爲母造盆第十一

目連始得道欲度父母報乳哺恩見其亡母生餓鬼中不見飲食皮骨相連目連悲哀即鉢盛飯往餉其母母得鉢飯食未入口化成火炭目連馳還具陳此事佛言汝母罪根深結非汝一人力所柰何當須衆僧威神之力乃得解脱可以七月十五日爲七世父母厄難中者具飯五果汲灌盆器香油錠燭床褥卧具盡世甘美供養衆僧其日衆聖六通聲聞縁覺菩薩示現比丘在大衆中皆同一心

受鉢和羅具清淨戒其有供養此等僧者七世父母五種親屬得出三塗應時解脱衣食自然佛勑衆僧皆爲施主家七世父母行禪定意然後食供（出盂蘭經）

目連爲魔所嬈第十二

目連夜行弊魔化作撤影入目連腹中目連自念吾腹何故雷鳴如飢負擔入定觀見即謂之曰弊魔且出莫嬈如來及其弟子魔即恐懼所化撤影出住身前（出弊魔試目連經）

目連勸弟施并示報處第十三

目連有同産弟饒財多寶庫藏盈滿儀從奴婢不可稱計目連告弟曰聞卿慳嫉不好惠施佛常顯説夫人惠施獲報無數弟聞兄教開藏惠施更新立庫欲受其報未經旬日財寶竭盡故藏悉空新藏無報其心懊惱向兄説曰前見告勑施獲大報不敢違教竭藏惠施當來過去諸貧窮者靡不周遍寶貨竭盡新藏無報將無爲兄所疑誤乎目連曰止止莫陳此語無使異學邪見之士聞此麤言若使福德當有形者虚空境界所不容受吾今權且示汝微報若欲見者從隨我來目連以神足力手接其弟至第六天彼有宫殿七寶合成前後浴池香風遠布庫藏盈滿不可稱計玉女營從數千萬衆純女無男亦無夫主弟問目連是何宫殿巍巍乃爾不見有男純是女人目連告弟汝自往問曰是何宫殿天女報曰閻浮利内迦毗國釋迦文佛神足弟子名曰目連有弟大富好喜惠施周窮濟乏命終之後當來生此與我等作夫其人聞喜善心生焉還至兄所大懷慚愧頭面懺悔還

至世間廣施不倦出目連弟布施望即報經

目連伏菩薩慢第十四

目連承佛聖旨西方有一世界名光明幡佛名光明王現在說法目連到彼聽佛語詞其身長四十里諸菩薩身長二十里其諸菩薩所食鉢器其高一里目連行鉢際上時諸菩薩白世尊曰唯然大聖此蟲何從來被沙門服行鉢際上於時彼佛言諸族姓子愼勿發心輕慢此賢所以者何今斯少年名大目連是釋迦文佛聲聞弟子中神足第一時光明王佛告大目連吾土菩薩及諸聲聞見卿身小咸發輕慢仁當顯神足力承釋迦文威德目連稽首足下右遶七帀却在佛前白言今欲跏趺此地容不佛曰如意所樂時大目連踊在虛空億百千仞在彼寶域變作一床跏趺而坐從其床坐垂衆寶珠億百千垓一一珠瓔出百千光一一光明各有蓮華一切蓮華現釋迦文身坐蓮華上其所言說如釋迦文音響清淨班宣經典等無有異目連顯神足已復住佛前時諸菩薩歎未曾有白佛言是目連以何等故詣此世界世尊告曰欲試釋迦文佛音響所徹遠近故到此土時光明王佛告大目連仁者不宜試如來音響如來音響無限無遠無近廣遠無量不可爲喻時大目連自投足下攺懺悔過唯然世尊我身不敏佛音無量而橫生心欲知其限其光明王告大目連曰汝雖遠來到此佛土復白佛言甚遠天中天身勞極不能復還至其本土世尊告曰云何以汝神力到此世界故是世尊釋迦文佛威德所立當遙自歸稽首作禮

於釋迦文佛自當得至假使卿身以已神足欲還本國一劫不至目連右膝著地向於東方釋迦文佛所叉手自歸屈伸臂頃即時得至出蜜迹金剛力士經第三卷

目連以神力降化梵志第十五

佛告目連有一大國去斯八千處在邊境不覩三尊習於顛倒王及臣民奉事梵志有五百人並得五通能移山駐流分身變化國有大山塞民徑路舉國患之王向梵志說梵志等即繞山坐各一其心以道定力山起欲移佛告目連汝往彼國現神通化濟度梵志及國君民令遠三塗永處福堂目連放光遏絶日月懸處空虛當其山巔山爲不動梵志驚曰此山已起誰抑之乎日無精光此將有以中有明者覩衆弟子誰穢濁者令山不移仰頭覩見覩一沙門當其山上梵志僉曰正是瞿曇弟子所爲梵志呼曰王令吾等爲民除患汝抑之爲目連答曰吾自懸虛誰抑汝山梵志三盡道力欲令山移山又三下遂成平地梵志顧相謂曰夫有明達道德深者則吾師也咸興正服稽首敬白願爲弟子示吾極靈目連曰汝等欲去冥就明者善吾有尊師號曰無上正眞天中之天爲一切智汝等皆往到佛所諸梵志曰佛之道化寧踰於師乎目連答曰佛德如須彌吾等似芥子汝等壽吾後即至佛前具陳其情内外清淨唯願世尊蕩其微垢令成眞淨梵志見佛心開意解皆作沙門出佛說志心經

目連化諸鬼神自說先惡第十六

昔目連至雪山中化諸鬼神及龍閱叉阿須

倫犍陀羅等時有一犍陀羅神居七寶宮與衆超絶身形端正聰明殊特然人身狗頭目連怔問何以乃爾答曰吾維衛佛時大富長者也喜飯比丘梵志供給貧乏爲人急性弊惡麤言罵詈直出不避老少飲食人客小不可意便云不如以食餧狗以是之故狗頭人身好施供養受此福堂出諸經要事

目連現二神足力降二龍王第十七

佛命長者阿那邠坻當行布施即起長跪叉手白佛願佛衆僧明日降神到舍欲設麤飯佛黙然受佛告諸比丘明早當上天投日中下會邠坻舍飯佛以明旦與諸比丘如彈指頃即昇虛空時有羅漢名曰私檀即正衣服於虛空中白佛言我數上天未曾闇冥如今佛言有兩龍王大瞋吐霧是故冥闇復有羅漢名曰受彼即白佛言余欲止之佛言龍大有威神汝往必當與惡吐水没殺人民蠕動之類目連白佛我欲往諫佛言大善目連即到龍所龍見目連即口出煙須臾出火圍目連一重目連以道意亦化出火圍龍三重復變身入龍目中左入右出右入左出如是次第從耳鼻入出或飛入其口龍謂目連在其腹中矣目連復變身圍遶龍十四重以身勑兩龍龍大恐怖尾扇海水動須彌山佛遥告目連此龍尚能吐水没殺天下汝且愼之目連白佛我有四禪神足常信行之我能取是須彌山及兩龍著掌中挑擲他方又能以手撮磨須彌山令碎如塵令諸天人無覺知者兩龍聞之即便降伏目連還復沙門龍化爲人稽首作禮悔過目連愚迷狂惑不識尊神

觸犯雲霧乞哀原罪雨龍懺悔前受五戒稽首佛足作禮而去（出降龍經）

目連遷無熱池現金翅鳥第十八

時阿耨達與其眷屬三月請佛入無熱大池供養并諸神通果辦菩薩及弟子衆許其半月龍喜興雲震電降雨普遍天下忽然之頃還昇宫中召五百長子其名善芽善施等五百長子吾今以請平等正覺及衆菩薩諸弟子俱盡其半月汝等當同一心廣相勉勵加敬世尊勤念無常當各寂靜謙恪恭肅徃侍如來棄捐欲意及龍戲樂除貪怒害離色聲香味細滑所以者何世尊無欲安庠仁雅審諦調從承佛教誡汝等半月無得入宫除婬恚愚癡如來宣講法故必有他方神通菩薩釋梵持世宿淨天子當普來會汝等勤念廣施慎勿中懈令諸會衆觀變踊躍於雪山下無熱池中化無瑕瑠璃座縱廣七百由旬周帀列置八萬四千雜寶行樹諸堂之上有師子座八萬四千皆大高廣有龍采女各二千人其色姝妙姿媚無量口出熏香擎持雜華末香塗香調作諸妓以詠佛德興悅衆會於虛空中旛綵垂間寶鈴和鳴音踰諸樂施饌百味與其眷屬遥啓世尊佛與八萬四千菩薩皆大神通弟子二千亦上神足到無熱王宫目連承佛神旨遷無熱池現於虛空去地七丈化身色像若金翅鳥王住龍宫上便告王言如來至也龍衆驚怖毛竪四走藏竄龍王慰之曰且各安心勿恐此爲賢者大目連可作倡妓相應進迎正覺及諸弟子至無熱池設廣博場師子之座龍與其衆手自執斟

所設饌具踰世甘肥延有天味以用供養飯畢洗器竟佛爲說法一切會者各懷踴躍出弘道廣顯三昧經第一卷

目連三觀不中其心皆實第十九

佛住舍衛城時諸比丘集在一處共作是論善法講堂柱挂梁不目連言挂梁又有一無歲比丘言不挂即遣神足比丘往看還言不挂諸比丘語目連言汝不知何故言挂妄語不實應擯驅遣即集衆僧佛乘神足從空而來知而故問諸比丘汝作何等荅言目連乃至不挂言挂不實妄語欲作羯磨佛問無歲比丘汝云何知不挂荅言世尊我曾一時在善法講堂坐禪佛語目連汝何故不自看汝應審實目連心實而不犯戒出僧祇律第二十九卷

目連心實事虛第二十

人問目連是多浮池水從何處來目連荅言此水從阿耨達池中來諸比丘言阿耨達池其水甘美有八功德此水沸熱鹹苦何有此事目連汝空言過人法故作妄語應滅擯驅出以事問佛佛語諸比丘汝等莫說目連過罪何以故阿耨達龍住處去此極遠是水本有八功德甘美遥歷五百小地獄過是故鹹熱汝等若問目連是水何故鹹熱目連能隨相荅又一時大旱無雨目連入定見却後七日天當大雨滿諸溝坑城邑聚落悉聞此言皆大歡喜國中人民皆捨衆務覆屏蓋藏數到七日諸比丘語目連汝言七日天當大雨滿諸溝坑今風尚無何況雨耶汝空言過人法故妄語欲滅擯驅出佛聞是事語諸比丘目連見前不見後如來見前亦見後七日有

大雨下有羅睺阿脩羅王以手接去置大海中目連隨心想說是故無罪出十誦律十誦第四

經律異相卷第十四

音釋

蟒莫朗切大蛇也　憋并列切往急也　捔古岳切競也　酢在各切酬酢也　喘昌兖切疾息也　積資四切聚也　漑古代切灌也　欀汝羊切除也　懌羊益切悅也　滓側氏切柤也　螫施隻切蟲行毒也　噏許及切與吸同　騰徒登切鈔寫也　愕五各切驚愕也　挾胡頰切藏也　憤憾憤房吻切懣也憾胡感切恨也　駱慮各切駱驛御來不絕也　恤辛聿切矜恤怜愍也　擘博厄切鈲也　萎悴萎於爲切枯也悴秦醉切瘠也　蹴子六切逐也　簰蒲乖切筏也　洄澓洄戶恢切澓房六切洄澓水漩流也　濡汝朱切霑也　撤直列切　嬈而沼切與擾同　餧於偽切飼也　邠坻邠里口切坻直尼切　蠕乳兖切蟲動貌　恪苦各切謹也　竄七亂切藏匿也

經律異相卷第十五

梁沙門僧旻寶唱等奉　勅撰

聲聞無學僧部第十二之三

優波離為佛剃髮得入第四禪第一

佛在王舍城無敢為剃髮者唯有一童子名優波離為佛剃髮兒父母在佛前合掌立佛言其能剃髮但身太曲父母教兒小直又莫太直使出息不得麤大又言善能剃頭而身太直父母語言莫太直佛言善能剃髮而入息太麤父母語莫麤入息令佛不安又言善能剃髮而出息太麤父母語莫麤出息令佛不安時優波離入出息盡入第四禪佛告阿難言優波離已入第四禪汝取其刀阿難奉教阿難持故盛髮器收世尊髮佛言不應以故器盛時有瞿波離王子將軍征討來索佛鬚髮佛與王得不知所安佛言安金塔銀塔

雜寶塔中繒綵鉢肆耽嵐婆衣頭羅衣裏又云不知何持佛言象馬車乘若輦若轝若頭肩上擔時王子持世尊髮去所往征討得勝時彼王子還國起佛髮塔此是世尊在世時塔後諸比丘行亦用前物盛持佛言不應頭戴亦不應持塔往大小便處比丘爲恭敬故不敢共同塔宿置於別房佛言安高杙上或置頭邊（出四分律四分第三卷）

迦旃延教老母賣貧遂得生天第二

阿槃提國有一長者多財饒寶慳貪弊惡無有慈心時有一婢晨夜走使不得寧處小有違失便受鞭捶衣不蔽形食不充口年老困悴思死不得時適持瓶詣河取水思惟是苦舉聲大哭時迦旃延來至其所問言老母何以答言尊者我既年老恒執苦役加復貧困衣食不充思死不得迦旃延言汝若貧者何不賣貧母人言曰貧那可賣誰當買者迦旃延言貧實可賣如是至三女人言賣迦旃延言審欲賣者一隨我語答言唯諾告言汝先洗浴洗浴已畢告言汝當布施白言尊者我極貧困如今我身無毛許完納唯有此瓶是大家許當以何施即授鉢與汝持此鉢取少淨水如教取來奉迦旃延迦旃延受尋爲呪願次教受齋後教念佛種種功德即問汝有住止處不答言無也若其磨時即卧磨下舂炊作使隨卧是中或時無處止宿糞堆迦旃延言汝持心恭謹走使莫生嫌恨因伺大家一切卧竟密開其戶於戶曲內敷淨草坐思惟觀佛莫生惡念爾時老母奉而歸依如教施行於後夜中即便命終生忉利天大家令

人草索係脚曳置寒林有一天子與五百天女以爲眷屬福盡命終此老母人即代其處生天之法其利根者自知來緣其鈍根者但知受福樂爾時此女既生天中與五百天女娛樂受樂不知生緣時舍利弗在忉利天知此天子生天因緣問言天子汝因何福生此天中答言不知時舍利弗借其道眼觀見故身由迦旃延得生天上即將五百天子來至寒林散華燒香供養死屍光明照曜大家見之恠其所由告令遠近詣林觀看見諸天子供養此屍即問天曰此婢醜穢生存之時人猶惡見何故諸天而加供養彼時天子具說本末　出賢愚經第七卷

難陀得柰女接足内愧閑居得道第三

佛在鞞舍離時柰女嚴駕羽葆車詣如來所親覲問訊下車詣佛時難陀去佛不遠經行柰女便至難陀所以手接難陀足便作是語難陀我是柰女是時難陀即失精精汚其手柰女即以頂戴往世尊所白言世尊如此之人聽在衆次佛告柰女如是之人應在衆次所以然者難陀不久當成就無漏柰女默然不對而去柰女去不遠佛告阿難諸有比丘盡集講堂既已會竟佛告比丘我於比丘中悉觀察皆當具舍勒以覆内形如是諸比丘當作是學佛告難陀云何難陀汝乃作如是形狀難陀内愧白言善哉世尊願速與我說法使我聞法在閑靜處如實觀察以自娛樂佛告難陀汝觀此身隨其所行從頭至足髮毛爪齒若干不淨盈滿身中如實觀察爲是淨耶爲不淨耶當觀彼漏爲何處所爲從何

來是時難陀從佛受教禮足而去觀此身中從頭至足若干不淨諸所有處皆悉知彼由合會生我今當離則無欲意便說偈言

婬我知汝命　欲從思想生　我不思想汝
則汝而不有

是時難陀在一靜處閑居成阿羅漢（出增一阿含第三十九卷）

難陀有三十二相與佛相似第四

佛始得道身色光明相照大千人民天龍十方菩薩皆聽說法咸大歡喜隨其本行皆各得道佛弟難陀獨不從受反戾佛教而欲爲道有三十二相將數弟子著鉢眞越衣顏似佛有諸比丘未得道眼者遥見難陀便爲作禮佛告難陀自今以後不得復著眞越衣著皂袈裟所以者何汝反我戒受比丘禮當墮泥犂中（出十卷譬喻經第四卷）

畢陵伽婆蹉以神足化放牧女第五

畢陵伽婆蹉在王舍城日時將至次行乞食至一放牧家食其家女人啼即問女言何故啼耶答言閣黎今節會日衆人集戲我無衣裳獨不得去時尊者即化作種種衣服珠寶瓔珞金銀校飾與已便去衆人見之問言那得具說因緣聞達國王王即喚牧女及比丘來問尊者何處得此好金非世所有比丘即捉杖打壁扣床一切化成黃金作如是言首陀羅何處得金此即是也王言閣黎有大神足宜各還去（出僧祇律第二十九卷）

跋難陀爲二長老分物佛說其本緣第六

佛在憍薩羅國與多比丘安居諸白衣居士見多衆僧爲作房舍及衣佛後歲還祇洹安

居是處故有二長老比丘諸居士心念我等今歲布施使如去年令諸比丘得衣我得福不斷多持衣物施二長老作是念是衣物分多我等若分知得何罪竟不敢分跋難陀遊行諸處遍觀施物多少二長老遥見從座起迎與坐問訊跋難陀問衆僧安居有施物不答有問言分未答言未分何故長老答言是衣物多我人少若分不知得何罪跋難陀言汝未分者好二長老語跋難陀汝能分不答能跋難陀言此中應作羯磨不得直分時二長老盡持衣出著跋難陀前跋難陀分是衣作三分語言汝二人坐一聚邊自坐二聚間語言汝長老一心聽羯磨言汝等二人一聚衣名爲三我一人二聚衣名爲三是羯磨好不答言好持是衣裹縛欲擔去二長老言是聚衣我等未分云何便去跋難陀言我若與汝分者是中一好衣應與知法人然後當分答言與即持一上寶衣出著一邊分餘衣作二分與二長老跋難陀即裹縛多衣物擔負到祇洹諸比丘經行遥見跋難陀來自相謂言此無慙無愧有見聞疑罪多欲無厭人來漸漸近已問言跋難陀汝從何處得是多衣物來跋難陀廣說上事是中有比丘少欲知足行頭陀聞是事心嫌恨種種訶責云何名比丘故奪二長老物以事白佛佛亦種種訶責語諸比丘是跋難陀非但今世奪是二長老比丘物過去世河曲中有二獺在河中住河邊得一鯉魚無能分者二獺守住有野干來飲水見已問言阿舅汝作何等獺言外甥我等得此大魚不能分汝能爲我分不答言

能此應經書語分不得直爾分時野干即分魚作三分頭爲一分尾爲一分中間肥者作一分問言誰喜近岸行答言此是誰喜入深水行答言此是時野干言汝一心聽説經書言近岸行者與尾入深水行者與頭中間身分與知法者爾時野干口銜是大魚身歸去婦見問曰何處得答言有愚癡不知斷事間得諸比丘此二獺者即今二長老比丘是時野干者今跋難陀是（出十誦律善誦分第三僧祇律亦同）

迦留陀夷非時教化致喪其命第七

佛在舍衛國時長老迦留陀夷得阿羅漢道心念先在六羣比丘中於舍衛國污辱諸家我念當還令得清淨即便入國度九百九十九家若夫得道而婦不得若婦得道而夫不得道則不在數時舍衛城有婆羅門家應以聲聞得度迦留陀夷念言我復度此家者於舍衛城中足滿千室晨朝持鉢入城乞食到婆羅門舍主人不在其婦閉門煎麨迦留陀夷即入禪定起乃彈指婦即迴顧看門猶閉作是念此沙門從何處入此必貪麨故來我終不與若使眼脱我亦不與而以神力兩眼脱出復念出眼如椀我亦不與即以神力變眼如椀復念若倒立我前我亦不與即以神力於前倒立復念若死我亦不與復以神力入滅受想定心想皆滅無所覺知時婆羅門婦牽挽不動即大驚怖念是沙門常遊波斯匿王宫末利夫人之師若聞在我家死者我等大衰彼若活者我與一麨迦留陀夷便出於定婦即看麨先煎者好意惜不與更刮盆邊復作一小麨煎之轉勝以先者與適舉一

婬餘皆相著迦留陀夷言姊隨心與我幾許舉得四婬欲持與之迦留陀夷不受言我不須是婬若汝欲施者可以與祇洹中僧是婦先世已種善根即自思惟是比丘僧實不貪婬但愍我故而來乞耳即時婬筐詣祇洹中施諸衆僧與僧婬竟在迦留陀夷前坐時迦留陀夷觀其因緣爲説妙法即於座上遠塵離垢得法眼淨歸依三寶作優婆夷爾乃返舍時夫後還歸具以白夫我今已得須陀洹道君今可往是婆羅門即便往詣迦留陀夷爲説妙法得法眼淨爲優婆塞常盡財力供養闍黎乃至身死猶命其子如先無異其子奉命供養如法子婦於後在機上織遇見賊主年少端正婦便喚婢語之使來共相娛樂時迦留陀夷往其舍食爲婆羅門婦説婬欲過訶破戒罪婦即生疑恐知此事或向夫説即作方便託疾請之迦留陀夷往爲説法若相留連乃至日没時迦留陀夷起到糞聚賊主以利刀而斷其頭埋著糞中至説戒日行籌長一更相諮訪佛言迦留陀夷已入涅槃夜過已晨朝佛與衆僧入舍衛城到糞聚所佛神力故死屍踊出在虚空中諸比丘取著床上持之出城以火燒身起塔供養波斯匿王聞迦留陀夷其婆羅門家死即滅七世左右十家皆奪財物捕取五百賊悉截手足著祇洹塹中諸比丘乞食得聞是事具以白佛佛言此過皆由非時入於聚落出十誦律三誦卷第四

阿難與佛先世爲善友第八

佛遊波羅柰國住樹下坐欣然而笑五色光出阿難跪問佛言昔迦葉佛時此處有精舍

精舍中有二萬沙門迦葉佛常說正法阿難即施繩床跪勸曰願尊就坐斯地有福乃致兩佛佛就坐畢舉手指曰彼有大縣其名維陵時有陶家名曰歡豫爲子慈愛數詣佛所禀佛清化雖爲陶家未嘗墾土懼害蟲豸唯取崩岸鼠壤之土和之爲器以貿五穀多少在彼未嘗諍價以供養老親親老羸之已且失明歡豫仁孝難齊迦葉佛晨起攝衣持鉢入城到歡豫家問其親曰孝子安之對曰佛弟子小出耳家有好飯豆羹佛以鉢受却坐飯畢即去子歸覲羹飯有減曰誰取此飯者親曰天中天屬來顧爾自取羹飯飯畢即去歡豫悵然悲喜交集曰佛爲如來無所著至眞等正覺道法御天人師諸天帝王肅虔供饌常恐不致世尊吾居厮賤食又不腆但愍吾厮賤故自取耳悲喜交集稽首于地追惟佛恩弘普乃爾喜以忘飢十有五日親助之歡喜忘飢七日却後日餘佛復至其家子又不在佛復取羹飯飯畢即去子尋還歸親又如事說之歡豫并親重喜忘飢日數如前其時龍雨日夜不休精舍毀漏佛告諸沙門歡豫新爲居屋汝等往撤其瓦來以護精舍諸沙門往子又不在親曰何人撤吾屋乎沙門對曰佛精舍漏使吾等撤斯屋以補精舍親曰善哉吾子德重乃致於茲乎歡喜稽首曰願益取之吾福無量沙門適去子歸覲之曰誰撤屋者乎親曰佛精舍漏遣沙門來取瓦補之歡豫所在向佛稽首于地尊慧無量帝王諸侯典七寶殿貢獻相給而佛不居取此麤瓦唯欲福我欣躍不食忘飢如前佛將五

百沙門前入王國王名脂維身自迎佛王下車却五威儀作禮問訊就坐聽經畢曰願天中天與諸沙門下顧薄食佛默可之供饌皆備遣使奉迎王自沃盥奉飯供養禮畢於佛前坐佛告王曰王宿奉三尊今受宿福得生人道去女爲男獲世上位夫王者之法當以聖人教令制御其心恕已育民妖言燒國之火也王其愼之王稽首受教王又留佛時三月七寶床机帷帳茵褥疾藥之供竭盡國珍佛未之許王心念曰供養之上孰勝吾者佛知王心有貢高意即謂王曰有勝王者其惠無量王曰願聞其名佛曰維陵縣有至孝之子其名歡豫奉佛三寶受吾明法恕已視彼等育群生清貞守眞手不持寶弃諸利刃賣器養親不諍其價忍辱慈惠以正道爲心以聖典爲樂不敢娶妻懼慠其親以爲不孝每至佛所側心聽法爲親陳喪明之苦不得覩佛言之流涕佛取其食撤其屋瓦舉門無怨喜以忘飢十有五日其爲至仁至孝德難具陳吾當周行教化天下不得就王請王有愠心與佛曰論功踰德彼仁清貞信孝從難齊與居周旋未曾不孝仁德思親斯行難等非所能逮矣王曰善哉歡豫至孝爲佛所歎德稱之美乃至於兹吾當貢之助其養也迦葉佛說經竟遊行教化王遣使者重載五百乘車秔米麻油醍醐石蜜諸雜名寶謙辭致敬使者到曰天中天重歎賢者至孝普慈大王欣躍使吾致虔願納此貢以育于親并供養佛歡豫對曰大王慈惠助吾還宮具宣此意同縣梵志子名曰華結與共歡豫總角善友

累劫結親道化相成久而益厚共於渠水浴遥覩大樹歡豫指曰迦葉如來聖人在此須先謁拜佛道難忘吾敢冀矣歡豫惻然曰佛世難值猶優曇華或復累劫乃有一耳豈可失時牽衣自挽共至佛所歡豫稽首華結不拜揖讓而坐歡豫白佛言華結者與我總角善友邪迷未悟願滅其癡迦葉如來應病説法心即開解敬信三寶二人歡喜稽首俱退華結尋路曰世幸有佛家爲穢蔽汝不作沙門爲乎對曰吾親年在西垂又俱喪明恃吾爲命故不出家耳華結曰吾當爲沙門矣歡豫即如事啓佛即授具戒億歳以後生第四兜術天上從天一下自致成佛佛告諸比丘時華結者我身是也歡豫者阿難是阿難爲吾良友力牽吾至佛所聽經令吾得佛夫賢友之喻乃萬福之基現世免王者之牢獄死則杜塞三塗之門戸昇天得道皆賢友之助矣出歡豫經

阿難奉佛勅受持經典供給左右第九

佛告文殊我成佛來過三十年今此衆中誰能爲我受持十二部經供給左右所須之事使不傾失自身善利五百羅漢皆云我能佛言不了目連觀見如來心在阿難目連累勸阿難阿難曰穢弱不堪奉給若佛與我三願者當從僧命一者如來設賜故衣聽我不受二者設受檀越别請聽我不從三者聽我出入無有時節文殊言善哉預見譏嫌阿難事我二十餘年具八種不可思議一者不受别請食二者不受陳衣服三者來不非時四者始具煩惱隨我出入諸王豪貴家見諸女人

不生欲心五者說十二部經一經於耳曾不再問如瀉一瓶置於一瓶六者知他心智如佛入定七者未得願智而能了知現得四果有後得者八者秘密之言悉能了知是故我常稱其多聞阿難具足八法堪能受持十二部經一者信根堅固二者其心精進三者身無病苦四者常勤精進五者具足念心六者心無憍慢七者成能定意八者具從聞生智出菩薩從兜率天下經賢愚經云阿難昔爲長者釋迦爲沙彌師課誦經乞食故功程不止長者愍之仍給飲食由是奉侍左右

阿難七夢佛爲解說第十

佛在祇樹阿難於異處夢見七事尋驚毛竪我昨夜夢凡見七事一者川流河海悉皆火然二者日將欲没閻浮提冥自見我身頂戴須彌三者比丘宛轉在于溷中又見一人登比丘頭度出淨地四者見有比丘法衣不具但結袈裟手捉炬火樂入邪徑見處荊棘中裂破衣裳五者見栴檀樹甚大茂好豬從穢出揩栴檀樹六者見三品象子鼻觸齦齧搪揬大象踏踐好草攪濁清水大象患之避逃而去至大清水好草之中象子遨戲都不覺知故在本處水草乏絕飢渴苦極咬齧樹木遂皆餓死七者見死師子王名曰企薩頭生白毛如繫縛飾飛鳥百獸不敢摩近師子內身自有虫出還食其肉因此夢緣故晨詣佛佛言夢水中火然者當來比丘違犯佛教是非違戒因得供養復起爭鬪夢日將欲冥頂戴須彌山者世尊却至九十日當般泥洹後衆比丘天龍人民當從阿難啓受經教夢見比丘身著法衣不如常制但結袈裟宛轉溷

中有人登頭出住淨地者佛泥洹後法向欲盡當有比丘大會說經持佛深法而不奉行結近白衣尋隨財色居士諫呵而不信從比丘受殃居士得福夢見比丘結被袈裟手持炬火樂入邪徑處荆棘中破裂衣裳者佛泥洹後當有比丘無有法衣著俗人服但一袈裟結以絡腋棄戒樂俗畜妻養子分衞供給有則歡樂無則愁苦夢栴檀樹甚大茂好豬從穢中出揩突樹者佛泥洹後當有比丘不承用法飲酒迷亂食無期度有明智士善意曉喻更興誹謗并罵羅漢夢三品象子饞突大象踏踐好草攪濁清水大象患之避逃而去往至清水美草之間小象遨戲都不覺知水草乏絶遂便飢死者佛泥洹後當有長老明經比丘教誡年少示其罪福不肯從受死墮地獄見死師子王名曰企薩頭生白毛如繫縛飾飛蟲鳥獸不敢侵食身肉出虫還噉其肉者佛在世間廣說經法佛泥洹後無有外道能壞此法但由弟子當自壞我法汝之所夢但為將來現斯恠耳出七夢十善經

阿難為旃陀羅母呪力所攝第十一

阿難行路中道焦渴有旃陀羅女名鉢吉蹄汲水阿難詣從乞水女報阿難我是摩鄧伽種阿難言我不問是義但施我水女曰君母種成就沙門瞿曇第一弟子波斯匿王所敬末利夫人阿闍梨我是下賤不敢持水相與阿難又言我不問是但水見與女許時女先掬水澆阿難足復掬水澆阿難手便生婬意阿難飲已便去鉢吉蹄還白父母言阿母願以沙門阿難為壻母言其轉輪王子刹利釋

種聖師貴族天人宗奉我小家種云何得爲夫女言不得者會當飲毒以刀自刺若自絞死母曰有摩鄧伽神語符呪能移日月以墮著地亦能呪因帝梵天使下況不能得沙門阿難使來若已死若生不能娙若瞿曇所護者我不能得除此皆可得耳女便起澡浴莊嚴身體著白服飾敷諸卧具遥相想望母以牛屎塗地以五色線結縷盛滿四瓶水盛滿四椀麨漿以四口大刀竪牛屎四角頭四箭然八明燈取四死人髑髏種種香塗其上以華布地捉熨斗燒香繞三帀向東方跪而誦摩鄧伽呪術時阿難在祇洹林意便恍惚爲呪所縛如魚象被鉤隨呪術至旃陀羅家母便語女阿難以至時女前抱阿難坐著床上牽掣衣裳捻挃阿難譬如力人手捉長毛小羊從其人手阿難見十方盡闇冥譬如日月爲羅祜所猒阿難有大人力當十大力士力而不能得動阿難以聖道諦力念還得悟我今困厄世尊大慈寧不愍我佛即知之便誦佛語云

佛者最極尊於世間　諦無有能過佛之前
佛者最極尊於人天　諦諸法之王無上田
法者最極尊於世間　諦無有能過法之前
法者最極尊於人天　諦斷諸縛結永息田
僧者最極尊於世間　諦無有能過僧之前
僧者最極尊於人天　諦美福第一無上田

阿難以此實義於旃陀羅舍得解誦偈通適竟旃陀羅家內所設呪具刀箭碎折瓶甕迸破壞燈滅髑髏迸碎黑風起展轉不相見旃陀羅呪術不行母便告女此必瞿曇沙門神

力所爲衆物碎散呪術不行阿難念言世尊恩力也阿難得解如大象王盛年六十醉暴凶惡身大牙長從鐵靽得解從城走向空閑處阿難亦爾世尊誦佛語從旃陀羅舍得解還向祇洹時此女人逐阿難至祇洹門並作是語阿難是我夫阿難是我夫逐阿難後不離須臾阿難具以白佛佛曰我於諸法中不見幻惑如此女人以婬繫意阿難平旦著衣持鉢入舍衛城分衛而此女人亦逐其後語諸長者阿難是我夫阿難是我夫阿難還至佛所又前白佛佛曰汝往共語如姊妹相向何以故此女人應當作比丘尼女白佛言唯願世尊還我夫壻佛曰若須阿難者於我法中作比丘尼當以相與女人歡喜女還奉辭父母歡喜本植善根各應得道父母及女同往詣佛世尊廣爲說法無數方便現諸法義柔軟義檀義尸義說婬不淨義增長生諸結根義出家義諸道品義又說四聖諦時此女人即在座上解四聖諦父母得阿那含道女得須陀洹道譬如純白氎衣易爲染色時父母歸佛歸法歸衆佛聽爲優婆塞向佛阿難悔其癡罪乞爲比丘尼得依世尊修行梵行佛告阿難將二比丘尼及此女人鉢拓鉢提瞿曇彌所以此女人爲道授具足戒大愛道問阿難云何阿難世尊許旃陀羅女爲道耶阿難言瞿曇彌然即與剃髮受戒得阿羅漢出戒因緣經第三卷又出摩鄧女經

阿難乞牛乳佛記其方來第十二

佛在舍衛國時患中風呼阿難往婆羅門家乞牛乳阿難即如言求索婆羅門言牛在彼

間自往犛取阿難即往到牛所牛常喜觝蹋人不可得近阿難自念我所事師法不得自犛取牛乳也忉利天王釋即來下化作婆羅門被服住牛旁阿難請犛取牛乳婆羅門言諾即以右手捫摸牛乳言佛小中風汝與我乳令佛飲之佛差者汝得福不可稱量牛言此手捫摸我乳一何快乎取我兩乳去置兩乳遺我子我子朝來未飲食也犢子在母旁聞說佛聲即語言持我分盡用與佛佛者天上天下人之大師也甚難得值我自食草飲水我作人時坐隨惡知識不信佛經使我作牛馬十六劫到今乃得聞佛聲將我所飲乳盡用與佛滿器而去令我後世智慧得佛道阿難持乳還佛問之牛母子何說阿難依事而答佛言牛母後彌勒佛時與作沙門得阿羅漢道犢子死後作人當爲我懸繒散華燒香持經戒二十劫已後當作佛名乳光如來度脫一切出犢子經

阿難化波斯匿王施第十三

舍衛國歲飢諸比丘各欲分散以爲歲節阿難言若諸比丘詣餘國而造歲節此無數人失於德本假使如來止此舍衛多所安隱波斯匿王聞請佛及僧三月供養佛言過去世時波羅奈國王名梵達有大威德名稱遠聞時國饑饉乞者衆多王喜施與四面雲集天久不雨穀米轉貴人民飢困乞者自滋倉廩虛竭大臣請息王曰若爾違我本心何忍逆之時諸明法吏宣告四遠敢有乞者皆棄都市乞者憂愁王問大臣答曰有此遠來得梵志即入王問誰使汝來梵志答腹使我來時

王愍以偈報曰施赤犢牛千頭并諸犢子梵志者阿難是出生經第三卷腹使經大同小異

阿難試山向比丘并問阿育王第十四

阿難與兩比丘到阿育國王國在山向中比丘之松上香華自至鈴鳴如語山向比丘不知何故出四面作禮還齋堂中誦經阿難與兩比丘化作乞兒復將三百乞兒往乞兒往乞食山向比丘作食飯訖索衣便假衣之三百乞兒不肯復去乃朝夕供養乞兒悉病山向比丘便朝夕燒香請福合藥三百乞兒悉死山向比丘便行假匃沐浴棺殮阿育國王令人葬之後數日阿難又與兩比丘化作三書生衣被潔淨往到松中山向比丘下講堂迎之設座令坐三書生謂山向比丘言汝事佛欲以何求山向比丘言佛道者神道也天地之間唯佛道神我事佛者欲願佛道度人非人無他所求三書生言佛道不神也但當空虛也人少有事者汝何愚癡追人事佛山向比丘言諸君所言非法也佛道最神非人所見變化無常非人所知百姓愚癡自不知之空作此語益諸君罪三書生便怒汝事佛不逆人意汝亦追我作奴不山向比丘言諾三書生云汝不中善奴當令汝擔屎汝自當得百石糞若不得百石糞者當斷汝頭山向比丘便行擔屎不能得多還謝書生我力極不能得多乞原罪負二書生大怒便取縛之痛鞭三百忽然自去阿難便化作優婆塞往語山向比丘三書生所爲無道不當語王令治之乎山向比丘言此自我過故致此耳事佛者無所愛惜求頭與頭求軀與軀我但擔

屎見鞭此有何苦阿難與兩比丘復作阿育王往告山向比丘言事佛定自無益也空自勤苦人生世間須臾當死何獨勤苦奉是經乎我今欲相與議事從我者佳不從我者道人必死山向比丘言大王欲議何事耶王言我有貴女才操絕人面目好美手如蜂子我貪道人爲人溫良欲以相與故來報意道人必當相從山向比丘言知王厚意我奉佛法已積年歲功德未成反貪王女恥辱佛道是罪不小王若相殺自當受之王便使人將山向比丘詣市斬之山向比丘便禮佛而去顧與王謝乃是阿難山向比丘便前作禮頭面著地阿難起持之使之還坐悉自相識阿難謂山向比丘汝功德已成汝當得道我故試汝視汝志意耳山向比丘下地言我無知被受佛恩得在法中不能作善煩苦神人來相憂念阿難以道授山向比丘俱上樓上誦經說義令樂歡喜阿育王作禮長跪阿難問王佛經有幾卷王答言佛經甚多不可計數今現在經有十二部部有八萬四千卷阿難問王王已持幾卷王答言我已誦三昧經萬二千卷般若波羅蜜經萬二千卷阿難問王王見經已多乃知天地相去幾里王答言大品三昧經言天地相去八十一萬里阿難問王地有幾品王答言般若波羅蜜經言地有八十一城城自有人北城中人長十丈中城中人長八丈南城中人長三丈阿難問王王自知本是何人王答言不能識遠但能知近已甞入泥犂已甞上天已甞更勤苦已甞作奴婢已甞作六畜已甞入火中已甞作善人從

作善人得作國王巳見勤苦之事不敢復爲惡也阿難言王本是提恕竭佛比丘名提頭羅山向比丘釋迦文佛比丘須拔者也自從佛去後我人孤窮持法不固以致罪過踰歷年數不復相識我昔與山向比丘俱生小家我爲兄山向比丘爲弟常自相憐出入相追初不相識我後當爲國王山向比丘來生我亦不識天下反覆轉相寄生不可稱數今者自知得脱生死便授阿育王羅漢道（出阿難變現經）

經律異相卷第十五

音釋

嵐（盧含切）獺（他達切水狗也）筐（去王切飯器方曰筐圓曰筥）塹（七豔切坑也）豸（直里切蟲無足曰豸）廝（息玆切役也）腆（他典切厚也）盥（古玩切澡手也）机（居矣切案屬）慠（五到切慢也）秔（古行切稻之不粘者）⿰鼻毚（鋤咸切鼻高貌）齦（語斤切齒本也）齧（五結切噬也）溷（胡困切廁也）

熨（於物切熨斗持火展繒之器）掣（尺列切曳也）捻（奴協切指捻也）挃（陟栗切撞也）靽（正作絆博幔切羈絆也）拓（他各切）⿱殸手（古候切取牛乳也）觝（丁禮切觸也）捫摸（捫莫奔切摸莫各切）廩（力錦切倉廩也）殮（力驗切殯殮也）

經律異相卷第十六

梁沙門僧旻寶唱等奉　勅撰

聲聞無學僧部第十二之四

末田地龍興猛風不動衣角變火山爲天華一
舍那婆私變雷電器仗爲優鉢羅等華二
優波笈多出家降魔三
優波笈多不化犯重人令眷屬滅憍慢四
優波笈多付囑法藏入於涅槃五
優波笈多化諸虎子令捨身得道六
羅旬踰乞食不得思惟結解食土入泥洹七
羅旬踰乞食難得佛爲分律以爲五部八
童子迦葉從尼所産八歲成道九
末闡提降伏惡龍十
摩醯陀化天愛帝須王十一
分那先爲下賤善知方宜遇佛得道十二
摩訶迦葉天時熱現涼風細雨十三
願足羅漢化一餓鬼説其往昔惡口十四
沙曷降惡龍十五

末田地龍興猛風不能動衣角變火山爲天華第一

末田地羅漢受阿難付囑法藏令往罽賓國先伏彼龍即入三昧令其國土六種震動龍不自安至末田地所入慈三昧龍王興風吹之袈裟角不動復起雷電器仗并捧大山欲相覆壓即以神力變成天華便聞空中偈言

雪山見厲日　鎔消無有餘　如入慈三昧
峯火成天華（出阿育王經第七卷）

舍那婆私變雷電器仗爲優鉢羅等華第二

舍那婆私阿羅漢行至摩偷羅國往優婁曼陀山坐於繩床有兄弟二龍王隨從五百眷屬舍那婆私思惟欲降伏之即以神力震動山谷二龍王瞋往婆私處起疾風雨雷電器仗猛火等時婆私入慈三昧能令風雨火等不近其身變成優鉢羅拘牟頭分陀利華等悉皆墮地復起雷電及諸器仗亦以神力變爲天華即時空中而說偈曰

暴風疾雨　不能爲害　雷電器仗　變爲天華
譬如雪山　日光所照　悉皆鎔銷　無有遺餘
入慈三昧　火不能燒　器仗毒害　不近其身

於是龍龍王往舍那婆私處白言聖人欲何所作答言我欲於此起寺汝當聽我龍答言不可得也長老言世尊已說我涅槃後於百年中大醍醐山最勝之處當起寺名那哆婆哆龍王復言世尊已說耶長老答言如是龍王言若世尊說者我當隨意（出育王經等）

優波笈多出家降魔第三

舍那婆私於大醍醐山起造寺賣香商主名曰笈多舍那婆私以方便力教化賣香商主令其精進時舍那婆私獨入其家笈多問言聖人何故獨無弟子我樂在家愛五欲樂不欲出家若我生兒當隨長老乃至笈多生兒名阿波笈多（梁言正護）至其長大舍那婆私往至笈多所語言汝先有願若我生兒當與長老今已生兒汝當聽其隨我出家笈多言我今唯有一兒若第二兒生當與長老乃至第二生名阿那笈多（翻實護）復從其求如是不與第三優波笈多亦從其求答言我當作誓令優波笈多治生若長若退不得出家不長不退

乃聽出家是時魔王令摩偷羅國一切人衆悉買其物令其得利時優波笈多正自賣香時舍那婆私長老語言汝心心法云何爲善云何爲惡答言不知長老又言若心心法與貪瞋癡相應是名爲惡與不貪不瞋不癡相應是名爲善是時長老以黒土白土各各爲丸而語之言若汝黒心起取黒丸若白心起取白丸時優波笈多即依其言心不生善乃至不得一枚白丸如是漸進取丸二分黒丸一分白丸復更思惟半黒丸半白丸次第念善遂不起惡取白丸時摩偷羅國有婬女名婆娑達（梁言天主與）其有一婢往優波笈多處買香多得其主問言汝於何處得此多香將不偷耶婢言有賈客名優波笈多形色具足言語微妙以法賣物其主聞已起婬欲心復令其婢至優波笈多處汝當語彼云我欲與汝共相娛樂優波笈多答言相見未是其時如是至三猶故不聽時又召長者子往至其所商主從北天竺來將五百匹馬及種種物至摩偷羅國至已問摩偷羅國人此國何處有第一端正女人國人答言有一女人第一端正名婆娑達多商主言我今欲以五百銀錢及種種物往至其處是時婬女貪其物故殺長者子取其身骸置不淨處與其商主共相娛樂是長者子親善知識於不淨處覔得身骸往白國王國王語言汝可取彼婆娑達多截其手脚及以耳鼻散置野外即如王教是時優波笈多即便思惟我於本時不樂見之共受五欲今者欲見觀其手足及以耳鼻便往觀之爲説偈頌婆娑達多既聞其言深畏

生死聞佛功德乃變其意樂於涅槃即便說偈答優波笈多優波笈多爲說四諦更觀其身得厭欲界得阿那含果婆娑達多得須陀洹果優波笈多去已未久婆娑達多即便命終生於天上時長老舍那婆私往笈多所語言汝當聽優波笈多隨我出家笈多答言我先有誓令其治生不利不鈍及聽出家舍那婆私乃以神力令其治生不利不鈍是時優波笈多即自思惟稱量筭計不利不鈍舍那婆私更至笈多所而語之言令汝此兒是佛所記我入涅槃百年後當作佛事汝當聽其隨我出家笈多即聽舍那婆私將優波笈多往那哆寺與其出家受具足戒至第四羯磨除一切結得阿羅漢果是時舍那婆私語優波笈多言善男子汝佛所記我入涅槃百年後有比丘名優波笈多當作佛事後當作佛名曰無相如是說法是時魔王於大衆中雨於真珠以亂人心衆人亂故無有一人能見諦者即自思念知是魔王至第二日倍多人來魔王雨金又亂衆心第三日中倍多人來魔雨珠金及作天樂是時衆人未得離欲見色聞聲其心變動不復聽法是時魔王即以華鬘繫優波笈多項乃至優波笈多思惟誰作此事即知是魔優波笈多即生此意世尊何故不教化之即自思惟是我所化佛記於我爲無相佛教化人民令優波笈多取三死屍一者死蛇二者死狗三者死人以神通力變三死屍以作華鬘往魔王處而繫其頸爾時魔王往摩醯首羅及帝釋等三十三天四天王天求爲脫死屍而不得脫復往大梵天

處大梵語言善男子十力弟子神力所作誰能脫之如大海岸水不能破魔王語言云何教我我於今者當歸依誰大梵語言汝今速往歸依優波笈多如人於此地墮即於是起是時魔王方知佛子神力爲大即便說偈讚佛自責欲界魔王即捨慢心自說往罪（出阿育經第八卷）

優波笈多不化犯重人令眷屬滅憍慢第四

南天竺國有一人婬他婦恒往他家其母不聽即害其母往至他國不能辦五欲深生憂惱即於佛法出家通達三藏成就多聞與諸弟子圍遶共至摩偷羅國那哆婆哆寺優波笈多所時優波笈多見其害母不得道果不相慰問時彼比丘心懷羞愧更復遠去笈多弟子未得道者作是思惟和尚少智見老比丘其心闇鈍而爲說法令此比丘聰明智慧善通三藏眷屬隨從不爲說法時優波笈多見弟子意於其起瞋又見其機應爲我和尚舍那婆私教化降伏時舍那婆私住罽賓國復觀優波笈多作何佛事其弟子心生瞋恠又觀此等應受我化即以神力來入是寺鬚髮皆長衣又麤弊五百弟子咸作是言無知老人從何所來於優波笈多眠處而坐弟子手拽出之而不能動猶如須彌即欲罵之而聲不出乃至白優波笈多言答曰除我和尚無有能坐我床者也優波笈多還寺以最勝恭敬供養和尚自取小床於師邊坐弟子思惟若此比丘是和尚師者然其智慧猶不及我和尚時師舍那婆私見其意舉右臂手出牛乳告優波笈多云此三昧云何答曰未識

願聞其名和尚曰名龍頻呻三昧次第復入種種三昧笈多皆云不識又言我涅槃時此三昧法一切皆失優波笈多諸弟子聞此言即便思惟此比丘智慧勝我和尚即滅憍慢舍那婆私教化說法彼諸弟子悉得阿羅漢果出阿育王經第九卷

優波笈多付囑法藏入於涅槃第五

優波笈多臨入涅槃以法藏付囑最後所度弟子郗徵柯語言善男子世尊法藏付摩訶迦葉迦葉付阿難阿難付末田地末田地付和尚和尚付舍那婆私舍那婆私付我我今涅槃付汝遍告閻浮提十方羅漢一時聚集凡夫比丘無數即現神通備十八變事已即入涅槃所化弟子得四道果者皆取籌置石室中即以籌闍維其身乃至起塔時復有一千羅漢同入涅槃郗徵柯守護法藏從優波笈多備得四果者二十八人出阿育王經第十卷

優波笈多化諸虎子令捨身得道第六

時有羅漢名優波笈多住摩偷羅國大醍醐山那哆婆哆寺去寺不遠有一虎生子未能覓食飢餓命終優波笈多以慈悲力與虎子食有五百弟子並未得道曰何故乃與雜衆生食答曰爲解脫因故時諸虎子壽命短促將欲近死笈多語虎子言一切行無常一切法無我涅槃寂靜汝於我所當生信心於畜生道應生厭離時諸虎子於笈多所心生信敬即便命終生於摩偷羅國人中及至七歲笈多教化令其出家於七年中得羅漢果以神通力採種種華供養笈多圍遶其側諸未得道五百弟子白言此諸同學年並尚少云

何已得神通功德笈多答曰皆是先虎子笈多說法五百弟子深生慙愧斷除煩惱得阿羅漢果出阿育王經第九卷

羅旬踰乞食不得思惟結解食土入泥洹第七

佛在鷄足山時有婆羅門生子令相師視之師言是子無相當名阿保其父母聞之無相雖長養之初而不憐矜到年十二足自生活父母逐令去勿復來還子不敢留遂行乞食乃到祇洹佛以大慈心念其勤苦即使阿難呼問之能出家不兒即歡喜願爲沙門佛即以手而摩其頭鬚髮即墮袈裟著身佛爲立名羅旬踰時五部僧每出分衞而羅旬踰所在之部以空鉢還佛勑比丘分以施之如是非一目連念言是比丘僧自不得食餘人何故悉復空還我若共行猶有所得佛知其意便與舍利弗俱使目連與羅旬踰俱各分爲一部佛告目連我所在處汝不得往目連即與羅旬踰俱行適欲所至即便見佛及與舍利弗而在其門如是經歷過百億國遂不得食目連念言我於今日定不得食羅旬踰時甚大飢極止恒水邊目揵連還即到於佛所佛時鉢中尚有餘食即與目揵連念言我今飢甚欲吞須彌尚謂不飽但此少飯何足可食佛告目連且食此飯勿憂不足目連即食食既已飽鉢中不減唯舍利弗即念羅旬踰今未得食當大飢苦便白佛言願乞餘飯與羅旬踰佛即告言我不惜飯但羅旬踰宿行果報不應得食若謂不然汝便可與舍利弗便以飯與之羅旬踰得即欲受飯鉢便下入

地百丈舍利弗以道力手尋鉢即得以還羅旬踰適欲食之便誤覆鉢倒去飯食皆散水中羅旬踰還坐定意自思念言我每與諸比丘俱行輒無所得空鉢而還舍利弗今以佛餘飯與我輒復覆去皆我罪報應當所受便自思惟結解垢除得羅漢道即便食土而般泥洹欲知羅旬踰者惟衞佛時身爲凡人常懐慳貪不肯布施時當欲飯脱衣布地恐飯粒落有沙門過從其分衞羅旬踰見謂之言當何以相與便以手捧土與沙門沙門即呪願言是汝愚癡故耳當使汝早得度脱由來久遠展轉生死乃至於今所在之處輒不得食於今得道食土泥洹時羅旬踰與土沙門舍利弗是罪福果報今雖得道故受宿殃世人愚癡謂行惡無罪羅旬踰是其證也出羅旬踰經

羅旬踰乞食難得佛爲分律以爲五部第八

佛在時衆僧被服唯著純眞死人雜衣弊帛自後起比丘羅旬踰每行分衞輒飢空還佛知其宿行使衆僧分律爲五部服色亦五種令其日隨一部中行遂制儀則各舉所長名其服色曇無屈多迦部通達理味開導利益表發殊勝應著赤袈裟薩和多部博通敏達導以法化應著皁袈裟迦葉維部精勤勇快攝護衆生應著木蘭袈裟彌沙塞部禪思入微究暢幽玄應著青袈裟摩訶僧祇部勤學衆經敷說義理應著黃袈裟自爾已後便大得食何以故是羅旬踰前世無德之所致也阿難問佛言羅旬踰前世無德云何得作沙門佛言此羅旬踰宿世爲賢者子作人嫉妬

見沙門來分衛輒逆門戸言大人不在沙門復至餘家復牽餘家門戸閉之亦言大人不在故今分衛不能得通適見他人布施飲食歡喜行會便復念言我亦欲作沙門故今窮困如此出遺教三昧經下卷

童子迦葉從尼所産八歲成道第九

佛住舍衛城時此城中有二姊妹妊身未産出家爲道諸比丘尼見其腹相即便驅出以是因緣往白世尊世尊報言在家妊身可得無罪此比丘尼後生男兒字童子迦葉至年八歲出家爲道成阿羅漢共十六羣比丘各持澡罐到阿耆羅河邊澡洗入水仰覆浮戲渡河拍水沐浴爾時波斯匿王在重樓上四望觀看王未信佛法見是事已倍生不信即語末利夫人言汝家所事福田大士深信無疑何不顧看即答王言或是年少出家始受具足未知戒律世尊未制此戒是故爾耳童子迦葉以其天耳聞王語聲即語諸伴王倍不信末利夫人心生不悦今當令彼發歡喜心皆言善哉各捉澡罐盛中水以著於前結跏趺坐次第行列陵虚而遊於王殿上空中而過末利夫人在露處坐見坐影已即便仰觀見次第行列結跏趺坐前有澡罐乘虚而去似如鴈王見是事已心大歡喜即白王言看我家福田神德如是王見是已心大歡喜作如是言善哉善哉我得善利願佛世尊及比丘僧盡壽在國爲良福田佛聞是事即便制戒令不復爾出僧祇律第十九卷十誦文同

末闡提降伏惡龍第十

罽賓國稻始結秀龍王阿羅婆樓注大洪雨

禾稻没死時大德末闡提比丘等五人從波咤利弗國飛騰虚空至雪山邊阿羅婆樓池中即於水上行住坐卧龍王眷屬入白龍王龍王瞋忿作諸神力暴風疾雨雷電霹靂山巖崩倒樹木摧折身出烟火雨大礫石欲令大德末闡提怖復喚兵衆猶不能伏末闡提言汝令諸天一切世人悉來怖我一毛不動汝若取須彌及諸小山擲置我上我亦不動至漸以法味教化示之令其信伏龍王聞法即受歸戒與其眷屬俱爲弟子雪山鬼夜叉揵揵婆鳩槃茶鬼聞皆信伏亦爲弟子咸見道迹末闡提語諸龍鬼從今以後莫生瞋恚殘害人民損敗禾稻當生慈心令得安樂即皆稽首稟承教誡以寶床與末闡提坐龍王立侍以扇扇之罽賓揵陀勒叉國民見是事已生大恭敬悉來聽法多得道果出善見律毗婆沙第二卷

摩哂陀化天愛帝須王第十一

阿育王時佛已泥洹二百餘年時摩哂陀比丘到師子洲中時王欲行獵有一樹神欲令王得見摩哂陀樹神化作一鹿去王不遠示現噉草而便徐行王見化鹿即張弓攝箭引弓欲射王復念言我當諦射此鹿鹿仍迴向闍婆陀羅路而走王即逐後到闍婆陀羅去摩哂陀不遠而滅時摩哂陀見王已近而作是念令以神力令王止見我一人不見餘人大德摩哂陀即喚王名帝須汝來王聞喚已而便念言今此國中誰敢喚我名字此何等人著赤衣服割截而成喚我名字生狐疑心此是何等爲是人乎爲是鬼神耶摩哂陀答

言沙門釋種法子爲哀愍王從閻浮利地故來到此耳爾時天愛帝須王與阿育王以有書信遥作知識貢致珍寶更相報答法師乃曰我有三寶以獻於王非彼天愛世間匹也即爲王說三歸依法王受三歸爲優婆塞復以釋法報示天愛帝須王於獵場中即復思憶阿育王書有釋種子即投弓箭就相問訊法師爲說經并受三歸即便遣摩哂陀喚沙彌修摩那令應說法汝可唱轉法輪修摩那言我今應令唱聲何至答言使聲滿師子國時修摩那即入第四禪定從禪定起唱轉法輪師子國民俱聞之虛空諸禪諸天悉會三唱已竟摩哂陀便爲說法天人無數皆得道迹出善見律毗婆沙第二卷

分那先爲下賤善知方宜遇佛得道第十二

有那梨國近南海邊其中人民採眞珠栴檀以爲常業國有一家兄弟二人父母終亡欲求分異家有一奴名分那年少聰了善能賈販入海治生無事不知居家財物爲一分以奴分那持作一分兄擲籌弟得分那將妻子空手出舍時世飢儉難得分那恐不相活以爲愁憂奴分那白大家言願莫愁憂分那作計月日之中當令勝大家即言若審能爾放汝爲良人大家夫人有私珠物與分那作本時海潮來城內人民至水邊取薪分那持珠物至城外見一乞兒負薪薪中有牛頭栴檀香可治重病一兩直千兩金時世有一不可常得分那識之以金錢二枚買得持歸破作數千段時有長者得重病當得此牛頭栴檀二兩合藥求不能得分那持往即得二千兩

金如是賣盡所得不訾富兄十倍大家咸念分那不違言誓放爲良人隨意所樂分那辭行學道到舍衛國爲佛作禮長跪白佛所出微賤心樂道德唯願世尊垂慈濟度佛言善來分那頭髮即墮法衣著身即成沙門佛爲說法尋得羅漢道坐自思惟今得六通存亡自由皆主人之恩今當往度并化國人於時尊者分那往到本國至主人家主人歡喜請坐設食食訖澡手飛升虛空分身散體體出水火光明洞照從上來下告主人曰此之神德皆是主人放捨之福往到佛所所學如此主人答言神化微妙願見世尊受其教訓分那答言但當至心供設饌具佛三達智必自來矣即便設供宿昔已辦向舍衛國稽首長跪燒香請佛唯願世尊廣度一切佛知其意即與五百羅漢各以神足往到其舍國王人民莫不驚肅來至佛所五體投地却坐王位食畢澡訖佛爲主人及王官屬廣陳明法皆受五戒爲佛弟子起住佛前歎分那曰在家精勤出家得道神德高遠家國蒙度我當云何以報其恩於是世尊讚歎分那而說偈言

心已休息　言行亦正　從正解脫　寂然歸滅
棄欲無著　缺三界障　妄意已絕　是謂上人
在聚若野　平地高岸　應眞所過　莫不蒙祐
彼樂空閑　衆人不能　快哉無婬　無所欲求

主人及王益加歡喜供養七日得須陀洹道出法句經第一卷

摩訶迦葉天時熱現涼風細雨第十三

佛住菴羅聚落菴羅林中與衆比丘俱時有質多羅長者白上座言唯願諸尊於此林中

受我請食時諸上座默然諸上座著衣持鉢至長者舍就座而坐長者自手供養種種飲食澡漱畢聽說法諸上座爲長者說法示教利喜諸上座食酥酪蜜飽於春後日時熱行極有一下座名摩訶迦葉白諸上座今日大熱我欲起雲而扇微風上座答言能爾者佳時摩訶迦葉即入三昧如其正受應時雲起細雨微下涼風疊疊從四方來至精舍門即止神通還於自房時長者作是念最下座比丘而能有此大神通力況復中上禮諸比丘隨摩訶迦葉至所住房禮足白言尊者我欲得見神足現化摩訶迦葉言長者勿用見是三請不許長者猶復重請摩訶迦葉語長者言汝且出外聚集乾草以氎覆上長者如教聚薪成積來白尊者摩訶迦葉即入火光三昧於戶鉤孔中出火燄光燒其積薪都盡唯白氎不然語長者言汝今見不答言已見實爲奇特摩訶迦葉語長者言當知此者皆以不放逸爲本不放逸故得阿耨多羅三藐三菩提及餘道品法長者白尊者摩訶迦葉願常住此林中我當盡壽四事供養摩訶迦葉有行因緣不受其請長者聞說法已作禮而去出質多羅長者諸比丘經

願足羅漢化一餓鬼說其往昔惡口第十四

願足阿羅漢恒訓化餓鬼見一餓鬼形狀醜陋見者毛豎莫不畏懼身出熾燄如大火聚口出蛆虫膿血流溢臭氣遠徹不可親近或口吐燄火長數十丈或耳鼻眼身體肢節放諸火燄長數十丈脣口垂倒像如野猪身體縱廣一由旬手自爪摑舉聲號哭馳走東西

是時顧足問餓鬼曰汝宿何罪今受此苦餓鬼報曰吾曩昔時行作沙門戀著房舍慳貪不捨身持威儀出言臭惡若見持戒精進比丘轉復罵辱偏眼惡視自賴豪族謂爲不死造諸無量不善之本寧以利刀自截其舌如是從劫至劫甘心受苦不以一日之中誹謗精進比丘若還閻浮利地者以我形狀可誡勑諸比丘善護口過勿妄出言設見梵行持戒比丘者念宣其德自受餓鬼形以來經數千百萬歲受此苦惱我後命終當入地獄是時餓鬼說此語已舉聲號哭自投于地如泰山崩天翻地覆斯由口過故使然矣能守護口過者受福無窮又迦葉如來出現於世敷演說法教化已周於無餘泥洹界而般泥洹泥洹後時有三藏比丘名曰黃顏衆僧告勑一切雜使不令卿涉但與諸後學者說諸妙法時三藏比丘內心輕慠不免僧命便與後學敷顯經義喚受義曰速前象頭次喚第二者復曰馬頭復次駱駝頭次驢頭復曰馬頭復次猪頭次喚羊頭羯羝頭次喚師子頭次喚虎頭次喚禽頭次喚熊頭如是喚衆獸之類不可稱數三藏黃顏口出如此無量惡言雖授經義不免其罪身壞命終入地獄中經歷數千萬劫受苦無量餘罪未畢從地獄出生大海中受水性形一身百頭形體極大異類見之皆悉馳走出護口經

沙曷降惡龍第十五

佛在舍衛國時須耶國有一貧人賃剃兒頭須至麥熟輒顧一斛道逢故人欲共飲酒還求麥直遍求不得便起恚意願我壽終作大

神龍當陷此國及其壽終遂作大龍其國歷年風雨不時佛念饑饉遣沙曷比丘往化彼龍龍見比丘即興惡意欲殺國人及沙曷身沙曷化鉢覆蓋一國龍便降雨謂國已没比丘以佛威神令龍見民安隱如故龍復興恚更下大雪比丘鉢受以手掃之著於一處乃入龍室龍即便出比丘復出龍入比丘復入如是不已龍極乃止長跪問言卿何等神惱我如此比丘言吾是佛弟子龍言我欲自歸便隨之去沙曷比丘便内此龍著於筩中人見比丘取龍如是皆大歡喜問言道人是何等神降伏國患告言吾是佛弟子人民問言佛可見不答言可見須吾還時日向中道人過分衞人或有與飯或與酒者比丘受之樹下醉卧龍鉢袈裟各在一處佛時微笑五色光出阿難請問佛以事答復說四事一者阿羅漢不入三昧不得知二者不得便見神足三者不强勸人分衞四者身中尚有虫阿羅漢以是四事不及佛時有一菩薩欲向聲聞見此事已心即堅固佛遣目揵連往沙曷比丘所勑攝龍來爲説宿命龍心即解便受五戒奉行十善得須陀洹阿難問佛此事因緣佛告阿難阿羅漢者不復飢渴用三事故見醉卧耳一者佛欲開化菩薩意二者不欲逆布施家意三者恐諸弟子未得道者飲酒多失故現此事撿誡之耳沙曷比丘雖復飲酒不以爲醉出沙曷比丘功德經

經律異相卷第十六

音釋

哂呼分切　劂居刈切　笈極曄切　枚莫杯切箇也　骸户皆切尩骸也　頸居郢切頸莖也　澡子皓切洗滌也　鑵古玩切瓶屬也　咤陟駕切　礫郎擊切小石也　亹無匪切　摑古獲切批打也　羝都奚切牡羊也　賃汝鴆切傭雇也

經律異相卷第十七

梁沙門僧旻寶唱等奉　勅撰

聲聞無學僧部第十二之五

僧大不納其妻出家山澤賊害得道一

金天前生與婦共以水物施僧今身得井

出物如意二

阿婆陀爲尼所悟得道度於商主三

脩羅他在胎令母性温和精進得道四

差摩因疾說法心得解脫五

拘提六反退定害身取證六

摩訶盧惜義招鈍改悔得道七

槃特誦掃忘篲誦篲忘掃八

朱利槃特誦一偈能解其義又以神力授

鉢九

鴦崛鬘暴害人民遇佛出家得羅漢道十

蜜婆和吒羅漢等有習氣十一

兄弟爭財請佛解競爲說往事便得四果

十二

常給事衆僧飲食衣服得道十三

見羅刹出家得道十四

有人避害出家見佛成道十五

羅漢與象先身共爲兄弟行善不同十六

五百盲兒崎嶇見佛眼明悟道十七

旃陀羅兒被佛慈化悟道十八

獵師捨家學道事十九

僧大不納其妻出家山澤賊害得道第一

舍衛國人名曰厲其家大富年巳老耄絶無

繼嗣禱祀日月天神無不必備終不能得自

念祈請無益寶財消散產業不修疾病相仍

災禍首尾奴婢死亡六畜不孳屢爲妖孼神

師所迷云當有福而禍重至由盲人吞毒謂爲良藥庶有瘳損遂喪其身吾既殺生祀祠當入地獄而望天祚豈不惑哉世有佛道高操之聖學得仙者名曰應眞淨如瑠璃精進存想乃覩之耳奉斯道者唯守靖寞無欲無求以斯爲樂現世得安終生天上置吾常供奉三尊經涉一載婦遇生男字曰佛大後復生男字曰僧大厲訓二子示以聖道僧大稟性慈孝仁愛萬物奉佛法戒親近沙門清淨知足二親愛之厲卧疾著床即呼長子涕泣誡之夫生有死持戒者安犯戒者危僧大尚小仁孝清白方以累汝言竟便没故後頻數啓其兄欲作沙門其國法欲得婦具言欲作沙門佛大即爲娉妻索賢家女字快見光華煒煒端正少雙婦歸昇堂兄會賓客九族欣然兄於衆前謂其弟曰當今之日肯作沙門乎僧大答曰實我宿願兄戲之曰可從爾志弟心歡喜爲兄作禮即便入山見一沙門年少端正獨處樹下問曰賢者何緣行作沙門其人已得應眞之道預知去來無數劫事謂僧大曰佛説人好婬泆如持炬火逆風而行其燄稍却不置炬者火燒其手猶鳥銜肉鷹鷂追奪鳥不置肉災及軀命吾以是故行作沙門又如蜜塗利刀小兒貪甜以舌舐之有截舌之患婬泆之人苟快愚心不惟其後有燒身之害如蛾貪火色投入于燈體見燒煑將何剋獲爲婬惑者不别善惡遠賢親愚日就流冥亡國滅衆死入地獄惡著罪成悔將何逮（喻多不能備載）如是譬類僧大頓首足下願去世濁履清淨道奉沙門戒以爲榮福師曰小

待僧大曰意欲入山禪寂師曰處山澤者當
學星宿明知候時常當儲待水火麨蜜所以
然者盜賊之求水火麨蜜夜半向晨問當與
之給賊所欲違其意者賊輒殺人僧大曰諾
敬奉慈教却乃入山其兄念曰弟作沙門終
不畜妻快見端正心甚悅之起從快見取琴
彈之歌婬泆之曲曰煌煌鬱金生于野田過
時不採宛見棄捐曼爾豐熾華色惟新與我
同歡快見覺欲爲亂以歌答之曰巍巍我師
天人之尊門徒清潔謚曰沙門觀眞爲聖婬
爲畜倫我受嚴戒不事二君終不婬生寧就
寸分佛大作情悲之曲委靡之辭宿心嘉爾
故因良媒問名詣師占相良時慘慘惕惕懼
爾不來既覩爾顏我心怡怡今不合歡豈徒
費哉斯誓爲定淑女何疑快見惶怖歌答之
曰佛設禮儀尊卑有序叔妻即母壻伯即父
我親奉戒日有隆舉眞與聖齊婬正蟲鼠噫
乎伯子焉爲斯語兄心貪迷快見知其意甚
不可轉移快見又歌曰夫人處世當遠二事
不孝婬亂行違佛戒天及賢者箋其自異佛
大歌曰爾之容色爗爗灼然普天美女豈有
爾顏我心相悅故踰大山快見自念此人欲
我悖狂之亂沮致大難請說身中惡露不淨
爾乃却耳快見重曰仁貪我軀軀有何好頭
有九骨合爲髑髏如是具說諸不淨也佛大
自念汝念其壻何肯聽我我殺弟者爾乃隨
耳即行募求數爲賊者前與語曰寧知我家
所畜六籍奴子逃作沙門今在山中賊曰識
之佛大即出金銀與之令殺奴子疾取其頭
及身上衣所持法衣服足下履屣皆以將還

吾復重賜卿等金銀賊大喜曰從吾取足即去入山到其弟所呼曰沙門汝疾出來其弟出曰諸君何求吾有水火麨蜜可食時夜已半賊曰不求水火麨蜜不問卿時也欲得汝頭持去之耳其弟聞之即大惶怖涕泣而曰吾非長者諸侯之子也捨俗爲道與世無爭學道日淺未獲溝港殺吾何益賊曰來爲汝首其弟語賊曰欲得寶者吾與兄書令惠卿寶賊曰子兄令我今來殺子弟曰吾今死矣由斯婦也師前戒我人與婬居如持炬火逆風而行若不捨之火將燒手日冥即如師誡涕泣從賊乞一歲活賊曰急取頭去其弟重曰願莫即見殺先斷我一髀置吾前也賊斷一髀置於其前弟遭此痛天來其側曰慎勿恐怖牢持汝心汝前世時入畜生中人所屠割稱賣汝肉非一世矣地獄餓鬼汝皆更之苦痛以來非適今也僧大白天請報我師天即語師曰賊欲殺之汝弟子爲人悲泣求哀欲得相見師即飛往爲說法曰天地須彌尚滅海有消竭七日有壞天下有風其名惟藍惟藍一起山山相搏斯風有滅況汝小軀何足數也但當念佛佛常自言盛必有衰合會有離榮位難保身亦如之僧大便得溝港道復斷一髀重念師戒復得頻來道賊斷左手復念佛念師戒得不還道賊斷右手復念師戒得應真道即不畏三惡道生死自在無所復畏僧大曰取樹皮來即爲剥樹皮與之僧大取枝以爲筆自刺身血書樹皮曰大兄起居隨時安善二親在時以吾累兄兄不承之違廢親教以女色故骨肉相殘違親慈教爲

不孝也殘殺人命爲不仁也殺一畜生其罪不少況殺應眞吾不中止今吾善遊寂寞從此長别努力努力願崇眞道伸頸長二尺語諸賊曰子斷吾頭猶截泥頭也吾恐汝等墮地獄中賊前斷頭取身上衣杖屣及鉢持與兄所兄以金銀重謝賊兄取弟頭爲作假身以頭著上以衣衣之杖鉢及屣皆著其傍請快見曰汝壻來歸可問訊之快見大喜走至其所見其目閉以爲思道妻不敢呼具作美食須念道覺當飯之日中不覺妻因前曰日今已中恐過時也恠其不應牽衣頭脱身皆分散妻躃踊呼曰子竟坐我致見殘賊哀憤呼天肝心崩裂血從口出奄忽而逝戒行清白難汚如空樹心聖範難動如地眞淨行高難及如天其未終時諸天咨嗟迎其寬靈處忉利天忍須臾之頃獲天上難盡之樂兄入神室視弟頭身分散婦吐血亡呼曰咄咄吾爲逆天所作酷裂乃致於此即至賊所問弟臨没將有遺言乎賊以書見兄辭喻悽惻讀竟五内咽塞涕泣交横吾違尊親臨亡慈教骨肉相殘又殺應眞感隔而死死入地獄王及臣民莫不涕泣歎述清德殯葬其弟四輩立塔天龍鬼神側塞空中散華燒香無不哽咽及别葬快見國人哀慟歌歎其德出佛大僧大經

金天前生與婦共以水物施僧今身得井出物如意第二

舍衛國有一長者其家大富生一男兒身體金色相師占省見其奇相即爲立字字修越那提婆梁言金天其生之日家中自然出一井水縱廣八尺汲用其水能稱人意一切所須如

心即出兒年轉大才藝博通長者愛之未敢逆意而作是念我子端正容貌無倫要當推求選擇名女金容妙體類我兒者當往求之即募諸賈周遍求之時閻婆國有大長者方生一女字修跋那婆蘇波（梁言光明）端正非凡身體金色初生之日亦有自然八尺井水其井所出稱適人意時彼長者見之亦自念言我女端正要得賢士如我女比乃當嫁與爾時女名遠布舍衛金天名稱後聞女家時二長者各懷歡喜求爲婚姻娶婦既竟還至舍衛時金天家便設上供請佛及僧供養一日佛受其請爲長者及金天夫婦廣宣妙法皆獲須陀洹佛還精舍金天與婦白父母求索出家父母聽許俱往佛所佛言善來比丘鬚髮自墮法衣著身便成沙門漸漸教化悉成羅漢佛言過去毗婆尸佛滅後遺法在世有諸比丘遊行教化到一村落有諸人民豪賢長者見衆僧至各競供養時有夫妻二人貧餓困乏每自惟念我父在時財寶積滿今者我身貧困極甚何其苦耶爾時雖富不遭斯等聖衆之僧今既得值無錢供養憺然而啼婦見夫啼而語壻言今汝可往至本舍中於故藏內推覓錢寶當用供養夫如婦言至故藏內得一金錢于時其婦有一明鏡即共同心以用布施買一新瓶盛滿淨水以此金錢著瓶水中以鏡著上持至僧所至心布施於時衆僧即爲受之各各取水而用洗鉢復有取水而飲之者時彼夫婦歡喜情悅遇疾命終生忉利天時貧人者今此金天夫婦是也（出賢愚經第三卷）

阿婆陀爲尼所悟得道度於商主第三
有天護商主往陸求那國常樂布施於佛生
信欲先入海若安隱還我當於佛法中作五
年大會天人國内無不聞知時有一阿羅漢
比丘尼同住彼國思惟觀察知天護得安隱
還作五年大會請一萬八千比丘皆阿羅漢
學人倍多凡夫無數即見上座名阿婆陀乃
是凡夫甚能精進入僧伽藍從次作禮謂上
座曰大德甚不端嚴上座心自思惟云何以
我爲不端嚴即自觀身見鬚髮長即唤年少
剃除鬚髮比丘尼由言不端嚴上座更唤年
少浣染衣服尼復至僧伽藍故言不端嚴上
座瞋曰我已剃鬚髮及浣染衣竟云何謂我
不端嚴耶比丘尼言佛法以得四果爲端嚴
大德聞商主天護作師子吼五年大會不答
言聞大德是凡夫爲第一上座在羅漢衆中
先受供養是莊嚴不大德方悟啼泣懊惱比
丘尼言何故啼泣答言姊妹我今已老無可
堪任比丘尼言如來正法可見覩者無於時
節大德可往那哆婆哆寺就優波笈多比丘
此比丘佛之所記我弟子中教化第一時長
老比丘至優波笈多出而迎之語言大德洗
足消息答言我未洗足欲見優波笈多時優
波笈多弟子曰大德此即是優波笈多來迎
大德即大歡喜便自洗足優波笈多即教化
之爲覓檀越洗浴飲食種種供養語維那言
今有得二解脱比丘入坐禪處乃至一萬八
千阿羅漢悉入禪處是時比丘入第一禪座
處坐時優波笈多入火光三昧如是一萬八
千阿羅漢悉入火光三昧比丘見之心生歡

喜優波笈多教化説法比丘精進思惟得阿羅漢果還其本國阿羅漢比丘尼往僧伽藍禮拜説言今日大德莊嚴答曰姊妹力也及五年大會天護問上座世尊種種説法上座所説而無有異上座答言於過去世九十一劫我等爲商主入海採寶誓取滿舶還閻浮提時遇大風吹舶墮沙海我等爲毗婆尸佛聚沙爲塔以珍寶物而供養之時有諸天示我道路言尅後七日有大水來當汎汝舶入閻浮提及至七日果如天言以此沙塔因縁經九十一劫不墮惡道今得阿羅漢果汝今能供養爾許多人於三寶所我説呪願生死苦無窮汝今可出家天護奉旨即爲沙門得阿羅漢道（出阿育王經第九卷）

脩羅他在胎令母性温和精進得道第四

巴連弗國有商主名曰須陀那中陰衆生來入母胎即令其母質直和温無諸邪想夫以問師師答曰懷良善子後生一兒名曰脩羅他年漸長大求欲出家父母即聽勤行精進證羅漢果（出雜阿含經第二十五卷）

差摩因疾説法心得解脱第五

差摩比丘身得重病受大苦痛陀娑比丘爲瞻病者時諸上座令陀娑比丘爲病者説五受陰法往返至冉差摩比丘語陀娑比丘何煩令汝驅馳往返汝取杖來我自扶杖詣彼上座上座遥見差摩扶杖而來自爲敷座命令就坐更爲具説往古談論差摩比丘即便説法時彼上座遠塵離垢得法眼淨差摩比丘不起諸漏心得解脱（出差摩比丘喻重病經）

拘提六反退定害身取證第六

昔佛在舍衛國弟子拘提於羅漢果六反退還至第七頭自覺身證復恐退還即求利劒自害其命是時魔波旬求比丘神爲生何處而不能知即往問佛世尊告曰拘提比丘巳取滅度神識處空與空合體弊魔聞巳心典鬱毒舉身自投青蓮池浴池水涌沸水性皆終以此因緣諸比丘等皆勤精進恐復退還

出說拘提比丘經

摩訶盧惜義招鈍改悔得道第七

昔有一國名多摩羅去城七里有精舍五百沙門常處其中讀經行道有一長老比丘名摩訶盧爲人闇塞五百道人傳共教之數年之中不得一偈衆共輕之不將會同常守精舍勑令掃除後日國王請諸道人入宮供養摩訶盧比丘念言我生世間闇塞如此不知一偈人所薄賤用是活爲即持繩至後園中大樹下欲自絞死佛以道眼遥見如是化作樹神半身人現而訶之曰咄比丘何爲作此摩訶盧即具陳辛苦化神訶曰勿得作是宜聽我言往昔迦葉佛時卿作三藏沙門有五百弟子自以多智輕慢衆人恪惜經義初不訓誨是以世世所生諸根闇鈍但當自責何爲自賊於是世尊即現光像爲說妙偈時摩訶盧稽首佛足思惟偈義即入定意尋在佛前得羅漢道自識宿命無數世事三藏衆經即貫在心佛語摩訶盧著衣持鉢就王宫食在五百道人上座此諸道人是卿先世五百弟子還爲說法令得道迹并使國王明信罪福即便受教入王宫裏坐於上座衆人心恚恠其所以各護王意不敢呼遣念其愚冥不

曉達嚫心爲之疲王便下食手自斟酌摩訶盧即爲達嚫音如雷震清辭兩下座上道人驚怖自悔皆得羅漢爲王説法莫不解釋羣臣百官皆得須陀洹道（出法句經譬喻第二卷）

槃特誦掃忘箒誦箒忘掃第八

朱利槃特兄曰汝若不能持戒還作白衣槃特詣祇洹門泣淚佛告之曰汝何故悲以兄言荅佛言勿怖我成無上等正覺不由汝兄手牽槃特詣靜室教執掃箒令誦槃特誦掃忘箒誦箒忘掃乃經數日掃箒復名除垢槃特思念灰土瓦石若除即清淨也結縛是垢智慧能除我今以智慧箒掃除諸結縛也（出增一阿含經第六卷）

朱利槃特誦一偈能解其義又以神力授鉢第九

佛在舍衛國有一比丘字槃特新作出家稟性闇塞佛令五百羅漢日日教之三年之中不得一偈國中四輩知其愚冥佛愍傷之即呼著前授與一偈守口攝意身莫犯如是行者得度世槃特感佛慈恩歡喜心開誦偈上口佛告之曰汝今年老方得一偈人皆知之不足爲奇今當爲汝解説其義一者身三口四意三所由觀其所起察其所滅三界五道輪轉不息由之昇天由之墮淵由之得道泥洹自然分别爲説無量妙法爠然心開得羅漢道時有五百比丘尼别有精舍佛曰遣一比丘爲説經法明日槃特次應當行諸尼聞之皆預含笑明日來者我等當逆説其偈令之慚愧無所一言明日槃特往詣尼大小皆出作禮相視而笑坐畢下食食已澡漱請令

說法槃特即上高座自慚鄙曰薄德下才未爲沙門頑鈍有素所學不多唯知一偈粗識其義當爲敷說願各靜聽諸年少比丘尼欲逆說偈口不能開驚怖自責稽首悔過槃特即如佛所說一一分别身意所由罪福内外昇天得道凝神斷想入定之法即時諸尼聞其所說甚恠其異一心歡喜皆得羅漢道後日國王波斯匿請佛及衆僧於正殿會佛欲見槃特威神與鉢令持隨後而行門士識之留不聽入卿爲沙門一偈不了受請何爲吾是俗人由尚知偈豈況沙門無有智慧施卿無益不須入門槃特即住門外佛坐殿上行水已畢槃特擎鉢伸臂遥以授佛王及羣臣夫人太子衆會四輩見臂來入不見其形恠而問佛是何人臂佛言是賢者槃特比丘臂也而近日得道向吾使持鉢門士不聽來入是以伸臂授吾鉢耳即便請入威神倍常王白佛言聞尊者槃特本性愚鈍方知一偈何緣得道佛告王曰學不必多行之爲上賢者槃特解一偈義精理入神身口意寂淨如天金人雖多學不行徒喪識想有何益哉於是世尊即說偈言

雖誦千章　句義不正　不如一要　聞可滅意
雖誦千言　不義何益　不如一義　聞行可度
雖多誦經　不解何益　解一法句　行可得道

同聞此偈二百比丘得羅漢道王及羣臣夫人太子莫不歡喜（出法句經第一卷）

鴦崛鬘暴害人民遇佛出家得羅漢道第十

婆伽婆在舍衛城祇樹給孤獨園爾時衆多比丘到時著衣持鉢入舍衛城乞食聞王波

斯匿宮門外有衆多人民各擕手啼哭喚呼便作是說於此國土有大惡賊名鴦崛鬘殺害人民暴虐無慈村落居止不得寧息殺害人民各取一指用作華鬘以是故名曰鴦崛鬘願王當降伏此人比丘食已詣佛世尊具陳上事佛便往彼時有衆人擔薪負草及耕田人有行路人詣世尊所語世尊言沙門莫從此道行所以然者此道中有鴦崛鬘殺害人民無有慈心於衆生城郭村落皆爲彼人所害彼旣殺人以指作華鬘懼嬈世尊時佛世尊遂更前進時鴦崛鬘遥見世尊來見已便作是念今此沙門獨來無伴我當殺之時鴦崛鬘卽拔胥劒往至佛所世尊遥見便復道還時鴦崛鬘走逐世尊後盡其力勢欲及世尊然不能及時鴦崛鬘便作是念我走能逮象亦能及馬亦能及車亦能及暴惡牛亦能及人然此沙門行亦不疾然盡其力勢不能及爾時鴦崛鬘遥語世尊言住大沙門世尊告曰我久自住然汝不住時鴦崛鬘便作是念我行惡行卽捨胥劒五體歸命求爲沙門受具足戒佛言善來比丘鬚髮自墮猶如剃頭彼所著衣化成袈裟佛爲說法成阿羅漢時王波斯匿集四部兵出舍衛城欲往殺彼賊鴦崛鬘先過世尊具向佛說世尊告曰若今王見鴦崛鬘剃除鬚髮著三法衣以信堅固出家學道王取云何王報言若取當問訊禮敬無有害心然彼兇惡無有慈心安能修行沙門之行時鴦崛鬘去佛不遠結跏趺坐直身正意繫念在前時佛舉手示鴦崛鬘處時波斯匿見鴦崛鬘已便懷恐怖衣毛皆

豎佛言勿怖自到彼所當與王語時波斯匿王便往至鴦崛鬘所到已頭面禮足在一面立時波斯匿王問鴦崛鬘言尊者鴦崛鬘今名何等鴦崛鬘答言大王我名伽瞿母名蔓多耶尼王報言汝善自勉進我今盡形壽供養尊者伽瞿衣被飯食病瘦醫藥牀卧具無所悋惜常當以法擁護時波斯匿王頭面禮足繞三帀詣世尊所白言世尊不降伏者能降伏之（出增一阿含第十九卷）

蜜婆和吒羅漢等有習氣第十一

有人雖斷一切煩惱身口中亦有煩惱相凡人見聞則起不清淨心如蜜婆和吒阿羅漢五百世在獼猴中今雖得道猶騰跳樹木愚人見之即生輕慢又畢陵伽婆蹉阿羅漢五百世生婆羅門中習輕慢心今雖得道猶語恒水神言小婢止流恒神瞋恚詣佛陳訴佛教懺悔猶稱小婢佛無如是事如一婆羅門惡口一時以五百事罵佛佛無愠色婆羅門心乃歡喜即復一時以五百善事讚歎於佛亦無喜色當知佛煩惱習氣盡故好惡無異（出大智論第八十四卷）

兄弟爭財請佛解競為說往事便得四果第十二

佛在羅閱祇竹園中時有大姓子兄弟四人父母早亡共爭居財見舍利弗歡喜問言願為說此後不復爭舍利弗言善哉吾有大師佛三界最尊爾等隨我還到佛所必當得解隨舍利弗還佛遥見四人笑出五色光四人禮佛白言吾等愚癡願佛解說令不復爭昔有國王號曰惟婁身體有疾迎醫往視合藥

應用師子湩王即募得之者分土封之并妻以小女時有貧人啓言能得王即聽許其人巧黠先尋師子所在乃殺羊蒲萄酒數斛往到其山伺師子出行便殺羊并蒲萄酒著其住處師子見酒肉即便飲食大醉熟卧前捉取湩歡喜而還未達本國暮宿聚落有一羅漢宿與此人同宿此人追師子經歷險道體極眠卧都無所知道人覩其身中六識各自爭功足神言賴曰我行到此得湩手神復言賴我手捉取目神復言賴我見之耳神復言賴我聞王求湩將爾等來舌神即言汝等空以競爭此功是我有今殺活在我耳此人齎湩詣王所白言今已得師子湩在外王言是非但進之王適見湩舌即言此非師子湩但驢湩耳王聞大怒言我使汝取師子湩乃以驢湩即欲殺之時共宿道人即以神足到王前報言此信是師子湩我時與是人共宿聚中見其身中六體共爭其功勤舌言我當反爾等今果如此王但以湩合藥其病必愈王即信阿羅漢言用湩合藥以女妻之并封拜如本約道人告王言一人體識自相反戾況於他人乎時取湩者得道人恩求作沙門意解得羅漢道時王亦歡喜受五戒得須陀洹道四人聞是意解便隨佛乞爲比丘佛默然以手摩其頭髮墮袈裟著身結解垢除阿難白佛此四人本何功德今聞經便解疾得阿羅漢佛言昔摩文佛時舍利弗爲比丘此四人爲賈客共以一袈裟上舍利弗舍利弗呪願令君等後世早得度脫今從舍利弗而得解脫出惟婁王師子湩譬喻經

常給事衆僧飲食衣服得道第十三

有一男子於正法出家能爲給事所至寺諸比丘等令其給事後轉疲極自思惟言誰能爲我說法教化聞摩偷羅國有優波笈多是佛所說能於後弟子中最爲第一即爲作禮合掌說言大德大作佛事爲我說法優波笈多言能隨我教當爲說法答曰能問曰那哆婆哆寺衆僧有幾汝更給事衆僧答曰有一萬八千阿羅漢學人一倍精進凡夫無數時彼比丘即爲一切衆僧而作給事令一切僧專修道業時給事比丘早起著衣持鉢入摩偷羅國有一長者朝出相逢長者念言我未曾見而今見之頭面禮足問言大德所從遠近有何事來答言從東國來至優波笈多處爲欲聞法而優波笈多令我爲僧給事我今不知摩偷羅國人誰精進誰不精進者長者曰汝今不須思惟是事我當代汝給事衆僧一切飲食衣服醫藥我悉給與比丘與長者共取飲食等供養衆僧三月安居時比丘思惟所依功德得阿羅漢果（出阿育王經第九卷）

見羅刹出家得道第十四

摩偷羅國有一男子啓其父母求欲出家往優波笈多所恭敬作禮白言大德我得作比丘不優波笈多見其於身爲愛所縛語言善來我當與汝出家歡喜禮足乞先暫還家於路思惟我若至家或有留難夕於中道宿一神廟（大智論云空舍）優波笈多作二羅刹一持死屍一則空手俱入廟中互言我得共諍不決而問此人誰將屍來此人思惟不得妄語如實語之空來之鬼即牽其臂向口欲食將屍之

鬼助其分解劣相免脫如此良久遂至日出經二日後還至笈多所出家爲道精進勤修得阿羅漢果（出阿育王經第九卷又出大智論第十一卷）

有人避害出家見佛成道第十五

昔有衆人在江水側爲大水所害人民無復齊限其中得解脫萬中有一於深水得解脫人往至佛所求爲沙門佛便然可聽在道未内不思惟謂離困厄佛爲説法勸令行道時彼比丘内自慚愧解知一切萬物無常心開意解湛然無想即於佛前成阿羅漢（出説法爲沙門經）

羅漢與象先身共爲兄弟行善不同第十六

迦葉佛時兄弟二人俱爲沙門兄持戒坐禪一心求道而不布施弟布施修福而喜破戒兄從釋迦出家得羅漢道衣常不充食常不飽弟生象中爲象多力能却怨敵國王所愛金銀珍寶瓔珞其身封數百户邑供給此象隨其所須時兄比丘值世大儉遊行乞食七日不得末後得少麤食劣得存命先知此象是前世弟便往詣象手捉象耳而語之言我昔與汝俱有罪也象思比丘語即識宿命見前世因緣愁憂不食象子怖懼便往白王象不飲食不知何意王問象子先無有人犯此象不象子答曰無他異人唯一沙門來至象邊須臾便去王即遣人覔得沙門問言至我象邊何所道沙門答曰語象言我與汝俱有罪耳沙門向王具説如上王意便悟即放沙門令還所止（出雜譬喻經第四卷）

五百盲兒崎嶇見佛眼明悟道第十七

毗舍離國有五百盲人乞匃自活時聞佛出

世覩見之者癃殘百病皆蒙除愈貧施衣食愁憂苦厄悉能解免盲人共議我等罪積苦毒特兼若當遇佛必見救濟便共行乞人各令得金錢一枚以用雇人足得達彼行乞經時人獲一錢左右喚人誰將我等到舍衛者金錢五百雇其勞苦時有一人來共相可以錢與之語諸盲人展轉相牽自在前導將至摩竭棄諸盲人置空澤中盲人不知爲在何國互相捉手踐踏他田傷碎苗穀田主見之盛發瞋怒語痛與手乞兒求哀具說上事長者愍之令一使人將詣舍衛適達彼國又聞世尊已向摩竭提國使人將還向摩竭國盲人欽佛係心欲見肉眼雖閉心眼已覩歡喜發衷不覺疲勞已至摩竭復聞世尊已還舍衛如是追逐凡經七返爾時如來觀諸盲人善根已熟便住待之佛光觸身應時兩眼即得開明乃見如來四衆圍遶身光晃昱如紫金山前詣佛所五體投地爲佛作禮異口同音共白佛言唯願垂矜聽在道次佛唱善來比丘鬚髮自墮法衣在身重爲說法得阿羅漢果出賢愚經第六卷

旃陀羅兒被佛慈化悟道第十八

舍衛城裏有一旃陀羅兒賢愚經云尼提除糞自活爾時世尊入城分衛次至彼家客除糞者即避餘巷如來逆之其人自念吾擔糞不淨今日何由得覲世尊復詣一澤佛遥喚曰吾爲汝來其人報曰不敢親近不審世尊何所教誡乃能慈愍與罪人語世尊告曰欲度卿爲沙門其人白佛地獄畜生亦得爲道乎佛言吾今出世正爲罪苦手執其人上昇虚空至

恒水側浴沐身體復至祇洹勑諸比丘度爲沙門其人勤勵精進勤苦日新未經旬日便得須陀洹果至羅漢果六通清徹涌没自由詣大方石當中央坐補納故衣王聞佛度旃陀羅兒念佛出釋種豪族姓家左右弟子皆出四姓來入宮室受供信施五體投地接足而禮今聞如來度旃陀羅云何禮敬吾今當往責數如來未到之頃見前比丘坐大方石有五百淨居天圍繞禮覲王前語曰煩白世尊波斯匿王欲覲世尊比丘聞已即没石中從精舍出具以白佛佛言知時比丘還從石涌出語王如來有教王心念先問此比丘云何得入是剛鞕石涌没自由前至佛所頭面禮足在一面坐前白佛言向者比丘爲名何等有此神力佛告王曰比是客除糞人爾時世尊以此因緣便説二偈猶如穢污惡地田溝深坑生香潔蓮華云何大王有目之士當取此華不王言世尊華極香潔當取莊飾穢污觀毋胎於彼胎中生功德華時王白佛彼人快得善利不可思議自今以後請此比丘供養四事出旃陀羅兒經

獵師捨家學道事第十九

昔佛在摩竭國甘梨園中城北石室窟中有衆多獵師入山遊獵廣施羅網殺鹿無數復還上山時彼有一鹿墮彼橛中大聲喚呼獵師聞已各各馳奔自還墮橛傷害人民不可稱數雖復不死被瘡極重痛不可言各相扶持劣乃到舍求諸膏藥以傅其瘡室家五親各迎尸喪歸還耶旬之其中被瘡衆生自念知瘡瘥㰤患遊獵宿緣應度種諸善根本便

自捨家學道作沙門爾時世尊與無央數百千衆生前後圍遶而爲說法爾時世尊爲彼衆生欲拔其根修立功德示現教誡永離生死常處福堂於大衆中而說此偈

猶如自造箭　還自傷其身　內箭亦如是
愛箭傷衆生

時彼獵師雖爲沙門不自覺知如來今日證明我等定爲獵師內自慚愧自省本過在閑靜處思惟止觀係意不亂所以族姓子剃除鬚髮著三法衣出家學道修無上梵行自身作證而自娛樂生死已盡梵行已立所作已辦更不復受生死如實知之

爾時諸比丘皆得阿羅漢六通清徹無所罣礙故說此偈

能覺知是者　愛苦共生有　無欲無有想

比丘專念度（出獵師捨家學道經）

經律異相卷第十七

音釋

篲（徐醉切竹掃帚也）崎嶇（崎去奇切嶇豈俱切山路險峻也）耄（莫報切八十九十歲曰耄）孳（即移切生息也）孽（五傑切妖孽變怪也）娉（匹正切娶問也）泆（夷質切淫放也）啣（胡讒切正作銜口含物也）鸇（之然切鷂也）舐（神紙切餂也）謚（常利切誄行立號以易名也）惕（他的切懼也）惶㣿（惶胡光切怕怖也㣿都了之若二切憂也痛也）燡（羊益切燡燡光盛貌）麨（尺小切乾糧也）髀（旁禮切股也）躃踊（躃正作擗毗亦切撫心也踊尹竦切頓足也）憯（徒感切）㸌（虛郭切正作霩雲消貌）慍（於問切含怒意）湩（都隴切乳汁也）黠（胡八切慧也）癃（力中切病也）鞕（魚孟切與硬同）橿（其亮切與弶切）

經律異相卷第十八

梁沙門僧旻寶唱等奉　勑撰

聲聞無學僧部第十二之六

重姓魚呑不死出家悟道一

二十億耳精進太過二

賴吒爲父所要三

金財先以兩錢施佛僧令生手把金錢四

華天比丘先世採華供養令身恒常天雨

其華五

寶天比丘前身以一把石擬珠散僧故生

時天雨七寶六

少欲知足比丘聞法得道七

工巧比丘思惟成道八

賊作比丘遇佛悟道九

貪食比丘觀察成道十

乞兒比丘現神力入祇陀宮十一

四比丘說苦遇佛得道十二

四比丘說樂佛謂是苦心悟得道十三

比丘拔母泥犂之苦十四

比丘從師教得道十五

比丘白骨觀入道十六

比丘自恣受臘得道十七

比丘喜眠佛示宿習得道十八

比丘好眠見應化深坑懼而得道十九

比丘多食得羅漢道二十

比丘久病佛爲澔浣聞法捨命得無餘泥

洹二十一

比丘因怖得道二十二

比丘與女戲有惡聲自殺天神悟之精進

得道二十三

比丘在俗害母爲溥首菩薩所化出家得道二十四

比丘貧老公垂殯佛說往行許其出家二十五

比丘見一須陀洹先作維那今獲苦報畏故得道二十六

二比丘所行不同得報亦異二十七

沙門樹下坐貪想不除佛化身說法得羅漢道二十八

沙門飯僧汚手拭柱柱爲之裂二十九

沙門小便不彈指尿濺鬼面三十

沙門開戶五指火出三十一

重姓魚吞不死出家悟道第一

舍衛國有豪貴長者財富無量唯無子息夫婦每懷悒遲禱祀求索精誠欵篤婦生一男端正希有父母宗親值時讌會共相聚集詣大江邊飲食自娛父母將兒詣其會所愛念此兒從坐擔儛父儛已竟母復擔之歡娛自樂臨到河邊意卒散亂執之不固失兒墮水尋時搏撮竟不能得父母憐念愛著傷懷其兒福德遂復不死隨水沉浮爲一魚所吞雖在魚腹猶自不死下流村中有一富家亦無兒子種種求索困不能得而彼富家恒令一奴捕生爲業值得吞小兒魚割腹得兒施與大家大家觀省而自慶言我家由來禱祠神祇求索子息精誠報應故天與我即便摩拭乳哺養之上村父母聞下村長者魚腹得兒即往其所追求索之言是我兒我於彼河而失是子今汝得之願以見還時彼長者而答之曰我家由來禱祠求子今神報應賜我一

兒君之亡兒竟爲所在紛紜不了詣王求斷於是二家各引道理其兒父母說是我兒我於其時失在河中而彼長者復自說言我於河中魚腹得之此實我子非君所生王聞其說靡知所如即爲二家評詳此事卿二長者各名此兒今若與一於理不可更共供養至兒長大各爲娶婦安置家業二處異居此婦生子即屬此家彼婦生兒即屬彼家時二長者各隨王教兒年長大俱爲娶婦供給所須無有乏短兒白二父母我生已來遭罹艱苦墮水魚吞垂死得濟今我志意欲得出家唯願父母當見聽許時二父母心愛此兒不能拒逆即便聽許往至佛所求欲入道佛言善來頭髮自墮即作沙門字曰重姓佛爲說法得盡諸苦成阿羅漢佛言過去久遠有佛世尊號毗婆尸集諸大衆爲說妙法時有長者來至會中聞說大法施戒之福生信敬心受三自歸及不殺戒復以一錢布施彼佛世世受福財寶無乏長者子今重姓比丘是也由其施佛一錢九十一劫恒富錢財至於今世二家父母供給所須受不殺戒墮水魚吞不能死受三歸故得羅漢果（出賢愚經第五卷）

二十億耳精進太過第二

佛在占婆國雷聲池側尊者二十億耳在一靜處自修法本不捨頭陀晝夜經行行處脚蹠而血流溢恒自剋勵而欲漏心不得解脫是時二十億耳便作是念苦行精進我爲第一然我今漏心不得解脫又我家業多財饒寶宜可捨服還作白衣持財廣施佛心知之便至彼處佛語二十億耳汝本在家善能彈

琴琴絃極急響不齊等音可聽不不也世尊佛言琴絃極緩復可聽不不也世尊佛言不急不緩音可聽不如是世尊佛言極精進者猶如調戲若懈怠者此墮邪見若能在中此則上行如是不久當成無漏二十億耳聞是語已還雷音池側思惟佛教成阿羅漢出中阿含第二十九卷

賴吒爲父所要第三

賴吒婆羅門求佛出家佛言先辭父母父母不聽賴吒卧地多日不食父母慰喻終亦默然既憐其志便即聽許出家受戒具足成阿羅漢後十年還村次第乞食父不識訶罵不與婢取鉢盛棄爛食與還啓大家賴吒還父即出看問汝還何不至我門答言已至得罵父牽入室辦種種美食象負金銀著中庭積高於人錢物無數汝可還俗母命新婦嚴莊至賴吒所親戚共相諫數賴吒啓父欲施食與何假見嬈出中阿含經第二十八卷

金財先以兩錢施佛僧今生手把金錢第四

舍衛城中有大長者婦生一男名曰金財端正殊特是兒手捲父母驚怖即開兩手見二金錢在兒手中歡喜收取轉更續生如是勤取滿藏不盡兒年轉大即白父母求索出家即便聽之往至佛所剃除鬚髮身著袈裟年滿受戒臨壇衆僧次第爲禮隨所禮處時兩手案地皆有二金錢受戒已竟精勤修習得羅漢道阿難問佛此金財比丘先造何福手捲金錢佛言過去九十一劫有佛名毗婆尸出現於世與諸衆僧遊行國界時諸長者施設供養佛及弟子時一貧人取薪賣之時得

兩錢見佛歡喜即以兩錢施佛及僧貧人以兩錢施佛及僧故九十一劫恒捲金錢財寶自然爾時貧人者金財比丘是也出賢愚經第一卷

華天比丘先世採華供養今身恒常天雨其華第五

舍衛國内有豪富長者生一男兒面首端正天雨衆華積滿舍内即字此兒名弗把提梁言華天兒年轉大往至佛所心自思惟我生處世得值聖尊即前白佛唯願世尊及與衆僧明日屈意臨適鄙家受少蔬食佛即受請華天還至化作寶牀遍其舍内正設嚴飾佛及衆僧即坐其座華天福德飲食自辦佛僧食已廣爲華天具説法要華天闔家得須陀洹即辭父母求索出俗父母聽之佛言善來鬚髮自墮袈裟著身遵修佛教逮得羅漢阿難白佛華天何福而得如是佛言過去有佛名毗婆尸出現於世度脱衆生時諸豪族皆悉供養有一貧人見僧歡喜即於野澤採衆草華用散大會僧衆佛告阿難爾時貧人今華天比丘是散華之德九十一劫身體端正意有所須如念而至出賢愚經第二卷

寶天比丘前身以一把石擬珠散僧故生時天雨七寶第六

舍衛國有長者生一男兒當爾之時天雨七寶遍其家内相師覩之白長者言兒相殊特生時有瑞應號爲勒那提婆梁言寶天兒年轉大書藝博通聞佛神聖心懷渴仰即辭父母往詣佛所而白佛言願令出家佛言善來鬚髮自墮法衣在身佛爲説法即得羅漢毗婆尸佛出現於世有諸居士共請衆僧種種供養

時有貧人雖懷喜心無供養具以一把白石擬珠用散僧衆發大誓願貧人者今此寶天比丘是乃至九十一劫受無量福多饒財寶衣食自然今遇我世得道果證出賢愚經第三卷

少欲知足比丘聞法得道第七

時南天竺有一男子於佛法中出家少欲知足不樂榮顯不以酥油摩身不以湯水洗浴不食酥油常畏生死四大無力不得聖道即生心念唯有優波笈多能爲我說法即詣摩偷羅國合掌禮敬優波笈多見其後身怖畏生死常不樂麤惡不願華飾優波笈多語言但隨我教當爲汝說答言唯優波笈多令諸檀越設種種飯食洗浴衆僧又語年少沙門可以湯水洗浴此比丘以酥油摩其身以種種美食與之是比丘得食數日身有氣力一聞優波笈多所說妙法精進思惟得阿羅漢果出阿育經第九卷

工巧比丘思惟成道第八

有一男子於佛法中出家善能工巧在所至處一切衆僧令造寺舍日日不息生大疲倦即自念言我當坐禪思惟佛昔在世說一切比丘應坐禪修道不得放縱即往優波笈多所禮拜合掌言佛已涅槃大德今作佛事願爲說法時優波笈多見其後身畏生死苦因緣未足更爲工巧復見疲倦不能復作優波笈多語言若隨我教當爲說法答曰如是優波笈多言若地未起寺者汝當於彼起寺佛昔說此得梵功德答曰大德我於摩偷羅國不知誰精進笈多曰汝能早起著衣持鉢入國不答曰能早起入國遇一長者出所未曾

見此比丘而今見之即爲作禮問言大德從遠近來比丘答曰從東國來又問何事答曰如是長者言大德今不須思惟是我當爲此丘種種辦具時比丘共長者捉繩量度覓處繩未至地即自思惟所作功德除一切煩惱得阿羅漢果（出阿育王經第九卷）

賊作比丘遇佛悟道第九

佛在舍衛國時拘薩羅國波斯匿王勑典獄者諸有盜賊罪應入律詣市殺之時有一賊在大衆中逃竄得脱外假法服私爲沙門然内不思惟謂爲求離困厄之難不復懼害在閑靜處不思道德不習經義律儀禪誦之道然未得證果不勤求證果佛告彼人已免生死賊寇之難故有餘恐五盛陰身輪轉五趣無有解已爲諸結使所見殘害便當墮於餓鬼畜生之道時彼比丘在閑靜處思惟校計内自懇責解知萬物皆悉無常生不久存盡歸於滅興衰之變斯來久矣即於佛前悔過自責成羅漢道（出說竊爲沙門經）

貪食比丘觀察成道第十

時摩偷羅國有一男子於優波笈多所離俗出家爲貪食故不能得道笈多語言我明日當與汝食至時以一器盛滿鉢糜又一空器并置其前而語之言汝可取食令此器空又言待冷稍稍食之而此比丘貪心厚重便吹使冷白和尚言已冷乃并食之笈多曰乳糜雖冷汝心故熱復應冷之當以不淨觀爲水除此心熱若見飲食如服藥想比丘食竟即便吐出滿於空器笈多曰汝可使更食比丘曰不淨何可復食又言汝觀一切法猶如涕

吐因爲説法比丘精進思惟觀察得阿羅漢果出阿育王經第九卷

乞兒比丘現神力入祇陀宫第十一

祇陀太子遣信請佛及僧明日食唯不請乞兒比丘乞兒比丘善來盡隨佛僧明日入宫食乞兒比丘以神通力往北鬱單越取自然飲食各持威儀凌虚而下入太子宫次第而坐太子見之歎未曾有問佛言此諸賢聖從何許來佛言即五百乞兒爲沙門也太子深愧出賢愚經第五卷

四比丘説苦遇佛得道第十二

佛在舍衛精舍有四比丘坐於樹下共相問言一切世間何者最苦一人言天下之苦無過婬欲一人言世間之苦無過飢渴一人言世間之苦無過瞋恚一人言天下之苦莫過驚怖共諍苦義云何不止佛知其言往到其所問其所論即以事白佛佛言汝等所論不究苦義天下之苦莫過有身飢渴寒熱瞋恚驚怖色欲怨禍皆由於身夫身者衆苦之本患禍之器勞心極慮憂畏萬端三界蠕動更相殘賊吾我縛著生死不息皆由身故欲離世苦當求寂滅攝心守正怕然無想可得泥洹此爲最樂佛爲説偈告諸比丘往昔久遠無數世時有五通比丘名精進力在山樹下閑寂求道時有四禽依附左右常得安隱一者鴿二者烏三者毒蛇四者鹿是四禽者晝行求食暮則還宿四禽一夜自相問言世間之苦何者爲重烏言飢渴之時身羸目冥神識不寧投身羅網不顧鋒刃我等喪身莫不由之以此言之飢渴爲苦鴿言色欲熾盛無

所顧念危身滅命莫不由之毒蛇言恚意一起不避親疎亦能殺人復能自殺鹿言我在林野心恒怵惕畏懼獵師及諸虎狼髣髴有聲奔投坑岸母子相捐肝膽掉悸以此言之驚怖爲苦時精進力答言汝等所論未耳不究苦本天下大苦無過有身是爲苦器憂畏無量吾以是故捨俗學道滅意斷想不貪四大欲斷苦源志存泥洹泥洹道者寂滅無形憂患永畢爾乃大安四禽聞之心即開解佛告比丘爾時五通比丘則吾身是時四禽者今四人是前世已聞苦本之義如何今日方復云云比丘聞之慚愧自責即於佛前得羅漢道出法句經譬喻第四卷

四比丘說樂佛謂是苦心悟得道第十三

佛在舍衛精舍時有四新學比丘至柰樹下坐禪修道柰花榮茂色好且香因相謂曰世間萬事何者可樂一人言仲春之月百木榮華遊戲原野此最爲樂一人言宗親吉會觴酌交錯音樂歌舞此最爲樂一人言多積財寶所欲即得車馬服飾與衆有異出入光顯行者屬目此最爲樂一人言妻妾端正綵服鮮明香熏芬馥恣意縱情此最爲樂佛知可化往爲宣說此最爲苦又言昔有國王名曰普安與隣國四王共爲親友請此四王宴會一月飲食娛樂臨别之日普安王問曰人居世間以何爲樂四王所對與汝不異普安王爲說苦因四王聞之歡喜信解時普安王我身是也時四王者汝四人是前已論之今又不解生死延長何由休息時四比丘重聞此義慚愧悔過心意開悟得羅漢道出法句喻第四卷

比丘拔母泥犂之苦第十四

昔有一人辭親學道得成應眞諸有恩已盡行濟之觀見其母在泥犂中廣求方便欲脱母苦見邊境有王害父奪國命餘七日受罪之地與其母同夜到王所於壁現半身王見怖懅拔刀斫頸頭即落地比丘不動王意方解叩頭謝過比丘語王汝害父奪國不耶對曰實爾曰汝命餘七日當入地獄吾故來相語王即求哀比丘曰大作功德恐不相及王但稱南無佛七日不絶便得免罪王便一心稱南無佛七日不懈命終神明猶憶入泥犂門故稱南無佛泥犂即令一城中人皆得脱出比丘便爲説法比丘母及王與泥犂中人皆得度脱出十卷譬喻經第二卷

比丘從師教得道第十五

南天竺國有一男子於佛法出家身爲愛所縛以酥油摩身又用湯水洗浴資種種飲食身爲愛縛不得聖道往摩偷羅國優波笈多所禮足而言願聞法要優波笈多見其後身爲愛所縛語言男子能隨我教當爲汝説答言能優波笈多將其入山以神通力化作大樹語言汝當上此大樹是時比丘即便上樹又於樹下化作大坑深廣千肘又語放汝二脚即便放脚又令放一手即放一手更放一手比丘答言若復放手便墮坑死優波笈多言我先共約一切受教汝今云何不受是時比丘身愛即滅放手而墮不見樹坑笈多説法精進思惟得羅漢果出阿育王經第十卷

比丘白骨觀入道第十六

摩偷羅國有一男子從優波笈多出家聞説

不淨觀等以不淨觀摧伏煩惱謂已作所作笈多言汝當精進勿作懈想答曰我已得阿羅漢笈多語言汝見乾陀羅國（梁翻持地）酤酒女人不此女人自言得道如汝不異煩惱未斷而自言斷是增上慢汝今觀此女人爲得道不答曰我未能見欲向彼國師即聽之是時比丘至乾陀羅國治下土石寺消息早起著衣持鉢入聚落乞食時酤酒女取食欲與比丘見女婬欲變心便自取鉢中麨酪與此女人女人見之亦婬欲變心露齒而笑比丘即入不淨觀乃至觀身作白骨想從於是觀得阿羅漢果（出阿育王經第五卷）

比丘自恣受臘得道第十七

佛在舍衛國夏坐三月以至新歲告阿難言汝擊揵椎揵椎聲音遍一佛國地獄餓鬼畜生一切病苦聞音悉除皆得安隱於時佛言比丘汝等宜起行舍羅籌各各相對悔過自責相謝衆失所犯非法各忍和同淨身口心命無餘穢時諸比丘即受佛教事訖還坐時佛慈愍因從座起向諸比丘叉手而言雖無上尊至眞無失當可施行以爲訓誨時佛還延懺謝聖衆聖衆矜愍一切還就草蓐佛適復坐聖衆亦然各還就故位時萬比丘得成道迹八千比丘得阿羅漢果（明自恣受臘事出新歲經）

比丘喜眠佛示宿習得道第十八

佛在祇樹精舍諸比丘勤修道業除棄陰蓋有一比丘飽食入室閉房靜眠受身快意不觀非常無復晝夜却後七日其命將終佛愍傷之即入其室彈指悟之爲說妙偈驚悟稽首作禮佛告比丘汝本宿命惟衛佛時曾得

出家貪身利養不念經戒飽食却眠不惟非常命終蒐神生螉蟲中積五萬歲壽盡復爲螺蚌之蟲樹中蠹蟲各五萬歲此四品蟲生長冥中貪身愛命樂處幽隱爲家不喜光明一眠之時百歲乃覺連綿羅網不求出要今始罪畢得爲沙門如何睡眠不知厭足比丘聞已慚愧自責五蓋即除成阿羅漢出法句譬喻第二卷

比丘好眠見應化深坑懼而得道第十九

摩偷羅國有一男子依優波笈多出家常好睡眠有時說法睡眠不聞教樹下坐禪亦復睡眠笈多以神通力於其四邊化作大坑深一千肘時比丘睡覺即便驚怖時優波笈多復化作路令其得行此比丘隨路而出往優波笈多所優波笈多令其更去比丘答言彼有深坑優波笈多言此深坑小生死深坑大所謂生老病死憂悲苦惱若人不知四諦則墮其中比丘聞之復往樹下跏趺而坐心每思惟恐墮深坑不復睡眠以怖畏故思惟精進除諸煩惱得阿羅漢果出阿育王經第九卷

比丘多食得羅漢道第二十

有一牸象名曰磨荼載佛舍利來罽賓國以此善根死生人中出家得阿羅漢果因食一斛飯乃般涅槃告諸比丘尼等汝尼集會我當自說所得勝法諸比丘尼不信其言復語尼曰莫生不信前世之中爲牸象身捨彼象身即得此身餘能食飯一斛五升而食一斛乃至廣說如是等雖是多食而是易滿曾聞波斯匿王食飯二斛是彼功德因緣故因一根秔米一莖甘蔗日日長生爾許飯食故身

體肥大以此大身往詣佛所佛問大王身體
肥大得無疲耶時波斯匿心生慚愧具向佛
說世尊說偈
人當有正念　於食知止足　亦不遭苦受
易消而增壽
時波斯匿王聞佛所說漸漸減食乃至後時
唯食一斛（出阿毗曇毗婆沙第二十二卷）

比丘久病佛爲湔浣聞法捨命得無餘泥洹
第二十一

佛在舍衛國有一長者請佛及僧時比丘往
如來不往遣信取食有二因緣一者欲與諸
天說法二者瞻視病人是時世尊遍觀比丘
皆悉受請即取鑰牡開一房門見一比丘抱
患頓篤臥大小便不能轉側世尊問曰汝有
何患比丘曰受性闇鈍恒懷懈慢初不勤他
瞻視餘人是故今日無看我者今實孤窮所
怙無處爾時世尊慈憐躬抱除去不淨湔浣
坐具水洗其身更與著衣敷新坐具還置房
中躬自案摩告比丘曰汝不加勤求增上法
死後便當更受劇苦漸與說法勸使勇猛乃
告諸僧汝等比丘無父母兄弟亦無姊妹宗
族不相瞻視此非是宜我法齊正上下和從
自今爲始弟子侍師如事父母至死不捨師
看弟子視如兒息隨時將息至死不捨師徒
相慈流于永劫所有什物平等分布設無什
物當廣分衛有瞻病者則瞻我身所獲功德
亦無差降時病比丘便自思惟即捨形壽便
得無餘（出佛看比丘病不受長者請經）

比丘因怖得道第二十二

時摩偷羅國有一男子從優波笈多出家多

喜睡眠笈多化作一鬼而有七頭手捉樹枝身懸空中比丘見已即便驚覺生大怖畏還其本所笈多語云還坐禪處比丘白言和上彼林有一鬼七頭當我前手捉樹枝懸在空中甚可怖畏笈多言此鬼不足畏睡眠最可畏若比丘爲此鬼所殺必不入生死若爲睡眠所殺則生死無窮比丘即還坐禪處復見此鬼畏此鬼故不敢睡眠是時比丘精進思惟得阿羅漢果（出阿育王經第十卷）

比丘與女戲有惡聲自殺天神悟之精進得道第二十三

佛住舍衛國有異比丘在拘薩羅人間住一林中比丘與長者婦女嬉戲起惡名聲比丘自念我今日自殺林中有天神化作長者女身語比丘言世間諸人爲我及汝空作惡名言我與汝共相習近作不正事既已有惡聲可近還俗共相娛樂比丘答曰爲有此聲我今自殺神復天身而說偈言

雖多惡名聞　行者當忍之　不應生自害
亦不應起惱

比丘開悟專精進思惟斷除煩惱得阿羅漢果（出比丘避女惡名欲自殺經）

比丘在俗害母爲溥首菩薩所化出家得道第二十四

路有一人害所生母止住樹下啼哭懊惱稱叫奈何自責無狀而造大逆自害我母當墮地獄其人雖爾當修律行溥首菩薩見其現在應當得度化作異人攜其父母詣害母人所去之不遠中道而住父母謂子此是正路子言非正遂共爭計子現瞋怒殺化父母殺

已啼哭酸毒不能自勝往殺母人所謂言我殺父母當墮地獄哭言奈何當設何計其害母者而自念言今此來人乃害二親我但危母其人癡冥罪莫大焉我之爲逆尚差於彼知彼受罪吾猶覺輕其人悲哀酸酷口並宣言吾當往詣能仁佛所其無救者佛爲設救其恐懼者佛能慰除如佛所教我當奉遵於時化人啼哭進路在其前行此害母者尋隨其後如彼悔過吾亦當爾吾罪微薄彼人甚重化人詣佛稽首于地而白佛言唯然世尊吾造大逆而害二親犯斯大罪佛告化人善哉善哉子爲至誠而無所欺言行相副詣如來前言説至誠諦口不兩舌亦不自侵當自惟察觀心之法以何所心危二親者用過去心當來心乎現在心耶其過去心即已滅現在心即以別去無有處所亦無方面不知安在當來心者此則未至無集聚處未見旋返亦無往還子當知之心亦不立於身之內亦不由外亦無境界不處兩間不得中止如此文多不可備載化人歎曰得未曾有如來成最正覺了知法界無有作者亦無有受無有生者無滅度者無所依倚願得出家因佛世尊得作沙門受具足戒佛言比丘善來於時化人前作沙門即白佛言唯然世尊吾獲神通今欲滅度佛之威神使彼化人去地四丈九尺於虛空中而取滅度身中出火還自燒體逆子見之心自念言彼作沙門便得滅度吾効此人往詣佛所稽首聖足言我亦造逆自危母命佛言善哉至誠而無所欺言行相副於時逆人地獄之火從毛孔出其痛甚劇而無救護

白佛言我今被燒唯天中天而見救濟世尊出金色臂著人頂上火時即滅見如來身若干相好身痛休息而得安隱又前白佛欲作沙門佛尋聽之即爲出家說四諦法其人聞之遠塵離垢得法眼淨修行法教逮得不還證得羅漢又白佛言欲般泥洹佛言隨意時比丘踊在虛空去地四丈九尺身自出火還燒已體百千天人於虛空中而來供養時舍利弗白佛言如來恩施所說法律乃令逆者得度唯有如來諸大菩薩能覩一切羣萌根源隨而度之非聲聞緣覺境界佛言如是（出心本淨經）

比丘貧老公垂殞佛說往行許其出家第二十五

舍衛國有一貧窮老公年二百歲眉生秀毛耳出於頭齒如齊貝手過於膝貌而視之似如有相而貧窮辛苦衣不蓋形五體裸露腹恒飢空行步裁動示有氣息欲往見佛釋梵侍門勑不通之老公大聲言曰吾雖貧窮民之斯下千載有幸今得值佛欲問罪福求離衆苦我聞世尊仁慈普逮莫不受恩而獨斷我亦誣聖意佛呼使前匍匐寸進爲佛作禮悲喜交流稱其窮苦一願奉覲十年始果氣力既惡進退無路但恐命終穢汚聖門重增其罪世尊哀矜不奪本願如此而死無復恨矣唯願速終願垂恩施佛言人之受生多以緣致我爲汝說汝前世時生豪强大國明慧王家時爲太子憍貴非凡上爲父母所珍下爲臣民所奉用此恣意輕陵於人高目大視矜抗邈然財寶億萬皆是民物百姓貧弊皆

以調斂唯知聚積初不布施時有寒素沙門名曰靜志從遠國來故往詣卿所求不多唯法衣耳而卿了不當接遇之甚惡衣既不乞又不與食空坐著前去復不聽晝夜七日水漿乖絶示有氣息方大歡喜聚衆看之以爲至樂侍臣諫曰沙門慈恭道德内全凍之不寒餓之不飢所以來乞欲爲福耳既不施與安可窮逼幸發遣之勿招其罪太子乃曰此是何人詐稱道德試小困之裁令不死正爾放去無所憂也即便遣去驅逐出國出界十餘里逢遭餓賊欲殺噉之沙門言曰我窮凍沙門羸瘦骨立肉痟腥臊不中食也空當見殺而無所任餓賊答曰我餓困累日但食土耳卿雖小瘦故是肉也終不相放但當就死如此前却食久太子得知便馳往曰我以不能乞其衣食寧當復令賊殺之耶賊見太子皆各叩頭謝罪放沙門去時沙門者彌勒是也故卿今日受此貧窮之罪坐慳貪也所以長壽救沙門之命也罪福各應如有影響老公曰去事以爾願畢於今乞得以垂没之命得作沙門後生世世常侍佛邊佛言善哉應時老公鬚髮墮地法衣在身體氣更健耳目聰明立得上決入三昧門以偈讚佛作禮而退

我昔爲寵子　不識仁義方　驕貴自放恣
時爲大國王　自謂無罪福　以此可保常
唐悟生死對　於今受其殃　從罪復蒙祐
得覩天中天　解脱既往罪　垂命入法門
求離慳貪心　長受智慧根　世世不遠佛
保持萬劫存　出貧窮老公經

比丘見一須陀洹先作維那今獲苦報畏故得道第二十六

摩偷羅國有一男子於優波笈多所出家笈多說法比丘精進思惟得須陀洹果不放逸故脫惡道怖七生天上七生人中受人天樂當入涅槃笈多見其意共入摩偷羅國次第乞食至旃陀羅舍有旃陀羅子得須陀洹果身有惡病一切身體爲蟲所食口氣臭穢優波笈多語弟子言汝觀此小兒得須陀洹受如此苦而說偈言

生旃陀羅姓　樂著於三有　惡蟲食其體
爲愛自在故　汝當作精進　爲於解脫故
生死無有實　猶如芭蕉林

比丘問言此人以何業緣得須陀洹而受此苦笈多答曰先身出家衆僧坐禪其爲維那有一羅漢居此惡病搔刮作聲維那語言惡蟲食汝而作此聲即牽臂出言汝入旃陀羅室去阿羅漢語維那汝當精進莫經生死受苦是維那即懺悔之懺悔竟得須陀洹果不復精進今小兒是也牽羅漢出今生旃陀羅處受報也比丘怖畏勤精進即得阿羅漢果出阿育王經第十卷

二比丘所行不同得報亦異第二十七

昔有兩比丘持戒智慧正等俱得須陀洹道一比丘但行乞匃以用布施飯諸比丘僧及貧窮者一比丘但坐禪自守謂行乞匃作布施者言何以不坐禪自守空自勤苦一比丘答言賢者佛言爲比丘亦當布施不則後世貧窮後二比丘俱得羅漢迦羅越子作沙門前世乞匃今得自守衆人自持衣食日日與

之其一比丘前世但自守今爲婢子作沙門乞匃無有與者常大飢渴故應持戒布施不當自守也 出譬喻經第三卷

沙門樹下坐貪想不除佛化身說法得羅漢道第二十八

佛在世時有一道人在河邊樹下學道貪想不除走心散意但念六欲身靜意遊曾無寧息十二年中不能得道佛知可度化作沙門往至其所樹下共宿須臾有月明有龜從河中出來至樹下復有水狗飢行求食與龜相逢便欲噉龜龜縮頭尾及其四脚藏於甲中不能得噉水狗小遠復出頭足行步如故遂便得脫時化沙門語言比丘吾念世人不如此龜有護命之鎧能令水狗不得其便世人無智放恣六情天魔得便殺形壞神去生死無端輪轉五道苦惱百千爲即說偈而勸勉之比丘聞偈貪斷望止得羅漢道知化沙門是佛世尊敬肅整服稽首佛足 出法句譬喻經第二卷

沙門飯僧汚手拭柱柱爲之裂第二十九

有沙門作摩波利飯比丘分酪酥著手以手塗柱柱即破裂 出譬喻經

沙門小便不彈指尿濺鬼面第三十

有一沙門不彈指來小便濺圊中鬼面厲鬼大恚欲殺沙門沙門持戒厲鬼隨逐伺覓其短不能得便沙門後作摩波利有人上此僧物者即於座上得羅漢道 出譬喻經第一卷

沙門開戸五指火出第三十一

有沙門先共同學道同住一堂一沙門言此沙門惡性不可共止捐往他國還過視之爲得道未夜到其舍沙門鑰開召呼前坐舉五

指頭火出外來沙門即大驚愕歎其得道出譬喻經第一卷

經律異相卷第十八

音釋

湔浣湔則前切滌也浣胡管切濯也濟子計切讌於甸切合飲也摶撮摶補各切索持也撮七括切挽取也羅呂支切遺也蹠之石切足底也怵丑律切悚懼也掉悸掉徒弔切顫掉也悸其季切心動也螉烏紅切蠮螉也蠮烏結切螺蚌螺落戈切與蠃同蚌蒲項切與蚌同蠹當故切食木蟲也匍匐匍薄胡切匐蒲北切盡力趨往也臊蘇高切腥臊臭也圊七情切廁也

經律異相卷第十九

梁沙門僧旻寶唱等奉　勑撰

聲聞不測淺深僧部第十三

伊利沙四姓慳貪爲天帝所化一

貧人去掃佛地得現世報終至得道二

毗羅斯那微善出家生天得道三

跋壉鷲鳥乞羽龍乞珠四

耶舍因年飢犯欲毋爲通致佛說往行五

難提比丘爲欲所涤說其宿行并鹿斑童

子六

闡陀比丘昔經爲奴叛遠從學教授五百

童子七

二摩訶羅同住和合婚姻佛說其往行八

常歡嫉於無勝佛說往緣栴沙生墮阿鼻

九

持戒堅固生天因緣十

滿願問餓鬼夫入城久近并荅江岸七返

成敗十一

比丘遇劫被生草縛不敢挽斷十二

比丘夜不相識各言是鬼十三

比丘遇王難爲山神所救十四

比丘誦經臨終見佛闍維舌存十五

比丘居深山爲鬼所嬈佛禁非人處住十

六

比丘失志心生惑亂十七

珍重沙門毋爲餓鬼以方便救濟十八

沙門入海龍請供養得摩尼珠十九

沙門煑草變成牛骨二十

沙門行乞主人有珠爲鸚䳌所吞横相苦

加忍受不言二十一

沙門遇鬼變身作有作無二十二
沙門得鬼抱安心説化鬼辭謝而去二十三
道人度獵師二十四

伊利沙四姓慳貪爲天帝所化第一

昔有四姓名伊利沙財富無數慳貪衣食時有貧老公居與相近日日自恣飲食魚肉賓客不絶四姓自念我財無數反不如此老公便殺一鷄炊一斗白米飯著車上到無人處下車適欲飯天帝化作犬來上下視之謂狗言汝若倒懸空中者我當與汝不狗即倒懸空中四姓意大怒曰汝眼著地我當與汝不狗兩眼脱地四姓便徙去天帝化作四姓身體乘車來還家勑語外人有詐稱四姓者驅逐捶之四姓晚還門人駡詈令去天帝盡取財物大布施四姓亦不得歸財物既盡爲之發狂天帝作一人問汝何以憂曰我財物了盡天帝言夫有珍寶令人多憂五家無期積財不施死爲餓鬼恒乏衣食若脱爲人常墮下賤汝不覺無常富而且慳貪慳不食欲何望乎天帝爲説四諦四姓意解天帝化去四姓歸自悔前意盡心施給財盡得道出雜譬喻經第五卷

貧人去掃佛地得現世報終至得道第二

昔祇洹邊有一貧家欲供養世尊及諸弟子居貧困窮無所施設便行掃佛精舍至心不倦貧賢者舍邊有長者遊行觀見大澤中有數十間七寶舍遥見便往問人言誰作殿舍好妙乃爾其人答曰有貧窮賢者掃佛精舍福應生此並作殿舍待之耳長者喜言我當

圖之便到貧者家語言卿有好物與我我與卿五百兩金曰我從來貧困那得好物長者言卿但許我曰可爾便與五百兩金賢者得金廣設檀施佛爲說法即得道迹出諸經中要事

毗羅斯那微善出家生天得道第三

佛在毗舍離食時著衣持鉢將阿難入城乞食時毗舍離城有居士名毗羅斯那命會賓客於七日中五欲自娛語守門人勿通外客時佛乞食漸詣毗羅斯那家時聞作樂聲便告阿難侍者阿難依事報答佛言今此長者過七日已當命終亡生啼哭地獄中所以然者本造善根於此便斷更不造新以是命終生地獄中阿難白言頗有方便使彼居士過此七日命不終耶佛告阿難無有方便使命不終但有方便免地獄耳若彼長者剃除鬚髮著三法衣以信堅固出家學道長者乃得不墮地獄阿難白言我今當勸使彼出家時毗舍離凡諸釋種常與阿難要言阿難所至到家若彼家中有眠寐者及以衆事皆聽阿難使人直入所以然者言語柔和語不害人爾時阿難語守門者汝可往白之守門即入具宣此事長者即便捨樂速出禮阿難足白言阿難願入我家福度男女阿難報言彼如來者知時不妄記汝長者七日當亡命終當生啼哭地獄長者聞是恐怖悲泣白阿難言頗有方便令不終耶阿難報言無有方便得不終者但有方便免地獄耳長者問故阿難報言若汝出家便免地獄時此長者念付家業後往佛所出家學道便作是言七日猶遠我於今日五欲自娛清旦當往阿難至時著

衣持鉢入城乞食至居士家語居士言今一日已過餘六日在可時出家長者報言我後當出家如是復言更欲自樂後日乃往如是推遷不能自盡阿難日日常往勸之至六日滿前七日朝阿難復語乃付家業與大小別便至佛所世尊命阿難與授具戒已畢於前七日後夜命終生四王天阿難問佛得生何處佛告阿難毗羅斯那比丘命過生四王天於彼命終生三十三天如是流轉人天經歷九劫天上人間更互受生於最後身復來人間剃除鬚髮以信堅固出家學道成辟支佛名毗羅斯那所以然者此毗羅斯那比丘受戒具足精進命終如是阿難梵行果報所生受福（出毗羅斯那居士五欲娛樂經）

跋璩鶖鳥乞羽龍乞珠第四

佛住王舍城曠野精舍有五百比丘皆乞作房有賈客見比丘來即閉肆歸家避之比丘餘道邀之相值仍説果報教令生信乃至手總其頭强勸布施所以然者令汝得色力壽命增益功德逮甘露果賈客聞之生信少多布施後見舍利弗具以是事語舍利弗舍利弗聞已説法令喜還具白佛佛告營事比丘過去世時有比丘名跋璩止住林中時釋軍多鳥亦棲此林晨暮亂鳴惱於跋璩跋璩詣世尊所頂禮佛足於一面立世尊慰問少病少惱安樂住林中耶比丘荅曰少病少惱樂住林中但釋軍多鳥鳴喚惱亂不得思惟佛告比丘汝欲令此鳥一切不來耶荅曰願爾佛言比丘此鳥來時汝從衆鳥各乞一毛比丘依教乞毛諸鳥各落一毛朝朝去時如是

復乞時鳥即移異處一宿不得安樂尋復來還時比丘復從乞毛復各與一衆鳥相謂沙門乞毛不已恐我不久毛衣都盡不能復飛更共議言此比丘常住林中我等應去更求餘棲諸比丘具以白佛言林中比丘怯劣喜亂畏惡鳥聲佛言不但今日怯劣過去世時有一龍象住在林中大風卒起吹折樹木象聞折聲驚怖奔走怖心小歇又蔭餘樹復折遂復奔走時天見象念言此象橫自狂走即說偈言

風暴林樹折　龍象驚怖走　假使普天下
龍象何處避

佛言于時象者林中比丘是也

佛復告比丘過去世時有五百仙人住雪山中時一仙人於別處住有好泉水華果茂盛去是不遠有薩羅水水中有龍龍見仙人威儀詳序心生愛念來詣仙人正復值仙結跏趺坐龍遶仙人七帀以頭覆其頂上而住日日如是唯有食時不來仙人以龍遶身故日夜端坐不得休息身體萎羸便生瘡疥爾時近處有人居止供養仙人詣仙人所見羸劣疥瘙即問何故如是仙人具說上事又問曰欲令龍不復來耶答曰然復語仙人是龍咽上有瓔珞寶珠可從龍索珠龍法性慳終不相與龍來便從索珠龍聞乞此心即不喜徐捨而去明日向龍遥說偈曰

光耀摩尼寶　瓔珞莊嚴身　若龍能施我
乃爲善親友

龍偈答曰

畏失摩尼珠　猶執杖呼狗　寶珠不可得

更不來看汝　上饌及衆寶　由此摩尼尊
是終不可得　何故慇懃求　多求親愛離
由是更不來
時有天人於虛空中說偈曰
厭薄所以生　皆由多求故　梵志貪相現
龍則潛于淵
佛告諸營事比丘龍象是畜生尚惡多求豈況於人汝等比丘莫爲多營事廣索無厭令彼信心婆羅門居士苦惱捨財（出僧祇律七卷又出彌沙塞律第三卷文不全同）

耶舍因年飢犯欲母爲通致佛說往行第五

時佛與五百比丘到跋耆國住毗舍離城人民饑饉五穀不熟死者縱橫乞食難得城中長者名曰耶舍耶舍出家乞食難得多還家覓食母告之言汝甚爲大苦我家財物不少恣汝所用汝婦猶存當共生活恣汝布施供養三寶如是至三耶舍不從母復告之汝若不樂五欲但乞我種以續係嗣令我死没後財物不没官耳耶舍答言欲令留種者今奉此勑母疾入告新婦曰好嚴莊及一相見婦即有身後遂生男因名續種世人謂之乃至財物皆云續種耶舍聞已大自慙愧即白舍利弗舍利弗以白世尊耶舍與舍利弗共至佛所具以白佛佛言耶舍比丘僧中未曾有此汝愚癡人開大罪門佛言斯不但今日於我法中起諸陋患過去世時生光音天此世界初成時有一人輕躁貪欲先來食此地味其餘衆生轉相効習心生耽著身體沉重因起欲退去神通光明即滅因茲以後日月生焉輕躁衆生耶舍是也其母非直今日誘誑

其子過去已曾告諸比丘時國名迦尸城名波羅柰王號大名稱布施持戒以道化世第一夫人觀察星宿見宿金色鹿王從南方來陵虛北逝夫人念言取得此皮持作褥者死無遺恨若不得者用作王夫人爲即脫瓔珞著垢弊衣入憂惱房王看事竟還覓之即問侍者侍者答言夫人向入憂惱房住王便往問誰犯汝者默不答王使人問之又復默不答復命宿舊青衣多諸方便者種種說化之答曰無犯我者別有所憶故不語耳因望見金色鹿願得其皮持以爲褥青衣白王王問羣臣誰能得者及集諸獵師宣告急覓獵師僉曰未嘗聞名況復見之勅係牢獄有一獵師名耐闇勇健多力走及奔獸仰射飛鳥箭無空落自惟無罪而見囚執說計問曰頗有見聞者不王言卿可自問夫人夫人答言我於樓上見從南方來陵空北逝獵師善相禽獸乃知鹿宿南食北於食處求之時獵師持弓矢漸次北行前到雪山山有仙人藏諸獵具詣仙人所作禮問訊命令就坐設諸漿果獵師言止此久近仙人答曰歲數獵師言頗甞見奇異事不答言此山南有一樹名尼拘律常有金色鹿王飛來在上食其葉仙人示路至樹下見樹扶踈葉覆彌廣俄而見鹿猶如鴈王陵虛而來止於樹上食葉旣飽便復飛去還以白王非網矢所及無由得之卿可自往白夫人夫人謂獵師言汝可將蜜塗樹葉次來向下及張網羂處鹿尋蜜香食葉漸下到其羂處爲羂所得生驅將去仙人遙見曰咄哉禍酷雖能乘虛而不能免惡人之手

仙人說偈言

世間之大惡　莫過於香味　欺誑凡夫人
及諸林野獸　因貪著香味　受斯苦惱患

獵師以蜜塗樹葉食之將還王聞鹿至燒香迎看夫人見之前抱鹿王以昔汚染情重令此鹿王金色即滅王告夫人此鹿金色忽然變滅當如之何夫人言此令是無施之物放之令去金色鹿者耶舍是也夫人者耶舍母是受諸苦惱貪著于今出僧祇律第一卷

難提比丘爲欲所染說其宿行并鹿斑童子

第六

佛住舍衞城有長者名曰難提捨家出俗行住坐卧心常念定名爲禪難提是時難提於開眼林中作草菴舍彼於其中初中後夜修行自業得世俗正受乃經七年已退失禪定復依一樹下還求本定時魔眷屬常作方便伺求其便變爲女人端正無比華香瓔珞住難提前謂言比丘共相娛樂行婬事來時難提言惡邪速滅惡邪速滅口雖此言而目不視天女復第二第三所說如上時難提第二第三亦復如是說時天女便脫瓔珞之服露其形體立難提前語難提言共行婬來時難提見其形相而生欲心答言可爾時天女漸漸却行難提喚言汝可小住共相娛樂難提往就天女疾去難提追逐到祇洹塹中有王家死馬天女到馬所隱形不見時難提欲心熾盛即婬死馬欲心息已便作是念我甚不善非沙門法以信出家而犯波羅夷罪用著法服食人信施爲即脫法衣著右手中左手掩形而趣祇洹語比丘言長老我犯波羅夷

時諸比丘在祇洹門間經行共相謂言此是坐禪難提修梵行人不應犯波羅夷難提復言諸長老不爾我實犯波羅夷諸比丘問其因緣難提即具說之諸比丘以是事具白世尊佛告諸比丘是難提善男子自說所犯重罪應驅當出時諸比丘如教驅出諸比丘白佛言世尊云何長老難提久修梵行而爲此天女之所誑惑佛告比丘是難提不但今日爲天女所惑退失梵行過去世時亦爲彼所惑失於梵行過去世時南方阿槃提國有迦葉氏外道出家聰明博識博綜典籍靡不開達彼外道者助王治國時彼國王執持姦賊種種治罪割截耳鼻治之甚苦時彼外道深自惟念我已出家云何與王共叅此事便白王言聽我出家王即答言師已出家云何方言我欲出家答言大王我今預此種種刑罰苦惱衆生何名出家王即問言師今欲於何出家答言大王欲學仙人出家王言可爾隨意出家去城不遠有百巖山有流泉浴池華果茂盛即造彼山而立靜處舍彼於山中修習外道得世俗定起五神通於春後日食諸果蓏四大不適因其小行不淨流出時有牝鹿渴乏求水飲此小便不淨著舌舐其産道衆生行報不可思議因是受胎常在廬側食草飲水至其月滿産一小兒爾時仙人出行採草鹿産難故即大悲鳴仙人聞鹿鳴急謂爲惡蟲所害欲往救之見生小兒仙人見已悵而念曰云何畜生而生於人尋入定觀見本因緣即是我子於彼小兒便生愛心裹以皮衣持歸養之仙人抱舉鹿母乳之依母生

故體斑似鹿是故作字名曰鹿斑漸漸長大至年七歲仁愛孝慈採果取水供養仙人是時仙人念言天下可畏無過女人即教誡子言可畏之甚無過女人敗正毀德靡不由之於是教以禪定化以五通爲說偈言

一切衆生類　靡不歸於死　隨其業所趣
自受其果報　爲善者生天　行惡入地獄
行道修梵行　漏盡得泥洹

爾時仙人便即命終於是童子淨修梵行得外道四禪起五神通有大神力能移山駐流捫摸日月爾時釋提桓因乘白龍象案行世間誰有孝順父母供養沙門婆羅門又能布施持戒修梵行者案行世界時見是仙人童子天帝念言若是童子欲求帝釋梵王皆悉能得宜應早壞乃設方便乃扣法鼓百千天子皆悉來集帝釋告言閻浮提中有一仙人童子名曰鹿斑有大功德欲便壞之時諸天子聞此不樂便自念言壞此人者將減損諸天衆增益阿脩羅有一天子而唱是言誰應行者時有答言是天女應行即便召之應時百千天女皆悉來集有一天女名阿藍浮其髮雜色髮有四色青黃赤白故名雜色差此天女往閻浮提壞鹿斑童子時彼天女白帝釋言我自昔已來數壞人梵行令失神通願更遣餘天女端正嚴好令人樂者時帝釋復於衆中種種説偈勸喻天女於是天女即壞仙人童子佛告諸比丘爾時仙人童子豈異人乎即今禪難提是天女阿盧藍浮者今此天女是（出僧祇律第一卷）

闡陀比丘昔經爲奴叛逺從學教授五百童

子第七

佛住俱舍彌國爾時長老闡陀惡性難語諸比丘乃至於僧中三諫猶故不止比丘白佛佛言過去時有長者子有一奴字阿摩由爲性凶惡爾時長者子與諸婆羅門子遊戲園林諸從人輩皆在園門外住時阿摩由在園門外打諸從人時諸從人被打者各告其主時諸婆羅門子盡出訶之時阿摩由不受其語答諸婆羅門子言不隨汝語我大家子來訶我者當受其語遂打不止即來告阿摩由主阿摩由主生得天眼觀是鬬處下有金銀伏藏其地凶故使其鬬耳即往訶之時奴即止佛告諸比丘爾時長者子豈異人乎即我身是爾時阿摩由者今闡陀比丘是過去世時有弗盧醯大學婆羅門爲國王師常教童

子時婆羅門家生一奴名迦羅訶常使供給諸童子是奴利根聞說法言盡能憶持此奴一時共諸童子小有嫌恨便走他國詐自稱言我是弗盧醯婆羅門子字耶若達多語此國王師婆羅門言我是波羅柰國王師弗盧醯子故來至此欲投大師學婆羅門法師答言可爾是奴聰明本已曾聞今復重聞聞悉能持其師大喜即令教授門徒五百童子言汝代我教授我當往來至王家是師婆羅門無有男兒唯有一女便作是念今可以女妻耶若達多當在我家便如我子即告之曰耶若達多汝莫還彼國我今以女妻汝答言從教即與女在家如兒共作生活家漸豐富是耶若達多爲飲食不佳即便大怒婦甚敬之伺覓彼人而未能得時彼弗盧醯婆羅門具

聞奴在彼作是念我奴迦羅訶逃在他國當往捉來或可得奴直便詣彼國時耶若達多與諸門徒詣園林遊戲在於中路逢其本主即便驚怖密告門徒諸童子汝等還去各自誦習門徒去已便到主前頭面禮足白其主言我來此國向國師言大家是我父便投此國師大學婆羅門爲師以大學經典故師婆羅門與女爲婦願尊今日勿彰我事當與奴直奉上大家主婆羅門善解世事即便答言汝實我兒復何所言但作方便早見發遣即將歸家告家中言我所親來其婦歡喜辦種種飲食奉食已訖小空閑時禮客婆羅門足而問之曰我奉事夫耶若達多飲食供養常不可意願令指授本在家時何所食敢當如先法爲作飲食客婆羅門即便瞋恚而作是念如是困苦他子女語此女言但速發遣我我臨去時當教汝一偈汝誦此偈時當使汝夫無言發遣客婆羅門已將欲發時爲說一偈偈言

無親遊他方　欺誑天下人　麤食是常法

但食復何嫌

今與汝此偈若彼瞋恚嫌食惡時便在其邊背面微誦令其得聞作是教已便還本國是耶若達多送主去已每至食時還復瞋恚婦於夫邊試誦其偈時夫聞是偈已心即不喜便作是念咄是老物發我臭穢事從是已後常作輭語恐婦向人說其陰私佛告諸比丘時波羅奈城弗盧醯婆羅門者豈異人乎即我身是時奴迦羅訶者今闡陀比丘是彼於爾時已曾恃我陵易他人今復如是恃我勢

力陵易他人出僧祇律第八卷

二摩訶羅同住和合婚姻佛說其往行第八

舍衛城有二摩訶羅並捨妻兒出家爲道又遊人間俱還舍衛共住一房各自思惟欲暫還家看其婦兒即到本家婦見瞋言汝薄德無相棄家學道女年長大不得嫁娶今用來爲當折汝脚時小摩訶羅即還房愁憂不樂時大摩訶羅亦被驅逐共歸房内問小伴言何以憂苦答言何須問爲又問我等二人共在一房好惡之事而不相知不向我說更應語誰即具說之時大摩訶羅云此何足愁我家亦爾汝女我男可爲匹偶答言可爾時小摩訶羅還語婦言我爲女得壻婦答甚善其大者復歸報妻言我爲兒得婦問言是誰答言某女時二摩訶羅和合婚姻各自歡喜如貧得寶更相愛敬佛告諸比丘此二摩訶羅不但今日作如是事過去迦尸國有婆羅門居士磨沙豆陳久煑不可熟貨之不售復有一家養一態驢賣亦不去豆主念言今以此豆易取彼驢便往語之驢主復念用是態驢易彼豆答言可爾咸各歡喜豆主頌曰

婆羅門法巧販賣　塵久氷豆十六紀
唐盡汝薪煑不熟　方折汝家大小齒

時驢主又作頌曰

汝婆羅門何所喜　雖有四脚毛衣好
負重遠道令汝知　錐刺火燒終不動

時豆主復說頌曰

獨生千秋杖　頭著四寸錐　能伏敗態驢
何憂不可治

時驢謂主復說頌曰

安立前二足　雙飛後兩蹄　折汝前板齒
然後自當知
豆主又謂驢頌曰
蚊虻毒蟲螫　唯仰尾自防　當截汝尾却
今汝知苦辛
驢復答曰
從先祖已來　行此憴悷法　今我承襲此
死死終不捨
爾時豆主知其弊惡不可苦語便更稱譽頌
曰
音聲鳴徹好　面白如珂雪　當爲汝取婦
共遊諸林澤
驢聞輭愛語即復說頌曰
我能負八斛　日行六百里　婆羅門當知
聞婦心歡喜

佛言時二人者則是今日二摩訶羅也時驢者今摩訶羅兒也已曾相欺心婆羅門居士苦惱捨財（出阿僧祇律第七卷）

常歡嫉於無勝佛說往緣梅沙生墮阿鼻第九

佛告舍利弗往昔有佛號名盡勝有兩比丘一名無勝二名常歡無勝比丘六通神足常歡比丘結使未除有一長者名曰大愛婦名善幻端正無比此兩比丘以爲檀越善幻婦者供養無勝事事不乏料理常歡甚自微薄常歡與妬謗曰無勝比丘與善幻通自以恩愛得供養耳佛語舍利弗汝知常歡者不則我身是善幻婦者則婆羅門女梅沙者是爾時誹謗無勝羅漢無數千歲在地獄中今雖得佛餘殃故多舌童女帶盂起腹來我前曰

沙門何以不說家事乃說他事汝今獨樂不知我苦先共我通有娠臨月事須酥油養於小兒盡當給我爾時衆會皆低頭默然釋提桓因侍後扇佛化爲一鼠入其衣裏齧盂落地時四部弟子及六師等揚聲慶快欣笑無量皆同罵言汝死罪物與誹謗無上正真此地無知乃能容載此惡物也地即擘裂燄火涌出女即便墮大泥犂中大衆見此阿闍世王便驚毛竪即起白言此女今在何處佛答大王此女所墮名阿鼻泥犂王復問佛此女不殺盜負妄語墮阿鼻耶佛語大王我所說法有上中下身口意行王復問佛何者爲重何者爲中何者爲下佛語阿闍世王意行最重口行處中身行在下出興起行經下卷

持戒堅固生天因緣第十

憍薩羅國有二比丘一人犯戒一人持戒欲共往見佛道中值有蟲水破戒者語持戒者言可共飲是水持戒者曰水中有蟲云何可飲犯戒者言我若不飲便死不得見佛聞法及僧持戒者至死不飲時犯戒者便飲持戒者不飲便死即生三十三天上得天身具足先到佛所頭面禮足在一面立佛爲種種說法得法眼淨即時禮佛足言歸依佛歸依法歸依僧我盡形壽爲優婆塞時佛更爲說法已默然時天禮佛已忽然不見時飲水者後到佛所佛爲無量衆圍遶說法佛見比丘來到佛即披優多羅僧示金色手汝癡人欲見我肉身爲不如持戒者先見我法身佛說偈言

心不善觀察　見則不審諦　愚如蛾投火

而貪觀我身　色身但不淨　汝欲見何爲
内有脂血肉　外爲薄皮覆　彼爲渴所燒
猶行恭敬戒　至死護我教　彼見我非汝
佛説是偈已告諸比丘從今不持漉水囊不
聽行若不持者犯不犯者有清流水或大河
或泉水從此寺至彼寺二十里内不犯（出十誦律雜誦第三卷）

滿願問餓鬼夫入城久近并答江岸七返成敗第十一

迦羅國時有餓鬼倚城門立比丘滿願問餓鬼曰汝今在此何所求索鬼曰汝今見我耶比丘曰見鬼曰我夫入城于今未還故於此立自待夫出耳比丘問曰汝夫入城爲何所求時鬼答曰今此城中有大長者患癰積久今日當潰膿血流溢夫主持來二人共食以濟其命比丘復問汝夫主入城已幾許時城郭逼近江河舉手指城語比丘曰此城於彼此岸成敗以來今爲第七我夫入城經爾許時餓鬼形壽不可稱數亦無齊限（出羣牛千頭經）

比丘遇劫被生草縛不敢挽斷第十二

昔有五百比丘行大澤中值遇劫寇劫其衣裳縛諸比丘悉令坐地攬生草合結其手而便捨去此諸道人適欲殺草而起則違佛戒各各生念寧自滅身終不違戒執縛四日國王出獵見諸道人坐于曠野下馬作禮問其意故即具陳答解諸道人將歸供養（出譬喻經第六卷）

比丘夜不相識各言是鬼第十三

山中有一佛寺一別房中有惡鬼喜來惱人諸僧捨去有客僧來維那處分令住此房而

語之言此房有鬼喜來惱人客僧自以持戒力故答言小鬼何所能爲我能伏之即入房住日將欲暮更有僧來求覓住處維那亦令在此房住亦語有鬼其人亦言我當伏之時先入者閉戸端坐待鬼不來後來者夜打門求入先入者謂爲是鬼不爲開戸後來者極力打門在内道人以力拒之外者得勝排門得入内者打之外者亦極力熟打至明旦相見乃是故舊同學道人各相愧謝衆人雲集笑而怪之出大智論第九十一卷

比丘遇王難爲山神所救第十四

佛在舍衛國有一比丘在句參國石間土室中長鬚髮爪被敗壞衣時優塡王欲出遊觀治諸道路王從美人到於山下有一美人顧見土室有一比丘長鬚髮爪衣服裂敗狀類如鬼便大聲呼天子是中有鬼王便遥問今何所在美人言近在石間土室中王即拔劒從之見比丘如是即問汝何等人對言我是沙門王問汝何等沙門曰我是釋迦沙門王言是應眞耶曰非也寧有四禪耶復言無有也寧有三禪二禪耶復言無有寧至一禪耶對曰言實一禪行王便心恚不解顧謂侍者黄門以是婬意念是沙門凡俗人無眞行柰何見我美人便勑侍者急取斷命侍者便去山神念是比丘無過今當恐死我可擁護令脱是厄便化作大豬身徐走王邊侍者即白王大豬近王邊王便捨比丘拔劒逐豬比丘見王已遠即便走出出義足經上卷

比丘誦經臨終見佛闍維舌存第十五

有一比丘誦阿彌陀佛經及大般若波羅蜜

是人欲死語弟子言阿彌陀佛與其大衆俱來動身自歸須臾命終命終之後弟子燒之明日收灰見舌不燒（出大智論第九卷）

比丘居深山爲鬼所嬈佛禁非人處住第十六

憍薩羅國有一比丘獨住深山林中有非人女語比丘共作婬欲比丘言莫作是語我是斷婬欲人女言汝若不來我當破汝利養與汝衰惱比丘言隨汝中夜比丘卧女鬼合納衣持比丘著王宮内夫人邊卧王覺問言汝何人耶比丘言我是沙門是何沙門答曰是釋子沙門王言汝今何以來此比丘具向王說王言汝何因在深山林中故爲惡鬼所嬈出去我知佛法故不問汝比丘得脱具說其事佛因此制不得入深山中又憍薩羅國有一比丘阿蘭若住處有毗舍遮鬼女來語比丘言共作婬欲來比丘言莫作是語我斷婬欲人鬼女言汝若不作我當破汝利養令汝衰惱比丘言隨汝比丘夜卧鬼以納衣裹持著酒舍酒盆中酒家人明日見比丘在酒盆中問言汝是何人答言我是沙門是何沙門答言釋子沙門問言何故在是中比丘具說是事酒舍人言汝去因此佛言比丘不得入深山林中空處可畏處無人處住（出十誦律善誦第二卷）

比丘失志心生惑亂第十七

有一比丘普行分衞偶入婬舍婬女見入歡喜踊躍即起奉迎稽首足下請令就坐又問比丘仁從何來比丘答曰吾主分衞故來乞匃即爲施設肴饌衆味盛以滿鉢而奉上之

比丘受已而退得是美食心中歡喜不能自勝數數往詣時女心念計此比丘守法難及頻爲興設甘脆肥美之食而授與之往反不息學問未明所作不辦未伏諸根見女色妙欲意便動口出柔輭恩愛之辭心懷親附比丘聞見婬亂迷惑不能自覺時世尊曰若覩女人長者如母中者如姊少者如妹如子如女當内觀身念皆惡露無可愛者外如畫瓶中滿不淨觀此四大因緣假合本無所有時彼比丘不曉空觀但作色觀婬欲意亂爲女說頌曰

淑女年幼形清淨　顏貌端正特殊好
望汝屈德能見從　志意傾蓋願相保

婬女頌曰

假使卿身無財業　何爲立志求難致
如卿所作無羞慚　馳走促出離我家

時逐出比丘追至祇樹問諸比丘即來詣佛啓白世尊具說本末佛言此比丘宿命曾作水鼈女作獼猴亦相好樂志不得果還自侵欺不入正教增益惱患今復如是願不從心逆見折辱慚愧而去佛言過去世時有鼈江水邊樹木熾盛彼叢樹間有一獼猴正頓彼樹鼈從水出遥見樹有獼猴而與交語前行親近日日如是覩之不懈則起深心說偈往反罵而避之（文多不載）時獼猴今婬女是鼈分衞比丘是（出說比丘分衞經）

珍重沙門毋爲餓鬼以方便救濟第十八

昔有清信士名優多羅尊佛樂法親賢聖衆月六齋奉八戒絶凶行仁羣生護命名珍重榮華不能迴其心豔女國寶不能亂其志貞

信難傾酒不歷口孝順是務過時不食虛心稟道香花脂粉未甞附耳兵仗凶器不以毁德遠愚親賢以佛神化諭其母心母信邪倒見慳而不惠壽終之後子爲沙門心行寂滅端坐樹下觀察十方常自念曰吾母死二十餘年誠尋所在欲報生養之恩斯須之間有一餓鬼醜黑可憎髮長纏身繞足曳地進退頻蹶呼嗟無救到沙門所曰吾與羣愚惡人爲黨不信佛教恣口所欲令爲餓鬼二十五年不見沙門今日遇矣死便餓渴願以天潤惠我水穀濟吾微命沙門荅曰大海清水豈不足飲乎鬼曰適欲就飲水化爲膿腺臭無重獲飯一飡化爲燄炭燒口下徹惡鬼又以鐵鑠繫吾頸鐵杖洞然亂捶吾身吾罪何重乃至于斯沙門曰昔爲人時違戾佛教聾瞽爲黨愚惑自逐以禍爲福守慳不施貪取非分鬼泣淚曰誠如此矣又吾處世爲人時有奉佛五戒專守十善爲清信士六齋八戒未甞有虧以孝事親以智奉聖尋高清淨沙門之迹由影追形勸吾布施供養聖衆吾以無正真之智信狂愚妖言令獲其禍楚毒難陳垂泣而曰沙門哀我濟我沙門曰乃當斯戾以何德禳禍乎鬼曰以瓶盛水楊枝著中法服覆上比丘僧令飯具供養舉吾名呪願之令得衣食其爲不久夫有命終在餓鬼者沙門呪願皆應時得沙門如其言瓶水楊枝住其中飯比丘僧以法服上之僧舉其名呪願即有大池水中生蓮華芬芳動身果樹陰涼所願從心伴等五百人恠之曰斯子獨有何福助早免重咎願即從心乎（出優多羅母經）

沙門入海龍請供養得摩尼珠第十九

昔有沙門隨商人渡海半路船迴不復得去衆人僉曰船中當有不淨潔者探籌出之道人三得出籌自投海中龍王即以七寶蓮華承之入海乃到龍宮見樓閣寶舍殿堂龍王請入頭面禮足曰吾得頭痛六百餘歲求索道人令乃得之道人當療我病道人曰吾不知醫藥以何相療龍王曰吾此海中多有神藥不愈我病唯未得法藥道人說法須臾之頃龍王自覺除愈龍大歡喜供養道人九十日白道人言久相勞屈想亦勞悒前船甫到今當相送龍王選三摩尼珠一以上佛一以施衆僧一與道人遣龍神送忽然至船船伴驚喜共還本土衆人悉隨道人詣佛佛爲說法皆發道意所度無量出譬喻經第九卷

沙門煑草變成牛骨第二十

昔阿難執事有沙門得阿那含道於山上煑草染衣時有失牛牛主遍求見煙便往視釜中草悉成牛骨鉢化成牛頭袈裟化成牛皮人便以骨繫頭循行國中衆人共見之沙彌見日已中揵椎抵不見師至便入戸坐思惟見師爲人所辱則往頭面著足言何因如此曰久遠時罪也沙彌言可暫歸食兩人則放神足俱去沙彌未得道常有恚未除顧見清信士及國人乃取我師如此使龍雨沙石動此國令之恐怖念此適竟四面雨沙城塢屋室皆悉壞敗師言我宿命一世屠牛爲業故得此殃耳汝何緣作罪乎汝去不須復與我相追師曰罪福如是可不慎矣出譬喻經上卷

沙門行乞主人有珠爲鸚鵡所吞橫相苦加

忍受不言第二十一

外國有沙門行乞到買珠家主人爲設飯食有大珠其價億數與人持歸置沙門邊時有鸚鵡便出吞之主人不見因問沙門答言我不取主人復問有他人耶答言無有主人瞋曰我適持珠來旣無他人獨有沙門而言不取珠今所在便撾沙門血出流地沙門故言我不隱珠須臾鸚鵡出飲地血與杖相遇鸚鵡即死復欲舉手撾於沙門沙門言止聽我語鸚鵡吞之即破鸚鵡得珠主人謂沙門曰何不早說乃使如是沙門言我持佛戒不得殺生即欲說之恐殺鸚鵡今鸚鵡死我乃說之鸚鵡若活卿撾我死終不說也主人便自剋責悔過辭謝之沙門不瞋顏色不變（出雜譬喻經第一卷）

沙門遇鬼變身乍有乍無第二十二

有沙門於山中念道有一鬼化作無頭人而行沙門言咄快無頭則不知頭痛又無眼耳不知音響鬼復化作無軀之人沙門言咄快無身人不知痛痒無五藏不病鬼復化作無手足人沙門言咄快無手足不能行亦不取人物鬼知沙門守志即便滅去（出雜譬喻經第一卷）

沙門得鬼抱安心說化鬼辭謝而去第二十三

外國有沙門行道與噉人鬼相逢鬼急抱之沙門言我今日與卿相得卿心與我如天地相去大遠卿心好殺我心好生卿與道反鬼便捨沙門不敢復抱即却辭謝言我愚癡不及耳（出雜譬喻經第一卷）

道人度獵師第二十四

昔有道人晝夜行道初不懈息且有身口之急當須飲食便行乞匃忽到獵師邊乞獵師無道便大瞋恚欲射道人道人言止止勿射我餘處正射我腹便開衣露腹喚令其射獵師怪異下弓釋箭問道人夫人之處世無不畏死而道人何故令我射腹道人語言此腹欲食由此之故不避危險是以射之獵師即悟吾緣山嶺不避虎狼亦爲此腹宿緣福至忽便開解道人爲說三塗之苦泥洹之樂獵師自知殺獵罪重便從受戒發菩提心出譬喻經第十卷

經律異相卷第十九

音釋

跋璩跋蒲撥切璩强魚切　瘙蘇到切皮上小痒瘡也　躁則到切不安靜也　蓏郎果切在木曰果在地曰蓏　牝婢忍切母畜也　售承呪切賣去手也　蚊䖟蚊無分切䖟莫耕切　㦬悷㦬力董切悷郎計切多惡不調也　襲席入切嗣也　殨胡對切肉爛也　脆此芮切物易斷也　豔以贍切美色也　撾陟瓜切擊也

經律異相卷第二十　梁沙門僧旻寶唱等奉　勑撰

聲聞學人僧部第十四

選擇遇佛善誘捨於愛欲得第三果一
須陀洹婦病於從事一悟得第三果二
比丘自誓入定經時既久出定便死三
比丘坐禪爲毒蛇所害生天見佛得道四
比丘遮國王著巾屣禮佛聽法五
比丘修不淨觀得須陀洹道六
盲比丘倩人紝針聞法得道七
三藏比丘著弊服常飢好衣得食八
族姓子出家佛爲欲愛證賢聖法九
旃陀羅七子爲王逼殺失命十

選擇遇佛善誘捨於愛欲得第三果第一

人有七藏處一謂風藏二生藏三熟藏四冷藏五熱藏六見藏七欲藏是諸藏中欲藏最堅依止涕唾痰癊膿血筋骨皮肉心肝五藏腸胃屎尿時會中有一居士名曰選擇妻名妙色面貌端嚴姿容挺特居士愛著煩惱熾盛聞佛說此即白佛言世尊莫作是說云何欲心起於屎尿我妻端嚴無諸臭穢佛時化作婦人端嚴姝潔狀如妙色正容徐步來入衆中居士問曰汝何故來答言欲聽說法居士即牽坐其衣上佛以神力令是婦人糞汚其衣使此居士不堪臭處以手掩鼻顧問在右誰爲此者跋難陀不堪語居士言何故掩鼻而顧視我答曰甚大臭穢以佛神力令跋難陀及諸衆會見此婦人汚居士衣時跋難陀語居士言且觀汝妻所爲臭穢居士答言我妻淨潔身無諸穢若有疑者自當觀之語

跋難陀我意謂汝爲此穢跋難陀大怒從坐起言汝今應名屎居士也汝妻坐時糞出衣上爲屎所塗而無羞耻反欲謗人又復唱言此屎居士可遣出衆即以手牽令出衆外居士語其妻曰我敬汝故令坐衣上汝爲大人法應爾耶妻即答言汝近屎囊法自應爾居士爾時即生猒心欲去衣糞更汚身體謂跋難陀當何方便得離此穢跋難陀言非直此糞汚染汝身更有諸衰是汝之分若欲離者當遠巡逝以汝妻糞令此大衆頭痛悶亂居士答曰諸釋子等皆多慈悲汝甚惡口乃如是耶跋難陀言如汝今者何可憐愍汝今自觀爲淨潔不而欲謗我時居士謂其妻曰汝可還歸既遣之已語跋難陀我今明見女人諂曲多諸過咎不淨充滿心生猒離欲於佛法出家爲道跋難陀言汝今形體臭穢如是若以香塗經歷年載然後或可堪任出家居士答曰我若塗香經歷年歲或身已無常或佛滅度壞我出家求道因緣今若見聽得出家者我不復住城邑聚落僧房精舍作阿蘭若乞食納衣於空閑處誰聞我臭佛聞呼之言善來汝爲沙門修行梵行居士鬚髮自落袈裟著身執持應器如比丘像佛爲説法苦集盡道遠塵離垢得法眼淨成須陀洹重爲説法乃至得阿那含過於是夜執衣持鉢詣王舍城次行乞食遂到本舍在門外立時妻妙色自見其夫剃頭法服出家爲道即語之曰法應見捨爲沙門耶選擇答曰汝昨法應於我衣上便棄不淨汚我身體耶妙色答曰汝爲比丘應謗人耶我從父舍到汝家來未

見外門況至竹園時有惡魔語居士言汝昨見者初非妙色是化作耳眩惑汝心今可還以五欲自娛沙門瞿曇欺誑汝耳汝今虛妄非實比丘瞿曇沙門常以術惑多人令其出家如今誑汝選擇比丘證真法故即覺是魔謂言惡人汝亦變化是妙色婦俱爲變化佛所說法皆空如化爾時妙色得聞此法遠塵離垢得法眼淨斷除疑悔不隨他語於佛法中得無畏力謂選擇言所爲甚善能於佛法樂修梵行我亦於法出家爲道出華首經第八卷

須陀洹婦病於從事一悟得第三果第二

昔有婬逸之人意專女色思不能離欲與交言通于夢想時婦遇疾骨消肉盡家有知識道人往反婦白道人曰我今所患日夜羸困將其意故欲陳我情爲可爾不時道人曰但說無苦設有隱匿之事我當覆藏不使彰露婦人白言我夫多欲晝夜役嬈不容食息由是生疾恐不自濟道人曰若汝夫主近汝者語以此語須陀洹法禮應爾耶婦尋語夫夫甚懷慙內自思惟我是須陀洹不即便息意閑處思惟得阿那含果自知已得道迹便不復與女人從事婦人問夫汝今何故永息欲心夫曰吾審見汝何由復共往反婦語其夫汝言審見我有何咎我恒貞潔不犯女禮何以見罵乃至於斯婦人即集五親宗族告語之曰今我夫主意見踈薄永息情親復見罵詈稱言見我今於衆前便可說之夫言且止須我引證自明夫主還歸綵畫好瓶盛滿糞穢牢蓋其口香華芬熏還至彼衆告其婦曰審愛我不若愛我者可抱弄此瓶如愛我身

婦隨其語抱瓶翫弄意不捨離夫主見婦愛著此瓶即打瓶破臭穢流溢蛆蟲現出復語婦曰汝今故能抱此破瓶不耶答曰我寧取死不能近此寧入火坑投於深水高山自下頭足異處終不能近夫言見汝正見我觀汝身劇於此瓶從頭至足分別思惟三十六物有何可貪重說偈曰

勇者入定觀　身心所與壓　見已生穢惡

如彼綵畫瓶（出出曜經第十一卷）

比丘自誓入定經時既久出定便死第三

有一比丘得滅盡定乞食時著衣詣食堂中其日彼寺打揵椎晚彼比丘精勤而作是念我何故空過此時不觀未來何時當打揵椎即立誓願入於滅定乃至打揵椎當起時彼僧伽藍有事難起時諸比丘並皆捨伽藍而去經於三月難事乃解時諸比丘還集會而打揵椎時彼比丘起定即死後有一乞食比丘獲得滅定以日初分欲詣乞食時天大雨而作是念若入村者壞我衣色若不往者何故空過此時不觀未來即立願入定乃至雨息當起或有說者雨經半月或有說者雨經一月雨既止彼比丘起定即死（出毗曇婆沙第四十四卷）

比丘坐禪為毒蛇所害生天見佛得道第四

摩頭羅國尼拘類園中有一比丘靜處坐禪後有毒蛇牀下蟠卧比丘睡眠或低或仰毒蛇自念此人見恐必欲殺我即舉身擲比丘命終生忉利天諸天王女各來衛侍天子告曰汝等諸妹莫近我身設當近者必犯於戒諸女自念此天前身必是沙門故生此間受天之福時諸天女各執鏡前照天子面見天

衣冠方覺生天即從座起見諸衞從行至園中坐一樹下端坐思惟求定三昧池水之中有異類鳥相對悲鳴聲哀響和欲求成道不能得辦是時天子從三十三天至閻浮提到世尊所白言受天福盡下入泰山地獄如是流轉無有窮已當見愍濟令得度脫佛爲說法即於座上諸塵垢盡得法眼淨出比丘坐禪命過生天經

比丘遮國王著巾屣禮佛聽法第五

内法常儀入寺聽法及禮佛者皆當脫巾帽時有國王頭素少髮加復有瘡又脚著革屣自恃豪尊以氎衣裹頭入堂内聽經王白比丘爲我說法比丘曰如來有教不爲脚著華屣者說法王聞懷恚即脫屣語比丘曰卿速說法稱釋我情違我本意者當梟汝首比丘告王又如來禁戒不得爲覆頭者說法王瞋恚奮赫天威曰卿欲辱我今故前却露頭聽卿說法若不解吾癡結者當取汝身分爲三分比丘說偈

不以不淨意　示及瞋怒人　欲得知法者
三耶三佛說　諸有除貢高　心意極清淨
能捨傷害懷　乃得聞正法

王慙顏愧影即起于座五體投地自歸求滅身口意過長跪叉手白比丘言不審此偈出如來神口爲是尊人知我心意然後說乎比丘告王此偈乃是如來所說其來久矣王自思惟善哉大聖三達智靡所不通乃知將來有我之徒有恚害心今重自悔更不造新比丘說法王於座上諸塵垢盡得法眼淨出乞見發惡心經

比丘修不淨觀得須陀洹道第六

佛在舍衛國有異比丘日至城外曠野塚間路由他田乃得達彼其主見已便興瞋恚此何道士日往來不修道德即問道人汝何乞士在吾田中縱横往來乃成人蹤道人報曰吾有鬭訟來求證人時彼田主宿縁鉤連應當得度便逐道人私匿從行見在塚間屍骸狼藉胮脹臭爛鳥獸食噉散落其處或有食噉盡不盡者有似灰鴿蛆蟲嚼唼臭穢難近烏鵲狐狗老鷲鵄鵂噉死人屍比丘舉手語彼人曰此諸鳥獸是我證人其人問曰此諸鳥獸何爲證人汝今比丘與誰共諍比丘報曰心之爲病多諸漏患我觀此骸分別惡露便還房室自觀我身從頭至足與彼無異然比心意流馳萬端追逐幻僞色聲香味細滑之法我今欲識心之源本汝心今當與起是念無令將吾入於地獄餓鬼之中我今凡夫未脱諸縛然此心賊不見從命以是之故日往曠野爲説惡露不淨之想復與心説心爲卒暴亂錯不定心今當改無造惡縁時彼田主聞道人教以手揮淚哽咽難言然彼田主於迦葉佛十千歳中修不淨想尋時分別三十六物惡露不淨爾時比丘及彼田主即彼曠野大畏塚間得須陀洹道出比丘求證人經

盲比丘倩人紝針聞法得道第七

有一盲比丘眼無所見而以手縫衣時針紝脱便言誰愛福德爲我紝針是時佛到其所語比丘言我是愛福德人爲汝紝來是比丘識佛聲疾起作禮白佛言佛功德已滿云何言愛福德佛報言我雖功德已滿我深知功

德因果於一切衆生中得最第一由此功德是故爲此比丘讚歎功德次爲説法時此比丘得法眼淨肉眼便明（出大智論第十卷）

三藏比丘著弊服常飢好衣得食第八

罽賓三藏比丘阿蘭若法至一王寺設大會守門人見其衣服麤弊遮門不前如是數數以衣服弊故每不得前便作方便假借好衣而來門家不禁既至會坐得種種好食先以與衣衆人問言何以爾也答言我比數來每不得入今以衣故得在此坐得種種好食故先與衣（出大智論第四卷）

族姓子出家佛爲欲愛證賢聖法第九

時有族姓子棄家捐妻捨諸眷屬行作沙門其婦端正姝妙見夫捨家便復行嫁族姓子聞之心即生念與婦相娛樂時愁憂憒惱不復慕樂淨修梵行便起歸家諸比丘聞便往啓佛佛呼爲除癡愛塵勞之穢休息衆想時族姓子尋時證明賢聖之法時諸比丘白世尊曰自非如來孰能爾乎佛告諸比丘此比丘者不但今世心常在欲乃往過去久遠世時有一國王名曰方迹中宫采女不可稱數婬蕩鬭爭不肯共和適鬭爭已便出宫去方迹求之不知所趣愁憂不樂不能自解於時有一仙人與五神通神足飛行威神無極名曰無樂飛在空中忽然來下而爲説愛欲之難離欲之德出家爲道修四梵行壽終之後生于梵天佛告諸比丘爾時方迹王者則此比丘是無樂仙人者則我身是（出那賴經）

旃陀羅七子爲王逼殺失命第十

昔旃陀利家生七男六兒得須陀洹道小者

凡夫母人旃陀利得阿那含道兒弟七人盡
受五戒彼國常儀旃陀利行殺國中男女犯
殺盜婬及餘重罪盡使旃陀利殺之時國王
召彼大兒言有應死之徒汝行殺之其拜自
陳特願弘恕我受五戒守身謹慎蟻子不敢
殺不能爲非寧自殺身不敢犯戒時王奮怒
勑市殺之復白王曰身是王民心是我貪欲
殺便殺不得仰從王即令梟首次召諸弟六
人皆言受戒不敢行殺王瞋恚盛盡便殺之
次復召小弟母子俱來王見母來倍復瞋恚
前殺六子母不送行今召小子何故便來母
曰願聽微言以自宣理前六子者盡得須陀
洹道正使大王取彼六人碎身如塵者終不
興惡如一毛髮今此小者處在凡夫身雖修
善未蒙道法是故念子既未得道或能失意
畏王教令自惜形命毀戒行殺身壞命終入
太山地獄憐念子故是以送來王復問母前
死六子盡得須陀洹道耶答曰盡得王復問
母母身爲得何道母答曰得阿那含道王聞
斯語自投于地稱怨自責我造罪根放心建
意殺六須陀洹身意煩惱坐不安席即自嚴
辦香油酥薪取六死屍而闍維之起六偷婆
及興供養日三懺悔意願滅罪漸漸微薄復
出財貨給彼老母至於齋日數數懺悔冀得
罪薄免於地獄出慈仁不殺經

經律異相卷第二十

音釋

倩七正切假借使人也　痰癊痰徒含切病液也癊於禁切心中病也　眩黃絹切惑也　梟古堯切與梟同挂首曰梟　噆嗽噆子答切齧也嗽所角切含吸也　鵄鵂鵄赤脂切鵂許鳩切即鵂鶹也